Alexander Freed

STAR WARS: ROGUE ONE

Tim Lebbon: Der Aufstieg der Jedi-Ritter – Ins Nichts (26982)

John Jackson Miller: Der Vergessene Stamm der Sith. Storys (26931)

Joe Schreiber: Darth Scabrous (37938)

John Jackson Miller: Knight Errant – Jägerin der Sith (26877)

Drew Karpyshyn: Darth Bane – Schöpfer der Dunkelheit (26981) · Darth Bane – Die Regel der zwei (26596) · Darth Bane – Dynastie des Bösen (37559)

James Luceno: Darth Plagueis (38045) · *James Luceno:* Schleier der Täuschung (26854) · *Michael Reaves:* Darth Maul – Der Schattenjäger (24315) · *Joe Schreiber:* Darth Maul: In Eisen (26983) · *Terry Brooks:* Episode I. Die dunkle Bedrohung (6062) · *Greg Bear:* Planet der Verräter (35886) · *T. Zahn:* Die Kundschafter (36898) · *Alan D. Foster:* Ein Sturm zieht auf (37093) · *R. A. Salvatore:* Episode II. Angriff der Klonkrieger (6063) · *Karen Traviss:* Clone Wars (26635) · *Karen Miller:* Clone Wars – Wilder Raum (26636) · *Karen Traviss:* Clone Wars – Keine Gefangenen (26637) · *Karen Miller:* Clone Wars – Im Verborgenen (26638) · *Karen Miller:* Clone Wars – Unter Belagerung (26639) · *Michael Reaves:* MedStar – Unter Feuer (26811) · *Michael Reaves & Steve Perry:* MedStar – Jedi-Heilerin (26815) · *Matthew Stover:* Mace Windu und die Armee der Klone (36292) · *Steven Barnes:* Obi-Wan Kenobi und die Biodroiden (36394) · *David Sherman & Dan Cragg:* Die Feuertaufe (36163) · *Sean Stewart:* Yoda – Pfad der Dunkelheit (24436) · *James Luceno:* Labyrinth des Bösen (36226) · *Matthew Stover:* Episode III. Die Rache der Sith (6064) · *James Luceno:* Dunkler Lord. Der Aufstieg des Darth Vader (36609) · *John Jackson Miller:* Kenobi (6009) · *Michael Reaves & Maya Kaathryn Bohnhoff:* Der letzte Jedi-Ritter (26959)

Michael Reaves & Steve Perry: Die Macht des Todessterns (26566) · *Joe Schreiber:* Der Todeskreuzer (37560) · *George Lucas:* Eine neue Hoffnung [Episode IV] (6065) · *Kevin Hearne:* Der Erbe der Jedi-Ritter (6008) · *James Luceno:* Tarkin (6061) · *Chuck Wendig:* Nachspiel – Der Krieg ist nicht vorbei (6071) · *John Jackson Miller:* Eine neue Dämmerung (6072) · *Paul S. Kemp:* Die Sith-Lords (6070) · *Christie Golden:* Schülerin der dunklen Seite (6106) · *Chuck Wendig:* Nachspiel – Lebensschuld (6105) · *James Luceno:* Der Auslöser – Ein Rogue-One-Roman (6118) · *Chuck Wendig:* Nachspiel. Das Ende des Imperiums (6117) · *Timothy Zahn:* Thrawn (6138) · *Timothy Zahn:* Treueschwur (36980) · Glücksritter (26957) · Einsame Entscheidungen (37954) · *Martha Wells:* Imperium und Rebellen – Auf Messers Schneide (26403) · *James S. A. Corey:* Imperium und Rebellen – Ehre unter Dieben (6007) · *Donald F. Glut:* Das Imperium schlägt zurück [Episode V] (6066) · *Kevin J. Anderson (Hrsg.):* Kopfgeld auf Han Solo (25008) · *James Kahn:* Die Rückkehr der Jedi-Ritter [Episode VI] (6067) · *Matthew Stover:* Luke Skywalker und die Schatten von Mindor (26599) · *Troy Denning:* Der Geist von Tatooine (26842)

Timothy Zahn: Erben des Imperiums. Jubiläumsausgabe (26914) · Die dunkle Seite der Macht (26407) · Das letzte Kommando (26408)

Peter Schweighofer (Hrsg.): Flucht der Rebellen (24234) · *Jeff Grubb:* Die Geißel (26938) · *Peter Schweighofer & Craig Carey (Hrsg.):* Kampf um die Neue Republik (24235)

Aaron Allston: Operation Eiserne Faust (35142)

DAS ERBE DER JEDI-RITTER: *R. A. Salvatore:* **1.** Die Abtrünnigen (35414) · *Michael Stackpole:* **2.** Die schwarze Flut (35673) · **3.** Das Verderben (35620) · *James Luceno:* **4.** Der Untergang (35822) · **5.** Die letzte Chance (35883) · *Kathy Tyers:* **6.** Planet der Verlorenen (35983) · *Greg Keyes:* **7.** Anakin und die Yuuzhan Vong (36101) · **8.** Die Verheißung (24302) · *Troy Denning:* **9.** Das Ultimatum (24342) · *Elaine Cunningham:* **10.** Jainas Flucht (24347) · *Aaron Allston:* **11.** Rebellenträume (24370) · **12.** Aufstand der Rebellen (24377) · *Matthew Stover:* **13.** Verräter (24408) · *Walter Jon Williams:* **14.** Wege des Schicksals. Mit Bonus-Roman Ylesia (24398) · *Sean Williams & Shane Dix:* **15.** Die Ruinen von Coruscant (24433) · **16.** Der verschollene Planet (24438) · **17.** Wider alle Hoffnung (24459) · *Greg Keyes:* **18.** Die letzte Prophezeiung (24468) · *James Luceno:* **19.** Vereint durch die Macht (24489)

DUNKLES NEST: *Troy Denning:* **1.** Die Königsdrohne (24491) · **2.** Die verborgene Königin (26567) · **3.** Der Schwarmkrieg (26568)

WÄCHTER DER MACHT: *Aaron Allston:* **1.** Intrigen (26603) · *Karen Traviss:* **2.** Blutlinien (26607) · *Troy Denning:* **3.** Sturmfront (26624) · *Aaron Allston:* **4.** Exil (26625) · *Karen Traviss:* **5.** Opfer (26597) · *Troy Denning:* **6.** Inferno (26598) · *Aaron Allston:* **7.** Zorn (26666) · *Karen Traviss:* **8.** Enthüllungen (26684) · *Troy Denning:* **9.** Sieg (26685)

Paul S. Kemp: Gegenwind (37743) · *Paul S. Kemp:* Dunkle Flut (26885) · *James Luceno:* Millennium Falke (37851)

DAS VERHÄNGNIS DER JEDI-RITTER: *Aaron Allston:* **1.** Der Ausgestoßene (26660) · *Christie Golden:* **2.** Omen (26676) · *Troy Denning:* **3.** Abgrund (26677) · *Aaron Allston:* **4.** Rückschlag (26678) · *Christie Golden:* **5.** Die Verbündeten (26679) · *Troy Denning:* **6.** Im Vortex (26680) · *Aaron Allston:* **7.** Verurteilung (26681) · *Christie Golden:* **8.** Aufstieg (26682) · *Troy Denning:* **9.** Apokalypse (26683)

X-WING: *Aaron Allston:* Gnadentod (26936) · *Troy Denning:* Feuerprobe (26958)

Alexander Freed

STAR WARS™

ROGUE ONE

Der Roman zum Film

Nach einer Story von
John Knoll und Gary Whitta

Basierend auf dem Drehbuch von
Chris Weitz und Tony Gilroy

Deutsch von Andreas Kasprzak

LUCAS BOOKS
blanvalet

Die amerikanische Originalausgabe erschien 2016
unter dem Titel »Star Wars™: Rogue One. A Star Wars Story«
bei Del Rey, an imprint of Random House,
a division of Penguin Random House LLC, New York.

FSC® www.fsc.org
MIX
Papier aus verantwortungsvollen Quellen
FSC® C014496

Verlagsgruppe Random House FSC® N001967

1. Auflage

Redaktion: Rainer Michael Rahn
Umschlaggestaltung: Isabelle Hirtz, Inkcraft, nach einer
Originalvorlage Cover Art Copyright:

JF · Herstellung: wag
Satz: Uhl + Massopust, Aalen
Druck und Bindung: GGP Media GmbH, Pößneck
Printed in Germany
ISBN 978-3-7341-6160-5
www.blanvalet.de

Es war einmal vor langer Zeit
in einer weit, weit entfernten Galaxis …

Prolog

Galen Erso war kein guter Farmer. Das war nur einer seiner vielen Fehler, aber auch der Grund, warum er noch lebte.

Ein Mann mit vielfältigeren Talenten – ein anderer Galen, ein Galen, der wüsste, wie man Feldfrüchte in der Erde einer fremden Welt zum Gedeihen brachte, der in der Lage wäre, einen Baum auf Fäulnis zu überprüfen, ohne die Rinde abzukratzen – wäre schnell der Langeweile anheimgefallen. Sein Geist wäre auf den Feldern nicht ausgelastet gewesen und hätte sich Dingen zugewandt, denen er abgeschworen hatte. Ein solcher Galen wäre – bewusst oder durch simple Gewohnheit – zu der Arbeit zurückgekehrt, die ihn überhaupt erst ins Exil getrieben hatte. Er hätte in die Herzen von Sternen gestarrt und Theorien von kosmischer Tragweite aufgestellt.

Und früher oder später hätte er *Aufmerksamkeit* erregt. Seine Besessenheit wäre sein Ende gewesen.

Doch ein talentloser Farmer konnte es sich nicht leisten, seine Gedanken schweifen zu lassen, und so hatte der echte Galen – der Galen, der in der Realität existierte und nicht in diesen müßigen Fantasien – kein Problem, seine Tage auf Lah'mu zu füllen, ohne dieser Versuchung zu erliegen. Er nahm Bakterienproben von Felsen, die einst Teil prähistorischer Vulkane gewesen waren; er untersuchte voller Bewunderung das immergrüne Moos und Gras und Unkraut, das aus jeder Oberfläche zu sprießen schien; er erforschte die endlosen Hügel seiner neuen Heimat; und er war dankbar, dass er seine neue Tätigkeit erst noch meistern musste.

Galen setzte diese Gedanken zusammen wie die Elemente einer Gleichung, während er aus dem Fenster blickte, vorbei an den geraden Reihen aufkeimenden Getreides hin zum schwarzen Sand des Strands. Ein kleines Mädchen spielte dort und schickte ihren Spielzeugsoldaten in der Nähe des Getreides auf Abenteuer.

»Gräbt sie schon wieder Löcher? Ich habe ihr ganz sicher nicht das Wort Raubbau beigebracht, aber falls sie so weitermacht, werden wir nächstes Jahr verhungern.«

Die Worte durchdrangen Galens Konzentration nur mit Verzögerung. Als sie zu ihm durchgesickert waren, lächelte er und schüttelte den Kopf. »Die Erntedroiden werden die Löcher schon wieder zuschütten. Lass sie nur machen.«

»Oh, ich hatte nicht vor, etwas zu unternehmen. Du bist dran.«

Er drehte sich um, und Lyras Lippen verzogen sich zu einem Schmunzeln. Sie hatte das Lächeln schnell wieder gelernt, nachdem sie Coruscant verlassen hatten.

Er setzte zu einer Entgegnung an, da ließ ein Grollen den Himmel erbeben, aber es war kein Donner. Ein Teil von Galens Verstand konzentrierte sich ganz auf seine Frau vor ihm und seine Tochter draußen am Strand; der Rest analysierte die Situation mit mechanischer Präzision. Er setzte sich in Bewegung, ohne bewusst mit seinen Gliedmaßen zu kommunizieren, schob sich an Lyra und dem überfüllten Küchentisch und dem abgewetzten Sofa vorbei, das nach altem Rasierwasser roch, dann durch die Tür und zu einem Gerät, das aussah, als wäre es auf den Schrottplätzen einer

Maschinenzivilisation entstanden – eine Ansammlung rissiger Bildschirme und loser Drähte, welche nur darauf wartete, den Geist aufzugeben. Galen stellte einen Regler ein und betrachtete die Darstellung auf einem der Schirme.

Ein Shuttle ging über seiner Farm nieder.

Genauer gesagt, ein T-3c der *Delta*-Klasse, ganz aus nacktem Metall und scharfen Kanten bestehend. Er führte aktive Scans der Landschaft durch, während er seine breiten Flügel für die Landung einklappte und seine Sublichttriebwerke ihren Schub drosselten. Galen musterte die Datenwiedergabe neben dem Bild und versuchte, sich die Angaben einzuprägen – nicht etwa, weil es nützlich sein konnte, sondern um sich abzulenken, um einen Moment lang nicht über die Bedeutung dessen nachdenken zu müssen, was er sah.

Er schloss die Augen und gab sich drei Sekunden. *Drei, zwei, eins.*

Zeit zu akzeptieren, dass das Leben seiner Familie auf Lah'mu vorbei war.

»Lyra«, sagte Galen. Er nahm an, dass sie in der Nähe war, blickte aber nicht auf, um sich zu vergewissern.

»Ist er es?«, fragte sie. Sie klang furchtlos, was ihm mehr Angst machte als alles andere.

»Ich weiß es nicht. Aber wir müssen …«

»Ich fange gleich an«, erklärte sie.

Er nickte, behielt den Blick aber auch jetzt auf die Konsole gerichtet.

Galen neigte nicht zur Panik. Er wusste, was getan werden musste, hatte es immer wieder geübt, an den seltenen Tagen, wenn die Farm sich um sich selbst kümmerte, oder in den nicht ganz so seltenen Nächten, wenn er nicht schlafen konnte. Diese Vorbereitungen waren die einzige Obsession, die er sich gestattet hatte. Er wirbelte zu einer anderen Maschine herum, tippte einen Code ein und riss mit schnellen Bewegungen eine Reihe Kabel von der Wand. In seinem Kopf begann nun ein weiterer Countdown; falls die Datenlöschung in fünf Minuten noch nicht abgeschlossen wäre, würde er das Terminal mit eigenen Händen zerstören.

Er hörte Schritte vor der Eingangstür, schnell und leicht, und als er den Kopf drehte, sah er, wie Jyn hereinhuschte, das braune Haar matt, das Gesicht von Schmutz verschmiert. Ihr Spielzeug hatten sie draußen im Feld gelassen. Galen spürte einen unerwarteten Stich, und so absurd es war, er sorgte sich, dass der Verlust von Stormy ihr zusetzen würde, wenn sie die Farm hinter sich gelassen hätten.

»Mama …«

Lyra trat von dem Bündel mit Kleidern, Datenblöcken und Feldrationen zurück, das sie zusammengeschnürt hatte, und kniete sich vor das Mädchen, dessen bleiche, schmale Züge ihren eigenen so sehr glichen. »Wir wissen es. Alles ist gut.«

Galen trat zu den beiden hinüber, wartete, bis seine Tochter zu ihm aufblickte, und sagte dann mit leiser, aber ernster Stimme: »Pack deine Sachen zusammen, Jyn. Es ist Zeit.«

Sie verstand natürlich, was los war. Sie verstand immer, wenn etwas Wichtiges geschah. Aber Galen hatte jetzt keine Zeit, stolz zu sein.

Während Jyn in ihr Zimmer sprintete, wandte er sich wieder seinen Maschinen zu. Die Datenlöschung war noch nicht abgeschlossen. Es gab noch andere Dateien, um die er sich ebenfalls kümmern musste; Dateien, die er eigentlich schon auf Coruscant hätte löschen sollen, aber nach Lah'mu mitgebracht hatte. (Warum hatte er das getan? Aus Nostalgie? Aus Eitelkeit?) Er öffnete eine Schublade mit Droiden-Ersatzteilen und nahm den Arm einer Ernteeinheit heraus, dann klappte er ein kleines Fach auf, schob die Fingerspitzen zwischen die Drähte und zog den Datenchip hervor.

»Reiche mir bitte den Zerhacker«, sagte er.

Lyra reichte ihm die Metallkugel, die in etwa so groß war wie seine Handfläche. Galen steckte den Datenchip in das Gerät und drückte den Schalter, bevor er es sich anders überlegen konnte. Die Kugel erhitzte sich, und ein Geruch wie von verbranntem Haar ging davon aus, als er sie mit dem Arm zurück in die Schublade warf. Ein kalter Knoten bildete sich in seinem Magen.

»Falls du noch mehr hast, beeil dich.« Lyras Ton klang angespannt. An der Sensorkonsole hatte ein Licht zu blinken begonnen.

»Gib das Signal und nimm Jyn«, wies er sie an. »Ich kümmere mich hier um den Rest.«

Lyra, die gerade noch einmal den Inhalt des Bündels durchgegangen war, hielt abrupt inne. »Das war nicht der Plan, Galen.«

»Ich komme nach.«

»Wir gehen alle zusammen.«

Ihre Augen blieben hart. *Bitte, lächle*, dachte er.

»Ich muss euch mehr Zeit verschaffen«, erklärte er.

Das Sensorlämpchen erlosch, aber Galen bezweifelte, dass es eine Fehlfunktion war.

Lyra starrte ihn nur weiter an.

»Ich bin der Einzige, der sie aufhalten kann«, sagte er.

An diesem Argument gab es nichts zu rütteln, und Lyra versuchte es auch gar nicht. Sie trat in die Küche und tippte das Komm an, während Galen zu Jyns Zimmer eilte. So hörte er nur ihre ersten Worte: *»Saw – es ist so weit. Er hat uns gefunden.«*

Jyn hatte sich über ihren ausgebeulten Rucksack gebeugt, als er eintrat. Sein Blick huschte über die Einrichtung des winzigen Zimmers: das Bett, der Schrank. Viele Versteckmöglichkeiten. Genug, um ihnen ein paar zusätzliche Minuten zu erkaufen. Er schob eine Puppe unter das Bett und ging dann zur Tür zurück.

»Jyn, komm her.«

Was sollte er ihr sagen? Welchen Eindruck wollte er bei ihr hinterlassen, sollte das hier in einem Desaster enden.

»Vergiss nie …« Er sprach bewusst langsam, wollte, dass sich ihr jedes Wort einprägte. »Was immer ich tue, ich tue es, um dich zu schützen. Verstehst du?«

»Ich verstehe«, sagte sie.

Nur dass sie es diesmal natürlich *nicht* verstand. Welche Achtjährige könnte das schon? Galen hörte seine eigene Torheit, sein eigenes Ego in ihrer Stimme widerhallen. Er nahm sie in die Arme, drückte ihren schlanken, warmen Körper an sich und beschloss, dass es eine bessere Erinnerung gab, die er ihr hinterlassen wollte.

»Ich liebe dich, Sternenstaub.«

»Ich hab dich auch lieb, Papa.«

Das musste reichen.

Er blickte zu seiner Frau hinüber, die wartend im Wohnzimmer stand. »Galen«, begann sie, und jegliche Härte war aus ihrem Gesicht verschwunden.

»Geht«, sagte er.

Und sie ging, wobei sie Jyn neben sich herführte. Galen gestattete sich den Luxus, ihnen nachzublicken. Er hörte, wie seine Tochter ein verwirrtes »Papa?« ausstieß, dann waren sie aus dem Haus, und er machte sich wieder an die Arbeit.

Er sammelte einige Gegenstände ein – weitere Spielsachen, Lyras Kleider, ungewaschenes Geschirr aus der Küche – und verstaute sie in einer Nische, die er und Lyra schon vor Langem vorbereitet hatten. Anschließend sah er nach, wie es mit Datenlöschung stand – noch immer nicht abgeschlossen –, und er widmete sich wieder seinem mentalen Countdown: Er war bereits ein paar Sekunden über der Fünf-Minuten-Marke. Nun, zumindest würde ihm nicht langweilig werden, während er auf seine Besucher wartete.

Als Galen gedämpfte Stimmen vor dem Farmhaus hörte, quoll beißender Rauch aus den geschmolzenen Schaltkreisen der beiden selbstgebauten Datenverarbeitungsterminals. Er trat durch die Vordertür nach draußen, um die Neuankömmlinge unter dem wolkenbedeckten Himmel zu begrüßen.

Ein Trupp Soldaten in grellem Weiß und tiefem Schwarz näherte sich dem Haus. Ihr Anführer war ein Mann in Galens Alter, gekleidet in die makellose, elfenbeinfarbene Uniform eines Offiziers, den Kopf hoch erhoben, seine Bewegungen steif. Die Brise zerrte an dem sandbraunen Haar unter seiner Kappe. Seine Begleiter trugen ihre schwarzen Rüstungen, wie ein Käfer seinen Panzer trägt, und sie hielten ihre Waffen erhoben, als wären sie auf einen Kampf vorbereitet. Ihre Füße berührten den Boden, wenn der Fuß ihres Anführers den Boden berührte; sie hatten sich perfekt seinem Tempo angepasst, schienen nichts weiter zu sein als eine Erweiterung ihres Vorgesetzten.

Der Mann in Weiß blieb keine drei Meter entfernt stehen. »Du bist nicht leicht zu finden, Galen«, sagte er mit dem Ansatz eines Lächelns.

»Genau das war die Absicht.« Galen erwiderte das Lächeln nicht, obwohl er am liebsten gegrinst hätte. Wie leicht wäre es, die Farm und den Himmel auszublenden, die Soldaten in den Hintergrund zu rücken und das Bild eines Büros auf Coruscant heraufzubeschwören – sich einzureden, dass dies nur ein verbaler Schlagabtausch mit seinem alten Freund und Kollegen Orson Krennic wäre, so wie in alten Tagen.

Doch Nostalgie änderte nichts an der Situation, und Orson wusste das ebenfalls.

Er zupfte an seinen Handschuhen, während er übertrieben auffällig den Hals reckte und die Felder ringsum betrachtete. »Aber ein Leben als Farmer? Was für eine Verschwendung deiner Talente.«

»Es ist ein friedliches Leben«, erwiderte Galen.

»Und einsam, könnte ich mir vorstellen.«

Diese Worte reichten, um Krennics Absichten und Ziele offensichtlich zu machen. Galen hatte mit nichts anderem gerechnet.

»Seit Lyras Tod ist es einsam, ja.«

Orsons Mundwinkel zuckten, als wäre er verwirrt. »Mein aufrichtiges Beileid«, erklärte er, dann fuhr er mit einer Geste in Richtung seiner Soldaten fort: »Durchsucht das Haus. Schaltet alle Maschinen ab – die Techniker sollen sie untersuchen.«

Vier der Soldaten gingen gehorsam und mit weiten Schritten auf den Eingang zu. Galen trat beiseite, um sie durchzulassen.

»Ich hoffe doch, du hast uns keine Fallen gestellt«, wandte sich Orson wieder an ihn. »Nichts, was einen Patrioten bei der Erfüllung seiner Pflicht behindern würde.«

»Nein.«

»Nein«, nickte Orson. »Das fand ich schon immer so erfrischend an dir. Deine Beständigkeit. Galen Erso ist ein *ehrlicher* Mensch, ungeachtet der Situation oder der Umstände.«

Hinter Galen riefen die Soldaten einander im Inneren des Hauses zu, und er unterdrückte den Impuls, sich umzudrehen. »Tatsächlich? Vielleicht. Aber ich bin trotzdem nur ein Mensch.«

Orson erkannte das Argument mit ausgebreiteten Händen an. Er trat vor, um sich zu seinen Leuten zu gesellen, blieb dann aber wieder stehen. »Wann ist sie gestorben?«, fragte er.

»Vor zwei, drei Jahren glaube ich. Es ist alles ein wenig verschwommen.«

»Sie war eine wundervolle Frau. Stark. Ich weiß, du hast sie sehr geliebt.«

»Was willst du?«

Die Frage war ein Fehler. Galen musste sich zusammenreißen, um nicht das Gesicht zu verzerren, als er die Anspannung in seiner Stimme hörte. Je länger er Orson hinhielt, desto mehr Zeit hatten Lyra und Jyn, um zu fliehen. Doch stattdessen hatte er die Geduld verloren.

Krennic antwortete mit der unverblümten Ehrlichkeit eines Mannes, der des Wartens überdrüssig wurde. »Das Projekt steckt fest, Galen. Ich möchte, dass du zurückkommst.«

»Ich habe volles Vertrauen, dass du und deine Leute eine Lösung finden werdet.«

»Nein, hast du nicht«, schnappte Orson. »Du warst nie der bescheidene Typ.«

»Und du hast zu wenig Vertrauen in deine eigenen Fähigkeiten«, erwiderte Galen leichtfertig. »Das habe ich dir schon gesagt, als wir fast noch Kinder waren. Alles, was ich getan habe, hättest du auch tun können. Aber du hast dich nur oberflächlich an der Wissenschaft versucht. Dir war es lieber, Leute zu dirigieren, als Theorien zu formulieren. Ich habe deine Entscheidung immer respektiert, aber du solltest dich nicht unterschätzen.«

Jedes Wort davon stimmte, und ebenso wie Galens aufreizend ruhiger, beifälliger Ton waren sie alle sorgfältig gewählt, um Orson zu verletzen, an seiner alten Verunsicherung zu rühren. Er hatte keine Angst vor Krennics Wut. Was ihm Angst machte, waren Konzentration, Effizienz, Schnelligkeit – nicht unkontrollierter Zorn.

Orson setzte ein gezwungenes Lächeln auf, das eher an eine Grimasse erinnerte. »Du *wirst* mit mir zurückkommen.«

So viel dazu. Galen straffte die Schultern. »Nein. Ich gehöre hierher.«

»Um was zu tun? Mit einer Schaufel im Dreck zu graben? Wir standen vor einem gewaltigen Durchbruch, Galen. Wir waren so nahe dran, der Galaxis Frieden und Sicherheit zu bringen.«

Hinter Galen erklang das Geräusch zersplitternden Glases, als die Soldaten ihre Durchsuchung fortsetzten. In Gedanken listete er alles an Geschirr, Gläsern und Vasen auf, was sie besaßen, brach dann aber seine Überlegung ab. Nichts, was sich noch in dem Haus befand, war wichtig.

»Du verwechselst Frieden mit Terror. Außerdem hast du mich belogen, was das Ziel des Projekts angeht.«

»Nur weil du es glauben wolltest.«

»Du willst Leute damit umbringen.«

Unbeeindruckt von dem Argument, zog Orson die Schultern hoch. »Irgendwo müssen wir anfangen.«

Beinahe hätte Galen gelacht. Er erinnerte sich noch an die Zeit, als er mit Orson lachen konnte, anstatt von hohlem Trotz erfüllt zu werden.

Knackende Geräusche drangen aus dem Haus: Möbel, die auf der Suche nach Verstecken zertrümmert wurden. Nicht mehr lange, und Krennic würde seinen Beweis haben.

»Ich wäre dir keine Hilfe.« *Mach ihn wütend. Sorg dafür, dass er sich auf dich konzentriert.* »Mein Verstand ist nicht mehr, was er mal war.« Mehr konnte er nicht mehr tun: reden, Orson verärgern, um ein paar Sekunden mehr zu erkaufen, ein paar wertvolle Momente für Lyra und Jyn. »Zuerst dachte ich, es wäre nur die Arbeit. Manchmal lag ich nachts wach und dachte über die alten Gleichungen und Theoreme nach, aber irgendwann konnte ich sie nicht länger im Kopf behalten. Ich habe es auf die Erschöpfung geschoben, darauf, dass ich nicht länger meinen Intellekt schärfe …« Er schüttelte den Kopf. »Aber es ist mehr als das. Heutzutage kann ich mich oft nicht mal mehr an die einfachsten Dinge erinnern.«

Orson verschränkte die behandschuhten Finger, und grausame Belustigung funkelte in seinen Augen. »An dein Kind, zum Beispiel? Galen, du bist ein hervorragender Wissenschaftler, aber ein lausiger Lügner.«

Krennic musste nicht warten, bis seine Soldaten ein zusätzliches Bett meldeten, oder ein Spielzeug, das sie draußen bei den Feldern gefunden hatten. Er wusste, dass Galens Familie hier auf Lah'mu war, und es gab nichts, was Erso tun konnte, um ihn hinzuhalten.

Er betete, dass Lyra mehr Erfolg beschieden war. Sie hatte ihn noch nie enttäuscht.

Dann schob er auch diesen Gedanken beiseite, um daran zu denken, wie er seine Tochter in die Arme genommen hatte.

Lyra rannte, die Finger um das zierliche Handgelenk ihrer Tochter geschlossen. Sie zog das Mädchen grob neben sich her, hörte, wie es vor Schmerz wimmerte, spürte, wie es immer wieder stolperte. Nur zu gern hätte sie Jyn auf den Arm genommen, an ihre Brust gepresst und über die Felsen getragen.

Doch sie konnte nicht gleichzeitig ihre Tochter tragen und sich tief genug bücken, um zwischen den Hügeln verborgen zu bleiben. Sie konnte nicht weitere fünfundzwanzig Kilogramm zu dem Gewicht der Vorräte auf ihrem Rücken hinzufügen und ihr Tempo aufrechthalten. Lyra liebte Jyn, aber Liebe würde sie an diesem Tag nicht retten.

Sie war schon immer die praktisch Denkende in der Familie gewesen.

Warum hast du uns nur weggeschickt, Galen, dachte sie.

Aus dem Augenwinkel nahm sie eine Bewegung wahr, und sie wirbelte herum und warf sich gemeinsam mit Jyn auf den feuchten Boden, um nachzusehen, ob es nur der Wind war.

Ihr Bauch schmerzte vom Rennen, und die kühle Erde fühlte sich gut an ihrem Körper an, aber ihre Stirn prickelte vor Schweiß und Furcht, während sie zwischen den Felsen hindurchlinste. Ein halbes Dutzend Gestalten: schwarz uniformierte, imperiale Soldaten, angeführt von einem Offizier in Weiß, die sich rasch der Farm näherten.

Und nicht nur irgendein Offizier – es war *Orson Krennic*, der die Todesschwadron zu dem Gebäude führte. Zu Galen.

»Mama…«, flüsterte Jyn, wobei sie an ihrer Hand zog. »Ich kenne diesen Mann.«

Das überraschte Lyra im ersten Moment. Doch Jyn hatte den Verstand ihres Vaters geerbt, wenn auch nicht seine Obsession, und ihr Gedächtnis war besser, als Lyras Gedächtnis es je gewesen war.

Das ist Orson, ein spezieller Freund deines Vaters, wollte sie sagen. *Ein verlogener Mistkerl, der glaubt, er wäre ein Visionär.* Stattdessen wisperte sie »Schh«, presste zwei Finger an Jyns Lippen und küsste sie auf die Stirn. »Wir müssen weiter. Sie dürfen uns nicht sehen, in Ordnung?«

Das Mädchen nickte, aber sie wirkte zutiefst verängstigt.

Sie eilten weiter, so schnell, wie es Lyra in ihrer geduckten Haltung möglich war. Ihre Muskeln verkrampften sich, und nachdem sie eine Kommsäule umrundet hatten, blieb sie noch einmal stehen, um zur Farm zurückzublicken. Sie konnte Krennic nicht länger zwischen den Soldaten sehen, und auch nicht, ob Galen sich ihnen gestellt hatte, aber in jedem Fall hatte die Gruppe vor dem Eingang innegehalten. Vor ihrem geistigen Auge sah Lyra die gepanzerten Gestalten, wie sie Flammenwerfer auf das Haus richteten und es zu Asche und verkohltem Metall verbrannten, während ihr Mann eingeschlossen in dem Inferno um sein Leben schrie…

Eigentlich sollte sie es besser wissen. Solange Krennic das

Kommando hatte, würde Galen am Leben bleiben. Er würde ihn zwingen, für ihn zu arbeiten, bis Galen alt und kraftlos war, bis sein Intellekt ihn im Stich ließ und das Imperium zu dem Schluss gelangte, dass er nicht länger von Nutzen war.

In diesem Moment wurde Lyra bewusst, dass sie eine Entscheidung getroffen hatte.

Sie nahm die Tasche ab und wühlte darin herum, bis sie fand, wonach sie gesucht hatte. Anschließend stellte sie das Bündel Kleider auf dem Boden ab und legte Jyn die Hände auf die Schultern. Das Mädchen zitterte, aber es begegnete dem Blick ihrer Mutter.

»Du weißt, wo du hinmusst, richtig?«, sagte sie. »Warte dort auf mich. Zeig dich für niemanden, außer für mich.«

Jyn antwortete nicht. Lyra sah die Tränen in ihren Augen, und eine Stimme in ihrem Kopf warnte: *Falls du sie jetzt alleinlässt und nicht zurückkommst, wird sie sterben. Sie hat keine Kraft mehr.*

Doch sie hatte sich bereits entschieden. Ihr Ehemann brauchte sie im Moment mehr als ihre Tochter.

Hastig griff sie nach ihrem Hals, schob den rauen Stoff ihrer Kleidung beiseite und tastete mit ihren Fingern nach der ausgefransten Kordel. Als sie die Kette abnahm, schwang der Anhänger in der Brise hin und her: ein gezackter, trüber Kristall, auf einer Seite mit einer Inschrift versehen. Behutsam streifte sie ihn Jyn über den Kopf. Das Mädchen rührte sich nicht.

»Vertrau der Macht«, sagte Lyra und zwang sich zu einem Lächeln.

»Mama …«

»Ich komme nach«, wisperte sie. »Jetzt geh.«

Sie umarmte Jyn – *halt sie nicht zu lange, gib ihr keine Zeit nachzudenken* –, dann drehte sie sie an den Schultern um und schob sie von sich fort. Ihre Tochter stolperte zwischen den Felsen dahin, und kurz darauf war sie außer Sicht verschwunden.

Es war Zeit, sich wieder zu konzentrieren. Jyn würde nichts geschehen. Sie war sicher – natürlich noch sicherer, falls Lyras Plan aufging, aber auch so: sicher. Also wandte sie sich der Farm und der Gruppe vor dem Eingang zu, hob das Bündel Kleider wieder auf und ging zurück in die Richtung, aus der sie gekommen war. Auch jetzt hielt sie sich gebückt, und sie beschleunigte ihre Schritte, als vier Soldaten das Haus betraten und dabei den Blick auf Galen und Krennic freigaben. Schwach konnte sie sogar die Stimmen der beiden hören. Krennic erklärte gerade salbungsvoll: *Irgendwo müssen wir anfangen.*

Sie hatte nicht erwartet, dass sich ihr so schnell eine Möglichkeit eröffnen würde, und eigentlich brauchte sie mehr Zeit, um ihren nächsten Schritt zu planen. Aber sie wusste nicht, wann Krennic wieder so schlecht bewacht sein würde, und so richtete sie sich auf und rannte los, das Bündel dicht an sich gepresst.

Orson sah sie zuerst, und er sagte zu Galen: »Sieh nur! Da ist Lyra. Von den Toten auferstanden. Das muss ein Wunder sein.«

Galen drehte sich in ihre Richtung herum, und tiefer Schmerz sprach aus seinen Zügen. »Lyra …« Doch er blickte an ihr vorbei, suchte die Felder nach Jyn ab.

Beinahe wollte sie lächeln.

Die schwarz uniformierten Soldaten hoben ihre Waffen.

»Stopp!«, schnappte Krennic.

Lyra ließ das Bündel fallen und riss den Blaster hoch, den sie darunter verborgen hatte. Das kalte Metall des Abzugs ließ ihren Finger prickeln, als sie auf Krennic zielte. Seine Begleiter beachtete sie gar nicht; sollten die Soldaten auf sie schießen, wäre nur ein Muskelzucken nötig, um Orson zu erledigen.

Die Uniformierten rührten sich nicht, und Krennic lächelte Lyra an. »Wie immer machen Sie die Dinge komplizierter, als sie eigentlich sein müssten.«

»Du nimmst ihn nicht mit«, erklärte Lyra.

»Nein, natürlich nicht. Ich nehme Sie alle mit. Sie, Ihr Kind. Sie werden alle ein angenehmes Leben haben.«

»Als Geiseln.«

Sie hatte diese Art Leben schon einmal geführt, zumindest mehr oder weniger, und sie verspürte keinerlei Verlangen, die Erfahrung noch einmal zu wiederholen.

Krennic wirkte unbeeindruckt. »Als ›Helden des Imperiums‹.«

Außerhalb ihres Blickfelds erklang Galens Stimme. »Lyra. Nimm die Waffe runter.« Die Sorge in seiner Stimme war wie ein schweres Gewicht auf ihrem Arm, ihrer Hand, aber sie hielt den Blaster erhoben und ignorierte die Bitte ihres Mannes.

Krennics Lächeln erstarb, als Lyra ihren Drohungen Luft machte. Sie hatte sich diesen Moment schon oft ausgemalt, hatte überlegt, was sie dem Mann sagen würde, der ihr Leben wieder und wieder ruiniert hatte, und diese Worte nun tatsächlich auszusprechen fühlte sich ironischerweise an, als würde sie träumen. »Du wirst uns gehen lassen«, begann sie. »Und weißt du, warum? Weil du ein egomanischer Feigling bist. Ich bin sicher, falls deine Vorgesetzten dich am Leben lassen, wirst du dich wieder auf die Suche nach uns machen. Das ist in Ordnung. Aber *jetzt* wirst du uns gehen lassen. Hast du mich verstanden?«

Krennic nickte lediglich. »Sie sollten sich das genau überlegen.«

Sie spürte, wie die Soldaten ihre Körper anspannten, und

auch wenn sie es nicht sehen konnte, wusste sie doch, dass Galen sie gerade voller Entsetzen anstarrte. Sie hatte Orson Krennic und seine Feigheit falsch eingeschätzt. Entweder er hatte sich in den Jahren seit ihrer letzten Begegnung verändert, oder sie hatte damals schon ein falsches Bild von ihm gehabt.

Trotzdem, Jyn würde sicher sein.

Und vielleicht konnte sie auch ihren Ehemann noch retten.

»Du wirst nie gewinnen«, sagte sie.

Krennic legte den Kopf schräg; eine herablassende Geste für einen überlisteten Widersacher.

»Jetzt«, befahl er.

Lyra drückte den Abzug, spürte, wie der Blaster in ihrer Hand ruckte, und im selben Moment blitzte in der Nähe Licht auf, und versengende Hitze brannte sich in ihre Brust. Sie hörte die Schüsse der Soldaten erst, als sie den Schmerz bereits fühlte – ein dumpfes, fast schon taubes Prickeln überall in ihrem Körper, das sich dort verstärkte, wo sie getroffen worden war. Ihre Muskeln vibrierten wie angeschlagene Saiten. Galen brüllte ihren Namen und rannte zu ihr herüber, ab sie konnte ihn nicht sehen. Alles, was sie sah, war Krennic, der sich mit verzerrtem Gesicht die geschwärzte, rauchende Schulter hielt.

Wäre sie in der Lage gewesen zu schreien, hätte sie es getan – nicht vor Schmerz, sondern vor Wut –, aber sie brachte keinen Laut hervor, und so versank sie voll stummer Verbitterung in der Schwärze.

Ihr letzter Gedanke war: *Ich wünschte, Galen müsste das nicht sehen.*

Das Letzte, was sie hörte, war Galen, wie er ihren Namen rief, und dann eine wütende Stimme, die grollte: »Sie haben ein Kind. Findet das Kind!« Doch da war sie bereits so weit weggetreten, dass sie die Worte nicht mehr verstehen konnte.

Jyn war kein unartiges Kind. Es machte ihr keinen Spaß, sich ihren Eltern zu widersetzen. Wenn sie ihr etwas sagten, dann tat sie es – *meistens*. Vielleicht nicht sofort, aber früher oder später … *meistens*. Sie hatte es nicht verdient, bestraft zu werden.

Sie wusste, sie hätte nicht umkehren sollen, um zu beobachten, wie Mama und Papa mit dem Mann in Weiß sprachen. Aber sie hatte ja nicht ahnen können, was geschehen würde. Wie hätte sie wissen sollen, was die Soldaten tun würden …?

Hatten sie über Jyn geredet? War das alles ihre Schuld?

Papa hielt Mama in den Armen, und Mama rührte sich nicht. Jyn konnte nicht aufhören zu weinen, aber sie unterdrückte ein Schluchzen. Sie wusste, dass sie jetzt stark sein musste – sie *musste* ganz einfach.

Sie hatte gesehen, wie viel Angst Mama gehabt hatte. Wer immer die Fremden waren, Jyn wusste, dass sie auch ihr wehtun würden.

Und sie wusste, was sie tun sollte. Sie würde artig sein und sich an das halten, was Mama ihr gesagt hatte.

Das Atmen fiel ihr schwer, während sie dahinrannte. Ihre Nase lief, Tränen quollen ihr aus den Augen, und ihr Hals fühlte sich geschwollen und verstopft an. In der Ferne waren Stimmen zu hören, elektronische Stimmen wie von Droiden oder verzerrten Komms. Die Soldaten verfolgten sie.

Das hohe Keuchen ihres Atems musste sie verraten haben, und ihr brennendes Gesicht musste so rot sein, dass man es vermutlich kilometerweit sehen konnte. Doch sie wusste, wo sie hinmusste. Papa hatte so getan, als wäre es ein Spiel, wenn er sie zu Wettrennen zu dem Versteck herausforderte, aber sie hatte schnell erkannt, dass es mehr als nur das war. Einmal hatte sie Mama danach gefragt, und Mama hatte ihre Hand genommen und mit einem Lächeln erklärt: »Tu einfach, als wäre es trotzdem ein Spiel. Deinem Vater zuliebe.«

Jyn versuchte auch jetzt so zu tun, aber es war nicht leicht.

Sie fand den Platz zwischen den aufgetürmten Felsen, den Papa ihr gezeigt hatte. Ihre Hände zitterten so stark, dass sie es fast nicht schaffte, die gut getarnte Luke anzuheben, die direkt in die Seite des Hügels eingelassen war. Im Innern führte eine Leiter zu einem Schutzraum hinab, aber Jyn blieb oben beim Ausgang und zog die Luke so weit zu, dass nur ein schmaler Streifen Licht von draußen hereinfiel und die staubige Düsternis erhellte.

Sie zog die Knie an die Brust und summte eines der Lieder, die ihre Mutter ihr vorgesungen hatte, während sie vor- und zurückwippte, ohne auf ihr tränennasses Gesicht oder ihre schmutzigen Hände zu achten. Sie redete sich ein, dass sie nur lange genug warten müsste – schließlich hatten ihre Eltern ihr das gesagt: Geh ins Versteck und warte.

Sie würden kommen. Mama oder Papa würden kommen.

Rauch stieg Jyn in die Nase, und er brannte sogar noch schlimmer in ihren Augen als die Tränen. Sie konnte die Umrisse von Soldaten sehen, die zwischen den Felsen dahinmarschierten, aber obwohl sie wieder und wieder vorbeigingen, schien keiner von ihnen die Luke zu bemerken. Niemand entdeckte ihr Versteck. Als das Tageslicht schwächer wurde, verschwanden sie, und Jyn kletterte die Leiter nach unten.

Der Schutzraum war zu klein, um es sich dort bequem zu machen, zumal alles voller Nahrungsvorräte und Maschinen und Kisten war, aber sie hatte genug Platz, um zu sitzen. Sie fand eine Lampe und verbrachte die Nacht in ihrem flackernden Schein, während sie dem Tosen eines Sturms und dem Gluckern von Regenwasser lauschte, das über ihr den Hügel hinabplätscherte. Obwohl sie versuchte zu schlafen, wachte sie meist schon nach wenigen Minuten wieder auf – Regentropfen fanden einen Weg durch die Luke und klatschten ihr auf die Stirn und die Ärmel, ganz gleich, wie sie sich auch drehte und wendete.

Selbst wenn sie träumte, ging es immer um dieses beharrliche Tropfen, diese willkürlichen, feuchten Attacken. Manchmal sah sie auch Mama zu Boden stürzen, wenn der Regen sie traf.

Dann kam der Morgen, und das Geräusch von quietschendem Metall über ihr ließ sie hochschrecken. Einen Moment lang konnte sie nicht zwischen Traum und Realität unterscheiden, und sie glaubte, dass zu guter Letzt Mama oder Papa gekommen wären. Was sie am Vortag gesehen hatte, erschien in diesem Moment wie ein Alptraum, und dass sie hier war, war nur ein weiteres von Papas Spielen.

Doch dann war der Moment vorbei.

Sie hob den Kopf. Die Luke öffnete sich, und über ihr ragte die Silhouette einer Gestalt in schwerer Rüstung auf. Das dunkle Gesicht des Mannes war von Narben durchzogen, und seine Augen glänzten im Licht der Lampe, als er zu Jyn hinabblickte. Mit respekteinflößender Stimme sagte er: »Komm, mein Kind. Wir haben eine lange Reise vor uns.«

An Bord des Shuttles beobachtete Orson Krennic seinen Gefangenen, und er überlegte, wann der Mann sich wohl endlich von der Trage mit der Leiche seiner Frau losreißen würde. »Wir bringen sie nach Hause«, sagte er. »Du hast mein Wort.«

Galen sagte nichts, streichelte weiter die Hand der Toten.

Was hätte ich auch anderes erwarten sollen, fragte sich Krennic.

Wäre Lyra nicht so töricht gewesen, hätte sie nicht sterben müssen. Orson hatte sein Leben für Galen und seine Familie riskiert, hatte Lyra ausreichend Gelegenheit gegeben, sich zu ergeben, anstatt seinen Männern sofort den Feuerbefehl zu geben – was von seiner Warte aus die sicherste Option gewesen wäre. Seine Todestruppler waren harte Männer, und sie hätten kein Problem damit gehabt, die Situation schnell und brutal zu lösen.

Und dann hatte sie ihn *angeschossen*!

Er hatte versucht, Lyra zu verschonen, um Galens willen. Weil er verstand, dass der geniale Wissenschaftler die beste Leistung erbrachte, wenn er nicht abgelenkt war – und auch, weil er die Freundschaft oder zumindest die Freundschaft*lichkeit* ehren wollte, die ihn und Galen einst verbunden hatte. Doch sein selbstauferlegtes Exil hatte Erso verändert: Er war nicht länger ein Mann unvoreingenommenen Denkens, der Fakten objektiv interpretieren konnte. Was immer Krennic sagte, was immer er tat, Galen würde es für den skrupellosen Trick eines machthungrigen Intriganten halten.

Das ärgerte ihn – eine jahrelange Beziehung so gründlich zerstört zu sehen war immer ärgerlich –, aber er konnte es *nutzen*. Falls Galen nicht mitspielen wollte (aber ein Mann, der sich so schnell verändert hatte, sollte eigentlich in der Lage sein, sein Denken noch einmal zu ändern, oder?), dann würde Orson eben das Monster spielen, um seine Kooperation zu erzwingen.

Wegen des Verbands um seine Schulter konnte Krennic den Arm nicht bewegen. Es würde sicher Wochen, wenn nicht gar Monate – und etliche Stunden in medizinischen Bacta-Tanks – dauern, bis er wieder vollständig genesen wäre. Vermutlich würde die Wunde höllisch wehtun, sobald die Schmerzmittel nachließen, aber damit konnte er leben; die verlorene Zeit hingegen wäre völlig inakzeptabel.

Falls er Galen je etwas schuldig gewesen war, betrachtete er diese Schuld jetzt als beglichen.

»Wir werden das Kind finden«, sagte er mit Nachdruck.

Erso wandte den Blick nicht von Lyras Leiche ab (ein weiteres Geschenk Krennics – wer sonst hätte sie mitgenommen, damit sie in der Heimat ein angemessenes Begräbnis haben konnte?). »Falls du sie bislang noch nicht gefunden hast«, murmelte Galen, »wirst du sie vermutlich nie finden.«

Orsons Wut loderte hoch, aber er konnte nicht leugnen, dass Wahrheit in diesen Worten steckte. Jyn hatte offensichtlich Hilfe von außen gehabt – das Kommsignal, das von der Farm ausgegangen war, deutete darauf hin –, und es wäre ein Fehler, die Talente ihres Retters zu unterschätzen. Dennoch war Krennic zuversichtlich. Sie würden die Kommstationen untersuchen, und ganz gleich, wie schwer Galen sie beschädigt hatte, es sollte ihnen gelingen, den Geräten genauere Informationen zu entnehmen. Basierend auf diesen Ergebnissen würde Orson dann entscheiden, wie er die Situation zu seinem Vorteil nutzen konnte.

Falls Galen im Ungewissen war, was das Schicksal seiner Tochter anging – falls er einfach nur einen allgemeinen Hilferuf in den Äther geschickt und jedem Schmuggler oder Kopfgeldjäger in Reichweite eine Belohnung versprochen hatte, falls sie Jyn von Lah'mu fortbrachten –, dann sollte eine konsequente Suche nach dem Mädchen Galen eigentlich zur Zusammenarbeit anspornen. Er würde es natürlich nie zugeben, aber auch ihm musste klar sein, dass das Mädchen in den Händen des Imperiums sicherer wäre als bei irgendwelchen Kriminellen.

Falls Erso hingegen *wusste*, wer Jyn gerettet hatte, dann wäre es vielleicht besser, die Sache auf sich beruhen zu lassen und ihm nur damit zu drohen, dass man sie suchen und finden würde, um ihn zur Kooperation zu zwingen.

Doch darum, fuhr es Krennic durch den Kopf, konnte er sich später noch Gedanken machen. Er war so in seine Mission vertieft gewesen, dass er noch gar nicht dazu gekommen war, seinen Triumph zu genießen.

Nach all den Monaten der Suche war Galen endlich wieder in seiner Gewalt. Die Rückschläge bei der Forschung, die Verzögerungen bei der Konstruktion, all die Probleme, die Krennics Team plagten, würden sich schon bald in Wohlgefallen auflösen. Und auch die ständige Kritik von Personen wie Wilhuff Tarkin – Bürokraten ohne echtes Verständnis für die Größenordnung von Orsons Ambitionen – würde ein Ende finden. Das war etwas, was gefeiert werden musste.

Krennic lächelte Galen an und schüttelte gutmütig den Kopf. »Deine Frau wird ein würdiges Begräbnis bekommen. Wir werden sie bestatten, sobald wir Coruscant erreichen. Aber jetzt … sollten wir uns erst mal über deine Arbeit unterhalten.«

Endlich drehte Galen sich zu ihm, seine Augen erfüllt von Abscheu.

Dann eine Bewegung, so minimal, dass man sie kaum wahrnahm. Er nickte.

ERGÄNZENDE DATEN: GEHEIMDIENSTBERICHT DER REBELLENALLIANZ

[Dokument #NI3814 (»Situationsanalyse betr. Jedha, u. a.«), Zeitstempel: dreizehn Jahre nach der Verpflichtung von Galen Erso durch Orson Krennic; aus den persönlichen Akten von Mon Mothma.]

Es gibt keine konkreten Beweise für ein interplanetares Bauprojekt, das die Ressourcen des Imperiums (Arbeiter, Finanzen, Material) in extremem Maße beansprucht. Das war bereits zu Beginn das Fazit unserer Untersuchungen, und das ist es auch heute noch.

Doch wie zuvor gilt: Die Lage ist zu ernst, und unsere Bedenken sind zu groß, um sie zu ignorieren.

Das Imperium verlagert weiterhin Truppen auf strategisch unbedeutende Welten: Jedha, Patriim, Eadu, Horuz und zwölf weitere. Häufige Kommunikationsausfälle erschweren die Analyse dieser Truppenverschiebungen zusehends, und wir haben den dringenden Verdacht, dass unsere Liste weder akkurat noch vollständig ist. Wir wissen jedoch, dass der Großteil dieser Planeten Bergbau-, Konstruktions- oder Forschungseinrichtungen beherbergt. Vor Kurzem haben wir außerdem erfahren, dass auf mehreren der betreffenden Welten ungewöhnliche Sicherheitsprotokolle gelten, die weit über die imperiale Norm hinausgehen.

Wir haben mehrere Nachrichten abgefangen, die von diesen Planeten an Orson Krennic geschickt wurden, dem Direktor der imperialen Waffenforschung.

Leider ist es uns jedoch noch nicht gelungen, sie zu entschlüsseln.

Ebenfalls abgefangen haben wir Nachrichten an einen gewissen »Galen Erso«. Die Entschlüsselung erweist sich auch hier als kompliziert, weswegen sich noch nicht bestätigen lässt, dass dieser »Galen Erso« tatsächlich der ehemalige Leiter mehrerer Forschungsprojekte zur Energieanreicherung ist (einschließlich des »Projekts Himmelsenergie« – siehe Notizen).

Einige der abgefangenen Nachrichten bezogen sich auf einen geplanten Waffentest von bislang unbekannter Größenordnung.

Unsere Bemühungen, die imperialen Aktivitäten in dieser Angelegenheit zu überwachen, haben uns mehrere Agenten gekostet. Wir bitten daher um zusätzliches Personal. Jegliche Versuche, uns die Zusammenarbeit von Saw Gerrera auf Jedha zu sichern, wurden auf Anraten von General Jan Dodonna eingestellt.

Uns ist bewusst, dass unsere Bedenken im Führungsrat der Allianz kontrovers aufgenommen werden. Wir bestreiten nicht, dass wir unsere Ressourcen auf den Senat konzentrieren müssen, falls es eine friedliche, politische Lösung des größeren Konflikts geben soll. Mehrere Analytiker haben sich geweigert, ihren Namen unter dieses Dokument zu setzen, aus Sorge, es könnte ihrer Glaubwürdigkeit schaden.

Aber dies ist nicht nur eine Verschwörungstheorie, und woran immer das Galaktische Imperium arbeitet, Unwissenheit wird uns nicht davor schützen.

Mein vollständiger Bericht ist beigefügt.

1. Kapitel

Der Ring von Kafrene war ein monumentales Gebilde aus Durastahl und Plastoid, verankert auf zwei unförmigen Planetoiden innerhalb des Kafrene-Asteroidengürtels. Adelige der Alten Republik hatten den Ring einst als Bergbaukolonie gegründet, in der Absicht, die Mineralressourcen jedes Felsens in einem Umkreis von zehntausend Kilometern abzubauen und so die galaktische Nachfrage zu decken. Doch wie sie feststellen mussten, waren wertvolle Minerale im Kafrene-Gürtel Mangelware, und ihre Enttäuschung hatte der Anlage ihr inoffizielles Motto eingebracht, welches in glühenden Graffiti über der steuerbordseitigen Andockbucht prangte: WO SCHÖNE TRÄUME HÄSSLICH WERDEN.

Heute war der Ring von Kafrene ein Tiefraum-Handelsposten und eine Zwischenstation für die verzweifeltsten Reisenden des Sektors – eine Gruppe, zu der Cassian Andor sich auch selbst zählte.

Er hinkte seinem Zeitplan hinterher, und falls er bei seiner Ankunft keine Aufmerksamkeit erregt hatte, dann tat er es spätestens jetzt: Er ging zu schnell den Korridor hinab, schob sich grob vorbei an Männern und Frauen und Nichtmenschen unbestimmbaren Geschlechts, die mit schlurfenden Schritten dahinstapften, wie man es von Wesen erwarten konnte, die lebenslänglich an einem Ort wie Kafrene festsaßen.

Zwischen der Straße und den fernen Steinbrüchen standen tausend Wellblechhütten und zweitklassige Fertigbau-Wohneinheiten, die schon auf etlichen anderen Kolonien zum Einsatz gekommen waren. Jenseits des Tores gab es keine festen Strukturen, der Aufbau der Siedlung änderte sich praktisch täglich, und selbst die alteingesessenen Arbeiter hielten sich an die großen Straßen, wenn sie im künstlichen Zwielicht nach Hause zurückmarschierten. Cassian versuchte seine Schritte zu verlangsamen, sich von der Menge mittragen zu lassen, statt sich gewaltsam hindurchzuschieben, aber es gelang ihm nicht, und er konnte sich die Enttäuschung seines Mentors deutlich vorstellen: *Was immer du da tust, bei der Rebellenallianz hast du das jedenfalls nicht gelernt.*

Doch er war schon zu lange unterwegs. Seine Reise hatte ihn von Coruscant bis Corulag und jetzt hierher geführt, kreuz und quer durch die Galaxis, während er an den losen Fäden eines komplexen Wandteppichs zerrte, den er nicht klar erkennen konnte. Die wenigen Informationen, die er erbeutet hatte, hatten einen hohen Preis gefordert, in Credits und in Blut, und im Grunde bestätigten sie nur, was bereits bekannt war. Er hatte zu viel investiert, um jetzt mit leeren Händen zur Basis zurückzukehren. Seine Frustration musste ihm deutlich ins Gesicht geschrieben stehen.

Andor überquerte die Straße, und aus dem Abzugschacht eines Wohnkomplexes für Nichtmenschen wehte ihm der Geruch von Ammoniak entgegen. Er unterdrückte ein Husten, schob sich durch die Lücke zwischen zwei Behausungen und arbeitete sich durch ein Labyrinth aus Gassen, bis er schließlich eine Sackgasse erreichte, die kaum breit genug war, um darin die Arme auszustrecken.

»Ich wollte gerade verschwinden«, sagte eine Stimme, erfüllt von Nervosität und Verärgerung, und dann tauchte der Sprecher aus den Schatten auf: ein Mensch mit weichem, rundem Gesicht und harten Augen, gekleidet in fleckige, ausgebleichte Kleidung. Sein rechter Arm hing schlaff in einer Schlinge. Während Cassian ihn musterte, lauschte er gleichzeitig auf die fernen Geräusche der Straßen: Stimmen, klappernde Fahrzeuge, das Zischen von gebratenem Fleisch, Schreie. Aber kein Aufruhr, keine quäkenden Kommlinks.

Das musste reichen. Sollten ihn doch Sturmtruppen verfolgen, schienen sie ihn zumindest nicht gleich erschießen zu wollen.

»Glaub mir, schneller ging es nicht«, erklärte Cassian. Er sperrte die Paranoia in seinem Hinterkopf ein, wo sie nicht im Weg, aber trotzdem nur einen Handgriff entfernt wäre.

Tivik trat auf die Mündung der Gasse zu, wobei er sich die Handfläche an der Hüfte abwischte. »Ich muss wieder an Bord. Reden wir auf dem Weg.«

»Wohin geht es?«, erkundigte sich Andor. »Zurück nach Jedha?«

Tivik ging ungerührt weiter. Noch eine Sekunde, und er müsste sich an Cassian vorbeizwängen, falls er weitergehen wollte. »Sie werden nicht auf mich warten«, sagte er. »Wir stehlen Munition von ...«

Andor verlagerte das Gewicht und spreizte die Beine, um seinem Gegenüber den Weg zu versperren; er war nicht sonderlich stämmig, aber er wusste, wie man *Präsenz* vortäuschte. Tivik stutzte und machte rasch einen Schritt nach hinten.

Cassian hatte schon mit vielen Informanten gearbeitet, aber nur wenige hatten ihn derart genervt wie Tivik. Was immer man über ihn sagen mochte, der Mann war ein überzeugter Verfechter der Rebellion ... aber er war auch ein erbärmlicher

Feigling und stets auf der Flucht vor der moralischen Verantwortung für sein Handeln. Druck wirkte bei ihm Wunder, und nach den letzten paar Tagen – nachdem er wegen Tiviks vager Nachricht von Corulag hierher geeilt war –, hatte Andor nicht übel Lust, ein wenig Druck auszuüben.

»Warte! Hast du Neuigkeiten von Jedha?«, grollte er. »Raus damit. Ich bin deinetwegen durch die halbe Galaxis gereist.«

Tivik hielt seinem Blick kurz stand, dann gab er nach. »Ein imperialer Pilot – von einem der Frachtschiffe auf der Jedha-Route – ist gestern desertiert.«

»Und?« Es war nicht ungewöhnlich, dass Personen aus den unteren Rängen des Imperiums die Seiten wechselten. Knapp die Hälfte der Rebellentruppen setzten sich aus solchen Überläufern zusammen, und Tivik wusste das ebenso gut wie Cassian.

»Dieser Pilot … nun, er behauptet zu wissen, worum es bei den Förderarbeiten auf Jedha wirklich geht. Er sagt, sie bauen eine Waffe.« Er spuckte die Worte aus wie eine faule Frucht. »Die Kyber-Kristalle werden dafür gebraucht. Er hat eine Nachricht aufgezeichnet, bevor er sich abgesetzt hat, angeblich ein Beweis …«

Andor filterte den Schwall von Informationen, glich sie mit dem ab, was er bereits wusste, und verschob seine Prioritäten entsprechend. Es hatte bereits früher Hinweise auf eine *Waffe* gegeben, aber jede Spur – sei es nun auf Adalog oder in Zemiahs Hort – war im Sande verlaufen.

Sein Puls beschleunigte sich. Vielleicht würde er doch nicht mit leeren Händen zur Basis zurückkehren.

»Was für eine Waffe?«, wollte er wissen.

Auf der Straße wurden Stimmen laut, verzerrt von den Echos in der Gasse. Tivik sank in sich zusammen, ein kleiner Mann, der sich noch kleiner machte. »Ehrlich, ich muss jetzt gehen.«

»Du hast *mich* gerufen. Du wusstest, dass diese Sache wichtig ist …«

»Du hättest nicht zu spät kommen sollen!«, presste Tivik hervor, seine Augen glasig vor Besorgnis.

Cassian packte den Informanten unter den Armen, grub die Finger in den rauen Stoff und das weiche Fleisch darunter. Der nach Zimt riechende Atem des Mannes schlug ihm entgegen. »Was für eine Waffe?«, wiederholte er, lauter, als er eigentlich beabsichtigt hatte.

»Ein Planetenkiller«, wisperte Tivik. »So hat er sie genannt.«

Frostige Kälte kroch Cassians Wirbelsäule hinab.

In Gedanken ging er alte Berichte, spekulative Geheimdienstmeldungen und technische Details durch, um das Gehörte als Lüge zu enttarnen. Ein Planetenkiller? Das war ein Mythos, ein *Hirngespinst*, eine Obszönität, erträumt von Fanatikern, die im Imperator keinen korrupten Tyrannen sahen, sondern einen rachsüchtigen Gott. Trotzdem …

Er war nicht stolz darauf, aber die Kälte zwischen seinen Schultern machte einer Mischung aus Aufregung und Abscheu Platz. Falls etwas Wahres an der Sache dran war, hätte seine Arbeit sich vielleicht doch gelohnt.

Er setzte Tivik auf dem Boden ab, so sanft es eben ging. »Weiter.«

»Jemand namens Erso hat ihn geschickt. Den Piloten, meine ich. Muss wohl ein alter Freund von Saw sein.«

Ein weiteres Puzzleteil. »Galen Erso?«, fragte Cassian, während er versuchte, seine Ruhe wiederzufinden. »Ist das der Name?«

»Weiß nicht! Ich hätte ihn nicht mal erwähnen sollen.« Der Informant schüttelte den Kopf. »Die Leute, die den Piloten fanden … Nun, als wir uns auf den Weg machten, meinten sie, sie wären auf der Suche nach Saw.«

Saw Gerrera. Ein übergelaufener Pilot. Jedha. Kyber-Kristalle. Eine Waffe. Nein, ein Planetenkiller. Und dazu Galen Erso. Andor listete die Hinweise auf, aber er wusste nicht genug, um sie richtig zusammenzusetzen. Da waren zu viele Karten in diesem Blatt. Tivik sah aus, als würde er jeden Moment davonrennen, und Cassian hatte keine Zeit, nach den richtigen Fragen zu suchen. »Wer weiß noch davon?«, blaffte er.

»Keine Ahnung!« Der Kerl beugte sich vor, und sein Zimtatem kam in schnellen Stößen. »Es bricht alles zusammen. Saw hat recht: Ihr spuckt große Töne und vertröstet uns, aber wir hängen dort draußen in der Luft. Überall lauern Spione …«

Tivik beendete den Satz nicht. Er starrte über Cassians Schulter, und als er hinter sich eine Bewegung hörte, drehte sich auch Andor zur Mündung der Gasse um. Zwei Gestalten versperrten den Weg, genauso wie zuvor Cassian Tivik den Weg versperrt hatte. Sie trugen weiße Rüstungen und Helme, die an stilisierte Totenschädel erinnerten: Imperiale Sturmtruppen, ihre Gewehre beiläufig in der Armbeuge, sodass die Mündung in Cassians Richtung zielte.

Andor stieß einen lautlosen Fluch aus und zwang sich zu lächeln.

»Was soll das hier?« Die Stimme des Sturmtrupplers war so verzerrt, dass sie regelrecht surrte. Seine Worte klangen knapp, herrisch, aber nicht alarmiert. Vielleicht ließ sich da etwas machen.

»He.« Cassian zog in einer übertriebenen Geste die Schultern hoch. »Ich unterhalte mich nur mit meinem Freund. Falls wir stören, gehen wir gerne aus dem Weg …«

»Ihr geht nirgendwohin.« Jetzt sprach der zweite Sturmtruppler. Er wirkte ungeduldig. »Los, Scandokumente vorzeigen.«

Cassian behielt die Augen auf Tivik gerichtet. Mehr konnte er nicht tun, um den Mann zum Mitspielen zu drängen, ihn zu warnen, dass er um Himmels willen nicht in Panik geraten sollte. Die ganze Zeit über lächelte er die Imperialen weiter mit seinem schmalen, beruhigenden Lächeln an, obwohl das Blut rauschend durch seine Adern pumpte, angetrieben vom Gedanken an einen Planetenkiller. »Ja, natürlich«, sagte er. »Sie sind in meinen Handschuhen.«

Er deutete auf eine Hosentasche. Die Sturmtruppen erhoben keinen Einspruch; Diebe waren auf Kafrene keine Seltenheit, und sie hatten vermutlich schon seltsamere Verstecke gesehen.

Keiner von ihnen reagierte rechtzeitig, als Andors Hand nach unten zuckte und das kühle Metall seines Pistolengriffs berührte. Er bewegte das Handgelenk um eine Winzigkeit und drückte zweimal in rascher Folge ab, wobei er den Blick gerade so weit abwandte, dass er nicht direkt in die Energieentladung starrte. Das elektronische Geräusch der Waffe war tief und leise, halb verschluckt durch den illegalen Schalldämpfer, den man *beinahe* als effektiv bezeichnen konnte.

Einen Moment später lagen die Soldaten tot in der Gasse. Es war ein Wunder, dass die gedämpften Blasterstrahlen ihre Rüstung durchschlagen hatten, fuhr es Cassian durch den Kopf. Normalerweise müsste er derjenige sein, der jetzt im Staub lag, mit einem schwelenden Loch dort, wo sich sein Herz befand.

»Nein …« Tivik schüttelte den Kopf. »Was hast du getan?«

Andor sah etwas Weißes aufblitzen, und er hörte eine verzerrte Stimme hinter der nächsten Ecke. Jetzt würden noch mehr Sturmtruppen auftauchen – *viel* mehr –, und sie würden nicht zögern, das Feuer zu eröffnen. Er packte Tivik am Ellbogen und eilte tiefer in die Gasse hinein, wobei sein Blick über die Wände huschte. Es gab keine Ausgänge, keine Luftschächte oder Hintertüren, aber die Dächer waren nicht mehr als ein bis zwei Meter außer Reichweite. Cassian war kein Kletterexperte, aber selbst er könnte innerhalb von ein paar Sekunden hochgeklettert, auf der anderen Seite wieder heruntergesprungen und in den labyrinthartigen Tiefen von Kafrene verschwunden sein.

Tivik erkannte, was er vorhatte. »Bist du verrückt? Ich schaffe es nie da hoch.« Er riss sich aus Andors Griff los – eigentlich war es eher so dass Andor ihn losließ, als er sich zu wehren begann – und rückte seine Schlinge zurecht. »Mein Arm …« Er drehte sich unbeholfen in die Richtung, aus der die Sturmtruppen gekommen waren.

Ferne Schritte und ein verzerrter Ruf drangen an Cassians Ohren, während er Tivik von Kopf bis Fuß musterte. Der Informant hatte recht: Er würde es nicht die Wand hoch schaffen, nicht ohne Hilfe, und ganz sicher nicht schnell genug. Selbst im besten Falle hätten die Sturmtruppen das Gebiet bereits abgeriegelt, ehe sie es beide nach oben auf die Dächer geschafft hatten.

»He.« Er berührte Tivik an der Schulter, seine Hand ebenso behutsam wie seine Stimme. »Beruhige dich. Beruhige dich. Du hast dich gut geschlagen. Was du mir erzählt hast, das ist alles wahr, ja?«

»Es stimmt«, bestätigte Tivik. Er klang wie ein verwirrtes Kind.

Und der Blutzoll steigt weiter.

»Alles wird gut«, flüsterte Cassian, dann drückte er zum dritten Mal an diesem Tag den Abzug seines Blasters. Er hörte das leise, elektrische Jaulen, roch den verbrannten Stoff, das verbrannte Fleisch, sah, wie Tivik zusammenbrach. Der Informant stieß ein letztes Ächzen aus, als hätte ihn etwas im Schlaf gestört, dann lag er reglos auf dem Boden.

Sie hätten dich erwischt, Tivik. Du hättest ihnen alles er-

zählt, und letztlich hätten sie dich trotzdem umgebracht. Und dann wäre keiner von uns mehr übrig geblieben, um deine Nachricht zu übermitteln.

Cassians Hände zitterten, während er sich an fleckigen Fenstersimsen und alten Rohren entlang nach oben zog und die Beine über den Rand des Daches schwang. Irgendwo hinter ihm meldeten die Sturmtruppen gerade den Fund der Leichen, und er kroch hastig weiter, dicht über das Dach gebeugt.

Eine Stunde später hatte er den Ring von Kafrene an Bord eines Shuttles verlassen. Seine Haare und sein Bart glänzten feucht, nachdem er sich in einem öffentlichen Erfrischer mit einem kalten Schwamm das Gesicht abgewischt hatte – nicht nur, um den Schweiß von seiner Stirn zu waschen, sondern auch, um das taube Gefühl in seinem Inneren zu verdrängen und sich wieder zu konzentrieren. Es gab einiges, worüber er nachdenken musste, und er hatte noch eine weite Reise vor sich, bevor er Draven und dem Geheimdienst der Allianz Bericht erstatten konnte.

Cassian schloss die Augen und dachte über die Karten nach, die er in der Hand hielt.

Jedha. Der Pilgermond. Eine trostlose Welt, die eng mit einem streng geheimen Großprojekt des Imperiums verbunden zu sein schien.

Die Kyber-Kristalle. Jedhas einziger Bodenschatz, der irgendeinen Wert hatte. Das Imperium baute die Kristalle im großen Stil ab und transportierte sie an einen unbekannten Ort.

Ein übergelaufener imperialer Pilot mit einer Nachricht für Saw Gerrera. Vielleicht konnte man ihm trauen, vielleicht auch nicht.

Saw Gerrera selbst. Dem Namen nach ein Mitglied der Rebellion, tatsächlich aber nicht ganz so klar einzuordnen.

Dann war da noch Galen Erso, der legendäre Wissenschaftler. Er hatte mit dem imperialen Megaprojekt zu tun, aber in welcher Form, darüber konnte die Allianz nur spekulieren. Außerdem war er angeblich der Mann, von dem die Nachricht des Piloten stammte.

Und zu guter Letzt: die Waffe. Der *Planetenkiller*. Der Albtraum der Galaxis, entworfen und erbaut und auf Hochglanz poliert von Erso und seinen Kameraden.

Das waren mehr Informationen, als Cassian sich zu Beginn seiner Mission erhofft hätte: ein Füllhorn an Fakten, Theorien und möglichen Verbindungen, das ausreichen sollte, um die Analytiker wochen-, monate- oder gar jahrelang zu beschäftigen.

Falls er Glück hatte, würde es auch ihn beschäftigt halten, damit er auf dem langen Shuttleflug in die Sicherheit nicht immer und immer wieder an das Todesröcheln des Mannes denken müsste, den er ermordet hatte.

Die einzige Konstante in Bodhi Rooks Leben war, dass er an sich zweifelte, und auch dieser Tag bildete keine Ausnahme.

Die Leute, die ihn gefangen genommen hatten, hatten ihm nicht wehgetan. Sie hatten ihm gedroht, ja, und sie hatten ihm weder Wasser noch zu essen gegeben, und auch nichts gegen die Kopfschmerzen, die sich anfühlten, als würde sein geschwollenes Gehirn gegen seine Schädeldecke drücken. Sie behandelten ihn weniger wie eine Person und mehr wie ein Ding, und sie sprachen nur selten, weder zu ihm noch untereinander, während sie ihn durch die kalte Wüste von Jedha führten. Der imperiale Fliegeroverall, den er unter einem weiten Kaftan trug, schützte ihn mehr schlecht als recht, außerdem konnte er nicht ganz mit dem Tempo mithalten, das sie vorgaben; in der Zeit, in der seine Begleiter drei Schritte machten, berührten seine Stiefel den Boden lediglich zweimal, und so wurde er alle drei Schritte nach vorne gezerrt, und ihr Griff um seine Arme wurde unangenehm fest.

Er sagte sich, dass er überleben würde. Er hatte die *richtige* Entscheidung getroffen, die richtigen Leute aufgesucht. Und wenn er erst seine Nachricht übermittelt hätte, würden sie verstehen. Sie würden ihn als guten, als tapferen Mann akzeptieren.

Oder zumindest hoffte er das.

»Wie weit noch?«, fragte er.

Die anderen umringten ihn in einem engen Kreis – so eng, dass er kaum etwas von der Wüste sehen konnte, nur die fahle, frostige Sonne, die niedrigen Berge, die das Tal umgaben, und hin und wieder eine der zerbröckelnden, monolithischen Statuen, für die Jedha berühmt war: hier ein strenges, humanoides Gesicht, dessen Lippen im Verlauf von Jahrtausenden glatt geschliffen worden waren, da ein Paar abgebrochener Beine, halb im rissigen rostbraunen Boden des Tals versunken. Wenn der Wind auffrischte, wehten ihm lose Strähnen seines langen, dunklen Haares in die Augen.

»Ich weiß, ihr wollt nur auf Nummer sicher gehen«, sagte er, wobei er sich um einen besonnenen Tonfall bemühte. »Das ist schlau … ich könnte schließlich ein Spion sein, und Spione bereiten Leuten wie euch große Probleme.«

Sag nicht dass du ein Spion sein könntest!, ermahnte er sich, aber gleichzeitig versicherte ihm ein anderer Teil seines Gehirns: *Nur Ehrlichkeit wird dich retten. Verbirg nichts vor ihnen.*

Es dauerte einen Moment, ehe er den Faden wieder aufgenommen hatte. »Aber … aber!« Er sog zwischen ausgetrockneten Lippen die Luft ein. »Ihr müsst mir eine Chance geben. Nicht um meinetwillen, sondern um euretwillen. Ich möchte euch helfen …«

Die Revolutionäre in der zerlumpten Kleidung der Einheimischen – jeder bewaffnet mit einem illegalen Blastergewehr – zerrten ihn grob nach vorne, und er stolperte durch den Staub. Niemand sah ihn an, stattdessen waren ihre vernarbten, ungewaschenen Gesichter auf seine gefesselten Hände oder die endlose Wüste ringsum gerichtet.

Bodhi wusste nicht, wie viel Zeit verging, bevor er einen neuen Versuch wagte.

»Hast du eine Familie?«, fragte er einen hünenhaften Mann, aus dessen Stiefel ein langes Messer ragte.

Alles, was ihm das einbrachte, war ein kurzer Seitenblick.

»*Ich* habe eine Familie«, erklärte er, obwohl das nur teilweise stimmte.

Die Widerständler wechselten wortlos die Formation und fächerten aus, sodass Bodhi sich im Zentrum eines weiten Halbkreises wiederfand. Jetzt, wo er eine bessere Sicht hatte, konnte er eine zweite Gruppe erkennen, die vor ihnen in der Wüste stand – kleine, dunkle Gestalten vor einem hellen Horizont.

»Ist er das etwa?«, fragte er, und natürlich erhielt er keine Antwort.

Der Halbkreis näherte sich weiter der zweiten Gruppe. Deren Mitglieder ähnelten Bodhis Begleitern, mit Ausnahme ihrer Waffen: ein Gigoraner mit weißem Fell hielt eine Repetierkanone, die Menschen trugen Patronengurte und Gürtel mit Granaten. An ihrer Spitze stand ein Tognath, eine schlaksige Erscheinung, gekleidet in schwarzes Leder, deren bleicher Kopf an einen Totenschädel erinnerte und teilweise unter einem mechanischen Atemgerät verborgen lag. Das Wesen richtete seine Augenhöhlen auf Bodhi und rief in einem akzentbehafteten Dialekt: »Es ist der Pilot. Der Deserteur. Verlieren wir keine Zeit.«

Auf eine Geste des Tognath hin schlossen sich die beiden Gruppen schnell und mit militärischer Präzision zusammen.

Bodhi zuckte zusammen, als er den finsteren Blick des Gigoraners auf sich spürte, und sofort überkam ihn eine Woge der Scham; vor seiner Zeit beim Imperium hatten Nichtmenschen ihn nicht so nervös gemacht.

Er zwang sich zur Konzentration. »Also, sind Sie … Saw Gerrera?«, fragte er, mehr, weil er es hoffte und weniger, weil er es wirklich glaubte.

Jemand lachte. Der Tognath musterte ihn mit einem Gesichtsausdruck, der bei seiner Spezies Verachtung zum Ausdruck bringen mochte.

»Nein?« Bodhi schüttelte den Kopf. »Gut, wir verschwenden Zeit, die wir nicht haben. Ich muss mit Saw Gerrera sprechen! Das sage ich ihnen schon die ganze Zeit …« Er hob die Schulter, um auf ein Mitglied seiner ursprünglichen Eskorte zu deuten. »Wir … wir haben nicht viel Zeit.«

Er glaubte, jemanden abfällig schnauben zu hören. Vielleicht war es nur der Wind, der über den Sand strich, aber es reichte, um seine Wut zu schüren.

Sie brauchen dich. Bring sie dazu, das zu verstehen.

»Wir müssen nach Jedha-City. Wir sind hier mitten im Nirgendwo …« Seine Stimme schwoll zu einem frustrierten Schrei an. »Welchen Teil von dringender Nachricht versteht ihr Kerle nicht?«

Er sah einen Schatten über sich, fühlte rauen Stoff auf seinem Haar und der Schutzbrille, die er auf die Stirn hochgeschoben hatte, dann stülpten sie ihm den Sack über den Kopf, sodass er gegen seine Nase und seinen Bart drückte. Durch die Nähte konnte er das Glühen der Sonne erkennen. »He!«, stieß er hervor, während er versuchte, nicht in den Stoff zu beißen. »He – wir stehen auf derselben Seite. Achtet nicht auf meine Uniform …«

Ständig redest du, hatte seine Mutter gesagt, *und wirklich sagen tust du nichts! Lern zuzuhören, Bodhi Rook.*

Doch im Moment war Reden das Einzige, was er tun *konnte.*

»Ich muss mit Saw Gerrera sprechen!«, rief er, während ein Paar Hände seine Arme losließ und ein anderes, schrecklich kräftiges Paar nach ihm griff – der Gigoraner. »Wisst ihr was? Sagt ihm einfach … sagt ihm, was ich euch erzählt habe, dann wird er garantiert mit mir sprechen wollen.«

Ich habe alles aufgegeben, um hierherzukommen. Ich will doch nur helfen!

Jemand zog den Sack um seinen Hals zu, sodass er bei jedem Atemzug gegen Bodhis Kehle drückte.

Er dachte daran, warum er nach Jedha zurückgekehrt war, und im Stillen verfluchte er Galen Erso.

Jyn war schon früher der Gnade des Imperiums ausgeliefert gewesen. Manchmal hatte sie zu Recht Ärger bekommen – sie konnte es einem kleingeistigen Diktator nicht wirklich übel nehmen, dass er sie in Fesseln legen und in eine Arrestzelle werfen ließ, wo sie doch tatsächlich vorgehabt hatte, sein Schiff in die Luft zu jagen und seine Waffen zu stehlen. Man hatte schon mit Blastern auf sie gezielt, hatte ihr mit Schockstäben Stromschläge verpasst und ihr auch sonst so ziemlich alles angetan, was ein Sturmtruppler einem Zivilisten antun durfte, ohne dafür Probleme zu bekommen.

Doch diesmal war etwas anders. Diesmal gab es keinen Fluchtweg. Keine Partner, die vor dem Gefängnis warteten, um ein Loch in die Mauer zu sprengen; keinen bestechlichen Sicherheitsoffizier, der sich durch das Versprechen von (meist nicht wirklich existenten) Credits erweichen ließ; nicht mal ein Messer, das sie so verbergen könnte, dass die Wachen es nicht fanden.

Ihr waren die Freunde ausgegangen, und nun fand sie sich allein im Wobani-Arbeitslager wieder. Sie war überzeugt, dass sie hier sterben würde, und vermutlich würde es nicht mal sonderlich lange dauern.

Jyn öffnete die Augen und verscheuchte die düsteren Gedanken, als ein Tropfen schmutzigen Wassers auf ihre Stirn klatschte und auf einem gewundenen Pfad an der Seite ihrer Nase hinabwanderte. Sie wischte die Feuchtigkeit mit der Handfläche fort und blickte sich in der Zelle um – als hätte sich irgendetwas verändert, seit die Lichter gelöscht worden waren. Aber natürlich war da kein Loch in der Wand, kein unauffällig neben ihrer Liege versteckter Blaster. Da war nur ihre Zellengenossin, im Moment kaum mehr als ein unförmiger Umriss unter einer dünnen Decke, die so laut schnarchte, dass Jyn nicht einmal dann hätte schlafen können, falls sie es versucht hätte.

Sie wartete, bis der patrouillierende Sturmtruppler die Zelle passiert hatte, dann zählte sie bis Fünf, erhob sich auf die Füße und schlich zu den Gitterstäben. Draußen erstreckte sich eine endlose Reihe weiterer Zellen mit weiteren Gefangenen, die entweder schliefen oder – wenn sie von ihren eigenen, privaten Dämonen gequält wurden – ihre Arme aufkratzten und unsichtbare Mandalas auf den Boden malten. Auf Wobani scherte sich niemand darum, wie Häftlinge behandelt wurden; hier ging es nicht um Rehabilitation, sondern um Bestrafung. Ordnung und Gehorsam hatten oberste Priorität, alles andere war unwichtig.

»Schlecht geträumt?« Das Schnarchen war verstummt. Die Stimme klang wie Klauen auf einer Schiefertafel.

»Nicht wirklich«, sagte Jyn.

»Dann solltest du nicht auf sein«, brummte ihre Zellengenossin. Die Tentakel, die aus ihrem verkniffenen, wurmähnlichen Gesicht hervorragten, krümmten sich verärgert.

Sie nannte sich Nagel, aber die anderen Gefangenen auf Wobani bevorzugten den Spitznamen Laus, wegen all der

Parasiten, die sie auf ihrer schmutzigen Stoffjacke mit sich herumtrug. Allein die Wachen benutzten ihren echten Namen, aber Jyn hatte sich nie die Mühe gemacht, ihn zu lernen. Sie wusste nicht einmal, welcher Spezies Laus angehörte.

Die beiden verstummten, als die Wache sich erneut der Zelle näherte, und Jyn kehrte zu ihrer Liege zurück. Kurz überlegte sie, ob sie noch einmal aufstehen sollte, nur um Laus wütend zu machen, doch letztlich entschied sie sich dagegen. Wenn sie schon einen Kampf provozierte, dann sollte sie wach genug sein, um ihn auch zu genießen.

»Möchtest du eine Warnung?«, fragte Laus. »Bevor ich es tue?«

»Nicht wirklich«, sagte Jyn noch einmal.

Ihre Zellengenossin brummte und rollte sich von einer Seite auf die andere. »Hier ist trotzdem eine. Wenn wir das nächste Mal in derselben Arbeitsmannschaft sind, werde ich dich töten.«

Jyn lachte leise und humorlos. »Wer soll dir dann Gesellschaft leisten?«

»Ich habe es gern ruhig«, erwiderte Laus.

»Was, wenn ich dich zuerst töte?«, hakte Jyn nach.

»Dann hast zumindest du es ruhig, Liana Hallik.«

Liana Hallik. Nicht gerade Jyns Lieblingsname, aber vermutlich ihr letzter. Sie verzog die Lippen zu einem Lächeln, das ihre Zellengenossin nicht sehen konnte.

»Warst du schon immer so?«, fragte sie, nachdem der Sturmtruppler vorbeigegangen war. »Vor Wobani? Als du noch ein Kind warst?«

»Ja«, antwortete Laus.

»Ich auch.«

Anschließend breitete sich Stille in der Zelle aus. Jyn spielte mit der Kette, die sie unter ihrer Kleidung verborgen trug – vermutlich hätte sie versuchen sollen, ein Kommlink oder eine Waffe ins Gefängnis zu schmuggeln, aber der Kristallanhänger war ihr wichtiger gewesen. Sie dachte nicht weiter über die Drohung ihrer Zellengenossin nach. Falls Laus sie nicht tötete, würde jemand oder etwas anderes es tun.

Auf Wobani überlebte niemand lange. Jyn war zu zwanzig Jahren verdonnert worden, aber alles über fünf war ein sicheres Todesurteil. Alles, was sie tun konnte, war, auf ein möglichst interessantes Ende zu hoffen.

Am nächsten Morgen teilten die Sturmtruppen die Arbeitsmannschaften ein, wobei sie die Gefangenen willkürlich den verschiedenen Farmen zuwiesen (oder zumindest *sollte* die Auswahl willkürlich sein; jeder wusste, dass die Wachen Favoriten hatten). Jyn persönlich war es lieber, zu arbeiten als in ihrer Zelle zu sitzen – mit zitternden Muskeln wurde sie besser fertig als mit quälender Langeweile –, und sie hatte die Hoffnung beinahe schon aufgegeben, als doch noch eine Wache mit dem Gewehr auf ihre Zellentür deutete. Kurz darauf wurden sie und Laus im hinteren Teil eines rostigen Turbopanzers an eine Sitzbank gekettet, gemeinsam mit drei weiteren Gefangenen, und nachdem ein Trio Sturmtruppler vorne Platz genommen hatte, rollten sie auch schon los.

Die Häftlinge sahen einander nicht an, was Jyn als gutes Zeichen wertete: Falls Laus sie töten wollte, hätte sie zumindest keine Verbündeten.

Der Transporter kam so plötzlich zum Stehen, dass sie nach vorne geschleudert wurde und das Metall der Fesseln tief in ihre Handgelenke schnitt. Draußen erklangen Rufe, und trotz allem erwachte Neugier in Jyn. Sie waren erst ein paar Minuten unterwegs; es war ausgeschlossen, dass sie die Farmen bereits erreicht hatten. Die anderen Gefangenen rutschten auf den Sitzbänken hin und her und blickten nach vorne zu den Sturmtruppen an der Tür.

»Niemand rührt sich!«, schnappte einer der Soldaten. Die beiden anderen hoben ihre Gewehre, dann wandten sie sich alle der Luke zu.

Jyn hörte das dumpfe Klappern von etwas Metallischem, dann ein hohes Surren. Einer der anderen Gefangenen hob den Kopf und grinste aufgeregt, als wäre ihm soeben alles klar geworden.

Dann explodierte der vordere Teil des Transporters.

Der Knall der detonierenden Granate – es musste eine Granate gewesen sein; Jyn kannte dieses Geräusch zu gut – ließ ihre Ohren klingeln und verwandelte die folgenden Schreie und Blasterschüsse in ein blechernes, unverständliches Summen. Rauch, der nach Asche und verbrannten Schaltkreisen roch, wallte in das hintere Abteil und brannte in Jyns Nase und Augen. Sie versuchte, die Geschehnisse zu verfolgen, den Bewegungen der Sturmtruppen zu folgen, aber es schmerzte, die Augen offenzuhalten, und so senkte sie blinzelnd den Kopf. Am Rand ihres Sichtfeldes konnte sie erkennen, wie die imperialen Soldaten einer nach dem anderen zu Boden gingen. Ein Sperrfeuer aus Partikelstrahlen durchbohrte ihre Rüstungen und prallte dann funkensprühend von den Wänden des Transporters ab.

»Hallik!«, rief eine gedämpfte Stimme, kaum hörbar über dem Klingeln in ihren Ohren.

Jyn hob ruckartig das Kinn und drehte sich zum Bug des Turbopanzers herum. Drei bewaffnete Gestalten in schmutzigen Kampfanzügen stiegen über die Leichen der Sturmtruppen hinweg. Sie trugen keine Abzeichen, aber ihre koordinierten Bewegungen und ihr durchdringender Blick waren unverkennbar.

Das waren Profis. Soldaten.

Und da sie nicht zum Imperium gehörten, mussten sie Rebellen sein.

Sie hatten sie gefunden.

Jyn konnte den Gedanken nicht unterdrücken. Er war mit einem Mal in ihrem Kopf, drängte sie zu kämpfen, zu *fliehen*. Doch es ergab keinen Sinn. Warum sollten sie überhaupt nach ihr suchen? Vielleicht war es eine Verwechslung. Vielleicht waren sie wegen einem anderen Gefangenen hier, und sie hatte den Namen nur falsch verstanden ...

»Liana Hallik!«, wiederholte der Anführer – ein Mann, der so vollständig unter seiner Ausrüstung verborgen war, dass sein unbedecktes Gesicht zwischen all dem Stoff und Leder geradezu fehl am Platz wirkte.

Jyn senkte langsam den Blick zu den Ketten um ihre Handgelenke. Ihre Finger zitterten, und sie griff nach der Sitzbank zwischen ihren Beinen, um es zu verbergen.

»Da ist sie«, rief ein anderer Rebell und deutete in ihre Richtung.

Das Dröhnen in ihren Ohren ließ nach, und sie erwartete halb, einen Blasterstrahl zu hören, der sich ihr in den Kopf bohren würde. Wie würde es sich wohl anfühlen? Blaster töteten schnell, das hatte sie selbst schon oft genug gesehen. Vermutlich würde es nicht mal sonderlich wehtun.

»Willst du hier raus?«, fragte der Anführer. Sein Ton klang neutral, vorsichtig – als hätte er mehr von ihr zu befürchten als sie von ihm.

Jyn überlegte, was die Rebellen wohl hierhergeführt hatte. Hatte Saw entschieden, sie zurückzuholen? Oder hatte einer seiner Leute entschieden, dass sie zu viel wusste?

Da sie keine bessere Option sah, nickte sie zu dem Anführer hoch.

Einer der anderen Rebellen griff nach ihren Fesseln und öffnete sie mit dem Schlüssel, den er einem der toten Sturmtruppler abgenommen hatte. Jyn stemmte sich in die Höhe, benommen von dem Qualm und dem Blut, das ihr in den Kopf strömte, aber entschlossen, es sich nicht anmerken zu lassen. Ihr Retter wollte gerade etwas sagen, als ein Gefangener von der anderen Seite des Transporters rief: »He! Was ist mit mir?«

Der Rebell, der vor ihr stand, drehte sich um, und Jyn sah ihre Gelegenheit.

Innerhalb einer Sekunde war sie vorgeschnellt, hatte dem Anführer den Stiefel in den Bauch gerammt und ihn nach hinten gegen die Wand geschleudert. Der Schwung ihrer Bewegung hielt sie aufrecht, als sie in Richtung des nächsten Rebellen herumwirbelte, und ihre Faust traf ihn mitten ins Gesicht, so fest, dass sie durch seine Wange hindurch seine Zähne spüren konnte. Noch immer benommen, stolperte sie nach vorne und griff nach der erstbesten Waffe, die sie zwischen den dort befestigten Farmwerkzeugen finden konnte: eine Schaufel, lang genug, um ihr einen Reichweitenvorteil zu verschaffen. Sie hatte schon selbst erlebt, welchen Schaden eine Schaufel in den Händen eines Gefangenen anrichten konnte.

Jyn schwang ihre behelfsmäßige Waffe und ließ deren ganzes Gewicht in die Bewegung mit einfließen. Der erste Schlag traf den Anführer mit einem klatschenden Laut, gerade, als er sich wieder aufrichtete, der zweite fällte den Rebellen, der ihr die Fesseln abgenommen hatte und versuchte, sich von hinten auf sie zu werfen. Damit war der Weg zum vorderen Teil des Transporters frei, und sie rannte auf die verbogenen Überreste der Luke zu.

Die Welt war noch immer verschwommen, aber sie war jetzt *draußen*, ihre Füße knirschten auf dem kiesbedeckten Boden.

Sie würde einen Weg finden, Wobani zu verlassen, und

dann würde sie neue Scandokumente fälschen, *Liana Hallik* in den Ruhestand schicken und noch einmal von vorne beginnen, unter irgendeinem anderen Namen – einem Namen, der dem Imperium nichts sagen und die Rebellenallianz von ihrer Fährte abbringen würde. Niemand würde sie je wieder finden …

»Du wirst gerade gerettet«, ertönte eine Stimme. Sie war elektronisch verzerrt, aber nicht tief genug, um einem Sturmtruppler zu gehören. Eine kalte Metallhand griff nach ihrem Kragen und hob sie hoch, bis Jyn einen halben Meter über dem Boden mit den Beinen strampelte. Im Schein der Sonne ragte das staksige Chassis eines Sicherheitsdroiden vor ihr auf, schwarz wie die Nacht, abgesehen von den imperialen Symbolen auf seinen Schulterplatten und den toten weißen Lichtpunkten seiner Augen. »Glückwunsch.«

Der Droide drehte ruckartig den Arm und schleuderte sie auf den Boden. Schmerz zuckte durch Jyns Rücken und ihren Hinterkopf, und als sie versuchte, sich aufzurichten, stand bereits ein wütender Rebell mit blutverschmiertem Mund über ihr und richtete ein Gewehr auf ihre Brust.

Zur Hölle mit Saw Gerrera. Zur Hölle mit der gesamten Rebellenallianz.

2. Kapitel

Tief in Jyns Gehirn befand sich eine Höhle, versiegelt durch eine schwere Metallluke. Sie diente nicht zu ihrem Schutz, vielmehr waren darin die Dinge eingesperrt, mit denen sie abgeschlossen hatte, die sie aber nicht gänzlich vergessen konnte: die Rebellion; Saw Gerrera; Personen und Orte, die so lange schon in der Dunkelheit begraben waren, dass Jyn sich nicht einmal an ihre Namen erinnerte, sondern sie nur noch als schmerzhafte Impulse wahrnahm.

Sie hasste diese Höhle. Sie hasste alles, was sich darin befand. Und sie hasste jeden, der davon *wusste*. Einst hatte sie ein paar Leuten davon erzählt – Personen, denen sie vertraut hatte – und ihnen gestanden, was die Metapher für sie bedeutete. Natürlich hatte sie diese Entscheidung sofort bereut und sich geschworen, die Höhle für immer geheim zu halten. Doch die Granate, die den Gefangenentransporter zerstört hatte, hatte auch die Luke freigelegt. Sie hatte die Erde fortgesprengt, unter der die Höhle verborgen gewesen war, sodass Jyn und die ganze Welt sie nun sehen konnten.

Auf dem langen, quälenden Flug von Wobani war der Navigationscomputer des U-Flüglers ausgefallen, weswegen ihre Retter mehrere Sternjäger der Rebellion zu Hilfe gerufen hatten. Die X-Flügler sollten sie eigentlich beschützen, aber

Jyn hatte eher das Gefühl, eingesperrt zu sein, mit den bewaffneten Rebellen auf einer Seite und der Luke in ihrem Gehirn auf der anderen Seite.

Einmal mehr gab es keine Fluchtmöglichkeit für sie.

Feuchter Dunst umfing Jyn, als sie auf dem Dschungelmond des roten Gasriesen von Bord ging. Ein warmer Wind trug das Aroma verrottender Vegetation vom Wald herbei und überdeckte den nicht ganz so penetranten Modergeruch. Der Schatten des gewaltigen, steinernen Tempelturms vor ihr bot nur die Illusion von Schutz – er erinnerte einen nur noch deutlicher daran, wie durchdringend die Hitze und die Feuchtigkeit und der Gestank eigentlich waren.

Jyn hatte schon ungemütlichere Außenposten der Rebellen besucht, aber dies war das erste Mal, dass sie dabei von bewaffneten Wachen begleitet wurde und keine Ahnung hatte, wo sie sich befand. Vielleicht war dieses Sternsystem sogar so abgelegen, dass es nicht mal einen Namen hatte.

»Geh weiter.« Der Mann, der die Befreiungsaktion auf Mubani geleitet hatte, führte sie vom Landefeld auf den glatten Steinboden des behelfsmäßigen Hangars im Inneren des Tempels. Wie sie inzwischen wusste, lautete sein Name Ruescott Melshi – nicht dass er sich ihr vorgestellt hätte, aber sie hatte es bei einem Gespräch zwischen ihm und dem Piloten aufgeschnappt.

»Du bist noch immer wütend auf mich, oder?«, fragte sie.

»Weswegen?«

»Wegen der Schaufel.«

Melshi brummte. »Man wartet bereits auf dich«, sagte er. Vermutlich erwartete er, dass sie jetzt *Wer*? fragte, aber den Gefallen tat sie ihm nicht.

Sollte Saw derjenige sein, der sie erwartete, wusste sie bereits, wie sie mit ihm umspringen musste.

Sie gingen weiter, vorbei an Piloten in Overalls, die mit Technikern plauderten; vorbei an Sternjägern und Frachtern und Transportern, die in ordentlichen Reihen nebeneinanderstanden. Es waren zu viele Schiffe für einen simplen *Außenposten*, und Jyn erkannte schnell: Wo auch immer sie sich hier befand, es musste eine wichtige Basis sein. Und vermutlich hatte sie bereits zu viel davon gesehen, als dass die Rebellen sie einfach so von hier fortspazieren lassen würden.

Sie erwog, Melshi ein Bein zu stellen, sein Gesicht auf den feuchten Steinboden zu donnern, ihm seine Waffe abzunehmen und ihn als Geißel zu benutzen, während sie zum Eingang des Hangars zurückkehrte. Die Rebellen würden sie eher abschießen, als zuzulassen, dass sie den Planeten verließ, aber vielleicht könnte sie in den Dschungel fliehen und … und was?

Sich selbst vergiften, wenn sie versuchte, sich von der einheimischen Flora zu ernähren?

Also ließ sie sich tiefer in den Bauch des Tempelturms hineinführen.

Ein beunruhigender Gedanke zuckte durch ihren Kopf: *Saw würde einem Gefangenen niemals so viel zeigen.*

Die Rebellen hatten den Tempel nicht gebaut, so viel war klar. Doch sie hatten ihn übernommen, Kabel über uralten Reliefs verlegt und auf den Steinplatten von Altären Konsolen aufgebaut, als wären es blinkende Opfergaben. Melshi wirkte unbeeindruckt; Jyn selbst fühlte einen kurzen Moment Wehmut, weil der Anblick sie an ihre Mutter und deren Leidenschaft für Geschichte erinnerte, aber dann verbannte sie das Gefühl rasch wieder. Schließlich erreichten sie einen Raum tief unter der Oberfläche, eine Art Bunker, solide genug, um einem Angriff selbst dann standzuhalten, wenn der gesamte Turm darüber einstürzte, und Melshi bedeutete ihr einzutreten.

»Falls du noch mal so einen Trick wie auf Wobani versuchst …«, begann er.

Sie beendete den Satz für ihn. »… werde ich diesmal mehr Erfolg damit haben.«

Der Bunker war nur schwach erhellt und wurde von einem Konferenztisch dominiert, der ihn praktisch in zwei Hälften teilte. Melshi führte Jyn zu einem Stuhl, und sie musterte die Gesichter, die sie von der anderen Tischseite anblickten: Zwei Männer mit den Abzeichen von Rebellengenerälen – einer schon etwas älter, bleich, mit sanften Augen; der andere zehn oder mehr Jahre jünger, die Brauen unter seinem rostfarbenen Haar missbilligend zusammengezogen. Ein dritter Mann – dunkelhaarig, bärtig, nur wenig älter als Jyn – stand etwas abseits, als würde er in dieser Farce nur eine untergeordnete Rolle spielen. Er betrachtete Jyn mit einem Ausdruck objektiver Neugier.

Und keine Spur von Saw Gerrera.

»Du nennst dich also zurzeit« … der General mit dem rostfarbenen Haar trat vor, und sein Blick wanderte zwischen Jyn und dem Datenblock in seiner Hand hin und her … »Liana Hallik. Ist das korrekt?«

Er stand nun direkt vor ihr, als wollte er sie einschüchtern.

Jyn wartete gelassen. *Soll er es nur versuchen.*

»Besitz nicht genehmigter Waffen, Fälschung imperialer Dokumente, schwere Körperverletzung, Flucht aus der Sicherheitsverwahrung, Widerstand gegen die Verhaftung …« Er ließ den Datenblock sinken und neigte selbstgefällig den Kopf. »Stell dir nur mal vor, die imperialen Behörden hätten herausgefunden, wer du wirklich bist – Jyn Erso. Das ist doch dein richtiger Name, oder nicht?«

Sie zuckte zusammen.

Dieser kleine Triumph verleitete den General zu einem Lächeln. Nichts an seinen Worten überraschte sie – welchen

Grund hätten die Rebellen schließlich gehabt, *Liana Hallik* zu entführen –, aber den Namen *Jyn Erso* nach all den Jahren wieder laut ausgesprochen zu hören, fühlte sich wie ein Verstoß an. Wie eine Verletzung. Der General hatte einen mentalen Schneidbrenner gezückt und versuchte, sich damit durch die Luke in ihrem Gehirn zu brennen.

Und er fing gerade erst an. »Jyn Erso. Tochter von Galen Erso. Einem bekannten Kollaborateur des Imperiums in der Waffenentwicklung.«

Sie könnte ihm einen, vielleicht zwei Schläge verpassen, bevor man sie zurückhielt. Ihr wäre egal, wie die Strafe dafür aussah, solange der Kerl nur aufhörte, wieder und wieder *Erso* zu sagen. Die Erwähnung von Galens Namen hatte einen schwarzen, gezackten Riss in die Luke gesprengt, und sie spürte, wie sich ihr Puls beschleunigte.

Doch bevor sie Gelegenheit hatte, sich auf ihn zu stürzen, erregte eine Bewegung auf der anderen Seite des Bunkers ihre Aufmerksamkeit. Eine Frau in weißen Roben, die gleichzeitig müde und entschlossen wirkte, war aus den Schatten getreten. Falten zeichneten ihr Gesicht, ihr Haar war kurz und elegant – das war nicht die Frisur eines Soldaten, auch nicht die eines Generals. Die Männer machten einstimmig einen halben Schritt nach hinten, als sie ans Kopfende des Tisches trat.

»Was ist das hier?«, fragte Jyn, an den Neuankömmling gewandt.

»Das ist eine Chance für einen Neuanfang«, erwiderte die Frau. »Und wir glauben, dass Sie uns helfen könnten.« Die Worte waren sanft, aber die Stimme, die sie sprach, duldete keinen Widerspruch.

»Wer sind Sie?«

»Du *weißt*, wer sie ist«, schnappte der Kerl mit dem rostfarbenen Haar. Ein Speicheltropfen landete auf Jyns Stirn, aber sie hielt den Blick weiter auf das Kopfende des Tisches gerichtet, und bevor der General nachsetzen konnte, brachte die Frau ihn mit einer Handbewegung zum Schweigen.

»Mein Name ist Mon Mothma«, erklärte sie. »Ich gehöre zum Oberkommando der Allianz und habe deine Befreiung von Wobani angeordnet.«

Mothma. Das Oberhaupt der Rebellion. Dann musste der Tempel das Hauptquartier der Allianz sein, der Ort, an dem Entscheidungen getroffen und Befehle gegeben wurden, während weit entfernt Leute starben …

Warum war sie *hier*? Wo war Saw?

»Auf Ihren Kopf ist ein Preis ausgesetzt«, stellte Jyn fest. Es war die einzige verwundbare Stelle, in die sie einen Dolch stoßen konnte, und es war besser, als gar nichts zu sagen.

Mon Mothma lachte nicht, aber Jyn glaubte, ein Schmunzeln zu erkennen, bevor die Rebellenführerin auf den dritten Mann am Tisch deutete. »Das ist Captain Cassian Andor vom Geheimdienst der Rebellenallianz.«

Der Mann trat vor, wahrte aber respektvolle Distanz – vermutlich, damit er ausweichen könnte, falls sie ihn angriff. Der General mit dem Rosthaar zog sich derweil mit einem Kopfschütteln an die hintere Wand des Raumes zurück.

»Wann hattest du das letzte Mal Kontakt mit deinem Vater?«, fragte Cassian.

Diesmal zuckte sie nicht zusammen, auch wenn ein zweiter Riss in der Luke auftauchte. Jetzt stoben Funken von dem Schneidbrenner.

»Vor fünfzehn Jahren«, antwortete sie. Es war nur ein Schätzwert, sollte aber mehr oder weniger hinkommen.

»Hast du irgendeine Ahnung, wo er die ganze Zeit über gewesen ist?« Der General hatte versucht, sie einzuschüchtern; Cassian hingegen benutzte einen ungezwungenen Tonfall und blickte sie aus offenen Augen an. Als würde er diese

Fragen bei einem gemeinsamen Abendessen stellen, um zu zeigen, dass er an ihr als Person interessiert war.

»Soweit es mich angeht, ist er tot«, sagte Jyn. »Das macht vieles leichter.«

»Was macht es leichter?«, hakte Cassian nach. »Dass er zu einem Werkzeug der imperialen Kriegsmaschine wurde?« Es war offensichtlich eine Fangfrage, aber selbst jetzt blieb seine Stimme gelassen.

»Ich kann mir den Luxus einer politischen Meinung nicht leisten.«

Wieder sah Jyn den Anflug eines Lächelns auf Mon Mothmas Gesicht, aber Cassians Züge wurden härter. »Tatsächlich? Wann hattest du das letzte Mal Kontakt zu Saw Gerrera?«

Solltet ihr das nicht eigentlich wissen?

Falls Saw nicht hier war – falls er den Rebellen nicht geholfen hatte, sie zu finden –, was sollte dann diese Frage?

»Das ist ebenfalls lange her«, erklärte sie.

Cassians Wärme war verschwunden; nun musterte er sie mit der Aufmerksamkeit eines Vernehmungsbeamten. »Aber er würde sich noch an dich erinnern, oder nicht? Er würde sicher einem Treffen mit einer alten Freundin zustimmen.«

Jyn öffnete den Mund zu einer Entgegnung, einer Verwünschung, aber dann blieb sie doch stumm. Sie brauchte Zeit, um sich eine Strategie zurechtzulegen; um zu entscheiden, ob sie jemand anderen verraten würde, um sich selbst zu retten.

»Uns läuft die Zeit davon, Mädchen«, knurrte der General mit dem rostfarbenen Haar. »Also, wenn das alles war, dann schicken wir dich dorthin zurück, wo wir dich gefunden haben.«

Na schön. Eine einfache Antwort, eine ehrliche Antwort. Eine, die sie bereits kennen. »Ich war noch ein Kind. Saw Gerrera rettete mir das Leben und zog mich auf. Aber ich habe keine Ahnung, wo er ist. Ich habe ihn seit Jahren nicht gesehen.«

Der ältere General nickte, als würde er seine eigenen Vermutungen bestätigt sehen, und wechselte einen Blick mit Mon Mothma. Dennoch war es Cassian, der weitersprach. »Wir wissen, wie wir ihn finden können«, sagte er. »Das ist nicht unser Problem. Was uns fehlt, ist jemand, der uns Zutritt verschafft, und zwar ohne dass Leute sterben.«

Jyn musste ein Schmunzeln unterdrücken. »Ich dachte, ihr seid alle Rebellen.«

»Ja, aber Saw Gerrera ist ein Extremist. Er führt seinen eigenen Kampf, seit er mit der Rebellion gebrochen hat«, erklärte Mothma. »Doch uns bleibt keine andere Wahl, als das beschädigte Vertrauen wiederherzustellen.«

So war das also. Schon damals, als sie ihm zum ersten Mal begegnet war, war Saws Beziehung zur Rebellion angespannt gewesen. Falls er sich zwischenzeitlich ganz von der Allianz abgewandt hatte, bedeutete das nur, dass er seinem Kurs treu geblieben war. Und nun hatten die Rebellen Jyn aus dem Arbeitslager befreit, um sie als eine Art Friedensangebot zu benutzen.

Das erklärte vieles. Aber nicht alles.

Sie bohrte die Fingernägel in ihre Handflächen und stellte die Frage, auf die sie eigentlich gar keine Antwort wollte. »Und was hat das mit meinem Vater zu tun?«

Mon Mothma warf Cassian einen auffordernden Blick zu.

»Es gibt einen imperialen Deserteur in der Heiligen Stadt auf Jedha. Einen Piloten. Gegenwärtig ist er ein Gefangener von Saw Gerrera.« Andor machte eine Pause und suchte Jyns Blick, um seinen nächsten Worten Nachdruck zu verleihen. »Er behauptet, dass der Imperator eine Waffe bauen lässt – eine Waffe mit der Fähigkeit, ganze Planeten zu vernichten.«

Jyn konnte nicht anders; sie lachte.

»Das ist eine *fürchterliche* Lüge«, erklärte sie.

Beinahe erwartete sie ein weiteres Schmunzeln von Mon Mothma, doch stattdessen musterte die Anführerin der Allianz sie durchdringend, ehe sie erklärte: »Ich glaube, es ist die Wahrheit. Vielleicht irre ich mich, und ich bete, dass es so ist – aber wenn man bedenkt, was der Imperator bislang getan hat, dann scheint eine Waffe, die Welten zerstören kann, der nächste logische Schritt zu sein.«

Ihr seid alle verrückt, wollte Jyn sagen, aber ihre Lippen blieben geschlossen.

»In einem Punkt haben Sie aber recht«, fuhr Mothma fort. »Falls es nur um Saw Gerrera ginge, gäbe es andere Herangehensweisen.«

Cassian fuhr fort, scheinbar unbeeindruckt von der Unterbrechung und Jyns Spott. »Dieser Pilot, der von Gerrera gefangen gehalten wird?«

»Was ist mit ihm?«, fragte sie.

»Er sagt, dass er von deinem Vater geschickt wurde.«

Die Luke in Jyns Gehirn brach auseinander, als bestünde sie aus Papier.

Die *Dinge* im Innern der Höhle krochen ungebeten hinaus, in ihr Bewusstsein, feucht und befleckt nach Jahren der Dunkelheit. Fremde Gedanken breiteten sich aus wie Schimmel und überdeckten alles andere: *Mein Vater lebt. Mein Vater ist ein Verräter. Mein Vater baut eine Waffe, die Planeten zerstören kann.*

Mein Vater ist ein Held. Mein Vater ist ein Feigling. Mein Vater ist ein Mistkerl.

Galen Erso ist nicht mein Vater. Galen Erso hat mich nicht großgezogen …

Ihre Handflächen bluteten, so fest hatte sie die Fingernägel inzwischen in ihr Fleisch gebohrt. Sie wischte sich die Hand an der Hose ab und blickte sich, von einem plötzlichen Schwindelgefühl befallen, in dem Raum um. Mothmas Worte drangen nur schwach zu ihr durch. »Wir müssen diese Waffe zerstören, bevor sie einsatzbereit ist.« Und auch der herablassende Tonfall des Generals mit dem rostfarbenen Haar klang schrecklich weit entfernt, als er sagte: »Captain Andors Auftrag lautet, die Geschichte des Piloten zu überprüfen und, falls möglich, deinen Vater zu finden.«

Es war zu viel. Zu viel, um es jetzt zu verarbeiten; vielleicht sogar zu viel, um es *überhaupt* zu verarbeiten. Doch die anderen beobachteten sie abwartend, also konzentrierte Jyn sich auf ihren Atem, auf die Berührung des kalten Metallstuhls auf ihrer schweißnassen Haut, auf den widerlichen Gestank in der feuchten Luft. So gelang es ihr, sich von der zerstörten Luke in ihrem Kopf loszureißen, ihre Abscheu, ihre Furcht und ihre Zweifel zumindest fürs Erste hinunterzuschlucken.

Mon Mothma ergriff wieder das Wort. »Wie es scheint, ist Galen Erso maßgeblich beteiligt am Bau dieser Superwaffe. In Anbetracht der prekären Lage und Ihrer Beziehung zu Saw hoffen wir, dass er uns helfen wird, Ihren Vater aufzuspüren und ihn als Zeugen vor den Senat zu bringen.«

»Und falls ich es tue?«, fragte Jyn. Sie spuckte die Worte aus, als wären sie giftig, konnte sie selbst aber kaum hören.

»Dann werden wir dich freilassen«, erwiderte Mon Mothma.

Auf eine bessere Antwort hatte sie wohl nicht hoffen können.

Jyn hatte sich nicht wirklich beruhigt, als sie wieder aus dem Hangar auf das Landefeld hinaustrat, und ihr Körper fühlte sich müde und geschunden an, wie am Morgen nach einem Kampf. Aber zumindest war sie *ruhiger*, und sie konnte frei atmen. Solange sie nicht über die Mission nachdachte – und vor allem nicht über die Hintergründe der Mission –, würde sie diese Sache schon überstehen.

Und wenn es erst vorbei wäre, könnte sie zu ihrem alten Leben zurückkehren. Oder besser noch, ein neues Leben beginnen, an einem Ort, der weit, weit entfernt wäre von der Rebellenallianz, von Saw Gerrera, von *Galen Erso*...

Denk nicht darüber nach.

»Captain Andor!«, rief eine Stimme.

Cassian, der neben ihr ging, hielt inne und blickte über die Schulter zum Hangar zurück. Dort stand der General mit dem rostfarbenen Haar, der Jyn im Bunker mit abfälligen Bemerkungen beharkt hatte. »General Draven«, murmelte Cassian. »Gib mir einen Moment, ja?«

»Keine Eile«, erwiderte Jyn.

Andor stieg die Einstiegsrampe eines ramponierten U-Flüglers hinauf und stellte die Reisetasche ab, die er über der Schulter getragen hatte, dann eilte er in Dravens Richtung davon. Jyn kletterte ebenfalls an Bord des Schiffes und blickte sich um. Die Basis mochte größer und besser ausgerüstet sein als die anderen Einrichtungen der Rebellenallianz, die sie bislang gesehen hatte, aber zumindest der U-Flügler entsprach genau ihren Erwartungen. Wie der Transporter, der sie von Wobani hierhergebracht hatte, bestand auch er aus wenig mehr als einem Frachtabteil, an das man zwei Triebwerke geklebt hatte, außerdem war er schrecklich alt und schien von Droiden gewartet worden zu sein, die Kolben anstelle von Händen hatten.

Kurzum: Sie hatte schon Schlimmeres gesehen und geflogen.

»Jyn Erso! Alias Liana Hallik, Gefangene Sechs-Zwo-Neun-Fünf-Alpha!«

Einmal mehr ließ der Klang ihres Namens sie zusammenzucken. Sie musste endlich anfangen, sich daran zu gewöhnen.

Vor der Kommunikationskonsole in der Hauptkabine stand der Sicherheitsdroide mit den imperialen Symbolen, der sie auf Wobani an der Flucht gehindert hatte. »Ich bin Ka-Zwoeso«, stellte sich die Maschine mit einer Ungezwungenheit vor, die Jyn nur als Drohung interpretieren konnte. »Ich bin ein umprogrammierter imperialer Droide.«

»Ich erinnere mich an dich«, sagte sie.

Es gab viele Geschichten über umprogrammierte Droiden, die kein gutes Ende nahmen – sei es nun, weil ignorierte Absicherungsprogramme in Kraft traten oder weil aus unerfindlichen Gründen alte Codes sämtliche Veränderungen rückgängig machten –, aber Jyn war deswegen nicht weiter besorgt. Sollte K-2SO zu seiner ursprünglichen Programmierung zurückkehren, würde er sich zuerst auf hochrangige Mitglieder der Rebellenallianz konzentrieren. Eine entflohene Gefangene, die gegen ihren Willen zur Mitarbeit gezwungen worden war, würde er vermutlich erst als Zweite oder Dritte erwürgen.

»Wie ich sehe, schickt der Rat dich mit uns nach Jedha«, fuhr der Droide fort. Es war eine Feststellung, keine Frage.

»Sieht wohl so aus.«

»Eine schlechte Idee. Das ist meine Meinung und auch die von Cassian. Aber was weiß ich schon? Meine Spezialität ist schließlich *nur* die strategische Analyse.«

Jyn hörte kaum hin. Sie hatte sich von der Maschine abgewandt und blickte über das Landefeld zu Draven und Cassian hinüber. Die beiden standen sich gegenüber, die Köpfe zusammengesteckt, damit keiner der vorbeihastenden Piloten oder Techniker ihre Worte belauschen konnte.

Zu ihrer eigenen Überraschung stellte Jyn fest, dass sie Draven vertraute: Er war ein Trottel, aber das machte ihn berechenbar. Cassian hingegen – der Geheimdienstagent, der Spion, der berufsmäßige Lügner … Er könnte ein Problem darstellen.

»Verstehst du, was sie sagen?«, fragte sie K-2SO über die Schulter.

»Ja«, antwortete der Droide und ging nach vorne ins Cockpit.

Na schön, dachte sie. Nunmehr allein in der Kabine, nutzte sie die Gelegenheit, Cassians Tasche und ihren Inhalt in Augenschein zu nehmen, aber da war nur Ausrüstung. Waffen, tragbare Medipacks, Signalverstärker. Keine Holobilder einer pflichtbewussten Ehefrau, keine zerkratzten Andenken an seine Kindheit. Er reiste mit leichtem und unpersönlichem Gepäck.

Jyn nahm eine Blasterpistole aus der Tasche und schnallte sie an ihre Hüfte; die BlasTech-A-180 war nicht gerade ihre bevorzugte Waffe, aber sie war zielsicher und unauffällig. Sie riskierte gerade einen Blick ins Cockpit, wo der Droide die Startvorbereitungen traf und sie größtenteils ignorierte, als Cassian an Bord des U-Flüglers zurückkehrte.

»Habt ihr euch schon bekannt gemacht?«, fragte er, nachdem er die Außentür geschlossen und versiegelt hatte.

»Ein Charmebolzen«, attestierte Jyn.

Andor zog in einer jungenhaften So-ist-es-eben-Geste die Schultern hoch. »Er sagt immer laut, was ihm gerade durch die Schaltkreise schießt. Das ist eine Nebenwirkung der Umprogrammierung.«

Der Droide musste die Lautstärke seines Vokabulators erhöht haben, denn als er sprach, konnte man ihn sogar in der Kabine deutlich verstehen. »Warum kriegt sie einen Blaster und ich nicht?«

Jyn legte die Hand nicht auf die Waffe, aber sie verlagerte das Gewicht und nahm eine defensive Haltung ein, als Cassian ihr einen Blick zuwarf. »Weil ich weiß, wie man damit umgeht«, sagte sie.

»Genau das macht mir Angst«, erwiderte Andor. Der Humor und die Wärme, die Jyn in seinen Augen gesehen hatte, lösten sich schlagartig auf. Stattdessen kam der Gesichtsausdruck des kalkulierenden Spions an die Oberfläche, und sie empfand eine gewisse säuerliche Befriedigung, weil sie ihn richtig eingeschätzt hatte. »Gib ihn mir«, verlangte er.

»Wir fliegen nach Jedha. Das ist Kriegsgebiet. Wenn ich schon mein Leben riskieren soll, um Saw für euch zu finden, dann möchte ich mich wenigstens verteidigen können.« Sie zuckte mit den Schultern. »Vertrauen beruht auf Gegenseitigkeit.«

Cassian starrte sie noch einen Moment an, dann verschwand auch der kalkulierende Ausdruck, und seine Züge wurden vollkommen undurchdringlich. Er erwiderte das Achselzucken, wandte sich ab und stieg ins Cockpit hoch.

Das geht ja gut los, dachte Jyn, während sie sich auf die Suche nach einer Koje oder zumindest einer halbwegs gemütlichen Oberfläche machte, auf der sie liegen konnte. Sie hatte seit Wobani nicht mehr geschlafen – seit der Nacht, in der ihre Zellengenossin versprochen hatte, sie umzubringen.

»Sie darf ihn behalten? Den Blaster?«

Cassian Andor kletterte auf den Pilotensessel des U-Flüglers – er war abgenutzt, dünn gepolstert, fleckig vom Schweiß mehrerer Spezies – und strich sachte über die Kontrollen, während er sich, so gut es ging, mit dem Schiff vertraut machte. Er hatte schon seit einer ganzen Weile keinen Transporter mehr geflogen.

K-2 wartete auf eine Antwort, und als er erkannte, dass er keine bekommen würde, fragte er: »Möchtest du die Wahrscheinlichkeit wissen, dass sie ihn gegen dich einsetzt?«

Das Cockpitfenster war in der feuchten Luft beschlagen, sodass der Dschungel nur als grüner Farbstreifen zu erkennen war. Cassian blickte kurz nach draußen, während er im Kopf ihren Kurs festlegte. Die Flugkontrolle hatte ihn gebeten, erst ein Stück dicht über dem Blätterdach dahinzufliegen, bevor er aufstieg und den Mond von Yavin 4 verließ – ein halbherziger Versuch, die exakte Position der Basis vor imperialen Sonden zu verbergen.

»Sie ist hoch«, schob der Droide nach.

Cassian schüttelte den Kopf. »Lass uns losfliegen.«

»Sie ist *sehr* hoch.«

Du hast ja keine Ahnung, hätte Andor beinahe gesagt.

Seine Gedanken kreisten noch immer um die Unterhaltung, die er gerade auf dem Landefeld geführt hatte. General Dravens Vertrauenszusicherungen verschwammen bereits in den formlosen Gezeiten seines Gedächtnisses, aber seine Befehle waren wie in Andors Gehirn gemeißelt:

Galen Erso ist entscheidend für das Rüstungsprogramm des Imperiums. Du holst ihn da nicht raus.

Du spürst ihn auf und tötest ihn. An Ort und Stelle.

Er verstand Dravens Wunsch, Erso tot zu sehen. Der Wissenschaftler war vermutlich für den Tod zahlloser Zivilisten verantwortlich; wer so lange in der imperialen Kriegsmaschinerie arbeitete, dem klebte zwangsläufig Blut an den Händen. Sollte durch seine Ermordung auch nur ein Leben verschont bleiben, wäre das schon ein Grund zu feiern. Und selbst falls nicht, wäre sein Tod trotzdem gerechtfertigt.

Der Widerspruch zwischen Mon Mothmas Anweisungen und denen des Generals störte Cassian nicht weiter. Die Vorstellung, Galen Erso dem Senat vorzuführen – damit er die imperialen Pläne für einen Planetenkiller offenlegte und einen solchen Aufruhr innerhalb der Zivilregierung auslöste, dass sich der Senat gegen den Imperator wandte –, war absurd. Es würde nie so weit kommen.

Was Mothma wollte, war eine *politische* Lösung – eingefädelt durch das Militär der Rebellenallianz, aber letztlich doch politisch –, doch Männer wie Draven und Cassian wussten, dass so etwas nicht möglich war. Die imperialen Streitkräfte waren ihren Kommandanten treu ergeben, und diese Kommandanten glaubten, dass sie und nicht der Senat die Kontrolle über das Imperium hatten – was auch stimmte. In einer solchen Situation war ein friedlicher Machtwechsel völlig ausgeschlossen.

Andor bewunderte Mothma, aber sie war eine Idealistin. Vermutlich wollte sie die Anhörung vor dem Senat nicht einmal, weil sie wirklich *glaubte*, dass es funktionieren würde, sondern vielmehr, weil sie sich verpflichtet fühlte, es zu *versuchen.*

Die Ermordung Galen Ersos würde sie von dieser Verpflichtung entbinden und die zum Scheitern verdammten Friedensbemühungen überflüssig machen.

Nichtsdestotrotz war Cassian aufgewühlt.

Er eskortierte eine Frau, kaum mehr als ein Mädchen, zu einem Vater, den sie jahrelang für verloren gehalten hatte. Eine Frau, die – obwohl es keine genetische Verbindung zwischen ihnen gab – Saw Gerreras brennende Wut und eiskalte Kompetenz geerbt hatte. Cassian hatte den getriebenen Ausdruck in ihren Augen gesehen, und er machte ihm Angst.

War es den anderen auch aufgefallen? Oder hatte er es sich nur eingebildet?

Er war nicht sicher, was ihn mehr beunruhigte: Was er Jyn Erso antun musste oder was sie ihm antun würde, falls sie je die Wahrheit erfuhr.

3. Kapitel

Bodhi glaubte, dass sein Leid bald ein Ende haben würde. Dass Saw Gerrera ihn anhören und befreien würde. Dass man seine wunden Füße verbinden, die Fesseln von seinen Handgelenken lösen und den rauen Sack von seinem Kopf ziehen würde, damit er wieder richtig sehen und hören und *atmen* konnte.

Denn würde er nicht daran glauben, würde er den Verstand verlieren.

Er war den Großteil des Tages mit den Rebellen durch die Wüste marschiert, und allein das Sonnenlicht, das durch den Stoff des Sacks filterte, hatte ihm verraten, wie viel Zeit verging, bis sie schließlich eine Art Unterschlupf betraten – ein Gebäude oder eine Höhle, wo selbst die schwache Wärme der Sonne verschwand. Nun hörte er das Schaben von Kleidung ganz in seiner Nähe, außerdem Schritte in der Ferne, Stimmen in anderen Räumen. Er selbst blieb stumm; sein Mund war viel zu trocken, als dass er hätte sprechen können.

Das waren nicht die Rebellen, die Galen Erso ihm beschrieben hatte: ehrenhafte Männer und Frauen, die das Herz auf dem rechten Fleck trugen und gegen die Gräuel kämpften, die Bodhi gesehen hatte; gegen die Taten, an denen er sich mitschuldig gemacht hatte. Stattdessen waren es die Rebellen, vor denen das Imperium warnte: Mörder, Kriminelle und Terroristen, die ihre niederen Motive hinter einer falschen Fassade des Patriotismus verbargen. Die Bomben in Raumhäfen zündeten und Dutzende zivile Opfer in Kauf nahmen, nur um einen kleinen Sieg einzufahren.

Doch Saw Gerrera war sicherlich anders. Er *musste* ganz einfach anders sein.

»Lügen!«

Die heisere, geisterhafte Stimme hallte durch den Raum, begleitet von einem metallischen Stampfen, als würde in regelmäßigen Abständen ein Kolben gezündet.

»Täuschungen!«

Da war nichts außer Zorn in dieser Stimme.

»Lasst mal sehen.«

Ein Befehl, aus den Tiefen einer Furcht einflößenden Kehle geknurrt.

Bodhi hörte weiteres Scharren und Schaben, und er reckte den Hals, um mehr zu erkennen als nur vage Silhouetten und Nähte.

»Bodhi Rook. Frachterpilot.« Plötzlich wurde Bodhi von Händen gepackt und auf die Beine hochgezogen – und hätten sie ihn nicht an den Schultern festgehalten, wäre er gleich wieder umgekippt. »Von hier, hm?«, schnaubte die Geisterstimme. »Sonst noch was?«

»Das hier.« Eine andere Stimme in einer anderen Sprache, und sie erkannte Bodhi wieder: der Tognath mit dem Atemgerät. »Ein Holochip. Nicht verschlüsselt. Wir haben ihn in seinem Stiefel gefunden, als wir ihn gefangen nahmen.«

Rook stemmte sich gegen die Hände, die ihn festhielten – nicht weil er fliehen wollte, sondern um Aufmerksamkeit auf sich zu lenken. »He, ich kann euch hören! Er hat mich nicht gefangen genommen. Ich bin *freiwillig* hier.« Er war nicht sicher, ob man ihn durch den dicken Stoff hindurch verstehen konnte, darum wurde er lauter, während er fortfuhr: »Ich bin desertiert. Ich bin *desertiert*!«

»Lügen«, wiederholte der Geist. »Jeden Tag noch mehr Lügen.«

»Lügen?« Bodhi schrie inzwischen fast, und er sog heftig den Atem durch den Sack ein, um seiner Empörung Nachdruck zu verleihen. »Würde ich wegen einer Lüge alles riskieren? Wir haben keine Zeit für so etwas! Ich muss mit Saw Gerrera sprechen, bevor es zu spät …«

Jemand griff nach dem Sack und zog ihn ruckartig von Bodhis Kopf, wobei die Schutzbrille des Piloten noch weiter nach hinten rutschte.

Mit einem Mal konnte er wieder sehen. Und als er sich umblickte, wünschte er sich sofort den Sack zurück.

Er befand sich in einem Raum – nicht in einer Höhle, sondern in einem Gewölbe aus altem Stein, dessen spärliche Einrichtung ihn als eine Art Wohnquartier auswies. Drei der Rebellen, die ihn durch die Wüste geführt hatten, standen in der Nähe, und eine vierte Gestalt hatte sich direkt vor ihm aufgebaut – das musste der Geist mit der heiseren, Gänsehaut erzeugenden Stimme sein. Er hatte ungezähmtes, ergrauendes Haar und ein Gesicht, auf dem sich zahlreiche Narben kreuzten; außerdem stützte er sich auf einen Metallstab, um das Gewicht zu verteilen, das sein künstliches Bein allein nicht tragen konnte.

»Saw Gerrera?«, stammelte Bodhi.

Diesmal lachte niemand.

Er nickte hastig in Richtung des Datenchips, den Saw zwischen Daumen und Zeigefinger hielt. »Das ist für Sie.« Seine Worte überschlugen sich, und sie sprudelten immer weiter über seine Lippen, ohne dass er sie kontrollieren konnte. »Und ich habe es Ihnen *gegeben*. Er hat es nicht *gefunden*. Ich gab es Ihnen.«

Und dann: »Galen Erso. Er hat mich zu Ihnen geschickt.«

Saw Gerrera legte den Stab beiseite und griff nach der Sauerstoffmaske, die an der Brustplatte seiner Rüstung befestigt war. Ohne den Blick von Bodhi abzuwenden, hob er sie vor sein Gesicht, dann atmete er ein und steckte die Maske wieder an ihren Platz zurück.

Bitte, mach, dass er mir glaubt, dachte Bodhi. Vielleicht sprach er es auch laut aus; er war nicht wirklich sicher.

Ich habe das für euch getan. Ich wollte etwas Gutes *tun.*

Saw drehte den Kopf und blickte den Tognath an. »Bor Gullet.«

»Bor Gullet?«, wiederholte Bodhi.

Einmal mehr schabte grober Stoff gegen seine Stirn, seine Nase, seine Lippen, dann hatte er wieder den Sack über dem Kopf. Arme zerrten ihn nach hinten, drehten ihn von Saw fort – fort von dem Mann, den er hatte finden sollen. Fort von seiner Chance, das Richtige zu tun. »Galen Erso hat mich geschickt!«, schrie er. »Er hat mir gesagt, ich soll Sie finden!« Er wiederholte die Worte und andere wie sie, immer und immer wieder. Aber es nutzte ihm nichts.

Orson Krennic, Leiter der Waffenforschung des ersten Galaktischen Imperiums, war nie der Respekt zuteilgeworden, der ihm gebührte.

Das war weder Zufall noch Schicksal, und auch kein Symptom einer persönlichen Schwäche. Sicher, ihm fehlte das wissenschaftliche Gespür eines Mannes wie Galen Erso, aber dafür hatte er ein anderes Talent. Selbst der arroganteste Forscher unter seinem Kommando musste zugeben, dass ein genialer Verstand mehr leisten konnte, wenn Krennic ihn lenkte, ihn seiner Vision entsprechend manipulierte. Sie waren das Orchester, und er war der Dirigent. Im Verlauf von zwei Jahrzehnten hatte er auf diese Weise Tausende brillante Köpfe zu Höchstleistungen angetrieben. Mehr noch, er hatte die Energien von einer Million Wissenschaftler und Ingenieure und Strategen und Arbeiter geeint und sie in den Dienst eines gemeinsamen Ziels gestellt – und all das, während er sich gleichzeitig der Ränkespiele am imperialen Hof erwehrte; während er sich mit dem Neid kleingeistiger Admiräle und Stabschefs herumschlug.

Orson Krennic hatte den *Todesstern* gebaut – eine der größten technologischen Errungenschaften in der galaktischen Geschichte, eine Meisterleistung der Ingenieurskunst, auf einer Stufe mit der Umwandlung des Stadtplaneten Coruscant oder der Erfindung des Hyperantriebs. Und in erster Linie war es *seine* Errungenschaft. Doch das außergewöhnliche Projekt hatte seine ganze Aufmerksamkeit beansprucht, und das wiederum hatte ihn verwundbar gemacht.

Eine Person hatte diese Schwäche gnadenlos ausgenutzt. Eine Person trug die Schuld an seiner gegenwärtigen Situation. Und es war diese Person, die ihn nun zu einem Treffen an Bord des Sternzerstörers *Exekutrix* gebeten hatte.

Großmoff Tarkin war Krennics Nemesis. Während Orson die Kampfstation *erschaffen* hatte, schien Tarkins einziges Ziel, Orsons Aufstieg zu bremsen und zu verhindern, dass er die Aufmerksamkeit des Imperators erregte.

Der frühere Gouverneur hatte ihm den Rücken zugewandt, als Krennic die Brücke der *Exekutrix* betrat. Begleitet wurde er dabei von einer Eskorte seiner persönlichen Wachen – eine Einschüchterungstaktik, die jedoch nicht recht wirkte, weil Tarkin weiter durch die Aussichtsfenster zum gewaltigen Rund des Todessterns hinüberstarrte.

Heute sollte die Phalanx der Hauptwaffe eingesetzt werden, und die titanische Schale wurde gerade von sechstausend abtrennbaren Düsen über der sphärischen Konstruktion in Position gebracht, während Droiden, Techniker und Mechaniker auf der Station die letzten Vorbereitungen trafen. Sobald die Schale an Ort und Stelle wäre, würden sie sie dauerhaft in der Suprastruktur verankern. Monate der Planung waren in diese Prozedur eingeflossen, und ein Großteil der Energiesysteme auf dem Todesstern waren deaktiviert worden, um das Risiko einer Überlastung zu vermeiden. Eigentlich sollte Krennic jetzt *dort* sein, in den vorübergehend luftlosen Korridoren der Kampfstation, eingehüllt in einen Schutzanzug, um die letzte Phase des Projekts zu überwachen.

»Äußerst unglücklich, dieser Sicherheitsverstoß auf Jedha, Direktor Krennic«, kommentierte Tarkin, als er seinen hageren Körper schließlich zu ihm herumdrehte. Er würdigte Orsons Eskorte keines Blickes, musterte den weißen Umhang an seiner Uniform dafür mit einem umso abfälligeren Ausdruck in den Augen.

»Ich fürchte, ich kann nicht ganz folgen«, log Krennic mit gespielter Verwirrung.

Was er eigentlich sagen wollte, war: *Halten Sie mich für einen Narren? Glauben Sie nicht, dass ich meine eigenen Quellen habe? Alles, was Sie wissen, weiß ich schon lange.*

Doch falls der Gouverneur ihn für einen Narren hielt, dann war es das Beste, ihn vorerst in diesem Glauben zu lassen.

Tarkin fuhr fort: »Nach den vielen Rückschlägen und Verzögerungen nun auch noch dies. Uns sind diverse Gerüchte zu Ohren gekommen, die in der Stadt kursieren. Offenbar haben Sie einen sehr redseligen Frachterpiloten verloren.«

»Und was könnte ein Frachterpilot wissen, das in irgendeiner Form ins Gewicht fällt?«, fragte Krennic so beifällig wie möglich. »Sie selbst haben vor einiger Zeit erklärt, dass bisweilen Kompromisse bei der Geheimhaltung gemacht werden müssen, um den planmäßigen Fortschritt des Projekts zu garantieren. Es war nur eine Frage der Zeit, bis Gerüchte die Runde machen würden …«

»Es geht nicht um Gerüchte. Es geht um *Fakten*. Falls der Senat von unserem Vorhaben erfährt« – Tarkins Worte troffen vor Verachtung –, »werden sich weitere Systeme der Rebellion anschließen.«

Krennic ging instinktiv in die Gegenoffensive. »Wenn die Kampfstation fertiggestellt ist, Gouverneur Tarkin, ist der Senat nur noch von geringer Bedeutung.«

Die Lippen des Moffs wirkten wie ein Spalt in einer Felswand, und genauso viel Emotion bargen sie. »*Wenn* ist zu einem *Jetzt* geworden, Direktor Krennic. Der Imperator toleriert keine weiteren Verzögerungen. Dank Ihnen ist die Zeit ein Verbündeter der Rebellion.«

Als würden Sie für den Imperator sprechen.

»Ich schlage vor, dass wir beide Probleme auf einmal lösen«, fuhr Tarkin fort, »und zwar durch einen sofortigen Test dieser Waffe. Ein Versagen wird Sie in Erklärungsnot bringen, und das bei wesentlich weniger geduldigen Zuhörern.«

Das brachte Orson aus dem Gleichgewicht. Er hatte nicht damit gerechnet, dass die Unterhaltung sich in diese Richtung entwickeln würde.

Ein sofortiger Test?

Das ist eine Falle. Tarkin verlangt nichts, was nicht seinen Zwecken dient.

Doch der Gouverneur erwartete eine Antwort, und falls Krennic Zweifel an den Fähigkeiten des Todessterns und seiner Waffe anklingen ließ, würde Tarkin auch das gegen ihn einsetzen.

»Ich werde nicht versagen«, erklärte er. »Sie wollen einen Test der Waffe? Wir werden Jedha hinwegfegen.«

In einer gerechten Welt hätte er diese Worte voll Siegesgewissheit und freudiger Erregung aussprechen können. Die Kampfstation in voller Einsatzbereitschaft zu erleben wäre ein glorreicher Anblick. Doch Tarkin hatte einen Weg gefunden, selbst diesen Moment zu trüben.

Der Moff beendete das Gespräch, indem er sich desinteressiert abwandte.

Als Krennic kurze Zeit später auf den Todesstern zurückkehrte, schritt er die breiten Korridore ab, die die Station durchzogen, und inspizierte den Fortschritt des Tages. Die schwarzen Böden waren auf Hochglanz poliert, sodass die Reflexion seiner weißen Uniform wie ein Leuchtfeuer vor ihm herwanderte. Er wusste, dass alle wichtigen – und auch unwichtigen – Ergebnisse im jüngsten Aktivitätsbericht auf seinem Schreibtisch landen würden, dennoch legte er großen Wert darauf, Ingenieure und Droiden zu befragen und persönlich nach Mikrorissen an Leitungen zu suchen. Es half ihm dabei, sich zu konzentrieren; die Kontrollgänge waren ein Ventil für seine Frustration. Und das Gespräch an Bord der *Exekutrix* war äußerst frustrierend gewesen. Es hatte zu viele Fragen aufgeworfen, und nun analysierte Orson mit jedem Schritt die Umstände und die Implikationen.

Brich es auf die einfachsten Elemente herunter, wie du es bei der Einarbeitung einer neuen Baumannschaft tun würdest. Finde eine Lösung.

Glaubte Tarkin, dass der Todesstern noch nicht für einen Test bereit war? Dass die Primärwaffe nicht funktionieren würde?

Sollte sich die Kampfstation bei Jedha als zahnlos herausstellen, wäre das ein gewaltiges Risiko und für Tarkin ebenso erniedrigend wie für Krennic. Andererseits hatte Orson Gerüchte gehört, wonach die rechte Hand des Imperators – Darth Vader persönlich – ein enger Verbündeter des Gouverneurs war.

Könnte es sein, dass Tarkin Vader als Schild benutzen wollte?

Er ist ein verwegener Stratege. Aber ist er verwegen genug, ein öffentliches Debakel zu arrangieren und die Verantwortung dann auf jemand anderen zu schieben?

Eine weitere Frage formte sich in seinem Hinterkopf: Warum glaubte Tarkin überhaupt, dass der Test fehlschlagen würde? Er ließ keine Gelegenheit aus, Krennics Leistung schlechtzumachen, und wann immer Orson auf neue Herausforderungen stieß, erntete er den Spott des Moffs. Möglich, dass diese Geringschätzung Tarkin geblendet hatte, dass er Krennics Fortschritte unterschätzte – aber einen so riskanten Plan begründete man nicht auf einer simplen Annahme. Das wäre selbst für jemanden wie Tarkin töricht.

War es außerdem Zufall gewesen, dass der Moff Orson zu sich bestellt hatte, als die Phalanx eingesetzt wurde?

Würde Tarkin so weit gehen, die Installation zu sabotieren?

Krennic blieb abrupt stehen, dann wirbelte er herum und machte sich auf den Weg zu den äußeren Decks, wo die Fokussierschale inzwischen in der Außenhaut der Station verankert war. Sein Puls beschleunigte sich, sein Blut kochte vor Wut. Erst als er eine Wartungsmannschaft aus einem Turbolift vertrieben hatte und zur Energiefeldsperre eines noch immer luftlosen Korridors hochgefahren war, begann er, sich wieder zu beruhigen. Hinter dem schimmernden Feld standen zwei Sturmtruppler mit Sauerstofftanks, wachsam wie eh und je.

Natürlich gab es Hunderte anderer Zugangspunkte, wo ein Saboteur den Konstruktionsbereich betreten könnte. Und es wäre sogar möglich, dass die Sturmtruppen im Geheimen Befehle von Tarkin erhielten. Doch der Anblick war friedlich und kontrolliert genug, um Orsons Zorn zu bändigen.

Sabotage. Die Möglichkeit nagte an ihm, aber noch konnte er etwas dagegen unternehmen. Er würde seine Kontaktpersonen in Tarkins innerem Zirkel befragen, herausfinden, was sie wussten – falls sie etwas wussten.

Das imperiale Personal von Jedha zu evakuieren, würde ein bis zwei Tage dauern, er hatte also etwas Zeit. Genug Zeit, um sämtliche Fokussierlinsen und Kyber-Kristalle und Leitungen in der Phalanx überprüfen zu lassen. Sollte irgendetwas sabotiert worden sein, würden seine Leute es finden.

Nichts an Bord des Todessterns konnte vor ihm geheim gehalten werden. Er kannte jede Ebene, jeden Gang, jeden Zentimeter. Er allein – oder genauer, er und eine andere Person – verstand, welche gewaltige Errungenschaft die Kampfstation wirklich darstellte.

Von diesen Gedanken getröstet, beendete Orson Krennic seinen Kontrollgang und zog sich in sein spärlich, aber elegant eingerichtetes Quartier zurück – sein Zuhause, mehr als irgendein Ort auf einem Planeten oder Mond es je sein könnte. Er setzte sich an seinen Schreibtisch und trank ein Glas Wein, während er Befehle erteilte und Berichte las. Seine Zuversicht war wiederhergestellt. Nicht mehr lange, und der Todesstern wäre vollendet: jedes System einsatzbereit, jede Platte der Außenhülle festgeschweißt. Der Test bei Jedha würde ein Triumph sein, kein Desaster, und die Galaxis würde voller Ehrfurcht und Schrecken darauf reagieren.

Niemand – schon gar nicht *Wilhuff Tarkin* – würde Krennic um dieses Vergnügen bringen.

In ihrem Traum war Jyn fünf Jahre alt – vielleicht auch vier; oder sechs; in jedem Fall war es lange her –, und sie lag in dem weichsten Bett, in dem sie je liegen sollte. Sie hielt Beeny (ihr liebstes Kuscheltier, ihren besten Freund) vor ihr Gesicht, so dicht, dass ihr Atem sein Fell befeuchtete. Und sie lauschte.

»Welche Gräueltaten sie auch immer planen, sie sind

nicht gut organisiert. Das ist der Vorteil, wenn man es mit Anarchisten zu tun hat.«

Sie verstand den Sinn der Worte nicht, und das missfiel ihr. Manchmal war es angenehm, in der Dunkelheit zu liegen (sie hatte gar keine Angst vor der Dunkelheit) und zuzuhören, wenn die Erwachsenen sich unterhielten, aber heute war es nicht angenehm. Heute sprachen sie über schlimme Dinge.

»Selbst die Separatisten wollten mehr, als nur Zerstörung zu säen.« Das war Mamas Stimme. »Und falls sie schon so fanatisch sind, wie soll sie dann ein neu errichtetes Imperium überzeugen? Wir reden hier von …«

»Wir erleben gerade einen kritischen Moment in der galaktischen Geschichte.« Wieder die erste Stimme. Jyn rollte sich auf die Seite und spähte durch die halb offen stehende Tür ins Wohnzimmer, wo Mama in ihrem hübschen Kleid saß, daneben Papa in seiner grauen Uniform und Papas Freund, der ganz in Weiß gekleidet war. Sie saßen um den Esstisch, und der Mann in Weiß schenkte ihnen allen zu trinken ein, während er sprach. »Solange die Bürger an das Imperium glauben, ist uns der Sieg über die letzten separatistischen Widerstandsnester und diese Anarchisten sicher. Sollten die Leute hingegen das Vertrauen verlieren …« Mama wollte etwas sagen, aber er hielt sie mit einer Handbewegung zurück. »Nun, ihr wisst, was auf Malpaz geschehen ist. Hier auf Coruscant kann uns natürlich nichts passieren, aber wie sollen wir uns nicht schuldig fühlen, wenn wir hier diese erlesenen Speisen genießen und am Äußeren Rand der Terror um sich greift?«

Mama lachte. Es war kein echtes Lachen, sondern das leise Glucksen, das sie benutzte, wenn sie lachen *sollte*, aber nicht wirklich wollte.

Papa drehte den Kopf in Jyns Richtung. Er schien zu spüren, dass sie sie beobachtete.

Während Mama das Wort ergriff, stand Papa auf und kam zur Tür des Kinderzimmers herüber. Jyn zog die Knie hoch und hob Beeny vor ihr Gesicht, als könnte sie sich so verstecken. Sie wollte nicht, dass er die Tür schloss. Nicht weil sie Angst vor der Dunkelheit hätte (sie hatte nämlich keine!), sondern weil sie ihnen weiter zuhören wollte. Weil sie es *verdiente*, weiter zuzuhören …

Papa schloss die Tür nicht. Stattdessen kam er herein und setzte sich neben ihr auf das Bett, sodass die Matratze ein wenig nach unten sank. Er roch, wie seine Uniform, säuerlich und sauber. »Was ist los, Jyn? Du siehst verängstigt aus«, sagte er, während er ihr eine Haarsträhne aus dem Gesicht strich. »Ich werde dich immer beschützen.«

Dann veränderte sich der Traum.

Papas Gestalt über ihr war plötzlich nur noch ein Schatten, und Jyn saß allein in der Höhle, unter der Luke, eingeschlossen in der Dunkelheit. Mamas Leiche lag auf der Erde vor der Farm, und Jyn hatte nichts mehr. Sie konnte nicht einmal mehr sprechen; ihre Lunge war voller Rauch und Asche und Staub.

»Warum kämpfen Leute?«, fragte sie, zurück in ihrem Schlafzimmer, wo sie noch nichts von den Schrecken der Zukunft ahnte.

Papa zögerte einen langen Moment, und als er schließlich antwortete, klang er, als würde er zum ersten Mal darüber nachdenken. »Das ist eine gute Frage«, sagte er. »Mein Freund Orson meint, dass Leute kämpfen, weil sie wütend sind. Aber ich glaube …« Er unterbrach sich und schloss die Augen. Im anderen Zimmer unterhielten sich die Stimmen währenddessen weiter. »Ich glaube, die Leute sind unglücklich, und sie können sich nicht einigen, wie die Dinge besser gemacht werden sollen.«

Jyn beobachtete ihren Vater, versuchte herauszufinden,

was er über diese Leute dachte. »Vielleicht würden sie sich einigen, wenn sie vorher mit dem Kämpfen aufhören.«

Papa blickte liebevoll auf sie herab, und sie war sicher, dass ihr Vorschlag ihn überrascht hatte. Auf eine gute Weise. »Sternenstaub. Bleib bitte immer, wie du bist.«

Er beugte sich vor, um sie auf die Stirn zu küssen, und sie schlang die Arme um ihn, spürte den Stoff seiner glatten, säuerlich riechenden Uniform auf ihrer Haut. »Mach ich«, versprach sie, dann fügte sie leise hinzu: »Ich hab dich lieb, Papa. Du bist ein guter Mann.«

Er erwiderte die Umarmung, in ihrem Zimmer in der Stadt und gleichzeitig in ihrem Zimmer auf Lah'mu. Ihr Kinn an seine Schulter gelegt, blickte sie zur Tür, sodass sie Mama sehen konnte, die sie sanft lächelnd vom Wohnzimmer aus beobachtete. Hinter ihr stand der Mann in Weiß.

Die Arme um Jyns Hals wurden dünner und rauer, verwandelten sich in eine Kordel. Jetzt war Mama direkt vor ihr, und sie legte ihr eine Kette um.

Dann öffnete sich die Luke, und Saw Gerrera starrte auf sie herab.

Als Jyn erwachte, war sie nicht länger ein Kind, und sie lag auch nicht länger in einem weichen Bett in einem Apartment auf Coruscant. Ihre Mutter und ihr Vater und Beeny waren fort (Beeny war das erste Opfer ihres privaten Krieges gewesen; er hatte es nicht einmal bis nach Lah'mu geschafft).

Die Luke war noch immer zerbrochen, und Jyn wusste, dass sie sie nie wieder reparieren konnte.

Eingehüllt von der Düsternis der Hauptkabine hob sie die Hand vor die Brust, und während der U-Flügler leicht erbebte, schloss sie die Finger um den Kristallanhänger ihrer Mutter.

ERGÄNZENDE DATEN: KAMPFSTATION TS-1

[Dokument #YT5368 (»Offizielle Mitteilung: Rahmendirektive für die Kampfstation TS-1«), Zeitstempel: ungefähr zwei Jahre vor Operation Bruchpunkt; abgeschickt aus dem Büro von Großmoff Wilhuff Tarkin.]

An Direktor Krennic:
Ich finde diese Kommuniqués geschmacklos, aber da Sie offensichtlich schriftlich an Ihre Pflichten erinnert werden müssen, werde ich diesem Wunsch entsprechen.

Sämtliche am Bau der Kampfstation beteiligten Personen (Sicherheitsfreigabe DS/30 oder höher) haben eine gemeinsame Vision zu teilen, was die involvierten Technologien und deren Einsatz angeht.

Wir haben keine Zeit mehr für kleine, voneinander abgeschirmte Teams. Indem Sie über das Ziel des Projekts Lügen verbreiteten, konnten Sie eine beeindruckende Gruppe von Energieforschern und Materialexperten versammeln, das muss ich Ihnen lassen. Auch wenn diese Personen glaubten, sie würden die Infrastruktur von Coruscant erneuern, während sie tatsächlich an einer Waffe arbeiteten. Aber diese Waffe erfüllt einen speziellen *Zweck*, und in diesem Zusammenhang darf es keine Kompromisse geben.

Um es ganz simpel auszudrücken: Die Zeit für Spielchen ist vorbei.

Wir haben es hier mit einem Projekt von einer noch nie da gewesenen Größenordnung zu tun. Mir ist es gleichgültig, was Ihre Ingenieure motiviert, aber sie müssen unsere Prioritäten kennen und befolgen. Auf einer Kampfstation mit acht Milliarden individuellen Komponenten kann schon eine

Handvoll falscher Entscheidungen Einfluss auf die Effektivität haben.

Muss ich mich noch klarer ausdrücken? Eigentlich sollte das nicht nötig sein, aber um auf Nummer sicher zu gehen:

Die Kampfstation ist keine eigenständige Entität. Sie ist Teil des militärischen Systems und muss als solches den Ansprüchen des Systems genügen. Sollten Eigenschaften, egal wie klein, nicht mit unserer Sternzerstörerflotte kompatibel sein, so muss das korrigiert werden.

Die Kampfstation ist auch keine Spielwiese, um mit neuen Technologien zu experimentieren. Ihren Leuten die Gelegenheit zu innovativer Technologieforschung zu versprechen war ein Fehler. Neue Ansätze werden nur da verfolgt, wo sie nötig sind, und falls wir die Wahl zwischen hundert erprobten, zuverlässigen Reaktoren und einem einzigen neuen haben, der angeblich genauso viel leisten kann, dann werden wir die hundert wählen.

Die Kampfstation soll zudem mehr als nur eine *zeremonielle* Waffe sein. Sie wird die Macht des Imperiums untermauern, aber sie darf ihre Kapazitäten nicht durch die Zerstörung eines einzelnen Planeten erschöpfen. Es muss möglich sein, die Primärwaffe innerhalb einer kurzen Zeitspanne mehrmals abzufeuern – etwas, was im Verlauf einer Schlacht durchaus nötig werden könnte. Sowohl der Mechanismus als auch die Kontrollen müssen diese Möglichkeit unterstützen.

Wir bauen die Station nicht, um einen Krieg zu verhindern, sondern um einen Krieg zu beenden. Immer wieder haben Instabilität und Chaos in der Galaxis um sich gegriffen, und das Aufkeimen der terroristischen Rebellenbewegung ist nur die jüngste Wiederholung dieses Zyklus. Es ist zwar ausgeschlossen, dass die Rebellen das Imperium stürzen, aber sie stellen dennoch eine Bedrohung der Ordnung dar.

Der Todesstern allein kann solchen verräterischen Bestrebungen natürlich kein Ende bereiten. Aber er wird sicherstellen, dass die Galaxis nie wieder von einem ausgewachsenen Konflikt wie den Klonkriegen verwüstet wird. Sobald ein Feind sich zeigt, werden wir mit brutaler Härte gegen ihn durchgreifen. Sollte ein Schlag nicht ausreichen, werden wir den Prozess wiederholen und einen Planeten nach dem anderen auslöschen, bis auch der Feind ausgelöscht ist. Oder bis die Galaxis von solcher Furcht erfüllt ist, dass jeder Gedanke an Widerstand unvorstellbar erscheint.

Der neue Friede wird andauern, bis der Zyklus von vorne beginnt. Und wenn es so weit ist, werden wir die Kampfstation ein weiteres Mal einsetzen. Die Störung der Stabilität sollte dann nur noch ein kurzes und äußerst *lehrreiches* Zwischenspiel darstellen.

Ich hoffe, Sie verstehen jetzt, Direktor. Der Todesstern ist die ultimative Kriegswaffe. Das ist der einzige Zweck, dem er dient. Er ist kein Monument wissenschaftlichen Könnens, auch wenn Ihre Leute das gerne so sähen. Er ist nicht der Eckpfeiler einer eleganten, neuen Art von Flotte, auch wenn *Sie* das gerne so sähen. Die Station muss nicht kunstvoll oder fortschrittlich sein. Sie muss *funktionieren.*

Machen Sie das Ihren Wissenschaftlern unmissverständlich klar.

[Dokument #YT5368A (»Antwort auf Offizielle Mitteilung: Rahmendirektive für die Kampfstation TS-1«) abgeschickt aus dem Büro von Orson Krennic, Direktor der Waffenforschung.]

Bei allem Respekt, Gouverneur, ich brauche Klarheit.

Meinem Verständnis nach wurde das Projekt Kampfstation auf einer Entscheidungsebene weit über meiner oder Ihrer beschlossen. Ich weiß, Sie zählen zu den Vertrauten des Imperators, aber ich hätte gerne eine Bestätigung, dass die von Ihnen geschilderte Vision tatsächlich auch *seine* Vision ist.

Ich fände es höchst unpassend, sollte etwas, das seinem Geist entsprungen ist, auf reine Funktionalität reduziert werden. *Das Ergebnis muss nicht kunstvoll oder fortschrittlich sein*? In dem Fall bin ich sicher, dass meine Resultate die Erwartungen des Imperators weit übertreffen werden.

[Keine weiteren Dokumente verfügbar.]

4. Kapitel

Falls Jedha vor Jahren oder Jahrhunderten mehr gewesen war als nur ein trostloser Felsbrocken, so deutete nichts mehr darauf hin. Vom Weltall aus betrachtet, gab es rein gar nichts zu sehen – keine großen Ozeane, keine glänzenden Städte aus Metall und Glas, noch nicht mal Bänder dahinziehender Wolken; da war nur der bernsteinfarbene Staub einer kalten Wüste.

»Das ist Jedha«, erklärte Cassian. »Oder das, was davon übrig ist.«

Heftiger Wind zerrte an ihrem U-Flügler, als sie in die Atmosphäre eintraten, und Jyn, die am Eingang des Cockpits stand, schwankte auf dem bebenden Deck. Andor und der Droide schienen von den Turbulenzen unbeeindruckt, aber sie spürte Übelkeit in sich hochsteigen, und so zog sie sich bis zur Landung nach hinten in die Kabine zurück. Unerwünschte Bilder schoben sich vor ihr geistiges Auge, Bilder von Saw Gerrera, von Galen Erso (*Mein Vater lebt. Mein Vater ist ein Mistkerl …*), die aus der Luke krochen und sich hinter ihren Lidern einnisteten wie Parasiten.

Sie konnte nicht einfach nur herumsitzen und nachdenken; nicht, ohne wahnsinnig zu werden. *Ignoriere die Übelkeit und mach irgendwas Nützliches*, sagte sie sich.

Als der Transporter schließlich auf einem von Rissen durchzogenen Tafelberg aufsetzte, hatte sie bereits alles zurechtgelegt, was sie auf der Oberfläche des Mondes brauchen mochte: Thermalkleidung – Handschuhe, Jacke, Kapuze –, um den frostigen Temperaturen zu trotzen; zwei Schlagstöcke für den Nahkampf; eine Tasche voller Nahrungsrationen, Karten und Decodiergeräte – Letztere eigentlich nur, weil noch Platz in der Tasche gewesen war, als sie sie gefunden hatte. Während Cassian und K-2SO noch vorne im Cockpit saßen, ging sie bereits von Bord und kletterte auf einen kleinen Felsvorsprung, der wie ein eisiges Messer aus dem Boden ragte.

Von diesem Aussichtspunkt aus ließ sie den Blick über das Tal schweifen, hin zu den fernen Mauern der Stadt – der Heiligen Stadt, Jedha City oder NiJedha, je nachdem, welche Datenbank man zurate zog. Staub und Rauch verhüllten Türme und Zinnen und Plätze sowie die goldenen Dächer großer Anwesen. Aus der Entfernung sah die Siedlung aus wie ein verschmiertes Gemälde, ein Artefakt aus einer fremden Vergangenheit. Alles, was Jyn deutlich erkennen konnte, waren der imperiale Sternzerstörer über der Stadt und die Shuttles, die wie ein Schwarm Fliegen um seinen Bauch herumschwirrten.

Hinter ihr stiegen nun auch Cassian und der Droide aus dem U-Flügler, und unter ihren Schritten rollten kleine Steinchen den Hang hinab.

»Was hat es mit dem Zerstörer auf sich?«, fragte sie.

»Das Imperium schickt sie her, seit dein alter Freund Saw Gerrera ihre Frachttransporte überfällt.«

Das überraschte Jyn nicht. *Wenn man Saw Gerrera aufhalten will, braucht man schon mehr als eine Handvoll TIE-Jäger.* Sie war aber nicht sicher, ob Saws Verbissenheit sie mit Stolz oder nur mit Resignation erfüllte.

»Was bringen die Shuttles rein?«, wollte sie wissen.

»Es geht eher darum, was sie rausbringen.« Andor reichte ihr ein Fernglas, und als sie es vor die Augen hob und den Horizont absuchte, zoomten die Suchsysteme automatisch an einen der Shuttles heran. Sechs Frachtcontainer in der Warnfarbe Orange waren unter die Triebwerke geschnallt, aber an ihren Seiten waren keinerlei Markierungen zu erkennen.

»Kyber-Kristalle«, fuhr Cassian fort. »So viele sie kriegen können. Wir fragten uns, wozu sie den Tempel plündern. Jetzt wissen wir es. Die Kristalle versorgen die Waffe mit Energie.«

»Euren Planetenkiller?« Sie klang sarkastischer, als sie sich fühlte.

»Du glaubst nicht, dass es ihn wirklich gibt?«

Jyn zuckte mit den Schultern und gab ihm das Fernglas zurück. »Vielleicht. Deine Chefin hatte nicht unrecht. Das wäre genau die Art Projekt, die das Imperium vorantreiben würde …«

»*Der nächste logische Schritt nach allem, was der Imperator bislang getan hat*«, korrigierte Cassian. Seine Lippen verzogen sich zu einem trockenen Lächeln.

»Wie auch immer. Es wundert mich nicht, dass das Imperium einen Planetenkiller *will.* Aber es würde mich wundern, falls er tatsächlich *funktioniert.*«

K-2 meldete sich in fröhlichem Tonfall zu Wort. »Genug Kristalle müssen sie inzwischen wohl haben.«

Jyn sah zu dem Droiden hinüber, und ihr Blick blieb an seinen imperialen Markierungen hängen. »Es wäre vielleicht klüger, die Zielscheibe hierzulassen.«

»Sprichst zu etwa von mir?«, fragte die Maschine.

Andor richtete sich auf und zog die Jacke enger um seine Schultern, als der Wind auffrischte. »Sie hat recht. Wir dürfen nicht auffallen. Bleib im Schiff.«

»Ich bin unauffällig«, entgegnete K-2SO. Es war kein Einspruch, lediglich eine Feststellung. »Ich bin ein imperialer Droide. Die Stadt steht unter imperialer Besatzung.«

Jyn stieß den Atem aus. »Die eine Hälfte der Bewohner hier will dich umprogrammieren, die andere will dir ein Loch in den Schädel schießen.«

»Ich bin überrascht, dass du dich so um meine Sicherheit sorgst.«

Sie wandte sich wieder dem Tal zu und versuchte, die Entfernung zur Stadt abzuschätzen. *Ich habe zu viel eingepackt*, entschied sie schließlich und warf K-2SO ihre Tasche zu. »Tu ich nicht. Ich hab nur Angst, dass sie dich verfehlen und mich treffen.«

Cassian hatte sich bereits in Bewegung gesetzt, und Jyn fiel hinter ihm in Schritt. Als der Droide ihr nachrief »Das klingt gar nicht so schlimm«, tat sie, als würde sie es nicht hören.

Bodhi Rook konnte die Kreatur in der Höhle nicht sehen. Doch wenn er den Hals reckte und versuchte, sich aus seinen Fesseln herauszuwinden, oder sich auf dem Stuhl aufrichtete, erwachten die Schatten der Höhle zum Leben. Sie schienen zu wogen, sich zu winden wie Meereskreaturen, die er als Kind in einem Aquarium gesehen hatte. Sie zogen sich in die Länge und schoben sich dann wieder zusammen, aber sobald er sich auf einen von ihnen konzentrierte, versuchte, einen Tentakel aus dem Dunkel zu schälen, sah er … nichts. Dann war da nur noch das Flackern der Laternen am Rande seines Sichtfeldes.

»Bor Gullet kann deine Gedanken *spüren*«, sagte Saw Gerrera.

Seine Stimme erklang von außerhalb der Höhle – der Zelle, in der Bodhi mit der Kreatur gefangen war. Weit genug entfernt, um sicher zu sein, nahe genug, um sie zu beobachten.

»Tun Sie das nicht«, wimmerte Bodhi so leise, dass man ihn kaum hören konnte. »Bitte, tun Sie das nicht.« Gefolgt von weiteren, unzusammenhängenden Sätzen. Er bettelte. Das war alles, was er im Moment tun konnte.

Die Blasen an seinen Füßen, die Kälte in seinen Fingern, die Dehydration, die blauen Flecken – das waren Unannehmlichkeiten, mit denen er leben konnte. Wichtiger noch: die er *überleben* konnte. Er hatte diese Dinge schon zuvor durchlitten, ebenso wie Schlafmangel, Hunger, Schläge ... Ja, er hatte Angst vor Schmerzen; aber das Ding in den Schatten widerte ihn an, auf einer Ebene, die zu intim war, um sie in Worte zu fassen.

»Jede Lüge wird entlarvt«, erklärte Gerrera.

Die Schatten krochen nun auf Bodhi zu, kräuselten sich um die Beine seines Stuhls. Ein süßlicher Geruch hüllte sie ein. Rook hielt den Atem an, versuchte, sich auf der Sitzfläche weiter nach hinten zu schieben.

»Was hast du mir wirklich gebracht, Frachterpilot? Bor Gullet wird die Wahrheit aufdecken.«

Er spürte eine Berührung an seiner Schulter, an seinem Hals, federleicht und beinahe sanft. Doch als er versuchte, sich fortzudrehen, wurde diese Berührung plötzlich schmerzhaft, als wäre sein Fleisch in einer Schraubzwinge eingeklemmt. Bodhi wollte etwas rufen – *Ich habe Sie nicht angelogen, ich habe nicht gelogen* –, aber seine Stimme versagte.

Die Tentakel hatten inzwischen seine Stirn erreicht, wickelten sich um seinen Kopf, sodass ihm das Haar an den Schädel gedrückt wurde. Er schloss die Augen. Sein Körper fühlte sich kalt und feucht an, obwohl er zu dehydriert war, um noch Angstschweiß zu vergießen. Überall an seinen Schläfen brannten kleine Nadelstiche.

Dann sah er auf einmal Dinge, Bilder. Zum Beispiel …

Seine Mutter, in der Küche ihres Hauses, wo sie ihm zeigte, wie man Gemüse mit einem Messer schnitt. Sie hatte ihm nie zuvor ein Messer anvertraut, aber diesmal war es anders, weil er ihr leidtat. Warum, daran konnte er sich nicht erinnern, aber er war sicher, wüsste er es, würde es ihm das Herz brechen. Vermutlich wäre er in Tränen ausgebrochen, aber da änderte sich das Bild bereits, und er sah …

Misurno, sein Lehrmeister, sein Kopilot auf dem Fentersohn-Flug, der jede Reise mit Geschichten über seine Zeit als Jägerpilot verkürzte; darüber, wie er Piraten und Rebellen und Separatisten abgeschossen hatte. Sein Atem stank, und er machte laut Witze darüber, wie hart er seine Rekruten rangenommen hatte. Aber einmal, als er betrunken war, hatte er Bodhi seinen *besten* Freund genannt. Seinen *einzigen* Freund.

Dann war da Galen Erso. Er sah Misurno nicht unähnlich, und er erklärte Bodhi: »Da ist nichts Mutiges an blindem Gehorsam. Einfach nur tun, was einem befohlen wird, ohne zu hinterfragen, ohne selbst zu entscheiden – jeder Droide kann das. Falls du wissen möchtest, woran wir arbeiten, Bodhi Rook, dann könntest du einfach fragen.« *Aber er hatte nicht gefragt. Zumindest nicht in jenem Moment.*

Sein Frachtshuttle stand in Flammen, und er bediente mit brennenden Händen die Kontrollen, um seinen Sinkflug zu stabilisieren und den gleißenden Partikelstrahlen auszuweichen, mit denen die Rebellen ihn vom Boden aus beharkten. Jemand im hinteren Abteil schrie, aber er konnte nichts *tun*, musste sich ganz auf das Fliegen konzentrieren. Er konnte nur hoffen, dass ihm Sturmtruppen oder TIE-Jäger zu Hilfe kämen, bevor es zu spät wäre …

Als Bodhi die Augen öffnete, war er nicht mehr sicher, ob diese Dinge überhaupt wirklich geschehen waren.

Er konnte sich nicht mal daran erinnern, wie man atmete, und ein schmerzhafter Druck breitete sich in seiner Lunge aus.

»Es gibt leider eine Nebenwirkung«, verkündete die Geisterstimme von Saw Gerrera. »Die meisten verlieren davon den Verstand.«

Aus der Ferne hatte die Stadt still und verlassen gewirkt – allein das Grollen der Raumschiffe hatte die Einöde unterbrochen. Doch wenn man näher kam, hörte man schon bald die Geräusche des täglichen Lebens in Jedha: das Scharren des Fußverkehrs, die Rufe und das Geklapper der Kaufleute, der monotone Gesang der Pilger und das Summen von Maschinen. Verwoben damit waren die Geräusche der Belagerung: die verzerrten Stimmen von Sturmtruppen, die an Kontrollpunkten Scandokumente überprüften, das Tosen unkontrollierter Brände in den umkämpften Sektoren und vereinzelt das Echo ferner Blastersalven.

Jyn kannte die Geräusche einer Belagerung. Nur zu gut sogar.

»Uns bleiben noch ein paar Stunden bis Sonnenuntergang«, sagte Cassian. Sie folgte ihm durch einen Vorhang in eine pockennarbige Gasse, die eine Kolonie von Kubaz in ihr Zuhause verwandelt hatten; sie ignorierten die langschnauzigen Wesen und bahnten sich einen Weg zwischen Decken und brutzelnden Pfannen hindurch. »Wir sollten das Beste daraus machen. Nach Einbruch der Nacht herrscht eine Ausgangssperre, und ich habe nicht vor, im Dunkeln durch die Wüste zurückzumarschieren.«

»Also sehen wir uns nicht die Sehenswürdigkeiten an?«

»Keine Sehenswürdigkeiten.«

Sie passierten einen zweiten Vorhang, umrundeten eine Ecke und fanden sich in einer schmalen, völlig überfüllten Straße wieder. Jyn versuchte, sich einen Weg durch die Menge zu bahnen, aber einer der Passanten stieß sie grob zur Seite. Ihre Hand zuckte wie von selbst unter ihre Jacke, um ihren Schlagstock zu greifen, während der Kerl grollte: »He, pass bloß auf!«

Da will wohl jemand Ärger. Ihr Blick huschte zu seinem Gesicht – eine von Narben und Verbrennungen verzerrte Fratze, die man kaum noch als menschlich bezeichnen konnte – und dann zu seinem Begleiter, einem Aqualish, dessen Schädel hauptsächlich aus Hauern und vorstehenden schwarzen Augen bestand.

Sie war sicher, dass sie mit den beiden fertigwerden würde. Ihr Herzschlag beschleunigte sich, und ein frostiges Lächeln verzerrte ihre Lippen.

»Nein, nein …« Cassian packte sie am Arm und zerrte sie in den Strom der Menge zurück. »Wir wollen keinen Ärger«, rief er über die Schulter. »Verzeihung.«

Der Adrenalinstoß ebbte ab. Nun, da sie nichts mehr ablenkte, kehrten ihre Gedanken ungewollt zum Bild ihres Vaters zurück. Natürlich war es das Gesicht von vor fünfzehn Jahren, aber es war noch immer das Gesicht des Mannes, der sie verlassen hatte, um dem Imperium zu dienen. Sie trat nach dem Staub, schüttelte den Kopf und wandte sich an Cassian, gerade, als dieser etwas sagen wollte. »Was jetzt?«, fragte sie.

Falls er ihren inneren Aufruhr bemerkte, zeigte er es zumindest nicht. *Ist auch besser so*, dachte sie.

»Ich hatte einen Kontaktmann«, begann Andor. »Einer von Saws Rebellen, aber er wird vermisst. Seine Schwester will nach ihm suchen.«

»Klingt nach einer reizenden Familie.«

»Der Tempel wurde zerstört, aber es sind noch immer genug Pilger unterwegs, damit wir uns in der Menge verstecken können. Außerdem wird der Ort von den Rebellen als toter Briefkasten benutzt. Die Schwester wartet dort auf uns. Wir werden ihr deinen Namen verraten. Hoffentlich bringt uns das ein Treffen mit Saw ein.«

»Hoffnung?« Sie beäugte Cassian skeptisch. »Der Geheimdienst der Allianz verlässt sich auf Hoffnung?«

»Ja.« Sein Tonfall war das Äquivalent eines hilflosen Schulterzuckens. »Rebellionen entstehen aus Hoffnung.«

Der Strom der Passanten lichtete sich in der nächsten Straße, wo eine Einheit Sturmtruppler gerade an Türen klopfte und die Einwohner herumschubste. Diesmal widerstand Jyn dem Drang, nach ihrer Waffe zu greifen, und zog sich stattdessen die Kapuze tiefer in die Stirn. Sie blendete das Flehen der Bürger von Jedha aus und konzentrierte sich auf die Worte eines Propagandahologramms, das nicht weit entfernt in der Luft schimmerte. Es ging um einen bewaffneten Flüchtigen in einer imperialen Pilotenuniform.

Als sie außer Hörweite der Soldaten waren, fragte sie: »Ist das alles nur wegen dieses Piloten?«

Cassian ging nicht auf die Frage ein. »Warte hier«, befahl er und verschwand im Gedränge.

Jyn stöhnte und begann, in einem kleinen Kreis zwischen den Ständen der Händler umherzuwandern. Immer wieder drehte sie dabei den Kopf, um bewusst auffällig die dargebotenen Waren zu betrachten – handgewobene Stoffe, Früchte, so braun und fleckig, dass sie aus örtlichem Anbau stammen mussten, Steinscherben, vermutlich aus zerstörten Schreinen draußen in der Wüste –, aber sie achtete darauf, direkten Augenkontakt mit den Kaufleuten zu vermeiden. In der Ferne konnte sie zunächst noch immer das Propagandahologramm hören (»benutzt den Namen *Bodhi Rook*«), aber dann stimmte ein Pilger einen lauten Singsang an, der alle anderen Geräusche übertönte. Immer und immer wieder wiederholte er denselben simplen Refrain: »Möge die Macht der anderen mit euch sein.«

Sie nahm ein handflächengroßes Heizgerät von einem Verkaufstisch, aber der Händler riss es ihr postwendend aus den Fingern. Ihre Gedanken begannen erneut abzuschweifen, und sie fürchtete schon, sie würde wieder Saw vor sich sehen, oder Galen Erso, aber der Gesang verdrängte alles andere. Er hallte in ihrem Kopf wider wie ein Gong, während sie weiterging, und nach ein paar Sekunden war sie überzeugt, dass der Pilger ihr folgte.

Sie riskierte einen Blick über die Schulter, und der Singsang brach abrupt ab. Hinter ihr stand eine uralte Frau mit dürren Händen, die gerade mit dem Händler um den Preis des Heizgerätes feilschte. Das konnte nicht ihr Pilger sein.

»Tausche deine Halskette gegen einen Blick in deine Zukunft.«

Das war der Pilger. Jyn zog die Brauen zusammen und machte einen weiteren Schritt, während sie sich nach ihm umblickte.

»Ja, ich rede mit dir.« Jetzt, wo sie nicht mehr in der monotonen Nüchternheit des Gesangs gefangen war, schwang ein sanfter, humorvoller Ton in der Stimme mit.

Endlich entdeckte Jyn den Sprecher: Er saß ein paar Stände entfernt auf einer Stufe, gekleidet in ein einfaches, dunkles Hemd und eine graue Robe im Stil der Einheimischen. Was von seiner Haut zu sehen war, war glatt und stand im Kontrast zu dem Alter, das seine Stimme vermuten ließ. Seine Augen waren milchig trübe und ins Nichts gerichtet, und neben ihm lag ein langer Holzstab auf dem Boden. Unvermittelt fragte Jyn sich, wo er den wohl herhatte. *Gibt es denn noch Bäume auf Jedha*?

»Deine Halskette.« Wiederholte der Mann.

Sie spürte den Kristall auf ihrer Haut, aber er war unter

mehreren Lagen Kleidung verborgen und sollte von außen nicht zu sehen sein.

Außerdem war der Kerl blind.

»Ich bin Chirrut Îmwe«, verkündete er.

»Woher weißt du, dass ich eine Halskette trage?«, fragte Jyn, obwohl sie sich wie ein Narr vorkam, während sie die Worte aussprach – wie jemand, der im Begriff war, auf einen Betrug hereinzufallen.

Chirruts nächste Worte bestätigten diesen Verdacht. »Für diese Antwort musst du bezahlen.«

Es war die Antwort eines Trickbetrügers. Jyn wandte sich von dem Blinden ab, um in der Menge nach seinem Partner zu suchen (er *musste* einen Partner haben; jemanden, der irgendwie ihre Kette bemerkt hatte), und schon nach wenigen Sekunden wurde sie fündig: Ein hünenhafter Mensch, sein Haar so ungebändigt, wie Chirruts gepflegt war, stand unter der Plane eines Stands, sodass sein Pilotenoverall und die darüber geschnallte rote Plastoidrüstung nur halb zu sehen waren. Auf seinem Rücken trug er eine Generatoreinheit, verbunden mit einer Blasterkanone, die er wie beifällig in einer Hand hielt. Seine stoische Haltung war die eines Leibwächters, der weder vor Dieben noch vor Sturmtruppen Angst hatte.

»Woher weißt *du*, dass ich eine Kette trage?«, fragte Jyn erneut, diesmal an den zweiten Mann gerichtet. Er schüttelte langsam den Kopf und schnaubte. Unter anderen Umständen hätte sie seine Waffe bewundert, aber jetzt wollte sie ihm diese Genugtuung nicht gönnen.

»Was weißt du über Kyber-Kristalle?«, fragte Chirrut unvermittelt. Sein Tonfall klang geduldig, ermutigend.

Jyn wusste, dass sie einfach gehen sollte. Sie durfte sich nicht in das Netz dieser Betrüger hineinziehen lassen. Doch die Stimme des Pilgers berührte etwas in ihr, ebenso wie zuvor sein Gesang, und sie hatte das Gefühl, ihm eine Antwort schuldig zu sein.

»Mein Vater«, erklärte sie nach einer längeren Pause, und die Worte schmeckten genauso bitter, wie sie erwartet hatte. »Er sagte, sie sind die Energiequelle für die Lichtschwerter der Jedi.«

Chirrut nickte anerkennend. Sie öffnete den Mund, wollte etwas sagen, bevor die Stimme des Mannes wieder in ihren Schädel dringen konnte, aber da ertönte eine andere Stimme, scharf und drängend, und brach den Bann. »*Jyn*!« Cassian. »Komm schon, gehen wir.«

Sie riss sich von Chirrut los und ging mit Andor davon, aber nach drei Schritten holte sie erneut die Stimme des Pilgers ein. »Die stärksten Sterne besitzen Herzen aus Kyber.«

Ihre Kette schien in der Kälte zu brennen.

»Los jetzt«, drängte Cassian.

Doch sie konnte nicht anders; sie blickte noch einmal zu dem Pilger (oder Betrüger) und seinem Partner zurück. Da nahm Andor sie kurzentschlossen bei der Hand und führte sie hinter sich her die Straße entlang. »Wir sind nicht hier, um neue Freunde zu finden«, murmelte er.

»Wer sind die?«

»Das sind die Wächter der Whills. Die Beschützer des Kyber-Tempels. Nur gibt es jetzt nichts mehr zu beschützen, und nun bereiten sie allen nichts weiter als eine Menge Ärger.«

Sie runzelte die Stirn. »Was für Ärger.«

Cassian drehte den Kopf von einer Seite zur anderen, als wollte er sichergehen, dass man ihnen nicht folgte. »Für die Wächter ist jeder, der kein Pilger ist, ein Eindringling auf heiligem Boden. Das Imperium nennt sie Streuner … wie Straßenhunde. Einst waren sie zahm, aber jetzt sind sie wild, auch wenn sie noch immer um Almosen betteln. Sieh sie falsch an, und sie beißen dir in die Hand.«

»Das macht sie mir geradezu sympathisch.« Jyn versuchte, ihre Gesichter und vor allem Chirruts Stimme aus ihrem Kopf zu verdrängen. Vermutlich waren sie wirklich Betrüger, nur eben strenggläubige Betrüger. Sie wusste nicht genug über die einheimischen Religionen, um weitere Spekulationen anzustellen. Pilger von Hunderten Konfessionen kamen aus allen Winkeln der Galaxis hierher, sie alle verschmolzen zu einem riesigen, erbärmlichen Kult, der unter dem Daumen des Imperiums sang und betete und wimmerte.

Cassian sagte nichts, aber er beschleunigte seine Schritte.

»Du wirkst auf einmal so nervös«, stellte sie fest. »Was ist los?«

»Ich habe einen alten Freund getroffen. Er hatte keine konkreten Informationen über Saw Gerrera, aber er hat Gerüchte gehört.«

»Was für Gerüchte?«

Sie näherten sich dem Heiligen Viertel, und die Stadt rings um sie veränderte sich. Die Straßen wurden breiter – sie waren ebenso alt wie der Rest von Jedha, aber unberührt von den letzten Jahrhunderten der Expansion, von immer neuen Einwohnern und Kaufleuten, die Gebäude um Gebäude errichteten. Auch gab es hier weniger Händler und Kauflustige, dafür umso mehr Pilger in hellroten Kaftanen, mit vermummten Gesichtern und Händen.

»Die Suche nach dem Piloten«, begann Cassian. »Die Hausdurchsuchungen … Letzte Nacht kam es zu Schießereien. Ein älteres Ehepaar wurde in seinem Heim erschossen, viele Bürger wurden verhaftet. Niemand weiß, ob sie unschuldig waren oder etwas über den Deserteur wussten, aber angeblich sinnt Saw Gerrera auf Rache.«

»Das klingt nicht nach Saw«, erwiderte Jyn. Als Andor ihr

einen misstrauischen Blick zuwarf, erklärte sie rasch: »Nicht dass er keine Vergeltung üben würde. Aber falls er sich so leicht provozieren ließe, hätten sie ihn schon vor Ewigkeiten geschnappt.«

Cassian furchte nachdenklich die Stirn, während er sich ihre Worte durch den Kopf gehen ließ.

»Vielleich irrt mein Freund sich auch«, räumte er ein. »Vielleicht ist es nur einer von Saws Leuten, der die Angriffe plant, ohne dass Gerrera selbst davon weiß. Vielleicht denkt Gerrera aber auch, dass das Imperium im Augenblick verwundbar sein könnte, weil es abgelenkt ist – durch die Suche oder etwas anderes, von dem wir nicht wissen.

Aber so oder so müssen wir uns beeilen. Diese Stadt ist ein Pulverfass.«

Sie gingen an einem Wandgemälde vorbei, dessen Farben längst zu verschwommenen Abstufungen von Grau verblasst waren. Jyn entdeckte mehrere Risse und Granatensplitter, die sich in den Stein gebohrt hatten. Unvermittelt musste sie lachen. »Ich glaube, die Lunte brennt bereits«, kommentierte sie, ohne stehen zu bleiben.

Sie erreichten eine Straße auf den oberen Ebenen der Stadt, von wo aus man zu einem großen Platz hinabblicken konnte. Der Schatten eines imperialen Frachtshuttles, der zur Landung ansetzte, glitt über den Boden, während eine Einheit Sturmtruppler schlafende Gestalten aus Hauseingängen verscheuchte, Pilger mit gezückten Blastergewehren vorbeiwinkte und schroff Befehle bellte. Ihre Aggressivität überraschte Jyn – falls sie einen Aufstand auslösten, wäre diese Einheit längst tot, ehe Verstärkung eintraf –, aber dann sah sie den Kampfpanzer, der gerade um eine Ecke rollte, den imperialen Soldaten hinterher. Seine Blasterkanonen besaßen genug Feuerkraft, um einen gesamten Häuserblock einzuebnen, und Jyn war sicher, dass den Piloten bereits die Finger am Abzug juckten.

Auf dem Heck des Panzers ruhte eine derselben orangefarbenen Frachtkisten, die sie bereits außerhalb der Stadt gesehen hatte: gefüllt mit Kyber-Kristallen, aus Minen abgebaut oder von heiligen Stätten geplündert.

Die stärksten Sterne besitzen Herzen aus Kyber.

Sie nickte in Richtung Container, um Cassian darauf aufmerksam zu machen, aber seine Augen suchten abwechselnd die Dächer und die Menge am Rand des Platzes ab. Die meisten der Personen dort trugen dicke, ausgebeulte Mäntel und Umhänge.

Als Jyn erkannte, was diese Ausbuchtungen bedeuteten, wunderte sie sich, warum die Sturmtruppen nicht schon längst das Feuer eröffnet hatten. Doch die Imperialen wirkten völlig – geradezu bemitleidenswert – ahnungslos.

»Wie weit ist es bis zu deiner Kontaktperson? Der Schwester von Saws Handlanger?«, fragte sie, ihre Stimme kaum mehr als ein Wispern.

»Noch ein Dutzend Blocks«, murmelte er. »Aber ich bezweifle, dass sie lange dort bleiben wird.«

Ein verschrumpelter Duros, der die Treppe vom Platz hochgestiegen war, schob sich an Jyn und Cassian vorbei. Seine roten Käferaugen blickten auffällig unauffällig zu dem inzwischen gelandeten Shuttle, dem Panzer und den Sturmtruppen hinab.

»Sag mir, dass du einen Plan B hast«, flüsterte Jyn. »Oder müssen wir einen der Einheimischen um ein paar Tipps bitten, wie wir uns aus dem Kreuzfeuer heraushalten können?«

»Wir müssen hier weg.« Andor sprach die Worte aus, als wären sie eine Verwünschung.

Jyn sah nicht, wer die erste Granate warf. Sie hörte nur, wie sie auf dem Boden landete – ein Geräusch, das sie selbst über den Lärm der Fahrzeuge hinweg deutlich vernahm und das sie trotz des Stimmengewirrs auf den oberen Ebenen, trotz der scharfen Befehle der Sturmtruppen augenblicklich erkannte. Das Glänzen von Sonnenlicht lenkte ihren Blick auf die kleine Metallkugel, während sie noch über den Boden rollte. Dann, einen halben Meter von dem Tank entfernt, verschwand sie in einer Explosion aus Straßensplittern, Rauch und Schrapnellen. Das durchdringende Donnern ließ Jyns Zähne klappern. Sie hörte, wie ein Dutzend Mäntel in perfektem Einklang abgestreift wurden, dann das dumpfe Klacken, mit dem Blaster in Anschlag gebracht wurden.

Die Luft begann im Schein Hunderter Partikelstrahlen zu glühen.

Funken sprühten von alten Steinmauern. Der beißende Geruch nach verbrannten Plastoidrüstungen und Ozon stach in Jyns Nase, und einen Moment später leckte eine Salve von Blasterschüssen zur oberen Ebene hoch – ob sie von Imperialen oder Aufständischen stammte, war längst nicht mehr zu erkennen. Sie reagierte instinktiv, warf sich gemeinsam mit Cassian in den dürftigen Schutz eines Durchgangs und drückte sich fest gegen den Stein.

»Ich schätze, wir haben Saws Rebellen gefunden«, kommentierte sie, den Blaster bereits in der Hand, den Finger am Abzug.

Falls Cassian etwas darauf erwiderte, gingen seine Worte im Kampflärm unter. Jyn versuchte, sich einen Überblick über das Schlachtfeld zu verschaffen, die Positionen der individuellen Kämpfer zu ermitteln, aber das Chaos war einfach zu groß. Dies war nicht die Art Kampf, die sie gewohnt war; da waren zu viele Leute auf beiden Seiten, und sie griffen auf Taktiken zurück, an die Jyn schon lange nicht mehr gedacht hatte. Saws Training – all die Monate, in denen sie holografische Schlachtengemälde studiert hatte, gefolgt von langen

Jahren, in denen sie Hinterhalte auf imperiale Soldaten geplant hatte – war längst in ihrem Gedächtnis verblasst, und anstatt das Kampfgeschehen zu überschauen, nahm sie nur kurze Ausschnitte wahr: ein Sturmtruppler, dessen Augenschlitze von einem Schuss durchbohrt wurden, als er gerade die Energiezelle seines Gewehrs wechselte; ein Rebell, der blutend auf den Stufen lag und verzweifelt versuchte, in Deckung zu kriechen; die Kanonen auf dem Panzer, die nach oben schwenkten, zum Dach eines Ladens, wo sich drei Rebellen zusammengekauert hatten.

Unter der Markise desselben Ladens stand ein kleines Mädchen, höchstens zehn Jahre alt. *Vermutlich die Tochter einer Pilgerin,* fuhr es Jyn durch den Kopf. Das Mädchen zitterte, blickte mit angsterfüllten Augen umher, unfähig, sich zu bewegen.

Kurzentschlossen verließ Jyn den schützenden Durchgang und rannte die Treppe zu dem Laden hinab. Sie packte das Mädchen, hob seinen viel zu dürren Körper auf ihren Arm und rannte weiter, während Funken und Steinbrocken wie Hagel auf ihren Rücken hinabprasselten. Eine Woge der Wut trieb sie an, eine plötzlich aufkeimende Abscheu, die lange unter der Luke in ihrem Gehirn verborgen gewesen war. Abscheu vor Saw Gerrera, seinen Leuten und ihren skrupellosen Taktiken.

Unvermittelt sprang eine Frau vor ihr auf die Straße, und Jyn hätte ihr beinahe einen Tritt verpasst, aber da begann das Kind, sich in ihrem Griff zu winden und sich den ausgestreckten Armen der Frau entgegenzurecken. Also ließ Jyn die Kleine los, ignorierte die Worte der Mutter und bedeutete ihr zu verschwinden.

Wenn man sich mit zu vielen anderen zusammendrängt, gibt man ein leichteres Ziel ab. Saws Lektionen kehrten langsam wieder in ihr Bewusstsein zurück.

Sie erkannte, dass sie zu ungeschützt war, und suchte nach Deckung, während sie sich gleichzeitig nach Cassian umsah. Er war ihr nach unten gefolgt und stand in einem Hauseingang, gefährlich, geradezu *töricht* nahe an dem Panzer. Offenbar hatte er sie ebenfalls entdeckt, denn er feuerte mit seinem Blaster mehrfach über ihren Kopf hinfort, und als sie sich umdrehte, sah sie sein Ziel: einen Rebellen, der hinter ihr auf einem Dach gelauert hatte.

Einen Moment später verschwand dieser Rebell gemeinsam mit seinen Kameraden im gleißenden Feuerball einer explodierenden Granate. Jyn konnte nur vermuten, dass der Widerständler im Begriff gewesen war, den Sprengkörper auf sie zu werfen.

Cassian hatte einen von Saws Leuten erschossen, um ihr das Leben zu retten. Vermutlich sollte sie angesichts dieses Gedankens beeindruckt sein.

Doch das war sie nicht.

Sie sprintete auf Andor zu. Sich einfach nur zusammenzukauern, würde sie das Leben kosten, aber sie hatte nicht vor, auf dem Platz zu bleiben, und sie brauchte Cassian, um von Jedha zu entkommen. Eine Granate traf den Panzer, und die Druckwelle schleuderte Jyn geradewegs in Andors Arme. Sie riss ihn mit sich zu Boden und schirmte ihn ab, während über ihr Metallsplitter durch die Luft surrten.

Er kämpfte sich rasch auf die Füße, und während er ihr ebenfalls aufhalf, keuchte er atemlos: »Verschwinden wir!« Für ein Dankeschön war keine Zeit, und sie war froh darüber.

Der Platz lag fünfzig Meter hinter ihnen, als sie auf eine weitere Einheit Sturmtruppen stießen: Ein halbes Dutzend Soldaten versperrte die Gasse, in die Jyn und Cassian abgebogen waren, und sie rückten langsam und vorsichtig durch das

Heilige Viertel vor, als hätten sie Angst, der Boden könnte vermint sein.

Jyn stieß einen Fluch aus. Cassian neben ihr wirbelte auf dem Absatz herum, um zu fliehen, aber die Sturmtruppler reagierten schneller und richteten ihre Gewehre auf ihn. Einer könnte vielleicht danebenschießen; aber bei sechs Blastern würde Andor garantiert durchlöchert werden. Jyn rief seinen Namen, während sie gleichzeitig nach vorne stürmte, direkt auf die Imperialen zu, und die Schlagstöcke unter ihrer Jacke hervorzog.

Der Kampf auf dem Platz hatte ihre Sinne betäubt: Ihr Körper hatte sich an das Donnern von Explosionen, das Aufblitzen von Partikelstrahlen und den Trümmerregen rauchenden Steins gewöhnt. Erst während ihrer Flucht hatte sie wieder begonnen, richtig zu *fühlen*, und nun prickelten ihre Wangen, und ihre Beine brannten vor Erschöpfung. Sie hielt die Stöcke zu fest umklammert, aus Angst, sie könnten ihr sonst aus den Fingern gleiten, während sie sich zwischen die vorderen Sturmtruppler warf. Sie zielte auf die Gelenke zwischen den Panzerplatten ihrer Rüstung, auf ihre Hälse und ihre Kniekehlen, und sie schlug wieder und wieder zu, spürte wieder und wieder die Polsterung imperialer Körperanzüge. Reflexartig stieß sie Gewehre mit der Schulter beiseite, wirbelte um ihre Gegner herum, damit sie nicht auf sie zielen konnten. Ihre Fingernägel brachen ab, so fest war ihr Griff um die Stöcke, und sie ließ ihre Bewegungen von ihren Hieben diktieren, wirbelte von einem Schlag zum nächsten, ignorierte das dumpfe Geräusch, wenn ein Gewehrkolben gegen ihre Rippen donnerte. Als plötzlich keine Feinde mehr vor ihr waren, taumelte sie geduckt gegen die Wand und tauschte einen ihrer Schlagstöcke gegen einen fallengelassenen Blaster.

Zweimal drückte sie ab, und die beiden Sturmtruppler,

die gerade auf sie anlegten, brachen zusammen. Ein weiterer Soldat, der unter ihrem Stockangriff zu Boden gegangen war und nun versuchte, sich aufzurichten, landete nach einem harten Tritt wieder im Staub. Damit blieb nur noch ein Gegner, der aufrecht stand, und er wurde von Cassian erschossen, gerade als Jyn sich zu ihm herumdrehte.

Sie war so erschöpft, dass sie am liebsten einfach zusammengeklappt wäre, und nach dem Schlag gegen ihre Rippen brauchte sie alle Selbstbeherrschung, um sich nicht zu übergeben. Aber sie sah einen langen Schatten, der sich vor ihr aus der Gasse schob, und zwang sich, den Blaster zu heben, auch wenn sie dazu den zweiten Schlagstock loslassen und die Waffe mit beiden Händen halten musste.

Was den Sturmtruppen folgte, war ein imperialer Sicherheitsdroide, der auf dürren Titaniumbeinen dahinstakste. Jyns Arme zitterten, als sie zielte, und vermutlich war es nur Glück, dass sie nicht danebenschoss. Funken explodierten aus der Brust der Maschine, etwas in ihrem Inneren zischte, dann kippte sie zu Boden, und dahinter kam ein zweiter, identisch aussehender Droide zum Vorschein.

Diese Einheit blieb ruckartig stehen, und Jyn beschloss, den Moment auszunutzen. Die Hitze des Blasterlaufs wärmte ihre kalten Finger, als sie erneut anlegte.

Der zweite Droide neigte den Kopf, um seinen gefallenen Kameraden zu betrachten. »Wusstest du, dass das nicht ich bin?«, fragte er.

Jyn brauchte einen Moment, um die Stimme von K-2SO zu erkennen.

»Ja«, keuchte sie. »Sicher.«

Cassian trat zu ihnen, als sie gerade den Blaster wegsteckte und sich nach ihren Schlagstöcken bückte. »Hatte ich nicht gesagt, du sollst im Schiff bleiben?«, grollte er.

»Ja, hattest du«, antwortete K-2SO. »Aber ich fand es langweilig, und ihr steckt in Schwierigkeiten. Das waren viele Explosionen für zwei Leute, die nicht auffallen wollten.«

Eine Reihe kurzer, widerhallender Detonationen erklang vom Platz her, und über den Dächern stieg eine weitere Rauchsäule in den Himmel, diese von Schwaden blauen Qualms durchzogen. *Noch ein Angriffspanzer*?, überlegte Jyn. *Oder ein Läufer*?

»Wir könnten versuchen, einen von Saws Leuten zu finden«, schlug Cassian vor. Jyn fiel auf, dass er trotz der frostigen Temperaturen und seines beherrschten Tonfalls schwitzte. »Vorzugsweise jemanden, der verletzt ist, aber noch atmet. So jemand könnte uns helfen.«

»Falls du möchtest, kannst du gerne versuchen, jemanden aus dieser Todesfalle zu zerren.« Jyn deutete mit dem Daumen über die Schulter. »Aber ich habe das Gefühl, dass die Rebellen im Moment nicht gerade vertrauensselig sind.«

»Guter Punkt«, räumte Andor ein.

K-2SO drehte den Kopf. Jyn konnte nicht sagen, ob er etwas gehört hatte, ob ihm etwas auf einer der Frequenzen aufgefallen war, die ein imperialer Sicherheitsdroide eben empfangen konnte, oder ob er Cassian einfach nur schief anblickte.

»Imperiale Truppen nähern sich unserer gegenwärtigen Position«, erklärte er.

Wieder ruckte der Kopf des Droiden herum, und Jyn folgte seinem Blick zu den Sturmtruppen, die sie gerade bekämpft hatten. Einer der Soldaten hatte sich auf ein Knie erhoben und einen kleinen, metallischen Zylinder von seinem Gürtel genommen. Er warf die Granate mit einer kraftlosen Bewegung, aber bevor Jyn sich auch nur bewegen konnte, streckte K-2 einen unmenschlich langen Arm aus und fischte den Sprengkörper aus der Luft. Einen Sekundenbruchteil später segelte die Granate auf exakt derselben Flugbahn zu dem Sturmtruppler zurück.

Jyn verzerrte das Gesicht und wandte sich von der Explosion ab. Eine kalte Stimme in ihrem Kopf kommentierte: *So gibt es zumindest keine Zeugen.*

»Ich schlage vor, wir brechen umgehend auf«, sagte K-2. Und genau das taten sie auch.

Zum ersten Mal, seit sie die Wüste durchquert hatten, wurde Cassian sich der Kälte wirklich bewusst. Auf den Straßen der Heiligen Stadt hatte ihn das Gedränge der Passanten warm gehalten, und während des Kampfes hatte er keine Zeit gehabt, die eisigen Temperaturen wahrzunehmen. Doch jetzt rückte der Sonnenuntergang näher, sein Unterhemd war von Schweiß getränkt, sein Atem stob als weißer Dampf von seinen Lippen ... Er fröstelte.

Und falls es für ihn schon schlimm war, wollte er gar nicht wissen, wie es Jyn ergehen musste.

Der getriebene Ausdruck in ihren Augen war einer beinahe animalischen Wildheit gewichen, und ihr Überlebensinstinkt hatte sie mit erschreckender Sicherheit durch das Chaos der Schlacht geführt. Cassian zweifelte nicht daran, dass ihre Sinne auch jetzt noch rasiermesserscharf waren, aber körperlich wurde sie schnell schwächer. Die Blessuren aus dem Nahkampf mit den Sturmtruppen ließen sie bei jedem zweiten Schritt zusammenzucken, und er vermutete, dass sie eine Gehirnerschütterung hatte; die Granate auf dem Platz war schrecklich nahe explodiert, und als sie ihm das Leben gerettet hatte, hatte sie die ganze Wucht der Schockwelle abbekommen.

Was sie jetzt brauchte, war ein Medidroide und Zeit, sich zu erholen. Stattdessen musste sie mit Cassian und K-2 durch die labyrinthischen Gassen des Heiligen Viertels schleichen, den Kopf gesenkt, jeder Atemzug eine Qual.

»Wir werden bald einen Unterschlupf finden«, versicherte

er ihr, aber er hielt den Blick abgewandt und seine Stimme geschäftsmäßig. Mitleid war vermutlich das Letzte, was sie jetzt wollte.

Dass sie nichts erwiderte, war kein gutes Zeichen.

Er versuchte, sich auf ihre nächsten Schritte zu konzentrieren. Zunächst mussten sie das Heilige Viertel verlassen, bevor es abgeriegelt wurde, und dann mussten sie einen Weg finden, Saw Gerrera – und den Piloten – auch ohne die Hilfe ihrer Kontaktperson aufzuspüren. Jyn hatte sicherlich recht, wenn sie meinte, dass Saws Leute nicht allzu vertrauensselig sein würden, aber eine andere Option stand ihnen leider nicht offen.

Ob Gerrera wohl bereit war, angesichts eines Planetenkillers alte Animositäten fallen zu lassen? Allein der Gedanke, ihn fragen zu müssen, erschien verrückt; die Kluft zwischen Saw und der Allianz reichte tief, und im Lauf der Jahre war seine Verbitterung zu Feindseligkeit herangereift. Er war niemand, der einfach so vergab – der *überhaupt* vergab.

Das war eine Eigenschaft, die er auch seiner Adoptivtochter vererbt zu haben schien. Es sei denn natürlich, es war anders herum, und sie hatte es ihn gelehrt.

Cassian wurde aus seinen Gedanken gerissen, als Jyn ihn mit ausgestrecktem Arm zurückhielt. Jenseits eines Durchgangs, der zu schmal war, um die Bezeichnung Gasse zu verdienen, marschierte gerade ein Dutzend Sturmtruppler vorbei.

Die Straße auf der anderen Seite der Kreuzung kam Andor bekannt vor. »Wir müssen dort entlang«, flüsterte er. »Das ist der Weg aus dem Viertel.«

Jyn wartete, bis die Patrouille verschwunden war, dann eilte sie los. Cassian und K-2 folgten ihr und wären beinahe mit ihr zusammengestoßen, als sie unvermittelt stehen blieb. Die Straße wurde vom Wrack eines X-Flüglers blockiert, der staubbedeckt in den Trümmern eines Hauses lag.

Andor fluchte. Es sollte nicht allzu schwierig sein, über den Sternjäger hinwegzuklettern, aber während dieser kritischen Sekunden wären sie völlig schutzlos …

»Halt! Keinen Schritt weiter!«

Die drei drehten sich zum Ursprung der Stimme herum. Die Sturmtruppen waren umgekehrt und versperrten ihnen nun den Weg zurück.

Es sind zu viele, um sie auszuschalten, fuhr es Cassian durch den Kopf, dennoch wanderte seine Hand zu seinem Blaster. Die Energiezelle war so gut wie leer, doch was würde es bringen, jetzt sparsam damit umzugehen? Jyns Schultern sackten ebenfalls nach unten, aber sie blickte den Imperialen kampflustig entgegen; als wäre sie irgendwie froh, dass es keine Fluchtmöglichkeit gab.

Der Anführer der Einheit nickte K-2SO zu. »Wohin bringst du diese Gefangenen?«

Cassian spürte etwas, das sich wie Hoffnung anfühlte.

Der Droide starrte den Sturmtruppler an, als hätte er Schwierigkeiten, eine Antwort zu formulieren. »Das sind Gefangene«, sagte er schließlich.

Andor verzog das Gesicht. Das Gefühl der Hoffnung verwelkte ebenso schnell, wie es aufgekeimt war.

Er überlegte, was los sein könnte. Vielleicht versuchte K-2, auf die Verhaltensmuster seiner imperialen Standardprogrammierung zuzugreifen, und es gelang ihm nicht. Vielleicht hatte seine Hardware einen Schaden erlitten. Vielleicht hatte die Art, wie der Soldat mit ihm sprach, alte Erinnerungen geweckt, und nun erwachten seine überschriebenen Loyalitätsprotokolle wieder zum Leben …

Die wahrscheinlichste Antwort war gleichzeitig die schlimmste: dass K-2 einfach ein miserabler Lügner war.

Cassian wusste, dass es seit der Umprogrammierung ein Problem für ihn war, etwas anderes als die Wahrheit zu sagen; bedingungslose Ehrlichkeit war seine Standardeinstellung.

»Ja.« Der Truppführer neigte den Kopf. »*Wohin* bringst du sie?«

»Ich bringe sie« – K-2 sprach gestelzt und zögerlich – »als Gefangene … ins Gefängnis.«

Cassians Frustration brach sich als wütendes Knurren Bahn, und er betete, dass es die Art Geräusch war, die ein trotziger Gefangener von sich geben würde. »Er bringt uns …«

Der Droide drehte sich herum und schlug ihm mit dem metallenen Handrücken ins Gesicht. »Schweig!« Der Schlag riss Cassian beinahe von den Füßen, und er ließ ein schmerzhaftes Pochen in seiner Nase und den Geschmack von Blut auf seiner Lippe zurück. K-2 baute sich drohend über ihm auf. »Und es setzt noch eine, wenn du wieder dazwischenredest!«

»Wir übernehmen sie.« Der Truppführer winkte, und während Cassian noch blinzelte, kam ein Trio von Sturmtruppen auf sie zu. Sie hatten ihre Waffen erhoben, gingen in enger Formation, legten all die Diszipliniertheit an den Tag, die man von Soldaten des Imperiums erwarten konnte. Einer nahm zwei Paar Betäubungshandschellen von seinem Gürtel, die anderen behielten Jyn, Cassian und auch den Droiden im Auge.

K-2 plapperte hilflos vor sich hin. »Es ist schon gut. Wenn Sie mir nur die richtige Richtung weisen, kann ich sie selbst dorthin bringen. Ich habe sie schließlich auch schon den Rest des Weges …«

Jyn warf Andor einen Blick zu und griff gleichzeitig nach ihren Schlagstöcken, als der Truppler mit den Handschellen näher kam. Cassian schüttelte den Kopf. *Warte*, formte er mit den Lippen. Das war das Einzige, was sie tun konnten: auf eine bessere Gelegenheit warten. Jyn sah aus, als wollte sie dem Soldaten den Kopf abbeißen, aber sie unternahm nichts, als er ihr die Fesseln um die Handgelenke legte. Ein paar Sekunden später trug auch Cassian Handschellen.

»Warte, Droide«, wandte sich der Truppführer an K-2.

Welchen Verdacht er auch immer bezüglich des Droiden hegte, er glaubte offensichtlich nicht, dass er die Seiten gewechselt haben könnte. Das war ihre Chance. Die Maschine könnte herausfinden, wo man sie einsperrte, dann auf die imperialen Datenbanken zugreifen und ihre Freilassung erwirken.

Es war kein *guter* Plan, aber immerhin war es *ein* Plan. Jetzt musste Cassian nur noch einen Weg finden, K-2 seine Absichten mitzuteilen.

»Bringt sie weg«, befahl der Truppführer. Seine Männer flankierten die beiden Gefangenen und schoben sie vor sich her. Cassian spürte die Mündung eines Blastergewehrs an seinem Rücken.

»Sie können sie nicht mitnehmen!«, protestierte K-2.

»Du bleibst hier«, erklärte der Imperiale. »Wir überprüfen deine internen Systeme.«

»Meine internen Systeme? Ich bin in der Lage, meine Systeme selbst zu überprüfen, vielen Dank auch.«

Widersprich ihm nicht, wollte Cassian schreien. Er warf dem Droiden einen Blick zu, der durchdringend sein sollte, ohne Aufmerksamkeit zu erregen, aber K-2 war ganz auf seine Diskussion mit dem Soldaten konzentriert. Der Sturmtruppler hinter Andor stieß ihn an, und er stolperte nach vorne.

Falls man sie gefangen nahm und die Umprogrammierung des Droiden ans Licht kam, dann saßen sie wirklich in der Patsche. Sie könnten natürlich behaupten, dass sie Einheimische aus Jedha City wären, aber diese Lüge würde nicht mal einer oberflächlichen Befragung standhalten. Und falls sie erklärten, sie wären Überläufer aus Saws Bande, würde man nach dem heutigen Anschlag auch nicht gnädiger mit ihnen umspringen.

Du hast es vermasselt, sagte er sich. *Und diesmal musst du selbst den Preis dafür zahlen.*

Da erklang eine Stimme, laut, ruhig und dominant, und sie alle – Sturmtruppen, Gefangene und Droide – drehten überrascht den Kopf.

»Lasst sie in Frieden ziehen!«

Chirrut Îmwe stand in einem Durchgang und starrte die Sturmtruppen aus blinden Augen an. Am liebsten hätte Jyn gelacht.

Cassian hatte ihn einen Wächter der Whills genannt, was immer das sein mochte. Er hatte Spielchen mit ihr gespielt, um an ihre Kette zu kommen. Und was jetzt? Wollte er zum Märtyrer werden?

Vielleicht war er doch mehr ein religiöser Eiferer als ein Trickbetrüger.

»Lasst sie in Frieden ziehen«, wiederholte er, auf seinen Stab gestützt. Die Sturmtruppen fächerten aus und positionierten sich neu, um sich gegen Chirrut und einen möglichen Rebellenhinterhalt zu verteidigen.

Der Blinde begann indes zu singen, und seine Worte dröhnten in Jyns schmerzendem Schädel. »Die Macht ist mit mir, und ich bin mit der Macht.« Er trat unter dem Durchgang hervor und ging weiter, zwischen den Imperialen hindurch, bis er in der Mitte der Straße stand – Großteil der Sturmtruppler auf einer Seite und Jyn, Cassian und K-2SO auf der anderen. »Und ich fürchte nichts, denn alles ist, wie die Macht es verfügt.«

»Stopp! Sofort stehen bleiben!« Die Stimme des Truppführers klang wütend. *Ist wohl nicht daran gewöhnt, dass Zivilisten ihn ignorieren*, dachte Jyn mit einem grimmigen Lächeln.

»Er ist blind«, rief einer der Soldaten.

»Ist er auch taub?«, schnappte sein Vorgesetzter. »Ich sagte: Stopp!«

Chirrut hob den Fuß, um einen weiteren Schritt zu machen, und der Truppführer feuerte. Es war zu spät, um eine Warnung zu rufen, zu spät, um irgendetwas zu tun, und Jyn spürte einen unerwarteten Stich, einen Anflug von Schuldgefühlen. Dieser Mann würde sterben, nur weil er versucht hatte, ihnen zu helfen.

Doch Chirrut starb nicht. Der Partikelstrahl war gut gezielt, aber er ging daneben. Eine unmerkliche Kopfbewegung, ein Zucken, als hätte er etwas gehört, rettete dem Pilger das Leben. Der Schuss zischte harmlos an ihm vorbei und dann weiter, über Cassians Schulter hinweg.

Die anderen Sturmtruppen hatten bislang gezögert, einen blinden Mann zu erschießen, aber nun hoben sie mit nervösen Händen und einem wiedererstarkten Pflichtgefühl ihre Waffen. Jyn verdrehte die Handgelenke unter ihren Fesseln und blickte zu den beiden Soldaten hinüber, die auf ihrer Seite der Straße standen, nur knapp außer Reichweite.

Chirrut schnellte mit zwei Schritten zwischen die übrigen Sturmtruppler. Sein Stab verschwamm in der Luft, so schnell schlug er zu, um den Imperialen die Beine wegzuziehen und ihre Arme in unnatürlichem Winkel zu verdrehen. Im Vergleich zu seinen fließenden Bewegungen fühlte Jyn sich unbeholfen und plump – während sie sich mit ihrem ganzen Körper in ihre Schläge geworfen hatte, schickte Chirrut die Soldaten mit anmutigen Drehungen und kleinen Handbewegungen zu Boden.

Und er verspottete sie sogar. Als er einem Sturmtruppler

das Stabende auf den Stiefel rammte, fragte er heiter: »Geht's dem Fuß gut?« Dann wirbelte er wie ein Tänzer zur Seite, als ein weiterer Soldat auf ihn feuerte. Der Energiestrahl durchbohrte einen der Kameraden des Imperialen, und Chirrut schüttelte traurig den Kopf.

Die beiden Sturmtruppler auf Jyns Seite starrten auf das Handgemenge; vermutlich debattierten sie gerade, ob sie dem Rest ihres Trupps helfen sollten. Jyn wählte diesen Augenblick, um vorzuspringen und ihre gefesselten Fäuste gegen den Helm des nächststehenden Imperialen zu hämmern. Das Metall der Handschellen schnitt bei dem Aufprall schmerzhaft in ihr Fleisch, aber so unbeholfen die Attacke war – und so erschöpft und durchfroren sie sich fühlte –, die Aktion erfüllte ihren Zweck.

Sie überraschte den Sturmtruppler. Er hatte sich noch immer nicht erholt, als sie ihm die Schulter gegen die Brust rammte und ihn auf die Knie schickte. Jyn hörte, wie Cassian und K-2SO gegen den anderen Soldaten kämpften, hörte weitere Schreie aus Chirruts Richtung, aber ihre Konzentration blieb ganz auf ihren Gegner gerichtet. Sie ließ ihre Handschellen auf seinen Hinterkopf hinabsausen, donnerte das Plastoid wieder und wieder gegen seinen Schädel, bis er endlich auf den Boden sank. Hätte sie sicher sein können, dass er bewusstlos war, hätte sie jetzt aufgehört, doch um auf Nummer sicher zu gehen, verpasste sie ihm noch ein paar heftige Tritte, einen, zwei, drei, bis sie überzeugt war, dass er nicht mehr aufstehen konnte.

Cassian und der Droide hatten ihren Widersacher ebenfalls überwältigt, und auf der anderen Straßenseite stand Chirrut inmitten eines Haufens regloser Leiber. Jyn ließ ihre schmerzende Schulter kreisen. Sie spürte Blut auf ihren wunden Knöcheln.

Doch der Kampf war noch nicht vorbei. Eine zweite Einheit

Sturmtruppen – entweder als Verstärkung gerufen oder durch den Lärm angelockt – eilte von der Kreuzung herbei. Chirrut war zu weit entfernt, um sie abzufangen, bevor sie das Feuer eröffnen konnten. Jyn suchte nach Deckung, konnte aber in unmittelbarer Umgebung keine entdecken, und spannte die Muskeln, um sich flach auf den Boden zu werfen.

Sie hörte das knisternde Zischen eines Partikelstrahls, aber er stammte nicht von den Imperialen und auch nicht aus ihrer eigenen Waffe. Einer der Soldaten brach zusammen, dann noch einer. Ein Scharfschütze! Und er erledigte die Einheit schneller, als Jyn es für möglich gehalten hätte. Als auch der letzte Sturmtruppler ausgeschaltet war, trat der Schütze auf der anderen Seite der Straße aus den Schatten.

Sie erkannte ihn sofort: Chirruts schweigsamer Partner, der mit dem ungebändigten Haar und der roten Rüstung. In einer Hand hielt er seine Repetierkanone, in der anderen einen Lichtbogen, der mit seinen goldenen Verzierungen nicht recht zum Rest seiner zerschrammten, zweckmäßigen Ausrüstung passen wollte. Diese Waffe reichte er nun Chirrut.

»Du hättest mich beinahe getroffen«, beschwerte sich der Pilger.

»Gern geschehen«, erwiderte sein Partner. Ohne hinzusehen feuerte er einem Sturmtruppler in den Rücken, der gerade davonzukriechen versuchte.

Anschließend wandte er sich Jyn und Cassian zu und hob seine Kanone, einen misstrauischen, aber nicht wirklich feindseligen Ausdruck im Gesicht. Chirrut beobachtete die Szene aus blinden Augen. *Sie haben uns nicht gerettet, nur um uns jetzt umzubringen,* dachte Jyn.

»Kein Feind in Sicht«, verkündete K-2SO, während er vortrat, um die Folgen der Schlacht in Augenschein zu nehmen.

Sofort richtete der Mann in der roten Rüstung seine Kanone auf ihn. Der Droide erstarrte. »Feind in Sicht!«

»Er gehört zu uns!«, rief Jyn.

»Nein«, sagte Chirrut mit sanfter Stimme. »Sie sind in Ordnung.«

Sein Partner ließ die Waffe wieder sinken, aber er wirkte irgendwie enttäuscht.

Jyn rieb sich die wunden Handgelenke und spreizte ihre Finger, froh, die Fesseln los zu sein. Sie hatte schon so viel Zeit in Handschellen verbracht, schon so oft kämpfen müssen, um ihre Freiheit wiederzugewinnen, dass selbst ein paar Minuten als Gefangene zu viel für sie waren.

K-2SO befreite gerade Cassian, wobei er von Chirrut und seinem Partner beobachtet wurde. »Geh zurück aufs Schiff«, befahl Andor dem Droiden. »Warte dort, bis ich dich rufe.«

»Du vergeudest deine wertvollste Ressource«, entgegnete K-2SO, aber dann stakste er gehorsam davon. Jyn blickte Cassian fragend an. Sie waren noch immer in großer Gefahr, und auch wenn der Droide unerwünschte Aufmerksamkeit auf sie lenkte, hatte er sich als nützlich erwiesen. Nicht dass sie ihn sonderlich leiden konnte; aber zumindest war er vertrauenswürdiger als ihre neuen Verbündeten.

Cassian beschäftigten offensichtlich andere Dinge. Er blickte Chirruts Partner an. »Ist er ein Jedi?«, fragte er, mit der leise zweifelnden Stimme eines Mannes, der vor einer großen Enthüllung stand.

Jyn dachte daran, wie der Pilger seinen Stab geschwungen hatte, an seine anmutigen Bewegungen, die mehr an einen Tänzer als an einen Kämpfer erinnert hatten. Waren die Jedi so gewesen? Ihre Mutter hatte ihr Geschichten über mystische Krieger erzählt, die in den Jahrhunderten vor dem Imperium über die Republik wachten. Anhänger der Macht, welche alle lebenden Wesen durchströmte.

Sie hatte diese Geschichten nie wirklich geglaubt. Natürlich hatte es die Jedi gegeben, ja, aber was die *Legende* anging ...

»Es gibt keine Jedi mehr«, sagte Chirruts Partner. »Nur noch Träumer wie diesen Narr dort.«

Der blinde Pilger zog unbekümmert die Schultern hoch. »Die Macht hat mich beschützt.«

»*Ich* hab dich beschützt«, grollte sein Partner.

Jyn konnte nicht erkennen, ob diese Antwort Cassian enttäuschte. Sie persönlich tendierte eher zur Ansicht von Chirruts Partner; es war leichter, an das zu glauben, was jetzt existierte, und nicht an das, was vor langer Zeit einmal gewesen sein mochte.

Eine dahin gehende Bemerkung verkniff sie sich jedoch, und der Geschmack der nicht ausgesprochenen Worte klebte in ihrem Mund, als sie stattdessen fragte: »Könnt ihr uns zu Saw Gerrera bringen?«

Sie hatte sich zu dieser Mission verpflichtet, also konnte sie sie jetzt auch ebenso gut zu Ende bringen.

Bevor Chirrut oder sein Begleiter etwas erwidern konnten, rief jemand: »Hände hoch!«

Rebellen tauchten aus den Gassen und auf den Dächern auf. Viele von ihnen hatte Jyn bereits auf dem Platz gesehen; sie hatte das Gefühl, als hätte sie seit Stunden nichts anderes getan, als zu kämpfen, und am liebsten wäre sie einfach zusammengebrochen. Sie hatte ihr letztes Quäntchen Energie aufgebraucht, ihr Körper war nichts weiter als eine Ansammlung von blauen Flecken und schmerzenden Muskeln.

Cassian war der Erste, der seine Waffe fallen ließ. Nachdem er mit den Lippen die Worte *Nicht der Feind* geformt hatte, folgte Jyn seinem Beispiel.

»Seht ihr das nicht: Wir sind keine Freunde des Imperiums«, sagte Chirrut. Aber er legte seinen Lichtbogen auf den Boden, und sogar sein Partner trennte sich von seiner Kanone.

Einer der Rebellen trat vor: ein hagerer Tognath mit Totenschädelgrimasse, der Lederrüstung und ein mechanisches Atemgerät trug und im Dialekt seiner Heimat sprach. »Sag das denen, die unsere Männer getötet haben.«

Jyn blickte Cassian an. Ihr Geist sprang zurück zu der Schlacht auf dem Platz. Er hatte geschossen, dann war die Granate explodiert. Sie erinnerte sich an die kalte Emotionslosigkeit, die sie zu jenem Zeitpunkt überkommen hatte; jetzt holte das Schuldbewusstsein sie ein und packte ihr Herz. Nur ihre Wut half ihr, das Gefühl zu überwinden.

Das waren Saws Leute. Falls Saw noch lebte, wusste sie, wie sie ihnen begegnen musste.

»Wer uns tötet, muss sich dafür vor Saw Gerrera verantworten«, rief sie.

Die Rebellen scharrten mit den Füßen, murmelten untereinander. Einer lachte heiser. Der Tognath legte den Kopf schräg, als versuchte er, sich an Jyns Gesicht zu erinnern.

»Und warum?«, fragte er.

»Weil Saw mich *kennt*«, sagte sie. »Weil ich *ihn* kenne. Weil ich an seiner Seite gekämpft habe, während die meisten von euch noch weinend in ihren Betten gelegen sind, anstatt zurückzuschlagen.« Zunächst hatte sie ihre ersten Worte sorgfältig gewählt, aber nun quollen sie wie von selbst über ihre Lippen. »Weil ich genau weiß, wie er Verräter bestraft. Weil ich weiß, was er tut, wenn er sich hintergangen fühlt. Weil ich das alles gesehen habe und noch lebe.«

Die zerstörte Luke machte es leicht, über unerwünschte Erinnerungen zu stolpern. Die Schlacht auf dem Platz hatte bereits hundert andere blutige Konflikte an die Oberfläche gewirbelt, Kämpfe, die sie nur wie durch ein Wunder überlebt hatte – ein Mädchen von dreizehn, vierzehn, fünfzehn Jahren, dem man einen Blaster in die Hand gedrückt hatte. Jetzt erinnerte sie sich auch an die Blicke ihrer alten Mitstreiter, an das Getuschel hinter ihrem Rücken. Die Fragen, die sie sich gestellt hatten. Die Geschichten, die sie geglaubt hatten.

»Weil«, schloss sie, »ich die Tochter von Galen Erso bin.«

Der Tognath musterte sie einen langen Moment, und niemand, weder Freund noch Feind, gab einen Laut von sich.

»Nehmt sie mit«, befahl der Tognath.

Zwei Rebellen packten Jyn, aber sie wehrte sich nicht. Rauer Stoff kratzte ihre Nase, als man ihr einen Sack über das Gesicht stülpte, und sie hatte Mühe, darunter zu atmen. Sie hörte, wie Cassian neben ihr ächzte, außerdem ein Knurren von Chirruts Partner, dann die Stimme des Pilgers selbst:

»Soll das ein Witz sein? Ich bin *blind*!«

ERGÄNZENDE DATEN: PILGER VON JEDHA

[Dokument #DN4624 (»Der Glauben und die Macht der anderen«), Fragment, gefunden in den Archiven des Ordens des Esoterischen Pulsars; Autor unbekannt.]

Was ist die Macht der anderen? Diese Frage zu stellen bedeutet, tausend Fragen zu stellen.

Einen Kultisten der Huiyui-Tni muss man fragen: »Was ist der Atem des wahren Amphibiengottes?« Einen Jedi muss man fragen: »Was ist es, das uns verbindet und alles Leben definiert?« Ein Kind des Esoterischen Pulsars muss man fragen: »Wie liest man die geheimen Seiten im Buch der Sterne?« Und bei jemanden, der an nichts glaubt, lautet die Frage: »Welche Macht ermöglicht Wunder und Zauberei in einer Welt, die von Logik und Gesetzen kontrolliert wird?«

Auf diese tausend Fragen gibt es tausend Antworten, und alle deuten sie auf dieselbe Wahrheit hin.

Fragt Euch nun »Wo ist die Macht der anderen?«, und es gibt nur eine Antwort: auf dem kalten und gütigen Mond von Jedha. Tausend Glaubensrichtungen sehen die Wahrheit in den Mysterien von Jedha. Es ist unwichtig, wie sehr ihre Überzeugungen sich unterscheiden, unwichtig, dass die Geschichte des Kyber-Tempels nicht einen Stein in seinem Fundament erklären kann, unwichtig, wie unsere Legenden sich überschneiden und welche Paradoxa sie schaffen.

Glaubt mir, wenn ich sage, dass Jedha der Nexus des Lebens ist, des Glaubens und der Macht der anderen – in all ihren Formen. Falls die Macht in einer Vision oder einer lebendigen Kreatur gefunden werden kann, warum dann nicht an einem Ort? Warum nicht in einem Gedanken?

Warum kann eine Pilgerreise nicht Jedha sein, und Jedha nicht die Macht?

Ich bitte Euch nicht, dies zu glauben, weil es *wahr* ist, sondern weil es ein Anfang ist.

Denkt über all diese Dinge nach, und Ihr müsst zu dem Schluss kommen, dass jeder Besuch auf Jedha eine Pilgerreise ist – ein Ausdruck des Glaubens, eine Suche nach der Wahrheit, ob nun beabsichtigt oder nicht. Wenn eine Diebin nach Jedha kommt, um die Händler auf den Märkten zu bestehlen, dann folgt sie ihrer Natur; sie wird lügen und betrügen, und falls sie nicht lügt und betrügt, dann ist es auch nicht in ihrer Natur.

Ihr fragt: »Warum eine Diebin? Warum ein so zynisches Beispiel?« Und ich entgegne darauf: »Wundert Ihr Euch nicht, warum die Wächter der Whills ihren Tempel so gut bewachen? Warum die Jedi ihre grausamen Schwerter des Lichts tragen, selbst an diesem Ort?« Das liegt daran, dass unsere Pilgerreisen ein Ausdruck unseres Glaubens sind, und Glauben kann einen schrecklichen Konflikt erzeugen. Ein Dieb ist da noch das gütigste Beispiel, das ich anführen kann.

Jedha hat keine Antworten für jene, die nicht wissen, nach welcher Antwort sie suchen. Jedha kann nicht ins Gleichgewicht bringen, wofür es kein Gleichgewicht gibt. Jedha kann nicht durch seine Pilger Glauben und die Macht zum Ausdruck bringen; die Pilger müssen ihren Glauben und die Macht durch *Jedha* zum Ausdruck bringen.

Sie müssen ihren Glauben und die Macht durch ihr *Leben* zum Ausdruck bringen.

Denn was ist das Leben, wenn nicht eine Pilgerreise? Und was ist das Leben, wenn nicht Konflikt?

Es gab Welten und Tyrannen, die versuchten, ihre Bürger von der Reise nach Jedha abzuhalten. Aber eine solche Reise lässt sich nicht aufhalten. Jeder, der lebt und glaubt, findet einen Weg auf den kalten und gütigen Mond. So war es immer, und so wird es immer bleiben. Durch die Macht und durch Jedha werden sie tun, was in ihrer Natur liegt, sei es nun gut oder böse.

Und ihre Taten werden bestimmen, wer sie sind.

5. Kapitel

Cassian konnte unter dem Sack nichts sehen, aber auch wenn er nicht Chirruts übernatürliche Sinneswahrnehmung hatte, konnte er doch immer noch hören.

Während des langen Marsches aus der Heiligen Stadt lauschte er den Rebellen; den Tagesparolen, die sie ungesehenen Verbündeten zuflüsterten, um durch einen geheimen Ausgang in die Wüste zu gelangen; ihrem verwirrten Raunen, dem kurzlebigen Jubel und dem anschließenden, grimmigen Schweigen, als der Sternzerstörer über Jedha in den abendlichen Himmel emporstieg. Und er lauschte dem Tognath, als dieser tonlos bemerkte: »Saw wird wissen, was das zu bedeuten hat.«

Was ebenfalls an Cassians Ohren drang, war Chirruts endloser Gesang (»Möge die Macht der anderen mit euch sein. Möge die Macht der anderen mit euch sein.«), gedämpft durch den Sack über *seinem* Kopf. Nach einer Weile begann es, gleichermaßen tiefgründig und absurd zu klingen.

Vor allem lauschte er aber auf Jyn. Welches leise Ächzen entstammte ihren Lippen? Welches der Knirschgeräusche im Sand wurde von ihren Schritten verursacht?

Doch nichts, was er hörte, klang nach ihr, fast als wäre sie vom Angesicht von Jedha verschwunden.

Er fragte sich, warum er so auf sie fixiert war. Woher rührte diese Sorge? Seine Mission war es, Saw zu finden, und durch ihn den Piloten, der beweisen konnte, dass das Imperium eine Waffe von galaktischer Zerstörungskraft baute. Falls möglich, sollte er zudem Galen Erso aufspüren und eliminieren – den Mann, der vermutlich die Hauptverantwortung für den Planetenkiller trug. Jyn war vorrangig ein Werkzeug, ein Mittel, um Saw zu finden. Und da man sie nun offensichtlich zu Saw brachte, hatte sie ihren Zweck erfüllt und war somit entbehrlich.

Dennoch kreisten seine Gedanken nur um sie, und er wusste, dass weder Mitleid noch Pragmatismus der Grund dafür war.

Tivik hatte er schließlich geopfert, ohne auch nur eine Sekunde zu zögern.

Vielleicht war es diese Getriebenheit, die er in Jyns Augen gesehen hatte, das Feuer, das sie durch die Schlacht im Heiligen Viertel getragen hatte. Es wirkte obszön, ihr dieses Bedürfnis zu verwehren, sie hier im Sand sterben zu sehen, bevor sie eine Antwort auf ihre brennende Frage erhielt.

Es war bereits Nacht, als sie die Wüste hinter sich ließen und die felsigen Hänge eines Berghangs hinaufstiegen, um anschließend in die widerhallenden Gänge eines Bunkers hinabzuklettern. Cassian erkannte die schweren Schritte an seiner Seite: Chirruts Partner. »Wir sind einen halben Tag marschiert. Könnte das ein Schrein sein?«

»Ein Kloster«, erwiderte der Mann. »Die Katakomben von Cadera, wo die Toten ruhen.«

Der Name sagte Cassian nichts.

Er versuchte, die Stimmen der Rebellen zu zählen, aber er kam durcheinander, als sie eine Art Basis erreichten. Waffen klapperten, Heizgeräte summten, schwere Türen öffneten sich und wurden zugeschlagen. Leise Jubelrufe und das Klicken hölzerner Spielfiguren deuteten auf gelangweilte Wachen hin. Ohne Vorwarnung riss ihm jemand den Sack vom Kopf, dann ließ ein Tritt ihn nach vorne taumeln. Cassian drehte sich noch rechtzeitig um, um zu sehen, wie eine Gittertür von der Decke herabglitt. Er musste mehrmals blinzeln, ehe seine Augen sich an das trübe Licht gewöhnt hatten.

Die Zelle, in der er sich befand, war wenig mehr als eine Nische im Fels. Chirrut und seinen Partner hatte man ebenfalls hereingestoßen, wobei Ersterer weiter leise vor sich hin sang (*»Möge die Macht der anderen mit euch sein«*), während Letzterer mit verschränkten Armen dastand und in die dunkle Höhle jenseits der Tür hinausstarrte.

Von Jyn fehlte jede Spur.

»He!«, rief Cassian. Er eilte zu den Gitterstäben. »Jyn Erso! Wo ist sie?«

Niemand antwortete.

Du bist ein Narr, tadelte er sich. *Sie werden nicht mit dir reden. Aber sie werden sich deine Schwächen merken, wenn du welche zeigst.*

Er atmete tief ein – ein zweifelhaftes Vergnügen angesichts der modrigen Luft, aber immer noch besser, als einen Sack vor der Nase zu haben. Die Wände der Katakomben waren mit Tausenden humanoiden Schädeln gesäumt – ganzen Generationen von Mönchen –, außerdem führten Kabel von Generatoren zu Heizgeräten und Kommstationen. Eine Handvoll Rebellenwachen saß nicht weit entfernt auf niedrigen Hockern, und neben ihnen lag die Ausrüstung der Gruppe auf einem Tisch ausgebreitet. Links und rechts und gegenüber konnte Cassian weitere Zellen erkennen, aber sie waren dunkel und still.

Er richtete seine Aufmerksamkeit auf die Tür selbst und stemmte sich gegen die Gitterstäbe, um einen Blick auf die äußere Kontrolltafel zu erhaschen. Das Schloss war mechanisch, aber mit den Systemen des Rebellenverstecks verbunden. Er könnte es definitiv mit den Fingern erreichen, aber er würde sofort einen Alarm auslösen.

»Betest du?«, fragte Chirruts Partner.

Andor drehte sich um, aber der Mann sprach nicht mit ihm, sondern mit seinem weiterhin singenden Freund.

»Du betest«, wiederholte der Hüne mit einem grollenden Lachen. Er warf Cassian einen Blick zu. »Er betet, dass die Tür sich öffnet.«

»Er soll lieber beten, dass ich eine Chance bekomme, mit ihnen zu reden«, murmelte Cassian, aber die beiden Männer schienen ihn zu ignorieren.

Da unterbrach Chirrut seinen Singsang plötzlich. »Es ärgert ihn«, sagte er, »weil er weiß, dass es möglich ist.«

Sein Begleiter lachte erneut, ein kurzes, hässliches Geräusch, aber Chirrut zuckte nur mit den Schultern und drehte das Gesicht in Andors Richtung. »Baze Malbus war einst der hingebungsvollste Wächter von uns allen.«

Baze Malbus. Cassian durchforstete seine mentalen Datenbanken nach dem Namen, ohne Ergebnis. »Und jetzt ist er nur noch *dein* Wächter?«

Keiner seiner Mitgefangenen reagierte. Andor fuhr sich mit den Händen über das Gesicht, kratzte sich den Bart. Die beiden Wächter waren beeindruckende Kämpfer, daran gab es keinen Zweifel, und Chirrut – ob nun Jedi oder nicht, ob halb verrückt oder verblendet – war das Echo einer Ära, die das Imperium beinahe vollständig ausgelöscht hatte.

Selbst die Anführer der Rebellion sprachen kaum noch über die Jedi. Hatte man Männer wie Chirrut einst überall in der Galaxis angetroffen? Männer, so von ihrem Glauben überzeugt, dass sie ihn wie einen Schild vor sich hertrugen? Männer, so diszipliniert, dass sie selbst blind und mit nichts weiter als einem Stock ein Dutzend Sturmtruppen ausschalten konnten?

Wie lange würde es wohl dauern, bis diese Männer völlig in Vergessenheit gerieten?

Vor dem Aufstieg des Imperiums hätte Cassian die Jedi als seine Feinde betrachtet. Doch er war damals noch so jung gewesen; zu jung, um zu verstehen, wer sie waren oder wofür sie kämpften. Und jetzt waren die Jedi ebenso verschwunden wie die Separatisten.

»Warum habt ihr uns gerettet?«, fragte er.

»Vielleicht habe ich nur sie gerettet«, erwiderte Chirrut.

Cassian seufzte. »Ich glaube allmählich, dass die Macht und ich unterschiedliche Prioritäten haben.«

»Nur mit der Ruhe, Captain«, sagte der Blinde. »Wir saßen schon in schlimmeren Käfigen als diesem.«

»Ach ja? Nun, für mich ist es das erste Mal.«

»Es gibt mehr als eine Art von Gefängnis, Captain«, philosophierte Chirrut. »Und ich spüre, dass du deines mitschleppst, wohin du auch gehst.«

Baze lachte ein weiteres Mal, aber diesmal klang es nicht spöttisch – es war nur noch ein kehliger, hohler Laut.

Cassian runzelte die Stirn und wandte sich wieder dem Schloss und der Höhle zu. Es dauerte noch eine ganze Weile, ehe ihm auffiel, dass Chirrut ihn *Captain* genannt hatte.

Jyn erkannte die Soldaten in dem Kloster, obwohl sie die meisten von ihnen noch nie gesehen hatte. Aber sie kannte ihre Narben: die Verbrennungen an ihren Handflächen, weil ihre Blaster überhitzt waren; die kurzen, gezackten Linien auf ihren Wangen und Hälsen, wo Schrapnelle sie gestreift hatten. Und sie kannte auch ihre Körperhaltung: die kompakte Beinstellung, die stolzen Schultern, bereit, jederzeit zuzuschlagen. All das zeigte ihr, dass vor ihr nicht nur Rebellen standen, sondern *Saws* Rebellen, von ihm ausgebildet, und sie nahm instinktiv dieselbe Haltung ein, begegnete ihnen mit denselben, misstrauischen Blicken, die sie ihr zuwarfen.

So viele Jahre waren vergangen, aber sie war immer noch eine von ihnen – und sie hassten sie dafür.

Jyn war nicht sicher, ob sie es ihnen wirklich verübeln konnte. Sie betrauerten Opfer, die sie ihretwegen in der Heiligen Stadt erlitten hatten. Sie trauerten um Brüder und Schwestern, die nicht durch ihre Hand gestorben waren, aber durch ihr Tun.

Man ließ sie im zentralen Raum des Klosters warten, einer Halle voller Pritschen und Kochstationen, um die sich Saws Rebellen versammelt hatten. Der Tognath war verschwunden, nachdem er ihr den Sack vom Kopf gezogen hatte; ihre Hände hatte er aber nicht losgebunden. Die Frage, wo Cassian sein mochte, war im Moment nichts weiter als Hintergrundrauschen – ebenso wie das Geräusch einer Ratte, die über die Dachbalken trippelte.

Sie hatte gerade andere Probleme. Saw Gerrera war irgendwo in der Nähe. Sie konnte beinahe das Öl auf seinem Lieblingsgewehr riechen. Jahrelang hatte sie davon fantasiert, ihm wieder gegenüberzustehen. Sie hatte sich schrecklich verletzende Worte zurechtgelegt, sich gewappnet gegen die wütenden Entgegnungen des nach eigenem Bekunden *ersten, letzten und einzig wahren Kämpfers gegen das Imperium.*

Doch es war nie zu dieser Konfrontation gekommen, und irgendwann waren ihre Fantasien verwelkt, und nun wusste sie nicht, ob sie für dieses Duell bereit war.

»Ich erinnere mich an dich.«

Sie drehte sich um und sah eine Frau auf sich zukommen: bleich, beinahe kreideweiß, aber menschlich, gekleidet in eine zwei Nummern zu große Kampfjacke. Sie lallte ein wenig, und einer ihrer Arme hing schlaff an ihrer Seite herab.

»Warst du auf Fashinder Prime?«, wollte die Frau wissen, als versuchte sie, eine alte Bekannte einzuordnen.

»Nein.« Jyn runzelte die Stirn. »Das muss nach meiner Zeit gewesen sein.«

Sie überlegte, ob sie das Gesicht der Frau schon einmal gesehen hatte, doch stattdessen förderte sie andere Erinnerungen zutage, von Kameraden, über die sie ein halbes Leben nicht mehr nachgedacht hatte.

»Lebt Staven noch?«, fragte sie.

Staven – der ihr einmal nachts einen stundenlangen Vortrag gehalten hatte, weil sie beim Zusammensetzen eines Detonators zwei Drähte verwechselt hatte; der Jyn ihr erstes Glas gegorener Banthamilch gegeben und sie eingeladen hatte, bei den Erwachsenen am Tisch zu sitzen und sich ihre schmutzigen Witze anzuhören.

»Nein«, sagte die Frau.

»Was ist mit Codo?«

Codo – der ihr in dem Schlammloch, das sie eine Grotte nannten, das Schwimmen beigebracht hatte; der versucht hatte, sie zu küssen, und der nicht mehr mit ihr sprechen wollte, nachdem sie ihn abgewiesen hatte.

Zur Antwort hob die Frau ihre heile Hand, formte mit den Fingern einen imaginären Blaster und hob ihn an die Schläfe. »Bumm.«

»Maia?«, versuchte Jyn es weiter. Doch dann fiel ihr ein, wie dumm die Frage war; sie hatte selbst gesehen, wie Maia gestorben war. Danach hatte sie Maias Synthleder-Handschuhe geerbt – und sie prompt wieder verloren. Ja, diese weichen Handschuhe, die nach verbranntem Kohlenstoff rochen.

Saws Rebellen redeten nicht oft über die Gefallenen. So wurde es leichter, jemanden zu vergessen, wenn er nicht mehr da war.

Die Frau zog sich mit einem Brummen zurück, dafür tauchte der Tognath in einem Eingang auf. Er trat an ihre Seite und durchschnitt mit einer schnellen, groben Bewegung die Fesseln an ihren Handgelenken.

»Er wird dich jetzt empfangen«, erklärte er.

Konzentrier dich, ermahnte sich Jyn.

Saw Gerrera hatte harte Kämpfer rekrutiert und sie herzlos gemacht. Staven, Codo, Maia und alles, was sie an ihnen geliebt und gehasst hatte, war ein Schatten in Gerreras brodelnder Aura.

Sie unterdrückte ein Zittern und bereitete sich darauf vor, dem Mann gegenüberzustehen, der sie aus der Höhle gerettet hatte.

»Hier rein.« Der Skelettschädel nickte zu einer Türöffnung hinter einem Vorhang. Jyn schob sich hindurch, und der zerfasernde Stoff teilte sich wie ein Spinnennetz. Der Tognath selbst machte keine Anstalten, sie zu begleiten.

Sie fand sich in einem kleinen Raum wieder, einer spartanischen Unterkunft für einen einsamen Mönch. Durch ein Fenster im Fels konnte man auf das Tal zwischen dem Kloster und der Heiligen Stadt hinausblicken. Ein fahles Morgengrauen kroch über den Horizont, und Jyn merkte, dass sie nicht länger müde war; irgendwann während der Nacht während des Marsches durch die Wüste hatte sie die Grenze normaler Kraftlosigkeit überschritten und war in einen Bereich tieferer Erschöpfung übergewechselt.

Sie hörte ein scharfes, metallisches Klirren und verlagerte instinktiv das Gewicht, bereit, in Kampfhaltung zu gehen.

»Bist du es wirklich?«, fragte eine heisere Stimme.

Jyn sagte sich, dass sie bereit war, dann drehte sie den Kopf und blickte Saw Gerrera an.

Oder das Wrack, das einmal Saw Gerrera *gewesen* war.

Sie hatte ihn als Soldaten gekannt, vernarbt, aber kräftig, und nun sah sie einen alten Mann, der nur noch von seiner Rüstung und seinen Prothesen zusammengehalten wurde. Das dunkle Haar war von Weiß durchzogen und stand wild und ungekämmt von seinem Kopf ab. Seine Augen wirkten zwar so wachsam wie früher, aber sie waren in einem verrostenden Käfig gefangen.

Er war der stärkste Mann gewesen, dem Jyn je begegnet war. Selbst unter der Luke in ihrem Gehirn eingesperrt, begraben in der tiefsten Dunkelheit, hatte er ihren Namen gerufen.

Sie hasste ihn aus vielen Gründen, und sie war bereit gewesen, gegen ihn zu kämpfen.

Jetzt, wo sie ihn so sah, wollte sie einfach nur weinen.

»Ich kann es nicht glauben«, wisperte er. »Jyn …«

Er kam auf sie zu, und das metallische Stampfen seines Beins hallte von den Wänden wider.

»Muss eine ziemliche Überraschung sein«, stieß sie hervor, mit der Stimme eines Soldaten, einer Stimme, die Gefangene erschreckte und kalte, gnadenlose Vergeltung forderte.

Wie sie Saws Stimme in Erinnerung hatte.

Doch seinen heiseren Worten fehlte jegliche Härte, als er fragte: »Sind wir denn keine Freunde mehr?«

»Das letzte Mal, als ich dich sah«, erwiderte sie mit erzwungener Gleichgültigkeit, »gabst du mir ein Messer und einen Blaster und sagtest, ich soll bis zum Morgen im Bunker warten.«

»Du warst dort in Sicherheit«, konterte Saw. Er klang … *verletzt.*

»Du hast mich zurückgelassen.«

»Du warst bereits der beste Soldat in meinem Kader.« Er schüttelte den Kopf. »Du warst bereit, und das habe ich gesehen, auch wenn es dir selbst vielleicht noch nicht klar war.«

Ihre Worte kamen zu schnell, zu beißend über ihre Lippen. »Ich war *sechzehn.*«

»Ich habe dich beschützt.« Das Argument schien verborgene Kräfte zu wecken. Saws Krächzen wurde lauter, eine rasche, vehemente Richtigstellung.

»Du hast mich im Stich gelassen«, beharrte Jyn, aber es war kaum mehr als ein Murmeln. Sie war voller Zorn nach Jedha gekommen, bereit, ihre Wut mit der seinen zu messen. Stattdessen hatte er ihr den Wind aus den Segeln genommen, und nun fühlte sie sich ebenso kraftlos, wie er wirkte.

»Du warst die Tochter eines imperialen Wissenschaftsoffiziers«, fuhr Saw fort, nun wieder mit dieser unerträglich sanften Stimme. »Die Leute kamen allmählich dahinter. Sie wollten dich als Geisel benutzen. Kein Tag vergeht, an dem ich nicht an dich denke …«

»Hör auf«, sagte sie. Sie wollte das nicht. Sie wollte *ihn* nicht, diesen zahnlosen Saw Gerrera, der sie ansah – das Mädchen, das er großgezogen hatte – und Mitleid mit ihr empfand. *Sei wütend*, wollte sie ihn anflehen. *Streite mit mir.*

Plötzlich wurden seine Augen schmal, und ein Hauch des Kriegers von früher schimmerte durch.

»Aber heute? Ausgerechnet *heute*?«, fragte er.

Er machte einen weiteren Schritt nach vorne und musterte sie, ohne zu blinzeln.

»Es ist eine Falle«, murmelte er. »Nicht wahr?«

»Was?«

Der Soldat *war* noch da. Irgendwo in dieser Ruine eines Mannes, unter der Rüstung und den Prothesen stemmte er sich trotzig gegen seinen sterbenden Körper. »Der Pilot«, erklärte er mit kraftloser Ungeduld. »Die Nachricht. All das.« Er griff nach der Sauerstoffmaske, die in seine Rüstung eingebaut war, presste sie vor sein Gesicht und sog einen Mundvoll Luft ein, bevor er weitersprach. »Wurdest du geschickt, um mich …? Bist du gekommen, um mich zu töten?« Seine Stimme war bar jeglichen Humors, als er hinzufügte: »Es ist kaum noch etwas von mir übrig.«

Jyn schüttelte langsam den Kopf. Die Worte trieben durch die Luft wie kleine Staubflocken, wie Asche, aber allmählich begann sie zu begreifen. Das war noch immer der Saw Gerrera, den sie kannte, wenn auch geschwächt und seiner Lebenskraft beraubt. Es war der Mann, der Mitgefühl kannte, der sie wie seine eigene Tochter großgezogen hatte – aber nur wenn es nicht gerade eine Schlacht zu schlagen gab oder er sich Sorgen um Verräter und imperiale Komplotte machte.

»Ich will dich nicht töten«, sagte sie. »Du wärst mir den Aufwand nicht wert.«

»Was ist es dann, Jyn? Warum kommst du im Namen der Rebellenallianz nach Jedha?«

Saw hatte also seine Hausaufgaben gemacht. Er wollte über ihre Mission sprechen? Über den Piloten? *Fein.*

»Die Allianz will meinen Vater«, antwortete sie. »Sie denken, er ließ dir eine Nachricht über eine Waffe zukommen. Ich nehme an, sie glaubten, wenn sie mich schicken, würdest du ihnen vielleicht helfen.«

»*Wer* hat dich geschickt?«, fragte er, als hätte er sie bei einer Lüge erwischt. »War es Draven?«

»General Draven, Mon Mothma, der gesamte Rat«, schnappte Jyn. »Ich kenne diese Leute nicht, Saw. Ich tue das nur, weil ich keine andere Wahl habe.«

Er wandte sich ab und griff mit zitternder Hand nach

einem Stock, um sich darauf zu stützen. »Was ist mit dir? Was willst *du*, Jyn? Hast du erwartet, dass ich dich mit offenen Armen aufnehme? Dass ich die Toten in der Stadt ignoriere?«

Fast hätte sie gelacht, aber sie unterdrückte den Impuls und lächelte nur verbittert. »Alles, was ich will, ist, in Ruhe gelassen zu werden. Sie wollten, dass ich den Kontakt herstelle. Erledigt. Damit bin ich raus. Ihr könnt jetzt machen, was ihr wollt.«

Der Stock wackelte zwischen Saws Fingern, und der Rebellenführer fing sich gerade noch rechtzeitig, bevor er ins Taumeln geraten konnte. »Die Sache … liegt dir nicht am Herzen?«

Jyn suchte nach den richtigen Worten. *Denkst du, du könntest mich auf die Probe stellen? Denkst du, ich hätte* irgendetwas *vor dir verheimlicht*? »Die Sache?«, fragte sie schließlich. »Ist das dein Ernst?«

»Du warst der beste Soldat in meinem Kader«, wisperte er erneut. »Aber nicht wegen deines Talents, sondern wegen deiner *Überzeugung*.« Der Stab ruckte hoch und donnerte auf den Boden hinab, ein Laut, der ohrenbetäubend durch den Raum hallte. »Weil du den Feind ebenso gut kanntest wie ich. Weil du bereit warst, für unsere Sache und unsere Armee zu sterben.«

In dem Punkt hatte Saw recht: Sie hatte an die Sache geglaubt. Doch dieser Glaube gehörte nicht zu den Dingen, die in der dunklen Höhle in ihrem Geist überlebt hatten. Nein, er war dort verwelkt, ausgetrocknet und zu Staub zerfallen.

»Die Allianz?«, begann sie. »Die Rebellen? Ganz gleich, wie ihr euch heutzutage nennt. Das alles hat mir nur Leid gebracht.«

Die Muskeln in Saws Hals zuckten, seine Nasenflügel bebten, aber er griff nicht nach der Sauerstoffmaske. »Es macht dir also nichts, dass das imperiale Banner über der gesamten Galaxis weht?«

Jyn zuckte mit den Schultern.

Sie könnte einfach gehen; sich abwenden von diesem Schatten des Mannes, den sie einst gekannt hatte, und in die Wüste hinausmarschieren. Sie hatte ihre Verpflichtung erfüllt.

Doch Saw hatte sie verletzt.

»Das ist nur ein Problem, wenn man nach oben sieht«, sagte sie.

Sie hatte erlebt, wie Gerrera in der alten Zeit auf mangelnde Loyalität reagiert hatte. Blut war geflossen wegen Worten, die nicht schlimmer waren als ihre. Einmal hatte Saw jemanden, der desertieren wollte, gefesselt, ihm die Augen verbunden und ihn dann vor den imperialen Barracken aus einem Luftspeeder geworfen. Und das war längst nicht das Schlimmste gewesen. Die wirklich üblen Dinge hatte er vor ihr geheim gehalten – geheime Folter- und Verhörmethoden, die nicht einmal er einem fünfzehnjährigen Mädchen zumuten konnte.

Jyn wollte ihm wehtun.

Sie wollte seine alte Energie wecken, in der Hoffnung, dass dadurch das Feuer in ihr selbst wieder auflodern würde. Sie war auf einen Kampf vorbereitet gewesen, als sie diesen Raum betreten hatte, doch nun wurde das alles erstickt, war ihr Zorn im Begriff zu erlöschen. Und ohne Zorn würde sie zusammenbrechen unter der Erschöpfung des nächtlichen Marsches und der Schlacht im Heiligen Quartier.

Du hast mich gelehrt zu überleben.

Doch Saw nahm nur einen Atemzug aus seiner Sauerstoffmaske und schloss die Augen. Der Stab hörte auf zu zittern, und als er sie wieder ansah, schien eine neue Klarheit seine Augen zu erfüllen.

»Ich will dir etwas zeigen«, sagte er.

So viel konnte schiefgehen, dachte Orson Krennic, dennoch war er von wohliger Erregung erfüllt. Im Augenblick vor einem wichtigen Schachzug – in diesem Moment, wo sowohl Triumph als auch Niederlage möglich war – wirkte die Galaxis wie ein Ort der Wunder.

Er verfolgte die Evakuierung von Jedha auf einem Dutzend Bildschirmen: Die persönlichen Shuttles hochrangiger imperialer Offiziere und die Sturmtruppen-Transporter waren die letzten Schiffe, die von dem Mond abhoben. Der Sternzerstörer *Dauntless,* einst über Jedha-City stationiert, hatte sich bereits in sichere Entfernung zurückgezogen – trotz der Proteste des lokalen Garnisonskommandanten. Was immer auch geschah, die imperialen Besatzungstruppen wären in Sicherheit.

Einer der Offiziere auf der Kommandobrücke des Todessterns rief eine Zahl: 97 Prozent. Krennic fügte in Gedanken an: 97 Prozent *des auf Jedha stationierten Militärs hatten die Oberfläche verlassen.*

Das war genug. Auf Jedha gab es ständig Anschläge und Angriffe. Drei Prozent Verluste im Gegenzug für einen totalen Sieg – das würde jedem General eine Belobigung einbringen.

»Es ist Zeit, Direktor.« Die ölige Stimme erklang aus der Richtung des Turbolifts.

Krennic drehte sich auf dem Absatz herum und gab ein breites, *respektvolles* Lächeln zum Besten, während Wilhuff Tarkin näher kam und seinen Blick über das Gewimmel der Offiziere und Techniker schweifen ließ. »In der Tat«, sagte Orson, den Kopf geneigt. »Aber unter den gegebenen Umständen scheint es nur respektvoll, den Befehl des Imperators abzuwarten.«

»Der Imperator erwartet *meinen* Bericht«, entgegnete Tarkin.

Krennics Lächeln wurde nur um eine Winzigkeit schmaler. »Wären seine und Lord Vaders Anwesenheit in solch einem Moment nicht wünschenswert?«

Echte Verärgerung und aufgesetzte Frustration klangen in Tarkins Stimme an. »Ich hielt es für ratsam, ihnen mögliche Peinlichkeiten zu ersparen.«

Für wen sollte es peinlich werden? Für mich oder für dich?

Die Beweggründe des Gouverneurs waren offensichtlich: Er glaubte (mit der großspurigen Überzeugung, die so typisch für ihn war), dass eine Demonstration auf Jedha Krennics Ansehen schmälern und nicht vergrößern würde. Doch *warum*, das war eine Frage, auf die Orson noch keine Antwort hatte. Er war auf keine Anzeichen für Sabotage gestoßen, und auch seine Kontaktpersonen im Dunstkreis des Moffs hatten keine Hinweise auf ein mögliches Komplott zutage gefördert. Es war offensichtlich, dass Tarkin ihn verachtete, aber falls er es so aussehen lassen wollte, als würde der Test wegen Krennics »Inkompetenz« scheitern, würde er dann nicht dafür sorgen, dass der Imperator dieses Scheitern mit eigenen Augen sah?

Die wahrscheinlichste Erklärung war, dass Krennics Vorsichtsmaßnahmen den Moff aus dem Konzept gebracht hatten. Nun wollte er sich nach allen Seiten absichern. Falls Krennic Erfolg hatte und Jedha ausgelöscht wurde, würde Tarkin versuchen, das Ganze beim Imperator als sein Verdienst darzustellen. Und falls Krennic scheiterte – umso besser für ihn.

Doch Krennic würde nicht scheitern. Der Todesstern war bereit, und sobald Jedha vernichtet wäre, müsste man ihm ganz einfach eine private Audienz beim Imperator gewähren. Und dann – daran hegte er nicht den geringsten Zweifel – würde er Palpatine überzeugen, dass der eigentliche Ruhm ihm gebührte, und nicht Tarkin.

Und es wäre nicht mal gelogen.

»Ihre Sorge ist nicht gerechtfertigt«, sagte Krennic. »Die besten Wissenschaftler und Ingenieure des Imperiums haben ihr ganzes Leben diesem Projekt gewidmet. Sie werden sehen, dass mein Vertrauen in sie alles andere als unberechtigt ist.«

»Wenn einfaches Gerede nur immer genügen würde«, murmelte Tarkin, gerade laut genug, dass die Offiziere ihn über das allgemeine Stimmgewirr hinweg hören konnten.

Orson schaffte es nur mit Mühe, ein Knurren zu unterdrücken. »Alle imperialen Kräfte wurden evakuiert«, erklärte er, während er an den Kommandostationen entlangschritt. »Und ich halte mich bereit, den gesamten Mond zu vernichten.« Jeder Offizier, an dem er vorüberging, drehte sich und salutierte vor ihm; jeder Techniker blickte zu ihm auf, sie wagten es aber nicht, ihre Arbeit zu unterbrechen – Krennic hatte diesbezüglich eindeutige Befehle gegeben.

»Was wir heute vollbringen, war einst unvorstellbar – wissenschaftliche Ketzerei. Doch das Imperium hat diesen Erfolg möglich gemacht, und durch die moralische Autorität des Imperators wird diese Kampfstation einen sicheren und dauerhaften Frieden garantieren. Der Tod einer Welt …«

Er unterbrach seine Ansprache, als Tarkin spöttisch in die Hände klatschte. »Äußerst inspirierend«, kommentierte der Moff, »aber das wird nicht nötig sein. Wir geben nur einen Vorgeschmack auf das, was folgt.«

Krennics Lächeln entgleiste zu einer Grimasse. »Was soll das bedeuten?«

Tarkin zog die Schultern hoch. »Die Heilige Stadt sollte für heute genügen.«

Orson zog seine Handschuhe gerade, spürte den Schweiß auf seinen Handflächen, während der Zorn in ihm hochkochte. Eines hatte er bei seiner Einschätzung des alten Mannes offenbar übersehen: Tarkin sicherte sich wirklich nach *allen* Seiten ab, für den Fall einer Niederlage *und* für den Fall eines Erfolgs. Selbst falls alles hundertprozentig perfekt lief, wäre das Ergebnis bestenfalls unspektakulär.

Könnte er Tarkins Befehle umgehen? Dafür sorgen, dass der gesamte Mond zerstört wurde, und dann so tun, als hätten sie die schiere Macht des Todessterns einfach unterschätzt? Sein Blick wanderte zwischen der Kontrollkonsole und dem Moff hin und her.

Nein. Nicht, wenn Tarkin ihn beobachtete. Nicht so kurzfristig.

»Ziel, Jedha City«, schnappte er. »Bereiten Sie eine einzelne Reaktorzündung vor.«

Krennic verbarg seine Wut und wartete, bis das Geräusch seines eigenen Atems und das Summen des hochfahrenden Reaktors ihn ein wenig beruhigt hatten. So hatte er sich die Krönung von zwanzig Jahren Arbeit nicht vorgestellt – ein kleinflächiger Angriff, ein Machtspiel des Großmoffs –, aber das war die Realität, mit der er sich nun arrangieren musste.

»Feuer, sobald Sie bereit sind.« Seine Stimme war wieder ruhig. Ganz gleich, was nun geschehen würde, er hatte es sich verdient, stolz zu sein.

6. Kapitel

Cassian hatte einen Plan. Während die Wachen auf eine Partie Dejarik konzentriert gewesen waren, hatte er den Verriegelungsmechanismus der Zellentür getestet, indem er sich gegen das Metall presste und mit dem Daumen die Grenzen des Berührungsalarms auslotete. Indem er sich – scheinbar kraftlos – gegen die Gitterstäbe lehnte, hatte er das Schloss auch mit den Augen inspizieren können, um Hersteller und Modell zu erahnen. Nun ging er in Gedanken die Dietriche und anderen Werkzeuge durch, die in seinen Stiefeln verborgen waren, und er gelangte zu dem Schluss, dass er der Zelle innerhalb von drei Minuten entkommen könnte.

Vorausgesetzt natürlich, die Wachen ließen sie allein. Doch im Augenblick rührten die Rebellen sich nicht vom Fleck, und so blieb Cassian nichts anderes übrig, als zu warten und sich zwei Gedanken zu stellen, mit denen er sich eigentlich überhaupt nicht auseinandersetzen wollte.

Erstens: Hatte er jegliche Chancen auf eine Wiederversöhnung zwischen Saw Gerrera und der Rebellenallianz zerstört? Konnte Gerrera darüber hinwegsehen, dass er in der Stadt einen seiner Leute erschossen hatte? Oder wäre das für ihn unverzeihlich, selbst angesichts eines Planetenkillers?

Und zweitens: Wo war Jyn?

»Wer ist das in der nächsten Zelle?«

Cassian löste den Blick von den Wachen und sah zu Chirrut hinüber. Das waren die ersten Worte, die der blinde Wächter seit mehr als einer Stunde sprach.

Baze erhob sich brummend aus seiner sitzenden Position. »Was? Wo?« Er durchquerte die Zelle, wozu nicht mehr als drei Schritte nötig waren, und stieß Cassian zur Seite, um zwischen den Gitterstäben der Tür hindurchzuspähen. Andor folgte seinem Blick zu der dunklen Zelle auf der anderen Seite des Gangs. Alles, was er dort ausmachen konnte, waren Schatten, aber Baze wich abrupt zurück und grollte: »Ein imperialer Pilot.«

Cassian zog die Brauen zusammen und beugte sich vor, um zu sehen, was der Hüne sah. »Was für ein Pilot?«

»Ein Imperialer.« Die Augen des Wächters wurden schmal, und er zog die Schultern hoch, während er die Entfernung zwischen sich und dem zusammengekauerten Bündel abschätzte, das nun auch Cassian in der Düsternis erkannte. »Dem dreh ich den Hals um.«

Andor versuchte, sich zwischen die Zellentür und Baze zu schieben, während der Wächter sich zu seiner imposanten Größe aufrichtete. »Ganz ruhig!« *Diese verfluchten religiösen Fanatiker.* Er war nicht sicher, wie Baze dem Piloten aus dieser Entfernung den Hals umdrehen wollte, aber er hatte nicht vor, es herauszufinden. »Ich will mit ihm reden!« Er hielt dem Hünen die Hand vor die Brust und versuchte dabei beharrlich zu wirken, aber nicht aggressiv; er wollte keine Schlägerei mit Baze anzetteln. Der Wächter blieb noch einen Moment stehen, dann kehrte er in seine Ecke zurück und ließ sich wieder auf den Boden sinken.

Andor ging vor der Tür in die Hocke. Das zerlumpte Bündel in der Zelle gegenüber bewegte sich langsam, und Schatten verwandelten sich in Arme, Haare, ein schmutzverkrustetes Gesicht und eine in Fetzen herabhängende Uniform mit imperialen Abzeichen auf den Ärmeln. Der Mann schien Cassian nicht zu sehen, blickte zwischen seinen Knien hindurch auf den Boden, die Beine fest an den Leib gezogen, als hätte er Angst vor der Dunkelheit und der Kälte.

Selbst aus drei Metern Entfernung konnte man seinen Schweiß und den Schmutz riechen.

Behandelt so Gerrera seine Gefangenen?

Wird er auch Jyn so behandeln?

»Bist du der Pilot?«, fragte er. Der andere Gefangene hob nicht einmal den Kopf. »He. He! Bist du der Pilot? Der Frachterpilot?«

Der Mann blinzelte. Cassian erkannte es an der Reflexion der Lampen in seinen Augen. Anschließend gab der Mann einen Laut von sich, ein Ächzen, das sich nur mit Mühe als Wort identifizieren ließ. »Pilot?«

Cassian schüttelte den Kopf und versuchte, sich an das imperiale Fahndungsholo in der Heiligen Stadt zu erinnern. »Bodhi Rook?«, sagte er.

Der Mann presste die Augenlider zusammen und kroch von der Zellentür fort. Andor fluchte innerlich.

Falls er ein mentales Wrack ist, wird er uns nicht mehr helfen können.

Er versuchte es auf andere Weise: »Galen Erso.« Seine Stimme sollte sanft klingen, aber sogar er selbst hörte die Ungeduld, die darin mitschwang. »Sagt dir dieser Name was?«

Der Gefangene zischte und drehte das Gesicht so ruckartig, als hätte er eine Ohrfeige bekommen. Sein Atem beschleunigte sich und wurde lauter, dass es klang wie das Keuchen eines erschöpften Hundes.

Cassian wartete.

Komm schon …

Der Mann öffnete die Augen, seine Atmung beruhigte sich.

»Ich habe die Nachricht überbracht«, murmelte er. »Ich bin der Pilot.«

Dann noch einmal, nun voller Überraschung und Schrecken und Hoffnung:

»Ich bin der Pilot. *Ich bin der Pilot.*«

Saw Gerrera hielt sich mit einer zitternden Hand am Rand der Konsole fest, mit der anderen schob er einen kleinen Holochip in die Kommeinheit und drückte einen Knopf. »Das ist die Nachricht, die ich erhalten habe«, sagte er. »Der Pilot glaubt, dass sie echt ist.«

Jyns Kehle zog sich zusammen, und sie machte unwillkürlich einen halben Schritt nach hinten, wie um sich aus dem Raum zurückzuziehen. Sie hatte Saw nicht wiedersehen wollen, und dieses Hologramm wollte sie erst recht nicht sehen.

Doch dann, aus Gründen, die sie sich selbst nicht erklären konnte, blieb sie stehen und sah hin.

Der Projektor flackerte, und das saphirblaue Abbild eines Mannes erschien in der Luft. Er war hager, aber nicht abgemagert, wie jemand, der aufmerksam gepflegt wurde, während er dahinsiechte, und seine Augen schienen nicht auf das Aufnahmegerät gerichtet, sondern auf etwas dahinter. Der Anblick seines Gesichts berührte etwas in Jyn, das sich nicht in Worte fassen ließ – eine Art ursprüngliche Erinnerung, die sich unter dem Gewicht der Jahre verbogen hatte.

Doch seine Stimme erkannte sie sofort.

»Saw, wenn du das siehst«, begann Galen Erso, »dann besteht vielleicht noch eine Chance, die Allianz zu retten.« Die Worte klangen wie ein Geständnis auf dem Totenbett.

Mein Vater lebt. Mein Vater ist ein Feigling. Mein Vater ist ein Mistkerl.

Galen Erso ist nicht mein Vater. Galen Erso hat mich nicht großgezogen …

Jyn verspürte den unglaublich kindischen, aber auch unglaublich starken Drang, an Saws Seite zu eilen und sich schutzsuchend an ihm festzuklammern. Sie wollte mit den Fäusten auf den Holoprojektor einschlagen, bis die Scherben der Linse in ihren aufgeplatzten Knöcheln steckten, wollte den Holochip aus dem Gerät reißen und ihn unter ihren Stiefeln zermalmen.

Alles, was sie tat, war reglos dazustehen und zu lauschen.

»Vielleicht gibt mir das auch die Möglichkeit, mich zu erklären. Ich habe nicht viel Hoffnung, aber falls sie noch lebt, falls du sie finden kannst, könnte ich so auch *Jyn* …« Er unterbrach sich, schüttelte den Kopf. »Ich möchte sie wissen lassen, dass meine Liebe zu ihr niemals nachgelassen hat – und wie sehr ich sie vermisse.«

Aus den Trümmern der Luke, aus der Höhle in ihrem Gehirn, stiegen Bilder und Geräusche und Gerüche empor: Ihr Vater, wie er sie zärtlich hielt und erklärte, dass er sie lieb hatte, eingehüllt vom säuerlichen Geruch seiner Uniform.

Sie wollte das Hologramm anschreien. *Deine Liebe? Wen interessiert deine Liebe? Du hast mich bei Saw gelassen.*

Du hast meine Mutter sterben lassen.

Du hast mir das alles angetan.

Kein Wort kam über ihre Lippen, und die Aufzeichnung wurde weiter abgespielt.

»Jyn, Sternenstaub, ich kann mir vorstellen, was du von mir halten musst. Als man mich mitnahm, musste ich mich so mancher bitteren Wahrheit stellen. Mir wurde gesagt, dass auch du bald in Krennics Händen sein würdest. Er benutzte das, um mit mir zu spielen; monatelang tat er, als hätte er dich vergessen, nur um dann in einer Unterhaltung zu erwähnen, dass es eine neue Spur gäbe, die ihn zu dir oder Saw führen würde. Ein Teil von mir sehnte sich nach diesen Bemerkungen. Heute weiß ich, dass ich mich selbst damit foltern wollte.

Im Laufe der Zeit wurde mir klar, dass du entweder tot oder so weit untergetaucht bist, dass er dich nie finden würde. Ich wusste, wenn ich die Arbeit verweigere, wenn ich versuche, mir das Leben zu nehmen, wäre es nur eine Frage der Zeit, bis Krennic klar wird, dass er mich nicht länger benötigt, um das Projekt zu beenden.« Er sprach diese Worte schnell, beinahe gehetzt aus, als hätte er Angst, nicht alles in der Zeit unterzubringen, die ihm blieb. Einen Moment lang bewegte sein Mund sich lautlos weiter, ehe er fortfuhr. »Du hältst das vielleicht für eine Ausrede. Vielleicht glaubst du, dass ich Angst hatte und mir besser das Leben genommen hätte. Im Interesse der Objektivität« – an dieser Stelle lächelte er zum ersten Mal, ein hässliches, bemühtes Zucken seiner Mundwinkel – »sollte ich diese Möglichkeit eingestehen. Die Geschichte wird mir entweder vergeben oder mich verdammen, je nachdem, wie die Dinge sich entwickeln. Aber alles, was mich wirklich interessiert, ist deine Vergebung.«

Jyn lauschte den Erklärungen – den *Rechtfertigungen* –, die ihr Vater eine nach der anderen aufreihte. Zu schnell, um wirklich darüber nachzudenken, zu viele, um dagegen zu argumentieren. Jahre von Galens persönlichen Analysen und Selbstanschuldigungen waren auf einen Zeitraum von wenigen Sekunden komprimiert. Er versuchte all ihre Fragen zu beantworten, jede Erwiderung zu erahnen und anzusprechen, und der Strom seiner Worte ließ ihr keine Gelegenheit für Logik oder Zorn.

Wie könnte sie ihn nicht verabscheuen, wenn sie ihn so sah?

Wie könnte ihr Herz nicht brechen?

Sie musste sich hinsetzen. Ihre Beine zitterten, sie schwankte wie Saws Stock.

Aber sie blieb stehen. Und sie hörte weiter zu.

»Also tat ich das Einzige, womit niemand rechnete: lügen.« Seine Stimme wurde ruhiger; nun, da er sich der Vergangenheit zugewandt hatte, schien er wieder auf festerem Boden zu stehen. »Ich habe gelernt zu lügen. Ich habe die Rolle eines gebrochenen Mannes gespielt, der sich in seiner Arbeit vergräbt. Ich habe mich unentbehrlich gemacht, und die ganze Zeit über habe ich die Grundlage für meine Rache geschaffen.

Du hast inzwischen vielleicht Gerüchte gehört, durchgesickerte Informationen über eine Kampfstation und einen neuen Laser-Prototyp. Diese Kampfstation existiert wirklich. Ihre Hauptwaffe wurde mit dem Ziel erschaffen, die Kruste eines Planeten zu durchdringen und Energie in sein Inneres zu leiten, bis die Verbindungen sämtlicher Materie zerfasern und zerbrechen. Das Resultat, so glauben wir, ist die völlige Vernichtung des Planeten. Nichts würde überleben. Nichts könnte je wiederaufgebaut werden.

Diese Kampfstation ... wir nennen sie den Todesstern. Kein Name könnte passender sein.«

Jyn hörte die Grauen, die ihr Vater beschrieb, aber ihre Gedanken waren ganz auf seine simple *Präsenz* fixiert; so waren es weniger seine Worte, sondern vielmehr der Klang seiner Stimme, der ihr die Geschichten von Jahren der Verzweiflung und der Zweifel vermittelte.

Mein Vater lebt. Mein Vater ist ein Verräter. Mein Vater hat eine Waffe gebaut, die Welten zerstören kann.

Galen Erso ist nicht mein Vater. Galen Erso hat mich nicht großgezogen ...

Sie blickte zu Saw hinüber, suchte nach dem Mitgefühl, für das sie ihn vor ein paar Minuten noch verspottet hatte. Doch auch er starrte das Hologramm an, seine Miene kühl und nüchtern – als würde auch er Galens Worte zum ersten Mal hören; als würde er über ihre Implikationen nachdenken, nach einer möglichen Falle Ausschau halten.

»Meine Kollegen«, fuhr Galen fort, »reden sich ein, was sie bauen, wäre so schrecklich und mächtig, dass es nie eingesetzt wird. Dass es reine Abschreckung ist. Aber sie irren sich. Jede Waffe, die jemals erfunden wurde, wurde auch eingesetzt. Und der Tag wird bald kommen, an dem sie entfesselt wird.«

Er wandte sich von dem Aufnahmegerät ab, als würden seine nächsten Worte ihn mehr Überwindung kosten als alles, was er bisher gesagt hatte. »Ich habe eine Schwachstelle tief im Innern des Systems eingebaut, einen wunden Punkt, winzig und doch gewaltig, unauffindbar.«

Jyn wusste, dass dies die Worte waren, die wirklich zählten. Ihr Vater sprach sie mit dem atemlosen Schmerz eines Mannes, der seine Seele bloßlegte.

Doch sie wollte das nicht hören. Nicht jetzt. Und auch nicht später.

Sie konnte das Zittern ihrer Beine nicht länger spüren. Dunkelheit breitete sich an den Rändern ihres Blickfeldes aus, als würden sich die Luke und die Höhle, die sie einst versiegelt hatte, in die Realität ausdehnen, um Jyn zu verschlingen. Als würde sie in diese Schwärze stürzen, um gemeinsam mit allem, was sie nicht wahrhaben wollte, in ihrem eigenen Schädel eingesperrt zu werden.

Galen schauderte wie jemand, auf den eisiger Regen hinabprasselt. Das Geständnis schien ihm alles abverlangt zu haben. »Jyn, falls du das hörst …« Er sprach nun wieder schneller, drohte über seine eigenen Worte zu stolpern. »Mein Liebling, ich habe den Großteil meines Lebens vergeudet. Ich versuche nur an dich zu denken, wenn ich die Kraft dazu besitze, denn der Schmerz darüber, dich nicht bei mir zu haben … und deine Mutter. Unsere *Familie* …« Er brach ab, versuchte sich zu fassen, aber es war offensichtlich, dass er damit keinen Erfolg hatte. »Der Schmerz dieses

Verlustes ist so überwältigend, dass ich sogar jetzt noch zu scheitern drohe. Es fällt mir nur so schwer, nicht an dich zu denken. Daran zu denken, wo du jetzt bist.

Meine Vermutung ist, dass du für die Rebellion kämpfst. Ich kann mir nur schwerlich vorstellen, dass Saw dich in eine andere Richtung lenken würde. Außerdem hattest du schon immer diesen starken Willen …« Er lächelte ein zweites Mal, aber diesmal war es ein ungezwungenes Lächeln ohne Selbstironie oder Verbitterung. »Das gleiche Gerechtigkeitsempfinden wie deine Mutter. Ich habe Angst, wenn ich mir vorstelle, dass du nun, als erwachsene Frau, darauf hinarbeitest, die Ungerechtigkeit in der Galaxis aufzudecken, sei es nun in einem Labor oder in einem Sternjäger; es macht mir Angst, aber gleichzeitig weiß ich, die Rebellion könnte sich keinen besseren Mitstreiter wünschen.

Aber was, wenn es nicht so ist? Falls ich mich irre und du die Rebellion und Saw hinter dir gelassen hast? Falls du einen Platz in der Galaxis gefunden hast, der unberührt von Krieg und Konflikt ist – falls du irgendwo ein ruhiges Leben führst, vielleicht sogar mit einer Familie? Sollte diese Nachricht dich dann wie durch ein Wunder trotzdem erreichen, sollst du wissen, dass ich deshalb nicht weniger stolz auf dich bin … Solange du *glücklich* bist, Jyn, ist das mehr als genug für mich.«

Ihr Kiefer schmerzte, so fest presste sie die Zähne zusammen, um nicht zu schreien. Sie konnte nicht schlucken, konnte kaum atmen. Die Wände der Höhle wuchsen um sie empor, bis nur noch der saphirblaue Schimmer des Hologramms die völlige Dunkelheit durchbrach.

Solange du glücklich *bist, Jyn …*

Galen blinzelte, und seine Stimme verlor ihren milden, zögerlichen Klang. »Saw, das Reaktormodul ist der Schlüssel. An diesem Ort habe ich meine Falle platziert. Gut verborgen und instabil. Ein Treffer an beliebiger Stelle wird die gesamte Station vernichten.«

Sie war im Begriff, das Gleichgewicht zu verlieren. Ihre Knie schlotterten, die Welt verschwamm vor ihren Augen, und Galens Worte wurden übertönt vom Tosen des Blutes in ihren Ohren. Sie versuchte sich auf seine Stimme zu konzentrieren, als wäre dies der Rettungsring, der sie von der drohenden Ohnmacht fernhalten konnte.

»Ihr braucht die Pläne – die Baupläne des Todessterns –, um den Reaktor zu finden. Sabotage von innen ist nicht möglich: Krennic ist zu paranoid. Aber ich hatte viel Zeit, darüber nachzudenken, Saw, und ich habe alles vorbereitet, was du brauchen wirst.«

Das Tosen wurde noch lauter, der Fels der Wände schien zu beben, und Jyn fiel auf die Knie. Der Schock des Schmerzes trieb die Dunkelheit der Höhle lange genug zurück, um ihr zu zeigen, dass auch Saw am ganzen Körper zitterte. Die Hand, die seinen Stock hielt, wackelte hin und her.

»Ich weiß, dass es zumindest ein vollständiges Ingenieursarchiv gibt, in dem Datentresor im Turm der Zitadelle auf Scarif. Nutze diese Informationen, Saw, analysiere die Pläne, und ihr könnt einen effektiven Angriffsplan entwickeln. Jede druckvolle Explosion am Reaktormodul würde eine Kettenreaktion auslösen, die zur Zerstörung der Station ...«

Ohne Vorwarnung verschwand das Hologramm. Nicht einmal die Kontrolllämpchen an der Konsole leuchteten noch. Die Stimme war fort. Saw Gerrera stieß einen Schrei aus, als das gesamte Kloster erbebte und eine erstickende Staubwolke durch das Fenster hereinblies.

Jyn wusste sofort: Etwas Schreckliches geschah gerade auf Jedha.

Doch sie hatte ihren Vater verloren. Die Höhle unter der zerstörten Luke verschluckte sie, und alles wurde dunkel.

7. Kapitel

Krennic spürte Tarkins Blick auf sich, während er auf der Kommandobrücke umherging, den Technikern über die Schulter sah und jeden ihrer Arbeitsschritte mit dem Protokoll abglich, das er schon vor langer Zeit auswendig gelernt hatte. Hebel wurden umgelegt, um Fokussierlinsen tief im Innern der Station zu drehen. Ingenieure stimmten die Strahlungsabweiser und die Ventilationspumpen ab, und das beruhigende Brummen des Reaktors verwandelte sich in ein unheimliches Brüllen. Orson sah mehr als eine zitternde Hand, mehr als ein gerötetes oder schweißüberströmtes Gesicht, aber seine Offiziere kannten ihre Pflicht. Sie würden alles Nötige tun, um auf einen Wink ihres Kommandanten hin Jedha City zu vernichten.

Gehorsam und Geschick sind aber vielleicht nicht genug.

Die acht separaten Strahlengeneratoren im Herzen des Todessterns erwachten gleichzeitig zum Leben, dann wurde der Prozess zu komplex, als dass Krennic alle individuellen Abläufe verfolgen konnte – allein auf der Kommandobrücke begann ein Dutzend Offiziere, in ihre Komms zu sprechen und Informationen an ein Dutzend weitere Teams zu übermitteln, die die Zündung der Primärwaffe überwachen und letztlich auch durchführen würden. Orson blickte von den

Technikern zu den Monitoren, sah, wie die Diagramme langsam anstiegen, bis die acht Strahlen schließlich einen Zustand minimaler Phasengleichheit erreichten.

Anschließend schossen sie aus der Fokussierschale an der Außenseite der Station hervor, gleißende Lanzen aus Licht, deren aufgeladene Partikel von den Kyber-Feldern an einem zentralen Punkt zusammengeführt wurden. Grünes Feuer erfüllte den Hauptschirm, und Krennic trat vor, starrte voller Ehrfurcht zu der lodernden Energie hoch. Das pulsierende Glühen brandete über seine weiße Uniform hinweg, über die schwarzen Helme der Techniker, über Tarkins strenges Gesicht… Die gesamte Kommandobrücke sah aus, als wäre sie aus einem riesigen Smaragd geschnitten.

Einen Moment lang hing der brodelnde Punkt, an dem die Energien zusammenliefen, reglos in der Leere. Dies war der Moment, an dem die Fehlerwahrscheinlichkeit laut Tests am höchsten war. Orson hatte mehr als eine Computersimulation gesehen, bei welcher der Nexus flackerte und erlosch oder sich ausdehnte und die gesamte Station verschlang. Er hatte Berechnungen gesehen, die unter ihrem eigenen Gewicht zusammenbrachen, sodass Vorhersagen zu willkürlichen Vermutungen degradiert wurden. Natürlich hatte er auch erfolgreiche Simulationen gesehen, aber das reichte nicht, um seinen Herzschlag in diesem Augenblick zu beruhigen.

Dann wurde die letzte Phase eingeleitet: Aus dem Herzen der Fokussierschale stob ein weiterer Partikelstrahl hervor, der aber für das menschliche Auge nicht zu sehen war. Er brannte sich durch den Nexus, schuf einen Pfad, entlang dessen die Energie freigesetzt werden sollte; er schuf praktisch einen Trichter, der auf das rostbraune Rund des Mondes Jedha gerichtet war.

Die Atmosphäre schien zu flimmern, als der Strahl sie durchbohrte. Krennic versuchte sich vorzustellen, wie die

Heilige Stadt in Flammen aufging, wie die Druckwelle über die Wüste peitschte, aber seine Fantasie war nicht zu solchen Bildern in der Lage.

Niemand konnte sich so etwas vorstellen.

Er hatte eine Stadt ausgelöscht.

Und falls er wollte, konnte er einen ganzen Planeten auslöschen.

Jeden Morgen nahm Meggone vor der Rauchzeremonie ein kleines Frühstück zu sich. Falls man bestimmten alten Sitten glaubte, war das ein Akt der Ketzerei; aber sie tat es jeden Tag, seit mehr als sechzig Jahren, und bis heute hatte ihr keine kosmische Macht die Eier aus den Fingern gerissen oder das Wasser in ihrer kleinen Feldflasche in Blut verwandelt.

Davon abgesehen hatte Meggone den Eindruck, dass ein bisschen Ketzerei dabei half, sich nicht zu sehr im Netz der Traditionen zu verfangen. »Rauchzeremonien und Pilgerreisen bringen einen nicht in Einklang mit der Macht«, hatte sie einst einem enttäuschten Besucher an ihrem Schrein erklärt. »Das ist nur durch Kopf und Herz möglich.«

Als sie heute auf ihrem tragbaren Herd das Frühstück zubereitete, vor ihrem kleinen Schrein in den Bergen, ein Kilometer von der Stadt entfernt, da fiel ihr eine dunkle Silhouette am Himmel auf. Für ihre wässrigen Augen war es nicht mehr als ein schwarzer Klecks, und sie versuchte ihn mit den Knöcheln aus ihrem Blickfeld zu reiben. Doch ungeachtet ihrer Versuche, blieb er, wo er war, ein Fleck auf dem Angesicht des trübgrauen Morgenhimmels.

Sie zitterte, als sie die Flamme des Herds einstellte. Der dumpfe Schmerz in ihren Füßen war während der vergangenen Wochen zusehends schlimmer geworden, und das Geschwür, das sie an ihrem Nacken spüren konnte, war auch größer geworden. »Gib es zu, Meggone«, murmelte sie. »Du wirst alt.«

Sie blickte noch mal zu dem Fleck am Himmel hoch. Er war jetzt von einer feurigen Aura umgeben, und die Welt um sie wirkte dunkler, als hätte der Klecks sich vor die Sonne geschoben. In ihre wachsende Verwirrung mischte sich ein Gefühl der Hoffnung. *Vielleicht sind es doch nicht meine Augen.* Da blitzte der Fleck strahlend grün auf, und Farbpunkte tanzten über Meggones Netzhaut, als hätte sie direkt in ein Feuer geblickt.

Sie spürte, wie die Hitze über ihren Körper hinwegschwappte, aber sie fühlte keinen Schmerz. Sie verging in einem Sturm brennender Luft, verwandelte sich innerhalb eines Herzschlags von einem lebenden Wesen zu Asche.

Obwohl sie bereits dreiundneunzig Jahre zählte, war sie nicht bereit gewesen zu sterben.

Pendra schmollte. Larn hoffte nur, dass dieses Schmollen nicht eskalierte und zu einem ausgewachsenen Wutanfall wurde. Er liebte seine Tochter, aber er hatte schon erlebt, wie sie stundenlang ohne Unterlass schrie, und er kam auch so schon zu spät zur Arbeit. »Du bleibst heute bei Tante Jola«, sagte er. »Sie hat diese Spielzeuge, die du so magst – schon vergessen? Die, die deinem Cousin Ked gehörten.«

Tatsächlich hatte seine Tochter Keds Spielzeugraumschiff bei ihrem letzten Besuch bei Jola nicht eines Blickes gewürdigt, aber falls er versuchte, es ihr ganz ruhig einzureden, glaubte sie ihm vielleicht.

Doch Pendra ignorierte seine Worte, während sie in ihre Stiefel schlüpfte. »Ich will mit Mama gehen«, quengelte sie.

Ich auch, dachte Larn, dann fluchte er laut, als er sich aufrichtete und mit der Schulter gegen den Küchentisch stieß. Pendra protestierte munter weiter, aber er hörte ihr nicht länger zu. Er hob sie kurz entschlossen auf seine Arme und blickte sich in der überfüllten Wohnung um, sicher, dass er irgendetwas vergessen hatte.

Soweit er das sagen konnte, hatte Pendra den Kampf im Heiligen Viertel bereits wieder vergessen. Sie wusste nicht mehr, dass sie beinahe gestorben wäre und nur durch das Eingreifen einer Fremden noch am Leben war. Laut Huika war es keine Rebellin gewesen, auch keine Imperiale, einfach nur eine Frau, die ins Kreuzfeuer geraten war.

Wann war Jedha bloß zu einer solchen Todesfalle geworden? Es war jedenfalls nicht immer so gewesen. Und nun gingen sie wieder zur Arbeit, zum Einkaufen, als wäre nichts geschehen.

Vielleicht, überlegte Larn, könnte er mit Huika reden. Vielleicht war sie ja jetzt bereit, den Planeten zu verlassen …

Aber nicht heute. Heute wollte er sich damit zufriedengeben, dass sie abends sicher nach Hause kam.

Larn und Pendra Sillu sahen nicht das smaragdgrüne Licht, hörten nicht das Donnern. Pendra war noch immer auf dem Arm ihres Vaters, als sie starben.

Der Evakuierungsbefehl wurde durchgegeben, als JN-093 gerade draußen in der Wüste war und Hinweisen über ein mögliches Rebellenversteck nachging. Alles, was sie und ihre Einheit bislang entdeckt hatten, war eine kleine Höhle, angefüllt mit leeren Rationspackungen. Und nun warteten sie auf den Transporter, der sie abholen sollte; sie waren zu weit von der Stadt entfernt, um es zu Fuß rechtzeitig zurück zu den Evakuierungsschiffen zu schaffen.

»Weißt du, warum wir von der Oberfläche abgezogen werden?«, fragte JN-092. Er ging ungeduldig am Rand eines ausgetrockneten Flussbetts auf und ab und trat gelegentlich mit der Stiefelspitze nach dem Staub.

»Nein«, antwortete JN-093, aber sie hätte es ihm nicht einmal gesagt, falls sie es gewusst hätte. Er war ein Sturmtruppler, und Sturmtruppler stellten keine Fragen. Eigentlich sollte er das wissen.

JK-027 lachte in seinem vollen Bariton durch das Komm. Er kniete, vom Flussbett aus kaum zu sehen, auf einem Felsen und suchte den Horizont ab. »Wieso? Hast du Angst, wir kommen nicht wieder? Gefällt es dir hier so gut?«

Neun-Zwo brummte etwas Beleidigendes, das von der Statik nicht ganz verschluckt wurde. JN-093 schüttelte verärgert den Kopf. Da war eine Animosität zwischen Zwo-Sieben und Neun-Zwo; worum es dabei ging, wusste sie nicht, aber die Sache hatte begonnen, als sie eines Nachts von der Cantina zurückgekehrt waren. Sie machte sich eine mentale Notiz, die beiden zu befragen, sofern die Situation sich nicht bald entspannte. Dass die Männer in ihrer Einheit sich an die Kehle gingen, war das Letzte, was sie jetzt brauchte.

Wo bleibt der verfluchte Transporter?

Zwo-Sieben blickte zum Himmel hoch, und JN-093 merkte, dass ein Schatten über das Tal gefallen war. Die optischen Systeme ihres Helms hatten die Veränderung der Sichtverhältnisse bereits automatisch kompensiert. Sie zog die Brauen zusammen und rief die Einsatzkontrolle, doch obwohl mit den Komms alles in Ordnung zu sein schien, konnte sie niemanden erreichen.

Neun-Zwo nahm den Helm ab und warf ihn auf den Boden, dann legte er den Kopf in den Nacken und starrte ebenfalls nach oben. JN-093 setzte gerade zu einem beißenden Tadel an, als plötzlich doch noch eine Stimme aus ihrem Komm drang. »Jot-En-Null-Neun-Drei, bitte bestätigen. Ist Ihre Einheit noch immer auf der Oberfläche?«

Haben die uns etwa vergessen? »Ja«, sagte sie. »Wir warten noch immer auf unseren Transporter.«

»Tut mir leid, Null-Neun-Drei. Sie werden vermutlich eine Weile dort draußen festsitzen. Versuchen Sie einfach …« Eine Pause. »Es tut mir wirklich leid.«

Damit brach die Verbindung ab. Nur Zischen drang noch aus dem Komm. JN-093 stampfte mit dem Fuß auf. Zwo-Sieben und Neun-Zwo standen inzwischen nebeneinander am Flussbett, beide ohne ihre Helme, und starrten zum Himmel empor. JN-093 machte einen Schritt auf sie zu. *Vielleicht haben sie ja gerade eine Art Aussprache*, dachte sie, da stieß Neun-Zwo ein ungläubiges Lachen aus. Einen Augenblick später färbte sich der Himmel grün.

JN-093 wurde in den Staub geschleudert, als der Boden sich aufbäumte und eine brutale Sturmböe über das Tal hinwegpeitschte. In der Gegend von Jedha City loderte der Horizont, als wäre gerade eine neue Sonne aufgegangen – eine Sonne aus weiß-grünem Feuer und unvorstellbarer Zerstörung. JN-093 schrie instinktiv Befehle in ihr Helmkomm, während sie sich auf Hände und Knie hochstemmte und zu ihren Kameraden hinüberkroch. Die Sturmböe wurde noch stärker, und inzwischen quollen schwarze Wolken in den Himmel hoch, die die ferne Feuersbrunst verhüllten.

Sie hatte das Gefühl, als müsste sie minutenlang gegen den hämmernden Wind und Staub ankämpfen, und als sie wieder klar denken konnte, kauerte sie plötzlich hinter einem Felsen und zog Zwo-Sieben an seinem Arm hinter sich her. Er hustete und wischte sich Sand aus dem Gesicht. Eine Mauer aus brodelnder Verwüstung füllte den Horizont, und sie kam rasch näher. Neun-Zwo war nirgends zu sehen.

Erst jetzt blickte JN-093 zu dem Schatten am Himmel hoch. Eine Kugel, unglaublich weit entfernt und unglaublich groß, hatte sich vor die Sonne geschoben.

Sie erkannte eine Waffe, wenn sie eine sah, ganz gleich,

wie unvorstellbar sie erscheinen mochte. »Sie haben es getan«, murmelte sie. »Diese verdammten Rebellen haben es tatsächlich getan.«

Zwei stieß ein schwaches Lachen aus. »Ich glaube nicht, dass das die Rebellen waren«, sagte er.

Als die Druckwelle sie traf, schützte JN-093s Rüstung sie gerade lange genug, um ihren Tod schmerzhaft zu machen. Ihr Gehirn war nur noch zu einem kurzen Gedanken fähig – dass sie ihre Einheit im Stich gelassen hatte.

Saw Gerrera starrte durch das Fenster des Cadera-Klosters, und er sah seinen Tod über den Horizont heranrollen.

Die Heilige Stadt existierte nicht mehr. An ihrer Stelle tobte ein brodelnder Sturm aus Sand und Feuer, wie das Werk einer urtümlichen Gottheit. Der Talboden verwandelte sich in ein Meer aus dahinwirbelndem Sand, abgesehen von den Stellen, wo der Grund auseinanderbrach und tiefe Risse das Land verschlangen. Der Wind zerrte an ihm, heiß und nach Ozon stinkend, und er hatte bereits einen ätzenden, brennenden Atemzug eingesogen, bevor er das Sauerstoffgerät vor sein Gesicht pressen konnte.

Saw war wie hypnotisiert von der Katastrophe, die sich vor ihm entfaltete. Er hatte im Lauf der Jahre viele schreckliche Waffen gesehen: Disruptorstrahlen, die Soldaten in Fetzen schnitten; »Schreie«, die der Bevölkerung ganzer Stadtviertel Blut aus den Ohren quellen ließen, während die Leute sich halluzinierend auf dem Boden krümmten; Viren, die vom Wind getragen wurden und sich an jede nur erdenkliche Spezies anpassen konnten. Einige dieser Waffen hatte er sogar selbst eingesetzt, ohne auf die Proteste und die Empörung der Rebellenallianz zu achten. Doch nun sah er etwas, das über seine dunkelsten Träume hinausging, und plötzlich wusste er wieder, wie sich Furcht anfühlte.

Nein. Mach dir nichts vor. Du hast schon lange Angst. Angst vor dem Tod. Und mit jedem Tag wird sie größer.

Er wandte sich von dem Fenster ab, stolperte, als die Konsole vor ihm in einem Funkenschauer den Geist aufgab. Er dachte an seine Soldaten in den Katakomben, überlegte, welche Befehle er geben sollte. Doch gewiss waren sie bereits dabei, sich in Sicherheit zu bringen. Seine Hauptleute kannten den nächsten Treffpunkt, und sie kannten ihre Pflicht.

Und vermutlich wussten sie auch, dass er sie nur aufhalten würde.

Saw stellte sich vor, wie seine Männer ihn stützen müssten, während sie ihn in seiner klobigen Rüstung durch die einstürzenden Korridore des Klosters schleiften. Das wäre eine Erniedrigung. Eine Schmach. So wollte er nicht sterben.

Es ist Zeit, Saw. Es ist Zeit.

Damit blieb nur noch Jyn.

Das Mädchen kauerte auf Händen und Knien, starrte noch immer den toten Holoprojektor an. Gerrera spürte eine Woge von Scham und Wut (war sie nach all den Jahren etwa weich geworden?), aber er schob diese Gefühle beiseite. Was immer aus ihr geworden war, sie war noch immer ein Teil von ihm. Seine beste Soldatin.

Seine Familie.

Der Boden erbebte, und die Spitze seines Stockes rutschte unter ihm weg. Saw landete schwer auf dem Stein, eingehüllt in einen Regen aus Splittern von der Decke. Seine Rüstung fing den Großteil des Aufpralls ab; der eigentliche Schmerz rührte von der *Bewegung*, als er sich wieder auf die Beine stemmte und an Jyns Seite taumelte.

Er versuchte zu sprechen, verfluchte seine schwache Lunge und den darauffolgenden Hustenanfall und atmete frischen Sauerstoff aus seiner Maske. Jyn richtete sich reflexartig auf, aber ihre Augen waren weiterhin fest auf den Projektor gerichtet.

Dieses Verhalten hätte er bei einem imperialen Piloten verstanden, dessen Gehirn von Bor Gullet durchwühlt worden war, aber nicht bei Jyn. Sie war besser als das.

Saw ertastete sein Kommlink und rief ächzend um Unterstützung, doch die einzige Antwort bestand aus statischem Rauschen. Niemand würde kommen, um Jyn zu retten.

Er musste sie in die Realität zurückholen. Sie daran erinnern, dass sie seine beste Soldatin war. Daran, dass sie eine Mission zu erfüllen hatte. Sie musste einen Krieg gewinnen, einen Todesstern zerstören und einen Imperator töten, um ihn für all seine Verbrechen an der Galaxis zu bestrafen.

Seine Hände schlossen sich um ihre Schultern, und er rief ihren Namen, so laut er nur konnte.

»*Jyn*!«, stieß er hervor. »*Meine Tochter*!«

Doch Jyn schien ihn nicht zu hören.

8. Kapitel

»Wie lautete die Nachricht?«, fragte Cassian. »Du kannst es mir sagen.«

Baze hinter ihm brummte abfällig. Der Pilot weigerte sich weiterhin, ihn direkt anzusehen. Sie hatten dieses Spiel bereits zweimal gespielt: Cassian stellte Fragen, und der gebrochene Mann antwortete in Form eines zusammenhanglosen oder unverständlichen Gemurmels. Doch immer wieder stachen Worte hervor, die Andor aufhorchen ließen – mehr als einmal hatte er den Begriff *Planetenkiller* gehört –, und am liebsten hätte er die Antworten gewaltsam aus diesem Piloten herausgeschüttelt, den zu finden er so weit gereist war.

Alles, was er getan hatte – die Nachricht, die Mission mussten es wert sein. Sie mussten den Preis rechtfertigen.

»Ich habe die Nachricht überbracht«, stammelte Bodhi Rook schließlich. »Von Eadu hierher. Von Eadu hierher.«

Eadu.

Cassian erinnerte sich vage, den Namen in einer Akte des Allianz-Geheimdienstes gelesen zu haben – ein Planet irgendwo am Äußeren Rand. Das war eine Spur, der er folgen konnte.

Einen Augenblick später begannen die Katakomben zu beben.

Totenschädel purzelten aus ihren Nischen an der Wand und zerschellten auf dem Steinboden, die Lichter flackerten, und die Wachen eilten zum Ausgang. Ein absurder Instinkt drängte Cassian, das Beben zu ignorieren und weiter den Piloten zu befragen, aber er unterdrückte diesen Instinkt. Das hier war die Gelegenheit, auf die er die ganze Zeit gewartet hatte.

»Protonenbomben«, mutmaßte Baze, die Augen zur Decke gewandt.

Chirrut schüttelte den Kopf. »Nein.« Doch falls er eine andere Vermutung hatte, blieb sie unausgesprochen.

Cassian zerrte das Sicherheitskit aus seinem Stiefel und begann, dem Schloss mit Drahtklammern und Sensornadeln zuzusetzen. Das Beben nahm derweil ständig zu, weswegen seine Werkzeuge immer wieder abrutschten. Nach einigen Sekunden gab das Schloss dennoch ein befriedigendes Klicken von sich, und die Tür glitt auf; Cassian hatte gerade noch Zeit, seine Arme durch die Gitterstäbe zurückzuziehen. Er eilte zu dem Tisch hinüber, wo ihre Ausrüstung ausgebreitet lag, und hinter ihm huschten auch Baze und Chirrut aus der Zelle.

»Verschwinden wir!«, schnappte Baze.

Während Andor mit einer Hand nach seinem Blaster griff, nahm er mit der anderen sein Kommlink und aktivierte es. »Ka-Zwo? Ka-Zwo, wo steckst du?«

Bitte, sei beim Schiff. Bitte, sag nicht, dass du mir gefolgt bist. Bitte …

Statik knisterte aus dem Empfänger, und eine nur schwer verständliche Stimme sagte: »Da bist du ja! Ich halte mich bereit, wie du es wolltest. Allerdings gibt es ein Problem am Horizont.«

»Was für ein Problem?«, drängte Cassian.

»Es gibt keinen Horizont. Aber ich habe auch positive

Neuigkeiten: Ich glaube, ich habe unseren Planetenkiller gefunden.«

Die Katakomben bebten und zitterten, und beinahe wäre Cassian gestürzt. Erst als er das Gleichgewicht wiedergefunden hatte, begannen die Worte des Droiden Sinn zu ergeben.

Was geschah gerade an der Oberfläche?

Und war das überhaupt noch wichtig? Der Planetenkiller existierte wirklich.

Und er war *hier*.

Er spürte ein aufgeregtes Prickeln, als ihm klar wurde, was sie entdeckt hatten; dass er nicht nur erfolgreich zur Rebellion zurückkehren würde, sondern sogar als Augenzeuge der Zerstörung, die diese neue Waffe anrichten konnte. Doch die Aufregung erstarb nur einen Herzschlag später. Er war hier einer Gefahr ausgesetzt, wie es sie nie zuvor in der Geschichte der Galaxis gegeben hatte, und es war alles andere als sicher, dass er überlebte. Man nannte das Ding schließlich einen *Planetenkiller*. Ein eisiger Schauder rann ihm den Rücken hinunter, und kalter Schweiß brach auf seiner Stirn aus.

»Lokalisier unsere Position«, schrie er. »Und dann bring das Schiff her!«

»Ich werde in fünf Minuten da sein«, meldete der Droide. »Sofern ich bis dahin nicht zerstört bin.«

Cassian blickte aus den Augenwinkeln zu Baze hinüber, der gerade seine Blasterkanone inspizierte – oder vielleicht streichelte er sie auch nur. *Fünf Minuten*. Einerseits konnte es ihm nicht schnell genug gehen, andererseits brauchte er mehr Zeit, falls er Jyn finden wollte.

Sie war noch immer in der Hand von Saw Gerrera, und Bodhi Rook war der lebende Beweis, was dieser Mann mit seinen Gefangenen anstellte. Andererseits war sie nun entbehrlich: Er brauchte sie nicht länger, ebenso wenig wie Saw, denn Bodhi konnte die Rebellen auch allein zu Galen Erso führen.

Schlimmer noch, überlegte er. Sie war ein potenzielles *Hindernis*, denn sie würde nicht einfach nur danebenstehen, wenn er ihren Vater eliminierte.

Alles, was er tun musste, war, diesen *Drang* in ihren Augen zu vergessen und sie zurückzulassen, wie er Tivik im Ring von Kafrene zurückgelassen hatte. Wie er schon andere vor ihm zurückgelassen hatte, auf Eiloroseint, auf Chemvau …

»Wohin gehst du?«, fragte Chirrut.

Cassian war bereits auf halbem Weg zum Ausgang der Höhle.

»Ich muss Jyn finden«, rief er. »Holt ihr den Piloten da raus? Wir brauchen ihn. Falls ihr von hier fort wollt, kommt mit ihm hoch an die Oberfläche.«

Es war ein Angebot, aber es war auch eine Drohung.

Die Beleuchtung in den Tunneln war größtenteils ausgefallen, und es gab kaum genug Licht, um einen Weg zu finden. Cassian folgte dem Flackern der von der Decke baumelnden Lampen und der Taschenlampen von Saws fliehenden Kämpfern. Die Rebellen eilten alle in dieselbe Richtung, und Andor rannte hinter ihnen her Treppen hoch und Korridore entlang. Niemandem schien aufzufallen, dass ein unbeaufsichtigter Gefangener durch das Lager streifte.

Schließlich erreichte er die Hauptebene des Klosters, und hier drangen neben dem Knirschen des Berges und den Rufen der flüchtenden Rebellen noch andere Geräusche an seine Ohren: die Triebwerke von Raumschiffen und das heftige Jaulen des Windes. Es klang wie die Wirbelstürme von Squarr. Vor ihm stürmten mehrere Soldaten aus dem zentralen Saal, und die Ausrüstung, die sie nicht auf den Schultern tragen konnten, blieb hinter ihnen auf dem Boden zurück. Cassian fragte sich, ob wohl einer von ihnen überleben würde, um noch einmal die Sterne zu sehen.

Ein Twi'lek-Rebell schob sich an ihm vorbei, und er packte

ihn kurzerhand an einem seiner zyanblauen Kopfschwänze und stieß ihn gegen die Wand. »Wo ist Jyn Erso?«, fragte er. »Wo wurde sie hingebracht?«

Der Twi'lek wehrte sich instinktiv. Er war jung und hager – andernfalls hätte Andor ihn nicht einfach so gepackt –, aber er war trotzdem einer von Saws Leuten, ein Kämpfer. Er rammte Cassian die Faust in die Rippen, aber seinen zweiten Schlag blockte Andor ab, dann zwang er den Twi'lek zurück an die Wand. »Ich will nicht kämpfen. Wie heißt du?«, grollte er. Der Junge starrte ihn verständnislos an. »Wie ist dein *Name*?«

»Rai'sodan«, sagte der Junge.

»Rai'sodan.« *Ihn wütend zu machen wird dir nicht helfen. Sorg lieber dafür, dass er sich beruhigt.* »Hör zu, wir können uns hier prügeln, bis uns die Decke auf den Kopf fällt, oder du verrätst mir, wohin sie Jyn Erso gebracht haben. Die Gefangene, die von uns anderen getrennt wurde.«

Der Twi'lek brauchte nur einen Augenblick, um eine Entscheidung zu fällen. »Sie ist in Saws Quartier. Im oberen Stockwerk. Aber ich habe ihn nicht mehr gesehen, seit ...«

Cassian hatte sich bereits umgedreht und sprintete davon. Gerrera hatte den Piloten nicht getötet. Vielleicht – falls Andor Glück hatte – war auch Jyn noch am Leben.

Er stieg eine weitere Treppe hinauf, wobei er mit jedem Schritt zwei Stufen auf einmal nahm. Das Kloster gab ein Geräusch wie Donnergrollen von sich, als ein Teil des Bauwerks in sich zusammenstürzte, und Cassian musste den Ärmel vor Mund und Nase pressen, um nicht am umherwallenden Staub zu ersticken. Er folgte einem Strang von Energieleitungen bis zu einer Tür, vor der ein zerfledderter Vorhang hing. Als er hindurchschreiten wollte, stolperte er über etwas Weiches auf dem Boden: der reglose Körper einer Rebellin, noch ein halbes Kind, mit einem Gewehr, das länger war als ihr eigener Arm.

Keine Blasterwunden, stellte Cassian fest. *Das arme Mädchen muss hergerannt sein, um Saw zu holen, und dann ist ihr ein Teil der Decke auf den Kopf gefallen.*

Vielleicht lebte sie noch, aber er hatte keine Zeit, sich um sie zu kümmern.

Er rief Jyns Namen, schob sich durch den Vorhang – und blieb abrupt stehen.

Jyn kauerte vor ihm auf dem Boden des Zimmers, ihre Schultern schlaff, ihre Arme auf dem Boden. Bei jedem Aufbäumen des Klosters verlagerte sie das Gewicht, um nicht hinzufallen, aber das waren ihre einzigen Bewegungen. Ihre Augen stierten blicklos durch den Raum, und sie schien weder ihn zur Kenntnis zu nehmen noch die Gestalt, die in schwerer Rüstung über sie gebeugt stand.

Saw Gerrera. Er war älter – viel älter – als die Bilder, die Cassian im Dossier in der Basis gesehen hatte, aber er war es, ohne jeden Zweifel.

Was hatte er getan?

Saw hob den Kopf und starrte Andor aus blutunterlaufenen Augen an. Er verzog verwirrt das Gesicht, dann keuchte er kratzig, als würden ihn die Sorge und der Zorn im Gesicht des jüngeren Mannes erschrecken. »Das war ich nicht. Sie war nicht bereit für das, was sie gesehen hat.«

Was soll das nun wieder bedeuten, wollte Cassian schreien, aber der alte Rebell sprach mit einer Stimme, die keine Unterbrechung duldete. »Falls du sie retten kannst«, sagte er, »dann nimm sie mit.«

Das Kloster brach auseinander. Falls K-2 vorhatte, sie zu retten, musste er sich beeilen. Sie hatten keine Zeit, auch nicht für Fragen – Saws Erklärung würde fürs Erste also reichen müssen.

Cassian kniete sich neben Jyn. Ihre Augen waren glasig, blicklos. »Wir müssen los«, erklärte er sanft, aber ernst.

Lass sie zurück.

Es wäre leichter gewesen, als er erwartet hatte. Der getriebene Ausdruck war aus ihren Augen verschwunden und mit ihm der animalische Überlebensinstinkt. Alles, was er hier zurücklassen würde, wäre eine leere Hülle …

»Ich weiß, wo dein Vater ist«, schob er nach.

Jyn blinzelte, dann sah sie langsam zu ihm hoch.

»Geh mit ihm, Jyn!«, rief Saw, und aller Zerbrechlichkeit zum Trotz klang seine Stimme noch immer befehlend. »Du musst gehen.«

Sie erhob sich auf ihre zitternden Beine, und ihr Atem zischte zwischen leicht geteilten Lippen hervor. Ihr leerer Blick wanderte durch den Raum, von Cassian zu Saw, dann streckte sie den Arm aus und griff nach dem Arm ihres ehemaligen Mentors.

Etwas schien zwischen den beiden zu geschehen, eine wortlose Kommunikation, die Cassian nicht einmal ansatzweise begreifen konnte. Nach ein paar Sekunden sagte Gerrera leise: »Du musst dich in Sicherheit bringen. Bitte.«

Etwas, das wie Zorn aussah, huschte über Jyns Gesicht, aber ihre Finger lösten sich von Saws Arm, und Cassian zog sie mit sanfter Gewalt in Richtung Eingang. »Komm«, drängte er, und sie machte erst einen stolpernden Schritt, dann einen zweiten.

»Geh!«, rief Gerrera, seine Stimme lauter als selbst die herabfallenden Felsen vor dem Fenster des Raumes. Jyn machte einen dritten Schritt, aber ihr Blick blieb auf den alten Rebellen gerichtet.

»Wir haben keine Zeit«, schnappte Cassian. Er zerrte noch einmal an ihren Schultern, und diesmal folgte sie ihm aus eigenem Antrieb durch die Tür auf den Korridor hinaus.

Saws Worte schienen den Stein hinter ihnen zu sprengen, schnitten laut und deutlich durch die kataklystische Zerstörung ringsum. »Rette die Rebellion!«, rief er. »Rette den Traum!«

Bodhi Rook kannte den Unterschied zwischen Vergangenheit und Gegenwart, zwischen Erinnerung und Realität; er war nur nicht mehr sicher, ob er sie auseinanderhalten konnte.

Bor Gullet hatte alles genommen, was Bodhi war – jeden intimen Gedanken und Traum, jede Erinnerung, sei sie in Ehren gehalten oder in seinem Unterbewusstsein vergraben –, und es mit seinen Tentakeln wie mit Skalpellen in Stücke geschnitten. Ein Fetzen seines ersten Kusses trieb auf den Haufen rechts; ein Streifen seines Wissens über Kyber-Kristalle auf den Stapel links, damit alles seziert und für eine eingehendere Untersuchung gespeichert werden konnte.

Als Bor Gullet und Saw mit ihm fertig gewesen waren, hatte Bodhi versucht, die Erinnerungen zurück in seinen Kopf zu schaufeln, aber er war nicht sicher, ob alles am rechten Platz gelandet war.

»Ich bin der Pilot!«

Wem hatte er das gesagt? Jemand hatte ihm *zugehört* – oder war das nur eine Erinnerung aus längst vergangener Zeit?

War er noch immer in der Höhle mit Bor Gullet?

Nein. Aber er war in einer anderen Zelle. Sie hatte ihren eigenen, fauligen Geruch. Der Pilotenoverall juckte auf seinem eiskalten Fleisch, kratzte an seinen Blutergüssen und rieb das Salz seines eigenen Schweißes in seine Wunden.

Die gesamte Welt wackelte wie ein Schiff beim Atmosphäreneintritt. Zumindest das musste eine Erinnerung sein, oder?

»Der Pilot«, sagte eine Stimme, tief und voller Verachtung.

Er konzentrierte sich auf die Quelle der Worte und erblickte jenseits der Gitterstäbe einen stämmigen Mann mit dunklem, wildem Haar. Hinter ihm stand ein kleinerer, dünnerer Mann mit einem langen Stab.

Der vordere Mann – der Name *Baze* zuckte durch Bodhis Gehirn, obwohl er keine Ahnung hatte, wo er ihn schon einmal gehört haben sollte – hob eine Blasterkanone und zielte damit auf ihn.

Panik half Bodhi, seine Stimme zu finden. »Warte!«, kreischte er. »Nein …«

Er taumelte auf die Füße, wappnete sich gegen den Schmerz des Todes. Doch dann krachte ein Schuss – und er spürte gar nichts.

Die Tür seiner Zelle glitt nach oben. Baze starrte ihn finster an, seine Waffe auf die verbrannte, funkensprühende Kontrolltafel an der Wand gerichtet.

»Komm schon!«, rief der zweite Mann. *Sein Name ist Chirrut.* »Gehen wir!«

War das real?

Wurde er wirklich gerettet?

Bei seinem ersten Schritt verrenkte Bodhi sich beinahe den Knöchel, bei seinem zweiten bäumte sich der Boden auf, aber er setzte weiter einen Fuß vor den anderen, und dann rannte er plötzlich hinter Baze und Chirrut her. Er betete, dass er doch noch seine Erlösung finden würde – die Hilfe, die Galen Erso ihm versprochen hatte, ehe er aufgebrochen war, um der Rebellion zu helfen. Um *Wiedergutmachung* zu leisten.

Vielleicht, dachte er, war sein Elend vorbei. *Vielleicht.*

Er erkannte einige der Gesichter, die gemeinsam mit ihm durch die Gänge rannten. Neben Baze und Chirrut waren da noch Dutzende andere, mit Waffen und Tragetaschen über den Schultern, darunter auch einige der Wesen, die ihn gefangen genommen, ihn gefesselt und ihm einen Sack über den

Kopf gezogen hatten. Männer und Frauen, die mit ihm durch die Wüste marschiert waren, obwohl er ihnen doch nur hatte helfen wollen. Sie blickten ihn nicht an, schienen überhaupt nicht Notiz von ihm zu nehmen, und sie waren alle schneller als er. Bodhi strengte seine schmerzenden Beine und gefrorene Lunge noch mehr an, um nicht zurückzufallen.

»Sie werden uns umbringen«, flüsterte er Baze zu. »Du kennst diese Leute nicht.«

Der Hüne lachte so laut, dass Bodhi schon glaubte, die Rebellen würden sich zu ihnen umdrehen. Aber sie rannten einfach weiter.

»Verzeih meinem Freund«, sagte Chirrut. »Du würdest es auch komisch finden, falls du wüsstest, dass *er* dich noch viel lieber tot sehen würde als all die anderen.«

Bodhi konnte leider rein gar nichts Komisches daran finden. Aber solange sie ihn retteten, war alles andere unwichtig.

Sie rannten aus den Katakomben, eine steile Treppe hoch und traten in den frostigen Morgen hinaus. Sonnenlicht schnitt in Bodhis Augen wie blaue und grüne und silberne Messer. Er konnte sich nicht daran erinnern, wann er das letzte Mal Sonnenlicht gesehen hatte; Bor Gullet hätte es ihm vermutlich sagen können.

Er stolperte auf einen breiten Felssims hinab und blieb hinter Baze und Chirrut stehen. Die Rebellen hasteten weiter, verteilten sich, rannten hierhin und dorthin. Unter ihnen sollte eigentlich die Wüste liegen, aber sie war hinter einer Mauer aus Staub verborgen: ein brodelnder, wallender Sturm aus Sand, der sich in alle Richtungen ausbreitete und über den Talboden fegte.

Bazes Lippen teilten sich, aber keine Worte kamen hervor. Er blickte sich um, als würde er unter Schock stehen.

»Was siehst du?«, fragte Chirrut.

Bodhi blinzelte die Narben aus Licht fort. Als seine Augen sich schließlich an die Helligkeit gewöhnt hatten, erkannte er, dass das Tal zu dunkel war. Er reckte den steifen Hals, blickte zum Himmel hoch und sah einen gewaltigen Schatten, als hätte sich ein Mond vor die Sonne geschoben.

»Was siehst du?«, fragte Chirrut erneut.

Gedanken und Erinnerungen kollidierten. Bodhi war auf Jedha – er hatte Jedha *nie* verlassen. Das vor ihm war das Tal, in dem sich die Heilige Stadt befunden hatte, und das Ding am Himmel über ihm …

»Nein«, wisperte er. »Nein.«

Es musste ein Trick Bor Gullets sein. Er hatte das Imperium verlassen, sich von seinen Freunden abgewandt, hatte Galen Ersos Wort vertraut und all die Schmerzen und Erniedrigungen über sich ergehen lassen, um zu verhindern, dass die Kampfstation, der *Planetenkiller* fertiggestellt wurde. Was er sah, konnte nicht real sein. Es *konnte* ganz einfach nicht.

»Es sollte doch nicht passieren«, wimmerte er, auch wenn niemand ihm zuhörte.

Es war zu spät. Und es war allein sein Fehler.

Kochender Wind schnitt durch die Kälte und hätte ihn beinahe von den Füßen gefegt. Der Sandsturm brandete unaufhaltsam über ihn hinweg.

Da hörte er ein weiteres Geräusch, einen kreischenden Knall, der sich deutlich vom Donnern des Sturms abhob. Hinter dem Gipfel des Berges tauchte ein Schiff auf, ein UT-60D-Transporter, ein U-Flügler. Er schwankte auf den peitschenden Winden hin und her, während er tiefer ging und vor dem Sims in einen wackeligen Schwebeflug überging.

Baze schlang einen Arm um Chirrut und rannte auf das Schiff zu. »Los jetzt, verschwinden wir!«

Verschwinden?, fragte sich Bodhi. Was sollte das bringen? Sie hatten bereits verloren.

Eine offene Handfläche klatschte gegen seine Schulter. »Komm schon!«, schrie ein Mann. Er rannte an ihm vorbei, führte dabei eine Frau hinter sich her. Bodhi glaubte, ihn schon einmal gesehen zu haben; ja, er war der, der mit leiser, beinahe mitleidsvoller Stimme zu ihm gesprochen hatte.

Doch was hatte Flucht jetzt noch für einen Zweck?

Andererseits ... Er wollte nicht sterben.

Und so folgte er dem Mann, folgte er Baze und Chirrut, während der Wind ihm immer mehr Sand entgegenblies, bis ihm die Haut vom Gesicht geschliffen wurde und er das Gefühl hatte, unsichtbare Finger würden an seinen Haaren zerren. Er hörte nicht, wie die Einstiegsrampe des U-Flüglers heruntergelassen wurde, aber er sah die Öffnung, ein dunkles Fenster inmitten des Sturms. Die anderen sprangen bereits ins Innere, scheinbar ohne jede Mühe. Doch als Bodhi sprang, ließen ihn seine schmerzenden Beine im Stich. Er fiel auf die Rampe, drohte, in den Abgrund zu rutschen, aber eine Hand packte ihn und zerrte ihn grob nach vorne, einen winzigen Augenblick bevor die Rampe nach oben glitt.

Er sah nicht einmal, wer ihm das Leben gerettet hatte.

»Schaff uns raus hier!«, schrie eine Stimme. »Volle Energie!«

Die Kabine kippte auf die Seite. Baze, Chirrut und die Frau klammerten sich an den Sitzen und an Stützleisten fest, um nicht gegen die Wände geschleudert zu werden. Doch obwohl sich der Boden unter ihm weiter aufbäumte, obwohl der Transporter unter dem Ansturm des Windes ächzte und knirschte, spürte Bodhi tiefe Erleichterung. Er war auf einem Schiff. Mit *Schiffen* kannte er sich aus.

Die Hülle kreischte metallisch, als etwas Schweres gegen die Oberseite des U-Flüglers prallte. Das Deck sackte nach unten weg, und Bodhi schlitterte auf Händen und Knien durch die Kabine. Trotz allem erkannte er das Geräusch der Triebwerke (umgebaute 9XR, ursprünglich aus den Werften der Incom-Gesellschaft), während diese gegen den Sturm ankämpften.

Langsam kroch er nach vorne und zog sich hoch. Er hatte noch nie das Cockpit eines U-Flüglers gesehen.

An den Kontrollen saßen ein Droide und der Mann, der vorhin an ihm vorbeigerannt war. (*Cassian*? War das sein Name?) Ihre Hände huschten wie wild über die Konsole, versuchten das Schiff auszurichten, fort vom Epizentrum der Zerstörung, damit sie auf den Wogen des Sandsturms reiten konnten, zwischen den Bergen hindurch, die rings um sie auseinanderbrachen und in sich zusammenstürzten.

Bodhi störte die beiden nicht, beobachtete nur den Tanz ihrer Finger auf den Kontrollen, betrachtete die Anzeigen und den Scannerschirm (die Instrumente waren nicht für solche Bedingungen gedacht, entsprechend nutzlos waren die Daten). Er spürte, wie der U-Flügler von einer Böe in die Höhe getragen wurde, schaudernd und bebend, weil nicht mal seine Triebwerke mit dem Wind mithalten konnten, dann huschte ein Schatten vor dem Cockpit vorbei – eine schwerere, heißere Wolke, die über ihnen dahinfegte und sie wieder nach unten drückte.

Sie würden wohl doch alle sterben. Seine Rettung war gescheitert. Und alles war seine Schuld. Wäre er schneller gewesen, hätten die Rebellen den Planetenkiller vielleicht noch aufhalten können.

»Es tut mir leid«, wisperte er.

Cassian und der Droide hörten ihn natürlich nicht.

Bodhi wusste, dass Bor Gullet nicht länger in seinem Kopf war, aber die Erinnerung, die nun vor seinem geistigen Auge hochstieg, war ebenso intensiv und real wie jene, die die Kreatur ihm entrissen hatte. Als er aus dem Cockpitfenster blickte, sah er die smaragdgrünen und türkisblauen Schwaden titanischer Gaswolken. Blitze zuckten zwischen ihnen hin und her wie überirdische Tänzer; immer wieder entzündeten sie das Gas, und gewaltige Blumen aus Feuer blühten auf. Bodhi lachte, während sein Shuttle – ein Transporter der *Nu*-Klasse, eigentlich nur für Trainingsflüge freigegeben – von den Elementen umhergewirbelt wurde, und die anderen Kadetten feuerten ihn an …

Es war eine Erinnerung größter Freude. Doch dann war sein Flug durch den Gasriesen von Bamayar IX vorbei, und er starrte wieder auf den immer dichter und dunkler werdenden Sandsturm hinaus.

»Schaut!«, rief er und deutete durch die Scheibe auf einen kleinen Lichtfleck, einen Ausgang aus dem wirbelnden, kochenden Staub. Doch dann brauste die nächste Böe von oben auf sie herab, und der Fleck begann zusammenzuschrumpfen.

Cassian drehte sich nicht zu Bodhi um. Vielleicht hatte er ihn nicht mal gehört. Der Rebell zischte nur: »Komm schon!«, während er erneut Energie aus anderen Systemen in die Triebwerke umleitete und das Schiff vorwärtstrieb, dem kleiner werdenden Punkt aus Licht entgegen. Der Mahlstrom der Zerstörung schloss sich immer fester um sie und dann … wurde der Himmel einen Moment lang blau. Anschließend wich das Blau tiefem Schwarz, und Sterne leuchteten vor dem Cockpitfenster auf.

Der U-Flügler sprang in den Hyperraum, und Bodhi lachte vor ungläubiger Freude, während er sich auf den Boden des Cockpits sinken ließ.

9. Kapitel

Die Kommandobrücke des Todessterns war dunkel, abgesehen von den hellen Instrumentenreihen und dem Glühen des Hauptschirms. Das gewaltige Display wurde dominiert von Bildern der Überreste der Heiligen Stadt Jedha und des umliegenden Tals: ein brodelnder, wirbelnder, brennender Sturm aus Sand und Felssplittern. Die Luft war durch die Energie der Waffe ionisiert, und Blitze zuckten über den Boden. Im Zentrum des Sturms, dort wo der Strahl die äußerste Schicht der Mondkruste aufgebrochen hatte, gähnte der Krater der eingeäscherten Stadt.

Dies war nicht das Schicksal, das Krennic für Jedha geplant hatte. Der Todesstern war entworfen, um Welten zu vernichten, nicht, sie zu verkrüppeln. Dennoch bezweifelte er, dass sich der Mond je von diesem Angriff erholen würde; die Auswirkungen der verbrannten Atmosphäre und der aufgebrochenen Kruste würden Jedha in einem langsamen, Jahrtausende währenden Todeskampf ersticken. Er spürte tief in seinen Knochen, dass die Waffe hier etwas äußerst Tiefschürfendes an die Oberfläche gebracht hatte – über die Natur von Welten, ihr »Herzblut« und ihren Tod –, auch wenn er es nicht in Worte fassen könnte. *Aber dafür*, dachte er, *gibt es schließlich Poeten.*

»Wunderschön«, erklärte er und beendete damit mehrere Minuten fast völliger Stille. Selbst Tarkin hatte die allgemeine Ehrfurcht der Mannschaftsmitglieder respektiert, deren Stimmen zu einem Wispern geworden waren, und selbst das Klacken der Schalter und Tasten klang leiser als zuvor.

»Ich glaube, ich muss mich bei Ihnen entschuldigen, Direktor Krennic«, sagte der Gouverneur nun. »Ihre Arbeit übertrifft sämtliche Erwartungen.«

Orson versuchte sich seine Überraschung nicht anmerken zu lassen. »Werden Sie das auch dem Imperator mitteilen?« *Zu voreilig.* Er korrigierte seinen Tonfall; falls es um ein Lob beim Imperator ging, konnte er sich selbst vor Tarkin demütig geben. »Schließlich ist dies sein Triumph – der Triumph seiner Voraussicht und seines Willens.« *So, das ist genug für dich, um dein Gesicht zu wahren, ohne meinen Beitrag herunterspielen zu müssen.*

Tarkin machte eine abweisende Handbewegung. »Der Imperator interessiert sich für Fakten, nicht für Schmeichelei. Unter Ihrer Aufsicht hat dieses Projekt zahlreiche Rückschläge und Verzögerungen erlebt – aber nun scheinen Sie diese Probleme endlich in den Griff bekommen zu haben. Ich berichte ihm, dass seine Geduld gegenüber Ihren Missgeschicken mit einer Waffe belohnt wurde, mit der wir die Rebellion schnell zerschmettern werden.«

»Sie sind zu gütig, Gouverneur.« *Herablassender Bastard.* »Aber was Sie sagen, ist auch meine Hoffnung. Wir haben gesehen, dass der Todesstern eine Stadt oder eine Rebellenbasis vernichten kann, ohne durch planetare Schilde oder Defensivnetze behindert zu werden. Und was wir heute gesehen haben, das war nur eine Andeutung seines verheerenden Zerstörungspotentials …«

»Ich werde ihm mitteilen«, fuhr Tarkin ungerührt fort, »dass ich die Kontrolle der Waffe übernehme, die ich vor vielen Jahren zum ersten Mal erwähnte … mit sofortiger Wirkung.«

Die Kontrolle übernehmen?

Krennics behandschuhte Finger krampften sich zu Fäusten zusammen, und er starrte den Moff über die Brücke hinweg an, darum bemüht, seinen ersten und drängendsten Impuls zu unterdrücken. Die diensthabenden Offiziere schienen diese öffentliche Demütigung zu ignorieren; ihre Augen blieben starr auf ihre Stationen gerichtet, um den Status der Hauptwaffe zu überprüfen und die Mondoberfläche nach Überlebenden abzusuchen.

Doch das war ein schrecklich kleiner Trost.

Krennic trat so dicht vor Tarkin, wie er wagen konnte, und schnappte: »Wir stehen hier inmitten *meines* Triumphes – nicht Ihres!« Die Worte waren zu laut, zu unkontrolliert, und er zwang sich, die Stimme zu senken. »Meine Leute sind loyal. Und meine Leute sind die *Einzigen*, die diese Station bedienen können.«

Er wusste, dass es unklug war, Tarkin offen zu drohen. Einen Untergeordneten konnte er so anfahren, ohne dass er Konsequenzen fürchten musste, aber nicht einen Großmoff des Imperiums. Und er sah auch keine Möglichkeit, den Gouverneur zu verdrängen oder zu ersetzen. Nein, er würde die Gegenwart dieses Mannes noch ein Weilchen länger ertragen müssen.

Doch er hatte nicht vor, dieses untertänige Lächeln auf dem Gesicht zu tragen.

Tarkin zog die Schultern hoch, als hätte er die Drohung überhaupt nicht gehört; als wäre er überzeugt, dass die Loyalität der Offiziere längst nicht so personenbezogen war, wie Krennic glaubte. Vermutlich hatte er damit sogar recht. »Ich fürchte, die jüngsten Sicherheitsverstöße haben Ihre Unfähigkeit als militärischer Direktor offengelegt. Ihr Platz ist wohl eher bei den Ingenieuren. Es gibt viele Projekte, die von Ihren organisatorischen Fähigkeiten profitieren könnten …«

»Die Pannen sind behoben worden«, entgegnete Krennic. »Jedha wurde zum Schweigen gebracht.«

Natürlich gab es einen Fehler in diesem Argument, und auch das wusste er. Die Zündung der Waffe und der anschließende Sturm der Zerstörung hatten die Sensoren des Todessterns kurzzeitig gestört, und es war möglich, dass Überlebende von dem Mond entkommen waren; möglich, wenn auch höchst unwahrscheinlich.

Doch Tarkin hatte einen anderen Konter in petto. »Denken Sie, dieser Pilot hat allein gehandelt? Er wurde von der Basis auf Eadu entsandt. Galen Ersos Einrichtung.«

Galen Erso.

Galen Erso.

Diesmal war er nicht in der Lage, seine Überraschung zu tarnen, und sein Zorn ließ ihn aussehen wie einen Narren.

»Ich werde der Sache nachgehen«, knurrte er, dann machte er auf dem Absatz kehrt und verließ die Kommandobrücke.

General Davits Draven war für seine Kollegen ein Albtraum und für seine Untergebenen ein Held. Er genoss es nicht, diese Rolle zu spielen, aber es war die Rolle, die er spielen musste.

Als Organisation wurde die Rebellenallianz mehr von externem Druck zusammengehalten als von internen Banden. Mon Mothmas beinahe schon zwanghafter Wunsch, den Frieden auf politischem Wege zu erreichen – ungeachtet der Regelmäßigkeit, mit der diese Bemühungen scheiterten –, stand in krassem Kontrast zu General Jan Dodonnas Politik der verdeckten Anschläge, die auf Seiten des Imperiums und des Senats möglichst wenig Aufmerksamkeit erregen sollten. Und Dodonnas Herangehensweise war wiederum unvereinbar mit Bail Organas Absichten, nur dort Gewalt einzusetzen, wo das Imperium Gräueltaten beging. Saw Gerrera hatte die Allianz wegen exakt dieser strategischen Unstimmigkeiten verlassen, aber es gab noch einige Mitglieder im Rat, die seine eher aggressiven Ansichten teilten. Die Allianz wäre schon nach wenigen Monaten auseinandergebrochen, wäre da nicht die erdrückende Macht des Imperiums, die die Rebellen *zwang* zusammenzuarbeiten, falls sie auch nur überleben wollten.

Die Macht des Imperiums … und Leute wie General Draven.

Während die anderen Ratsmitglieder diskutierten und ihre individuellen Strategien für einen imaginären, ultimativen Sieg sponnen, konzentrierte Draven sich allein auf den Schutz der Allianz selbst – auf die bedingungslose Verteidigung der Organisation und ihrer Mitglieder, vor dem Feind und vor ihren eigenen Fehlern. Falls ihm das den Ruf eingebracht hatte, arrogant und aufdringlich zu sein, so war das ein kleiner Preis, und einer, den er nur zu gern zahlte.

Was den sogenannten Planetenkiller anging, befürchtete er, dass sie bislang praktisch *nur* Fehler gemacht hatten, und ein paar dieser Fehler waren sogar seine eigenen. Das schmälerte aber nicht seine Entschlossenheit, sie zu korrigieren.

Als er in die Kommzentrale auf Yavin 4 marschierte, waren sein Kopf hoch erhoben und seine Schultern straff gespannt – wie Soldaten sich einen General eben vorstellten. Er hoffte, dass die diensthabenden Rebellen ihm den Schweiß auf seiner Stirn vergeben würden –, er hatte sich noch immer nicht an die Hitze des Dschungels gewöhnt. »Was gibt es?«, fragte er.

Fähnrich Weems sprang von seinem Stuhl hoch. »Eine verschlüsselte Nachricht von Captain Andor, Sir.«

Das ging ja schnell. Andor war schlau, gründlich und normalerweise niemand, der während einer Mission Kontakt zur Basis herstellte, außer, es war absolut nötig. Und diesmal musste er sich auch noch mit Ersos Tochter herumschlagen. Draven hatte erwartet, frühestens in einer Woche von ihm zu hören.

»Was hat er für uns?«, fragte er.

Weems las im ruhigen Tonfall eines Mannes, der vorgab, nicht zu sehen, was er sah. »Waffe bestätigt. Jedha City ausgelöscht. Eadu als Missionsziel lokalisiert. Bitte um weitere Anweisungen.«

»*Ausgelöscht*?«, wiederholte Draven. Weems nickte nur wortlos.

Der Planetenkiller existiert wirklich.

Zweifel folgten beinahe sofort auf diesen Gedanken. Andor war ein guter Agent, aber nicht perfekt. Seine Nachricht war vage. Die Übertragung war vielleicht abgefangen und manipuliert worden. Es gab tausend Gründe, warum die Bestätigung der Waffe nicht wirklich eine Bestätigung sein könnte.

Doch Draven hatte schon zu viele Kommandanten erlebt, die *Zweifel* als Ausrede nutzten, um die Augen vor der Wahrheit zu verschließen.

Bislang hatte er nicht wirklich an den Planetenkiller geglaubt – nicht rational, nicht in dem kühlen, strategischen Teil seines Gehirns, der (so viel Ehrlichkeit musste sein, zumindest sich selbst gegenüber) sein einziger echter Beitrag zur Rebellenallianz war. Falls die Waffe echt und einsatzbereit war, dann hatten sich gerade die strategischen Rahmenbedingungen der gesamten Galaxis in Luft aufgelöst. Alles, was die Rebellion aufgebaut hatte, jeder Plan jedes Ratsmitglieds, musste geändert, revidiert, angepasst werden.

Doch zunächst mussten andere, dringendere Entscheidungen gefällt werden.

Andors Nachricht enthielt keine Neuigkeiten bezüglich

Galen Erso. Die Annahmen, die den Wissenschaftler betrafen, blieben also bestehen – es war weiterhin davon auszugehen, dass er ein integraler Bestandteil des Projekts war, und das bedeutete, dass Draven der Allianz vielleicht ein wenig mehr Zeit verschaffen konnte. Damit sie ihre Taktik ändern konnten, bevor ganze Planeten und nicht nur einzelne Städte ausgelöscht wurden.

»Sagen Sie ihm, mein Befehl gilt weiterhin«, wandte er sich an Weems. »Sagen Sie ihm, er soll zügig fortfahren und sich an den Plan halten. Wir haben keine Ahnung, was er sonst noch für das Imperium baut. Wir müssen Galen Erso ausschalten, solange wir die Chance haben.«

Zum ersten Mal war Jyn bei einer Küstenfarm auf dem Planeten Lah'mu Waise geworden. Damals hatte sie mit angesehen, wie ihre Mutter von einer Todesschwadron erschossen wurde und ihr Vater sich dem Mann ergab, der dafür verantwortlich war, während sie selbst in der Obhut eines Soldaten zurückblieb, den sie kaum kannte.

Nun war sie ein zweites Mal Waise geworden, in der Wüste von Jedha, als sie den Mann wiedersah, der sie großgezogen hatte. Den Mann, der ihr alles beigebracht hatte, was sie wusste, den sie – *beinahe* – mehr hasste als irgendeine andere Person. Doch auf seine eigene Weise hatte er nur ihr Bestes im Sinn gehabt. Und dann war er unter einem Berg begraben worden.

Andererseits war sie vielleicht nie wirklich Waise geworden. Galen Erso lebte schließlich noch, wenn auch nicht als der sanftmütige Farmer, an den sie sich erinnerte; auch nicht als das feige Monster, das ewige Verachtung verdient hatte, weil es seine Familie zurückgelassen hatte, um für das Imperium Waffen zu bauen. Diese beiden Versionen von Galen waren ebenfalls auf Jedha gestorben.

Es gab noch einen anderen Galen Erso. Alles, was sie über ihn wusste, entstammte einem saphirblauen Abbild in der Höhle in ihrem Kopf – der Höhle, in der sie nun lebte. Ein Hologramm, das von Liebe und Glück und Einsamkeit sprach; das versuchte, lange vergangene Dinge zu rechtfertigen; das von den Plänen des Todessterns sprach – des Planetenkillers …

Meine Liebe zu ihr hat niemals nachgelassen.

Jyn konnte nicht aufhören, die Worte im Geist immer und immer wieder abzuspielen. Obwohl jedes einzelne wie ein Messerstich war, klammerte sie sich an ihnen fest, um Trost zu finden.

Sie saß in der Kabine des U-Flüglers und beobachtete ihre Begleiter aus den Tiefen der Höhle, musterte ihre Gesichter durch die Öffnung der zerbrochenen Luke. Ein kleiner Teil von ihr wusste, wie sie aussehen musste – eine erbärmliche, ramponierte und staubverkrustete Erscheinung, die wie katatonisch aus leeren Augen in die Welt hinausstarrte – und sie hasste sich für ihre Schwäche.

»Baze, sag es mir.« Chirruts Stimme. Der blinde Wächter der Whills, der ihr das Leben gerettet hatte. »Alles? Die ganze Stadt?«

Baze. Chirruts Partner hatte also einen Namen. Er saß neben dem Blinden, die Augen auf die Bordwand gerichtet. Das blauweiße Pulsieren des Hyperraums drang aus dem Cockpit herein und zeichnete Linien auf seine Wangen.

»Sag es mir«, forderte Chirrut noch einmal.

»Einfach alles«, antwortete Baze kurz und bitter.

Jedha City existiert nicht mehr. Jyn rang benommen mit diesem Gedanken. Der Untergang von Jedha bedeutete den Tod von Saw; den Tod seiner Soldaten, vielleicht sogar von allen; den Tod rotgewandeter Pilger und feilschender Wasserhändler; den Tod des Mädchens, das sie während des

Kampfes auf dem großen Platz gerettet hatte – den brutalen, *sinnlosen* Tod der einzigen Person, der sie seit dem Beginn dieser Mission in irgendeiner Weise geholfen hatte.

Wir nennen sie den Todesstern. Kein Name könnte passender sein.

Der Planetenkiller war real. Sie hatte die Allianz verspottet, weil sie daran geglaubt hatte, und nun war er *real.*

Hätte es irgendetwas geändert, falls sie früher daran geglaubt oder auf ihren Vater vertraut hätte? Hätten sie Saw schneller gefunden, mehr Zeit gehabt, um zu reagieren … Irgendetwas?

Hatte sie Schuld an der Zerstörung von Jedha City? Zumindest teilweise?

»Verstanden.« Das war Cassian, der leise in die Kommeinheit flüsterte. Anschließend rief er dem Droiden vorne im Cockpit zu: »Kurs auf Eadu setzen.«

»Eadu?«, fragte sie. Ihre Stimme klang heiser und belegt.

»Ein feuchter Klumpen von einer Welt, falls unsere Informationen zutreffen«, sagte er. Ein Anflug von Überraschung lag in seinem Blick, als er sie ansah, aber er tat sein Bestes, diese Emotion zu verbergen. »Nur wenige Einwohner, das meiste davon Nerfhirten. Offiziell nutzt das Imperium den Planeten für Forschung und chemische Aufbereitung.«

»Hält sich dort mein Vater auf?« Jyn reckte das Kinn hoch, versuchte, die Heiserkeit aus ihrer Stimme zu verbannen.

Wie würde ein Wiedersehen mit ihrem Vater wohl aussehen? Wie wäre es, dem Mann aus dem Hologramm zum ersten Mal persönlich gegenüberzustehen und ihm zu sagen, wer sie war? Ihm zu sagen: *Ich habe deine Nachricht gesehen*? Vermutlich hätte der Gedanke sie mit Freude erfüllen sollen. Ihr Vater war ein Held.

Doch sie war Liana Hallik und Tanith Ponta und Kestrel Daun, eine Kämpferin, eine Diebin, eine Gefangene, die beinahe fünfzehn Jahre damit verbracht hatte, Galen Erso zu hassen und die Erinnerung an ihn in einem Gefängnis der Abscheu einzusperren. Und als er sie gebraucht hätte, hatte sie sich geweigert, seine Warnung bezüglich des Todessterns zu glauben. Auch das müsste sie ihm erklären. Die Vorstellung ließ bittere Galle aus ihrem Magen hochsteigen.

Hätte sie anders gehandelt, hätte sie die Wahrheit gewusst?

Ich versuche nur an dich zu denken, wenn ich die Kraft dazu besitze.

»Ich hatte nicht viel Zeit, unseren Freund Bodhi zu befragen«, erwiderte Cassian. Er deutete auf den fünften Passagier in der Kabine – einen langhaarigen Mann in einem schmutzigen imperialen Fliegeroverall mit einer zerkratzten Schutzbrille auf der Stirn, der immer wieder die Finger verschränkte und sie dann wieder voneinander löste. Hin und wieder murmelte er etwas, ohne dabei aufzublicken. »Aber er sagte, die Nachricht deines Vaters käme von Eadu. Ist dein Vater also dort? Ich halte es für wahrscheinlich.«

Jyn nickte abwesend. Bodhis Wispern wurde lauter – ein stammelndes, unartikuliertes Durcheinander von Lauten. Nach einem kurzen Moment beugte er sich auf seinem Sitz vor und starrte Jyn an. »Bist du Galens Tochter?«

Er sah aus, als hätte er seit Tagen nicht geschlafen. Als rechnete er damit, dass alles um ihn herum – Baze, die Sitze, die Wände – sich auf ihn stürzen würde, falls er es wagte, auch nur zu blinzeln. Vermutlich machte er einen sogar noch erbärmlicheren Eindruck als sie, falls das überhaupt möglich war.

»Du kennst ihn?«, fragte sie.

Was wusste er über den Fremden aus dem Hologramm?

»Ja.«

Sie hatte hundert Fragen, aber darunter war nicht eine, auf die sie wirklich eine Antwort wollte. »Hat er dir irgendetwas gesagt?«

»Er sagte …« Bodhi beugte den Kopf vor. »Er sagte, ich könnte meine Schuld begleichen. Er sagte, ich könnte sie begleichen, falls ich mutig genug wäre, auf das zu hören, was mein Herz sagt. Etwas daraus zu machen.« Seine Lippen bewegten sich lautlos weiter, formten und verschluckten ganze Sätze, bevor er schließlich innehielt.

»Aber es war wohl zu spät«, schob er nach einer Weile nach.

Jedha City war zerstört. Saw war tot, und mit ihm seine Leute und das kleine Mädchen.

»Es war nicht zu spät«, tröstete sie ihn. Zumindest hatte der Pilot es *versucht*.

»Auf mich wirkt es ziemlich spät«, kommentierte Baze.

In der Stille der Kabine, in der Dunkelheit der Höhle hörte Jyn wieder die Stimme ihres Vaters. *An diesem Ort habe ich meine Falle platziert …*

Dann Saws letzter, gellender Ruf vor seinem Tod. *Rette den Traum!*

Galen und Gerrera zerrten nun gemeinsam an ihr, baten um das, was sie ihnen bereits verwehrt hatte, forderten Wiedergutmachung für jeden Tag, den Liana und Tanith und Kestrel mit ihrem kleinen, ziellosen, unbedeutenden Dasein vergeudet hatten. Doch sie konnte ihnen nichts bieten – sie war leer, und selbst das, was in der Höhle eingesperrt gewesen war, hatte sich inzwischen in der Dunkelheit verloren.

Alles, was ihr noch blieb, war die Stimme eines Hologramms.

Und dennoch gab sie ihren Forderungen nach – weil ihre Scham zu groß war, um irgendetwas anderes zu tun.

»Nein«, wisperte sie. Das kleine Wort schien die Aufmerksamkeit des gesamten Schiffes auf sie zu lenken. »Wir können die Leute besiegen, die das getan haben. Wir können sie aufhalten.«

Sie traf eine Abmachung mit dem Hologramm von Galen Erso. Sie würde seinen Forderungen nachkommen, und es würde aufhören, sie an ihr Versagen und ihre Schuld und ihre Selbstverachtung zu erinnern.

Und wenn sie dann auf Eadu den echten Galen Erso traf, hätte sie zumindest etwas, wofür sie sich nicht schämen musste.

Sie sprach langsam, ebenmäßig, formulierte jedes Wort, als würde sie eine Klinge schärfen. »Die Nachricht meines Vaters – ich hab sie gesehen. Sie nennen es den Todesstern. Was sie aber nicht wissen: Es gibt eine Möglichkeit, ihn zu vernichten.«

Die Anspannung auf Cassians Zügen löste sich auf, und er setzte wieder den Gesichtsausdruck des Spions auf, unschuldig und aufmerksam. Jyn wusste genau, was das bedeutete. »Ihr habt euch in meinem Vater getäuscht«, erklärte sie mit Nachdruck. »Ihr glaubt, er arbeitet noch immer für das Imperium, aber …«

»Er hat ihn gebaut«, entgegnete Cassian. Als würde diese Tatsache alles ändern – als wäre er der Einzige, der genug Durchblick hatte, das zu erkennen.

»Weil er wusste, dass sie es auch ohne ihn schaffen würden.« Sie atmete zwischen zusammengepressten Zähnen ein und wartete auf Andors nächsten Protest. Gut möglich, dass sie den echten Galen Erso nicht kannte, aber sie sprach nun mit der Stimme des Hologramms; sie wiederholte seine Forderungen, um für seine Sache einzutreten. Um für Saws Sache einzutreten.

»Mein Vater traf eine Entscheidung«, fuhr sie fort, und ihr Tonfall wurde beherrschter. »Er hat sich für die Rebellion geopfert. Er hat eine Falle in den Todesstern eingebaut.« Sie blickte Bodhi an. »Deswegen hat er dich geschickt. Um diese Nachricht zu überbringen.«

»Wo ist sie?«, fragte Cassian.

Die anderen blickten ihn an.

»Wo ist diese *Nachricht*?«, wollte er wissen.

»Es war ein Hologramm«, sagte sie, ihre Stimme so scharf und zerbrechlich wie Glas.

Andor beugte sich vor. »Und du hast diese Nachricht bei dir?«

»Sehe ich so aus?«, fauchte sie. Er wusste, was mit ihr passiert war; er hatte ihren Zustand gesehen, als er sie in Saws Quartier gefunden hatte. Sie wollte auf ihn zuspringen, seinen Kopf gegen die Wand der Kabine donnern und ihm diesen nichtssagenden Ausdruck vom Gesicht reißen. Sie wollte ihren eigenen Schädel aufbrechen, damit das Licht und die Laute des Hologramms aus der Höhle in die Welt hinausscheinen konnten. »Alles ging so furchtbar schnell. Aber ich *habe* sie gesehen!« Selbst in ihren eigenen Ohren klangen die Worte wie die eines störrischen, kleinen Kindes. *Du warst überzeugender, als du noch katatonisch warst.*

Cassian wandte sich zu Bodhi um. »Hast du sie auch gesehen?«

Der Pilot schüttelte den Kopf und hielt die Augen gesenkt, um Andors Blick nicht begegnen zu müssen.

»Du glaubst mir nicht«, stellte Jyn fest.

Beinahe hätte Cassian gelacht. »Ich bin nicht derjenige, den du überzeugen musst. Ich bin nicht derjenige, der einen Angriff auf den Todesstern autorisieren kann, weil er *vielleicht* einen Schwachpunkt hat. Mon Mothma …«

»Ich glaube ihr«, unterbrach ihn Chirrut.

Cassian schüttelte frustriert den Kopf. »Das ist gut zu wissen. Aber leider bist du nicht Teil der Allianz.«

Die ganze Zeit über hatte Baze vornübergebeugt dagesessen, fast als würde er schlafen. Jetzt richtete er sich auf und blickte an Cassian und Chirrut vorbei zu Jyn hinüber. »Was ist das für eine Falle?«, fragte er. Und als sie ihn verwirrt ansah: »Du sagtest, dein Vater hat eine Falle installiert.«

»Der Reaktor.« Zumindest in diesem Punkt war das Hologramm konkret geworden. »Er baute eine Schwachstelle ein, die er jahrelang verschwieg. Er sagte, wenn euch eine Explosion am Reaktormodul gelingt, dann wird das gesamte System versagen.«

Sie drehte sich wieder zu Cassian herum. »Du solltest sofort die Allianz kontaktieren.«

»Das habe ich bereits.«

Sie sagte, was das Hologramm von ihr erwartete, und ihre eigene Überzeugung verlieh den Worten Nachdruck. »Sie müssen wissen, dass es einen Weg gibt, das Ding zu zerstören. Mein Vater meinte, wir würden diese Schwachstelle in den Bauplänen finden …«

»Wir haben keine Baupläne.« Sanft, aber entschlossen. *Gönnerhaft.*

»Er sagte mir, wo wir sie finden können«, beharrte sie. »Sie sind in einem Datentresor auf dem Planeten Scarif. Sag der Allianz, sie müssen nach Scarif und die Pläne holen.«

»Es ist zu gefährlich, das zu senden«, entgegnete er, und endlich zeigten sich Risse in seiner Maske. »Selbst wenn alles so ist, wie du sagst – wir sind mitten in imperialem Territorium. Sollte die Nachricht abgefangen werden, würde die gesamte Allianzflotte in eine Falle fliegen.«

Gut möglich, dass er log. Dass er eine weitere Diskussion unterbinden wollte, indem er diese Bedrohung ins Spiel brachte, die sie nicht widerlegen konnte und auf die sie auch keine Antwort hatte.

In der Dunkelheit der Höhle hörte sie, wie sich die Worte

ihres Vaters wiederholten. *Falls sie noch lebt, falls du sie finden kannst…*

»Möchtest du noch immer nach Eadu?«, fragte sie.

Cassian nickte. »Ja.«

Dann würde es also keine Wiedergutmachung geben, hinter der sie ihre Entscheidungen oder ihre Sünden verbergen konnte. Sie würde dem Galen Erso, den sie nie kennengelernt hatte, sagen müssen, wer sie wirklich war und was der Todesstern angerichtet hatte. Falls sie Vergebung wollten, falls sie Frieden wollten, würden sie später selbst dafür kämpfen müssen. Sie *beide*, ganz gleich, wie es für sie weiterging.

Hoffentlich würde das ausreichen, damit sie in der Dunkelheit der Höhle nicht den Verstand verlor.

Das saphirblaue Hologramm war ihre einzige Stütze; alles andere war fort.

»Dann finden wir meinen Vater«, erklärte sie, »und bringen ihn zurück. Damit er es ihnen selbst sagen kann.«

Sie sprach mit einer Überzeugung, die sie nicht wirklich fühlte. Cassian nickte – aber er hatte noch immer sein Spiongesicht aufgesetzt, und sie hatte keine Ahnung, was er tatsächlich dachte.

Wie so oft zuvor schritt Orson Krennic die Korridore des Todessterns ab. Er lauschte dem gedämpften Summen des Hauptreaktors, das lauter und leiser wurde wie Flut und Ebbe eines fernen Ozeans; er spürte die leichte Vibration der Deckplatten, als die Station für den Hyperraumtransport vorbereitet wurde; er konnte sogar die Energieleitungen hinter den Wänden nachzeichnen, bis hin zu ihren Endpunkten in gewaltigen, künstlichen Höhlen.

Doch so lange er auch dahinstreifte, er konnte sich einfach nicht konzentrieren. Tarkin übernahm die Kontrolle über *sein* Meisterwerk.

Vielleicht war es besser so. Vielleicht war Orson zu lange an einen Ort, an eine Aufgabe gefesselt gewesen. Sollte Tarkin den Todesstern haben – schon bald würde die Verantwortung ihn erdrücken, weil er nicht in der Lage wäre, das subtile Potenzial der Kampfstation zu erkennen. Es war nur eine Frage der Zeit, und dann würde man wieder auf Krennic zurückgreifen. In der Zwischenzeit hätte er, befreit von dem Gewicht dieses Monsterprojekts, die Flexibilität, die ihm zuvor gefehlt hatte. Hundert kleine Erfolge im Lauf eines Jahres waren vielleicht befriedigender als ein großer Triumph, auf den man über ein Jahrzehnt hinarbeiten musste. Und so oder so, er würde seine Audienz beim Imperator bekommen.

Doch dieses Szenario wurde überschattet von der Tatsache, dass Tarkin ihn bei Jedha überlistet hatte.

Was allein durch Galen Ersos Verrat möglich geworden war.

Es war unentschuldbar, dass der Großmoff Ersos Intrige vor Krennic aufgedeckt hatte. Dass seine Kontakte in Tarkins Organisation nichts mitbekommen hatten, war eine Sache; Informationslecks und Verschleierungsmanöver gehörten so weit oben in der Militärhierarchie zum Alltag. Aber wie hatte *er selbst* es nicht erkennen können? Galen mochte viele Talente besitzen, aber er war kein guter Lügner. Außerdem schien er stets stolz auf seine Errungenschaften gewesen zu sein.

Dass er seine Arbeit – ihrer *aller* Arbeit – sabotierte, dass er seine Motive irgendwie vor Krennic geheim gehalten hatte, der ihn so gut kannte … wie war das möglich?

Konnte es ein Irrtum sein? Hatte vielleicht ein anderer Wissenschaftler auf Eadu den Piloten geschickt?

Habe ich mich blenden lassen?

Aber, nein. Es konnte nur Galen sein. Er hatte das Projekt verraten und es dadurch Tarkin ermöglicht, Orson zu verdrängen. Folglich hatte Erso jetzt höchste Priorität; Krennic musste sich schleunigst um ihn kümmern. So sehr er es auch hasste, den Todesstern zu verlassen, er konnte nicht zulassen, dass sich noch mehr Probleme anhäuften. Er würde sie eines nach dem anderen eliminieren, und Tarkin würde er sich dabei bis ganz zum Schluss aufheben.

Er hatte bereits ein paar Waffen, die er gegen den Moff einsetzen konnte. Aber die Gelegenheit musste günstig sein, und er selbst durfte dann nicht mehr verwundbar sein.

Kurz nach Mitternacht Stationszeit stieg Orson in Begleitung einiger Todestruppen an Bord seines Shuttles. Kaum dass er sich mit einem Glas Wein und einem Datenblock auf seinem Sessel zurückgelehnt hatte, verließen sie auch schon den Hangar.

»Kurs auf Eadu gesetzt, Sir«, meldete der Pilot.

Krennic hörte ihn kaum.

Galen Erso.

Galen Erso, dem er jede nur erdenkliche Chance gegeben hatte. Galen Erso, für den er auf jenem erbärmlichen Streifen Farmland beinahe gestorben war.

»Ich dachte, wir wären über solche Spielchen hinaus«, murmelte er mit einem verbitterten Lächeln. Sein Griff um den Datenblock wurde fester, noch fester, bis der Bildschirm zersplitterte und Blut aus seinem Daumen rann.

ERGÄNZENDE DATEN: KEINE BESTÄTIGUNG

[Dokument #RJ9002C (»Jedha-Anfrage«), gefälschter Zeitstempel nicht lesbar; tatsächlicher Zeitstempel: vermutlich zeitgleich mit der Jedha-Krise; Nachricht von Mon Mothma an General Draven und sechs andere Empfänger (»Verantwortungsträger der Operation Bruchstelle«).]

Ich erhielt gerade eine beunruhigende Nachricht von einer Kontaktperson im Senat. Sie behauptet, dass auf Jedha eine vollständige Evakuierung der imperialen Truppen stattgefunden hat, außerdem gibt es Gerüchte über einen gewaltigen Energieausstoß im Orbit. Diese Person betrieb illegalen Asteroidenbergbau am Rand der Heliosphäre von Jedha, und natürlich könnte es sich auch um einen »Instrumentenfehler« handeln.

Ich habe die Kontaktperson gebeten, trotzdem weitere Nachforschungen anzustellen. Ob sie mehr weiß, als sie mit mir teilen möchte, und welche Vermutungen sie selbst hegt, kann ich nicht sagen.

Lassen sich diese Daten bestätigen? Gibt es Neuigkeiten von Operation Bruchstelle?

[Dokument #RJ9002D (»Antwort auf Jedha-Anfrage«), Nachricht von General Ria an die Verantwortungsträger der Operation Bruchstelle.]

Ich habe keine neuen Informationen, aber könnten Sie das bitte konkretisieren: Haben Sie dieser Kontaktperson von den Gerüchten über einen Planetenkiller erzählt?

In dem Falle könnte es ein Trick des Imperiums sein. Vielleicht wollen sie herausfinden, wie Sie auf eine erfundene Geschichte reagieren.

[Dokument #RJ9002E (»Antwort auf Jedha-Anfrage«), Nachricht von Mon Mothma an die Verantwortungsträger der Operation Bruchstelle.]

Zur Information: Meine Kontaktperson weigert sich, die Allianz direkt zu unterstützen, ist aber in Kontakt mit mir geblieben, seit ich den Senat verlassen habe. Falls wir sie überzeugen können, könnte sie ein wichtiger Bestandteil unserer politischen Strategie werden. Ich glaube nicht, dass sie viel von den militärischen Interessen des Imperiums hält.

Ich habe ihr nicht von dem Planetenkiller erzählt. Falls sich ihre Daten nicht bestätigen lassen, würde ich sie aber gerne auf dieses Thema ansprechen. Das könnte uns sowohl kurz- als auch langfristig von Nutzen sein.

[Dokument #RJ9002F (»Antwort auf Jedha-Anfrage«), Nachricht von Admiral Raddus an die Verantwortungsträger der Operation Bruchstelle.]

Wir haben einen Frachter, der für Langstreckenscans ausgerüstet ist, unweit der Hyperraumstraße, die Jedha am nächsten liegt. Die Besatzung führt gegenwärtig eine andere Operation durch, aber falls Captain Andor sich nicht bald meldet, kann ich das Schiff abziehen und es dorthin schicken.

Die Möglichkeit, dass sich der Planetenkiller bei Jedha

befindet, ist meiner Meinung nach äußerst besorgniserregend.

[Dokument #RJ9002G (»Antwort auf Jedha-Anfrage«), Nachricht von General Draven an die Verantwortungsträger der Operation Bruchstelle.]

Ich versuche gerade, konkrete Informationen über Jedha zu erhalten. Bislang gibt es keine Bestätigung ungewöhnlicher imperialer Aktivität in dem System. Ich rate dringend an, dass wir unsere Informationen nicht mit Außenstehenden teilen und keine neuen Nachforschungen einleiten.

Ich werde dem Rat einen Fortschrittsbericht über Operation Bruchstelle und Captain Andors Status vorlegen, sobald zuverlässige Informationen vorliegen, die wir gefahrlos teilen können. Bis dahin schlage ich vor, dass wir das Thema aus Gründen der Vorsicht nicht länger besprechen sollten.

10. Kapitel

Cassian Andor hatte einen Fehler gemacht. Dieser Fehler war wie ein Haarriss in einem Blasterlauf: bei oberflächlicher Betrachtung beinahe unsichtbar, aber verheerend, wenn sich seine Auswirkungen bemerkbar machten. Es war gut möglich, dass er Cassian das Leben kosten würde, aber das war nicht mal das Schlimmste daran.

Er wusste jetzt, dass es besser gewesen wäre, Jyn Erso auf Jedha zurückzulassen. Und das *Beste* wäre gewesen, sie gleich auf Yavin 4 zu lassen.

»Ich nehme Anzeichen von Stress wahr«, verkündete K-2. Er saß neben Cassian im Cockpit und überwachte die Instrumente. »Du solltest vorsichtig sein. Wenn du unter Stress stehst, bist du ein viel schlechterer Pilot.«

Andor lächelte schwach. »Woher weißt du das?«

»Du übertreibst es mit dem Schubregler.«

Das meinte ich nicht, dachte er, aber er machte sich nicht die Mühe, seine Frage zu konkretisieren. Soziale Interaktion war nicht gerade K-2s Stärke (vielleicht hatte er auch einfach kein Interesse daran – wer konnte schon sagen, was im Verstand eines Droiden vor sich ging?), trotzdem kannte er Cassian besser als sonst irgendjemand. Er hatte ihn bei Dingen beobachtet, von denen nicht einmal Draven wusste.

Auf Jenoport zum Beispiel war er in die Kabine gestakst, als Cassian gerade mit tränenüberströmtem Gesicht in den Lauf seines Blasters starrte. K-2 hatte angeboten, seinen Speicher zu löschen, falls dies nötig wäre, um Andors »Würde und Einsatzfähigkeit« zu schützen.

Cassian wusste, er musste nur ein Wort sagen, und der Droide würde Jyn Erso fesseln und an einem sicheren Ort einschließen. Und wären da nicht die Wächter der Whills gewesen, hätte Andor vermutlich sogar von dieser Möglichkeit Gebrauch gemacht.

»Wir nähern uns Eadu«, sagte K-2. »Vier Minuten bis zum Sprung aus dem Hyperraum.«

»Gib den Anflugvektor ein und hol dann Bodhi her. Ich möchte, dass er sich die Landezone ansieht.«

Während K-2 dem Befehl nachkam, widmete Cassian sich wieder seinen Gedanken. Jyns wiedererwachte Entschlossenheit war beinahe inspirierend. Chirrut, Baze und Bodhi *hatte* sie damit vielleicht sogar inspiriert – nur waren das leider drei Personen, denen er nicht wirklich trauen konnte. Es war fast wie bei dem Kampf im Heiligen Viertel, als ihr Feuer auf *ihn* übergesprungen war. Doch die Umstände waren diesmal völlig andere: Der Planetenkiller, der Todesstern – er existierte wirklich, und General Draven war überzeugt, dass sein Schöpfer sterben musste, um das Überleben der Allianz zu sichern. Falls sich dadurch auch nur eine weitere Katastrophe wie bei Jedha City verhindern ließ, dann war klar, was Cassian tun musste.

Jyn würde natürlich argumentieren, dass ihr Vater ihnen bereits eine andere Möglichkeit aufgezeigt hatte; dass die Rebellion den Todesstern durch einen Sabotageakt aufhalten konnte, wenn auch unter gewaltigem Risiko. Doch Jyns Urteilsvermögen war beeinträchtigt.

Diesmal würde ihr Feuer sie alle verbrennen.

Als Cassian sie in Saw Gerreras Quartier gefunden hatte, war sie völlig weggetreten gewesen, hatte nur auf ihren Tod gewartet. Er wusste nicht, welche Kräfte sie in ihrem Leben geformt hatten, aber er war überzeugt, dass sie eine unglaublich starke Frau war; dennoch hatte die Nachricht, die Saw ihr gezeigt hatte, sie völlig zerstört.

Die Stärke, die sie jetzt zeigte, war nur vorgetäuscht. Sie klammerte sich an die Instruktionen ihres Vaters, aus Gründen, die rein gar nichts mit der Galaxis oder der Allianz zu tun hatten. Würde es sie kümmern, falls diese Anweisungen sie und alle um sie in den Untergang führten? Würde sie es überhaupt bemerken?

Dieser getriebene Ausdruck in ihren Augen war ebenfalls wieder da. Ihr zu folgen, konnte nur in einem Desaster enden, ganz gleich, wie sehr sie auch versuchte, ihre Ziele durch Ziele der Rebellion zu tarnen.

Und falls Cassian ihr verwehrte, was sie wollte? Falls er Galen Erso tötete?

Dann würde sie doppelt so gefährlich sein.

Eadu war selbst tagsüber eine Nachtwelt, eingehüllt in Sturmwolken, so dunkel und so dicht, dass Cassian sich beim Sinkflug durch die Troposphäre ganz auf die Scanner verlassen musste. Von oben gab es nicht viel zu sehen außer einer Mauer schiefergrauer Gewitterwolken, und wären da nicht vereinzelte Blitze gewesen, hätte der Anblick beinahe friedlich gewirkt. Doch kaum dass der U-Flügler in die Wolkendecke eintauchte, prügelten Sturmböen auf das Schiff ein, und Regen prasselte gegen die Hülle und die Cockpitfenster.

»Tiefer«, hauchte Bodhi Rook, der sich an der Rückenlehne von Cassians Sitz festhielt. Er hatte sich gewaschen und seine Wunden verbunden, und nun hüllte ihn der irritierend starke Geruch billiger Reinigungs- und Desinfektionsmittel ein. Seine vormals noch so distanzierte, verängstigte Stimme klang beinahe wieder menschlich. »Tiefer!«

Cassian neigte die Nase des Schiffes so weit nach unten, wie er es wagen konnte. Er stellte sich vor, wie der Regen in hunderte Risse sickerte, die sich während des Sandsturms auf Jedha aufgetan hatten; wie Wassertropfen an freiliegender Elektronik entlangrannen und überlebenswichtige Systeme einen Kurzschluss erlitten.

»Dieses Schiff ist nicht dafür gedacht, so geflogen zu werden«, stellte K-2 fest.

Der U-Flügler tauchte aus einer Nebelbank auf, und kurz war die Landschaft unter ihnen zu erkennen: Hunderte gezackter Felsformationen, breite Plateaus und Gesteinsnadeln, die aus einem unebenen Grund emporwuchsen. Eine schmale Schlucht zog sich zwischen tödlichen Bergkämmen dahin, ihre Ränder in den brodelnden Wolken verborgen.

»Sie haben Frühwarnsysteme und Patrouillengeschwader«, sagte Bodhi. »Du musst im Canyon bleiben, ganz tief.«

Cassian nickte, passte ihre Flughöhe an und hielt mit einem Auge auf dem Scanner nach TIE-Jägern Ausschau. Nichts zu sehen. Doch natürlich war es möglich, dass die Instrumente so kleine Schiffe im Mahlstrom des Sturms überhaupt nicht erfassten. K-2 gab mehr Schub, als der Wind kurzzeitig abflaute und der U-Flügler abzusacken drohte. Cassians Zähne klackten schmerzhaft aufeinander.

»Falls wir so weiterfliegen«, verkündete der Droide, »besteht die sechsundzwanzigprozentige Wahrscheinlichkeit eines Absturzes.«

»Wie weit noch?«, rief Cassian Bodhi zu.

»Ich weiß nicht«, erwiderte der Pilot. »Diese Route nehme ich normalerweise nicht …«

Genau das wollte ich jetzt nicht hören, dachte Andor. Keine zehn Meter unter ihnen huschte eine Felsnadel vorbei, und kurz streiften sie die Schluchtwand auf der rechten Seite.

»… aber wir sind nah dran. Sehr nah. Das weiß ich.«

»Jetzt fünfunddreißigprozentige Wahrscheinlichkeit eines Absturzes«, warf K-2 ein.

Cassian schaltete die Landescheinwerfer an. Sollten über ihnen imperiale Jägerstaffeln patrouillieren, würden sie die Lichter mühelos erkennen, aber er konnte einfach nichts sehen. »Will ich gar nicht wissen, danke sehr.«

»Ich verstehe«, sagte der Droide. »Mir wäre Unwissenheit ebenfalls lieber.«

Sie hatten die Felsnadel passiert, und Cassian lenkte das Schiff tiefer in die Schlucht hinab. Links und rechts glitten die zerklüfteten Wände vorbei. Der Fels schien immer enger und immer schneller um sie zusammenzurücken, aber Cassian wusste, falls er abbremste, wären sie ganz und gar den Sturmwinden ausgeliefert.

»*Jetzt*!«, schrie Bodhi unvermittelt und schlug mit der Hand auf Cassians Nackenstütze. »Landemanöver!«

»Der Wind …«, protestierte K-2, aber da zwängte Rook sich bereits zwischen den Sitzen hindurch und deutete hektisch in den Regen hinaus.

»Falls du weiterfliegst, sind wir direkt über dem Shuttle-Depot. Wir müssen hier landen!«

Cassian fluchte. Bodhi hatte recht – was er zuerst für ein Lichtspiel der Regentropfen auf der Cockpitscheibe gehalten hatte, entpuppte sich nun als Reihe ferner Scheinwerfer.

Sofort zog er den Schubregler nach hinten, und es dauerte nur einen Herzschlag, bis der Wind den Steuerbordflügel erfasste und das Schiff gegen die Seite der Schlucht drückte. K-2 versuchte abzudrehen, aber nicht einmal die Reflexe einer Maschine konnten sie vor der Masse schwarzer Felsen retten, die plötzlich vor ihnen aufragte. Der U-Flügler streifte einen Vorsprung, Andor wurde mit einem Schrei nach vorne in seine Gurte geschleudert, und dann gingen sie, einen Schweif aus Funken hinter sich herziehend, in einen steilen Sinkflug. Die Konsole färbte sich rot vor Warnleuchten.

»Gut festhalten«, rief Cassian nach hinten. »Das wird eine harte Landung!«

Er war nicht sicher, ob man ihn bei all dem Chaos überhaupt in der Kabine hören konnte.

K-2 fuhr das Landegestell aus und aktivierte die Retrodüsen, um das Schiff weiter abzubremsen. Als sie wenig später auf der Planetenoberfläche aufsetzten, wurde der Bauch des U-Flüglers mit einem gequälten Kreischen gegen den Felsen gedrückt, während das Bewegungsmoment ihn weiter nach vorne trug. Beinah eine halbe Minute lang pflügten sie so über den Boden, eine immer höher werdende Bugwelle aus Erde und Splittern vor sich herschiebend, und es war ein Wunder, dass der Rumpf nicht einfach auseinanderbrach.

Als sie schließlich zum Stillstand kamen, war die Cockpitscheibe von Rissen überzogen und halb unter Kies und Schlamm begraben. Cassian wusste, dass dieses Schiff nie wieder fliegen würde.

Der Regen hatte ein wenig nachgelassen und sich in ein kaltes, grausames Trommeln verwandelt, als Andor seine oberflächliche Untersuchung der Schäden abgeschlossen hatte. Seine erste Einschätzung war korrekt gewesen: Der U-Flügler war zwar größtenteils intakt, aber das Steuerbordtriebwerk war von den Felskanten aufgerissen worden und nicht zu reparieren. Der Großteil der übrigen Komponenten – einschließlich der Lang- und Kurzstreckenkomms – war vermutlich zu retten, im Moment aber nicht funktionsfähig.

Er konnte seine Mission immer noch erfüllen, konnte Galen Erso immer noch töten. Aber er hatte nicht damit gerechnet, dass er danach auf Eadue gestrandet sein würde. Er stellte sich vor, wie er durch die Felsschluchten kletterte, während ihm sowohl die Sturmtruppen als auch Jyn im Nacken saßen.

Seine Laune war entsprechend grimmig, als er wieder in die Kabine stieg und in die fragenden Gesichter der anderen blickte – die Wächter, der Deserteur, die Besessene und K-2. Sie hatten ihre eigenen Ansichten zur Mission gehabt, aber jetzt, wo die Sache aus dem Ruder gelaufen war, erwarteten sie alle von ihm eine Lösung.

Und der Einzige, dem er traute, war der imperiale Droide.

»Bodhi«, schnappte er. Regenwasser strömte über seine Stirn und tropfte auf den Kabinenboden. »Wo ist das Labor?«

»Die Forschungseinrichtung?«

»Ja, der Ort, wohin du deine Lieferungen gebracht hast. Wo du Galen Erso getroffen hast. *Wo ist er*?«

Bodhi zitterte leicht, und Cassian war nicht sicher, ob er ihn sanfter oder härter anpacken sollte, um eine Antwort zu bekommen. Doch dann fasste sich der Pilot. »Gleich hinter der Anhöhe.«

»Und das Shuttle-Depot liegt direkt vor uns? Bist du dir da sicher?«

»Ja«, nickte Bodhi.

Ein Satellitenbild wäre ihm zwar lieber gewesen, aber Cassian hatte schon mit weniger gearbeitet als dem Wort eines verängstigten Verräters. »Dann hoffen wir mal, dass noch ein imperiales Schiff übrig ist, das wir klauen können. Der U-Flügler ist nämlich Schrott.«

Niemand wirkte überrascht. Baze lächelte sardonisch.

»Nehmt alles mit, was nützlich sein könnte«, fuhr er fort. »K-2 wird alles verbrennen, was den Imperialen Hinweise liefern würde.« Allianzschiffe waren so programmiert, dass der Computer Navigationsdaten nicht speicherte, und Transpondersignale und andere Identifikationsmöglichkeiten waren längst gelöscht worden. Die restlichen Spuren zu verwischen sollte nicht allzu schwer sein. »Folgender Plan.«

Er wartete auf ein Gegenargument, das aber nicht kam. Bodhi stand so still und gerade wie in der Gegenwart eines Offiziers; Baze musterte Andor wie ein Richter, der einen Angeklagten abschätzt; Chirrut wirkte abgelenkt, den Kopf schräg gelegt, als würde er dem Regen lauschen.

Und Jyn? Verglichen mit der Frau, mit der er von Yavin aufgebrochen war, wirkte sie schrecklich blass und ausgezehrt. Selbst ihre kurzzeitige Entschlossenheit nach dem Abflug von Jedha war verschwunden, enttarnt als hohle Fassade, die nur dem Zweck gedient hatte, sie mit in diesen Wahnsinn hineinzuziehen. Sie musterte ihn müde, traurig, als wäre sie sicher, dass er sie enttäuschen würde.

Und sie hätte nicht mal unrecht damit.

»Mit etwas Glück tobt der Sturm weiter und hält uns hier unten verborgen. Bodhi, du kommst mit mir mit. Wir gehen auf die Anhöhe und riskieren einen Blick auf deine *Forschungseinrichtung.*«

»Ich werde euch begleiten«, sagte Jyn.

Das hat ja nicht lange gedauert. *Aber er war darauf vorbereitet.*

»Nein«, entgegnete er. »Die Nachricht deines Vaters – wir können das nicht riskieren. Du bist der Überbringer.«

Sie verzog das Gesicht. »Das ist doch lächerlich. Wir wissen alle Bescheid. Jeder von uns kennt die Nachricht.«

Zum ersten Mal schaltete sich auch K-2 in das Gespräch ein. »*Wenn euch eine Explosion am Reaktormodul gelingt, dann wird das ganze System versagen.* Das hast du gesagt. *Dann wird das ganze System versagen.*«

»*Du!*« Cassian deutete mit dem Daumen auf den Droiden.

»An die Arbeit. Reparier das Funkgerät.« Er zwang sich, seinen Tonfall zu bändigen, *vernünftig* zu klingen, bevor er sich wieder an Jyn wandte. »Das Einzige, was mich im Augenblick interessiert, ist herauszufinden, was uns hier erwartet. Ich würde nicht alleine versuchen, deinen Vater da herauszuholen, so dumm bin ich nicht. Ich weiß, dass ich dafür deine Feuerkraft brauche. Aber im Moment brauche ich dich hier; du musst das Schiff beschützen.«

Sie reagierte darauf mit diesem durchdringenden, ernsten Blick, den er schon so oft an ihr gesehen hatte. Das muss dann wohl genügen.

»Also«, fuhr er mit einem Nicken in Bodhis Richtung fort, »gehen wir zu zweit und äußerst vorsichtig auf diese Anhöhe und sehen uns mal um. Los jetzt.«

Es gab keine weiteren Fragen, und Cassian behielt die Augen starr auf seine Hände gerichtet, während er seine Ausrüstung zurechtrückte und mit schnellen, eingeübten Bewegungen ein Zielfernrohr und eine Laufverlängerung auf seinen Blaster schraubte. *Zumindest*, fuhr es ihm durch den Kopf, *haben die Waffen den Aufprall überlebt.* Bodhi trat hinter ihn, und sie stiegen gemeinsam wieder in den Schlamm und den Regen hinaus. Seine Stiefelsohlen schmatzten geräuschvoll auf dem vollgesogenen Boden.

»Brauche ich auch eine?«, rief Rook. Cassian warf einen Blick über die Schulter, als der Pilot die glatte Einstiegsrampe hinunterrutschte. »Eine Waffe?«

»Du klingst wie mein Droide«, brummte Andor, dann schüttelte er mit einem Seufzen den Kopf. »Wir werden nicht lange hier draußen sein. Dir passiert schon nichts.«

Er hoffte, dass das nicht nur leere Worte waren. Außerdem musste er an die Gesamtsituation denken. Falls Bodhi sich auf Jyns Seite stellte, gäbe es zumindest eine Person weniger, die Cassian in den Rücken schießen konnte.

Jyn hatte während des Fluges von Jedha nach Eadu nicht mit den anderen gesprochen. Als Bodhi versucht hatte, sie wegen Galen zu befragen, hatte sie ein sanftes Lächeln zustande gebracht und ihn dann fortgewinkt. Chirrut und Baze hatten gnädigerweise von einer Konversation abgesehen; vielleicht ging es ihnen wie Jyn, und sie haderten mit einer Wahrheit, die zu kompliziert war, um sie in Worte zu kleiden.

Also hatte sie dem Hologramm ihres Vaters in ihrem Kopf gelauscht und beobachtet, wie aus dem Dunkel der Höhle das Dunkel von Eadu wurde.

Die Tatsache, dass sie den Planeten nicht verlassen konnten, trieb unbeachtet und irrelevant am Rand ihres Bewusstseins.

»Sieht er aus wie ein Mörder?«

Sie hatte gerade Cassian und Bodhi hinterhergeschaut, während die beiden in den Schlamm hinabstiegen, aber beim Klang von Chirruts Stimme drehte sie sich um. Die Frage des Blinden hatte offenbar Baze gegolten.

»Nein«, antwortete der Hüne, nachdem er einen Moment darüber nachgedacht hatte. »Er sieht eher wie ein Freund aus.«

»Von wem redet ihr?«, wollte sie wissen.

Baze bedachte sie mit einem abschätzigen Blick. »Von Captain Andor«, sagte er tonlos.

Eigentlich hätte diese kurz angebundene Erklärung sie verärgern sollen, stattdessen empfand sie nur vage Verwirrung. »Was sollte die Frage?«, wandte sie sich an Chirrut. »Was meinst du mit: *Sieht er aus wie ein Mörder*?«

»Die Macht verdunkelt sich in der Nähe einer Kreatur, wenn sie vorhat zu töten«, antwortete der Blinde. Seine Mundwinkel zuckten, als wollte er noch etwas hinzufügen. *So einfach ist das*, oder etwas in der Art.

»Faszinierend«, kommentierte K-2, als er nach vorne ins

Cockpit stakste. »Seine Waffe befand sich im Scharfschützenmodus.«

Vor ihrem geistigen Auge ließ Jyn noch einmal Revue passieren, wie Cassian seinen Blaster zusammengeschraubt und das Schiff verlassen hatte. Sie erinnerte sich noch an den Tag, als sie selbst zum ersten Mal ein Scharfschützengewehr gehalten hatte. Daran, wie sie, Saw Gerreras Anweisungen folgend, durch das Zielfernrohr geblickt und ihren Atem kontrolliert hatte, um ein Ziel, Hunderte Meter entfernt, leise und sicher zu töten.

Vielleicht hatte es nichts weiter zu bedeuten. Vielleicht …

Ihr Herzschlag beschleunigte sich. Sie wirbelte zur Einstiegsrampe herum und sprang in den Schlamm hinab. Die Kälte stach beinahe sofort durch die Stiefel in ihre Beine, dann hoch in ihre Wirbelsäule. Sie konnte nicht sehen, welchen Pfad Cassian und Bodhi genommen hatten, konnte sie wegen des steten Regens auch nicht hören, aber sie konnte das gedämpfte, ferne Licht des imperialen Komplexes sehen.

Dort würde sie ihren Vater finden.

Baze Malbus beobachtete, wie ein Windstoß Regentropfen über den Kabinenboden sprühte und das Metall mit tausend stecknadelkopfgroßen Flecken überzog, wie schimmernde Sterne an einem grauen Himmel. Der Regen trug das Aroma fruchtbarer Erde mit sich, aber da war auch ein anderer, bitterer Gestank.

Baze war kein junger Mann, er hatte schon zuvor Regen gesehen. Doch er konnte sich nicht erinnern, dass der Regen auf Jedha je so gerochen hatte.

Doch wie hatte er gerochen, der Regen von Jedha – diese seltenen und heftigen Wolkenbrüche, die von den Einwohnern gefeiert wurden und ihn als Kind in Verzückung versetzt hatten? Nicht mehr lange, überlegte er, und er würde es ganz vergessen haben.

Chirrut stand abrupt auf, wischte mit seinem Stab in einem Halbkreis vor sich über den Boden und ging dann in Richtung der Einstiegsrampe los.

»Wohin willst du?«, grollte Baze.

Der Blinde hielt inne, drehte sich aber nicht zu ihm herum. »Ich werde Jyn folgen. Ich weiß, wohin sie will.«

»Allein?«, fragte Malbus in bedeutsamem Tonfall. »Na, dann viel Glück.«

Er war sicher, dass Chirrut die Warnung verstand. Dennoch ging der Mann, den er bei den Wächtern der Whills seinen Bruder genannt hatte – und den er nun einen Narren nannte, auch wenn er selbst vermutlich der größere Narr war, weil er ihm folgte –, ungerührt weiter. »Ich brauche kein Glück«, sagte er. »Ich hab ja dich.«

Baze starrte Chirrut wütend nach, während dieser die Rampe hinabstieg. Er hörte, wie das Ende des Stabs auf das Metall pochte, und als dieses Klacken verstummte und der Blinde auf die nasse Erde hinaustrat, stemmte Malbus sich mit einem Stöhnen auf die Beine. Ohne sich auch nur umzusehen, folgte er seinem Bruder in den Sturm einer fremden Welt hinaus.

Das Tragische an K-2SOs Existenz war Folgendes: Die Fähigkeit, die er am meisten schätzte, wurde von seinen neuen Meistern bei der Rebellion nicht weiter beachtet; und die Fähigkeiten, auf die sie den größten Wert legten, waren seiner Meinung nach krude und trivial.

Seine aktuelle Situation war ein perfektes Beispiel dafür. Diese Mission schrie förmlich nach den Talenten eines imperialen Sicherheitsdroiden, nach all den fest einprogrammierten Prozeduren, die er viel zu selten nutzte. Doch anstatt in die Forschungsanlage zu marschieren und den Wissenschaftler Galen Erso zu finden, handlungsunfähig zu machen, zu fesseln und hierher zurückzubringen, hatte man ihm befohlen, die Kommunikationsanlage zu reparieren und jeden der vierundachtzig Konnektoren auf Fehler zu überprüfen.

Diese Aufgabe erforderte lediglich ein Minimum an Rechenleistung, weswegen K-2SO den Rest seiner Kapazitäten darauf verwenden konnte, die Geschehnisse in der Kabine zu verfolgen und die Landschaft hinter der halb begrabenen Cockpitscheibe zu analysieren.

Er beobachtete ohne echtes Interesse, wie Jyn Erso von Bord ging. Die Frau hatte sich ihm gegenüber stets unfreundlich, fast schon verächtlich verhalten.

Als kurz darauf auch Baze und Chirrut den U-Flügler verließen, erweckte das ein wenig mehr Missfallen. Der Droide spielte mehrere Szenarien durch, und kaum eines nahm ein gutes Ende für die beiden Wächter.

»Was haben die vor?«, fragte er laut.

K-2SO war zwar kein Protokolldroide, aber er war trotzdem für biologische Interaktion entworfen. Verbale Diskussionen stimulierten seine Kreativität – auch wenn er sie nur mit sich selbst führen konnte.

Binnen weniger Sekunden hatte er eine befriedigende Lösung gefunden.

»Wenn Cassian zurückkommt«, sagte er, »dann fliegen wir ohne sie los.«

11. Kapitel

Captain Cassian Andor hatte versagt. Zumindest war das die Schlussfolgerung, von der General Draven ausgehen musste.

Er hatte den Peilsender an Bord von Andors U-Flügler aktiviert, unmittelbar nachdem sein Agent die Existenz des Planetenkillers bestätigt hatte. Das barg zwar ein gewisses Risiko, war aber vertretbar – zumal das Signal als Impulsstrahlung getarnt war und über ein Dutzend nicht bemannter Rebellenaußenposten weitergeleitet wurde, bevor es die Basis auf Yavin erreichte. Unter den gegebenen Umständen war es ihm wichtiger erschienen, Andor im Auge zu behalten.

Es war nicht, als hätte er kein Vertrauen zu seinem Agenten – zu *Cassian* –, aber nur ein Narr würde das Schicksal der gesamten Allianz einem einzelnen Mann anvertrauen. So sehr Draven es auch hasste, diese Mission hatte eine ganz neue Bedeutung gewonnen.

»Rufen Sie sie erneut«, sagte er.

Er stand in der Kommunikationszentrale und blickte Fähnrich Weems über die Schulter, während dieser auf seiner Konsole Befehle eingab. Zwei von Dravens Captains waren ebenfalls zugegen; Offiziere, denen er genauso vertraute wie Andor, wenn auch aus anderen Gründen.

»Ich versuche es, Sir«, erklärte Weems. »Wir … Das Signal ist weg.«

»Wie ist das möglich? Gibt es dafür eine Erklärung?«, wandte sich Draven an seine Begleiter. Es war besser, alle Spekulationen umgehend aus dem Weg zu räumen.

»Wir wissen, dass Andor es ins Eadu-System geschafft hat.« Captain Nioma war die Erste, die sprach – eine Analytikerin und technische Beraterin des Allianzgeheimdienstes, ein introvertiertes Genie, das seit den ersten Gerüchten über den Planetenkiller nicht mehr geschlafen hatte. »Vielleicht wurden sie unter Beschuss genommen. Vielleicht wurden sie sogar abgeschossen. Der Sender ist stabil genug, um einiges an Schaden einzustecken. Aber wir wissen nicht genug über Eadu; es könnte auch sein, dass das Signal nur von einer hochenergetischen Thermosphäre blockiert wird …«

»Wie wahrscheinlich ist das?«, hakte der General nach.

»Nicht allzu wahrscheinlich«, gestand Nioma.

Draven brummte und stützte sich auf die Rückenlehne von Weems Stuhl. »Was, wenn wir Staffel Blau losschicken? Wann würden sie auf Eadu eintreffen?«

Captain Vienaris war Kontrolloffizier an einem Raumhafen gewesen, bevor er sich der Rebellion angeschlossen hatte, und er konnte noch im Schlaf sämtliche Details über ein halbes Dutzend Hyperraumrouten aufzählen. Folglich war es für ihn ein Leichtes, variable atmosphärische Bedingungen einzuberechnen und binnen weniger Sekunden eine akkurate Schätzung abzugeben. »Um mich kurz zu fassen: Wir sind in Schlagweite, aber falls das Imperium bereits mit der Evakuierung begonnen hat, werden wir sie nicht mehr einholen. Selbst im besten Falle würde Staffel Blau erst dann eintreffen, wenn die Imperialen gerade aus dem System springen.«

Doch würde das Imperium überhaupt evakuieren? Draven versuchte sich in den kommandierenden Offizier der

Garnison auf Eadu hineinzuversetzen. *Ich habe gerade einen Transporter entdeckt – einen U-Flügler vom Geheimdienst der Rebellenallianz –, der über meiner Basis einen Aufklärungsflug durchgeführt hat. Ich habe das Schiff abgeschossen, vielleicht sogar Gefangene gemacht …*

Es war nur *ein* Schiff. Natürlich stellte es trotzdem eine Gefahr für die operationale Sicherheit dar, aber es gab keinen Grund zur Panik. Falls die Allianz konkret wüsste, was sich auf Eadu befand, dann hätte sie eine ganze Flotte geschickt. Zudem waren die Arbeiten auf dem Planeten von größter Wichtigkeit; da brach man nicht einfach so die Zelte ab, es sei denn, man hatte eine wirklich triftige Erklärung für die Vorgesetzten. Und selbst falls der Befehl zur Evakuierung kam, müsste der wissenschaftliche Leiter des Projekts bis zum Schluss auf Eadu bleiben. Ja, er würde die Anlage als Letzter verlassen, um sicherzugehen, dass alles korrekt abtransportiert wurde; diese Art Ausrüstung war viel zu empfindlich, um sie Sturmtruppen anzuvertrauen.

Es bestand also eine echte Chance, dass Galen Erso noch auf dem Planeten wäre, wenn die X-Flügler dort einträfen. Der Planetenkiller würde vielleicht nicht mit ihm untergehen, aber sein Tod würde es dem Imperium deutlich schwerer machen, seine Kampfstation einsatzbereit zu halten – vor allem falls Erso wirklich für die Hauptwaffe verantwortlich zeichnete.

»Schiffe bemannen«, sagte Draven. »Ziel Eadu. Wir müssen Galen Erso ausschalten, solange wir die Gelegenheit dazu haben.«

Captain Vienaris eilte aus dem Raum, kaum dass der Befehl erteilt war. Nioma blickte Draven aus blutunterlaufenen Augen an. »Haben Sie die nötige Autorität, um das zu entscheiden, Sir?«, fragte sie. »Einen groß angelegten Angriff auf eine wichtige, imperiale Installation …«

Wäre es jemand anders gewesen, der öffentlich seine Befehlsgewalt in Frage stellte, würde Draven denjenigen beiseiteziehen und ihn nach allen Regeln der Kunst zurechtweisen. Doch Nioma gehörte nicht zum Militär, und sie dachte auch nicht militärisch. Abgesehen davon sah sie aus, als würde sie beim ersten strengen Wort zu Staub zerfallen. »Die Mission wurde von meiner Abteilung geplant«, erklärte er. »Ich brauche keine Bestätigung des Rates.«

Das stimmte. Allerdings erwähnte er nicht, dass die Mission längst über die ursprüngliche Zielsetzung hinausgewachsen war.

Er hatte gehofft, Andors Bericht über den Planetenkiller bei Jedha zurückhalten zu können, bis der Captain selbst von seinem Einsatz zurückgekehrt wäre. Die Ratsmitglieder frühzeitig und ohne eindeutige Beweise zu informieren (so denn Cassians Nachricht tatsächlich der Wahrheit entsprach) würde sie nur ermuntern, ihre eigenen Schlüsse zu ziehen, eigene Vorschläge zu machen, alles ohne Koordination oder Strategie. Die halbe Allianz würde sich verstecken, während die andere Hälfte in die Offensive ging. Es wäre nur eine Frage von Stunden, bis sich die Sache auch außerhalb des Rates herumgesprochen hätte, und Panik würde ausbrechen. Und dann wäre die Möglichkeit verspielt, das Wissen über den Planetenkiller als *Druckmittel* zu benutzen – etwa, um die Stimmung im Senat zu beeinflussen und Saw Gerreras Extremisten wieder in die Rebellion einzugliedern.

Draven arbeitete für den Geheimdienst der Allianz. Es war nicht seine Aufgabe, jedes Geheimnis zu teilen, auf das er stieß. Nein, sein Job war es, diese Geheimnisse zu analysieren und dann zu entscheiden, ob es ungefährlich war, sie weiterzugeben. In diesem Fall konnte er das noch nicht tun.

Der Einsatz von Staffel Blau würde dem Rat natürlich nicht verborgen bleiben. Mon Mothma würde eine Erklärung verlangen, und sie würde fragen, wann der Einsatz sich von einer Rettungs- in eine Exekutionsmission verwandelt hatte.

Es würde ein paar Minuten dauern, bis die X-Flügler nach Eadu aufbrachen. Genau so viel Zeit blieb Draven, um sich auf diese Unterhaltung vorzubereiten.

»Nein, nein«, rief Bodhi, während Sturzbäche des Regenwassers durch sein Haar und seinen Bart strömten. »Wir müssen da hoch.«

Cassian runzelte die Stirn und blickte erst den Piloten, dann den Hang an, der im Schein der fernen Laborbeleuchtung aus der Schlucht hochführte. Er hätte eine genauere Erklärung verlangen können, aber er war noch immer gereizt, und er sah keinen Nutzen in einer Diskussion. Entweder kannte Bodhi die Gegend oder nicht; entweder er sagte die Wahrheit oder er log.

Also zuckte Andor die Schultern und folgte Rook die regennasse Böschung hinauf. Zumindest kamen sie so aus dem tiefen Schlamm der Schlucht heraus.

Während sie sich weiter nach oben kämpften, berichtete Bodhi ihm weiter von seiner Zeit auf Eadu, aber Cassian hörte den Geschichten über Frachtflüge und Kyber-Lieferungen von Jedha nur mit einem Ohr zu. Man hatte Bodhi während seiner Aufenthalte lediglich Zugang zum Speisesaal gestattet (oder zumindest behauptete er das); eine kurze Mahlzeit, während das Schiff entladen wurde, dann ging es direkt nach Jedha zurück. »Hätte ich nicht in der Essensschlange eine Unterhaltung mit Galen angefangen, dann hätte ich vermutlich nie mitbekommen, was dort wirklich vor sich ging. Woran sie arbeiteten …«

Es klang zu sehr nach einer Lüge, aber Cassian hatte den Eindruck, dass Bodhi eher sich selbst belog und nicht ihn. Falls der Pilot sich einreden wollte, dass seine erste Begegnung mit Erso so abgelaufen war, dann bitte. Und falls Andor sich irrte – falls Rook Angst vor ihm hatte und ihn nur überzeugen wollte, dass er wirklich ein Deserteur war –, dann sollte es ihm ebenfalls recht sein.

Als der Pfad vor ihnen schmaler wurde, verstummte Bodhi schließlich. Cassian sah den Piloten stolpern, und ihm fiel auf, wie steif seine Beine wirkten – je länger sie dahinstapften, desto weniger beugte der Mann seine Knie. Andor fielen auch die dunklen Blutergüsse und die Flecken aufgekratzten Fleisches an Bodhis Nacken auf. Zuvor waren diese Wunden unter dem Kragen seines Fliegeroveralls verborgen gewesen, aber der vom Regen durchnässte Stoff war nach unten gerutscht, sodass man sie nun deutlich sehen konnte.

»Wie lange haben Saw Gerreras Leute dich gefangen gehalten?«, rief Cassian.

Rook zuckte zusammen, ging aber weiter. »Was?«

Er wiederholte seine Frage.

»Ich denke, so ein paar Tage«, antwortete Bodhi, ohne über die Schulter zu blicken.

Cassian dachte an das zusammengekauerte Häufchen Elend, das er in den Katakomben auf Jedha entdeckt hatte, ausgehungert, misshandelt, traumatisiert. Nun, weniger als einen Tag später, wirkte Rook schrecklich nervös und viel zu redselig, während er ihn durch die Schluchten von Eadu führte. Zugegeben, das hier war ein Himmelfahrtskommando, aber das war offensichtlich nicht alles, was den Piloten beschäftigte.

Cassian lachte, ein kurzer, gutturaler Laut, der halb im prasselnden Regen unterging. Diesmal blickte Bodhi zu ihm zurück, überrascht und auch ein wenig alarmiert. »Was?«, fragte er.

»Nichts«, sagte Cassian, dann fügte er offen hinzu: »Müssen ein paar wirklich interessante Tage gewesen sein.«

Zum ersten Mal, seit Andor ihn kennengelernt hatte, lächelte der Pilot – auch wenn es nur ein kurzes Zucken seiner Mundwinkel war.

Sie kletterten noch höher, und jenseits eines schmalen Tals konnte Cassian inzwischen eine Plattform ausmachen: eine erhöhte Landeplattform vor dem Shuttle-Depot. Der Pfad wurde jedoch immer tückischer, und kurzzeitig war er überhaupt nicht mehr zu erkennen. Bodhi blieb stehen und drückte sich gegen die Felswand, während sich unter seinen Stiefeln kleine Steinchen lösten.

Cassian bedeutete dem Piloten weiterzugehen. »Ich bin gleich hinter dir«, versicherte er ihm, um einen möglichst aufmunternden Tonfall bemüht.

Rook wirkte wenig begeistert, aber er nickte. »In Ordnung.«

Sie überquerten die nächsten Meter mit größter Vorsicht, bis der Weg wieder besser sichtbar wurde, und kurz darauf erreichten sie den oberen Rand des Hangs. Von hier aus konnten sie auf die imperiale Einrichtung hinabblicken. Das flache Metall der Landeplattform schloss an eine Reihe militärischer Baracken und Laborstationen an; bei Ersteren handelte es sich um standardmäßige Fertigbauten, aber die Labors waren individuell angepasst. Cassian sah ganze Reihen eigentümlicher Antennen und Generatoren.

Er schlich nach vorne und duckte sich hinter einen Felsbrocken, sodass der Stein nass und kalt gegen seine Knie drückte. Nachdem er Bodhi neben sich in die Hocke gezogen hatte, fischte er das Makrofernglas aus seiner Jackentasche, um die Installation genauer zu betrachten. Doch dann lenkte eine Bewegung seine Aufmerksamkeit auf die Landeplattform. Sturmtruppler traten in Formation aus einem der Gebäude, gefolgt von mehreren Gestalten in den blau-weißen Overalls von Ingenieuren.

Cassian hielt Bodhi das Fernglas hin, ohne die Augen von der Plattform zu nehmen. »Dort drüben«, sagte er. »Siehst du Erso da irgendwo?«

Rook hob das Makrofernglas vor die Augen und schwenkte es mehrere Sekunden hin und her. Er wollte schon zu einem Kopfschütteln ansetzen, dann verharrte er abrupt. »Ich hab ihn entdeckt«, stieß er hervor. »Da ist er, Galen. Der in dem dunklen Anzug …«

Seine Stimme zitterte vor Aufregung. Cassian nahm ihm das Fernglas aus den Fingern und blickte erneut zur Landeplattform hinüber. Unter den Ingenieuren befand sich ein Mann in Grau und Blau, mit scharf geschnittenem, kantigem Gesicht, das nasse Haar klebte an seinem Schädel. Andor suchte nach Ähnlichkeiten mit Jyn und fand sie in den tief liegenden, durchdringenden Augen des Forschers.

Galen unterhielt sich mit den anderen Ingenieuren. Im Regen wirkten sie alle ausgezehrt und unzufrieden; es gefiel ihnen offensichtlich nicht, dass man sie so spät nach draußen führte.

Cassian zog die Brauen zusammen. Warum *hatte* man sie nach draußen gebracht? Hatten er und Bodhi womöglich einen Alarm ausgelöst? Warteten sie auf einen Transporter, um evakuiert zu werden?

Es dauerte eine Weile, bis ihm das Grollen in der Ferne auffiel, und selbst dann tat er es zunächst als Teil des Sturms ab. Doch das Geräusch war zu ebenmäßig, und es wurde zu schnell lauter. Cassian packte Bodhi und zerrte ihn mit sich flach auf den Boden, kurz bevor ein imperialer Shuttle mit breiten Flügeln aus dem Himmel herabstieß und der Landeplattform entgegensank.

»Sind die Ingenieure oft draußen, wenn neue Lieferungen kommen?«, flüsterte Andor.

Bodhi hustete, als Regenwasser in seine Nasenlöcher rann,

dann schüttelte er nachdrücklich den Kopf. »Nein, nicht so. Und schon gar nicht nachts.«

Dann muss da etwas faul sein. Vielleicht hatte es nicht mal mit dem U-Flügler zu tun. Vielleicht hing es mit Jedha zusammen; vielleicht machte das Imperium jetzt, wo der Todesstern einsatzbereit war, seine Produktionseinrichtungen dicht. Das Schiff war ein Shuttle der *Delta*-Klasse, ein Langstreckenschiff, das normalerweise Personen transportierte und nicht Ausrüstung. Was immer dort drüben gerade vor sich ging… Falls Cassian etwas unternehmen wollte, war jetzt vermutlich seine einzige Gelegenheit.

Er legte das Fernglas beiseite und nahm seinen Blaster von der Schulter. Nachdem er mit einem kurzen Blick die Einstellungen überprüft hatte, stützte er den Lauf auf den Felsbrocken und rutschte hinter der Waffe in Feuerposition. »Geh wieder nach unten und such nach einem Fluchtweg«, wies er Bodhi an.

»Warte, was hast du vor?«

Cassian drückte das Auge gegen das Zielfernrohr, sah zunächst aber nur einen verschwommenen Fleck anstelle der Plattform. Er begann die Vergrößerung zu korrigieren, während der Computer im Okular automatisch den starken Regen aus dem Zielbereich herausfilterte.

»Mach schon«, schnappte er. Seine Stimme war hart, bar jeglicher Sympathie, die er für den Piloten empfinden mochte. Sie hatten jetzt keine Zeit für Diskussionen.

»Du hast gesagt, wir wollen hier nur mal einen Blick riskieren«, entgegnete Bodhi.

Lüg ihn an. Erklär ihm, du willst Galen lebend vor Eadu fortbringen. Erklär ihm, du machst dir nur Sorgen wegen des Shuttles.

»Mach ich ja«, brummte er. »Ich riskier einen Blick. Jetzt geh.«

Nun konnte er die Landeplattform scharf sehen. Weitere Imperiale waren aus den Gebäuden aufgetaucht. Cassian bewegte den Lauf des Blasters um eine Winzigkeit und suchte in der Menge nach Galen Ersos Gesicht. Neben sich hörte er Bodhis leisen, schnellen Atem. »Beeil dich!«, zischte er.

Die Stiefel des Piloten traten kleine Steinsplitter los, die gegen Andors Jacke spritzten, als er davonhastete.

Der Zorn in Krennics Herz hatte während des Fluges nach Eadu nicht nachgelassen. Das Gefühl von Empörung und Erniedrigung ließ die Flammen auch jetzt noch hoch genug lodern, um ihn zu wärmen, als die Luke des Shuttles aufglitt und er in dem eisigen Regen die Rampe zur Landeplattform hinabstieg.

Hinter ihm schmatzten die Stiefel seiner Leibwache auf dem nassen Metall, und vor ihm scharrte die Ansammlung von Sturmtrupplern, Offizieren und Ingenieuren mit den Füßen. Letztere waren in der Mitte zusammengetrieben worden, und sie sahen so elend aus wie nasse Hunde, während sie sich in kleinen Gruppen aneinanderdrängten. Die Offiziere der Einrichtung hatten sich indes vor dem Shuttle aufgereiht, und sie taten ihr Bestes, in der Gegenwart ihres Direktors das Wetter und die erniedrigenden Umstände zu ignorieren. Der Garnisonskommandant trat vor, um ihn willkommen zu heißen, aber Krennic winkte ihn zurück. Er war aus einem ganz bestimmten Grund hier, und er hatte keine Lust auf unnötige Verzögerungen.

Die Ingenieure tauschten nervöse Blicke. Orson rief sich den Namen jedes einzelnen ins Gedächtnis, während er sie musterte, ihre Körperhaltung studierte. Er kannte nur eine Handvoll von ihnen persönlich. Uyohn etwa hatte er persönlich aus dem Brentaal-Zukunftsprogramm rekrutiert – dasselbe Programm, das auch er und Galen durchlaufen hatten –, doch der Mann hatte seine Erwartungen nie ganz erfüllen können. Jetzt stand Uyohn mit geradem Rücken da, und seine Miene schwankte zwischen Furcht und verzweifelter Hoffnung. Dann war da Onopin, dessen augenscheinliche Sorge unter einer dünnen Schicht Berufsstolz verborgen lag; er sah aus, als würde er gleich zu einer Schimpftirade über *bürokratische Einmischung* ansetzen. Krennic mochte ihn, und er hoffte um seinetwillen, dass er dieses eine Mal den Mund halten würde.

Keiner von ihnen wirkte, als hätte er etwas zu verbergen.

Und dann verharrte Orsons Blick auf Galen Erso. Der Mann erweckte den Eindruck, als würde Krennics Gegenwart ihn weder überraschen noch besorgen, und er blinzelte sich ruhig die Regentropfen aus den Augen, während er nach vorne trat.

»Ausgezeichnete Neuigkeiten, Galen«, sagte Orson. »Der Bau der Kampfstation ist abgeschlossen. Das muss dich doch stolz machen.«

»So stolz, wie man nur sein kann.«

Vorgetäuschte Bescheidenheit, kein Zweifel. »Ruf deine Leute zusammen«, forderte Krennic ihn auf. »Ich habe etwas zu verkünden.«

Galen musste nur die Hand heben, und die Ingenieure schoben sich wie eine Herde von Schafen näher, bis sie einen Halbkreis hinter Erso formten. Auch jetzt standen sie dicht beisammen, als wollten sie ihre Körperwärme teilen, um sich gegen den peitschenden Sturm und ihre eisige, kollektive Furcht zu schützen. »Sind das wirklich alle?«, fragte Orson, obwohl er die Antwort natürlich kannte.

»Ja«, nickte Galen.

Krennic lächelte beißend und sprach die Worte aus, die er sich während des Fluges so sorgfältig zurechtgelegt hatte. »Meine Herren. Einer von Ihnen hat das Imperium verraten.

Einer von Ihnen hat sich mit einem Piloten verschworen, um Nachrichten an die Rebellen zu senden. Und ich fordere diesen Verräter nun auf vorzutreten.«

Auf sein Kommando hin trat die Todestruppe vor und legte mit ihren Waffen auf die Ingenieure an.

Da waren zu viele Personen auf der Landeplattform. Cassian hielt das Gewehr ruhig auf den Felsen gestützt und ignorierte die Regentropfen, die wie Schweißtropfen an seinem Rücken hinabrannen, während er versuchte, seine Zielperson ins Visier zu bekommen. Erst waren die anderen Ingenieure im Weg gewesen, dann die Sturmtruppen, und jetzt, wo der Shuttle gelandet und weitere Personen auf die Plattform getreten waren, wurde die Situation noch unübersichtlicher. Er stieß einen gezischten Fluch aus.

Während er wartete, durchforstete er sein Gedächtnis nach dem Offizier mit dem weißen Umhang. Schon bald kristallisierte sich ein Name heraus: Orson Krennic. Der Mann hatte den Bau des Planetenkillers als Projektdirektor oder etwas Ähnliches beaufsichtigt. Falls Cassian wie durch ein Wunder Gelegenheit bekam, einen zweiten Schuss abzugeben, würde dieser Kerl ein ausgezeichnetes Ziel abgeben. Ohne diesen hochrangigen Wichtigtuer wäre die Galaxis ganz sicher ein besserer Ort.

Doch Krennic wäre nur ein Bonus. Zunächst einmal ging es um Erso. Wenn diese Sturmtruppen und Ingenieure nur endlich aus dem Weg gehen würden!

Immerhin war Bodhi jetzt fort. So würde es keinen Zeugen geben, wenn er seine Mission erfüllte.

Krennic und Galen schienen sich zu unterhalten, aber da waren noch immer zu viele andere Personen in der Schussbahn.

Cassian brauchte eine Geschichte für Jyn. Er wusste, dass

sie ihm nicht glauben würde, ganz gleich, *was* er ihr erzählte, aber falls er etwas Plausibles anführen könnte, falls Bodhi die Teile bestätigte, die der Wirklichkeit entsprachen, dann ließ sie sich vielleicht nicht zu einer extremen Reaktion hinreißen. Im Hinterkopf würde sie ihn natürlich trotzdem verdächtigen, und er würde immer über die Schulter blicken müssen, solange sie zusammen waren; aber die Ungewissheit würde ihre Mordlust dämpfen. Ohne ihren Vater und ohne Ziel würden ihre Besessenheit und ihre Getriebenheit aus ihr heraussickern wie Eiter aus einer Wunde.

Und falls sie es schafften, Eadu zu verlassen und nach Yavin zurückzukehren, würden ihre Wege sich ohnehin trennen. Das Feuer in ihrer Seele mochte dann erloschen sein, aber das war immer noch besser, als in einem imperialen Gefängnis zu sitzen.

Galen machte eine Handbewegung, und die Menge verschob sich: Die Ingenieure traten vor. Noch immer keine freie Schussbahn.

Jyn zu zerstören – *denn genau das würdest du tun, und versuch nicht, das zu leugnen* –, war seine beste Option. Sollte sie dahinterkommen, was er getan hatte, würde sich ihre manische Besessenheit gegen ihn richten. Sie würde ihn tot sehen wollen, würde versuchen, die Wächter der Whills und Bodhi ebenfalls gegen ihn aufzubringen.

Die Ingenieure hatten sich hinter Galen zusammengedrängt, und Krennics schwarz gekleidete Todestruppe fächerte aus. Noch ein paar Schritte …

Es wäre nicht die schlimmste Art zu sterben. Cassian hatte schon bessere Männer als Erso umgebracht – einen imperialen Kollaborateur, den Mann, der einen *Planetenkiller* gebaut hatte. Er konnte kein Mitleid erwarten. Und sollte Jyn Andor danach tatsächlich nach dem Leben trachten, nun, dann würde auch er sterben, für seine eigenen Verbrechen.

Doch noch war es nicht so weit.

Galen trat vor. Direkt in Cassians Schussfeld.

Aber jetzt atmete er zu schwer, und das Gewehr hob und senkte sich. Er legte eine Hand auf den Lauf, drückte ihn fest gegen die Felsen.

Es gab zu viele Verbrechen, die niemals bestraft wurden. Zeit, das zu ändern.

Der Todesstern ist deine Antwort. Beende die Mission, und alles ist vergeben.

Er blickte Galen Erso durch das Zielfernrohr an – und sah die Augen seiner Tochter.

Mit einem heiseren Schrei riss er den Blaster zur Seite und warf ihn neben sich in den Schlamm.

Keiner der Ingenieure erwiderte etwas auf Krennics Anschuldigung. Nicht dass er es erwartet hätte.

»Niemand?«, fragte er. »Der Verräter wird natürlich hingerichtet, aber zumindest erhält er die Gelegenheit zu ein paar letzten Worten. Vielleicht kann er damit ja jemanden hier bekehren.« Er machte eine ausladende Bewegung, die die gesamte Plattform einschloss.

Onopin öffnete den Mund und schloss ihn dann wieder, als hätte er erwogen, den Verräter zum Vortreten aufzufordern, hatte sich dann aber doch lieber für eine Zurschaustellung stummer Empörung entschieden. Zwei der anderen Männer blickten sich verstört unter ihren Kollegen um, während sie in Gedanken panisch nach dem Übeltäter suchten.

Galen, der an Krennics Seite getreten war, machte einen kleinen Schritt nach vorne, mehr nicht.

»Nun gut, dann gehe ich von einer gemeinsamen Verschwörung aus«, sagte Orson.

Die Worte waren grausam und herrlich süß. Diese Art grausamer Gerechtigkeit bereitete ihm größte Befriedigung, und er sah keinen Grund, sich dafür zu schämen. »Bereit«, wandte er sich an seine Eskorte, die daraufhin mit einem metallischen Klicken ihre Blaster entsicherte.

»Legt an.« Die Todesschwadron hob ihre Waffen.

»Und …«

Und da unternahm Galen doch noch etwas.

Er sprang zwischen Krennic und die Ingenieure und wirbelte herum, so hastig, dass er beinahe auf der nassen Landeplattform ausgerutscht wäre. »Stopp«, schrie er, wieder und wieder, die Arme vorgereckt, als könnte er so die Schüsse der Todestruppen aufhalten. »Krennic, Stopp. Ich war's. *Ich* war es. Sie haben nichts damit zu tun.«

Orson blickte in das Gesicht des Mannes, mit dem er so lange befreundet gewesen war, und wartete.

»Lass sie am Leben«, bat Erso. Er war durchnässt, müde und kraftlos – sein Genie hatte ihn offensichtlich im Stich gelassen.

Krennic winkte ihn mit dem Finger zu sich, und Galen trat zögerlich nach vorne.

»Feuer«, schnappte Orson.

Er sah nicht hin, als die blutroten Energiestrahlen aus den Gewehren seiner Soldaten schossen, als die Ingenieure zu Boden stürzten und Rauch aus ihren Wunden in den Regen hochkräuselte. Seine Augen blieben fest auf Galen gerichtet, weideten sich an dem Ausdruck von Schock und Zorn, der kurz über das Gesicht des Wissenschaftlers huschte. Einen Moment später versuchte der Verräter, seine Emotionen hinter einer eisernen Maske zu verbergen.

Als könnte er jetzt noch *irgendetwas* vor Krennic geheim halten. Orson schwang den Arm in einem engen Bogen und spürte, wie sein Handrücken Wange und Kinn seines einstigen Freundes traf. Erso taumelte nach hinten und stürzte auf die Knie.

»Woher ich weiß, dass die Waffe fertig ist?«, sagte Krennic. »Lass mich dir ein paar Details näherbringen: Jedha. Saw Gerrera und seine Bande von Fanatikern. Die Heilige Stadt. Das letzte, schäbige Andenken an die Jedi.« Er machte eine kurze Pause. »Und als Nächstes ist ein ganzer Planet an der Reihe.«

Galen starrte zu ihm hoch. Er zitterte nicht. Und er schrie nicht, als er sprach.

»Du wirst nie gewinnen«, erklärte er leise.

Was für eine perfekte Selbsttäuschung. Krennic wollte ihn fast bewundern.

»Wo hab ich das nur schon mal gehört?«, lächelte er.

Irgendwo in dem Schlamm und dem Regen und der Dunkelheit hatte Jyn Cassians und Bodhis Spur verloren, aber das war nicht länger wichtig. Sie war den Lichtern der Forschungseinrichtung gefolgt, erst die Schlucht hinab und dann hoch zum Fuß der Landeplattform. Dies war der Ort, wo sie sein musste, der Ort, wo sie ihren Vater finden würde – die Antwort auf das Hologramm, das in der Schwärze ihres Bewusstseins immer wieder seine Nachricht aufsagte, dessen Worte mit jedem ihrer Schritte lauter und klarer wurden.

Es dauerte eine Weile, ehe sie einen Weg nach oben gefunden hatte, aber schließlich entdeckte sie eine Wartungsleiter, die in die Felswand eingelassen war, und sie kletterte los. Die Sprossen waren rutschig vom Regenwasser, das der Wind herbeitrug, und schon bald ging sie dazu über, den Arm um das Metall zu schlingen und sich mit den Beinen nach oben zu schieben, wieder und wieder. Zum Glück blieb bei der Anstrengung keine Zeit für Hoffnung oder Verzweiflung; während dieser Minuten war sie nur der *Körper* von Jyn, der es entweder nach oben schaffen oder in die Tiefe stürzen würde. Erst als sie dicht unter der Plattform war, kehrte der

Rest von ihr zurück, und sie hörte leise Stimmen über sich, gedämpft durch das Prasseln des Regens.

Ohne Zögern schob sie sich über den Rand der Plattform. Das war nicht die vorsichtigste Strategie, aber sie hatte jegliches Gefühl in ihren Armen verloren, und bei den letzten Sprossen war sie mehrfach beinahe abgerutscht. Falls sie schon sterben musste, dann lieber im Kampf als aus falscher Vorsicht.

Das nasse Metall fühlte sich unter ihrem liegenden Körper herrlich kühl an, aber sie hatte keine Zeit auszuruhen. Zwei weiße Stiefel traten vor sie, und die Mündung eines Gewehrs senkte sich zu ihrem Kopf hinab. Jyn reagierte instinktiv: Sie packte den Blaster und riss ihn zur Seite, dann sprang sie auf die Beine, die Hände noch immer um das Gewehr geklammert, und brachte den überraschten Sturmtruppler mit einer wirbelnden Bewegung aus dem Gleichgewicht. Er stürzte an ihr vorbei in den Abgrund und prallte mit dem Kopf gegen die Felswand, ehe er auch nur einen Schrei ausstoßen konnte. Alles, was zurückblieb, war sein Gewehr in ihren Händen.

Jyn drehte die Waffe zwischen ihren Fingern und sah sich um. Sie konnte noch immer die Stimmen hören, aber sie hatte Glück gehabt; sie war hinter einer Reihe von Frachtkisten nach oben geklettert, und ihr Kampf mit dem Sturmtruppler war unbemerkt geblieben. Langsam kroch sie an den Kisten entlang, dann schob sie den Kopf um den Rand und ließ den Blick über die Landeplattform schweifen.

Was sie sah, war Folgendes:

Mehrere Sturmtruppler in weißer Rüstung – ringsum verteilt, die Waffen an der Seite –, welche die Geschehnisse drüben bei dem gelandeten Shuttle beobachteten.

Imperiale Offiziere, die sichtbar unglücklich mit den Füßen scharrten.

Ein halbes Dutzend Leichen, das neben ihnen auf dem Boden lag; sie konnten noch nicht lange tot sein, denn Rauch stieg von ihren Wunden auf.

Sturmtruppler in schwarzer Rüstung, so wie die, die ihre Mutter auf Lah'mu getötet hatten.

Der Mann in Weiß, der die Exekution ihrer Mutter angeordnet hatte.

Und ihr Vater, der vor dem Mann in Weiß auf die Knie gesunken war und mitleidvoll zu ihm hochblickte.

Es war wie eine Szene aus ihrem Gedächtnis, auf einer neuen Bühne nachgestellt – eine unmögliche, albtraumhafte Neuinterpretation für das kleine Mädchen, das damals in die Höhle geflohen war.

Doch dieses Mädchen war nun in der nassen Erde unter der Luke in Jyns Gehirn begraben. Ihr angsterfülltes Weinen und ihre Schreckensschreie waren verstummt.

Mit zitternden Händen hob sie das Blastergewehr und zielte auf den Mann in Weiß.

Cassian saß zwischen den Felsen am Rand des Felshangs und beobachtete die Szene auf der Plattform.

Er hatte sich *entschieden*, nichts zu tun. In dem Moment, als er den Finger vom Abzug genommen hatte, war seine Mission gescheitert. Alle Eide, die er vor Draven und dem Geheimdienst der Allianz abgelegt hatte, waren in jenem Moment gebrochen. Unter anderen Umständen hätte sich ein solcher Treuebruch vielleicht befreiend angefühlt, aber nicht in dieser Situation. Nicht, wo der Mann, den er verschont hatte, seiner Hinrichtung entgegenblickte.

Cassian hatte nichts tun können, um die Ermordung der Ingenieure zu verhindern. Hätte er in die Menge gefeuert, hätte er vielleicht ein oder zwei Sturmtruppler erledigt, ansonsten aber nichts bewirkt. Zudem wäre ein solches Eingreifen nicht wirklich in seinem Interesse gewesen – die Leben imperialer Forscher waren nicht unbedingt solche, für die er sein eigenes riskieren wollte.

Doch dass das Schicksal oder die Macht oder die alten Götter von Eadu beschlossen hatten, dass Galen Erso sterben sollte, so kurz nachdem Cassian sich dagegen entschieden hatte, das wirkte geradezu obszön. Er verfolgte das Geschehen auf der Plattform durch sein Fernglas, suchte die Umgebung des Shuttles nach etwas ab, was die Imperialen ablenken und das Unausweichliche verhindern könnte.

Was er entdeckte, ließ ihn erschrocken zusammenzucken: Jyn zog sich über den Rand der Plattform nach oben und warf einen Sturmtruppler in die Schlucht hinunter.

Was um alles in der Welt trieb sie da?

Die Antwort wurde ihm klar, noch während er sich die Frage stellte.

Er überlegte, was er unternehmen könnte, als plötzlich zischende Statik aus seinem Kommlink drang, begleitet von K-2s drängender Stimme. »Cassian, kannst du mich hören?«

Hastig griff er nach dem Gerät und hob es vor den Mund. »Laut und deutlich.« Er versuchte, Jyn weiter im Auge zu behalten, während sie hinter einer Reihe von Frachtkisten am Rand der Plattform entlangkroch. »Du hast es repariert.«

»Bestätige. Aber wir haben ein Problem! Ein Geschwader der Allianz ist im Anflug.« Die Störungen und der Regen machten es schwer, den Droiden zu verstehen. »Ihr müsst das Feld räumen!«

Cassians Gehirn brauchte eine Sekunde, um die Bedeutung der Worte aus den anderen Geräuschen herauszufiltern. »Nein«, stieß er hervor. »Nein, nein, nein – sag ihnen, sie sollen noch warten. Jyn ist auf dieser Plattform!«

Falls Draven ein Geschwader hergeschickt hatte, dann, um sicherzugehen, dass die Mission beendet wurde – sie sollten Galen Erso eliminieren, indem sie die gesamte Einrichtung dem Erdboden gleichmachten und alle lebenden Ziele am Boden auslöschten.

Wahrscheinlich wussten die Piloten nicht mal von Andor und den anderen. Draven musste sie für tot halten, andernfalls hätte er seine Sternjäger gar nicht entsandt. Warum also sollte er jemandem von ihnen erzählen?

Cassian blickte zu Jyns schattenhafter Gestalt auf der Plattform hinüber, und er dachte: *Ich habe unser aller Schicksal besiegelt.*

Dravens Countdown näherte sich der Null. In der Basis breiteten sich Gerüchte über einen Zwischenfall auf Jedha aus, und falls man schon auf Yavin darüber munkelte, dann erst recht in den zivilisierteren Regionen der Galaxis. Er musste das Oberkommando der Allianz über den Planetenkiller und die Mission nach Eadu informieren.

Da Draven keine Zeit für den gesamten Rat hatte, würde er sich auf Mon Mothma konzentrieren. So vehement er ihren Strategien auch widersprach, die ehemalige Senatorin und gegenwärtige Anführerin der Allianz war direkt und ehrlich – oft sogar brutal ehrlich. Das sollte nicht heißen, dass sie über politische Winkelzüge erhaben war; sie spielte bisweilen äußerst unfair, auch wenn sie das natürlich niemals zugeben würde. Doch mit Hinblick auf den Planetenkiller vertraute Draven darauf, dass sie Pragmatismus über politische Risikobereitschaft stellen würde.

Er war bereits auf halbem Weg zu ihrem Büro auf der oberen Ebene des Tempelturms, als man ihn zurück in die Kommandozentrale rief. Hastig eilte er die Stufen hinab, nahm zwei bei jedem Schritt, und als er zu Fähnrich Weems an die Konsole trat, klebte ihm die schweißnasse Uniform am Rücken.

»General!« Weems salutierte und deutete auf ein Terminal. »Ein schwaches Signal von Eadu. Es stammt von Captain Andors U-Flügler. Ein Stimmsignal, keine Verschlüsselung.«

»Was?« *Sie mussten die Kommanlage verloren und sich einen behelfsmäßigen Ersatz zusammengebastelt haben.* Er zog sich einen Stuhl heran und nahm vor der Konsole Platz. »Stellen Sie es durch.«

Eine leise, blecherne Stimme erklang, ihr Tonfall beinahe entspannt, als sie sagte: »Captain Andor erbittet Aufschub des Geschwaderangriffs.« *Cassians Droide.* Draven beugte sich zum Empfänger vor, die Kiefer zusammengepresst, und lauschte dem Rest der Nachricht: »Truppen der Allianz sind vor Ort. Bitte bestätigen.«

Er fluchte lautlos in sich hinein, dann winkte er Weems zu. »Geben Sie mir den Staffelführer – und zwar *sofort*!«

Der Fähnrich starrte ihn so entsetzt an, als hätte man ihn gerade des Hochverrats beschuldigt. »Sie haben sich vor drei Minuten gemeldet. Der Angriff läuft schon, Sir.«

Verdammt noch mal.

Draven nickte langsam. In seinem Kopf wirbelten zahlreiche Möglichkeiten durcheinander, verzweifelte Optionen, die er eine nach der anderen durchging und verwarf.

Die Staffel hatte den Angriff also bereits eingeleitet, das hieß, sie waren auf den Schirmen der Imperialen. Falls er die Piloten jetzt anwies abzudrehen, würde er dem Feind nur mehr Zeit geben, sich einzugraben. Die Toten würden davon nicht wieder lebendig werden, die Überlebenden von Cassians Team wären ohne Unterstützung auf Eadu gestrandet, und nun, da die Imperialen den Braten gerochen hatten, wäre es nur eine Frage der Zeit, bis sie gefangen genommen würden.

»Falls Sie zu ihnen durchkommen«, wandte er sich an

Weems, »informieren Sie Staffel Blau über den aktuellen Stand der Dinge.« Nicht dass die Piloten irgendetwas an der Situation ändern konnten. »Und was Andors Team angeht …«

Er seufzte. *Gute Leute sterben manchmal einen schlechten Tod.*

»Sagen Sie ihnen, die Macht möge mit ihnen sein.«

12. Kapitel

Chirrut übernahm die Führung, während sie den Hang hochkletterten; Baze hatte sich zwar immer wieder an seinem Freund vorbeischieben müssen, um ein paar lose Steine aus dem Weg zu treten oder nach Deckung zu suchen, wenn die Felszacken ringsum abflachten, aber es war stets Chirrut, der »weiter« sagte, »höher«, »vorwärts«, bis sie schließlich den oberen Rand erreichten. Unter ihnen erstreckte sich ein Labyrinth verschlungener Felspfade, vor ihnen lagen die Gebäude der Forschungseinrichtung.

»Du hast gesagt, wir folgen *Jyn*«, grollte Baze.

»Warum nimmst du alles so wörtlich?«, fragte Chirrut mit einem spielerischen, beinahe schelmischen Lächeln.

Bazes Antwort bestand aus einem Brummen. Es war eine alte Angewohnheit – seine Art, den Blinden ohne Worte über seine Gegenwart zu informieren –, aber er bezweifelte, dass sein Begleiter es zu schätzen wusste.

Ein paar Sekunden später hatte er seine Kanone gehoben und presste das Auge gegen das Zielfernrohr. Mehrere Personen hatten sich auf der Landeplattform versammelt, unter ihnen Sturmtruppen und Offiziere. Von der anderen Seite setzte ein Shuttle zur Landung an. Baze ließ den Blick über die Imperialen schweifen, sah einen blassen, glatt rasierten Captain, der über eine Bemerkung seines Nebenmannes schmunzelte.

Das war das Gesicht eines Mannes, der in Luxus aufgewachsen war, der nicht ständig von Tod umgeben war. Jemand, der nicht alles verloren hatte, was er liebte.

»Baze«, sagte Chirrut.

Er legte den Finger auf den Abzug der Kanone, bereit, abzudrücken und nicht mehr loszulassen – mehr Blasterstrahlen auf die Plattform hinabprasseln zu lassen, als es Regentropfen auf Eadu gab.

»Ich spüre Zorn in dir«, stellte Chirrut fest.

Und die Imperialen werden ihn auch gleich spüren, dachte Baze.

»Deswegen sind wir nicht hierhergekommen«, fuhr der Blinde fort. Jetzt wirkte nichts an ihm spielerisch oder schelmisch. »Das löst gar nichts.«

Mit einem Knurren ließ Baze die Waffe sinken und wirbelte zu seinem Begleiter herum. »Sie haben unser *Zuhause* zerstört. Ich werde sie umbringen.«

Chirrut erwiderte nichts darauf, aber seine unerschütterliche Ruhe, der weder Wind noch Regen etwas anhaben konnten, löschte einen Teil von Bazes Zorn. Nach ein paar Sekunden drehte er sich wieder um und kniete sich zwischen die Felsen, um die Geschehnisse auf der Plattform zu beobachten, nun aber mit bloßem Auge. Auf diese Weise waren die Imperialen lediglich als kleine Farbflecken zu erkennen. *Es ist schwerer, Farbflecken zu hassen.*

»Weswegen sind wir hergekommen, wenn nicht der Rache wegen?«, fragte er. »Sind wir jetzt Lakaien der Rebellion?«

Chirrut strich mit seinem Stab über den Boden, um den Rand des Hügelkamms zu ertasten, dann ging er neben Baze in die Hocke. »Captain Andor ist der einzige Lakai der Rebellion hier. Und auch er ist es vielleicht nicht mehr lange.«

»Warum wolltest du dann *Jyn* folgen?«

Er war Chirrut schon so oft gefolgt, dass er gelernt hatte, keine Antworten zu verlangen. Doch heute wog seine Trauer schwerer als all diese Lektionen. Er hatte sich den Hang hinaufführen lassen, und er erwartete mehr als die vagen Andeutungen eines Wächters der Whills.

Chirrut wusste das natürlich.

Wie auch nicht, nach all den Jahren, die beide in der Begleitung des anderen verbracht hatten?

»Weil sie *leuchtet*«, erklärte der Blinde, wobei er Baze die Hand auf die Schulter legte.

Ein paar kurze Augenblicke schienen Wind und Regen nachzulassen, und so etwas wie Ruhe senkte sich auf den Hügelkamm.

Dann rollte Donner über den Himmel, und Sternjäger zogen feurige Schweife durch den sturmverhangenen Himmel.

Der Alarm heulte los, und wenige Sekunden später schlugen bereits die ersten Laserstrahlen ein. Jyn zuckte zusammen und verlor ihr Ziel aus dem Visier, dafür sah sie den herabsausenden X-Flügler und seine gleißenden Kanonen. Die Schüsse zogen eine Schneise aus verbranntem Metall über die Plattform, und Funken sprühten in alle Richtungen. Die Sturmtruppen und Offiziere, die direkt in der Schussbahn standen, verbrannten sofort zu Asche, ihre Nebenmänner umklammerten schreiend ihre Wunden und rannten davon.

Jyn zog sich wieder hinter die Frachtkisten zurück und sog die plötzlich raucherfüllte Luft scharf in ihre Lunge. Der X-Flügler richtete sich indes aus seinem Sturzflug auf und jaulte dicht über sie hinweg. Das Zischen seiner Kanonen setzte sich fort, wurde jedoch rasch leiser, als die Maschine die Landeplattform hinter sich ließ.

Sie hatte keine Zeit, sich zu fragen, woher der Angreifer

gekommen war, aber sie wusste, dass er sicher nicht allein war. Das Jaulen des Alarms klang nach der Kanonade seltsam hohl, und irgendjemand befahl in bellendem Tonfall, Sternjäger starten zu lassen, das Feuer zu erwidern. Jyn nutzte die Gelegenheit, um hinter ihrer Deckung hervorzukriechen und sich auf der Plattform nach ihrem Vater umzublicken.

Er war noch immer dort, wo sie ihn zuletzt gesehen hatte, in der Nähe des Mannes in Weiß, der wie ein Geist inmitten der Verwüstung stand und energisch Kommandos gab – seine bloße Existenz erinnerte sie an den Tod ihrer Mutter.

Doch ihr Vater lebte noch: Während sie hinübersah, stemmte er sich auf wackeligen Beinen in die Höhe.

Sie wollte zu ihm rennen. Jegliche Furcht, die sie vor diesem Wiedersehen gehabt hatte, war vergessen. Doch nun nahmen zwei weitere X-Flügler die Plattform unter Beschuss, und ein paar Sekunden lang zwang das blendende, blutrote Laserfeuer und die Hitze des kochenden Regenwassers auf ihren Wangen Jyn zurück in Deckung. Sie blinzelte bunte Flecken aus ihren Augen und Funken aus ihren Wimpern, dann sprintete sie los, den Kopf gesenkt, das Gewehr mit beiden Armen umschlungen. Ein keuchender Offizier taumelte ihr in den Weg, und sie stieß ihn mit der Schulter beiseite, bevor sie über die brennende Leiche eines Sturmtrupplers hinwegsprang.

»Papa«, schrie sie.

Galen drehte sich herum. Er *sah* sie. Zum ersten Mal seit beinahe fünfzehn Jahren spürte Jyn den Blick ihres Vaters auf sich.

Sie rannte weiter, obwohl sie bei jedem Schritt auf dem nassen Metall auszurutschen drohte; obwohl der Mann in Weiß aufhörte, Befehle zu brüllen und ebenfalls zu ihr herumwirbelte, während er seine Blasterpistole zückte. Ohne auch nur langsamer zu werden, hob sie das Gewehr, bereit, den Geist zu töten und ihren Vater zu retten.

Sie wusste nicht, ob der Mann in Weiß feuerte. Die blendende Helligkeit eines Protonentorpedos brannte alles andere hinfort. Ihr Körper wurde taub, als die Schockwelle sie erfasste. Donner und zerberstendes Metall drangsalierten ihre Ohren, ihre Füße verloren den Kontakt mit dem Boden, ihr Kopf prallte gegen etwas Kaltes, Hartes.

Ihr letzter Gedanke war, dass ihr Vater sie vermutlich nicht einmal erkannt hatte.

Flammen loderten auf der Plattform. Alles, was Cassian sehen konnte, waren öliger Rauch, kleine Feuer und dunkle Silhouetten, die durch das Chaos krochen. Er hatte keine klaren Ziele, keine Möglichkeit einzugreifen.

»Jyn«, hauchte er. »Nein.«

Es war nicht zu erkennen, ob sie noch lebte.

Andor hängte sich das Gewehr über die Schulter und eilte los. Halb rennend, halb rutschend schlitterte er den Hang hinab, seine Stiefelabsätze in den schlammigen Boden gegraben, damit er nicht sich überschlagend in die Tiefe stürzte. Unten angekommen, wandte er sich in Richtung Forschungsanlage und Landeplattform.

Er wusste, dass er in eine Katastrophe hineinrannte. Die Chancen, dass Jyn überlebt hatte, waren gering, und die, dass er sie erreichen würde, noch geringer. Die Imperialen würden sofort das Feuer eröffnen, und er hatte keine Zeit, sich im Verborgenen anzuschleichen. Das Rebellengeschwader würde seinen Angriff fortsetzen, bis es zurückgeschlagen wurde oder nur noch Trümmer von der Einrichtung übrig wären. Andererseits war er jetzt von seiner Mission entbunden, und falls er Jyn nicht retten konnte …

Nein, er musste sie retten.

Grüne und rote Energieblitze zuckten über den Himmel. Inzwischen waren mehrere TIE-Jäger herbeigerast, um die

X-Flügler und die langsameren Y-Flügler der Rebellen abzufangen, und als wäre das Chaos noch nicht groß genug, spien Geschütztürme rings um die Anlage und entlang der Schluchtränder ebenfalls Lasersalven in die Dunkelheit. Cassian beobachtete, wie ein X-Flügler ins Kreuzfeuer geriet und unkontrolliert zwischen den Felsen in die Tiefe stürzte. Es war nicht zu sehen, wo die Maschine aufprallte, aber das Donnern ihres Untergangs hallte laut durch das Tal.

Andor sprang über eine Kluft hinweg, landete auf den Absätzen und stolperte ein paar Schritte, ehe er sich wieder gefangen hatte. Eine Frage zuckte durch sein Gehirn: Angenommen, er fand Jyn, wo sollten sie hin? Wie könnten sie von Eadu entkommen? Er hatte keine Antwort, aber das änderte nichts an dem drängenden Wunsch, sie zu retten.

Ein greller Lichtblitz zuckte über ihm vorbei wie der Schweif eines Meteors. Der Energiestrahl spießte einen TIE-Jäger auf und schickte ihn trudelnd durch den Regen, bis er mit einem Geschütz kollidierte. Die weiß glühende Explosion riss die Welt rings um Cassian aus den Schatten. Er blickte über die Schulter, verfolgte die Bahn des Schusses zurück zu zwei menschlichen Gestalten, die hoch über ihm auf einem Felskamm standen.

Eine von ihnen hielt einen Stab in der Hand.

Der U-Flügler stand in Flammen. Bodhi war nicht sicher, ob es ein gezielter Treffer gewesen war oder nur ein Querschläger, in jedem Fall hatte ein TIE-Jäger bei seinen wilden Manövern über der Schlucht mehrere Schüsse in den Transporter gejagt. Nicht dass die Piloten der Rebellenallianz größere Vorsicht walten ließen. Ihnen schien völlig egal zu sein, ob er lebte oder starb; in der Hinsicht erinnerten sie ihn an Saws Leute. Und von der Gruppe, der er sich angeschlossen hatte – den Begleitern, die ihn inzwischen beinahe zu tolerieren schienen … von denen war nur noch der Droide übrig, der ihn vermutlich am liebsten hinter Gittern sehen würde.

»Möchtest du getragen werden?«, fragte K-2SO, während sie von dem brennenden Wrack des U-Flüglers forteilten. Die Bewegungen seiner spindeldürren Beine waren deutlich langsamer als Bodhis Schritte, aber auch deutlich weiter.

»Nein!«, rief Rook, und allein dadurch verbrauchte er mehr Atem, als er entbehren konnte.

»Ich könnte dich trotzdem tragen«, erklärte der Droide. »Auf die Weise müsstest du dich nicht entscheiden.«

Bodhi blieb vornübergebeugt stehen, die Hände auf die zitternden Knie gestützt, und rang mit gesenktem Kopf um Luft. Er wusste, dass er dafür keine Zeit hatte, aber er konnte einfach nicht mehr. »Nein«, brachte er hervor. »Hör zu. Du musst mir vertrauen, in Ordnung? Du musst tun, was ich sage. Und halt den Mund, es sei denn, jemand fordert dich auf zu sprechen.«

K-2SO musterte ihn abschätzig, während Regentropfen von seiner Brustplatte abprallten. »Vertrauen ist eine graduelle Entwicklung, Bodhi Rook«, sagte er. »Und dich kenne ich kaum.«

Bodhi verzog das Gesicht. *Wir haben keine Zeit!* Die anderen warteten. Galen Erso wartete. Er wollte schreien, aber stattdessen zwang er sich zur Ruhe.

»Oh, du *kennst* mich«, erklärte er. »Schau: Du, ich.« Sein Finger wanderte von dem imperialen Symbol auf den Armen des Droiden zu dem identischen Abzeichen auf seinem Fliegeroverall. »Wir haben beide *die hier*, und trotzdem sind wir hergekommen. Wir wollen beide den Todesstern aufhalten. Wir wollen beide der Rebellion helfen. Richtig?«

Der Droide antwortete nicht. Bodhi sprach schon wieder zu schnell, aber falls jemand in der Lage war, seine sich überschlagenden Worte zu verstehen, dann doch sicher eine Maschine. »Cassian hat dich umprogrammiert, ja? Du stehst loyal zu ihm, das verstehe ich. Galen Erso hat mich sozusagen auch umprogrammiert. Wir können diese Mission noch immer retten, aber dazu musst du mir folgen …«

Etwas explodierte oben am Rand der Schlucht. Das Licht der Flammen verwandelte K-2SO in einen dunklen Schatten mit gespenstisch hellen Augen.

»Na schön«, sagte der Droide.

Bodhi nickte knapp, dann wandte er sich dem Shuttle-Depot zu.

Er hatte nicht vorgehabt, nach Eadu zurückzukehren – oder überhaupt noch mal einen Fuß in eine imperiale Garnison zu setzen –, nachdem er desertiert war. Bei Galen hatte das alles so einfach geklungen: Er müsste einfach nur Saw Gerrera die Nachricht überbringen, dann würde die Rebellion ihn an einem sicheren Ort außerhalb des Imperiums verstecken und ihm gutes Geld zahlen, weil er die richtige Entscheidung getroffen hatte.

Doch inzwischen war ihm klar, dass das nie seine Zukunft gewesen wäre. Er war einfach nur ein leichtgläubiger Narr, und ein verzweifelter Mann hatte das ausgenutzt.

»Falls es zu einem Kampf kommt«, schob er nach, »tu niemandem weh, wenn es nicht sein muss.«

»Das ist immer mein Ziel«, erklärte der Droide.

Bodhi rannte auf die hellen Lichter des Shuttle-Depots zu und betete, dass er einen Weg finden würde, den Planeten zu verlassen.

Jyn erwachte mit einem Brennen in der Lunge und dem Geruch des Todes in der Nase. Als sie hustete, jagte die Bewegung schmerzhafte Nadelstiche von ihrem Nacken bis zum Kreuz hinab. Sie rollte sich auf den Bauch und schob sich auf die Knie hoch, aber sie musste sich trotzdem mit der rechten

Hand auf dem Boden abstützen. Dabei streiften ihre Finger den heißen, geschwärzten Rand eines Kraters, der in der Mitte der Landeplattform klaffte. Links von ihr lag eine Leiche, so verkohlt, dass sie kaum noch als solche zu erkennen war.

Jyn schlussfolgerte, dass sie selbst wohl noch lebte.

Wo war ihr Vater?

»Direktor!«, rief jemand. »Wir müssen evakuieren!«

Sie blickte in die Richtung der Stimme. Hinter einem Vorhang dichten Rauchs entdeckte sie zwei Offiziere, die den Mann in Weiß stützten und ihn an zischenden Feuern vorbei zu seinem Shuttle führten. Kaum dass sie an Bord waren, klappte die Rampe nach oben, und der Mann in Weiß warf einen letzten Blick zu einer reglosen Gestalt, die auf der anderen Seite des Kraters lag.

Galen.

Jyn zwang sich aufzustehen, auch wenn es sich anfühlte, als würde ihre Wirbelsäule auseinanderbrechen. Sie wollte zu ihrem Vater rennen, kam aber nur mit unbeholfenen, steifen Schritten vorwärts. Es war Glück, dass niemand sie beachtete, denn hätte jemand sich die Mühe gemacht, auf sie zu schießen, wäre sie völlig schutzlos gewesen. Schritte und Schreie hallten in ihren Ohren wider, sehen konnte sie in dem wallenden Rauch aber niemanden.

Regen peitschte ihr entgegen, getragen von einer Woge heißer Luft, als die Triebwerke des Shuttles losheulten. Einen Moment später hob das Schiff ab, und der Schubstrahl seiner Düsen fegte Jyn nach hinten, auf den Rand der Plattform zu. Sie griff mit den Armen um sich, versuchte die Fingerspitzen in das glatte Metall zu krallen, und wäre der Shuttle nicht so schnell und so steil in den Himmel aufgestiegen, hätte sie vermutlich das gleiche Ende gefunden wie der Sturmtruppler, den sie vorhin getötet hatte. Langsam kroch sie nach vorne, fort von dem gähnenden Abgrund, und sie stellte fest, dass ihre Fingernägel eingerissen und schwarz vor Ruß waren.

Mit zitternden Gliedern stand sie wieder auf. Als der Schrecken aus ihren Knochen wich, wurden ihre Schritte schneller, und sie rannte zu ihrem Vater hinüber. An seiner Seite kniete sie sich in die Asche und zog seinen Kopf an ihre Brust.

Er war so *leicht*. Ein abgemagerter Schatten von einem Mann.

Aber sein Körper war warm, und er atmete.

»Papa«, wisperte sie. »Ich bin's.«

Seine Augen starrten noch einen Moment blicklos in die Wolken hoch, bevor sie sich auf Jyn richteten. Schmerz sprach aus seinem Gesicht, aber auch Verblüffung und eine Freude, der er nicht so recht zu trauen schien.

»Jyn?«, fragte er, und sie nickte. Rauch und Tränen ließen sie blinzeln.

Mein Vater lebt.

Mein Vater liegt im Sterben.

»Sternenstaub.« Er bewegte die Lippen mit großer Vorsicht, wie um sicherzugehen, dass sie das Wort auch dann verstehen würde, falls ihm die Stimme versagte.

Jyn streichelte sein nasses, schmutziges Haar. Wie Saw war auch Galen nur ein schwaches Echo des Mannes aus ihren Erinnerungen. Während sie gewachsen und stärker geworden war, war er verkümmert. Sogar sein Hologramm hatte kräftiger gewirkt als die Gestalt, die sie nun in den Armen hielt.

Überrascht stellte sie fest, dass sie keinerlei Hass spürte. Es gab hier nichts zu hassen. Da war nur ein sterbender Mann, der außer seiner Liebe zu ihr alles verloren hatte.

Auch ihre Geständnisse rückten in den Hintergrund. Galen musste nicht wissen, was der Todesstern angerichtet hatte oder dass sie den Glauben an ihn verloren hatte oder welche Verbrechen Liana und Tanith und Kestrel begangen hatten, um zu überleben.

Solange du glücklich bist, Jyn, ist das mehr als genug für mich.

Er öffnete den Mund, blickte sie mit trauriger Intensität an.

»Die Kampfstation kann vernichtet werden«, sagte er.

»Ich weiß«, erwiderte sie beruhigend, dann beugte sie sich mit einem Schaudern noch tiefer über ihn. »Ich habe deine Nachricht gesehen. Das Hologramm.«

Sie war nicht sicher, ob er sie hörte.

Galen benetzte seine Lippen. »Jemand muss sie vernichten.«

Quälend langsam hob er den Arm. Sein Handgelenk zuckte leicht, als seine Muskeln sich verkrampften, aber er schaffte es, Jyn mit drei weichen Fingerspitzen über die Wange zu streichen. Anschließend sackte seine Hand leblos zu Boden.

»Papa …« Ihre Kehle zog sich zusammen. »Nein. Nein …«

Sie wischte ihm das nasse Haar aus der Stirn. Seine Haut war noch immer warm, aber seine Brust hob und senkte sich nicht länger.

»Papa … Papa! Komm schon.«

Ihr Blick richtete sich nach innen, auf die Höhle in ihrem Kopf, aber das Hologramm war verblasst, seine Stimme verhallt. Jetzt gab es dort nur noch Leere und Dunkelheit – nichts, was sie schützen oder trösten oder ihr den Weg weisen konnte.

Jyn ließ Galen nicht los, als eine Gestalt in weißer Rüstung aus dem Qualm auftauchte und ein Gewehr auf sie richtete. Mit der rechten Hand tastete sie nach ihrer eigenen Waffe, ohne sie jedoch zu finden – sie konnte sich nicht daran erinnern, den Blaster fallen gelassen zu haben –, mit dem anderen Arm presste sie ihren Vater an sich. Sie wappnete sich gegen den letzten Schmerz, den sie je spüren würde.

Ein Schuss hallte über die Plattform, aber es war der Sturmtruppler, der zusammenbrach. Einen Moment später rannte Cassian hinter ihm aus den Rauchschwaden. Er bückte sich über Jyn, die Hände auf ihren Armen, um sie auf die Beine zu ziehen, fort von Galens Leiche. »Jyn, wir müssen hier weg. Sofort!«

Sie hatte keine Ahnung, wie er hierhergekommen war, und es interessierte sie auch nicht, ebenso wenig, wie es sie interessierte, weshalb die X-Flügler angriffen. Nichts davon machte einen Unterschied. Nichts davon änderte etwas.

»Ich kann ihn nicht hierlassen«, murmelte sie.

»Hör mir zu.« Cassian zog ihre Hände entschlossen, aber nicht grob von der Leiche ihres Vaters fort. Galens Wärme wich aus ihren Fingerspitzen, ersetzt durch die Kälte des Regens. »Er ist tot«, erklärte er. »Du kannst nichts mehr tun. Komm jetzt.«

Der Kopf ihres Vaters sackte auf den Boden. »Hilf mir«, sagte Jyn, und sie war selbst überrascht, wie viel Nachdruck in ihrer Stimme lag.

»Wir müssen los«, drängte Cassian. Er zerrte sie auf die Beine. Schmerzen zuckten durch ihren Körper und erweckten taub gewordene Nerven zu neuem Leben. Sie nahm wieder das Brennen des Rauchs in ihrer Lunge wahr, hörte das Klacken rasch näher kommender Schritte, während die Plattform unter ihren Füßen zu ächzen schien.

Sie hatte die Wahl: fliehen oder mit ihrem Vater sterben.

»Bewegung!«, schrie Andor.

Jyn nahm seine Hand und ließ sich durch den Qualm und die Flammen davonführen.

Cassian hatte Jyn schon am Boden zerstört gesehen; im Kloster auf Jedha war sie gebrochen, in sich selbst gefangen gewesen. Was er jetzt sah, war anders. Sie war hellwach, sich ihrer Umgebung und ihrer Entscheidungen genau bewusst. Die Frage war nur, würde sie sich entscheiden, am Leben zu bleiben?

Er war fest entschlossen, sie hier rauszubringen. Sie würde nicht das Schicksal ihres Vaters teilen.

Eine Hand auf Jyns Arm, die andere an seinem Gewehr, hastete er zwischen den Feuern und den klaffenden Löchern in der Plattform hindurch. Ihnen blieb nicht viel Zeit, das wusste er. Die Rebellenmaschinen hatten sich in den Himmel zurückgezogen, kurz bevor er Jyn gefunden hatte. Noch standen die Imperialen unter Schock, überwältigt von dem Inferno, das sich nach dem Bombardement überall in der Einrichtung ausbreitete; aber schon bald würde die eine Hälfte der Garnison Jagd auf Eindringlinge machen, während die andere Hälfte die Evakuierung vorbereitete.

Cassian hatte vor, mit einem unbewachten Frachtlift von der Plattform zu entkommen. Doch er und Jyn waren noch ungefähr ein Dutzend Meter davon entfernt, als eine Einheit Sturmtruppen aus einem nahen Gebäude strömte. Andor riss sein Gewehr hoch – es waren zu viele, um sie alle auszuschalten, aber vielleicht könnte er zumindest Jyn Deckung geben –, da schnitt plötzlich eine Kanonade von Partikelstrahlen durch die Luft, und die Soldaten wurden wie Puppen durch die Luft gewirbelt.

Cassian hatte diese Art Zielgenauigkeit und Schnelligkeit bislang nur bei einer Handvoll Scharfschützen gesehen. Er blickte in die Richtung, aus der die Salve gekommen war, hinüber zu dem felsigen Hügelkamm.

Danke Baze, dachte er, bevor er weiter auf den Turbolift zusprintete. »Los, weiter!«, rief er Jyn zu. »Komm schon!«

Weitere Sturmtruppen tauchten auf der Landeplattform auf, und er gab ein paar Schüsse auf sie ab, ohne zu zielen, ohne sich zu vergewissern, ob er jemanden traf. Seine Augen waren auf Jyn gerichtet, die noch immer zu ihrem Vater zurückblickte.

Als sie sich schließlich zu ihm umwandte, war ihr Blick so kalt wie Eis. Aber sie sagte nichts.

Wenig später waren sie unten auf dem Boden der Schlucht und rannten davon, wobei Wasser unter ihren Stiefeln aufspritzte und lose Steine davonkullerten. Ein endloses Trommelfeuer aus roten Energiestrahlen zuckte von der Landeplattform zu ihnen hinab, und sie hatten Glück, dass sie den Fuß einer Felssäule erreichen konnten, ohne durchlöchert zu werden. Cassian ging hinter der Säule in Deckung und versuchte, mit dem Kommlink K-2 zu erreichen. Nichts. Er rief auch Bazes und Chirruts Namen in den Äther, aber dann erinnerte er sich daran, dass die beiden überhaupt keine Komms bei sich trugen.

Ein kurzer Blick zeigte ihm, dass die ersten Sturmtruppen den Schluchtboden erreicht hatten und nun ausfächerten. Wäre Cassian mit dem Terrain vertraut gewesen, hätte er sie vielleicht abhängen können. Doch wie die Dinge standen, konnte er nicht weiter als ein Dutzend Meter sehen, und er würde auf jedem Hitzesensor leuchten wie ein Signalfeuer. Falls kein Wunder geschah, würden er und Jyn in ein paar Minuten tot sein.

»Die Sternjäger«, rief Jyn mit harscher Stimme. »Kannst du sie zurückrufen?«

Das Haar klebte ihr am Gesicht, Asche und Ruß hatten dunkle Linien über ihre Wangen und ihr Kinn gezeichnet. Sie sah aus, als hätte sie ihre eigene Einäscherung unterbrochen, um Rache an der Welt zu nehmen, die ihr so großes Unrecht angetan hatte.

»Geht nicht«, erwiderte Cassian. »Sie sind weg.«

»Aber sie gehören doch zur Allianz, oder?« Es klang mehr wie ein Vorwurf und weniger wie eine Frage. »Das sind *deine* Leute.«

»Die nehmen keine Befehle von mir entgegen«, erklärte er. »Außerdem könnte ich nicht mal Kontakt zu ihnen aufnehmen. Sie werden uns nicht retten.« Er konnte nicht abschätzen, was ihr gerade durch den Kopf ging, was sie als Nächstes sagen oder tun würde. »Wir sind auf uns allein gestellt.«

Blasterstrahlen brannten sich funkensprühend in die Felswand hinter ihnen. Jyn blickte beinahe gleichgültig an Cassian vorbei zu den geisterhaften weißen Gestalten der Sturmtruppen.

Bevor sie ihre Flucht fortsetzen konnten, erfüllte ein lautes Dröhnen den Himmel, und ein brutaler Windstoß presste sie beide gegen die Felsnadel. Über dem nächsten Felsgrat tauchte ein imperialer Shuttle auf, und er kam direkt auf Cassian und Jyn zu. Es war aber nicht dasselbe Schiff, das Andor auf der Landeplattform gesehen hatte, sondern ein alter, verbeulter Shuttle der *Zeta*-Klasse, der für den Frachttransport entworfen war. Er neigte sich unter den Sturmböen hin und her wie ein Boot auf rauer See, stabilisierte sich aber, als er tiefer in die Schlucht hinabsank. Die Laserkanonen an seiner Unterseite richteten sich aus, erfassten ihr Ziel und feuerten mehrere Lichtblitze auf die Sturmtruppen zwischen den Felsen. Die Soldaten schrien und stürzten als brennende Haufen zu Boden.

Cassian musste sich zusammenreißen, um nicht zu lachen. Um nicht zu *schreien*.

Die Einstiegsrampe senkte sich knirschend aus dem Heck des Schiffes herab, während es wendete, und eine Stimme hallte aus dem Inneren, halb übertönt vom singenden Wind. »Los, kommt schon, Beeilung, Beeilung, bewegt euch!« Die

Silhouette von Bodhi Rook zeichnete sich vor der Kabinenbeleuchtung ab und winkte hektisch.

Cassian und Jyn rannten gemeinsam los und kletterten die Rampe hoch. Bodhi grinste breit, aber als er Jyns grimmige, unversöhnliche Miene sah, wurde er rasch wieder ernst. Andor spürte, wie das Schiff sofort in die Höhe stieg, und er musste sich festhalten, um nicht wieder nach draußen zu fallen, als er sich umdrehte und durch den Regen spähte.

Es dauerte nicht lange, bis er entdeckte, wonach er gesucht hatte, und er rief zum Cockpit vor: »Warte, Ka-Zwo! Geh wieder runter!«

Auf der anderen Seite der Schlucht schlitterte Chirrut einen felsigen Hang hinunter, wobei er in einer Hand seinen Stab hielt, um den Boden vor sich abzutasten, und mit der anderen den verzierten Lichtbogen auf seiner Schulter balancierte. Baze folgte ihm, den Oberkörper nach hinten gewandt, die Kanone im Anschlag, während er nach Verfolgern Ausschau hielt. Sekunden später waren beide Männer die Rampe hochgeeilt und an Bord des Shuttles.

Cassian musterte Chirruts Lichtbogen mit neuer Bewunderung. »Hast du mit diesem Ding einen TIE-Jäger abgeschossen?«

»Lob ihn nicht«, grollte Baze, dessen Brust sich hob und senkte wie ein Blasebalg. »Du hast Glück, dass er nicht dich getroffen hat.«

Bodhi legte einen Schalter um, und während die Rampe wieder hochklappte, rannte er nach vorne zum Cockpit und rief: »Ka-Zwo, verschwinden wir von hier!«

»Verstanden!«, meldete die gedämpfte Stimme des Droiden. »Alle Mann festhalten.«

Die Kabine erbebte, als der Shuttle aus der Schlucht hochstieg, einen Bogen um einen Felsvorsprung machte und dann in steilem Winkel in den Himmel hinaufraste. Unter ihnen war schwach eine Reihe ferner, donnernder Explosionen zu hören – einige lang gezogen, andere abgehackt und dicht aufeinanderfolgend. *Das Labor*, fuhr es Cassian durch den Kopf. Die Flammen mussten sich zu den Kyber-Kristallen oder anderen entzündlichen Materialien durchgefressen haben.

Das verringerte zumindest die Wahrscheinlichkeit, dass man sie verfolgte.

Während die Geräusche des Sturms und der Zerstörung hinter ihnen zurückblieben, stabilisierte sich der Shuttle allmählich. Sie verließen die Atmosphäre, erkannte Cassian. Er ließ sich gegen eines der Frachtnetze an der Wand sinken, um ein paarmal tief durchzuatmen, und die Euphorie der gelungenen Flucht machte völliger Erschöpfung Platz. Er blickte zu Baze und Chirrut hinüber und sah, dass sie mit düsterer Miene nebeneinandersaßen.

Sie haben wohl auch erwartet, dass wir mit Galen Erso von hier verschwinden würden.

Dasselbe galt vermutlich auch für Bodhi.

Und was Jyn anging… Er wagte es nicht einmal, sie anzublicken.

Als Krennic erwachte, erfüllte der Geschmack von Staub und Rauch seinen Rachen, und er spuckte hustend einen Klumpen schwarzen Schleims aus.

Er befand sich an Bord seines Shuttles, auf einem der Sitze festgeschnallt, seinen Adjutanten Pterro neben sich. Krennic erstickte die obligatorische Frage nach seinem Wohlbefinden mit einer Handbewegung und versuchte, die letzten Ereignisse vor seiner Bewusstlosigkeit zusammenzusetzen. Er erinnerte sich an den Torpedoeinschlag, und offensichtlich hatte er es noch an Bord des Schiffes geschafft, ehe er ohnmächtig wurde.

»Die Rebellen«, grollte er. »War das ein Anschlag?«

»Jawohl, Sir«, nickte Pterro. »Aufklärer am Boden und ein Geschwader X-Flügler, soweit wir das bislang sagen können.«

Etwas an dieser Zusammenfassung stieß Orson übel auf; da fehlte was, ein kleines, aber entscheidendes Element – doch mit diesem Problem konnte er sich später auseinandersetzen. Jetzt wollte er erst einmal das Durcheinander von Bildern in seinem Gedächtnis ordnen. »Was ist mit Galen Erso?«, fragte er.

»Er hat den Angriff nicht überlebt, Sir.«

Die Muskeln an Krennics Kiefer zuckten. Einen Augenblick lang schien der Geruch von Asche stärker zu werden; er füllte sein Gehirn, bis Übelkeit und Schwindelgefühl ihn zu überwältigen drohten.

Du wirst nie gewinnen.

Doch er hatte gewonnen – mehr oder weniger, jedenfalls. Galen hatte seinen Verrat eingestanden, aber natürlich erst, nachdem er Krennic in die Rolle des Unterdrückers gezwungen hatte. Genau wie auf Lah'mu hatte Ersos Sturheit ein Szenario erschaffen, in dem er der Gute war und Orson der Schurke sein musste; in dem Erso sich in selbstgerechten Zorn hüllen konnte; in dem Krennic keine andere Wahl blieb, als ihm die Pistole auf die Brust zu setzen.

Doch diesmal war die Pistole losgegangen.

Die X-Flügler-Piloten hatten Orson die Entscheidung zwischen Rache und Vergebung abgenommen. Wer weiß, vielleicht hätte er Ersos Leben verschont, ihn weiter für sich arbeiten lassen, wenn auch unter strenger Überwachung. Jetzt würde er seinen einstigen Freund nicht als brillanten Wissenschaftler in Erinnerung behalten, sondern als vergeudetes Potenzial – und als den Mann, der ihn den Todesstern gekostet hatte.

Krennic hustete, als Staub und Galle in seinem Hals hochstiegen, aber er schlug Pterros hilfsbereit ausgestreckte Hände zur Seite und vergrub das Gesicht in den behandschuhten Fingern, bis das Husten abebbte. Vielleicht war es besser, dass Galen gestorben war. Es gab zahlreiche Abstufungen von Verrat, und einige davon konnten niemals vergeben werden.

»Sir?«

Pterro war aufgestanden und hatte sich über ihn gebeugt. Seine Mundwinkel zitterten.

»Falls Sie etwas zu sagen haben, dann raus damit«, knurrte Orson. Diese Tage würden über den Rest seiner Karriere entscheiden, und er hatte schon genug Zeit an die Bewusstlosigkeit verloren.

»Wir haben neue Befehle erhalten, während sie ohnmächtig waren«, sagte Pterro. Nach einem erneuten Zögern fügte er hinzu: »Sie sollen sich auf Mustafar einfinden. Lord Vader wünscht, mit Ihnen zu sprechen.«

Darth Vader?

Palpatines rechte Hand. Der Scharfrichter des Imperiums. Wilhuff Tarkins enger Verbündeter. Eine Vorladung von Vader war nie ein gutes Zeichen, aber vielleicht war es genau die Gelegenheit, die Orson jetzt brauchte.

»Dann nehmen Sie Kurs auf Mustafar.« Er zog die Schultern hoch. »Wir wollen seine Lordschaft nicht warten lassen.«

Anschließend blickte er an sich hinab und strich seine Uniform glatt. Da waren zahlreiche schwarze Flecken von Ruß oder verkohltem Metall, außerdem rote Kleckse – Blutspritzer, vermutlich von ihm selbst. Er fragte sich, ob er wohl Gelegenheit haben würde, sich umzuziehen, bevor er dem dunklen Lord gegenübertrat.

Andererseits – vielleicht hätte Darth Vader mehr Respekt vor einem Mann, der gerade einen Kampf überstanden hatte.

ERGÄNZENDE DATEN: INGENIEURSNOTIZEN ZUR KAMPFSTATION

[Dokument #YM3884L (»Lösungsvorschlag zur Verteilung überschüssiger Strahlung«), Zeitstempel: ungefähr achtzehn Monate vor Operation Bruchpunkt; vom leitenden Ingenieur Shaith Vodran an Galen Erso.]

Erso,
ich habe die Droiden beauftragt, einen neuen Sicherheits- und Kompatibilitätsbericht zusammenzustellen, in dem auch die vom Ihrem Team vorgeschlagenen Anpassungen am Reaktorkern berücksichtigt sind. Die letzten Tests haben ein Dutzend Subsystemalarme ausgelöst, und was den Hypermaterie-Annihilator angeht, müssten wir vielleicht noch mal ganz von vorne anfangen. Ich habe meinen Astromech nicht gefragt, wie weit uns das zurückwerfen würde – aber bei einem so wichtigen System noch mal ans Reißbrett zurückzukehren kann nichts Gutes bedeuten.

Warum führen Sie in dieser späten Bauphase überhaupt noch Modifizierungen am Reaktor durch?

Sagen Sie Ihren Ingenieuren, sie sollen nächstes Mal gründlicher sein. Ich muss wohl nicht extra erwähnen, dass ich die Änderungen in dieser Form nicht genehmigen kann.

[Dokument #YM3884M (»Antwort auf: Lösungsvorschlag zur Verteilung überschüssiger Strahlung«); von Galen Erso an den leitenden Ingenieur Shaith Vodran.]

Vodran,
ich muss mich bei Ihnen entschuldigen. Ich stimme Ihnen voll und ganz zu, dass diese Sache nicht akzeptabel ist. Die Modifikationen sollen die Abkühlzeit der Primärwaffe verringern (ich bin sicher, Sie haben Tarkins Direktive gelesen), aber schlampige Arbeit ist und bleibt schlampige Arbeit.

Gehe ich richtig in der Annahme, dass Sie Ihren Bericht auch an Direktor Krennic geschickt haben?

Ich werde mit meinen Leuten sprechen und Sie über alles Weitere auf dem Laufenden halten.

[Dokument #YM3884N (»Antwort auf: Lösungsvorschlag zur Verteilung überschüssiger Strahlung«); vom leitenden Ingenieur Shaith Vodran an Galen Erso.]

Direktor Krennic erhält Kopien sämtlicher das Projekt betreffender Dokumente, aber falls Sie seine Meinung zu diesen speziellen Modifikationen einholen wollen, müssen Sie ihn selbst über Ihre Probleme informieren.

[Dokument #YM38840 (»Antwort auf: Lösungsvorschlag zur Verteilung überschüssiger Strahlung«); von Galen Erso an den leitenden Ingenieur Shaith Vodran.]

Vodran,
ich habe den Direktor, wie von Ihnen vorgeschlagen, persönlich über meine Pläne informiert.

Ich habe auch mit meinem Team gesprochen, und wir konnten das Problem identifizieren. Die Modifikationen am Reaktorkern führen zu einem Strahlungsstau, der seinerseits die Hypermaterie-Annihilation behindern kann.

Ausgelöst wird dieser Stau durch aktive Reflexion überschüssiger Partikel an den inneren Schilden; sie bringt den Reaktorkern sozusagen zum Kochen. Hätten nicht so viele voneinander isolierte Teams an den Schilden gearbeitet, wäre dieses Problem vermutlich nie entstanden.

Aber wie dem auch sei: Die Modifikationen am Reaktorkern *müssen* in dieser Form belassen werden. Ich sehe darum drei Möglichkeiten, um einen Strahlungsstau zu vermeiden.

Option eins: Wir bauen einen Partikeltrichter und einen Wiederaufbereiter. Das ist eine bewährte, häufig benutzte Methode, und ich bin sicher, dass sie die gewünschten Resultate erzielen würde. Aufgrund der Größe müssten wir mehrere Ersatzgeneratoren im nördlichen Kommandosektor ausbauen, um Platz für den Wiederaufbereiter zu schaffen, aber die entsprechenden Arbeiten sollten meinen Schätzungen nach in weniger als zwei Wochen abgeschlossen sein.

Option zwei: Wir überarbeiten unsere Reaktortechnologie und reduzieren die Menge überschüssiger Partikel. Mehrere Mitglieder meines Teams favorisieren diese Möglichkeit, da wir hier einen weiteren technologischen Durchbruch erreichen könnten.

Option drei: Wir bauen Absaug- und Lüftungsschächte ein. Das könnte die Partikelansammlung auf ein tolerierbares Niveau senken – wenn auch nicht auf ein Niveau, das ich persönlich akzeptabel fände. Außerdem könnte das Einfügen solcher Schächte zu Kompatibilitätsproblemen mit einigen aufgabenunabhängigen Systemen führen.

Bitte teilen Sie mir mit, wie Sie zu diesem Thema stehen.

[Dokument #YM3884P (»Antwort auf: Lösungsvorschlag zur Verteilung überschüssiger Strahlung«); vom leitenden Ingenieur Shaith Vodran an Galen Erso.]

Ich habe persönlich die Konstruktion des nördlichen Kommandosektors beaufsichtigt. Tarkin hat diesen Bereich bereits inspiziert und abgesegnet. Falls Sie den Partikeltrichter und den Wiederaufbereiter nicht an anderer Stelle unterbringen können, dann müssen Sie eben auf Option zwei oder drei zurückgreifen.

Die endgültige Entscheidung sollten Sie aber besser Krennic überlassen. Er macht sich Sorgen wegen des Zeitplans.

[Dokument #YM3884Q (»Partikelstau«); von Galen Erso an Orson Krennic, Direktor der Waffenforschung.]

Direktor,
wie besprochen, hier die vorläufigen Berichte über zwei Methoden zur Reduzierung der Partikelstauung. Ich habe

meine Ansichten bereits bei unserem persönlichen Gespräch zum Ausdruck gebracht, aber die endgültige Entscheidung liegt natürlich bei dir.

[Dokument #YM3884R (»Antwort auf: Partikelstau«); von Orson Krennic, Direktor der Waffenforschung, an Galen Erso.]

Galen,
in dieser Phase des Projekts haben wir definitiv keine Zeit mehr für die Entwicklung neuer Technologien. Ich erwarte einen vollständigen Entwurf zu deiner alternativen Lösung (die Lüftungsschächte). Schick die Pläne auch an Vodran, damit er sie an die übrigen Abteilungen weiterleiten kann.

[Dokument #YM3884S (»Lüftungsschächte«); vom leitenden Ingenieur Shaith Vodran an Galen Erso.]

Erso,
was soll dieser Unsinn? Wir mussten die Sicherheits- und Kompatibilitätsanalyse nach zweihundert Fehlermeldungen abbrechen. Ich habe mir nur das erste Dutzend angesehen, aber es sieht aus, als würden Sie die halbe Station mit Strahlung fluten.

Ich dachte, Ihre Lüftungsschächte sollten dieses Problem lösen und nicht schlimmer machen.

Die Veränderungen werden nicht genehmigt.

[Dokument #YM3884T (»Antwort auf: Lüftungsschächte«); von Galen Erso an den leitenden Ingenieur Shaith Vodran.]

Ich weiß, ich wiederhole mich, aber ich bitte um Ihre Nachsicht.

Wie Sie wissen, kann ein Wissenschaftler bei der Arbeit an einer bestimmten Aufgabe den Blick für das Gesamtbild verlieren. Mir und meinem Team scheint genau dieser Fehler unterlaufen zu sein.

Natürlich hätte ich Sie warnen sollen, dass Ihre Droiden Gefahren registrieren würden. Die Lüftungsschächte sind entworfen, um einen Großteil der Hitze und aufgestauten Partikel abzuleiten, aber ein gewisses Maß an austretender Strahlung lässt sich nicht vermeiden. Wir schätzen, dass in fünfzehn Sektionen das Risiko langfristiger Gesundheitsschädigung besteht, falls die Primärwaffe dreimal innerhalb einer Stunde abgefeuert wird. Das dürfte den Großteil der zweihundert von Ihnen angeführten Fehlermeldungen ausmachen.

Ich werde meine Leute anweisen, nach möglichen Lösungen zu suchen. Um den Prozess zu beschleunigen, bitte ich Sie, mir für das Durchspielen einiger Szenarien Ihre Droiden zur Verfügung zu stellen.

Mir ist klar, dass Ihnen dadurch Umstände entstehen, aber die Sicherheit der Kampfstation und ihrer Besatzung haben nun einmal oberste Priorität.

[Dokument #YM3884U (»Antwort auf: Lüftungsschächte«); vom leitenden Ingenieur Shaith Vodran an Galen Erso.]

Gehören die Kommandosektionen oder Offiziersunterkünfte zu den erwähnten Strahlungszonen?

[Dokument #YM3884V (»Antwort auf: Lüftungsschächte«); von Galen Erso an den leitenden Ingenieur Shaith Vodran.]

Nein.

[Dokument #YM3884W (»Antwort auf: Lüftungsschächte«); vom leitenden Ingenieur Shaith Vodran an Galen Erso.]

Schicken Sie mir die finalen Pläne. Ich werde behaupten, dass die Droiden sich geirrt haben, und den nächsten Sicherheits- und Kompatibilitätsbericht entsprechend redigieren.

Ich habe nicht vor, Krennic mit Fehleranalysen zu überhäufen, nur weil ein paar Sturmtruppler einen Husten bekommen könnten. Also suchen Sie schnellstmöglich eine Lösung, damit wir einen Schlussstrich unter dieses leidige Thema setzen können.

[Dokument #YM3884X (»Antwort auf: Lüftungsschächte«); von Galen Erso an den leitenden Ingenieur Shaith Vodran.]

Wir werden einen Weg finden, da bin ich sicher. Aber selbst falls sich keine technische Lösung ergibt, können wir mögliche Gesundheitsrisiken minimieren, indem wir die Dienstrotation der Mannschaft anpassen.

[Dokument #YM3884Y (»Antwort auf: Lüftungsschächte«); vom leitenden Ingenieur Shaith Vodran an Galen Erso.]

Sie sind vielleicht zu begriffsstutzig, um es zu erkennen, Erso, aber ich tue Ihnen einen Gefallen. Dieses Projekt hätte schon vor *Wochen* abgeschlossen sein sollen.

Schicken Sie mir die finalen Pläne für die Lüftungs- und Absaugschächte. Ich werde die Kompatibilitätsprüfung überspringen und sie den anderen Abteilungen für Produktion und Einbau vorlegen.

Betrachten Sie Ihre Modifikationen als genehmigt.

13. Kapitel

Jyn spürte die Kälte ihrer durchnässten Kleidung viel deutlicher als zuvor. Sie schien überhaupt alles deutlicher zu spüren, als hätte die Dunkelheit der Höhle, in der sie versunken war, ihre anderen Sinne geschärft. Bodhi gab K-2SO Anweisungen, während er aus dem Cockpit herabkletterte. Baze und Chirrut saßen reglos und tropfend im hinteren Teil der Kabine und wechselten wortlose Blicke. Und Cassian schlüpfte gerade aus seiner nassen Jacke, nachdem er sein Makrofernglas und sein Gewehr abgelegt hatte.

Cassian – der sie betrogen hatte.

Sie überlegte, wann es ihr wirklich klar geworden war. Während sie zur Landeplattform gerannt war? Als die ersten X-Flügler aus dem Himmel herabgeschossen waren?

Nicht dass es wichtig wäre. Im Lauf der Jahre hatte sie eine Art sechsten Sinn für falsche Versprechungen, Lügen und Verrat entwickelt, und in der Regel war sie völlig abgestumpft, wenn es um diese Dinge ging. Sie akzeptierte sie als den Preis, den man zahlen musste, wenn man frei zwischen Mördern und Dieben leben wollte.

Dass sie von der Rebellion mehr erwartet hatte, war töricht gewesen.

»Du hast mich belogen«, sagte sie.

Cassian hatte genug Zeit gehabt, um sich vorzubereiten. »Du stehst unter Schock«, erklärte er, wobei er sich zu ihr herumdrehte und ihr direkt ins Gesicht blickte. Er wollte sie zwingen nachzugeben, die Augen abzuwenden.

»Du bist da hoch, um meinen Vater zu töten.«

Seine Antwort kam ohne jedes Zögern. »Du weißt doch gar nicht, was du da redest.«

»Streite es ruhig ab«, schnappte sie, dann wiederholte sie noch einmal, ruhiger jetzt: »Du bist da hoch, um meinen Vater zu töten.«

Ihren Vater, der letztlich weder ein Held noch ein Verräter gewesen war, nur ein zerbrechlicher Mensch, den sie nie kennenlernen würde. Sie fühlte den Schmerz, der bei diesem Gedanken in ihr hochwallte, und sie härtete und schliff ihn zu einer Waffe – wie sie es schon oft getan hatte.

Bodhi blickte Cassian beinahe gekränkt an, aber er wirkte nicht überrascht von der Anschuldigung; Jyn bestätigte lediglich, was er bereits vermutet hatte. Auch Baze musterte Andor, und er legte dabei dieselbe Verachtung an den Tag, die er den toten Sturmtrupplern auf Jedha gezeigt hatte.

Nur Chirruts Kopf war gesenkt. Vermutlich betete er gerade.

»Du stehst unter Schock«, beharrte Cassian. »Du suchst nach einem Ventil für deine Wut. Das hab ich schon oft erlebt …«

Jyn grinste freudlos, erhob sich von ihrem Sitz und zischte: »Darauf wette ich.« Sie deutete mit dem Daumen auf die anderen. »Sie wissen es. Du hast gelogen. Der Grund, warum wir hier sind und warum du dort alleine rauf bist. Diese Sternjäger der Allianz kamen nicht zufällig nach Eadu.« Es war ihr egal, ob Cassian gestehen würde – sie wollte ihn einfach nur mit ihren Anschuldigungen aufspießen, beobachten, wie er sich im Angesicht der Wahrheit wand und krümmte. »Vermutlich hast du schon seit der Flucht von der Rebellenbasis gelogen. Mein Vater war die ganze Zeit nichts weiter als ein Ziel für dich.«

Die folgende Stille war so tief, dass man hören konnte, wie Regentropfen von Kleidungsstücken auf das Deck hinabfielen. Als Cassian schließlich den Mund öffnete, sprach er langsam und betont, aber das konnte das Zittern in seiner Stimme nicht maskieren. »Ich hatte deinen Vater im Visier. Ich hätte jederzeit abdrücken können. Und habe ich es getan?«

Er drehte sich zu Chirrut und Baze herum, warf dann Bodhi einen wütenden Blick zu. »Hab ich?«

Niemand erwiderte etwas. Jyn hatte auch nicht damit gerechnet.

Sie schärfte einen weiteren Speer, bereit, ihn mit all der Kraft ihres Zorns auf Cassian zu schleudern. »Was macht das für einen Unterschied? Mein Vater war der lebende Beweis, und du hast ihn in Gefahr gebracht. Das waren Bomben der Allianz, die ihn getötet haben.«

Sie hatte *recht*, und sie versuchte, Genugtuung in diesem Wissen zu finden. Aber da war keine; nicht in der Dunkelheit der Höhle.

»Ich hatte meine Befehle! Befehle, die ich verweigert habe!« Jegliche Beherrschtheit fiel von Cassian ab. Die Maske des Spions fiel von ihm ab, und darunter kam ein gekränkter Mann zum Vorschein, auf der verzweifelten Suche nach einer Rechtfertigung. »Aber das würdest du sowieso nicht verstehen.«

»Befehle? Was bringen Befehle, wenn du weißt, dass sie falsch sind?« Vor ihrem geistigen Auge blitzte eine Erinnerung auf an eine vierzehnjährige Jyn auf ihrer ersten Solomission für Saw, aber sie verdrängte das Bild rasch wieder, holte stattdessen mit dem nächsten verbalen Speer aus, bereit, ihn Cassian durchs Herz zu treiben. »Du könntest genauso gut bei den Sturmtruppen sein.«

Doch Cassian zuckte nicht länger zusammen, und er gab auch nicht nach. Stattdessen kam er auf sie zu, bis ihn nur noch eine Handspanne von ihr trennte, und er grollte: »Du hast doch keine Ahnung! Wir haben nicht alle den Luxus, entscheiden zu können, wann und wo wir uns um etwas kümmern wollen.« Das gleiche höhnische Grinsen, das sie zuvor aufgesetzt hatte, verzerrte nun sein Gesicht. »Auf einmal ist die Rebellion für dich wichtig geworden, hm? Jetzt, wo es auf einmal auch um dich geht und ... und du kein anderes Leben hast, zu dem du zurückkehren kannst.« Er hob die geballte Faust, und Jyn spannte die Muskeln, bereit für einen Kampf, aber da war sein Arm bereits wieder nach unten gesunken.

»Manche von uns *leben* dafür«, fuhr er fort. »Ich bin seit meinem sechsten Lebensjahr ein Teil dieses Kampfes. Du bist nicht die Einzige, die alles verloren hat.« Seine Augen funkelten, sein Atem kam schnell, aber seine Worte waren wohlüberlegt. »Nur haben einige von uns beschlossen, etwas dagegen zu unternehmen.«

Jyn starrte in das Gesicht des Mannes, der sie betrogen hatte.

Du hast mich angelogen, wollte sie wiederholen. *Du bist dort rauf, um meinen Vater zu töten.* Doch die Kälte hatte sich inzwischen tief in ihre Knochen gefressen und verwandelte das Mark in Eis.

Alles, was sie sagte, war: »Du kannst dir das nicht einfach schönreden.«

»Das muss ich gar nicht«, knurrte er.

Sie wandte die Augen nicht ab, und Cassian ebenso wenig. Die beiden standen einander gegenüber und starrten sich an, bis die Kälte und die Dunkelheit für Jyn unerträglich wurden; bis sie keine Worte, keine Waffen mehr hatte, die sie ihm entgegenschleudern konnte. Ihre einzige Option bestand noch darin, ihm die Faust in die Rippen zu rammen, das Knie in seine Brust zu donnern und zuzusehen, wie er auf dem Boden zusammenbrach.

Doch sie wusste, auch dann würde er nicht um Vergebung bitten, weil er ihren Vater hatte umbringen wollen. Und *sie* würde sich dadurch auch nicht besser fühlen.

Also drehte sie sich um.

»Kurs auf Yavin Vier!«, rief Cassian in Richtung Cockpit. »Lass sie wissen, dass wir in einem gestohlenen Schiff kommen.« Aus den Augenwinkeln sah Jyn, wie er zu Bodhi, Chirrut und Baze hinüberblickte. »Möchte sonst noch jemand was anmerken?«

Die anderen schwiegen. Es gab nichts mehr zu sagen.

»Sie hätten es mir sagen sollen«, murmelte Mon Mothma, aber ihre Worte klangen nicht wütend.

Sie stand am Fenster ihres Büros, einer breiten Öffnung an der Seite des Tempelturms, von wo aus man den endlosen Dschungel überblicken konnte. Es wäre ein Leichtes gewesen, eine Glasscheibe anzubringen, aber Mothma wollte den uralten Ort nicht mehr verändern, als unbedingt nötig; darum zog sie es vor, die Öffnung mit einer Plane zu verschließen, wenn Regenstürme aufzogen.

»Nichts davon hätte einen Unterschied gemacht«, sagte er. Sein Tonfall war bitter, aber diese Verbitterung war nicht gegen Mothma gerichtet. »Wir erfuhren erst von Jedha, als es schon zu spät war. Und was Galen Erso angeht: Nachdem wir Captain Andor verloren hatten – oder *glaubten*, dass wir ihn verloren hätten –, musste ich sofort eine Entscheidung treffen. Und ich entschied, auf Nummer sicher zu gehen und Erso auszuschalten, anstatt einen Rettungsversuch zu riskieren.«

Es war eine Lüge, aber Mothma musste nicht wissen, dass die Eliminierung des Wissenschaftlers von Anfang an Teil des Plans gewesen war. Draven hatte keine Angst, seine Entscheidungen zu verteidigen, aber hier stand gerade einiges auf dem Spiel, und da war es besser, die Sache nicht unnötig zu verkomplizieren.

»Sie wissen nicht, ob es einen Unterschied gemacht hätte.« Mothma drehte sich zu ihm herum, die Brauen ungehalten zusammenzogen. »Sie haben keine Vorstellung davon, was ich während der letzten Tage getan habe, General. Seit uns die ersten Gerüchte über den Planetenkiller erreichten, versuche ich, unsere Verbündeten im Senat zu mobilisieren, damit sie eine Abstimmung erzwingen. Damit sie öffentlich eine Demilitarisierung des Imperiums und eine Versöhnung mit der Rebellenallianz fordern.«

Das hatte Draven in der Tat nicht gewusst. Sicher, es war nicht wirklich überraschend, eine solche Senatsabstimmung war schließlich schon immer Teil von Mothmas Langzeitplan gewesen – aber er hätte davon wissen sollen. Das war eine demütigende, unerwünschte Erinnerung daran, wie unzuverlässig der Geheimdienst der Allianz bisweilen sein konnte.

Mothma war noch nicht fertig. »Ich hätte mit der Verunsicherung der Senatoren arbeiten können. Die Möglichkeit eines Planetenkillers, der Monate oder Jahre von der Fertigstellung entfernt ist, hätte viele Stimmen zu unseren Gunsten beeinflusst. Galen selbst erklären zu lassen, welchen Zweck und welche Zerstörungskraft diese Waffe hat – das wäre noch viel überzeugender gewesen. Aber jetzt …« Sie seufzte, setzte sich auf den Fenstersims und strich die Falten ihrer weißen Robe glatt. »Ein voll einsatzfähiger Planetenkiller, bereit zuzuschlagen – und die Allianz hat so gut wie nichts. Falls ich damit zu den Senatoren gehe, die mit uns sympathisieren, würde die Hälfte von ihnen in Panik geraten. Und Panik lässt sich nicht kontrollieren.«

Draven verarbeitete ihre Worte schweigend und versuchte, zwischen dem zu unterscheiden, was wirklich für ihn bestimmt war, und dem, was einfach nur einen Ausdruck von Frustration darstellte.

»Heißt das«, begann er, um einen unvoreingenommenen Ton bemüht, »dass Sie eine politische Lösung nicht länger für möglich halten?«

»Natürlich nicht«, entgegnete sie leise. »Aber die Chance auf Frieden ist gerade ein wenig kleiner geworden.«

Draven stieß ein bellendes Lachen aus, das er beinahe sofort bereute. Mothma musterte ihn, dann huschte ein seltenes, selbstironisches Lächeln über ihre Lippen.

»Wir müssen schnellstmöglich den Rat zusammenrufen«, erklärte sie. »Die anderen müssen davon erfahren, und dann müssen wir entscheiden, mit welcher Strategie wir dieser Krise begegnen wollen.«

Das hatte Draven bereits erwartet. Alle Anführer der Allianz an einem Ort zusammenzurufen klang, oberflächlich betrachtet, nach einer schlechten Idee – ein Verräter mit einem Thermaldetonator oder eine sorglos gesendete Nachricht, die von den Imperialen abgefangen wurde, und das wäre es dann mit der Rebellion –, aber er sah selbst keine bessere Option. Die militärischen Kommandanten der Rebellion waren bereits daran gewöhnt, im Verborgenen zu reisen, trotz der Gefahren, die das mit sich brachte. Dann gab es da noch die zivilen Ratsmitglieder, die verstreuten Streiter der Allianz im imperialen Senat und anderswo; sie unbemerkt zur Basis auf Yavin zu losten würde schwieriger sein.

»Ich werde mich darum kümmern«, sagte er. So kurzfristig wäre es eine Herkulesaufgabe, aber er würde einen Weg finden. »Vermutlich werden auch Captain Andor und Ersos Tochter rechtzeitig zu der Versammlung hier sein.«

»Gut. Captain Andors Augenzeugenbericht wird helfen, die skeptischeren Ratsmitglieder zu überzeugen.«

»Andor hat vielleicht nicht viel zu sagen. Die Nachricht, die die ganze Operation ins Rollen gebracht hat? Die von Galen Erso?« Mothma nickte und zog eine Augenbraue hoch. Draven seufzte. »Ersos Tochter ist die Einzige, die sie gesehen hat. Sie ist auch die Einzige, die vor Ersos Tod mit ihm gesprochen hat. Wir werden sie natürlich befragen, aber ich weiß nicht, wie überzeugend *sie* auf die Ratsmitglieder wirken wird.«

Mothma strich erneut über ihre Robe und blickte mehrere Sekunden in ihren Schoß hinab, dann stand sie auf. »Ich möchte Jyn Erso bei dieser Konferenz«, erklärte sie. »Sorgen Sie dafür, dass sie dort ist.«

Das war das erste Mal seit dem Beginn ihrer Unterhaltung, dass Draven wirklich überrascht war. *Jyn Erso sollte vor dem Rat sprechen?*

»Das Mädchen ist eine Diebin und eine Lügnerin«, entgegnete er. »Sie war aus gutem Grund im Gefängnis. Und sie hat meinen Leuten beinahe den Kopf abgebissen, als sie sie retten wollten.« Mothma hatte von Anfang an darauf gedrängt, Jyn auf Wobani zu befreien, und Draven fragte sich, ob sie nur nicht zugeben wollte, dass sie sich in Ersos Tochter getäuscht hatte. »Was sehen Sie in ihr?«

»Feuer«, antwortete sie, als würde das alles erklären.

»Sicher.« Draven zögerte. Es wäre vermutlich das Beste, die Unterhaltung zu beenden, solange er auf vergleichsweise festem Boden stand, aber er musste es einfach noch mal versuchen. »Wie immer der Rat sich auch entscheidet, wir müssen schnell handeln. Ich werde versuchen, ein paar Spezialisten aus Luft- und Bodentruppen zurückzurufen; damit sie bereit sind, falls wir sie brauchen.«

»Danke, General«, nickte Mothma.

»Und was die Entscheidung des Rates betrifft …« Er erhob sich von seinem Stuhl und atmete langsam aus. »Ich kann nicht versprechen, dass ich auf Ihrer Seite stehen werde, wenn die Sitzung beginnt.«

»Ich weiß«, erwiderte sie. »Ich schätze, wir werden beide versuchen, unsere Fehler wiedergutzumachen.«

Draven hatte keine Entgegnung auf diese Worte, also nickte er brüsk und verließ das Büro. Er hatte bereits mehr als genug zu tun, da blieb keine Zeit, sich auch noch selbst zu hinterfragen.

Mustafar brannte wie Glut in der Dunkelheit, eine Welt aus Lava, in der nur hier und da Kontinente aus schwarzem Fels emporragten. Während Krennic auf die feurige Landschaft hinabblickte, musste er an den Todesstern denken, und er fragte sich, ob die Kampfstation einen beliebigen Planeten in einen solchen Zustand versetzen könnte. Ja, wenn man die Energie der Waffe ausreichend zurückschraubte, sodass sie nur die Kruste aufriss, müsste die Welt früher oder später am Feuer ihres eigenen Herzens ersticken.

Die Gewalten natürlicher Planeten waren nichts im Vergleich zu seiner Schöpfung. Doch der Todesstern war weit entfernt, und er war heute alleine hier.

Der Shuttle bäumte sich auf, als er in die Atmosphäre eintrat und auf einem Strom schwarzer Wolken tiefer sank, während immer wieder heulende Winde an seinen Flügeln zerrten. Die Stabilisatoren und Gravitationseinheiten sorgten dafür, dass die Turbulenzen im Innern nicht weiter zu spüren waren, aber nur weil er nicht durchgeschüttelt wurde, hieß das nicht, dass Orson den Landeanflug als angenehm empfand. Seine Hände waren fest um die Armlehnen seines Sessels geschlossen, und er ging zum wiederholten Mal alles durch, was er über Darth Vader wusste. Er hatte sich ein Dutzend Taktiken zurechtgelegt, um das Gespräch zu seinen Gunsten zu wenden, aber bei dem dunklen Lord, der hier auf Mustafar seine Operationsbasis hatte, konnte man sich nie sicher sein.

Das Schiff brach durch die Wolkendecke, und die Lebenserhaltungseinheiten klickten leise, als sie die Luft nicht länger wärmen, sondern kühlen mussten. Jenseits des Fensters erblickte Krennic einen Geysir aus geschmolzenem Fels, der nur ein paar Dutzend Meter entfernt in die Höhe schoss.

War Vader verrückt? Wie konnte er freiwillig hier leben? Vielleicht war er unter seiner Rüstung wirklich kein Mensch; vielleicht diente dieser unheilvolle schwarze Anzug nicht nur dazu, seine Lunge und andere im Kampf verletzte Organe zu ersetzen; vielleicht ermöglichte er einer Kreatur, die aus Magma geboren war, in der Kälte zwischen den Sternen zu überleben.

Oder lebte er vielleicht deswegen auf Mustafar, weil er es genoss, seine Opfer bei lebendigem Leib zu verbrennen?

Was sagte es über Imperator Palpatine aus, dass er eine solche Person zu seiner rechten Hand gemacht hatte?

Nein. Krennic schüttelte den Kopf und schob diesen Gedanken *weit* von sich fort. Der Imperator war rachsüchtig, aber nicht verrückt. Er war ein gerissener Manipulator, ein Mann von gewaltiger Weitsicht und noch größerem Ehrgeiz, der seine Laufbahn als gewöhnlicher Politiker begonnen hatte und dann zu etwas ungleich Mächtigerem geworden war, indem er die außergewöhnlichen Gelegenheiten ergriff, die sich ihm boten. Und Vader war eines seiner Werkzeuge. Palpatine hatte den selbsternannten Lord des toten Sith-Kults nicht erschaffen, er hatte ihn nur *gezähmt.*

Und falls ein Senator von Naboo Vader zähmen konnte, dann sollte Krennic auch dazu in der Lage sein. Ob er nun hier war, um gelobt oder getadelt zu werden, er würde einen Weg in Vaders inneren Zirkel finden, und dann würde er diese Allianz zwischen ihm und Tarkin zerstören. Er wusste auch schon, wie. Der Same, der nach seiner Machtenthebung bei Jedha gepflanzt worden war, hatte inzwischen Blüten getrieben. Er kannte jetzt Tarkins Schwäche, und er brauchte nur noch eine Chance, sie auszunutzen.

Der Shuttle sank einem tiefschwarzen Turm entgegen, der sich vor dem Hintergrund der roten Lavaflüsse erhob: ein Obsidian-Monolith, von Metall eingefasst, hoch über dem feurigen Mahlstrom. Als Krennic nach der Landung in die Hitze hinaustrat, wurde er von einer Gestalt in schwarzen Roben in Empfang genommen. Der Mann machte eine auffordernde Geste und ging dann voraus, in den Monolithen hinein. Krennic fragte sich, wie viele Besucher dieser Kerl wohl schon zu ihrer Hinrichtung geführt hatte. *Kein Wunder, dass er nichts sagt.*

Doch solche morbiden Gedanken brachten ihn nicht weiter, und Orson tadelte sich, dass er ihnen Einlass in sein Bewusstsein gewährte. Vermutlich lag es an Galen; er hatte den Wissenschaftler so viele Jahre gekannt, und sein Tod erinnerte ihn auf unangenehme Weise an seine eigene Sterblichkeit. Um sich abzulenken, zog er seine Uniformjacke straff und vergewisserte sich, dass er vorzeigbar aussah. Kurz darauf erreichten sie einen runden Saal tief im Innern des Monolithen, und der schwarz gewandete Mann wies ihn an zu warten, während er durch eine Tür an der hinteren Wand verschwand.

Zuerst fiel Krennic der Geruch auf – chemisch, medizinisch, wie Salben auf einem polierten Droiden. Dann folgte das Geräusch einer Flüssigkeit, die aus einem Behälter abgesaugt wurde, und das mechanische Surren von hundert kleinen Motoren. Die Tür glitt auf, Dampf und tiefe Dunkelheit quollen hervor, und während Orsons Augen noch versuchten, die Düsternis zu durchdringen, vernahm er einen neuen Laut: ein hohles, metallisches Keuchen, das durch den gesamten Raum hallte; der verzweifelte, hungrige Atem einer Kreatur, die eigentlich nicht mehr am Leben sein sollte.

Der schwarz gewandete Mann, der ihn hergeführt hatte, trat durch die Tür und verschwand nach draußen auf den Korridor, aber Krennic nahm kaum Notiz von ihm. Er war viel zu sehr damit beschäftigt, die Schemen in der Dunkelheit zum Bild einer hünenhaften Erscheinung zusammenzusetzen.

»Direktor Krennic«, sagte das Ding, das da in den Schatten atmete. Seine Stimme war tief und dunkel wie ein bodenloser Abgrund. Sie ließ Orsons Zähne vibrieren, und er zwang sich zu einer Verbeugung.

»Lord Vader.« Er schaffte es, die Worte ohne Zittern auszusprechen, und er war stolz auf sich.

Der Dampf löste sich auf, und die Schatten verschmolzen zu einer Silhouette. Was da vor Krennic stand, war eine Gestalt in pechschwarzem Umhang und ebensolcher Rüstung, mit einem Helm wie der Albtraumversion eines Totenschädels – Gestalt gewordene und auf Hochglanz polierte Schwärze, unterbrochen allein von einer Handvoll Kontrolllämpchen an der Brustplatte und den Lichtflecken, die sich auf den runden Augenlinsen spiegelten.

»Sie wirken nervös.« Da war kein Gesicht, in dem Krennic lesen könnte, und seine Versuche, Vaders Körperhaltung oder den Rhythmus seines gequälten, schrecklichen Atems zu interpretieren, scheiterten ebenfalls.

Aber er spricht wie ein Mensch, sagte Orson sich. Zudem würde der Sith-Lord keine Zeit mit Worten verschwenden, wenn er jemanden hinrichten wollte. Allein durch die Tatsache, dass er mit ihm sprach, hatte er bereits wichtige Informationen preisgegeben.

»Nein«, erwiderte Krennic. »Ich stehe nur unter Zeitdruck. Momentan muss ich mich um etliches gleichzeitig kümmern.«

»Sehr bedauerlich.« Vader trat vor und starrte sein Gegenüber durch den Dampf und die Dunkelheit an. Seine toten Augen schimmerten rötlich. »Und dennoch haben Sie überaus viele Dinge zu erklären.«

Ach, wirklich?, hätte er fragen können, aber er hielt es für besser, erst mal seine persönlichen Erfolge anzuführen. »Ich habe die Waffe geliefert, die der Imperator verlangt hat. Der Test auf Jedha hat ihre Macht ohne jeden Zweifel bewiesen. Aber ich fürchte, Gouverneur Tarkin – der ja nur oberflächlich mit dem Projekt vertraut ist – hat es versäumt, den Imperator über die eigentliche Tragweite dieses Triumphes aufzuklären.«

Vader ist im Herzen ein Krieger. Er wird ein Dauntlesses Vorgehen zu schätzen wissen.

»Ich denke, ich verdiene eine Audienz, um sicherzustellen, dass der Imperator versteht, wie bemerkenswert das Potenzial der Station ist.«

Die grässliche Maske starrte auf Krennic herab, und die Stimme sagte: »An ihrer Fähigkeit, Probleme zu verursachen, gibt es jedenfalls keinen Zweifel. Die Zerstörung einer Stadt. Ein offener Angriff auf eine imperiale Einrichtung.« Vader machte einen Schritt nach vorne und zur Seite, wie ein Raubtier, das seine Beute umkreist.

Ein offener Angriff auf eine imperiale Einrichtung. Der Sith-Lord gab ihm die Schuld an dem Zwischenfall auf Eadu. War das die Gelegenheit, auf die er gewartet hatte? Seine Chance, Tarkins Fehler aufzudecken?

»Es war Gouverneur Tarkin, der diesen Test vorschlug«, begann er.

Doch die Stimme unterbrach ihn, so tief, dass sie in Krennics Schädel vibrierte. »Sie wurden nicht herbestellt, um vor mir zu kriechen, Direktor Krennic.«

Orson fluchte lautlos. Sein Manöver war zu offensichtlich gewesen. »Nein, ich ...«

»Es gibt keinen Todesstern«, fuhr Vader fort. »Der Senat wurde bereits informiert, dass Jedha durch ein Minenunglück vernichtet wurde.«

»Der Senat ...«

»... erfüllt seinen Zweck, solange wir ihn beschwichtigt halten. Der Imperator wird sich darum kümmern, wenn *er* den richtigen Zeitpunkt für gekommen hält.«

»Ja, mein Lord.« Krennic streckte den Rücken durch und ließ die Rüge mit Würde über sich ergehen.

Vader hatte ihn vollständig umkreist und ging nun wieder zur Tür hinüber. Dabei würdigte er Orson keines weiteren Blickes. »Ich erwarte von Ihnen, dass Sie nicht eher ruhen, bis Sie dem Imperator zusichern können, dass Galen Erso die Waffe nicht sabotiert hat. In keiner Weise.«

War das alles? Eine kurze Befragung und eine Ermahnung?

»Also habe ich ...« Krennics Worte klangen schwachbrüstig, und seine Kehle fühlte sich auf einmal wie ausgetrocknet an. »Also habe ich immer noch das Kommando über die Station? Und Ihr sprecht mit dem Imperator über ...«

Vader hatte ihm noch immer den Rücken zugedreht, aber er hob die Hand. Orson versuchte zu schlucken, aber es gelang ihm nicht – es war, als hätten sich unsichtbare Finger um seinen Hals geschlossen, die mit kontrollierter, sadistischer Gewalt zudrückten.

Er hustete kurz, dann war auch das nicht mehr möglich, und er kämpfte lautlos um Atem. In seinem Kopf wirbelten die Gerüchte umher, die er über Vader gehört hatte. Einmal, bei einer Militärkonferenz, war er selbst Zeuge geworden, wie der dunkle Lord einen Offizier erwürgt hatte. Während der folgenden Tage hatte Krennic sich eingeredet, dass der Sith-Lord seine Hände benutzt hatte, um dem Mann die Luftröhre zu zerquetschen, aber jetzt wurde ihm klar, dass er sich nur etwas vorgemacht hatte.

Die Jedi waren untergegangen, aber ihre Macht existierte womöglich noch. Und ob er nun ein verrückter Kultanhänger war oder nicht, Vaders Fähigkeiten waren nur allzu real.

Die unsichtbare Hand hielt seine Kehle noch einen weiteren Moment umschlossen – lange genug, dass er glaubte, er würde sterben –, dann ließ der Druck schlagartig nach. Krennic ging keuchend auf die Knie, den Oberkörper auf die Hände gestützt, sodass er die Kälte des Bodens durch seine Handschuhe spüren konnte.

»Passen Sie auf, dass Sie nicht an Ihrem Ehrgeiz ersticken, Direktor«, sagte die Stimme aus dem Abgrund.

Dann war der Sith-Lord in der Dunkelheit verschwunden, und Krennic stemmte sich ächzend auf die Beine hoch. Er ging noch immer vornübergebeugt, als er den Korridor erreichte, wo Vaders Diener auf ihn wartete. Der Mann in der schwarzen Robe bedeutete ihm mit einer wortlosen Bewegung, ihm zu folgen, und sie nahmen denselben Weg zurück nach draußen, auf dem sie gekommen waren.

Trotz der Schmerzen in seinem Hals konnte Krennic ein aufgeregtes Lächeln nicht unterdrücken.

Vader hatte ihn am Leben gelassen. Er hatte ihn für zu wertvoll befunden, um ihn zu töten – was bedeutete, dass auch der Imperator seinen Nutzen anerkannte. Mehr noch, Tarkins Usurpation, seine Übernahme des Todessterns, war abgewendet. Und Orson hatte Vader auch auf den großen Fehler des Moffs aufmerksam gemacht – denn als er den Test auf Jedha City beschränkte, hatte Tarkin nicht bedacht, dass es Überlebende geben könnte – und es *musste* Überlebende gegeben haben. Wie sonst ließ sich der Angriff der Rebellen auf Eadu erklären? Der abtrünnige Pilot war schließlich nach *Jedha* geflohen, und seine Nachricht hatte den Mond augenscheinlich verlassen.

Die Verantwortung dafür lag einzig und allein bei Tarkin.

Trotzdem hatte Krennic nicht vor, seinem Rivalen sofort den Todesstoß zu versetzen. Vader hatte recht: Das Ausmaß von Galens Verrat war unklar, und Orson wollte diese Sache erst aufklären, bevor er sich um Tarkin kümmerte.

Hatten die Rebellen es vielleicht gar nicht auf Krennic oder die Einrichtung abgesehen, als sie Eadu angriffen, sondern auf Galen selbst? Hatten sie Angst, dass der Wissenschaftler bei einem imperialen Verhör einknicken könnte und noch weitere Akte von Verrat und Sabotage gestehen würde?

Orson musste es herausfinden. Er brauchte absolute Gewissheit.

In diesem Moment brach Vaders Diener das Schweigen, und Krennic schreckte aus seinen Gedanken hoch. »Nur den wenigsten wird die Ehre zuteil, Lord Vader in seiner innersten Sphäre zu besuchen.« Sie hatten den Ausgang vor dem Landefeld erreicht. »Ich schlage vor, Sie behalten für sich, was Sie hier gesehen haben.«

Orson richtete sich auf und musterte den Mann, aber er musste feststellen, dass sein Gesicht ebenso unergründlich war wie Vaders Maske. Also verzichtete er auf eine Erwiderung und trat in die Hitze von Mustafar hinaus.

An Bord seines Shuttles gab er Befehl, einen Kurs nach Scarif zu programmieren.

Er konnte es kaum erwarten, diesen verrückten Planeten zu verlassen, aber mit einem Mal kamen ihm Zweifel, ob er je in der Lage sein würde, Vaders Schatten zu entkommen.

Jyn hatte sich in dem engen Triebwerkabteil des imperialen Frachtshuttles zusammengekauert und wartete darauf, dass die Maschinen sie wärmen würden. Allmählich begann sie jedoch zu glauben, dass die Kälte nie aus ihren Knochen weichen würde.

Nach der Konfrontation mit Cassian hatte sie einen Ort gebraucht, wo sie allein sein konnte, fort von ihm und fort vom Mitleid der anderen, und letztlich hatte sie sich hierher zurückgezogen. Ringsum pulsierten die Triebwerke in ebenmäßigem Rhythmus, während sie den Shuttle durch den Hyperraum trugen. Eingelullt von ihrem Summen, schweiften Jyns Gedanken in die Tiefen ihrer eigenen, endlosen Schwärze ab.

Eine Weile hing sie Rachefantasien nach.

Sie könnte bis Yavin warten, dann einen Weg finden, den Tempel zum Einsturz zu bringen, und Cassian, General Draven, Mon Mothma und all die anderen, die eine Mitschuld am Tod ihres Vaters hatten, unter tausend Tonnen Stein begraben. Sie hatte Saw gesagt, dass die Rebellion ihr nichts als Leid gebracht hätte; und seitdem die Allianz auf Wobani wieder in ihr Leben getreten war, hatte sie mehr Schmerz durchlitten als je zuvor. Es schien nur angemessen, dass sie den Gefallen erwiderte.

Doch nach einer Weile ebbten diese Gedanken an Vergeltung ab. Was immer sie war, was immer sie in ihrem kurzen, brutalen Leben getan hatte – sie war keine Mörderin. Sie hatte getötet, ja; aber nur um in einem Krieg ihr eigenes Leben oder das von anderen zu retten. Sie war nicht wie Cassian, und sie wollte nie so werden wie er. Die Vorstellung, all den Leuten Schmerz zuzufügen, die für den Tod ihres Vaters verantwortlich waren, brachte kurzzeitige Befriedigung, aber letztlich nährte sie nur das Gefühl von Kraftlosigkeit und Leere in ihrem Inneren.

Jyn dachte an Galens Hologramm: *Falls du einen Platz in*

der Galaxis gefunden hast, der unberührt von Krieg und Konflikt ist – falls du irgendwo ein ruhiges Leben führst, vielleicht sogar mit einer Familie … sollst du wissen, dass ich deshalb nicht weniger stolz auf dich bin. Solange du glücklich *bist, Jyn, ist das mehr als genug für mich.*

Waren das seine Worte gewesen? Sie war nicht sicher. Die Nachricht, die sich erst endlos in ihrem Kopf wiederholt hatte, war verstummt, als er in ihren Armen gestorben war, und so sehr sie sich bemühte, sie konnte sie einfach nicht mehr zurückholen.

Falls sie also keine Rache nehmen würde, wäre es dann vielleicht das Beste, einfach zu gehen? Ein paar Credits zu stehlen und unterzutauchen? Sie könnte ein Leben unter dem Radar führen, so wie früher, und ignorieren, dass das Imperium eine Welt nach der anderen in die Luft sprengte, bis die Rebellion ausgemerzt wäre.

Die Kampfstation kann vernichtet werden.

Jemand muss sie vernichten.

Das waren die letzten Worte ihres Vaters gewesen. Nicht, wie sehr er sie liebte. Nicht, dass er sie vermisst hatte. Obwohl er im Sterben lag, obwohl er seine Tochter zum ersten Mal seit fast fünfzehn Jahren wiedersah, hatte er nur an die Maschine denken können, die der alleinige Inhalt seines Lebens geworden war. Die Maschine, die er über Jahrzehnte hinweg gebaut und dann sabotiert hatte; die ihn zum Ziel eines Mordanschlags durch die Rebellenallianz gemacht hatte.

Vermutlich sollte Jyn deswegen wütend auf ihn sein. Oder zumindest wütend, weil sie völlig umsonst nach Eadu gereist war. Was sie dort gefunden hatte, war noch weniger, als das Hologramm ihr gegeben hatte; in seiner Nachricht war wenigstens kurzzeitig ein Galen Erso durchgeschimmert, der mit seinen Emotionen rang, der sagte: *Meine Liebe zu ihr hat niemals nachgelassen.* Doch nun würde sie ihren Vater als verwirrten, alten Mann in Erinnerung behalten, dessen Körper in ihren Armen erschlaffte.

Sie war nicht wütend auf ihn. Sie war wütend auf die Rebellion und auf Cassian. Doch selbst diese Wut schien sinnlos, denn sie brachte sie lediglich zurück zum Anfang – zu der Rache, die sie nicht wollte.

Jyn hatte keine Antworten. Nach einer Weile wiegte das Vibrieren der Triebwerke sie in den Schlaf.

Und in ihrem Schlaf träumte sie. Von Saw Gerrera, dem Mann, der sie fast ebenso lange großgezogen hatte wie ihr Vater, der während dieser Zeit aber so gut wie nie gelächelt hatte. Sie träumte davon, ein verängstigtes, achtjähriges Mädchen in der Obhut eines Soldaten zu sein, der Furcht nicht als Entschuldigung gelten ließ; eines Soldaten, dessen grollende Stimme selbst den stämmigsten Gamorreaner zusammenzucken ließ, der nie in einen Kampf geraten war, den er nicht gewinnen konnte. Sie träumte von dem Tag, als sie mit blutverschmiertem Gesicht und einem gebrochenen Bein zu Saw nach Hause gekommen war; von den Dutzend Narben, die sie während der Zeit in seinem Kader davongetragen hatte – Narben, die sie heute noch zeichneten.

Saw hatte ein Feuer in ihr entzündet. Er hatte ihr *Zähne* gegeben. Und Jyn hatte ihm nicht einmal dafür gedankt, bevor er gestorben war.

Auch von Galen träumte sie, von ihrem Apartment auf Coruscant und der Farm auf Lah'mu. Sie träumte von all den Spielzeugen, die ihr Vater ihr geschenkt hatte – so *viele* Spielzeuge. Sie hatte ihnen allen Namen gegeben, und irgendwie hatte Galen es geschafft, sich diese Namen zu merken: Beeny und Stormy und Hazz Oblubitt und all die anderen, die auch in ihrem eigenen Gedächtnis nur noch vage Schatten darstellten. So oft war er nachts noch in ihr Zimmer gekommen – wo immer ihr Zimmer war, egal auf welchem Planeten – und hatte ihr ein Spielzeug in die Arme gelegt. Seine Liebe war nie extravagant gewesen, stets simpel, aber doch immer unverkennbar. Und sie hatte ihn so viele Jahre gehasst.

Sie träumte von Galens Tod, vom Tod ihrer Mutter auf Lah'mu, von einem Bombardement der TIE-Jäger, die ihr Zuhause in Schutt und Asche legten. Sie träumte vom grünen Licht des Todessterns, *seines* Todessterns, das die Gebäude und Mauern und Lebewesen in der Heiligen Stadt von Jedha verbrannte. In diesem Traum rannte sie über einen Platz, um ein kleines Mädchen in Sicherheit zu bringen, aber sie erreichte es nicht rechtzeitig. Denn als sie das Kind auf ihre Arme heben wollte, waren nur noch Knochen übrig, und dann verwandelten sich die Knochen in Asche. Sie träumte von Sturmtruppen, die Leute aus ihren Behausungen zerrten; Sturmtruppen, die vor Zellenblocks patrouillierten; Sturmtruppen, die auf blinde Männer schossen … Reihe um Reihe von Sturmtruppen, die dahinmarschierten, und dann feuerten sie alle auf Jyn und brannten ihr tausend Löcher durch die Brust.

Sie träumte von dem Mann in Weiß, der das Werk der Sturmtruppen begutachtete – ihre Hinrichtung. Er sagte etwas, das sie nicht hören konnte, aber er machte einen zufriedenen Eindruck. Dann wandte er sich ab; er hatte Wichtigeres zu tun. Die Sturmtruppen, jetzt wieder in schwarzer Rüstung, schossen unterdessen weiter auf ihre Leiche.

Und als sie den Albtraum nicht länger ertragen konnte, als sie spürte, dass sie gleich aufwachen würde, sah sie plötzlich ihre Mutter vor sich.

Jyn lag auf dem Rücken, tot, in ihrem Apartment auf Coruscant, während Lyra gerade gewissenhaft ihre Ausrüstung für eine Vermessungsexpedition auf einem fernen Planeten einpackte. Fast wäre sie auf Jyns Leiche getreten, als sie einen tragbaren Scanner aus einem Regal nahm.

»Oh …« Lyra schüttelte den Kopf, bückte sich und zog Jyn in eine aufrechte Position hoch.

War das eine Erinnerung? Sie war nicht sicher. Ihre Hand zitterte im Griff ihrer Mutter.

»Mama?«, flüsterte sie.

Lyra lachte und tippte ihr mit dem Finger gegen die Stirn. »Würdest du dich bitte nicht mitten im Wohnzimmer auf den Boden legen? Irgendwann werde ich stolpern und fallen und auf dir landen, und dann wird dein Vater mir die Schuld für deine blauen Flecke geben.«

Anschließend wandte sie sich wieder ihrer Tasche zu. Jyn beobachtete sie. »Mama«, wisperte sie erneut. »Ich weiß nicht, was ich tun soll.«

Lyra hob die Hand, um Stille einzufordern. Ihr Blick wanderte über den Inhalt der Tasche, und nachdem sie zufrieden genickt hatte, setzte sie sich an Jyns Seite. Ein sanftes, irgendwie trauriges Lächeln lag auf ihrem Gesicht. »Ich weiß, Liebling«, erklärte sie. »Aber du bist ein großes Mädchen. Du musst selbst eine Entscheidung treffen.«

Plötzlich waren sie nicht mehr in ihrem Apartment, sondern in der endlosen Dunkelheit, die einst die Höhle gewesen war.

»Ich weiß nicht, wie«, murmelte Jyn, zu beschämt, um es laut zu sagen.

Lyra blickte verschwörerisch über die Schulter, wie um sicherzugehen, dass niemand sie belauschte. »Soll ich dir einen Tipp geben?«

Jyn nickte unbeholfen.

Lyra beugte sich zu ihr hinüber, bis ihre Nase Jyns Wange streifte. »Du bist die Tochter deines Vaters. Aber du bist *mehr* als nur das. Es ist in Ordnung. Wir vertrauen dir.«

Jyn kam sich schrecklich klein vor. Sie war wieder vier Jahre alt, und ihre Mutter war so viel größer als sie.

Lyra flüsterte ihr ins Ohr, und sie musste sich anstrengen, um die Worte zu verstehen: »*Die stärksten Sterne besitzen Herzen aus Kyber.*«

Die Kette um ihren Hals schien in Flammen zu stehen.

Einen Moment später war der Traum vorbei, und Jyn erwachte im Triebwerkabteil eines imperialen Frachtshuttles. Sie weinte, so heftig wie seit ihrer Kindheit nicht mehr – bis ihr Gesicht gerötet war und ihre Nase lief; bis die Dunkelheit, die einst die Höhle gewesen war, heller zu werden schien; bis die Tränen den Regen von Eadu fortwuschen und sie sich endlich wieder sauber fühlte.

14. Kapitel

Jyn konnte sich nicht erinnern, je so bereit gewesen zu sein wie jetzt, während sie Yavin 4 entgegenraste. Sie hatte das Triebwerkabteil des Shuttles mit einem Ziel verlassen, und nicht einfach nur einem Ziel, sondern auch mit einem *Plan*, zart und empfindlich wie ein Blütenblatt. Es war nur eine einzelne Antwort, aber in diesem Fall reichte ihr das.

Sie spürte noch immer Zorn und Hass auf die Rebellion, aber solange sie dieses Feuer nicht schürte, würde es herunterbrennen. Diese Emotionen waren genauso real, aber auch genauso irrelevant wie ihre Wut auf Saw Gerrera und seine Leute.

Davon abgesehen brauchte sie die Rebellion für ihren Plan.

Sie würde ihnen die Wahrheit erzählen. *Die Kampfstation kann vernichtet werden. Jemand muss sie vernichten.*

Als sie den Shuttle verließ, schlug Yavins erstickender Geruch nach Moder und verrottender Vegetation über Jyn zusammen. Sie ging als eine der Letzten von Bord, dicht neben Bodhi und hinter den Wächtern der Whills; Cassian war vorangegangen und eilte bereits zu der Ansammlung von Geheimdienstoffizieren hinüber, die im Hangar warteten.

K-2SO bildete die Nachhut, und er beobachtete die anderen aufmerksam, als hätte er Angst, sie könnten einen Fluchtversuch starten.

Während des Landeanflugs hatten sie zahlreiche andere Schiffe gesehen, die durch die Atmosphäre pflügten, dem hohen Tempelturm entgegen. »Sie haben alle für ein Treffen des Rates zusammengerufen«, hatte Cassian erklärt – brüsk, die Augen abgewandt. Bodhi, Chirrut und Baze sollten von Agenten des Allianzgeheimdienstes verhört werden, während Cassian und Jyn direkt vor dem Rat sprechen würden. Baze hatte bei diesen Aussichten die Zähne gebleckt, aber Chirrut hatte nur gemeint, dass die *Gäste* im Heim der Rebellen und deshalb zur Höflichkeit verpflichtet wären.

Rings um sie führten Soldaten luxuriös gekleidete Aristokraten und Diplomaten über das Landefeld. Bodhi wirkte überwältigt, reckte den Hals hierhin und dorthin, damit auch kein landendes Schiff seinem Blick entging. »Das ist ein Feuerfeder-Sternschneider«, murmelte er und deutete auf einen schwarzen Punkt am blaugrauen Himmel. »Den erkennt man sofort an dem pfeifenden Geräusch. Sie sind wirklich selten – da muss jemand Wichtiges an Bord sein.«

»Ich schätze, wer einen Sitz im Rat will, braucht entweder Geld, Waffen oder Einfluss«, kommentierte Jyn.

Bodhi lachte nervös. Einen Augenblick scharrte er mit der Stiefelspitze auf dem Boden und drehte sich halb zu ihr herum. »Es tut mir leid wegen Galen«, sagte er.

Jyn wusste nicht, warum, aber die Worte überraschten sie. »Danke«, brachte sie hervor.

Der Pilot zog die Schultern hoch. »Ich mochte ihn. Nicht dass ich ihn sonderlich gut kannte. Aber ich mochte ihn …«

»Du hast ihn vermutlich besser gekannt als ich.«

Sein Lächeln war jetzt schmaler, aber es wirkte nicht länger nervös. »Das glaube ich nicht.«

Jyn begann in der Hitze zu schwitzen. Sie verlagerte unbehaglich das Gewicht von einem Bein aufs andere und sah einem Astromechdroiden zu, der scheinbar ziellos zwischen den gelandeten Raumschiffen umherrollte. Bodhi war verstummt, vermutlich um ihretwillen. Angesichts seiner Angewohnheit, endlos vor sich hin zu plappern, musste ihm das wirklich schwerfallen.

Jyn erbarmte sich seiner und deutete auf seinen imperialen Fliegeroverall. »Du kannst es sicher kaum erwarten, den loszuwerden. Wir kriegen hier bestimmt frische Kleidung.«

»Was?« Bodhi blickte blinzelnd auf seine Arme hinab, auf die imperialen Abzeichen an seinen Schultern. »Nein. Nein, ich ... ich denke, ich werde ihn behalten. Als eine Art Erinnerung.«

»Eine Erinnerung woran?«, wollte sie wissen.

Er beugte sich dicht zu ihr hinüber, als wäre ihm ein wenig peinlich, was er zu sagen hatte. »Daran, dass ich mich freiwillig für diese ganze Sache gemeldet habe. Verstehst du?«

Zum Glück musste sie nicht darauf antworten, denn in diesem Moment kehrte Cassian mit mehreren Geheimdienstoffizieren vom Hangareingang zurück. Die Rebellen postierten sich um Baze, Chirrut und Bodhi herum und führten die drei davon. »Wir sehen uns später«, rief Jyn ihnen nach.

Cassian bedeutete ihr, mit ihm zu kommen, und sie schlossen sich dem Strom von Wesen an, die ins Innere des Tempels marschierten. »Los«, sagte er. »Sie fangen in Kürze an.«

Der Besprechungsraum war ebenso primitiv wie der Rest der Rebellenbasis. Feuchtigkeit sickerte aus den Felswänden und tropfte auf angeschraubte Rohre und Kabelstränge, die von mehreren Konsolen zu einem zentralen Holoprojektor führten. Rings um diesen Projektor waren Stühle aufgereiht, aber längst nicht genug für die versammelte Menge: Da waren Admiräle und Generäle in eleganter Uniform, Schulter an Schulter mit Guerillakämpfern in bunt zusammengewürfelter Rüstung; Adelige und Bürokraten (gehüllt in *schlichte* Kleidung, die trotzdem teurer war als alles, was Jyn je besessen hatte) standen in kleinen Gruppen beisammen. Dem allgemeinen Gemurmel entnahm sie, dass einige der Anwesenden imperiale Senatoren waren; würde sie die galaktische Politik verfolgen, hätte sie sie vermutlich sogar erkannt.

Jyn trat beiseite, um einen ithorianischen Milizkommandanten durchzulassen, und als er seine beeindruckende Körpermasse an ihr vorbeigeschoben hatte, stellte sie fest, dass sie Cassian aus den Augen verloren hatte. Bevor sie ihn wiederfand, trat Mon Mothma – die ernste Frau in der weißen Robe, die sie vor ein paar Tagen und in einem anderen Leben kennengelernt hatte – neben den Holoprojektor. Die Menge verstummte.

»Ich möchte Ihnen allen danken«, begann Mothma, »dass Sie so kurzfristig herkommen konnten. Viele von Ihnen haben durch diese Reise Risiken auf sich genommen, die ich mir nicht einmal vorstellen möchte. Sie haben allen Gefahren getrotzt, weil Sie an unsere Allianz glauben. Und weil Sie den Ernst der Lage erkannten, als ich Sie über eine *nie da gewesene Krise* informierte.

Ich wünschte, ich könnte Ihnen sagen, dass diese Krise nicht real ist. Dass Sie umsonst hergekommen sind.« Der Schatten eines Lächelns huschte über Mothmas Gesicht. Jemand in der Menge lachte barsch und versuchte, es durch ein Hüsteln zu maskieren.

»Aber die Beweise, die wir Ihnen heute präsentieren, sind nicht spekulativer Natur. Sie sind geheim, ja – und indem wir sie offenlegen, müssen wir auch bestimmte Quellen und Methoden des Allianzgeheimdienstes offenlegen;

Quellen und Methoden, von denen die Öffentlichkeit oder der Senat nichts erfahren darf. Sie werden Berichte von zuverlässigen Rebellenagenten und neuen Verbündeten hören. Sollten Sie an ihren Worten zweifeln, denken Sie bitte daran, dass das Imperium sie alle auf der Abschussliste hat.«
Ein Murren ging durch die Menge. Füße scharrten über den Boden, Mundwinkel wurden skeptisch nach unten gezogen.
»Ich möchte Sie bitten, keine Spekulationen anzustellen, bis diese Besprechung vorbei ist. Danach werden wir über das diskutieren, was hier gesagt und gezeigt wurde, und wir werden gemeinsam über die Zukunft unserer Organisation und der Galaxis entscheiden.«

Jyn sah, dass General Draven sich einen Weg zur Mitte des Raumes bahnte, aber er blieb stehen, als Mothma weitersprach. »Womit wir es hier zu tun haben«, sagte sie, »ist der nächste logische Schritt nach all dem, was der Imperator bereits getan hat.«

Jyn erkannte die Worte von ihrer ersten Begegnung mit Mothma wieder. S*ie muss schon eine ganze Weile an dieser Rede gefeilt haben*, dachte sie.

»Eine Waffe, entworfen, um Planeten zu zerstören«, fuhr das Oberhaupt der Allianz fort. »Um blühende Welten und Milliarden Wesen zu Staub zu verbrennen. Sie werden heute sehen, dass diese Waffe nicht nur für den Einsatz gegen militärische Außenposten entwickelt wurde, sondern als Instrument der Zerstörung konzipiert wurde, als Instrument, um Furcht zu erzeugen.

Wir glauben, dass das Imperium ihr den Namen Todesstern gegeben hat.«

Nun trat Mothma zur Seite, und Draven nahm den Platz vor dem Holoprojektor ein, um die eigentliche Besprechung einzuläuten. Jyn blendete seine Stimme aus, während er mehrere Berichte über den Abbau von Kyber-Kristallen und die Zweckentfremdung imperialer Forschungsgelder herunterspulte. Stattdessen beobachtete sie die versammelten Ratsmitglieder. Die meisten der Offiziere folgten Dravens Worten mit größter Konzentration; sie vertrauten ihm – aus welchem Grund auch immer –, und sie schenkten seinen Worten bedingungslos Glauben. Die Politiker machten im Großen und Ganzen einen neutralen Eindruck, andererseits hatten sie ihr ganzes Leben gelernt, aufgeschlossen zu erscheinen.

Mon Mothma unterhielt sich im Flüsterton mit einigen Adeligen in der vordersten Reihe. Dir Frau war wirklich unermüdlich.

Schließlich übergab Draven das Wort an einen Geheimdienstoffizier der Allianz. Bodhi wurde hereingebracht und in herrischem Ton nach Galen Erso und der Konstruktion der Kampfstation befragt, soweit der Pilot sie persönlich miterlebt hatte. Als Nächstes war Cassian an der Reihe, der die Ereignisse der »Operation Bruchstelle« zusammenfasste. Was den groben Ablauf der Geschehnisse anging – der Versuch, Saw Gerrera zu kontaktieren und den imperialen Deserteur zu finden, die Vernichtung der Heiligen Stadt durch den Todesstern –, entsprach seine Geschichte der Wahrheit, die Jyn ja miterlebt hatte. Der Holoprojektor zeigte den Krater, der von der Stadt übrig geblieben war, umtost von einem wirbelnden Sandsturm.

»Das Imperium behauptet, es würde sich um ein Minenunglück handeln«, sagte ein Mann zwei Reihen vor Jyn. »Sie sind damit aber noch nicht an die Öffentlichkeit gegangen.«

Nun widmete Cassian sich Eadu, und er begann zu lügen. Er nannte die Operation dort einen gescheiterten Versuch, Galen Erso zu befreien. Die Ratsmitglieder unterbrachen ihn und fragten nach Details über den Plan des Imperiums – Details, die er ihnen nicht liefern konnte. Jyn wandte angewidert den Blick ab, und sie zuckte erschrocken zusammen, als sie feststellte, dass Mon Mothma neben ihr stand. Die Anführerin der Rebellen hatte sich durch die dichte Menge an ihre Seite geschoben, und sie war ihr fast schon unangenehm nahe.

»Bin ich als Nächste dran?«, fragte Jyn. Dann erkannte sie, weswegen Mothma zu ihr gekommen war, und ein leises, bitteres Lachen entfloh ihren Lippen. »Wollen Sie mir einflüstern, was ich denen erzählen soll?«

Es gab eine Version ihrer Geschichte, die die Ratsmitglieder hören sollten – und eine andere, die unausgesprochen bleiben sollte.

Doch Mothma schüttelte den Kopf. »Nein. Ich wollte nur sagen …« Ihr Blick verharrte auf Jyns Gesicht, und sie schien nach den richtigen Worten zu suchen. Jyn konnte sich schon vorstellen, welche abgedroschenen, hohlen Phrasen sie bemühen würde: *Ich bedaure den Verlust Ihres Vaters. Die Rebellion ist stolz auf Sie. Viel Glück da vorne.*

»Ich werde nicht vergessen, was wir Ihnen zugemutet haben«, flüsterte Mothma.

Jyn starrte sie an, überwältigt von der Trauer in ihrer Stimme.

Sie wollte etwas sagen, eine Frage stellen, aber in diesem Moment rief jemand ihren Namen, und eine Hand führte sie in die Mitte des Raumes. Jyn straffte die Schultern; sie wusste, welche Version der Geschichte sie erzählen würde.

Jyns Bericht war prägnant, unverblümt und ehrlich. Sie fasste zusammen, was sie noch von Galens Nachricht wusste – viele der Worte waren in ihrem Gedächtnis bereits verblasst –, und sie ließ die bohrenden Fragen eines rotgewandeten Senators namens Jebel über sich ergehen. (Jemand nannte ihn den Finanzminister der Rebellion; ein Titel, der in Jyns Augen jede Menge Potenzial für Spott und Hohn barg.) Er schien sich vorrangig für ihre Befreiung auf Wobani zu interessieren, und er wollte wissen, ob man diese Befreiung als Druckmittel benutzt hätte, um sie zur Zusammenarbeit zu bewegen. Ein »Ja« platzte aus ihr heraus, und als sie sah, wie Bodhi in der ersten Reihe das Gesicht verzog, fügte sie rasch eine genauere Erklärung an. Admiral Raddus – ein Mon Calamari mit fleckiger Haut und starren, bernsteinfarbenen Augen – fragte anschließend, warum sie sich ursprünglich von Saw Gerrera abgewandt hatte, und sie erklärte, dass seine Methoden ihr Unbehagen bereitet hätten. Eine Lüge, die glatt über ihre Lippen kam und den General zufriedenzustellen schien.

Jyn hatte das Gefühl, als würde sie im einen Moment zu leise sprechen und im nächsten zu laut; sie war nicht sicher, ob man ihre Stimme überall in dem Besprechungsraum hören konnte, und ihr Blick huschte immer wieder über die Menge, ohne je länger auf einem Gesicht zu verharren. Die Befragung zog sich weiter und weiter hin, erst eine halbe Stunde, dann eine, dann zwei, und sie sah, dass die Ratsmitglieder rastlos wurden. Cassian hatte sich längst nach draußen zurückgezogen, als sie schließlich mit ihren Schilderungen fertig war, und sie schloss mit den letzten Worten ihres Vaters.

»*Die Kampfstation kann vernichtet werden*«, sagte sie. »Das war das Letzte, woran er dachte. Das war ihm im Moment seines Todes am wichtigsten.«

Ihr Hals fühlte sich trocken an, und sie trat rasch vom Holoprojektor fort, ehe noch jemand eine Frage stellen konnte. Ein vages Gefühl der Enttäuschung erfüllte sie; das Gefühl, dass ihre Worte nicht genug Gewicht gehabt hatten. Ihre Aussage hätte wie ein Schuss aus einem Blaster sein sollen, unmittelbar und zwingend.

Niemand trat vor, um ihren Platz einzunehmen – die Besprechung war beendet. Nun begann die Diskussion.

»Senator Tynnra Pamlo von Taris«, stellte sich eine Frau

unter einer elfenbeinfarbenen Kapuze vor. Sie ergriff das Wort, während an zahlreichen Stellen in dem großen Raum noch gemurmelt und beratschlagt wurde. »Es ist offensichtlich, dass Senatorin Mothma untertrieben hat, als sie diese Situation eine *Krise* nannte. Ich teile die Meinung von General Draven und seinen Leuten: Dieser Todesstern ist eine existenzielle Bedrohung, nicht nur für unsere Allianz, sondern für alles Leben, wie wir es kennen.«

Weitere Stimmen wurden laut, manche zustimmend, andere protestierend, aber Pamlo ließ sich nicht beeindrucken. »Wir können nicht ganze Welten für unsere Sache aufs Spiel setzen. Das sage ich voller Bedauern, aber auch mit absoluter moralischer Überzeugung. Die Existenz des Todessterns ist ein Ultimatum, dem wir uns nicht verweigern können. Bis wir wissen, dass das Imperium diese Waffe nicht auf bewohnten Planeten einsetzt, müssen wir die Flotte auflösen und mit ihr alle anderen militärischen Einheiten. Uns bleibt nur noch die Kapitulation …«

Die bislang halbwegs zivilisierte Diskussion löste sich auf wie Wassertropfen auf einem heißen Motorblock. Argumente und Debatten brandeten in wildem Durcheinander auf, zwanzig Ratsmitglieder sprangen gleichzeitig auf und setzten zu hochtrabenden Ansprachen an, und Dutzende Stimmen rangen um die Vorherrschaft. Generäle entfesselten verbale Breitseiten, die sie seit dem Beginn der Besprechung vorbereitet hatten.

Jyn stand mit offenem Mund da. Ein Teil von ihr wartete darauf, dass Pamlo weitersprach, als könnte das die anderen wieder zur Räson bringen.

Stattdessen hörte sie lautstarke Fragen und Feststellungen wie:

»Reden wir hier wirklich darüber, etwas aufzugeben, das wir unter so großen Mühen aufgebaut haben?«

»Wir können nicht alles hinwerfen …«

Die Worte stammten von einem der Zivilisten und Admiral Raddus, und ihre Vehemenz wurde sofort von der Entgegnung eines arrogant dreinblickenden Mannes in einem schweren blauen Umhang untergraben, als dieser erklärte:

»Wir schlossen uns einer Allianz an, nicht einem Selbstmordpakt!«

Jyn fluchte – ob laut oder leise, konnte sie selbst nicht genau sagen – und stieß ihren Nebenmann an, als sie sich herumdrehte, um den Willen des Mobs abzuschätzen. Sie hatte im Kopf zahlreiche Möglichkeiten durchgespielt, sich vorgestellt, wie die Rebellion ihre eigene Nutzlosigkeit unter Beweis stellte, sich vielleicht sogar selbst zerfleischte … doch mit einer Kapitulation hatte sie nicht gerechnet.

»Wir konnten gerade erst unsere Truppen vereinen«, erklärte Raddus' ziviler Verbündeter – ein Mann mittleren Alters, ganz in Braun gekleidet, dessen ruhige Autorität fast wieder so etwas wie Ordnung herstellte. »Falls wir …«

Finanzminister Jebel versuchte gar nicht erst, seinen Spot zu verbergen, als er den Mann unterbrach. »*Unsere Truppen vereinen*? General Draven hat gerade eine imperiale Basis in die Luft gejagt! Ich dachte, die Allianz hätte Gerreras Methoden abgeschworen.«

»Die Entscheidung war absolut notwendig«, schnappte Draven von der anderen Seite des Raumes. »Wir alle wissen, wie diese Dinge laufen. Wenn wir heute hier fertig sind, wird es nichts mehr geben, was wir noch verteidigen können!«

Jyns Atem wurde zu einem flachen Zischen, während sie die Zähne zusammenbiss. Der Besprechungsraum war zu klein, die aufgebrachte Menge zu laut, zu nah. Die Dunkelheit, die einst die Höhle gewesen war, kroch von den Rändern in ihr Blickfeld, um sie zu erdrücken – um alles zu erdrücken.

Pamlo verschaffte sich wieder Gehör. »Das Blut von Taris

wird nicht an meinen Händen kleben. Falls ihr Krieg wollt, dann zieht ihr alleine in die Schlacht!«

»Wenn das so läuft, warum haben wir dann überhaupt eine Allianz?«, echauffierte sich der arrogante Kerl in Blau.

»Falls sie die Wahrheit sagt, müssen wir umgehend handeln!«, rief Admiral Raddus, die Flossenhand auf Jyn gerichtet.

Falls.

Dabei hatte sie gedacht, dass zumindest er *zugehört* hätte.

Was hatte sie nur falsch gemacht? Was hatte sie falsch *gesagt*?

»Meine Damen und Herren, bitte!« Mon Mothma versuchte, wieder die Kontrolle über die Diskussion zu übernehmen. »Diese Situation ist für uns alle beunruhigend, aber ich bitte Sie, den Lösungsvorschlägen unserer Kollegen gegenüber aufgeschlossen zu sein, anstatt …«

Ihre Bemühungen waren umsonst, führten nur zu weiteren Rufen, weiteren Einwänden.

»Es ist ganz einfach«, erklärte ein General in einem Fliegeroverall. »Das Imperium hat die Mittel zur Massenvernichtung, die Rebellion hat sie nicht.«

»Der *Todesstern*?«, sagte Jebel abfällig. »Was für ein Unsinn!«

Falls sie die Wahrheit sagt.

Jyn hatte den Mund geöffnet, ehe es ihr überhaupt bewusst wurde, und während sie sprach, stieß sie sich einen Weg nach vorne zum Holoprojektor frei. »Welchen Grund hätte mein Vater zu lügen? Welchen Vorteil würde ihm das bringen?« Sie imitierte den Tonfall und die Lautstärke der Senatoren. In ihren eigenen Ohren klang es plump und unbeholfen, aber sie sah, dass Mon Mothma – die Frau, die ihre eigene Rede eine Woche lange geübt hatte – ihr auffordernd zunickte.

»Ihr Vater«, entgegnete Draven mit harter, aber gleichmäßiger Stimme, »war vielleicht bis zu seinem Tod ein Imperialer – oder ein Narr. Alles, was er sagte, hätte ein Köder sein können, ob er es nun wusste oder nicht. Ein Köder, um unsere Streitkräfte in eine alles entscheidende Schlacht zu locken und sie zu vernichten.«

Jyn suchte nach einer Erwiderung. »Das ist Wahnsinn«, schnappte sie schließlich. So viel zu ihrer senatorischen Beherrschtheit. »Sie wissen, dass der Todesstern existiert…«

Doch Draven hatte bereits einen Konter parat. »Wir wissen, dass es da draußen eine gefährliche *Kampfstation* gibt, die eine Stadt auslöschen kann. Aber wir haben keine Beweise, was ihr volles Zerstörungspotenzial oder ihre Schwächen angeht. Das war schon zu Zeiten der Republik die Strategie des Imperators – er will Furcht säen. Die Lüge ist viel bedrohlicher als die Waffe.«

Der Mann in Blau ignorierte Jyn und wandte sich direkt an Admiral Raddus. »Wir sollen alles riskieren? Aufgrund wovon? Den Behauptungen einer Verbrecherin? Den letzten Worten ihres Vaters – eines imperialen Wissenschaftlers?«

Jebel lachte abfällig. »Vergessen Sie nicht den imperialen Piloten.«

Jyn suchte Bodhi mit den Augen und entdeckte ihn an der hinteren Wand des Raumes. Er stand wie verloren da, sagte nichts, versuchte nicht, sich zu verteidigen. Wäre sie nahe genug gewesen, dass er es hören könnte, hätte sie ihn angeschrien.

Die Dunkelheit zog sich immer schneller um sie zusammen, und sie presste die Augen zu, dachte an das Mädchen, das sie im Heiligen Viertel in Jedha gerettet hatte. Sie dachte an den entweihten Tempel der Wächter der Whills, an das Wispern ihrer Mutter.

Sie hatte die Nachricht ihres Vaters überbracht, aber es war nicht genug.

»Mein Vater«, rief sie, »gab sein Leben in der Hoffnung, dass wir dieses Ding vernichten werden.«

»Das sagen Sie jedenfalls«, erwiderte eine tiefe, ruhige Stimme. Jyn sah den weißhaarigen General, dem sie schon bei ihrem ersten Besuch auf Yavin begegnet war; damals hatte er sich jeglichen Kommentars enthalten.

Jetzt schien er sie anstacheln zu wollen.

Sie war nicht nur Galens Tochter. Dies war nicht nur *seine* Mission.

»Falls das Imperium solch eine Macht besitzt«, warf Senatorin Pamlo ein, »was für eine Chance haben wir dann?«

»Was für eine Chance wir haben?«, wiederholte Jyn. Am liebsten hätte sie geschrien: *Wen interessiert das denn*? Aber ihr war klar, dass sie eine bessere Antwort brauchte. »Was ist denn die Alternative? Fliehen? Verstecken? Um Gnade flehen? Sämtliche Truppen entwaffnen?« Sie atmete zu schnell und zu laut. Ihre Haut fühlte sich schrecklich heiß an. Eines nach dem anderen verstummten die Ratsmitglieder. Mon Mothma beobachtete sie, ihre Lippen leicht geöffnet, als könnte sie Jyn die richtigen Worte zuwispern.

Doch die einzige Stimme, die sie hörte, war die von Saw Gerrera: *Es macht dir also nichts, dass das imperiale Banner über der gesamten Galaxis weht*?

Sie sprach entschlossen weiter, ließ sich von der Energie ihrer Worte tragen und fand dabei auch wieder den gefassten, senatorischen Tonfall, nur schwang jetzt ein feuriges Timbre darin mit. »Falls ihr das Feld einem Feind überlasst, der so böse und mächtig ist, dann verdammt ihr die Galaxis zu ewiger Unterwerfung. Dem Imperium ist es egal, ob ihr aufgebt oder jede Hoffnung verliert. Ich hatte aufgegeben, und es hat nichts geändert. Es hört deswegen nicht auf. Ich habe Leute gesehen, die alles verloren, nur weil sie im Weg standen.

Die Zeit zu kämpfen ist gekommen. Jeder Moment, den ihr verstreichen lasst, bringt uns der Asche von Jedha näher.«

Neue Stimmen erfüllten jetzt den Raum. Jyn erkannte sie nicht, konnte die Sprecher von ihrer Position auch nicht sehen. »Wie sieht ihr Vorschlag aus?«

»Lasst das Mädchen sprechen!«

Also sprach sie. »Schickt eure besten Truppen nach Scarif.« Sie sah die Ratsmitglieder nur noch als verschwommene Masse hinter einem Schleier aus Schweiß und Tränen. »Schickt die gesamte Rebellenflotte, wenn es sein muss. Ihr müsst die Pläne des Todessterns erbeuten, denn nur so gibt es Hoffnung, ihn zu zerstören.«

Sie versuchte, ihren Atem zu beruhigen, während eine elfenbeinfarbene Gestalt aus der Menge trat und auf sie zukam. Jyn konnte sie durch den Schleier vor ihren Augen nicht klar erkennen, aber anhand ihrer Stimme identifizierte sie sie als Senatorin Pamlo.

Die Politikerin klang beinahe beschwörend. »Sie verlangen von uns, eine imperiale Einrichtung anzugreifen, und das nur auf der Grundlage von Hoffnung?«

Jyn zuckte mit den Schultern, unfähig, länger den Tonfall eines Senators nachzuahmen. »Rebellion entsteht aus Hoffnung.«

»Es gibt keine Hoffnung«, entgegnete der Mann in Blau wie ein Prediger, der ein Omen verkündet.

Und damit begann das Durcheinander der Argumente und Gegenargumente von Neuem. Aufrufe zum Kampf und Aufrufe zur Kapitulation wetteiferten miteinander, und während Dutzende Wesen versuchten, sich zum Holoprojektor vorzudrängen, wurde Jyn nach hinten geschoben. Sie kämpfte nicht dagegen an; die Energie war aus ihr gewichen, und sie fühlte sich schrecklich kraftlos. Es war nur eine Frage der Zeit, bis die Dunkelheit zurückkehren würde.

Nun, sie hatte es versucht.

»Es tut mir leid, Jyn.« Mon Mothma berührte sie am Oberarm und drehte sie sanft zu sich herum. »Ohne die volle Unterstützung des Rats ist das Risiko zu hoch.«

Ich werde nicht vergessen, was wir Ihnen zugemutet haben.

Jyn sagte nichts. Sie drehte sich einfach um und verließ den Besprechungsraum.

Bodhi eilte hinter ihr her in das feuchte Labyrinth der Korridore, während sie versuchte, den Weg aus dem Tempel zu finden. Sie war nicht sicher, wo sie eigentlich hinwollte, aber solange es möglichst weit von dem Rat der Allianz entfernt war, sollte ihr jeder Ort recht sein. Vielleicht würde sie einfach in den Dschungel marschieren; falls Bodhi ihr folgen wollte, würde sie ihn nicht aufhalten. Sie hatte schon schlechtere Gesellschaft gehabt.

Vielleicht sollte sie sich bei ihm entschuldigen. Sie war wütend auf ihn gewesen, weil er sich während der Diskussion nicht zu Wort gemeldet hatte, aber rückblickend erschien ihre Reaktion ungerechtfertigt. Egal, was er getan hätte, es hätte nichts geändert.

Bevor sie sich entscheiden konnte, ob sie etwas sagen sollte oder nicht, traten sie in den Hangar hinaus. Direkt vor ihnen führten eine Technikerin und ihr Astromechdroide gerade Schweißarbeiten an einem X-Flügler durch, und Jyn musste das Gesicht abschirmen, um sich vor den Funken zu schützen. Als sie den Arm wieder senkte, sah sie Chirrut und Baze vor sich stehen.

»Sie haben euch nicht eingesperrt?«, fragte sie. »Die Befragung war wirklich nur eine Befragung?« Es sollte ungezwungen wirken, aber die Worte klangen eher verbittert.

»Du siehst nicht glücklich aus«, stellte Baze fest.

Chirrut deutete mit seinem Stab in Jyns Richtung. »Sie will kämpfen.«

Ich kämpfe schon mein ganzes Leben, dachte sie. *Das ist die einzige Antwort, die ich kenne.*

Nur hatte sie diesmal wirklich das Gefühl, dass es die richtige Antwort war.

»Genau wie ich.« Bodhi trat hinter ihr hervor und stellte sich neben sie. »Wie wir alle.«

»Die Macht ist stark«, sagte Chirrut, und es klang wie ein Versprechen.

Jyn sah den Blinden, den Killer und den Feigling verwundert und verwirrt an.

Sie kannte diese Leute nicht – nicht wirklich. Abgesehen von Streitgesprächen an Bord des U-Flüglers hatte sie kaum ein Wort mit ihnen gewechselt, und ein Teil von ihr war sicher gewesen, dass sie sie nach der Besprechung nie wiedersehen würde.

Vor den Ratsmitgliedern hatte sie es nicht geschafft, die Schrecken der letzten Tage in Worte zu fassen. Hätte sie ihnen wirklich vermitteln wollen, was geschehen war, was das Imperium zerstört hatte, hätte sie ihre eigenen Wunden bloßlegen müssen – ihre erbärmlichsten, verachtungswürdigsten Momente, ihre Scham, ihren Verlust, ihre Ängste.

Doch Bodhi und die Wächter kannten diese Scham, diesen Verlust, diese Ängste. Sie hatten an ihrer Seite gekämpft und wären beinahe mit ihr gestorben. Sie hatten gesehen, wie Jyn in einen tiefen Abgrund fiel und sich langsam wieder nach oben zog. Und sie waren noch immer bei ihr.

Die drei schienen bereit, es mit der Galaxis aufzunehmen, auch wenn sie chancenlos waren. Jyn konnte nicht anders, als zu lächeln, ein schmales, trauriges, aber ehrliches Lächeln.

»Ich glaube nicht, dass wir zu viert was ausrichten können«, sagte sie.

Baze brummte gleichgültig. »Wie viele brauchen wir denn?«

»Wie meinst du das?«, fragte sie.

Der Wächter deutete mit dem Finger über ihre Schulter hinweg, und als sie sich umdrehte, sah sie mehr als ein Dutzend Rebellensoldaten, die aus dem Korridor in den Hangar hinaustraten. Unter ihnen erkannte Jyn Melshi, den Rebellen, dem sie auf Wobani einen Schlag mit einer Schaufel verpasst hatte. Die anderen Gesichter waren ihr fremd – junge und alte Männer, gekleidet in sandfarbene Kampfanzüge, die man nur mit viel gutem Willen als Uniformen bezeichnen konnte, und mit einer zusammengewürfelten Ausrüstung. Ein amphibischer Drabatan, dessen raue graue Haut aussah wie altes Leder, entblößte in einem Grinsen einen Mund voll schiefer gelber Zähne; ein kahlköpfiger Mensch mit hellen, gefährlich funkelnden Augen nickte langsam. Überragt wurden sie alle von K-2SO, der sich im Hintergrund hielt. Und dann war da noch Cassian, der das Kinn vorgereckt und die Schultern gestrafft hatte.

War er gekommen, um sie festzunehmen?

»Sie hätten dir niemals geglaubt«, sagte Andor. »Nicht der Rat. Nicht heute.«

»Danke für die aufmunternden Worte.« Jyns Stimme war frostig. Ihre Hände ballten sich zu Fäusten, aber zu ihrer eigenen Überraschung stellte sie fest, dass sie diesen Kampf eigentlich gar nicht wollte.

Sie baute sich zwischen Bodhi und Cassian auf. Nach dem, was der Pilot und die Wächter gesagt hatten, würde sie alles tun, um sie vor den Schlägern der Allianz in Schutz zu nehmen.

»Aber ich glaube dir«, fuhr Andor fort.

Jyns Blick huschte von ihm zu den Soldaten. Sie waren bewaffnet, aber ihre Blaster steckten in den Halftern, und ihre Haltung wirkte entspannt. Ein paar schienen geradezu *amüsiert* zu sein.

»Wir melden uns freiwillig«, erklärte Cassian.

Sie traute ihm nicht. Im Moment traute sie rein gar nichts, was die Galaxis ihr vorsetzte. »Warum?«

Er schmunzelte, aber nur kurz. »Einige von uns ... Na ja, die meisten ... Wir haben im Namen der Rebellion schreckliche Taten begangen.« Er wartete, bis Jyn ihn ansah. »Wir sind Spione. Saboteure. Attentäter.«

Erneut musterte sie seine Begleiter. Die Soldaten erwiderten ihren Blick, jeder einzelne von ihnen, als erwarteten sie ihr Urteil.

War das eine Art Beichte?

»Alles, was ich tat, tat ich für die Rebellion«, fuhr Cassian währenddessen fort. »Und jedes Mal blieb etwas zurück, das ich vergessen wollte. Ich redete mir ein, dass der Zweck die Mittel heiligt. Ich habe daran geglaubt. An eine Sache, die es wert war.« Er drohte über seine Worte zu stolpern, zwang sich, sie auszusprechen, bevor ihn der Mut verließ.

Und er war noch nicht fertig. »Ohne das sind wir verloren. Alles, was wir taten, wäre umsonst gewesen. Ich könnte nicht mehr in den Spiegel sehen, falls ich jetzt aufgäbe. Keiner von uns könnte das.«

Tu das nicht, wollte sie entgegnen. *Ich kann euch nicht von euren Sünden freisprechen.*

Doch stattdessen sah sie die versammelten Rebellen der Reihe nach an und wisperte dann, beinahe ehrfürchtig: »Wo hast du sie aufgetrieben?«

»Ich hatte einen sehr hektischen Tag«, erklärte er so trocken, dass zumindest ein Quäntchen Humor in seinen Worten stecken musste. »Ich musste mir nicht die gesamte Besprechung ansehen, um zu wissen, in welche Richtung sie sich entwickelt.«

»Falls ihr …«, begann Jyn. *Falls ihr nach einem neuen Ziel, einer neuen Sache sucht, kann ich euch nicht helfen.* Doch dann sah sie die Entschlossenheit, den Drang in Cassians Augen und in denen der anderen Soldaten. Sie erkannte, dass sie ihnen nichts geben musste. Und dass sie ihnen auch nichts verbieten konnte. Sie hatten ihre Entscheidung getroffen; genau wie Jyn nach Jedha ihre Entscheidung getroffen hatte.

Sie nickte knapp. Jemand in der Gruppe lachte.

»Das wird kein gemütlicher Flug«, sagte Bodhi hinter ihr, während er von den Soldaten im Hangar zu dem Frachtshuttle auf dem Landeplatz blickte. »Es wird ziemlich eng, aber wir werden schon alle reinpassen.« Er sah Jyn an. »Wir können jederzeit los.«

»In Ordnung«, nickte Cassian. Nun, da er sein Geständnis abgelegt hatte, verschwanden die Emotionen wieder aus seiner Stimme. Er drehte sich zu den Soldaten um. »Packt alles ein, was nicht niet- und nagelfest ist – wir wissen nicht, was uns auf Scarif erwartet, und wir haben nicht viel Zeit, um uns vorzubereiten. Los!«

Die Rebellen eilten mit entschlossenen, sicheren Schritten davon, begleitet von Bodhi und den beiden Wächtern. Nur Cassian und K-2 blieben bei Jyn zurück. Der Droide blickte auf sie hinab. »Jyn«, sagte er. »Ich bin an deiner Seite.« Und nach einer kurzen Pause: »Cassian hat mir befohlen, das zu sagen.«

Sie unterdrückte ein Lachen und sah zu Andor hinüber – dem Mann, der sie betrogen hatte; dem Mann, der seine Schuld eingestanden hatte und für sie kämpfen wollte. Er bemerkte ihren Blick und wandte sich mit einem fragenden Gesichtsausdruck zu ihr um.

Das war nicht die Art, wie ein Verrat normalerweise endete.

Ein Gedanke huschte durch ihren Kopf. Cassian – und auch Bodhi und die Wächter – hatte sie am Boden zerstört gesehen, aber sie hatte die anderen ebenfalls auf ihrem absoluten Tiefpunkt erlebt: Bodhi nach seiner Folter, die Wächter, nachdem sie ihre Heimat verloren hatten, und Cassian, als er nicht nur sie betrogen hatte, sondern auch sich selbst. Sie alle hatten etwas, wofür sie sich schämten.

Gemeinsam waren sie stärker als ihre Unsicherheiten.

Ihre Gedanken wanderten weiter, zu Wobani, wo sie unter tausend anderen Gefangenen und doch völlig allein gewesen war.

»Ich bin es nicht gewohnt, dass Leute bei mir bleiben, wenn's schwierig wird«, versuchte sie sich an einer Erklärung.

Jyn wusste nicht, ob Cassian sie wirklich verstand, aber er sagte: »Willkommen zu Hause.« Und es stimmte: Sie war zu Hause.

Zwanzig Minuten später traten die beiden, beladen mit Waffen und Taschen voller gestohlener Ausrüstung, aus dem hellen Licht von Yavin in die überfüllte Kabine des Frachtshuttles. Dort blickten ihr deutlich mehr Gesichter entgegen, als sie im Hangar gesehen hatte – mehr vernarbte, schwitzende und entschlossene Soldaten. Sie spürte einen Stich, als ihr bewusst wurde, dass sie vermutlich nicht mal Zeit hätte, ihre Namen zu lernen, bevor sie Scarif erreichten – dass sie schon bald alle um ihr Leben kämpfen würden, auf einer Mission mit verschwindend geringen Erfolgschancen.

Ihr Blick fiel auf Baze und Chirrut, die zwischen den Rebellen kauerten. Der Blinde hatte ihr den Kopf zugewandt, und er hob den Stab wie zu einem Gruß. Sie erinnerte sich an einen alten Spruch aus ihrer Zeit bei Saw Gerrera und sprach ihn laut genug aus, dass jeder in dem Shuttle sie hören konnte.

»Möge die Macht mit uns sein!«

»Frachtshuttle, bitte kommen. Was geht da bei Ihnen vor? Der Zutritt zu dem Schiff ist verboten. Niemand hat sich ohne ausdrücklichen Befehl dort aufzuhalten.«

Bodhi schnitt eine Grimasse und blickte durch die Cockpitscheibe auf das Landefeld hinaus. Die Servicedroiden hatten das Schiff bereits weit genug vom Hangar des Tempels fortgeschoben, dass sie einen Senkrechtstart wagen konnten, ohne irgendwelche ungünstig platzierten Treibstofftanks zu entzünden.

»Ja, verstanden«, sagte er in das Komm. »Aber wir sind autorisiert.«

Es war ein fürchterlicher Plan. Das *Ganze* war ein fürchterlicher Plan, angefangen mit Galens Nachricht bis hin zu diesem unerlaubten Angriff auf Scarif. Was tat er hier eigentlich? Er desertierte von seiner Desertation. Sollte er diese Sache wie durch ein Wunder überleben, wäre er gleichzeitig ein imperialer Fahnenflüchtiger *und* ein rebellischer Fahnenflüchtiger. Er könnte sich glücklich schätzen, falls man ihn auf Yavin in eine Gefängniszelle sperrte.

Ob es hier wohl auch einen Bor Gullet gab? Er bezweifelte es, aber allein die Möglichkeit beunruhigte ihn.

»Ich sehe hier keine Freigabe«, sagte die Stimme aus dem Komm.

Er dachte an seine Passagiere. Wie er machten sie sich gerade strafbar, indem sie gegen die Entscheidung des Allianzrats verstießen, und sie bewegten sich dabei gefährlich nahe am Rand des Hochverrats. Sie hatten genug Waffen an Bord gebracht, um eine kleine Armee auszurüsten, und nach dem, was Bodhi von der Basis auf Yavin gesehen hatte, war die Ausrüstung hier auch so schon schrecklich knapp.

Er war nicht sicher, ob die Chance, dass man sie beim Start abschoss, dadurch größer oder kleiner wurde. Die Rebellen würden ihre gestohlene Ausrüstung zurückwollen, ja, aber …

»Alle Freigaben müssten bereits im System eingegeben sein«, sagte er. »Jemand hätte inzwischen grünes Licht geben sollen.«

Er legte eine Reihe von Schaltern um und überprüfte die Warnlichter. Das Masse-Volumen-Verhältnis verwirrte den Computer – ein volles Frachtabteil bedeutete normalerweise vierzig Tonnen Erz, nicht ein Schiff voller Soldaten –, aber das sollte keine weiteren Auswirkungen haben.

Erinnerungen an all die Risiken, die er im Lauf seines Lebens eingegangen war, schwirrten durch seinen Kopf – und ihm fiel auf, wie häufig er dabei auf die Nase gefallen war. So oft hatte er alles aufs Spiel gesetzt, um zurückzugewinnen, was er bereits verloren hatte, nur um schlussendlich mit leeren Händen dazustehen. Fiel dieses Himmelfahrtskommando mit Jyn und den anderen in dieselbe Kategorie? Setzte er gerade alles einschließlich seines Lebens auf eine Karte, mit der er bereits verloren hatte?

Es fühlte sich jedenfalls nicht so an. Da war keine Spur von der nagenden Unsicherheit, die ihn in solchen Situationen normalerweise überkam, auch nicht die vertraute Mischung aus Hoffnung und Verzweiflung. Wenn er an ihr Vorhaben dachte, erfüllte ihn fast so etwas wie Ruhe.

»Wie lautet Ihr Rufzeichen?«, drang es aus dem Komm.

»Ja, wir …« *Starte einfach.* »Das Rufzeichen ist …«

Denk nach, Bodhi. Gib ihnen etwas. Irgendetwas.

Falls du ihnen etwas gibst, schießen sie vielleicht nicht.

»… ist Rogue. Rogue One.«

Er leitete Energie in die Schubdüsen, und der Frachtshuttle erhob sich mit einem leichten Vibrieren in die Luft. Der Offizier am anderen Ende der Verbindung blaffte etwas durch das Komm, aber Bodhi ignorierte ihn.

»Rogue One«, erklärte er, »startet jetzt!«

Mit fünfzehn Jahren – während des Winters, in dem sie Schmetterball, die Liebe und die tief greifenden Makel ihrer Eltern entdeckt hatte – hatte Mon Mothma beschlossen, dass sie ihr Leben dem Studium der Geschichte widmen würde; dass sie der politischen Dynastie ihres Vaters den Rücken kehren und ihr Leben damit verbringen würde, in einem stickigen Arbeitszimmer über tausend Jahre alten Tagebüchern, Briefen und Frachtverzeichnissen zu brüten, bis ihr die Augen schmerzten. So wäre sie gleichzeitig Detektivin, Chronistin und Philosophin, während sie die Entwicklung, die Motive und die Todesursache ganzer Zivilisationen untersuchte.

Natürlich war sie nicht wirklich eine Historikerin geworden. Bereits im nächsten Sommer war dieser Moment der Rebellion vergessen, ihre Trägheit und der Druck ihrer Familie – nicht zu vergessen eine aufkeimende Faszination für das Konzept des Regierens – hatten sie wieder auf den Pfad der Politik zurückgeführt. Sie wurde Senatorin (obwohl sie noch viel zu jung dafür gewesen war, wie sie rückblickend erkannte), feilschte um Stimmen, lächelte und hielt ihren Kopf über Wasser, bis sie gelernt hatte, wie man dieses Spiel richtig spielte.

Sie hatte auf ein Ende des Krieges gedrängt, und ihr war durchaus bewusst, welch bittere Ironie es war, dass sie nun ihre eigene Armee aufgebaut hatte. Sie war aus ihrer Heimat und ihrem Leben geflüchtet und zur meistgesuchten Frau im Imperium geworden, der Speerspitze einer Revolution. Und manchmal fragte sie sich, was die fünfzehnjährige Mon wohl von ihrer Rebellenallianz halten würde, falls sie sie jetzt sehen könnte.

All ihrer Selbstgefälligkeit zum Trotz fehlte den Anführern der Rebellion der Mut, ihr Netzwerk paramilitärischer Zellen und sympathisierender Politiker wirklich zu vereinen. Durch ihre Unfähigkeit, sich auf einen Kurs festzulegen, erlaubten sie dem Imperium, weiter zu wachsen. Mehr noch, sie raubten zukünftigen Protestbewegungen ihre Legitimierung …

Mothma war inzwischen an Niederlagen und Selbstzweifel gewöhnt, aber dieser Gedanke schmerzte dennoch.

Der Besprechungsraum hatte sich fast völlig geleert. Die Stimmen, die miteinander gewetteifert hatten, bis sie ganz heiser klangen, waren verstummt; die Männer und Frauen, die durch die halbe Galaxis gereist waren, um Yavin zu erreichen, hatten sich zu privaten Beratungen auf ihre Schiffe zurückgezogen. Es hatte keine Übereinkunft gegeben, keine formelle Abstimmung, und Mon war dankbar dafür. Dem Grundtenor der Diskussion nach zu schließen, hätte eine kurzfristige Entscheidung nur übel enden können.

Sie wusste bereits, dass sie heute Nacht nicht schlafen würde. Stattdessen würde sie die wertvollen Stunden, bis der Rat wieder zusammenkam, mit Gesprächen verbringen, um dafür zu sorgen, dass nicht alles verloren ging, wofür sie gekämpft hatten. Sie war nicht sicher, was noch zu retten war, aber zumindest wusste sie, wo sie ansetzen konnte.

Bail Organa, der ehemalige Senator von Alderaan, wartete auf sie, als sie den Besprechungsraum verließ. »Das war eine gute Ansprache«, sagte er in ernstem Tonfall.

Mon lächelte schmal und fragte sich, ob sie wohl genauso erschöpft aussah wie er. Sie betrachtete Bail als Verbündeten, seit sie das erste Mal darüber gesprochen hatten, gegen Palpatines Aufstieg zur Macht vorzugehen. In all den Jahren, die seitdem vergangen waren – und trotz der zahllosen Diskussionen über seine mildtätigen Interventionen und ihre geheimen Machenschaften –, hatten die Falten auf seinem Gesicht nie so tief gewirkt wie jetzt.

»Egal, was die anderen sagen, ein Krieg ist unvermeidbar«, seufzte sie. »Senatorin Pamlo hat noble Motive, aber sie irrt sich: Falls das Imperium die Waffe bei Jedha eingesetzt hat, dann wird sie sie wieder einsetzen. Wir können diese Völkermorde nicht verhindern. Aber wir können uns dagegen wehren.«

Bail nickte beinahe unmerklich – für eine nachdrücklichere Bewegung schien ihm die Kraft zu fehlen. »Das sehe ich auch so. Ich muss nach Alderaan zurückkehren und das Volk informieren, dass es keinen Frieden geben wird.« Mon hörte den Schmerz in seiner Stimme, und sie fragte sich, wie viel ihn dieses Eingeständnis wohl kosten würde. »Wir müssen jeden denkbaren Vorteil nutzen«, fügte er nach einer Pause hinzu.

Es dauerte einen Moment, ehe Mon begriff. Sie blickte zu der Handvoll Ratsmitglieder hinüber, die noch in der Nähe waren, dann senkte sie ihre Stimme. »Ihr Freund«, flüsterte sie. »Der Jedi.«

Bail nickte erneut. »Er hat mir treu in den Klonkriegen gedient, und er hält sich seit der Säuberungswelle des Imperators versteckt.« Er schien auf etwas zu warten, vielleicht auf ihre Zustimmung, aber die konnte sie nicht geben, und so fuhr er nach ein paar Sekunden fort: »Ich werde nach ihm schicken.«

Ein Jedi, der zurückkehrte, um gegen das Imperium zu kämpfen. Allein der Gedanke wirkte unmöglich, und Mon beschloss, sich auf die Elemente zu konzentrieren, die sie kontrollieren konnte. »Schicken Sie Captain Antilles. Sein Schiff hat zwecks Reparaturen an der *Profundity* angedockt, aber es ist so gut wie startklar. Falls Sie recht haben, könnten die Fähigkeiten Ihres … Freundes uns von großem Nutzen sein.«

»Das sehe ich auch so«, stimmte Bail zu.

»Wer immer Kontakt mit ihm aufnimmt, wird eine große Verantwortung tragen.« Sie wusste bereits, wen Organa als Boten im Sinn hatte – es stand ihm deutlich in sein müdes Gesicht geschrieben. Dem Gesicht eines Mannes, der zum ersten Mal die direkte Vergeltung des Imperators fürchten musste. Sie vertraute seinen Entscheidungen, aber sie wollte trotzdem auf Nummer sicher gehen. »Es sollte jemand sein, dem Sie vertrauen.«

»Ich würde ihr mein Leben anvertrauen«, sagte er.

Es wird mehr sein als nur Ihr Leben, das in ihren Händen liegt, dachte Mon, aber da war Bail bereits mit weiten Schritten davongeeilt. Sie rief ihn nicht zurück. Trotz der Vorbehalte, die sie seiner Botin gegenüber hatte (vor allem, dass sie so *jung* war), wüsste sie niemanden, der besser für diese Aufgabe geeignet wäre.

Damit war die Sache wohl erledigt.

Mon Mothma blinzelte sich die Müdigkeit aus den Augen und überlegte, mit wem sie als Nächstes sprechen sollte.

15. Kapitel

Jyn lebte noch immer in der Höhle in ihrem Kopf, aber diese Höhle war nun größer. So groß, dass ganze Welten, ganze Armeen darin Platz hatten. Außerdem schien helles Licht hinein, sodass Jyn sich darin nicht länger gefangen fühlte.

Sie konnte nur hoffen, dass die Wände nicht wieder um sie zusammenrücken würden. Sie würde natürlich trotzdem einen Weg aus der Höhle finden müssen, aber das hatte Zeit, bis diese Mission vorbei war. Bis sie ihr Ziel auf Scarif erreicht hatten.

Als der Shuttle aus der Lichtgeschwindigkeit zurückfiel, kletterte Jyn ins Cockpit hoch. Der azurblaue Wirbel des Hyperraums brach in sich zusammen, seine langgezogenen Streifen verwandelten sich in Sterne, durch echte Materie und echte Gravitation an ihrer Position festgehalten. Inmitten dieser schillernden Schwärze hing ein Planet, eingehüllt in tiefblaue Ozeane, besprenkelt mit weißen Wolken und felsigen Inselketten. Wäre da nicht die gewaltige, ringförmige Raumstation im Orbit über der nördlichen Hemisphäre gewesen, Scarif hätte vollkommen unberührt gewirkt.

»Also gut«, sagte Bodhi. »Wir sind im Anflug.« Er saß neben K-2SO an den Instrumenten und winkte Jyn nach vorne, ohne sie anzusehen. Er schien ganz in seinem Element zu sein, und es fühlte sich befremdlich an, ihn so *zuversichtlich* zu sehen.

»Was ist mit der Station?«, fragte sie, den Blick ihrer zusammengekniffenen Augen auf den grauen Ring über dem Planeten gerichtet. Sie konnte die winzigen Punkte von Raumschiffen ausmachen, die durch die Mitte des Rings nach unten sanken, aber dann erregte ein Schimmer an der Außenseite der Station ihre Aufmerksamkeit – der subtile Verzerrungseffekt eines Energiefeldes.

»Es gibt einen planetarischen Schutzschild mit einem einzelnen Zugang«, erklärte Bodhi. »Dieses Schiff sollte über einen Code verfügen, der uns da durchbringt.«

»Vorausgesetzt«, warf K-2 ein, »das Imperium hat ihn noch nicht als ungültig vermerkt.«

»Und was, wenn doch?«, fragte Jyn.

»Dann schließen sie den Zugang«, antwortete Bodhi. »Und wir driften tot durch das kalte, dunkle Vakuum des Weltalls.«

Jyn stieß einen Laut aus, der halb Seufzen, halb Lachen war. Sie fing an, diesen selbstsicheren, ungezwungenen – und *zynischen* – Bodhi Rook zu mögen.

»Ich nicht«, sagte K-2. »Ich kann im All überleben.«

Jyn grub die Finger in die Rückenlehnen der Cockpitsessel und versuchte, sich nicht vorzubeugen. Der Shuttle neigte sich sanft in Richtung Station – Richtung Zugangspunkt –, und die kleinen Punkte wurden rasch größer. Die beiden größten verwandelten sich in die keilförmigen Umrisse von Sternzerstörern. Wie monströse Statuen ragten sie über dem Portal auf, und die Schwärme kleinerer Frachtshuttles, Transporter und TIE-Jäger wirkten im Vergleich zu ihnen geradezu winzig. Jyn versuchte, sich daran zu erinnern, wann sie zum letzten Mal so viel imperiale Aktivität gesehen hatte. Die Antwort lautete: noch nie.

»Alles klar, es ist so weit.« Bodhi blickte kurz hoch, als sie unter einem der Sternzerstörer hindurchglitten, dann widmete er sich wieder seinen Scannern. »Normalerweise ist hier nicht so viel los. Ich glaube, das ist gut für uns. Wir sind nur ein Schiff unter vielen. Nichts Besonderes.« Jyn hörte, wie seine Zuversicht zu zersplittern begann, aber er fasste sich wieder. »Jetzt oder nie.«

Die Düsen des Shuttles zischten, und das Deck unter ihren Füßen erbebte, als sie beschleunigten und durch die tiefe Schwärze auf den Portalring zusteuerten. Mit einer Hand aktivierte Bodhi das Komm, und er meldete mit ruhiger, tonloser Stimme: »Frachtshuttle SW-0608, erbitten Freigabe zur Landung.«

Jyn richtete sich zwischen den Cockpitsesseln auf und machte vorsichtig einen Schritt nach hinten. *Selbstsicher, ungezwungen und souverän.* Sie fragte sich, wie Bodhi wohl vor dem Bau des Todessterns gewesen war – wie all ihre Begleiter vor dem Todesstern gewesen waren –, aber jetzt war nicht die Zeit für solche Fragen. Jetzt war es Zeit, keinen Mucks von sich zu geben.

»Frachtshuttle SW-0608, Sie stehen nicht auf der Ankunftsliste«, erklärte die Stimme aus dem Komm. Der imperiale Offizier klang ein wenig verwirrt, aber Bodhi hatte bereits eine Erwiderung parat.

»Verstanden, Zugangskontrolle. Wir wurden umgeleitet von der Flugsicherung auf Eadu. Schalte auf Codeübermittlung.«

Jyn zuckte zusammen, als hinter ihr ein Geräusch auf der Leiter erklang. Sie blickte über die Schulter und sah Cassian, der die Anspannung im Cockpit gespürt zu haben schien und zu ihnen hochkletterte.

Was den Spion anging, hatte sie eine ziemlich genaue Vorstellung davon, wie er vor dem Todesstern gewesen war.

Allerdings wusste sie nicht, ob sie ihm tatsächlich vergeben oder diese Gefühle einfach weggeworfen hatte wie ein leeres Blastermagazin.

»Übertragung läuft«, verkündete K-2. Die Konsole summte kurz, und als sie verstummte, war Cassian schnell und leise die letzten Sprossen heraufgestiegen. Jyn griff nach ihrer Kette und hielt den Kyber-Kristall ins Sternenlicht.

Wir haben im Namen der Rebellion schreckliche Taten begangen. Das waren Andors Worte gewesen. Doch falls diese Sache schiefging – falls sie scheiterten, bevor sie den Planeten überhaupt erreichten –, dann wäre die einzig wirklich unverzeihliche Entscheidung ihre eigene gewesen.

Jyn schloss die Finger um den Kristall. Sie hatte Chirrut beten gesehen, und sie versuchte, ihn zu imitieren, aber das Resultat war so unbeholfen, dass sie sich zusammenreißen musste, um nicht zu lachen.

»Frachtshuttle SW-0608?«, meldete sich der imperiale Offizier wieder. »Sie dürfen passieren.«

Jyn ließ den Kristall los und ballte triumphierend die Faust. In diesem Moment der Freude drehte sie sich zu Cassian herum und drückte seinen Arm.

Als er sie mit einem trockenen, neugierigen Lächeln anblickte, ließ sie die Hand hastig wieder sinken und schob sich an ihm vorbei. »Ich sag's den anderen«, erklärte sie.

Die Höhle wurde von Minute zu Minute heller.

Jyn veränderte sich. Es ließ sich an ihren fließenden Bewegungen erkennen, an ihrem klaren Blick. Sie ging nicht mehr mit gebeugten Schultern, ihre Haltung war nicht länger die einer Frau, die auf einen Angriff wartete. Die alte Intensität brannte noch immer in ihr, aber sie wurde nun von etwas begleitet, das Cassian nur als völliges Selbstvertrauen beschreiben konnte.

Sie war ihm von Anfang an als eine Person erschienen, die

keine Angst vor dem Tod hatte. Jetzt wirkte sie wie eine, die gar nicht sterben *konnte.*

Eigentlich hätte es ihn mit Grauen erfüllen müssen, ihr in die Schlacht zu folgen. Er konnte sie nicht länger ausrechnen, denn da waren keine Fragen mehr, auf die sie eine Antwort suchte – diese verzweifelte Getriebenheit war aus ihr verschwunden. Nicht zu vergessen, dass er auf dem Rückflug von Eadu das Objekt ihres Hasses gewesen war, und dass er bis zu der Ratssitzung auf Yavin befürchtet hatte, dass sie ihm die Augen auskratzen würde.

Während jener Sitzung hatte er seine Version der Mission geschildert, und Jyn die ihre. Dabei war Cassian etwas klar geworden: In dem Moment, als er entschieden hatte, Galen Ersos Leben zu verschonen, war etwas mit ihm geschehen. Er spürte jetzt einen Hunger in sich, der nicht durch weitere tödlich kalte Missionen für Draven gestillt werden konnte, auch nicht durch den flüchtigen Nervenkitzel von Gefahr und Triumph.

Er konnte so nicht weitermachen.

Sobald ihm das klar geworden war, war es ein Kinderspiel gewesen, den Rest des Teams zu rekrutieren.

Jyn war augenscheinlich nicht die Einzige, die sich veränderte. Und Cassian würde tun, was sie von ihm erwartete, so wie die anderen auch.

Vorsicht, sonst klingst du bald genauso sonderbar wie Chirrut.

Der Sinkflug durch die Atmosphäre von Scarif war so ruhig, dass man ihn beinahe nicht wahrnahm. Man musste schon aus dem Fenster blicken, um zu sehen, wie die Sterne allmählich verblassten und der Himmel von Schwarz zu Blau wechselte. Der Ozean, der unter ihnen in Sicht kam, wirkte vollkommen reglos, allein das verräterische Schimmern des Lichts ließ die Bewegung von Wellen erahnen.

Der Shuttle sauste über den dunklen Flecken dschungelbewachsener Vulkaninseln hinweg, bevor er sich schließlich einem kleinen Archipel näherte und langsamer wurde. Dieser Archipel hatte die Form eines Rades, mit sandigen Tomboli und Transitröhren als Speichen, eingefasst durch einen Ring üppig bewachsener Inseln, welche von imperialen Installationen dominiert wurden. Shuttles und Sternjäger sanken in einem steten Strom den Landefeldern dieser Einrichtungen entgegen oder hoben von dort ab. Soweit Cassian sehen konnte, entsprach der Aufbau der groben Beschreibung, die Bodhi ihm während des Hyperraumflugs gegeben hatte.

Eine neue Stimme drang aus dem Komm, gelangweilt und geschäftsmäßig. »SW-0608, erteilen Landeerlaubnis auf Plattform Neun. Bitte bestätigen.«

»SW-0608, Landeanflug auf Plattform Neun, wie angewiesen«, antwortete Bodhi.

Der Shuttle neigte sich zur Seite und umrundete den monolithischen Turm der gewaltigen, imperialen Festung, welche die Nabe des Rades darstellte. »Ist es das?«, fragte Cassian. »Dieses Hauptgebäude?«

»Das ist der Archivturm«, bestätigte der Pilot. »Die gesamte Anlage wird von dort kontrolliert.«

Cassian war versucht, eine weitere Umrundung des Turms zu fordern, um sich einen besseren Eindruck zu verschaffen, aber das hätte vermutlich Misstrauen erweckt. »Kann man von da drinnen auch auf das Schildportal zugreifen?«

»Ich glaube nicht. Aber falls die Baupläne des Todessterns hier irgendwo sind, dann dort.«

Hoffen wir's. Ihr gesamter Plan war darauf ausgelegt, dass sie den Datentresor der Zitadelle fanden. Falls Galen Erso sich geirrt hatte, falls Bodhi sich jetzt irrte – oder falls das Imperium diesen einen Bauplan, den sie brauchten, an einem anderen Ort deponiert hatte …

Eine Bewegung an der Spitze des Turms erregte Cassians Aufmerksamkeit: die Nachjustierung einer gewaltigen Signalanlage. »Und die Schüssel da oben. Wozu dient die?«

Bodhi zuckte mit den Schultern. »Das ist der Kommunikationsturm. Jede Nachricht in und aus der Basis wird durch diese Schüssel weitergeleitet. Normale Übertragungen können den Schild nicht durchdringen, und eine reguläre Kommanlage hätte nicht die nötige Bandbreite, um mit der gesamten Kommunikation der Basis fertig zu werden.«

Cassians Gedanken wanderten zu den Soldaten in der Kabine unter ihm, sprangen zwischen ihren Gesichtern und ihren Dossiers hin und her. Als er bei Korporal Pao angelangte, hielt er inne – falls er sich recht erinnerte, hatte der Mann während seiner Zeit bei den Spezialeinheiten schon eine ähnliche Kommeinrichtung zerstört, bei einer Sabotageaktion auf Foerost. Er machte sich eine mentale Notiz, mit Pao zu sprechen, bevor sie von Bord gingen.

»Landemanöver eingeleitet«, meldete K-2.

Cassian trat vom Cockpitfenster zurück. Er glaubte nicht wirklich, dass ihn jemand vom Boden aus sehen könnte, aber warum ein unnötiges Risiko eingehen? »Wie sieht es mit den Sicherheitsmaßnahmen aus?«, wollte er wissen.

»Keine Ahnung«, gestand Bodhi. »Ich habe zwanzig Lieferungen hierhergeflogen, aber ich durfte den Landeplatz kein einziges Mal verlassen. Vermutlich wird alles strengstens überwacht.«

Cassian spähte zu den grünen Palmen und weißen Stränden hinab, die unter ihnen vorbeiglitten. Kurz erhaschte er sogar einen Blick auf den kastenförmigen, metallischen Körper eines Allterrain-Angriffstransporters – die Militärversion dieser vierbeinigen Läufer hatte er bereits in Aktion erlebt, und wenn man gesehen hatte, wie diese Ungetüme mit ihren Kanonen ganze Bunker in Asche verwandelten, wirkte es geradezu befremdlich, sie außerhalb einer Kriegszone zu sehen.

»Wir kriegen das hin«, gab er sich optimistisch. »Unsere Chancen standen schließlich schon schlechter.«

»Nein«, korrigierte K-2. »Standen sie nicht.«

Beinahe zwei Dutzend Soldaten saßen in der Hauptkabine des Shuttles. Zwei Dutzend Männer, die darauf warteten, zu kämpfen und zu sterben. Und sie sahen Jyn auf dieselbe Weise an, wie Saw Gerreras Truppen ihn angesehen hatten.

Sie hatte während des Fluges ihren Unterhaltungen gelauscht und eine Handvoll Namen aufgeschnappt. Viele der Kämpfer stammten aus den Spezialeinheiten der Allianz und hatten schon zuvor Seite an Seite gekämpft. Einige hatten auch schon mit Cassian zusammengearbeitet; andere hatte er wegen ihres Rufs ausgewählt; und ein paar hatten von ihrem Plan erfahren und sich freiwillig gemeldet, mit ihnen zu kommen, statt sie ans Messer zu liefern. Diejenigen, die einander noch nicht kannten, tauschten Kriegsgeschichten oder Witze oder markige Sprüche aus, wie Soldaten es eben taten, um das Eis zu brechen. Andere suchten sich einen Platz abseits und starrten gedankenverloren auf ihre Hände hinab.

Fähnrich Calfor war Grenadier, auf einem Ohr taub und hatte früher Bluthunde auf Mykapo gezüchtet. Eskro Casich war ein ruhmsüchtiger Angeber, und Jyn erkannte sofort, dass ihm nichts mehr Angst machte, als der einzige Überlebende einer Mission zu sein. Ein unauffälliger Mann mittleren Alters mit ausgeprägtem Akzent hatte es auf sich genommen, jeden Blaster an Bord zu inspizieren, Kohlenstoffrückstände wegzupolieren und Magazine auszutauschen. Eine blasse Frau hatte während einer Diskussion mit einem Kameraden erklärt, dass die Allianz tot war, dass sie jetzt alle Verräter waren, nur um sich dann vorzubeugen und eine leise Entschuldigung zu wispern. Korporal Tonc hatte den halben Flug an Bodhis Seite verbracht und den Piloten mit sichtlicher Skepsis ausgefragt – konnte er mit einem Blaster umgehen, hatte er schon mal an einem Kampfeinsatz teilgenommen, und so weiter –, und als Bodhi dies verneint hatte, hatte Tonc grummelnd erklärt, dass er auf ihn aufpassen würde.

Keiner der Rebellen redete mit Jyn, es sei denn, sie sprach sie zuerst an. Saw hatte stets *über* seinen Leuten gestanden, war ein Symbol ihres Kampfes gewesen, und es schien, als wäre Jyn nun in die gleiche Rolle gedrängt worden. Mit einem Mal erkannte sie, wie sehr sie die Kameraderie in Saws Kader vermisst hatte – nicht unbedingt die Leute selbst, ganz sicher nicht ihre Verbitterung und ihren Fanatismus, aber das unausgesprochene Wissen, dass keiner von ihnen allein stand; dass sie unter der Führung eines Mannes vereint waren.

Jyn setzte sich neben Baze und Chirrut, als der Shuttle tiefer ging. Jemand tippte ihr auf die Schulter, und sie drehte sich zu einem stämmigen Scharfschützen um. Wie hieß er gleich noch? *Sefla.*

»Was ist?«, fragte sie.

»Es gibt ein kleines Problem unter den Männern«, erklärte Sefla.

Sie wartete auf eine Erklärung.

»Sie können dich alle leiden, aber falls du eine Rede halten willst, wird es ihnen schwerfallen, dich zu *respektieren.* Du gehörst nicht zum Militär. Du gehörst nicht mal zur Allianz.«

»Das ist nicht wirklich mein Problem, oder?«, entgegnete sie, mehr verwirrt als verärgert.

»Das ist die falsche Einstellung.« Sefla zog die Augenbraue hoch. »Es geht hier um die Moral. Und da Captain Andor es nicht tun will, muss ich mich wohl darum kümmern.« Er richtete sich auf. »Als Leutnant der Spezialeinheiten der Allianz ernenne ich dich hiermit zum Sergeant ehrenhalber. Meinen Glückwunsch.«

Er verzog keine Miene, aber Chirrut lachte leise.

»Du bist wohl einer von der ganz witzigen Sorte«, kommentierte Jyn.

»Jawohl, Sergeant«, erwiderte Sefla, dann gesellte er sich wieder zu seinen Kameraden von den Spezialeinheiten.

Sieht aus, als müsste ich jetzt doch eine Rede halten, dachte Jyn. Sie stand auf und begann, in der Beengtheit der Kabine auf und ab zu gehen. *Sollen sie es nur sehen.*

Kurz darauf kletterte Cassian die Leiter vom Cockpit herunter. »Wir landen«, flüsterte er ihr zu, dann wandte er sich an die Gruppe. »Wir sind gleich da!«

Ein Dutzend Unterhaltungen kamen zu einem abrupten Ende. Die Soldaten erhoben sich, zogen die Tragegurte ihrer Gewehre fest und sicherten ihre Ausrüstung für den finalen Landeanflug. Nachdem das Klicken von Metall und das Knirschen von Leder verstummt war – viel zu schnell für Jyns Geschmack –, richteten sich sämtliche Augen auf sie.

Es war ihr nicht gelungen, den Rat der Allianz zu überzeugen. Sie war eine Kämpferin, keine Rednerin.

Aber vielleicht waren die Soldaten genau deshalb das perfekte Publikum für sie.

Ihre Stimme übertönte das laute Klappern der Deckplatten, als sie sprach. »Saw Gerrera sagte immer: *Ein einzelner Kämpfer mit einem spitzen Stock kann, wenn er nichts zu verlieren hat, den Krieg entscheiden.*«

Niemand rief dazwischen, niemand stellte Fragen. Ein paar Krieger aus den Spezialeinheiten nickten zustimmend.

»Sie haben keine Ahnung, dass wir kommen. Sie haben keinen Grund, uns zu erwarten. Falls wir es nach unten schaffen, ergreifen wir die nächste Chance. Und die danach. Weiter und weiter, bis wir gewinnen oder keine Chancen mehr übrig sind.

Die Todesstern-Pläne sind dort unten. Cassian, Ka-Zwo und ich werden sie finden. Wir werden einen *Weg* finden, sie zu finden.«

Es gab keinen Applaus, aber die Soldaten wirkten entschlossen und kampfbereit.

Jyn hätte ihnen versprechen können, dass sie den Einsatz überleben würden. Dass sie einen großen Sieg für die Allianz erringen würden. Doch das war alles, was sie zu bieten hatte, und sie hoffte inständig, dass es reichte.

Cassian trat vor, bevor die Aufmerksamkeit der Rebellen nachließ. »Melshi, Pao, Baze, Chirrut – ihr führt die Hauptgruppe an. Marschiert nach Osten, in weitem Bogen ums Schiff. Sucht eine Position zwischen diesem Punkt und dem Turm. Habt ihr die beste Stelle gefunden, startet ihr ein Feuerwerk. Lasst zehn von uns wie hundert wirken und haltet uns die Sturmtruppen vom Hals.«

»Was soll ich machen?« Die Frage stammte von Bodhi, der das Cockpit K-2 überlassen hatte und die Leiter heruntergestiegen war.

»Lass die Triebwerke laufen«, sagte Cassian. »Du bist unser einziger Weg hier raus.«

Vorausgesetzt, wir schaffen es zum Shuttle zurück, dachte Jyn, aber das sprach sie nicht laut aus. Sie war sicher, dass alle anderen dies ohnehin dachten.

16. Kapitel

Die Frachtinspektion verlief so problemlos, wie Jyn es gehofft hatte.

Der Shuttle war nicht gebaut, um zwei Dutzend bewaffnete Rebellen samt Ausrüstung zu transportieren, und erst recht nicht, um sie vor einem neugierigen imperialen Sicherheitsteam zu verbergen. Doch Bodhi hatte erklärt, dass ausnahmslos jedes Schiff kontrolliert wurde. Ihre einzige Option war also, die Inspektion irgendwie zu ihrem Vorteil zu nutzen.

Jyn hatte sich im Cockpit versteckt, kauerte zwischen Cassians Schulter (die nach Blasteröl und dem Staub von Eadu roch) und der Hauptkonsole, als die Einstiegsrampe herabgelassen wurde. Sie hörte Stiefel auf dem Metall der Deckplatten, hörte, wie Bodhi in knappen, nervösen Sätzen seine Mannschaft vorstellte, hörte das leise Murmeln des Inspektionsteams. Was sie nicht hörte, waren die Geräusche von zwei Dutzend Männern und Frauen, die im Frachtabteil und den Zwischenräumen zusammengedrängt waren wie Flüchtlinge.

»Sie … Sie wollen sicher die Frachtpapiere sehen …«, sagte Bodhi, und mit jedem Wort klang er weniger überzeugend.

»Das wäre sehr hilfreich.« Eine andere Stimme, schroff und dienstbeflissen.

»Die sind da unten.«

Jyn schloss die Finger um den Griff ihres Blasters. Sie könnte mit einem Schritt aus dem Cockpit springen, falls es nötig werden sollte. Wer weiß, vielleicht würde sie sogar am Fuß der Leiter landen, ohne sich die Beine zu brechen.

Jetzt drang das Knirschen der aufschwingenden Frachtluke an ihre Ohren, gefolgt von einem kurzen, abgewürgten Schrei und den Geräuschen mehrerer Leiber, die auf dem Deck landeten. Keine Schüsse. Sie schob sich vor, kletterte hastig die Leiter hinab und sah Baze, der mit einem Furcht einflößenden Grinsen vor dem Eingang des Frachtabteils aufragte.

Bodhi stand mit weiten Augen zwischen den Leichen des Inspektionsteams.

»So weit, so gut«, sagte Jyn, als der Rest der Rebellen auftauchte.

Drei Minuten später trug sie eine viel zu große imperiale Sicherheitsuniform über ihrer eigenen Kleidung. Die schwarze Brustplatte wirkte lächerlich groß an ihr, und die Ärmel reichten zu weit über ihre Handschuhe, aber es würde reichen müssen. Sie hätte beinahe das Gesicht verzogen, als sie den Blick von ihrer eigenen Verkleidung auf Cassian richtete, der die Uniform und die Kappe eines Offiziers trug. Bei ihm saß alles wie angegossen. Selbst die Rangabzeichen an seiner Brust lagen im perfekten Winkel an. »Du trägst so was wohl nicht zum ersten Mal«, murmelte sie, aber er ignorierte sie. Die übrigen Soldaten hatten die Leichen inzwischen ins Frachtabteil geworfen und verteilten Waffen und Kommlinks.

Jyn überprüfte ihren eigenen Blaster, dann setzte sie ihren Helm auf und blickte zur Einstiegsrampe hinüber. Melshi an der Spitze der Rebellen gab ein Zeichen: Alles war bereit. Sie wollte schon zu Cassian gehen, als sie einen hünenhaften Schatten an ihrer Seite spürte. Baze berührte sie an der Schulter, so leicht wie ein vom Wind getragenes Blatt.

»Viel Glück, kleine Schwester«, sagte er, seine Stimme so warm und bedeutungsvoll, als wären diese Worte auf Jedha oder unter den Wächtern der Whills eine respektvolle Grußformel.

Jyn wusste es nicht, aber sie musste es auch gar nicht wissen. Sie lächelte zu ihm hoch, suchte nach einer Erwiderung und blieb letztlich doch stumm. Sie war sicher, dass er ihre Dankbarkeit trotzdem erkannte.

Cassian wartete an der Rampe auf sie. Seite an Seite, gehüllt in die Kleidung des Feindes, traten sie auf den Sand von Scarif hinaus.

Scarif war hell wie eine Wüste – so hell, wie es jetzt auch in ihrer Höhle war. Jyn konnte das Salzwasser in der Luft schmecken, in dem beständigen Wind, der mal anschwoll, mal abebbte, als wollte er mit den Gezeiten des Meeres wetteifern. Dieser Wind war das Einzige, was die Hitze der herabbrennenden Sonne unter ihrer schwarzen Uniform erträglich machte. Sie versuchte, nicht zu den Shuttles hochzublicken, die über ihren Köpfen dahinsurrten, stattdessen hielt sie das Kinn vorgereckt und die Augen starr geradeaus gerichtet, wie man es von einer imperialen Wache erwartete. Sie war nicht sicher, wie überzeugend sie dabei wirkte; zweimal musste sie ihre Schritte verlangsamen, damit Cassian, der »vorgesetzte Offizier«, die Führung übernehmen konnte. K-2SO stakste derweil mit surrenden Servomotoren hinter ihnen her.

Sie marschierten vom Landefeld fort, vorbei an einem Ring aus Frachtkisten und Energiestationen, dann weiter zu einem überirdischen Bunker am Ende des Repulsorbahnsystems, welches zur Zitadelle führte. Jyn blinzelte das Sonnenlicht und das Gefühl der Benommenheit fort, das sie zu überkommen drohte.

»Sir!« Sie erreichten das Terminal, die Wache dort tippte eine Taste auf ihrer Kontrolltafel an, und die Tür der Repulsorbahn öffnete sich für Cassian, Jyn und K-2SO.

Konzentrier dich.

»Die Wahrscheinlichkeit unseres Scheiterns ist gerade gestiegen«, meldete K-2. »Ich hab da ein ganz mieses Gef…«

»Ka!«, zischte Andor.

»Ruhe«, fügte Jyn hinzu.

Die Türen schlossen sich gerade noch rechtzeitig, bevor zwei Sturmtruppler zu ihnen in den Wagen steigen konnten. Jyn schüttelte tadelnd den Kopf und verlagerte das Gewicht, als die Bahn mit einem leisen Summen losfuhr.

»Was?«, fragte der Droide.

Weder sie noch Cassian würdigten den Einwurf einer Antwort. *Konzentrier dich*, ermahnte sie sich noch einmal, trotzdem begann sie, von einem Bein aufs andere zu treten, unfähig, ein Ventil für ihre nervöse Energie oder die wachsende Anspannung in ihrem Inneren zu finden. Sie dachte an Bazes Lächeln, an ihre *Beförderung* zum Sergeant ehrenhalber durch Sefla, daran, was ihre Kameraden draußen gerade vorbereiteten.

»Alles in Ordnung?«, erkundigte sich Cassian. Seine Stimme war gesenkt, Sonne und Schatten tanzten über sein Gesicht, während die Repulsorbahn über das Wasser dahinsauste. Jyn winkte ab, aber der gewünschte Effekt blieb aus. Er musterte sie nur noch besorgter. »Was ist los?«

Sie drehte sich um und blickte aus dem Fenster. Der Turm der Zitadelle wuchs vor ihnen heran, ein dunkler Dorn vor dem strahlenden Himmel. »Nichts, nur … Was ich den anderen vorhin gesagt habe. Über Saw Gerreras Motto.«

»Was ist damit?«, hakte Cassian nach.

Sie zupfte beinahe verlegen an ihren Handschuhen. »Bei ihm haben wir nie so gekämpft. *Ich* zumindest nicht. Bei Saws Missionen ging es immer nur darum, das Imperium so direkt und so hart wie nur möglich zu treffen – aus Rache, um sie Stück für Stück auszubluten.«

»Und was wir hier tun, ist anders.« Er sprach vorsichtig, war darauf bedacht, seine Gefühle für sich zu behalten.

»*Ja*«, nickte sie. »Falls wir hier scheitern, werden die anderen« – sie deutete zu den unsichtbaren Sternen hinauf – »die Konsequenzen spüren. Wir müssen diese Pläne finden. Das ist der Punkt. Ich habe noch nie wirklich gekämpft, um etwas zu *bewirken.*«

Es stimmte, jedes einzelne Wort davon. Aber es war nicht, was ihr das größte Kopfzerbrechen bereitete. Es war nicht das, was sie vor sich selbst verbergen wollte, jetzt, wo sie die Wahrheit gesehen hatte.

»Du schaffst das schon«, sagte Cassian. Er gab sich wirklich Mühe, sprach mit einer Sanftheit und einem Mitgefühl, das sie noch nie an ihm erlebt hatte – aber es war nicht die Antwort, die sie hören wollte, hören *musste.*

Sie würde kämpfen und versuchen, die Pläne zu finden. Sie würde darauf vertrauen, dass Cassian und Chirrut und Baze und Bodhi und Melshi und die anderen ihre Aufgabe in dieser Mission erfüllen würden, um sie an ihr Ziel zu bringen. Aber was, falls die Mission aus dem Ruder lief? Was, falls die anderen im Chaos der Schlacht fielen …

Jyn hatte ihr ganzes Leben gekämpft. Doch selbst in Saws Kader hatte sie in erster Linie nicht aus Rache gekämpft oder für Gerrera, sondern für ihr eigenes Überleben.

Was, falls diese alten Instinkte wieder die Kontrolle übernahmen? Sie war bereit, ihr Leben für eine andere Person zu riskieren. Um ein unschuldiges Mädchen aus dem Kreuzfeuer zu retten. Doch falls die anderen nicht mehr da waren, falls sie am Ende allein war … Sie wusste nicht, ob sie in der Lage wäre, ihr Leben für die *Sache* zu riskieren.

»Wir werden langsamer«, sagte Cassian.

Konzentrier dich einfach.

Das Summen der Repulsorbahn wurde tiefer, der Tanz von Licht und Schatten langsamer. »Eine Karte wäre nicht übel«, fuhr Andor fort. »Die Anlage ist zu groß, und wir können nicht einfach umherspazieren, bis wir den Datentresor finden.«

K-2 drehte den Kopf, ohne Cassian direkt anzublicken. »Ich bezweifle, dass hier einfach eine herumliegt.«

»Du weißt, was du zu tun hast«, erwiderte Andor.

Jyn runzelte die Stirn, aber bevor sie fragen konnte, was er damit meinte, glitten auch schon die Türen der Repulsorbahn auf. Als sie in die Zitadelle von Scarif hinaustraten, blieb das Sonnenlicht hinter ihnen zurück, wurde ersetzt durch Leuchtstreifen in den dunklen Metallwänden. Mehrere Korridore zweigten von der Bahnstation ab; Offiziere, Wachen und vereinzelte Sturmtruppler liefen herum.

Cassian hatte recht. Ohne Karte wären sie verloren. Jyn strich über ihre Uniform, die mit einem Mal noch schlechter zu sitzen schien als zuvor.

Ein Sicherheitsdroide, der K-2SO zum Verwechseln ähnlich sah, klapperte vorbei. Cassian nickte K-2 zu, und sie setzten sich in gemächlichem Tempo in Bewegung. Jyn zwang sich, nicht nach ihrer Waffe zu greifen, sich wieder und wieder zu sagen, dass sie ruhig bleiben musste. Alles war in Ordnung. Hätte man sie bereits enttarnt, wäre Alarm geschlagen worden. Und hätte man die anderen entdeckt, wäre im gesamten Komplex längst die Hölle losgebrochen.

Sie folgten dem Droiden einen langen Korridor hinab, und als er sich in einer Nische an ein Terminal stellte, bezog Cassian unauffällig an der gegenüberliegenden Wand Position.

Jyn übernahm die andere Seite und beobachtete, wie K-2 zu seinem Zwilling hinüberstakste.

Der umprogrammierte Droide hob die Faust, fuhr einen Datenstachel aus seinem Handgelenk aus und rammte ihn seinem metallenen Bruder in den Hinterkopf, alles in einer einzigen, schnellen Bewegung. Die imperiale Einheit stieß ein elektronisches Wimmern aus, das aber bereits nach einer halben Sekunde verstummte, anschließend sackte sie auf die Knie; allein der K-2s Datenstachel, der noch immer in ihrem Schädel steckte, verhinderte, dass sie vornüber auf den Boden kippte.

»Beeil dich«, drängte Cassian. Er baute sich vor der Nische auf, als könnte sein Körper die beiden stämmigen Droiden hinter ihm verbergen, und blickte angespannt den Gang entlang. Jyn stellte sich neben ihn und behielt ihre Seite des Korridors im Auge, während sie aus den Augenwinkeln zu K-2 hinüberlinste.

Der Kopf des Droiden drehte sich auf seinem Hals hin und her wie eine Wetterfahne. »Ist alles in Ordnung mit ihm?«, fragte sie.

»Einheiten der KX-Serie sind gegen Intrusion gesichert«, erklärte Cassian gepresst. »Die Sicherheitssysteme zu überbrücken ist eine ziemliche Herausforderung.«

Als sie nach einer Minute noch immer vor der Nische standen, fragte er: »Ka?«

Endlich hob K-2SO den Kopf und zog den Datenstachel aus seinem Zwilling.

»Auf der optimalen Route zum Datentresor stehen uns nur neunundachtzig Soldaten im Weg«, erklärte er. »Wir schaffen höchstens dreiunddreißig Prozent der Strecke, bevor wir getötet werden.«

Hinter ihm rutschte der zweite Droide leblos zu Boden.

»Also gut«, brummte Cassian. »Hoffen wir, dass alle in Position sind.«

Weder kannte Baze Malbus die anderen Rebellensoldaten noch vertraute er ihnen. Weder hatte er Respekt vor ihrer Loyalität noch würde er sich auf ihre Fähigkeiten verlassen. Aber Jyn Erso vertraute ihnen, Jyn Erso respektierte sie, und darum würde er an ihrer Seite kämpfen. Jyn hatte sie zu einem Teil ihrer eigenen Revolution gemacht – nicht der Revolution der Allianz, sondern einer, die aus der Asche der Heiligen Stadt erwachsen war. Einer Revolution, um Vergeltung zu fordern, wo Wiederauferstehung nicht mehr möglich war.

Er vertraute auf Jyns Zorn, auf ihr inneres Feuer, aber vor allem – und auch wenn er das nie offen zugeben würde – vertraute er Jyn wegen Chirrut Îmwe. Sein blinder Begleiter glaubte an sie, und das war für Baze Grund genug, das Gleiche zu tun.

Das Leben war leichter, wenn er auf Chirruts Urteil vertraute. Ewige Unsicherheit war ein Gegner, dem selbst er lieber aus dem Weg gehen wollte.

»Los!«, rief Bodhi, der im Cockpit des Frachtshuttles Ausschau hielt. »Geht jetzt! Die Luft ist rein!«

Gemeinsam hasteten die Soldaten von Bord. Baze hielt seine Kanone erhoben und ging in Chirruts Schatten, sodass der Blinde das Tempo bestimmen konnte, während er mit seinem Stab über den Boden strich. Sie folgten den Rebellen vom Landefeld und huschten zwischen die Palmen des Dschungels, wo sie vor den Augen der patrouillierenden Sturmtruppen und Sternjäger verborgen waren.

Fünf Soldaten blieben an Bord des Shuttles zurück, um den Landeplatz und Bodhi Rook zu verteidigen. In einem anderen Leben hätte Baze vielleicht ein Gebet für den Piloten gesprochen; doch in diesem Leben wusste er, dass Bodhis Überleben allein von Glück und Geschick abhing, und vermutlich eher von Ersterem als von Letzterem.

Einer der Rebellen, ein glattrasierter Späher, ließ sich zu ihnen zurückfallen. »Wird er mit uns mithalten können?«, fragte er und nickte in Chirruts Richtung.

Baze schnaubte, ohne den Mann auch nur eines Blickes zu würdigen. »Verbergt eure Spuren besser, dann kann er auch mithalten.« Er deutete auf den weißen Sand vor Chirruts Füßen. Während der Blinde mit seinem Stab über den Boden strich, verwischte er gleichzeitig die Fußabdrücke der Rebellen; seine eigenen Spuren wurden derweil von seiner langen Robe ausgelöscht.

»*Er* kann dich außerdem hören«, sagte Chirrut.

Der Späher nickte knapp. Als ihm auffiel, wie wenig das brachte, stieß er ein gepresstes »Verzeihen Sie, Sir« hervor und eilte wieder nach vorne. Diesmal achtete er jedoch darauf, seine Fußspuren besser zu verbergen, wie Baze auffiel.

»Wenigstens hat er nicht gefragt, ob du ein Jedi bist«, kommentierte er, doch Chirrut hatte bereits einen lautlosen Gesang angestimmt. *Möge die Macht der anderen mit euch sein.*

Sie arbeiteten sich tiefer in den Dschungel vor, wobei das grüne Dach der Palmwedel aber nie so dicht wurde, dass es die Sonne aussperrte. Als der Sand festerem, fruchtbarerem Boden wich, kniete Baze sich zwischen zwei Schritten hin und klaubte mit Daumen und Zeigefinger ein wenig Erde auf. Er hob sie vor seine Nase – sie roch nach Meersalz und Lehm –, dann leckte er an seinen Fingern und spuckte aus.

Selbst der Staub schmeckt hier anders, dachte er. Staub … das war alles, was noch von Jedha übrig war. Er bezweifelte, dass er je dorthin zurückkehren würde. Scarif – mit seinen Palmen, seinem fröhlichen, smaragdgrünen Licht, seinen trägen Ozeanen und seinem Sand, so weiß wie zermahlene Knochen – war jetzt ebenso sehr seine Heimat wie der Rest der Galaxis.

Die Stadt ist verloren, alter Mann. NiJedha ist verloren.

Er griff hinter seinen Rücken und überprüfte die Abluftöffnung des tragbaren Generators. In der Wärme von Scarif würde er aufpassen müssen, dass die Kanone nicht überhitzte. Falls er im entscheidenden Moment nicht schießen konnte, wäre niemandem geholfen.

Die Soldaten sammelten sich hinter einem niedrigen Hügel. Sergeant Melshi, der die Gruppe anführte, spähte mit einem Makrofernglas über die Kuppe hinweg. Baze hatte zwar nur seine Augen, aber als er durch das grelle Sonnenlicht blinzelte, sah er ein flaches, imperiales Bauwerk und zwei Einheiten Sturmtruppen auf der anderen Seite. »Eine Kaserne«, murmelte er, und Chirrut nickte zustimmend.

Melshi kroch zum Fuß des Hügels zurück und gab einem seiner Männer ein Zeichen. Dieser begann daraufhin, mit schnellen, aber vorsichtigen Bewegungen Magnetdetonatoren an die anderen Rebellen zu verteilen. »Hier teilen wir uns auf«, sagte der Sergeant. »Ein Detonator pro Landefeld. Falls ihr ein besseres Ziel seht, umso besser, aber das sind alle Detonatoren, die wir haben, also macht das Beste daraus.«

Der Rebell mit den Sprengkörpern hielt auch Baze und Chirrut einen hin, aber Baze schüttelte den Kopf, und der Mann ging weiter. Melshi sprach noch immer zu seinen Leuten. »Wir wollen sie rauslocken, also bleibt in Bewegung und verhindert, dass sie sich in die Bunker zurückziehen.« Er ließ seinen Blick über die Gruppe schweifen, dann nickte er knapp. »Los!«

Während die Soldaten allein, in Paaren oder zu dritt davonschlichen, wandte Melshi sich den beiden Wächtern der Whills zu. »Wisst ihr, wie man mit Detonatoren umgeht?« Sein Ton war eher verwirrt als abwertend.

»Jemand muss deine Leute am Leben erhalten«, erklärte Baze, die Zähne zu einem Grinsen entblößt.

Der Sergeant schien die Bemerkung nicht komisch zu finden. »Nun?«, fragte Baze, wobei er Chirruts Schulter antippte.

Die Lippen des Blinden bewegten sich noch immer lautlos. Erst als er sein Mantra ein weiteres Mal aufgesagt hatte (*Die Macht ist mit mir, und ich bin mit der Macht…*), nickte er und ging los, den Rebellen hinterher. »Wir werden uns beeilen«, erklärte er noch, begleitet von einem leeren Blick in Melshis Richtung.

Während Chirrut den Soldaten folgte, folgte Baze Chirrut. Gemeinsam gingen sie auf die Jagd.

Viele der Sturmtruppler, die auf den Dschungelpfaden und um die Landefelder patrouillierten, trugen eine spezielle Rüstung von der Farbe verrottender Zähne; sie war leichter und geschmeidiger, besser geeignet für Märsche durch die Hitze und das Waten durch die Buchten. Gleichzeitig machte sie die Träger aber auch anfälliger für schnelle Schläge gegen Beine und Genick, wie sich schon bald zeigte.

Chirrut erledigte die ersten beiden Sturmtruppen des Tages. Er fegte sie mit seinem Stab von den Füßen, ehe sie ihren Rundgang um ein Landefeld beenden und den Rebellen entdecken konnten, der auf der anderen Seite gerade seinen Detonator anbrachte. Der nächste Imperiale ging auf Bazes Konto; er sprang aus dem dichten Gebüsch, schlang seine Arme um den Hals des Mannes und zog ihn zwischen die Bäume. Anschließend grub er die Finger in die weiche Stelle über der Brustplatte und drückte dem Sturmtruppler die Luft ab, bis er ihm den Helm heruntergerissen hatte und seinen Kopf gegen einen Felsen schmettern konnte. Danach lag der Imperiale reglos.

Sie jagten in perfektem Einklang, wobei Chirrut in der Nähe der Rebellen blieb, und Baze in der Nähe von Chirrut. Er beschränkte sich nicht nur auf Ziele, die den Blinden bemerken könnten, aber er ließ seinen Freund zu keiner Sekunde aus den Augen. Die Macht mochte Chirrut im Stich lassen; Baze würde es nicht tun.

Schon bald begannen seine Hände und Arme zu schmerzen. Er war stark, aber er war nicht mehr der Jüngste, und er konnte es nicht riskieren, seine Kanone einzusetzen. Als die Rebellen sich schließlich wieder bei Melshi versammelten – diesmal nur noch halb so weit von der Kaserne der Imperialen entfernt –, wischte er sich mit dem Ärmel den Schweiß von der Stirn und nahm einen Schluck aus seiner Feldflasche. Chirrut kauerte ein Dutzend Meter entfernt in den Schatten des Dschungels.

Die Soldaten wirkten angespannt, aber entschlossen. Sie beobachteten die Kaserne und ihre Umgebung, die Gewehre feuerbereit, während sie ausgestreckt im Sand lagen oder sich gegen Palmen pressten, um unentdeckt zu bleiben.

Vielleicht, überlegte Baze, konnte man ihnen doch vertrauen.

Über sein Kommlink konnte er hören, wie Melshi Meldung machte. »Bereit, bereit. Warten auf Befehle.«

Baze lauschte dem Rauschen der Wellen am Strand, dem Stöhnen des Windes, dem entfernten Heulen startender Shuttles.

Endlich drang Cassians Antwort aus dem Gerät. »Lasst es krachen.«

»Direktor Krennic, wir passieren in Kürze den Schutzschild-Zugang über Scarif. General Ramda wurde von ihrer Ankunft unterrichtet.«

Orson Krennic brummte bestätigend und fuhr mit dem Zeigefinger am Kragen seiner Uniformjacke entlang. Er hatte gehofft, dass die Quetschung und die Rötung, die Darth Vaders Machttrick zurückgelassen hatte, inzwischen abgeklungen wären; aber der Schmerz hatte kaum nachgelassen, erinnerte ihn weiter daran, wie gefährlich seine Position war.

Er stand an einer metaphorischen Klippe und stampfte mit den Füßen, um einen Erdrutsch auszulösen. Indem er Galen Ersos Verrat auf den Grund ging, würde er Vaders Unterstützung gewinnen. Und mit Vaders Unterstützung könnte er Tarkins Inkompetenz aufdecken – zeigen, dass es nur wegen seiner Arroganz Überlebende auf Jedha gegeben hatte. Sobald Tarkin erst in Misskredit gebracht wäre, würde niemand mehr Orson den Todesstern streitig machen. Dann könnte er mit dem Imperator persönlich besprechen, wie die Kampfstation eingesetzt werden sollte.

Und dann wäre er in vielerlei Weise – auf jede Weise, die für ihn zählte – der mächtigste und höchstdekorierte Mann im Imperium.

Entweder das ... oder er würde von der Klippe stürzen und sich auf den Felsen das Genick brechen. In dem Fall würde sein Todesstern in die gierigen, unfähigen Hände von *Wilhuff Tarkin* fallen.

Tarkin, Erso, Vader – wie hatten so viele Männer nur so lange Komplotte gegen ihn schmieden können, ohne dass er es bemerkte?

»Wir beginnen mit dem finalen Landeanflug«, meldete die Stimme des Piloten.

Schmollen kannst du auch später noch. Jetzt kümmer dich erst mal um das Problem, das Erso dir vermacht hat.

Er ging mit seiner Todestruppen-Eskorte von Bord, ohne auf die streichelnde Berührung des warmen Windes zu achten, und winkte den Leutnant beiseite, der ihn auf dem Landefeld vor dem Turm in Empfang nehmen wollte. Galen hatte beinahe uneingeschränkten Zugang zur Zitadelle gehabt; sicher, er war dabei überwacht worden, aber dem Personal hier mangelte es an Genauigkeit, an *Strenge*. Die meisten von ihnen verdankten ihre Position auf Scarif einflussreichen Verwandten. Sie legten ihr ganzes Vertrauen in den planetaren Schild und die Sternzerstörer im Orbit, in die Garnison Sturmtruppen und die automatischen Sicherheitsmaßnahmen der Zitadelle. Orson wollte sich gar nicht vorstellen, welchen Schaden Galen direkt unter ihren Augen hätte anrichten können, ohne dass sie es bemerkt hätten.

Der Leutnant eilte hinter ihm her, während er zu einem der Turbolifte marschierte, dann fuhren sie hoch zur Kommandozentrale des Turms. Ramda und seine Leute warteten bereits in Habachtstellung, als Krennic die Stufen vom Eingang herabschritt. »Direktor«, rief der General. »Was führt Sie nach Scarif?«

Allein der Klang seiner Stimme machte Orson wütend; es war der Tonfall eines Mannes, der eine Führung durch die Anlage und ein offizielles Abendessen vorbereitet hatte, ohne auch nur über die Möglichkeit nachzudenken, dass irgendetwas im Argen liegen könnte. Ramda war ein weiterer dieser Offiziere, deren Weitblick von ihrer *Inkompetenz* in den Schatten gestellt wurde.

»Galen Erso«, schnappte Krennic. »Ich will, dass jeder Funkspruch und jede Datenübertragung, die er jemals abgeschickt hat, genauestens überprüft wird.«

»Ich werde sofort drei Männer darauf ansetzen.« Ramda schaffte es nicht, seine Verwirrung zu verbergen, als Orson sich an ihm vorbeischob und an eine der Konsolen trat. »Wonach sollen sie suchen?«

Krennic wirbelte auf dem Absatz herum und starrte den General mit unverhohlener Verachtung an. »Ich werde die Daten *selbst* überprüfen. Deswegen bin ich hier.«

»Alle Daten?«

»Ja. *Alles*. Ich schlage vor, wir verlieren keine Zeit.«

Vielleicht, überlegte er, war es sein größter Fehler gewesen, dass er Ramdas Fähigkeiten überschätzt hatte. Vielleicht lag die Verantwortung für Galens Verrat zum Großteil gar nicht bei ihm selbst, sondern bei diesem Schnösel und anderen wie ihm. Aber Vader würde sich natürlich nicht mit Schuldzuweisungen zufriedengeben – ganz gleich, wie berechtigt sie sein mochten.

Krennic hatte sich bereits einen Plan zurechtgelegt. Er würde mit allen größeren Übertragungen beginnen. Galen hatte es vermutlich nicht gewagt, ganze Dateien aus dem Datentresor zu senden – selbst die laschen Sicherheitsvorkehrungen auf Scarif hätten bei so etwas Alarm geschlagen –, aber Krennic wollte auf Nummer sicher gehen. Danach würde er die Namen sämtlicher Imperialer durchgehen, die Erso vielleicht in seine Verschwörung mit hineingezogen hatte; der Galen, den Orson kannte, hatte nicht genügend Charisma gehabt, um Verbündete zu gewinnen, und auch nicht genug Mut, um sich an Bestechung zu versuchen. Andererseits hätte der Galen, den Orson kannte, auch nicht versucht, sein eigenes Lebenswerk zu zerstören.

Krennic setzte sich an eine Station vor dem Fenster, während die Offiziere hinter ihm nervös mit den Füßen scharrten. Sobald diese offensichtlichen Möglichkeiten abgehakt wären, würde er sich von Hand durch die Nachrichten arbeiten und jede einzelne nach Codewörtern, nach Ungereimtheiten überprüfen.

Galen hatte zu viel gewusst, zu viel gesehen. Falls er den Rebellen Informationen über imperiale Verteidigungsmethoden oder Hyperraumrouten zugespielt hatte, planten sie vielleicht schon gut organisierte Angriffe auf ein Dutzend Welten. Falls er ihnen Daten über Ausrüstungs- oder Waffenlieferungen übermittelt hatte, war es ihnen vielleicht gelungen, diese Lieferungen umzuleiten und ihre eigenen Streitkräfte aufzurüsten. Falls er Informationen über den

Todesstern gesendet und dabei rein zufällig »vergessen« hatte, die Übertragung abzusichern, sodass die Rebellen mitlesen konnten …

… was dann? Was könnten die Rebellen schon tun? Jeder Angriff auf die Kampfstation wäre sinnlos.

Du wirst nie gewinnen.

Das kurze, tiefe Donnern, das seine Gedanken unterbrach, war im ersten Moment nur ein Ärgernis für ihn. Ein Beweis dafür, das Ramda und seine Leute nicht mal in der Lage waren, für Ruhe zu sorgen, damit er nachdenken konnte. Doch dann folgte ein zweites Grollen, und noch eins, und noch eins. Krennic sprang auf die Beine und blickte aus dem Fenster auf die Insellandschaft hinaus. An einem Dutzend verschiedener Stellen stiegen Rauch und Flammen aus dem grünen Palmendschungel empor.

Die Offiziere hinter ihm redeten nervös aufeinander ein. Er achtete nicht auf die Worte, aber er bemerkte den allgemeinen Grundton von Überraschung und Verwirrung. Waren sie wirklich so begriffsstutzig?

»Seid ihr denn blind?«, schnappte er, die Schmerzen in seiner rauen Kehle ignorierend, und wirbelte vor dem Fenster herum. »Die Rebellen sind hier!«

Damit war ihm die Aufmerksamkeit der gesamten Kommandozentrale sicher. Doch *Aufmerksamkeit* war nicht, was er wollte.

»Mobilisiert die Garnison!«, schrie er. »Macht schon!«

Endlich lösten sie sich aus ihrer Starre. Ramda blaffte Befehle, und seine Untergebenen riefen Luftkarten und Hologramme auf. Der General konnte es natürlich nicht ahnen, aber Krennic wusste genau, dass dieser Angriff Galens Werk war. Eine weitere Konsequenz seines Verrats, seiner geheimen Nachrichten. Orson verfluchte den Toten und versuchte, diese neueste Entwicklung im Zusammenhang zu sehen.

Rebellen (das hieß, mit an Sicherheit grenzender Wahrscheinlichkeit waren es Rebellen) versuchten den Datentresor zu erreichen. Sie wollten die Baupläne der Kampfstation erbeuten.

Warum? Um ihren eigenen Todesstern zu bauen?

Nein. Um nach einer Schwachstelle zu suchen.

Aber es *gab* keine Schwachstelle.

Allein die Vorstellung war lächerlich.

Ein weiterer Gedanke kroch durch Krennics Hinterkopf. Ein Gedanke, der ihn eigentlich nicht weiter beunruhigen sollte; ein Gedanke, der in diesem Moment völlig *bedeutungslos* war und keinerlei Beziehung zu der realen Situation hatte. Ein Gedanke, der ihn dennoch vor Wut zitternd die Fäuste ballen ließ.

Die Überlebenden von Jedha hatten auf Eadu zugeschlagen; einen von ihnen hatte er sogar auf der Landeplattform gesehen, als die Bomben gefallen waren, auch wenn er sich nicht an das Gesicht seines Feindes erinnern konnte. Und von Eadu waren sie ihm nun nach Scarif gefolgt.

Krennic schwor sich, dass sie ihm kein drittes Mal entkommen würden.

17. Kapitel

Yavin 4 war ein Gefängnis, auch wenn es sich falsch anfühlte, das laut auszusprechen. Die Basis hier war Mon Mothmas neues Zuhause, eine sichere Zuflucht vor einem Imperium, das sie bis ans Ende der Galaxis jagen würde, solange auch nur die geringste Chance bestand, sie zu erwischen und hinzurichten. Doch aus exakt denselben Gründen war es für sie unmöglich, Yavin zu verlassen. Ihre Reisen zu anderen Planeten waren äußerst selten und kurz, und sie endeten stets wieder hier, in ihrer Zelle im Tempelturm.

Sie war das Oberhaupt der Rebellenallianz, und ihre Macht reichte gerade mal bis zum Rand des Dschungels. Neid überkam sie, als sie beobachtete, wie die Ratsmitglieder wieder in ihre Schiffe stiegen und allein oder in kleinen Gruppen in den hellblauen Himmel aufstiegen. Sie kehrten zu ihren Heimatwelten, ihren Schlachtfeldern, ihren mobilen Einsatzbasen zurück, die einen bereit für einen Krieg, die anderen bereit unterzutauchen, und wieder andere bereit, sich dem Imperium zu ergeben. Die Lage war noch immer festgefahren, und auch Mons Ansprachen hatten keinen Konsens schaffen können.

Sie sah, wie Senatorin Pamlos Schiff – ein nicht gekennzeichneter Transporter – in Richtung Coruscant aufbrach;

dort würde Pamlo öffentlich gegen den Todesstern protestieren, dann ihr Amt niederlegen und fordern, dass die Rebellenallianz sich auflöste. Von diesem Beschluss war sie auch nach ihrer dreiundachtzigminütigen Diskussion mit Mon heute Morgen nicht abgerückt. Vielleicht würde Mothma eines Tages zurückblicken und Pamlos Prinzipientreue bewundern können, aber im Moment war sie einfach nur enttäuscht.

Sie wandte sich zum Hangar um, stapfte über das Landefeld und trat in den Schatten des Tempels. Weitere Ratsmitglieder kamen ihr entgegen, alle auf dem Weg zu ihren Schiffen, und dann erblickte sie auch Davits Draven und Antoc Merrick, die die Abreise beaufsichtigten.

Merrick war ohne jeden Zweifel ein exzellenter Pilot und ein würdiger Kommandant der Staffel Blau, doch als sie ihn Seite an Seite mit Draven sah, musste Mon sich zusammenreißen, um nicht zu fragen: *Wessen Eliminierung planen Sie diesmal*? Stattdessen sagte sie: »Läuft alles nach Plan?«

Es hatte keinen Sinn, an Wunden zu kratzen, die noch nicht mal verschorft waren.

»Staffel Blau ist bereit, sofort zu starten, falls jemand Unterstützung benötigt«, erklärte Merrick.

Draven brummte. »Bislang gibt es keine Probleme. Zumindest sind die Imperialen niemandem hierhergefolgt.« Er blickte von einer Seite zur anderen, nickte dem vorübergehenden Assistenten eines Senators zu und senkte dann die Stimme. »Dennoch würde ich gerne mit der Suche nach einer neuen Basis beginnen. Zu viele Leute wissen jetzt von Yavin, und wir haben keine Ahnung, wie viele von ihnen morgen noch auf unserer Seite stehen.«

Und schon, dachte Mon bitter, *treffen wir Vorbereitungen für die Spaltung der Allianz.*

»In Ordnung«, nickte sie.

Merrick wollte etwas sagen, aber eine Stimme aus dem

hinteren Teil des Hangars unterbrach ihn. »Senatorin! Senatorin Mothma!« Ein Gefreiter schob sich an einer Gruppe von Technikern und einem Astromechdroiden der C-1-Serie vorbei und rannte auf sie zu. Draven stellte sich dem Mann in den Weg und packte ihn an der Schulter, fast als wollte er ihn zu Boden schleudern.

Fast so, schoss es Mon durch den Kopf, als wollte er sie vor einem vermeintlichen Attentäter schützen. Sie war nicht sicher, ob sie dieser Gedanke mit Erleichterung oder Beunruhigung erfüllen sollte.

»Keinen Schritt weiter, Gefreiter«, sagte Draven mit tiefer, strenger Stimme.

Der junge Soldat blieb steifbeinig stehen; er zitterte förmlich vor nervöser Energie.

»Lassen Sie ihn sprechen«, forderte Mon.

»Ich konnte eine imperiale Übertragung abfangen, Ma'am«, sprudelte der Gefreite hervor. »Rebellen sind auf Scarif.«

Scarif? Wie konnte das sein?

Doch die Antwort war offensichtlich, und sie stand auch Draven und Merrick ins Gesicht geschrieben.

Während Mon die Nacht damit verbracht hatte zu retten, was von der Allianz noch zu retten war, hatte Jyn Erso beschlossen, alles auf eine Karte zu setzen.

Sie fixierte den Gefreiten mit einem ernsten Blick. »Ich muss mit Admiral Raddus sprechen«, sagte sie.

Der Soldat stammelte. »Er ist bereits im Orbit, an Bord der *Profundity*. Er will kämpfen.«

»Ich verstehe«, nickte Mon, und sie begann zu lächeln. Merricks Miene wirkte erwartungsvoll, die von Draven grimmig und entschlossen.

Vielleicht hatte sie zu früh die Hoffnung aufgegeben.

Keine zehn Minuten später verkündeten Sirenen den Start

der Staffeln Blau, Grün und Gold sowie mehrerer U-Flügler. Raddus hatte bereits sämtliche Großkampfschiffe in Reichweite von Yavin und Scarif kontaktiert. Draven hatte Mon gewarnt, sich aus dieser Mission herauszuhalten, ganz gleich, wie *inspirierend* sie sie finden mochte, doch diese Ermahnung war unnötig gewesen. Mon kannte ihre Grenzen zu gut, um eine eigenmächtige Operation zu unterstützen.

Stattdessen beschränkte sie sich darauf, voller Stolz an die Soldaten der Allianz zu denken, an die Piloten und Techniker, die gerade zu ihren Schiffen eilten. In der bevorstehenden Schlacht würden sie jeden Rebellen brauchen, der einen Beitrag leisten konnte und wollte.

Als die letzten Transporter abhoben, wandte sie sich den Korridoren des Tempels zu und ging zur Kommunikationszentrale. Dabei musste sie einem goldenen Protokolldroiden und einer piepsenden Astromecheinheit Platz machen, die nach draußen auf das Landefeld eilten, und kurz hörte sie Ersteren lamentieren: »Scarif? Wir fliegen nach *Scarif*? Warum muss ich solche Dinge immer erst von dir erfahren, Erzwo …?«

Großmoff Wilhuff Tarkin hatte es sich zur Gewohnheit gemacht, nicht weiter über die lächerlichen Ambitionen von Orson Krennic nachzudenken. Im Lauf von mehr als zehn Jahren hatte der Direktor sich von einem Ärgernis zu einer ausgewachsenen Bedrohung entwickelt, ehe er wieder zu einem Ärgernis geschrumpft war, und die ganze Zeit über hatte er mehr Aufmerksamkeit beansprucht, als er eigentlich wert war. Bislang war Krennic zu nützlich gewesen, als dass man sich seiner entledigen musste, und zu ehrgeizig, als dass man ihm trauen konnte, aber durch die richtige Mischung aus Vernachlässigung und hin und wieder einer kleinen Erinnerung an Tarkins Autorität hatte Wilhuff ihn in den Randbezirken seiner persönlichen Galaxis gehalten.

Als er nun auf der Kommandobrücke des Todessterns stand und die Sterne auf dem Hauptschirm betrachtete, nahm Tarkin sich dennoch einen Moment Zeit, um Krennics Beitrag zu würdigen. Bei einem Projekt dieser Größenordnung brauchte man ein Auge fürs Detail und einen praktischen Verstand, und ungeachtet seiner Fehler und fixen Ideen hatte der Direktor den Todesstern zu einem Erfolg gemacht.

Tarkin hatte halb erwartet, dass die Hälfte der Systeme nach dem Test bei Jedha durchbrennen würden. Doch die Kampfstation war intakt, unverwundbar – und wartete darauf, ihr volles Zerstörungspotenzial zu entfesseln. Es würde ein ehrfurchtgebietender Anblick sein, überlegte Wilhuff. Zu sehen, wie sie einen ganzen Planeten vernichtete …

Er lachte lautlos über seine kindische Vorfreude. Es gab keinen Grund zur Eile. Der Todesstern war ein Werkzeug, und wie jedes andere Werkzeug sollte es zum richtigen Zeitpunkt eingesetzt werden.

»Sir?« General Romodi trat neben ihn. Tarkin deutete mit einem knappen Nicken an, dass er zuhörte. »Der Stützpunkt auf Scarif … Sie melden einen Rebellen-Überfall. Rings um die Zitadelle sind Gefechte ausgebrochen.«

Nun, *das* war eine Überraschung. Scarif war ein gut geschütztes Ziel; eines, das selbst ein Saw Gerrera nur dann angegriffen hätte, wenn er sich besonders gut vorbereitet hatte. Dass die Rebellion so kurz nach Gerreras Tod auf dem Planeten zuschlug, konnte kein Zufall sein.

Mehrere Szenarien entfalteten sich in Tarkins Kopf, aber keine von ihnen war wirklich alarmierend. Jetzt, hier auf dem Todesstern, gab es kaum etwas, das ihn alarmieren konnte.

»Ein Bodenangriff?«, fragte er. »Ohne Unterstützung von Kampfschiffen?«

»Ramdas Leute haben keine Gefechte im Orbit erwähnt.«

Das ließ auf eine schlecht geplante Verzweiflungstat schließen.

»Ich will mit Direktor Krennic reden«, sagte Wilhuff.

»Er ist *dort*, Sir«, erklärte Romodi. »Auf Scarif.«

Dieser Tag steckte wirklich voller Überraschungen.

Tarkin sprach mit nachdenklichem Tonfall, die Worte nur halb an den General gerichtet. »Dort werden die Konstruktionspläne dieser Station aufbewahrt, nicht wahr?«

»In der Tat.«

Gemeinsam mit den technischen Plänen weiterer Projekte, die unter Tarkins Aufsicht vorangetrieben wurden. *Es wäre eine Schande, falls es deswegen zu Verzögerungen beim Kriegsschild oder beim Projekt Stratosphäre käme*, dachte er. Doch selbst das wäre nur ein kleiner Schlag gegen den galaktischen Zeitplan, vor allem jetzt, wo der Todesstern endlich einsatzbereit war.

Natürlich gab es nicht viel, was die Rebellen mit den Konstruktionsplänen anfangen konnten, aber Tarkin war schon immer jemand gewesen, der lieber auf Nummer sicher ging.

»Sprung in den Hyperraum vorbereiten«, befahl er. »Und informieren Sie Lord Vader.«

Romodi eilte davon, und das leise Summen des Generators nahm an Lautstärke zu, als der Hyperantrieb seine Energie aufsaugte. Tarkin verschränkte die Hände und beobachtete auf dem Hauptschirm zwei TIE-Jäger, die zu einer der Hangarbuchten der Station rasten.

Er war neugierig darauf, die Rebellen in Aktion zu erleben. Und er war neugierig zu sehen, welche Möglichkeiten sich durch diesen Zwischenfall für ihn ergeben mochten. Wie viele Siege könnte er in einer einzelnen Schlacht erringen?

Aber Tarkin war ein geduldiger Mann. Er würde abwarten und sich dann nehmen, was immer Scarif für ihn zu bieten hatte.

ERGÄNZENDE DATEN: GEHEIMDIENSTBERICHT DER REBELLENALLIANZ

[Dokument #MH2215 (»Notizen über die Flotte der Rebellenallianz und ihre Geschichte«), aus den persönlichen Akten von Mon Mothma.]

Die Klonkriege haben die interstellare Kriegführung neu definiert. Wir mussten uns mit neuen Realitäten auseinandersetzen, die wir nach Generationen des Friedens völlig vergessen hatten. Das war vielleicht das schlimmste Verbrechen, das aus diesem Konflikt erwuchs – der Krieg läutete ein neues Zeitalter ein, indem so großflächiges Blutvergießen nicht mehr undenkbar, sondern vielmehr ein essenzieller Bestandteil der militärischen Planung war.

Ich habe mehrfach betont, dass unsere Rebellenbewegung kein Echo der politischen Frage der Klonkriege ist, und das ist auch weiterhin meine Überzeugung. Niemand kann bestreiten, dass unsere militärische Doktrin in weiten Teilen durch den Wunsch und den Drang definiert wird, die Dinge *anders* anzugehen und eigene Wege zu beschreiten. Viele der Dinge, die in den Klonkriegen funktionierten, können zudem gar nicht wiederholt werden: Die Zusammenarbeit zwischen den Jedi-Rittern und den kaminoanischen Klonarmeen stellte eine einzigartige Waffe dar, die nicht länger existiert.

Stellen wir uns eine Brigade von Klontruppen unter dem Kommando eines Jedi vor: Eine solche Einheit könnte die orbitalen Verteidigungsmaßnahmen eines Planeten durchdringen und die Kontrolle über die gesamte Welt erringen – mit einem Mindestmaß an Opfern (auf beiden Seiten!). Ich will die Rolle der Flotte während dieses letzten Konflikts nicht abwerten, noch will ich die Opfer der Schiffsmannschaften und Jägerpiloten herunterspielen – aber keine Blockade war dicht genug, um nicht von einer Handvoll Sternjäger und einem einzelnen Landungsschiff durchdrungen zu werden. (Ja, solche Blockaden existierten, und je weiter der Krieg voranschritt, desto zahlreicher wurden sie; tatsächlich trugen sie sogar zum Ende des Konflikts bei, da ihre Finanzierung die Führung der Separatisten in den Bankrott trieb.)

Nach dem Ende des Krieges, der Zerschlagung des Jedi-Ordens und der Stilllegung der Kloneinrichtungen auf Kamino beschlossen der selbsternannte Imperator und seine Militärberater, dass gewaltige Flottenwaffen die Zukunft der Kriegsführung wären. Schlachtschiffe und Kampfstationen, die jeden Feind auslöschen konnten, sei es nun auf der Oberfläche eines Planeten oder zwischen den Sternen. Bei ihrem Umbau des Militärs ging es nicht um präzise Schnitte mit dem Skalpell, sondern um brutale Schläge mit dem Hammer. Dieses neue Militär konnte die interstellaren Bewegungen mobiler Infanterie unterbinden und die Ausbreitung von Aufständen somit im Keim ersticken.

Das ist die hässliche Brillanz von Imperator Palpatines Plan. Er wusste, dass eine Rebellion wie die unsere schnell eine große Armee von Bodentruppen zusammenstellen könnte, rekrutiert aus den Unterdrückten von tausend versklavten Welten. Doch seine Sturmtruppen können einen lokalen Aufstand auf einem Planeten niederschlagen, und seine Flotten können jegliche Unterstützung vernichten, ehe sie den Widerständlern zu Hilfe kommt.

Eine Rebellion kann es sich nicht leisten, auf Infanterietruppen zu verzichten, aber da es uns nun einmal an Jedi oder Klonen mangelt, können Bodentruppen nicht unser primäres Einsatzmittel sein; der Blutzoll wäre völlig inakzeptabel (der Einsatz der 61. Mobilen Infanterie auf Ferrok Pax ist ein gutes Beispiel hierfür).

Folglich kommt der Rebellenflotte besondere Bedeutung zu.

Während das Imperium seine titanischen Sternzerstörer und seine Schwärme von TIE-Jägern baute, entstand unsere Flotte auf deutlich chaotischere Weise. In den frühen Jahren der Rebellion gab es nur wenig Koordination zwischen den einzelnen Widerstandszellen – doch jede dieser Zellen brauchte Schiffe für den Transport und für ihre militärischen Schläge. Hier ein umgebauter Frachter, ausgestattet mit illegalen Waffen aus dem Wrack eines Separatistenkreuzers; dort eine Piratenkorvette, von einer wohlgesonnenen Kontaktperson aus der Unterwelt zur Verfügung gestellt; dann noch eine Handvoll Sternjäger, bei einem gewagten Überfall auf einen imperialen Stützpunkt erbeutet.

Als die Widerstandsgruppen schließlich begannen, zusammenzuarbeiten und ihre Ressourcen zu teilen, entstanden neue Herausforderungen. Zwischen TIE-Jägern gibt es keine großen Unterschiede; Systeme und Piloten können mühelos ersetzt werden, falls es Ausfälle gibt. Nicht so aber bei den vielen verschiedenen Schiffen, die unter dem Banner der Rebellion fliegen. Die Aufgabe, eine bunt zusammengewürfelte Flotte wie unsere zu warten und mit Piloten zu bemannen, wäre in den Händen einer weniger erfahrenen Führungsriege (wobei ich mich selbst ganz bewusst ausschließe!) nicht möglich gewesen.

Die Kommandanten unserer Schiffe schlugen eine dreigeteilte Lösung vor. Erstens: Die Errichtung eines geheimen

Netzwerks mit Sympathisanten aus der Welt der Schmuggler und der legitimen Händler, um die so dringend benötigten Ersatzteile zu erwerben und zu verteilen. Um effektiv zu sein, müsste dieses Netz in seiner Reichweite mit den großen Konzernen zu Zeiten der Republik vergleichbar sein. Die Unterstützung durch ehemalige Berater der Separatistenbewegung sollte sich dabei als unbezahlbar erweisen.

Zweitens: Piloten sollten ermutigt werden, sich zu koordinieren, voneinander zu lernen und mit so vielen Typen von Schiffen und Simulatoren zu üben wie nur möglich. Somit könnten talentierte Piloten schnellstmöglich in ein neues Cockpit gesetzt werden, falls ihr altes Schiff zerstört wurde. Gleichzeitig würde sich diese Strategie auch in Gefechtssituationen bezahlt machen. Um Admiral Raddus zu zitieren: »Niemand will in Formation mit jemandem fliegen, den er nicht kennt.«

Drittens: Die Rebellenführung sollte einen großen Teil ihrer Mittel in zusätzliche Jägerstaffeln investieren. Die Beschaffung dieser Schiffe kostete Credits und auch Leben (die Details unterliegen bis auf Weiteres der Geheimhaltung), aber letztlich hatten wir Erfolg, wie nicht zuletzt auch der Zustrom von X-Flüglern für unsere Flotte demonstriert.

Während die Rebellion wuchs und größere Bekanntheit erlangte, ergaben sich zudem neue Gelegenheiten. Dass die Mon Calamari uns ihre Stadtschiffe zur Verfügung stellten, war eine erfreuliche Überraschung (vielleicht auch eine unverdiente, wenn man bedenkt, wie machtlos wir gegen die Besatzung von Mon Cala waren), und sie belegt, wie wichtig es ist, dass wir die Herzen der galaktischen Zivilbevölkerung gewinnen.

Im Lauf der Zeit haben Kommandanten wie Raddus und

General Merrick unsere Flotte weiter ausgebaut. Sie haben etwas, das eigentlich nicht mehr als eine Piratenarmada sein dürfte, in eine echte Streitmacht verwandelt. Wir wissen, dass unsere Piloten, Mannschaften und Offiziere ihren imperialen Gegenstücken in Sachen Geschick und Mut nicht nachstehen. Allerdings muss sich erst noch zeigen, ob unsere Schiffe in einer großen Raumschlacht gegen einen technologisch überlegenen Feind bestehen können.

Ich persönlich hoffe, dass wir es niemals herausfinden müssen. Doch sollte dieser Tag kommen, so bin ich zuversichtlich, dass wir ihn als Sieger beenden werden.

18. Kapitel

Eigentlich hätte Bodhi Rook sich schuldig fühlen müssen, als er aus dem Cockpit des Shuttles SW-0608 beobachtete, wie schwarzer Rauch von einem halben Dutzend Landefelder emporstieg – die Art von Rauch, die sich wie Blut aus einem zerstörten Frachtschiff oder einem brennenden Speeder ergoss. Er hatte schon gesehen, wie Saw Gerreras Rebellen imperiale Einrichtungen sprengten, und er identifizierte sich unwillkürlich mit den schwarz gekleideten Gestalten, die losrannten, um die Feuer zu löschen, oder hinter den patrouillierenden Sturmtruppen Deckung suchten.

Bodhi hatte sich nie für einen Soldaten oder einen Killer gehalten. Er sollte sich schuldig fühlen. Aber er hatte seine Seite gewählt, als Galen Erso ihm von den Verbrechen erzählt hatte, an denen er mitwirkte. Und seine letzten Zweifel waren von den Flammen hinweggebrannt worden, die Jedha City verschlungen hatten.

»Sturmtruppen!« Es war Korporal Toncs Stimme, und sie drang von der Einstiegsrampe bis ins Cockpit. »Sturmtruppen, linke Flanke!«

Bodhi hörte Stiefel über die Deckplatten trampeln, als die fünf Rebellen, die beim Shuttle zurückgeblieben waren, an Bord eilten und sich versteckten. Durch das Aussichtsfenster konnte er den Grund für Toncs Warnung sehen: Eine ganze Einheit Sturmtruppen rannte quer über das Landefeld, vorbei an Frachtkisten und Kontrollkonsolen. Keiner der Soldaten warf dem Shuttle mehr als einen flüchtigen Blick zu.

Bodhi atmete auf. Zumindest für den Moment konnte er weiter hoffen, dass er nicht kämpfen müsste.

Tonc kletterte die Leiter zum Cockpit hoch, und der Schaft des Gewehrs, das er über der Schulter trug, klirrte geräuschvoll gegen jede einzelne Sprosse. Bodhi versuchte in der Gegenwart des Mannes entschlossen und *hartgesotten* zu wirken – Tonc hatte ihn während des Fluges hierher mit Fragen gelöchert, und obwohl er sich freiwillig gemeldet hatte, den Shuttle zu bewachen, war Rook nicht sicher, was der Korporal von ihm hielt.

Tonc schlug Bodhi mit der flachen Hand auf den Rücken. »Wie läuft es hier oben?«, grollte er.

Rook zuckte unter der Wucht des Schlages zusammen. »Sieht aus, als hätten alle Schiffe, die nicht zum Militär gehören, Startverbot, aber im Großen und Ganzen scheinen sie die Shuttles noch zu ignorieren. Was da draußen los ist, kann ich nicht wirklich sagen …« Er deutete auf den Rauch jenseits des Cockpitfensters. Vereinzelt waren auch die blutroten Blitze von Blasterstrahlen zu sehen, aber die Palmen behinderten die Sicht auf die Landefelder und Baracken in der Nähe der Zitadelle.

»Was da draußen los ist? Das ist ein *Kampf*«, erklärte Tonc. »Unsere Jungs von den Spezialeinheiten legen gerade los.«

Bodhi überprüfte gerade die Instrumente, den Kopf tief über die Konsole gebeugt. Doch die Bewunderung in der Stimme des Rebellen ließ ihn aufhorchen. »Ich dachte, du bist auch bei den Spezialeinheiten?«, fragte er.

Tonc lachte. »Ich kann nicht halb so viel wie diese Teufelskerle. Aber ich hörte, dass Captain Andor Leute braucht, also meldete ich mich freiwillig.« Sein Tonfall wurde noch ein wenig schroffer, als er hinzufügte: »Keine Sorge, ein besserer Schütze als *du* bin ich trotzdem.«

Daran zweifelte Rook nicht.

Das Komm knisterte, und eine drängende, wütende Stimme erklang. »Landefeld zwölf! Abriegeln!«

Er klatschte triumphierend in die Hände. »Ich habe den Kanal des Sicherheitsdienstes gefunden. Wir können ihre Bewegungen von hier verfolgen.«

Tonc schürzte die Lippen und nickte anerkennend. Das Kommgeplapper war gehetzt und überlagerte sich: Die Zitadelle forderte Lageberichte und Einschätzungen über die Größe der Rebellentruppen, während die Sturmtruppen um Verstärkung baten. »Die Rebellen sind überall!«, rief eine Stimme, und Bodhi konnte nicht anders, als zu lächeln.

»Wollen wir nur rumsitzen und Däumchen drehen? Oder helfen wir unseren Leuten da draußen?«, fragte Tonc.

Die Worte waren eher freundschaftlich als herausfordernd gemeint, trotzdem spürte Rook einen Stich. Er griff nach den Kommkontrollen und biss sich auf die Unterlippe.

Baze und Chirrut waren da draußen und kämpften gemeinsam mit den anderen Allianzsoldaten. Cassian, Jyn und K-2 sollten inzwischen in der Zitadelle sein. Selbst falls alles glattlief – selbst falls alles *perfekt* lief –, würden nicht alle überleben.

Sie waren nicht seine Freunde. Sie hatten ihn nicht aufgemuntert, nachdem seine Traumfrau auf Bamayar ihm einen Korb gegeben hatte; sie hatten ihm nicht geholfen, seinen Astromech wieder zusammenzubauen, nachdem er den Droiden bei einer dummen Wette auseinandergeschraubt hatte. Aber sie hatten ihn vor Saw Gerrera gerettet, hatten ihm geglaubt, wo Saws Leute ihn einen Lügner geschimpft hatten.

Sie hatten ihm nie Fesseln angelegt. Sie hatten ihn auf Eadu gebraucht, und sie hatten nie so getan, als wäre es nicht so.

Und … sie wollten den Todesstern aufhalten.

Sie hatten es nicht verdient, hier zu sterben.

Bodhi sollte sich schuldig fühlen.

Du musst dich nicht schuldig fühlen.

Er drückte einen Knopf, öffnete die Verbindung und rief in das Komm: »Landefeld Zwei hier! Landefeld Zwei! Wir zählen hier vierzig Rebellensoldaten! Rennen gerade in westlicher Richtung vorbei!«

Anschließend schaltete er den Kanal stumm und korrigierte mit zitternder Hand die Einstellungen. Er spürte eine Woge der Energie, gleichzeitig erschreckend und belebend, während er das Komm an Tonc weiterreichte. »Melde ihnen, dass du bei Landefeld Fünf von Rebellen festgenagelt wirst«, sagte er.

Der Soldat grinste breit. »Wer braucht schon die Spezialeinheiten?«, fragte er. »Wir kriegen diese Sache ganz allein hin.«

Einen Moment lang glaubte Bodhi beinahe wirklich, dass das stimmte. Trotzdem war er froh, dass er nicht kämpfen musste.

Jyns Ängste schienen sich zu vermehren. Im grellen, alles enthüllenden Licht der Höhle in ihrem Kopf entdeckte sie mit jeder verstreichenden Sekunde neue Befürchtungen. Da war Angst um ihre Begleiter, Angst wegen der Gefahr, in der sie schwebten; Angst zu versagen, sie im Stich zu lassen; Angst vor dem, was der Todesstern anrichten würde, falls er nicht aufgehalten wurde; Angst, den letzten Wunsch ihres Vaters zu enttäuschen.

Es waren diese Ängste, die ihre Hand zu ihrem Blaster lenkten, als sie mit Cassian und K-2 einen Korridor der

Zitadelle hinabschritt und vor ihnen dreißig Sturmtruppler in Formation auftauchten. Es waren diese Ängste, die den Wunsch nach einem Kampf in ihr weckten; dann könnte sie ihre Furcht in gnadenlose Schläge umwandeln oder sie mit dem Schmerz geprellter Rippen überdecken.

Auf Eadu und Jedha hatten endlose Märsche, peitschende Winde und eisige Kälte ihre Sinne betäubt; hier auf Scarif konnte sie zu viel *nachdenken*. Und als die Einheit Sturmtruppen in perfektem Gleichschritt an ihnen vorbeimarschiert war, ohne sie auch nur eines zweiten Blicks zu würdigen, konnte Jyn nicht anders, als enttäuscht zu sein.

»Sieht aus, als würde unsere Ablenkung funktionieren«, murmelte Cassian.

Sie rang sich ein zustimmendes Nicken ab. »Es war ein guter Plan.«

Sie hatten nichts mehr von Melshi oder den anderen gehört, seit die Detonatoren hochgegangen waren. Einerseits hatten die Rebellen Anweisung, sich nur im Notfall bei ihnen zu melden.

Andererseits könnten sie bereits alle tot sein.

Reiß dich zusammen, Jyn.

Sie versuchte sich daran zu erinnern, wie sie bei ihren Missionen für Saw Funkstille eingehalten hatte; wie sie es geschafft hatte, in der Basis die Stellung zu halten und auf die Rückkehr von Kameraden wie Maia oder Staven zu warten. Doch das vage, lückenhafte Echo dieser Erlebnisse machte die Sache nur noch schlimmer. Denn auch wenn sie diese Personen nicht auf dieselbe Weise gebraucht hatte, wie sie nun Bodhi und die Wächter und Cassian brauchte: ohne sie wäre sie gescheitert. Ohne sie hätte sie nicht überlebt.

Reiß dich zusammen und mach deinen verfluchten Job.

»Zum Datentresor geht es hier entlang«, verkündete K-2.

Sie gingen weiter, so schnell, wie sie es wagen konnten,

ohne Aufmerksamkeit zu erregen. Die Korridore leerten sich, je weiter sie kamen; immer weniger Offiziere und Sturmtruppen eilten auf dem Weg zum Haupteingang an ihnen vorbei.

»Da drinnen«, sagte der Droide, als sie schließlich eine schwere Schutztür erreichten. Sie öffnete sich ohne Sicherheitscode.

Der Vorraum des Datentresors war ebenso steril und karg wie der Rest der Einrichtung. Eine einzelne Konsole, dahinter ein gebeugt sitzender Leutnant, der einen hell erleuchteten Durchgang bewachte.

»Kann ich helfen?«, fragte der Imperiale.

»Das wird nicht nötig sein«, erwiderte K-2, einen Augenblick bevor seine metallene Faust auf den Schädel des Mannes herabsauste. Während der Leutnant über seiner Konsole zusammenbrach, stakste der Droide um das Pult herum, dann stieß er den Bewusstlosen zur Seite und stöpselte sich in eine Datenbuchse ein.

Cassian zerrte den Leutnant hastig neben den Eingang, sodass man ihn von draußen nicht sehen konnte. Jyn trat derweil in den runden, röhrenförmigen Durchgang, um, gegen die grelle Helligkeit anblinzelnd, die massive Stahltür am anderen Ende zu betrachten. Eine lange vergessene Erinnerung zuckte hinter ihren Augen vorbei: eine unangenehme Nacht im Tresorraum einer imperialen Bank; Funken, die auf ihren Wangen brannten, Schwielen an ihren Händen, nachdem sie vier Stunden lang einen Plasmaschneidbrenner gehalten hatte. Durch diese Tür würden sie sich jedenfalls nicht hindurchschneiden können.

»Wie kriegen wir sie auf?«, rief sie über die Schulter.

»Biometrische Identifizierung. Leutnant Putna sollte genügen.« K-2 deutete beiläufig auf den Bewusstlosen neben dem Eingang. »Ich muss hierbleiben.«

»Warum?«, fragte Cassian. Jyn eilte hinüber und griff nach

den Beinen des Imperialen, während Andor ihn unter den Schultern packte.

»Ohne Autorisierung von dieser Konsole können keine Datenbänder aus der Kammer entfernt werden«, erklärte der Droide. »Einem einzelnen Datendieb wird auf diese Weise der Erfolg verwehrt.

Im Falle eines Sicherheitsverstoßes«, fügte er fröhlich hinzu, »wird außerdem ein Energiefeld im Sensortunnel aktiviert, das sämtliche Daten löscht, bevor sie den Raum verlassen. Und ich für meinen Teil hätte die Baupläne lieber intakt.«

Jyn blickte sich um, während sie Cassian durch die Röhre folgte. Die Leuchtstreifen in den Wänden und der Decke wirkten kein bisschen weniger bedrohlich, auch wenn sie jetzt wusste, dass sie nur Daten und nicht Lebewesen eliminieren sollten.

Andor brummte leise, und sie ließ die Beine des Leutnants los, sodass er den Imperialen herumdrehen und seine Hand auf den Scanner in der Türmitte drücken konnte. Mehrere Sekunden tat sich nichts, dann erklang ein kurzes, tiefes Summen: keine positive Identifikation.

Jyn fluchte lautlos und spürte, wie Schweißtropfen auf ihrer Haut prickelten.

»Das klappt nicht«, rief Cassian.

K-2s Stimme hallte in den Durchgang. »*Rechte* Hand.«

»Du bist ein fürchterlicher Spion«, stöhnte Jyn. Es war mehr freundschaftliche Stichelei als frustrierter Tadel, was sie selbst ein wenig überraschte.

Cassian ignorierte sie und drehte den Oberkörper des Bewusstlosen. Diesmal piepste die Tür des Datentresors sofort. Metallriegel wurden eingezogen, und der Boden unter ihren Füßen vibrierte.

Langsam – quälend langsam – begann die Tür sich zu öffnen.

Die ersten fünf Minuten waren die Rebellen im Vorteil. Die Sturmtruppen, die die Detonationen überlebten, waren benommen, geblendet, verletzt durch die Explosionen und umherfliegenden Schrapnelle. Sie gerieten nicht in Panik – sie eilten pflichtbewusst auf ihre Posten und eröffneten das Feuer –, aber sie mussten bereits Verluste kompensieren, bevor sie den Feind überhaupt zu Gesicht bekamen. Sie boten leichte Ziele und ließen sich mühelos in eine Richtung treiben.

Baze genoss es, die alarmierten Schreie zu hören, die zusammenbrechenden Leiber zu sehen, während seine Begleiter die imperialen Einheiten mit einem Sperrfeuer aus Partikelstrahlen niedermähten; ebenso erfreute es ihn, wenn Chirrut plötzlich aus den Schatten auftauchte und einen weiteren Sturmtruppler in den Sand schickte; aber die größte Genugtuung bereitete es ihm, wenn er mit den gut platzierten Salven aus seiner Kanone eine Rüstung nach der anderen durchschlug.

Einst hatte ihm jemand – er konnte sich nicht mehr daran erinnern, wer – erzählt, dass die Jedi Zorn für eine Sünde hielten; einen Pfad zu dem, was sie die *Dunkle Seite* nannten. Doch die Wächter der Whills waren keine Jedi. Bazes Zorn war gerechtfertigt, und ob nun mit oder ohne Hilfe der Macht, seine Schüsse fanden ihr Ziel.

Auf Jedha hatte er nichts tun können, um die Heilige Stadt zu retten, darum kämpfte er nun doppelt so entschlossen, um Jyn Erso die Ablenkung zu verschaffen, die sie brauchte.

Baze, Chirrut und die Rebellen verteilten sich und zogen sich wieder zusammen, lockten die feindlichen Einheiten voneinander fort und eliminierten die Verstärkung, die zunächst nur vereinzelt und unkoordiniert eintraf. Doch schon bald erholten sich die Imperialen von der anfänglichen Überraschung, und dann erschien der Nachschub zu Dutzenden auf der Bildfläche.

Zu diesem Zeitpunkt erlitten die Rebellen die ersten Verluste.

Baze kannte die Namen der Opfer nicht, hörte auch nicht ihre Schreie, die im endlosen Jaulen der Blasterschüsse und dem tieferen Wummern seiner Kanone untergingen. Er sah nur ihre verkrümmten Leiber, während er sich zurückfallen ließ. Die Toten würden kein würdiges Begräbnis erhalten, aber falls er es durch diesen Tag schaffen sollte, dann – das nahm er sich fest vor – würde er die Gefallenen gemeinsam mit den anderen Überlebenden ehren.

Der Geruch von Asche erfüllte die Luft – aber immer noch besser als der Gestank von Meersalz.

Weitere Sturmtruppen huschten aus der Kaserne und bauten eine Pfeilformation auf, deren Spitze genau auf den Hügel zeigte, den die Rebellen zu halten versuchten. Baze erkannte die Gelegenheit – eine Chance, dem Angriff des Feindes zuvorzukommen und seine Reihen zu brechen – im selben Moment wie Melshi, und als der Sergeant »Vorwärts!« schrie, gab Baze ihm und seinen Männern Deckung. Einer der Soldaten feuerte eine Rakete zwischen die Imperialen, und die Explosion wirbelte mehrere Sturmtruppen durch die Luft; dann war die kurze Gegenoffensive vorbei, und die Rebellen zogen sich in die Deckung des Dschungels zurück, gerade langsam genug, um die Verteidiger hinter sich her zu locken.

Im lückenhaften Schatten der Palmen stachen Baze die Farbblitze viel deutlicher ins Auge, wann immer Blastersalven an ihm vorbeizischten. Sein Rücken ächzte inzwischen unter dem Gewicht des Generators, und sein schweißgetränkter Bart klebte am Kinn. Dennoch blieb er erst stehen, als ihm auffiel, dass er Chirrut seit mehreren Sekunden nicht mehr gesehen hatte.

Er stieß einen Fluch aus, wirbelte herum und feuerte über den Kopf eines durchs Unterholz kriechenden Rebellen hinweg auf einen Sturmtruppler. Falls er jetzt nach dem Blinden rief, würde sich ein Dutzend Gewehre auf ihn richten. Doch falls er Chirrut *verlor* …

Zahlreiche Palmen waren unter dem Partikelbeschuss in Brand geraten, und überall breitete sich Rauch aus. Baze marschierte in den Qualm hinein, zurück in die Richtung, aus der er gekommen war. Dabei versuchte er, seinen Fokus zu bündeln, sein Blickfeld einzuengen, als könnte er den Dunst mit schierer Willenskraft durchdringen.

»Baze! *Baze*!«

Er hörte Chirrut, bevor er ihn sah. Die Robe des Blinden war von Ruß und Erde befleckt, seine Miene verschwitzt und alarmiert, aber er schien unverletzt. Eine Woge der Erleichterung schwappte über Baze hinweg, unmittelbar gefolgt von einer Woge der Verärgerung.

»Was?«, schnappte er. »Was ist?«

»Lauf«, rief Chirrut. »*Lauf*!«

Mit diesen Worten packte der Blinde seinen Freund am Arm und zog ihn in Richtung Strand. Erst jetzt, als Bazes Wahrnehmung sich wieder ausweitete, hörte er das Bersten von Holz – und nicht etwa von brennendem Holz, auch nicht Holz, das von einer Granate zerfetzt wurde. Nein, es war das Geräusch von Palmen, die unter einem unvorstellbaren Gewicht umknickten und zersplitterten.

Er drehte den Kopf und sah titanische Metallgestalten über dem Dschungel aufragen: imperiale Läufer. Im Vergleich zu ihren stampfenden Beinen wirkten die Palmen winzig, und die Kanonen an den Seiten ihrer Cockpits ließen Tod und Verderben auf die flüchtenden Rebellen herabregnen. Die Sturmtruppen rückten ebenfalls wieder vor, aber sie waren langsamer geworden, um nichts ins Kreuzfeuer zu geraten, während die Läufer den Angreifern den Fluchtweg abschnitten.

Die Zahl der gefallenen Rebellen nahm rasch zu. Doch Tod war nicht gleichbedeutend mit Versagen.

Beeil dich, kleine Schwester, dachte Baze. *Beeil dich*!

Dutzende Schiffe tauchten wie aus dem Nichts vor der Schwärze des Alls auf, als hätte eine mythologische Gottheit eine Flasche voll neuer Sterne über den Weiten des Raums ausgeschüttet. Admiral Raddus – Raddus von Mon Cala, Raddus von den Floes, Raddus vom Zadasurr-Gelege, der Speer von Tryphar – erkannte viele der Schiffe an ihren Silhouetten: X-Flügler, Y-Flügler, U-Flügler und Gallofree-Transporter, dorneanische Kanonenboote und Hammerhead-Korvetten. Sie alle hatten der Rebellion bereits treue Dienste erwiesen.

Es war ein beeindruckender Anblick, einzigartig in der Geschichte der Allianz. Falls die Flotte eine Schwachstelle hatte, so war es ebenfalls diese Einzigartigkeit. *Wir kämpfen wie Brüder, die nie ein Zuhause geteilt haben*, dachte Raddus, *gegen ein Imperium, das allein tyrannische Disziplin kennt.*

Raddus wandte den Blick nicht vom Hauptschirm, während er seinen Kommoffizier herbeiwinkte. »Sind alle Großschiffe eingetroffen?«

»Jawohl, Admiral«, erklang die Antwort dieser *kratzigen*, menschlichen Stimme.

Er hatte sich noch nicht ganz daran gewöhnt, Vertreter anderer Spezies auf seiner Brücke zu haben, ganz gleich wie talentiert sie sein mochten. Die *Profundity* war ein Mon-Calamari-Schiff, von Mon Calamari konstruiert. Die Allianz hatte sie erst vor Kurzem für den Krieg umgebaut, und diese Modifizierungen hatten eine unerwartete Vielfalt an Bord gebracht. »Gut. Und General Merrick?«

Die stolze Stimme des Generals drang aus dem Komm, unterlegt von einem Schwall statischen Rauschens. »Bereit zum Kampf, Admiral – ich schicke Ihnen die potenziellen Angriffstaktiken.« Nach einer kurzen Pause fuhr die Stimme fort, nunmehr an die gesamte Flotte gerichtet. »Hier ist Blau Eins. Alle Staffelführer melden.«

Raddus wandte sich vom Aussichtsfenster ab und dem taktischen Holodisplay zu, um das Schlachtfeld zu studieren, während die Staffelführer einer nach dem anderen auf Merricks Kommando antworteten.

»Blau Eins, hier ist Gold Eins.«

»Rot Eins, einsatzbereit.«

»Grün Eins, einsatzbereit.«

Die Scanner der *Profundity* zeigten im Orbit um Scarif zwei Sternzerstörer, mindestens neun TIE-Geschwader und zahllose mittelgroße Schiffe, von Shuttles bis zu Patrouillenkreuzern – eine Feindstärke, die von der Mannschaft und ihren Verbündeten bestätigt wurde. Natürlich könnten weitere imperiale Schiffe hinter den anderen Planeten oder Monden des Systems lauern – oder sie hatten ihre Systeme heruntergefahren, um sich zu tarnen. Allein die Flotte, die Raddus auf dem Holodisplay sah, stellte schon eine ernst zu nehmende Bedrohung dar – aber eine, mit der die Rebellen fertigwerden konnten.

Dann waren da noch die planetaren Verteidigungseinrichtungen. Dravens Spione hatten von einem Energieschild um Scarif berichtet, der selbst schwersten Bombardements standhalten konnte, und die orbitale Portalstation starrte nur so vor Geschütztürmen und Sternjäger-Hangars. Alles in allem also eine imposante Streitmacht. Dies versprach, eine denkwürdige Schlacht zu werden.

Und eine, die sie nicht verlieren durften. Nach dem, was Jyn Erso auf Yavin 4 beschrieben hatte – eine Kampfstation, die ganze Planeten vernichten konnte –, war die Dezimierung der Allianz-Flotte im Moment Raddus' kleinste Sorge.

Er wusste aus Erfahrung, dass das Imperium seine Waffen gerne und oft einsetzte, und von all den Welten, die sich im Würgegriff des Imperators wanden, leistete keine erbitterteren Widerstand als seine Heimat.

Mon Cala war bereits in der Vergangenheit für seine Aufmüpfigkeit bestraft worden, und doch versorgte es die Rebellion weiterhin mit Soldaten und Ausrüstung.

Falls es ihnen nicht gelang, den Todesstern aufzuhalten, dann würde Mon Cala vernichtet werden, da war Raddus sicher. Aus diesem Grund – und aus hundert anderen – würde er kämpfen, bis sie siegten oder bis die *Profundity* unterging.

General Ramda war ein Narr, und Krennic hatte bereits beschlossen, ihn wegen schwerwiegender Inkompetenz anklagen und einsperren zu lassen. Doch im Moment gab es auf Scarif niemanden, dem er weit genug vertraute, um ihm das Kommando zu übergeben, und Orson selbst wusste zu wenig über die Schwachpunkte der Zitadelle. Also ließ er den General fürs Erste weiter in der Kommandozentrale auf und ab marschieren, während er selbst, vor Wut kochend, am Fenster stand und den Meldungen der Soldaten unten auf dem Schlachtfeld lauschte. Krennic war kein Militär, jedenfalls nicht wirklich, doch er glaubte, dass bei diesem Kampf bereits einiges schiefgelaufen war.

Die Zahl der feindlichen Truppen wirkte zunächst unmöglich groß, aber das schien nur ein Produkt der Verwirrung und des Durcheinanders zu sein. Denn obwohl die Kämpfe weitertobten, wurde die Verteidigungslinie der Basis nicht durchbrochen, und der Konflikt blieb in sicherer Entfernung von der Zitadelle. Schon bald stieß ein Leutnant einen triumphierenden Schrei aus und verkündete, dass Kampfläufer die Rebellen an die Strände zurückgetrieben hätten.

Krennic hatte keine lobenden Worte für die Offiziere übrig, aber sein Zorn ebbte ab. Der Datentresor war sicher. Die Zitadelle war sicher. Und die Überlebenden von Jedha würden als Asche im Sand von Scarif enden.

Erneut versuchte er, sich an das Gesicht des Angreifers auf Eadu zu erinnern. War es eine Frau gewesen? Würde er sie wiedererkennen, wenn die Sturmtruppen die Leichen aufreihten? Er hatte Befehl gegeben, die Toten nach dem Ende der Schlacht zu untersuchen, und sollte es Gefangene geben, würde er sie persönlich verhören – falls dies Galens Rache war, musste er es wissen.

Einer der Offiziere winkte Ramda zu. »Sir, eine Nachricht von Admiral Gorin«, rief er. Krennic beobachtete, wie der General zur Kommkonsole hastete und auf den Schirm tippte. Als er kurz darauf zu Orson herüberkam, hatte er die Kiefer fest zusammengepresst, um seinen Schrecken zu verbergen.

»Sir«, sagte Ramda, »die Rebellenflotte ist aus dem Hyperraum aufgetaucht und sammelt sich außerhalb des Schildes. Der Admiral glaubt aber, dass sie keine Bedrohung für den Planeten …«

»Sie versuchen nicht, *den Planeten zu erobern*!«, schnappte Krennic. Hätte er Ramda nicht gebraucht, hätte er ihn den Turboliftschacht hinuntergestoßen. »Stützpunkt abriegeln. Alles sofort abriegeln!« Er schrie dem General mit voller Lautstärke ins Gesicht.

Ramdas Atem stockte, aber er erholte sich schnell. »Und den Schild schließen?«, fragte er.

»Tun Sie's!«, donnerte Orson, und Ramda und seine Männer verfielen in hektische Aktivität. Als die nötigen Befehle gegeben waren, senkte Krennic die Stimme, wenngleich seine Worte noch immer vor Zorn bebten. »Ist es möglich«, fragte er, »dass die Rebellen den Schild irgendwie durchbrechen? *Denken* Sie nach, bevor Sie antworten.«

»Die einzige Möglichkeit ist das Schildportal selbst«, erwiderte Ramda vorsichtig. »Das ist die einzige verwundbare Stelle. Durch die Bündelung gewaltiger Feuerkraft könnte ein Feind dort theoretisch durchbrechen. Aber um diesem unwahrscheinlichen Szenario vorzubeugen, haben wir ja Admiral Gorin und seine Schiffe im Orbit.«

Krennic nickte knapp, und nachdem er Ramda mit einer Handbewegung fortgewinkt und seinen schier übermächtigen Zorn niedergerungen hatte, versuchte er, den Angriff in Gedanken zu rekonstruieren: Eine Gruppe von Rebellen hatte sich irgendwie auf den Planeten geschlichen, mit dem Ziel, die Zitadelle zu stürmen und die Baupläne des Todessterns zu stehlen. Als die Sturmtruppen sie zurückdrängten, hatten sie ihre Flotte gerufen – oder zumindest einen großen Teil davon –, damit sie ihnen in dieser Schlacht beistand, die sie unmöglich gewinnen konnten.

War das ein Akt der Verzweiflung? Hatte irgendein Rebellenkommandant beschlossen, alles zu riskieren, nur aufgrund der winzigen Chance, das Bodenteam und die Baupläne zurückzuholen?

Es gab einige Punkte, die für diese Möglichkeit sprachen. Der Todesstern stellte für die Allianz eine existenzielle Bedrohung dar. Falls die Rebellen glaubten – falls Galen sie davon *überzeugt* hatte –, dass es eine Schwachstelle in der Station gab, dann wäre dieser Angriff für sie die einzige Option, ihren Untergang abzuwenden.

Krennic hatte nur nicht geglaubt, dass die Rebellen bereit wären, so viele Leben für ein so unwahrscheinliches Ziel zu opfern. Er wusste natürlich, dass Rebellen immer wieder Selbstmordmissionen unternahmen. Aber ein Himmelfahrtskommando dieser Größenordnung, das war etwas Neues.

Er schlug mit der Faust auf die nächstbeste Konsole und ignorierte die verängstigten Blicke der Offiziere.

Du musst ihnen ja eine tolle Geschichte erzählt haben, Galen.

»Hier spricht Admiral Raddus. Staffel Rot und Gold, greift diese beiden Sternzerstörer an. Staffel Blau, zur Oberfläche, bevor sie den Zugang schließen!«

Merricks Antwort knisterte aus dem Komm der Brücke. »Verstanden, Admiral.«

Raddus presste die Handflächen zusammen und klappte den Mund auf, um die dicke, künstlich befeuchtete Luft in seinen Mund und seine Kehle zu lassen. Anschließend leckte er sich die Lippen und richtete den nächsten Befehl an seine eigene Mannschaft. »Ein Drittel der Flotte unterstützt die Staffeln Rot und Gold. Das sollte die Sternzerstörer beschäftigt halten. Die übrigen Schiffe sichern unsere Flanken; ich will nicht, dass uns der Fluchtweg abgeschnitten wird, wenn die Verstärkung des Imperiums hier eintrifft.« Es war ein einfacher Plan, zusammengeschustert aus den Strategien, die bei Scharmützeln über Nexator und Carsanza zum Erfolg geführt hatten; für eine komplexere Taktik war keine Zeit gewesen. Zeit war bei dieser Schlacht der entscheidende Faktor, nicht Geschick. Sie allein würde über Sieg und Niederlage bestimmen.

Zum Glück war Improvisation schon immer eines von Raddus' Talenten gewesen.

»Was ist mit der *Profundity*, Admiral?«, rief der Taktikoffizier.

»Wir geben Staffel Blau Deckung«, erklärte der Mon Calamari, den Finger auf das Aussichtsfenster gerichtet. »Nehmen Sie das Schildportal unter Beschuss.«

Die Schlacht hatte begonnen, und Chaos breitete sich aus.

Raddus' Aufmerksamkeit wanderte ruhig und besonnen zwischen dem taktischen Holodisplay und den Fenstern der

Brücke hin und her. Während das Display ihm die Gesamtsituation auf dem Schlachtfeld vermittelte, gab ihm der Blick nach draußen ein Gefühl für die Natur des Kampfes. Da waren die Lichtpunkte von Staffel Blau, die dem Schildzugang entgegenrasten; und dort zuckten die ersten Laserstrahlen von den Sternzerstörern heran, um gegen die Deflektorschilde der Hammerheads zu trommeln. Während dieser ersten Momente des Kampfes hielt er den Mund geschlossen – er vertraute darauf, dass seine Kanoniere und die Kommandanten der anderen Schiffe richtig auf die Situation reagieren würden.

Ohne sich dessen wirklich bewusst zu werden, stand er auf und trat nach vorne an die Aussichtsfenster, wo das Schildportal nun in seiner Gänze sichtbar wurde. Das schillernde Flackern des Schilds rings um den metallenen Ring war schwächer geworden; Energie wurde umgeleitet wie Wasser in einer Flussschleuse, um den Zugang zu schließen. Nur ein paar Sekunden, und der Weg zum Planeten wäre völlig blockiert.

Ein Geschwader Sternjäger der Staffel Blau und mehrere U-Flügler stürzten sich dem Portal entgegen und schlüpften hindurch. Während sie in der Atmosphäre von Scarif verschwanden, steuerte eine zweite Welle X-Flügler den Zugang an. Von der Kommstation erklang der panische Schrei eines Piloten. »Hochziehen!«

Ein Sternjäger verging in einer Explosion aus Funken und Metall, zerschellt an dem nunmehr geschlossenen Energieschild. Die Schlacht hatte ihr erstes Opfer gefordert.

Raddus wandte sich wieder dem taktischen Display zu.

Jyn Erso und ihre Kameraden – *Rogue One* – hatten ihre Luftunterstützung.

Doch Staffel Blau durch das Portal zu schleusen war der einfache Teil gewesen. Ab jetzt würde es deutlich schwieriger werden.

Die Läufer verfolgten die Rebellen wie Bluthunde, unnachgiebig und furchtlos. Ihre Schüsse zerfetzten Bäume und überschütteten Baze mit brennender Erde und Sand. Den Soldaten, die das Pech hatten, näher an den Einschlägen zu sein, erging es weit schlechter. Ein schneller Tod, dachte der Wächter grimmig, war nicht immer auch ein *guter* Tod.

Gemeinsam mit Chirrut und dem Dutzend überlebender Rebellen stürmte er auf den Strand hinaus, das raue Krächzen ihres Atems und das Knirschen ihrer Stiefel übertönt von den alles zermalmenden Schritten der Läufer. Ein langer Schützengraben verlief in der Nähe des Wassers – die Sturmtruppen mussten ihn ausgehoben haben, um sich gegen eine mögliche Invasion vom Meer zu verteidigen – und einer nach dem anderen sprangen oder rutschten die Rebellen hinein. Als könnte ein wenig Sand die AT-ATs mehr als einen Sekundenbruchteil aufhalten.

Doch solange er Jyn Erso diesen einen Sekundenbruchteil verschaffen konnte, würde Baze zufrieden sterben.

Davon abgesehen gab es keinen Ort mehr, wohin sie flüchten könnten.

Er rollte sich neben Chirrut in den Schützengraben und kroch zu den anderen hinüber. Anstatt zu den herannahenden Läufern hochzublicken, warf er seine Kanone beiseite und nahm einem Rebellen kurzentschlossen den Raketenwerfer aus den zitternden Händen. Falls er gut genug zielte, konnte er vielleicht das Cockpit zerstören – den Piloten töten oder zumindest seine Kontrollen beschädigen und das Vehikel unschädlich machen.

Für einen zweiten Schuss fehlten ihm Zeit und Munition, aber die Rebellen hätten zumindest ein paar Sekunden, bevor der zweite Läufer sie erreichte und zertrampelte.

Baze erhob sich aus dem Graben und blickte zu dem vorderen AT-AT hoch, der vielleicht fünfzig Meter entfernt über dem Rand des Dschungels aufragte. Während die Rebellen neben ihm wirkungslos ihre Blaster abfeuerten, hob er den Raketenwerfer auf seine Schulter und visierte das Ziel an. Sein Körper wurde nach hinten gedrückt, als die Rakete aus dem Lauf zischte und in die Höhe raste, der monströsen Maschine entgegen.

Die Explosion zerfetzte beinahe seine Trommelfelle. Feuer und Rauch hüllten eine Seite des Cockpits ein, und der Läufer drehte den Kopf, wie ein Tier, das Schmerzen litt. Eine der Kanonen an seinen »Schläfen« war zerstört, aber sein eigentliches Ziel hatte Baze verfehlt. Der Läufer war nicht verkrüppelt; er drehte sich wieder nach vorne, den Soldaten entgegen.

Der Tod hatte Baze schon lange verfolgt. Jetzt war es Zeit, ihm mit gefletschten Zähnen ins Gesicht zu blicken.

Der brennende AT-AT richtete seine verbliebene Kanone auf den Graben, aber bevor er schießen konnte, jaulten dunkle Schatten vom Meer heran. Lichtblitze, unendlich viel schneller und heißer als seine Rakete, trafen das Cockpit des Läufers, und eine Explosion riss den mechanischen Schädel in Fetzen. Rauchende, glühende Metallplatten segelten durch die Luft und landeten ringsum auf dem Strand. Während der Körper des AT-AT auf die Seite kippte, rasten die Angreifer über das Grün des Dschungels hinweg. Es waren Sternjäger. X-Flügler.

Die Allianz hatte wohl beschlossen, doch zu kämpfen.

Bazes Begleiter jubelten, reckten die Fäuste in die Luft, schrien ihre Freude hinaus. Und zu seiner Überraschung hörte Baze inmitten ihrer Stimmen auch sein eigenes Lachen.

19. Kapitel

Der Datentresor stand offen. Jyn wollte nichts anderes als hineinstürmen, sich die Bänder mit den Bauplänen des Todessterns schnappen und zurück zu Bodhi und dem Shuttle rennen. Mit jedem Moment, den sie hier vergeudeten, stieg die Wahrscheinlichkeit, dass die Imperialen sie im Innern der Zitadelle aufspürten. Schlimmer noch, mit jedem Moment stieg auch die Zahl der Rebellen, die draußen im Dschungel starben.

Wie viele von ihnen lebten wohl noch? Wie viel länger würden sie die Sturmtruppen beschäftigen können?

Ob ihnen wohl irgendjemand gemeldet hätte, falls Baze und Chirrut gefallen waren?

Doch stattdessen half sie Cassian, den bewusstlosen Leutnant aus dem Durchgang zurück in den Vorraum zu tragen. »Nur für den Fall, dass es ein biometrisches Schloss an der Konsole gibt«, hatte Andor gemurmelt. »Ich möchte nicht, dass K-2 sich ausstöpseln muss.«

Er schwitzte unter seiner Offizierskappe, und sie hatte mehr als einmal gesehen, wie er reflexartig nach seinem Kommlink griff. Er wollte ebenso dringend wissen, was draußen vor sich ging, wie sie.

Sie legten den Körper neben K-2 ab, der noch immer mit

der Schnittstelle der Konsole verbunden war. »Ich habe die interne Kommunikation der Zitadelle angezapft«, erklärte der Droide. »Die Flotte der Rebellen ist hier.«

»Was?« Jyn schüttelte verwirrt den Kopf.

»Admiral Gorin geht in die Offensive«, fuhr K-2 fort, so emotionslos, als würde er von einer Liste ablesen. »Am Strand wird gekämpft. Der Stützpunkt wurde abgeriegelt – und der Schildzugang geschlossen. Sie haben …«

»Warte … was bedeutet das?«, unterbrach sie ihn. Sie versuchte, die Bedeutung und Konsequenzen dieser Worte zu begreifen, das Positive vom Negativen zu trennen. *Sie haben den Schildzugang geschlossen.* »Sitzen wir hier in der Falle?«

Sie blickte zu Cassian hinüber. Seine Miene war grimmig, sein Mund ein schmaler Strich. Das reichte ihr als Antwort.

Ein Schwall von Verwünschungen entfloh ihr, eine Aneinanderreihung sämtlicher Schimpfwörter und Obszönitäten, die sie je gehört hatte. Die Wände der Höhle rückten um sie zusammen, Dunkelheit kroch von den Rändern heran, um die helle Hoffnung zu ersticken, die sie hierhergeführt hatte. Sie zermarterte sich das Gehirn auf der Suche nach einem Plan, einer Lösung, aber da war nichts. Sie könnten vermutlich einen Weg aus der Zitadelle finden, aber falls sie Scarif nicht verlassen konnten …

»Wir müssen ihnen sagen, dass wir hier unten sind«, stieß sie hervor. »Wir sind so dicht dran!«

»Sie wären nicht hier, wenn sie das nicht bereits wüssten«, erwiderte Cassian.

Jyn beugte sich zu ihm vor, weit genug, um das Reinigungsmittel an seiner imperialen Uniform zu riechen. »Das letzte Mal, als wir diese Leute sahen, wollten sie nicht hierherkommen. Ich werde ihnen keine Ausrede geben, wieder zu verschwinden, und falls sie einen Weg kennen, uns hier rauszuholen, dann wüsste ich es gern.«

Cassian blickte sie an. Seine Lippen zuckten, verzogen sich zu etwas, das einem Lächeln ähnelte, aber seine Augen blieben hart und hoffnungslos. Sie war nicht sicher, ob er schlechter darin geworden war, seine Gefühle zu verbergen, oder ob sie ihn inzwischen einfach zu gut kannte, um sich täuschen zu lassen.

Sie wollte ihn gerade darauf ansprechen, fragen, ob er etwas wusste, das *sie* nicht wusste, aber da sagte K-2 plötzlich: »Wir könnten die Pläne zur Flotte übertragen. Wir müssten ihnen nur ein Signal schicken, damit sie wissen, dass die Daten kommen. Die Datenmenge stellt natürlich ein Problem dar. Die Pläne kommen nicht durch den Schild. Irgendjemand müsste den Zugang öffnen.«

Cassian hob sein Kommlink. »Bodhi. Bodhi, hörst du mich?« Der Moment der Reflexion, der Verunsicherung war vorbei – jetzt war er wieder ganz Profi. »Bodhi, sag mir, dass du da draußen bist!«

Bitte, sei am Leben, dachte Jyn. *Ihr alle, bitte seid am Leben.*

»Ich bin hier!« Rooks Stimme klang hektisch und atemlos. »Wir halten uns bereit. Die Imperialen schlagen zurück. Alles ist abgeriegelt worden!«

»Ich weiß«, sagte Cassian. »Hör zu, die Flotte der Rebellen ist über dem Planeten. Du musst dafür sorgen, dass sie eine Nachricht erhalten.« Er schloss die Augen, murmelte unhörbar etwas vor sich hin und wiederholte es dann laut. »Sag ihnen, sie müssen ein Loch in den Schild sprengen, damit wir die Pläne übertragen können.«

»Ich kann nicht.« Bodhi klang erschrocken. »Ich bin nicht mit dem Kommunikationsturm verbunden. Wir … wir haben keinen Kontakt …«

»Finde einen Weg. Nur so kriegen wir die Pläne hier raus.« Anschließend deaktivierte Cassian sein Komm und steckte es zurück in die Tasche. »Gut genug?«, fragte er.

Jyn nickte. Sie wusste nicht, ob es wirklich *gut genug* war, aber sie versuchte, so zu tun, als wäre die Ankunft der Flotte ein gutes Zeichen. Ihr Fluchtplan hatte von Anfang an auf wackeligen Beinen gestanden, und falls die Allianz den Schild um Scarif nicht durchbrechen konnte, wie wollte sie dann etwas gegen den Todesstern ausrichten?

Davon abgesehen stand endlich jemand auf ihrer Seite. Das war doch mal etwas.

Cassian blickte von K-2 zum Eingang des Datentresors. »Halte uns den Rücken frei«, wies er den Droiden an, dann rannte er durch den Sensortunnel.

Jyn stellte sich vor, wie Sturmtruppen in den Vorraum gerannt kamen und den Bewusstlosen entdeckten. Mehr aus einem Instinkt heraus als aus Logik zog sie die Pistole, die sie dem Leutnant abgenommen hatte, dann überprüfte sie die Anzeige – die Waffe war voll geladen, hatte keine Betäubungseinstellung und war denkbar leicht zu benutzen – und hielt sie K-2 hin. »Hier, für dich«, sagte sie. »Du wolltest doch eine, oder?«

Der Droide schnappte ihr die Pistole mit beunruhigendem Eifer aus der Hand. Während seine andere Hand weiter mit der Konsole verbunden war, drehte er die Waffe herum und legte den Finger an den Abzug. Zumindest zielte er dabei nicht auf Jyn. »Dein Verhalten, Jyn Erso, versetzt mich fortwährend in Erstaunen.«

Ein netteres Kompliment hätte ich mir nicht wünschen können, wollte sie erwidern, aber dann entschied sie sich, dass er sie ohnehin nur korrigieren würde, und beließ es dabei.

»Jyn.« Cassian war am Eingang des Sensortunnels stehen geblieben. »Komm schon.«

Sie grinste dem Droiden verschwörerisch zu, dann ging sie los, um zu stehlen, weswegen sie hergekommen waren.

Bodhi hatte nicht gejubelt, als die Allianz aufgetaucht war. Um Toncs willen hatte er ein schwaches Lächeln zustande gebracht, aber ihm war sofort klar gewesen, wie das Imperium reagieren würde. Und er wurde nicht enttäuscht: Kaum dass die X-Flügler über den Dschungel hinwegfegten und die U-Flügler Verstärkung für die Bodentruppen absetzten, war der Schildzugang bereits geschlossen.

Niemand konnte Scarif mehr verlassen.

Er gab den Rebellen keine Schuld, aber seine Zuversicht hatte sich in Luft aufgelöst. Vielleicht war es *sein* Fehler. Vielleicht hätte er vorschlagen sollen, die Portalstation im Orbit zu infiltrieren. Vielleicht hatte er Jyn, Cassian und den Soldaten die Verteidigung des Planeten nicht gut genug erklärt. Vielleicht sollte er jetzt *da oben* sein und nicht *hier unten.*

Aber vielleicht hatte Cassian auch recht. Vielleicht war das jetzt ihre einzige Hoffnung: Sie mussten sich mit ihren neuen Verbündeten in Verbindung setzen. Irgendwie.

Die technischen Details wirbelten durch Bodhis Kopf, während er hinter Tonc die Cockpitleiter herunterkletterte. Sie waren eine Ablenkung – eine *willkommene* Ablenkung – von dem, was er tun musste. Die fernen Explosionen, das Blasterfeuer und die wütenden Rufe der imperialen Truppen, die aus dem Komm drangen, waren nicht minder ablenkend, aber weit weniger willkommen. Toncs Leute hatten sich in der Kabine verteilt, ihre Waffen auf die Einstiegsrampe gerichtet, aber sie drehten sich um, als Bodhi zum Frachtabteil eilte. »Also gut«, sagte er. *Atme tief durch und versuch, wie dein Flugausbilder zu klingen.* »Macht euch bereit. Wir müssen da raus.«

Er hatte keine Angst, dass die Rebellen sich weigern würden. Er hatte Angst, dass sie ihm nicht *glauben* würden. Und er hatte Angst zu sterben, aber das verstand sich von selbst. Vor der Luke ging er in die Hocke und begann, die Ausrüstung zu durchwühlen. Er brauchte ein KS-12-Kabel oder ein Modell der L-Serie mit Konnektoradapter. Außerdem einen Signalverstärker, falls er einen finden konnte. Dann noch ein Multiwerkzeug für den Anschluss …

»Was hast du vor?«, fragte Tonc.

Bodhi wuchtete eine Spule Kabel aus dem Abteil, ächzend angesichts ihres Gewichts. Nachdem er sie abgestellt hatte, drehte er sich mit klopfendem Herzen zu den Rebellen um. »Sie haben den Schildzugang geschlossen.« Tonc wusste das natürlich bereits, aber indem er das erwähnte, konnte Bodhi den Rest ein paar weitere Sekunden aufschieben. »Wir sitzen fest. Aber die Rebellenflotte ist im Anflug. Wir müssen nur ein starkes Signal senden und sie wissen lassen, dass wir hier unten in der Falle sitzen.«

»In Ordnung«, brummte Tonc. »Ich hätte nichts dagegen, gerettet zu werden. Aber warum musst *du* da raus?«

Die Betonung entging Bodhi nicht, aber er entschied, sie zu ignorieren. »Aber um das zu tun«, fuhr er fort, »um das Signal da rauszuschicken, obwohl der Schildzugang geschlossen ist, brauchen wir eine Verbindung zum Kommunikationsturm. Dafür ist er überhaupt da – damit die Zitadelle mit dem Rest des Imperiums in Kontakt bleiben kann, ohne den Schirm zu öffnen.« Er atmete tief durch. »Ich kann uns einstöpseln, hier, auf dem Landefeld.« *Sofern ich nicht ins Kreuzfeuer gerate oder von einem abstürzenden Sternjäger zerquetscht werde.* »Aber du musst dich an den Funk hängen. Schick einen deiner Leute da raus. Er muss einen Hauptschalter finden.«

Tonc starrte ihn an, offensichtlich hin und her gerissen zwischen Pflichtgefühl und Verwirrung. Er öffnete den Mund, aber Bodhi kam ihm zuvor und beantwortete die Frage, ehe der Rebell sie überhaupt stellen konnte. »Man baut keinen Kommturm, auf den jeder zugreifen kann. Es gibt mechanische, physische Verbindungen, die durch Schalter kontrolliert werden, und diese Schalter sind wie der Datentresor – völlig vom Computernetzwerk isoliert. Ich weiß das alles nur, weil …« Er erkannte, dass er zum letzten Mal in der Höhle von Bor Gullet an diese Dinge gedacht hatte, und er übersprang den Rest. »Jedenfalls muss einer der Soldaten oder Baze oder Chirrut – *irgendjemand* – die Verbindung zwischen uns und dem Turm herstellen. Ansonsten gehen wir nirgendwohin, und die Daten bleiben ebenfalls hier auf Scarif. Verstanden?«

Tonc versteifte sich, aber zumindest wirkte er nicht länger unentschlossen. Er blickte die anderen Rebellen in der Kabine an, und sie nickten bestätigend.

»Dann los!«, rief Bodhi.

Bevor jemand noch weitere Fragen stellen konnte, schob er die Werkzeuge in seine Taschen und hängte sich den Tragegurt der Kabelspule über die Schulter. Derart beladen eilte er zur Einstiegsrampe und steckte den Kopf auf das Landefeld hinaus. Hinter ihm sprach Tonc in sein Kommlink. »Melshi, hör zu! Deine Leute müssen …«

Er konnte kein Blasterfeuer sehen. Andererseits konnte er generell nur sehr wenig sehen; überall um das Feld herum standen Frachtkisten, und das Landegestell des Shuttles schränkte die Sicht weiter ein. Der durchdringende Geruch von Rauch stieg ihm in die Nase, als würde der gesamte Dschungel in Flammen stehen.

Die Netzwerkkonsole ist nur zehn Meter entfernt. Höchstens zwanzig. Du rennst rüber, schließt das Kabel an und kommst wieder zurück. Stell es dir wie ein Rennen vor. Du hast so oft auf Rennen gewettet …

Er wollte Tonc bitten, es für ihn zu erledigen, aber Tonc konnte den Adapter nicht einfügen, falls es Probleme gab, und er wusste auch nicht, wie man das Diagnoseprogramm startete. Außerdem war Tonc wie ein Rebellensoldat gekleidet; Bodhis imperialer Fliegeroverall würde ihm vielleicht ein oder zwei zusätzliche Minuten verschaffen, bevor er Aufmerksamkeit erregte.

Ja, er musste es selbst tun. Er hatte sein Leben schon früher riskiert, nur nie auf solche Weise.

Die Rebellion brauchte ihn. Jyn brauchte ihn. Und ihr *Vater*, mit dem diese ganze Sache angefangen hatte – er brauchte ihn auch. Bodhi spannte die Muskeln in seinen Beinen an, bereit loszurennen.

»Wie sieht er aus?«, rief Tonc, und schon war Rooks mühsam aufgebaute Entschlossenheit zerschellt. Er blickte stirnrunzelnd über die Schulter.

Tonc hielt sein Kommlink hoch. »Der Hauptschalter!«, sagte er. »Wie sieht er aus? Wo ist er?«

Bodhi versuchte, sich nicht an einem bitteren Lachen zu verschlucken, während er zurück nach drinnen stapfte und die Spule von der Schulter nahm. »Lass mich mit Melshi reden«, forderte er.

Wie es aussah, hatte er noch ein paar weitere Sekunden, um sich vor seiner Aufgabe zu fürchten.

Der X-Flügler Pilot, der das geschlossene Schildportal gerammt hatte, war das erste Opfer im Orbit über Scarif gewesen. Doch der Blutzoll stieg rasch, und schon bald waren Dutzende Sternjäger vernichtet. Raddus' Blut fühlte sich kalt an wie das Wasser seiner Heimat, während er mit ansah, wie sich ein Kanonenboot unter dem Turbolaserbeschuss in einen auseinanderplatzenden Ball geschmolzenen Metalls verwandelte.

Ein großer Feldherr spürte jeden Verlust in seinen Reihen, aber er ließ sich davon nicht beirren, das war Raddus' Überzeugung. Mon Mothma wäre vermutlich anderer Meinung gewesen, aber sie war kein Soldat. General Merrick hätte ihm womöglich auch widersprochen, aber der hatte seine Staffel durch den Zugang auf die Oberfläche hinabgeführt, und somit fiel das Kommando über die verbliebenen Sternjäger im Orbit ebenfalls Raddus zu.

»Was geht da unten vor, Leutnant?«, rief er.

»Unklar, Sir«, erklang die Antwort. »Wir können sie nicht erreichen. Sämtliche Rebellenfrequenzen sind durch den Schild blockiert.«

Er fluchte leise. Ein Sieg im Orbit über Scarif wäre wertlos, falls Rogue One scheiterte. »Wir müssen Erso und ihrem Team mehr Zeit verschaffen«, sagte er. »Die Flotte soll sich auf diese Sternzerstörer konzentrieren. Und wir kümmern uns um diesen Schild.«

Falls die Allianz Glück hatte, hatte Erso auch eine Fluchtmöglichkeit eingeplant. Falls nicht, war es nun Raddus' Aufgabe, eine solche Möglichkeit zu finden. Er hörte das »Jawohl, Sir!«, aber seine Augen huschten weiter zwischen dem Aussichtsfenster und dem taktischen Display hin und her.

Mehrere Sternjäger von Staffel Rot flogen einen Angriff gegen das Schildportal, wobei sie Sensortürmen und dem Feuer der Lasergeschütze ausweichen mussten. Ihr Beschuss richtete nicht viel Schaden an, aber das war auch gar nicht das Ziel gewesen – die Piloten hatten die Aufmerksamkeit der Kanoniere auf sich gezogen und gaben somit den Y-Flüglern von Staffel Gold Gelegenheit, ihre Protonentorpedos abzufeuern. Die Einschläge erhellten das All jenseits der Aussichtsfenster, aber gleichzeitig zeigte der Scanner ganze Schwärme von TIE-Jägern an, die aus den Hangars der Station strömten.

Die großen Schlachtschiffe schienen im Kampf gegen dic Sternzerstörer mehr Erfolg zu haben. Individuell betrachtet, kam kein Kreuzer in der Rebellenflotte auch nur ansatzweise an die mächtigen Großkampfschiffe des Imperiums heran, aber gemeinsam nagelten sie die Zerstörer fest – wobei Raddus nur hin und wieder mit einem Befehl nachhelfen musste. Die imperialen Schiffe konnten es nicht wagen, ihre vernichtende Feuerkraft auf ein Ziel zu konzentrieren, ohne dabei ihre Flanke den Salven der restlichen Angreifer zu entblößen. In gewisser Weise war es eine Hinhaltetaktik, aber Raddus wusste, wenn man eine Niederlage lange genug hinauszögerte, verwandelte sie sich bisweilen in einen Sieg.

»Sir!« Wieder der Leutnant. »Feindliche Jagdmaschinen!«

Die Staffeln Rot und Gold waren mit dem Portal und den Zerstörern beschäftigt; sie zurückzurufen, um die *Profundity* zu verteidigen, kam nicht in Frage.

»Wir ziehen uns auf fünfzigtausend Kilometer vom Schildzugang zurück«, befahl der Mon Calamari. »So bleiben wir in Reichweite der TIE-Jäger, aber zwingen sie, ihre Linien auseinanderzuziehen. Solange sie sich nicht neu gruppieren, sollten unsere Kanoniere mit ihnen fertig werden.«

Noch während er sprach, leuchteten die Schilde der *Profundity* unter dem Beschuss der feindlichen Sternjäger auf. Das Schiff erbebte, seine Generatoren ächzten – aber die Schilde hielten.

Ein weiterer X-Flügler verschwand auf dem taktischen Display und Sekunden später noch einer. Ein Rebellenfrachter, der verzweifelt versuchte, eine Gruppe TIEs abzuhängen, streifte den Schild um Scarif, woraufhin seine Hülle auseinanderbrach und sein brennendes Innenleben sich über das Energiefeld ergoss. Im selben Moment büßte ein Hammerhead, der zwischen die beiden Sternzerstörer geraten war, seine überlasteten Deflektorschilde ein, und die Turbolaser der großen Schiffe stanzten geschwärzte, flammende Löcher in seine Seiten. Raddus beobachtete die Zerstörung mit erzwungener Ruhe und wartete auf eine Gelegenheit, um den

Verlauf der Schlacht zu ändern; einen Geistesblitz, den er mit der Präzision eines Skalpells umsetzen könnte.

Im Hinterkopf dachte er an die Toten und daran, wie Mon Mothma und Merrick wohl reagieren würden. Vielleicht ging der Verlust von Verbündeten Menschen näher als Mon Calamari; sie pflanzten sich so selten fort, bekamen in der Regel immer nur ein Kind. Im Gegensatz dazu ging die Zahl von Raddus' Enkeln bereits jetzt in die Dutzende, und obwohl er jeden von ihnen liebte, wusste er, dass nicht alle das Erwachsenenalter erreichen würden. Der Tod war für ihn ein Teil des Lebens.

Und Tod war auch Teil einer Schlacht. Wenn eine Person im Kampf starb, war das keine Tragödie. Was nicht heißen sollte, dass der Tod von Hunderten Raddus nicht bis ans Ende seines Lebens verfolgen würde.

Er lauschte den verzweifelten Rufen auf den Sternjäger-Frequenzen, unterbrochen von einem schrillen Schrei, als Rot Fünf auseinandergerissen wurde. Die Schilde der *Profundity* schillerten inzwischen ohne Unterbrechung, und das Geplapper der Brückenmannschaft wurde lauter und hektischer.

»Der Angriff zeigt keinerlei Wirkung auf den Schild«, meldete der Leutnant. »Und wir erleiden schwere Verluste, Admiral.«

»Ich weiß«, erwiderte Raddus. Die Situation hatte sich nicht verändert; er musste davon ausgehen, dass Jyn Erso noch immer auf der Oberfläche war und versuchte, die Baupläne des Todessterns zu erbeuten – die Pläne, welche die von Galen Erso versprochene Schwachstelle aufdecken würden.

Die Flotte konnte sich nicht zurückziehen. Und sie konnte auch keine Verstärkung erwarten – die besten Piloten und Offiziere der Rebellion waren bereits hier.

Er musste auf eine Gelegenheit warten. Auf einen Geistesblitz. Auf einen Fehler des Gegners.

Und dann sah er ihn plötzlich. Er wirbelte herum und brüllte so laut, dass die Mannschaft erschrocken zusammenzuckte: »Alle Schiffe in der Nähe, unterstützt die *Heartbound* und die *Deviant*! Folgt ihrem Kurs! Zwingt die Sternzerstörer, sich auf uns zu konzentrieren!«

Einer der Sternzerstörer war leichtsinnig geworden und hatte sämtliche Kanonen seitlich ausgerichtet, sodass sein Bug völlig ungeschützt war. Sämtliche dort angebrachten Geschütze waren nach Back- oder Steuerbord geschwenkt. Raddus setzte schon zu einem weiteren Befehl an, aber Staffel Gold hatte die Chance bereits erkannt, und aus dem Komm drang die Meldung: »Y-Flügler, folgt mir! Der Weg ist frei!«

Die Bomber, die gerade ihren letzten Überflug des Schildportals abgeschlossen hatten, änderten ihren Kurs und rasten direkt auf die bloßliegende Nasenspitze des Zerstörers zu. TIE-Jäger nahmen die Verfolgung auf, aber sie hatten sich bislang ganz auf die Verteidigung des Zugangs konzentriert und waren auf diese Wendung nicht vorbereitet. Die Besatzung des Sternzerstörers hatte die Gefahr inzwischen auch erkannt. Das Schiff drehte ab, während gleichzeitig seine Geschütze herumschwenkten, doch beides kam zu spät. Die Y-Flügler gingen in Formation und rasten so dicht über dem imperialen Schlachtschiff dahin, dass sie auf dem taktischen Display mit der Masse des Zerstörers verschmolzen.

»Ionentorpedos abfeuern!«, schnappte der Staffelführer. Raddus rief das Bild auf den Schirm und beobachtete, wie die Y-Flügler nach vollendetem Bombenangriff wieder hochstiegen, erhellt von den grellen elektrischen Entladungen, die über die Oberfläche des Sternzerstörers sprangen. In der Lautlosigkeit des Alls zerstörten die Blitze imperiale Deflektorschalen und Geschütze, und einen Moment später erlosch selbst das Glühen der mächtigen Ionentriebwerke.

»Sie sind kampfunfähig, Sir!« Die Stimme des Leutnants überschlug sich fast. »Der Sternzerstörer hat keine Energie mehr!«

»Angriff auf den verbliebenen Zerstörer fortsetzen«, sagte Raddus, nun wieder so ruhig wie eh und je. »Alle Schiffe, die wir dafür nicht brauchen, sollen sich um die Orbitalstation kümmern. Mal sehen, wie viel dieser Schildzugang aushält.«

Nun hatte sich der Verlauf der Schlacht geändert. Doch ihr größter Gegner war noch immer die Zeit: Früher oder später würde imperiale Verstärkung eintreffen, und dann würden weitere Rebellen sterben.

Beeilt euch, Rogue One!

Tonc hatte darauf bestanden, seine Soldaten auf dem Landefeld zu verteilen. »An Bord des Shuttles werden wir dir nicht helfen können, falls du da draußen erwischt wirst. Du brauchst Kontakt zur Flotte, um die Daten zu übertragen? Fein. Das bedeutet, wir beschützen dich genauso wie die Daten.«

Bodhi hatte versucht zu protestieren, aber nur ein paar gemurmelte Worte herausbekommen, bevor die Rebellen von Bord eilten. »Warte auf unser Signal«, hatte Tonc gesagt, eine Hand fest um Bodhis Arm geschlossen. »Sobald der Weg frei ist, rennst du, so schnell du nur kannst.« Anschließend war auch er verschwunden.

Jetzt rückte Bodhi den Tragegurt der Spule zurecht und blickte die Einstiegsrampe hinab, während das Jaulen der tief fliegenden Sternjäger seine Ohren malträtierte. Kurz blitzte eine alternative Realität vor seinem geistigen Auge auf; eine Welt, in der er bessere Ergebnisse an der imperialen Flugakademie erzielt hatte; in der er es zum TIE-Piloten geschafft hatte; in der er nun dort oben dahinraste und die angreifenden X-Flügler vom Himmel über Scarif holte.

Sein Mund war trocken, und sein Herz klopfte wie wild. Er war kein Soldat.

Einer der Rebellen auf der anderen Seite des Landefeldes hob die Hand, und Bodhi rannte los.

Die Hitze war wie eine Mauer – und nicht nur die Hitze der Sonne, auch die Hitze, die der Rauch der Schlacht herbeitrug. Der Shuttle hatte ihn bislang vor dem Schlimmsten abgeschirmt, aber jetzt musste er mit offenem Mund hecheln, um genug von der stinkenden Luft in seine Lunge zu saugen, und sein Fliegeroverall war innerhalb von Sekunden von Schweiß getränkt. Jedes Mal wenn seine Füße den Sand berührten, schlug die Spule gegen seinen Rücken, und der Gurt rutschte auf seiner Schulter ein Stück tiefer, bis er ihn schließlich mitten im Lauf wieder nach oben schieben musste. Eigentlich hatte Bodhi vorgehabt, den Kopf unten zu halten, aber er konnte nicht gleichzeitig den Kopf unten halten und sich mit der Spule abmühen, also hastete er hochaufgerichtet dahin und betete, dass Tonc und seine Rebellen die Einzigen waren, die ihn sehen konnten.

Er umrundete einen Stapel Frachtkisten und kam schlitternd vor der Netzwerkkonsole zum Stehen. Ohne sich umzusehen, ging er in die Hocke, zog ein Ende des Kabels aus der Spule und steckte es ein. Kaum dass die Konsole die neue Verbindung registriert und akzeptiert hatte, wirbelte er auch schon wieder herum und rannte auf demselben Weg zurück, den er gekommen war.

Seine Beine schmerzten bereits, aber als sich das Kabel hinter ihm ausrollte, wurde jeder Schritt ein wenig leichter. Er hatte den Shuttle beinahe erreicht, als er unvermittelt nach hinten gerissen wurde; um ein Haar hätte er das Gleichgewicht verloren, und als er sich panisch umdrehte, musste er feststellen, dass das Kabel anscheinend zu kurz war.

Nein. Nein, nein, nein. Er hatte die Länge doch vor dem Start überprüft. Er hatte alles bedacht. Was bedeutete … dass sich das Kabel irgendwo verheddert haben musste, vermutlich an einer der Frachtkisten. Beinahe hätte er gelacht, aber er beschloss, die Energie lieber fürs Laufen zu sparen.

Die Spule noch immer auf dem Rücken, verfolgte er seine Schritte zurück, bis er das Problem fand – wie erwartet steckte das Kabel unter der Ecke einer Kiste fest. Bodhi kniete sich hin, um es zu befreien; anschließend, so entschied er, würde er das Kabel *über* die Kiste legen. Das sollte ihm die nötige Länge verschaffen.

Doch bevor er diesen Plan in die Tat umsetzen konnte, rief eine elektronisch verzerrte Stimme: »He, du!« Bodhis Finger verkrampften sich um das Kabel. »Identifiziere dich!«

Er zwang sich, die Hände zu öffnen und das Kabel loszulassen, dann stand er langsam auf und drehte sich zu den Sturmtruppen um. »Ich kann das erklären …«, begann er, aber er bekam keine Gelegenheit, irgendetwas zu erklären. Rote Lichtblitze zuckten an ihm vorbei und schleuderten die Imperialen von den Beinen.

Doch damit endete das Blasterfeuer nicht. Im Gegenteil. Bodhi ließ sich auf die Knie fallen und sah weitere Sturmtruppen, die auf das Landefeld stürmten und Tonc und seine Männer unter Beschuss nahmen. Er griff erneut nach dem Kabel, blickte zum Shuttle hinüber – es schien ebenso weit entfernt wie die Zitadelle oder die Sterne.

Der Datentresor war ein senkrechter Schacht, der sich im Herzen der Zitadelle über sechs Stockwerke hinweg erstreckte. In seiner Mitte erhoben sich mehrere Türme aus übereinandergestapelten Datenterminals, jeder erhellt von roten Lämpchen, die den Speicherstatus Tausender Datenkassetten anzeigten. Jede Kassette wiederum enthielt genug Daten, um ein ganzes Team von Technikern ein Leben lang zu beschäftigen – von wissenschaftlichen Abhandlungen über bürokratische Memoranden bis hin zu mikroskopisch genauen Bauplänen. Jyn hatte nicht gewusst, was sie sich vorstellen sollte, als ihr Vater und Bodhi von dem Datentresor gesprochen hatten, aber *so etwas* hatte sie ganz bestimmt nicht erwartet: eine unglaublich große Bibliothek an Informationen, ein gigantisches Monument für die Kontrollsucht des Imperiums.

Jedes Buch, das ihr Vater ihr vorgelesen hatte, jede Geschichte von jedem Planeten, den sie je besucht hatte – das alles hätte mühelos Platz auf einem einzigen dieser Bänder gefunden. Nur dass diese Bänder nicht mit Geschichten gefüllt waren, sondern mit den dunklen Geheimnissen des Imperiums.

Der Kontrollraum, den Jyn und Cassian betreten hatten, war durch eine große Glasscheibe vom eigentlichen Datenschacht getrennt. Während Andor bereits zur Hauptkonsole eilte, rang Jyn noch mit ihrer Ehrfurcht und ihrem Schwindelgefühl. Die kalte Luft ließ sie frösteln; es war wie in einer Kühleinheit hier drinnen – oder wie in einer Leichenhalle. *Das muss der schlimmste Ort sein, an dem man nur sterben kann*, dachte sie, bevor sie schließlich Cassian folgte.

»Schematische Baupläne«, verkündete K-2s Stimme aus der Konsole. »Datenturm Zwei.«

»Wie finde ich den?«, schnappte Cassian.

»Suche läuft«, erwiderte der Droide. »Ich kann das Band lokalisieren, aber ihr müsst die Griffe benutzen, um es rauszuholen.«

Jyns Blick glitt über die Konsole und blieb an einem Paar mechanischer Griffe hängen, die aus der Decke ragten.

Cassian wirkte genauso verwirrt, wie sie sich fühlte. »Was sollen wir damit machen?«, fragte er.

Jyn beugte sich über die Konsole, drückte die Wange gegen die Scheibe und blickte zum oberen Teil des Schachts hoch, während Andor die Offizierskappe vom Kopf nahm und seine Handschuhe abstreifte. Als er die Griffe bewegte, entdeckte Jyn einen mechanischen Arm, der sich von oben herabsenkte, an einer Datenbank nach der anderen vorbeiglitt. Sie richtete sich wieder auf. »Du musst rausfinden, wie man das Ding bedient. Eine ganze Flotte wartet auf uns.«

»Schematische Baupläne«, murmelte er. »Datenturm Zwei.«

Servomotoren wimmerten, Metall ächzte. Jyn wirbelte gerade noch rechtzeitig herum, um zu sehen, wie die Tür der Datentresor zuglitt. Die Luft schien schlagartig kälter zu werden. K-2s Stimme drang nur noch leise aus dem Komm, als hätte er sich davon abgewandt, während er sprach. »Die Rebellen! Sie sind … da lang.«

Jyn hatte nicht vergessen, wie lausig die Lügen des Droiden im Heiligen Viertel auf Jedha gewesen waren. *Verflucht.* Hatten die Imperialen sie entdeckt? Falls sie jetzt in der Falle saßen, dann wäre alles, was außerhalb der Zitadelle geschah, umsonst …

»Ka-Zwo?« Cassian schnitt eine Grimasse und blickte von den Kontrollgriffen zu seinem Komm. »Was ist da draußen los?«

Ein Schwall unverständlicher Statik dröhnte aus dem Empfänger, und Jyn sah eine völlig neue Emotion über Andors Züge huschen. Er hatte Angst – nicht auf intellektueller Ebene, keine Angst, dass ihre Mission scheitern würde. Nein, er hatte Angst um K-2.

Um seinen Freund.

»Steuer den Arm weiter«, sagte sie, während sie auf der

Konsole nach einer Anzeige suchte. Ihr Finger berührte einen Schalter, und da war es: Ein Verzeichnis der gespeicherten Daten. »Du fliegst, ich navigiere.«

Cassians Knöchel traten weiß hervor, als weitere Geräusche aus dem Komm drangen. Es klang verdächtig nach Blasterschüssen.

War das *Hoffnung*? Sich einer Gefahr nach der nächsten zu stellen, sich der Angst um sein eigenes Leben, um seine Freunde und um die Galaxis zu stellen, alles aus einem verzweifelten Drang, das Unmögliche zu schaffen?

Vielleicht, überlegte Jyn, war sie besser dran gewesen, als sie noch keine Hoffnung gehabt hatte. *Falls du noch leben würdest, Papa, würdest du jetzt eine ganze Menge Vorwürfe zu hören bekommen.*

»Hyperraumerfassung«, las sie von dem Bildschirm ab, und der Arm glitt weiter an den Türmen entlang. »Navigationssysteme, Tiefenraum-Kartografie…« Die Datentresor war offensichtlich nach Themen geordnet; davon abgesehen hatte sie jedoch keine Ahnung, wie sie die Pläne finden sollte. Irgendwo musste es einen Subindex geben, nur wo? Zu dumm, dass Saw Gerreras Ausbildung sie nicht darauf vorbereitet hatte, die Aufgaben eines Datenarchivars zu übernehmen.

»Zwei Anzeigen nach unten«, schlug K-2s Stimme vor, als wäre nichts geschehen. Cassian öffnete den Mund, aber Jyn hob die Hand, und er konzentrierte sich wieder auf die Kontrollen. Das Verzeichnis huschte über den Schirm, während der Arm weiter an den Datenterminals vorbeiwanderte. »Strukturelle Daten«, sagte der Droide. »Öffne das mal.«

»Ka-Zwo!«, rief Cassian nun doch. Der Arm verharrte vor dem entsprechenden Terminal. »Was ist los?«

Der Bildschirm vor Jyn wechselte zu einer Auflistung der Datenkassetten, einmal mehr auf eine Weise geordnet, die sich ihrem Verständnis entzog. Gab es vielleicht irgendwo Identifizierungsnummern? Oder war das eine weitere Sicherheitsmaßnahme? Der Datentresor ließ sich nur schwer ausrauben, wenn man nicht wusste, wonach man suchen sollte.

»Meine Krawallbekämpfungsprotokolle sind jetzt aktiv«, sagte K-2. »Die Situation ist unter Kontrolle.«

Es war so offensichtlich eine Lüge, dass Jyn das Gesicht verzog. Doch es gab nichts, was sie vom verriegelten Kontrollraum aus tun konnte.

Sie lenkte Cassians Aufmerksamkeit zurück auf ihre Mission, indem sie begann, die Namen vom Schirm abzulesen. »Projektcodenamen: Stratosphäre. Mark Omega. Pax Aurora…« Waren das alles Waffen wie der Todesstern, entwickelt für Terror und Völkermord? Hatte ihr Vater davon gewusst? Sie konnte es sich nicht leisten, darüber nachzudenken – auf diesem Pfad lauerten zu viele Schrecken. »Kampfkralle. Clusterprisma. Schwarzer Säbel.«

Jyn hielt inne.

Der nächste Name stach mit solch brennender Offensichtlichkeit aus der Liste hervor, dass erst gar keine Zweifel aufkommen konnten.

»Was?«, wollte Cassian wissen.

»Sternenstaub«, sagte sie. »Das ist es.«

»Woher willst du das wissen?« Neugier und Eile vermengten sich in seiner Stimme, also wollte er eigentlich sagen: *Bitte, sei dir sicher.*

Und sie war sicher. »Das bin ich. Mein Vater nannte mich so, als ich klein war.«

Andor blickte sie überrascht an, dann drehte er sich wieder zur Konsole um und zog an den Griffen. »Ka-Zwo, wir brauchen die Datei Sternenstaub!«

Lärm hallte aus dem Komm, chaotisch und verworren, wie eine Momentaufnahme aus einer Kriegszone. Durch die solide Metalltür drang indes kein einziger Laut. Eines der roten Lämpchen an dem Datenturm begann grün zu blinken, und der mechanische Arm glitt darauf zu. »Sternenstaub«, sagte K-2, und Jyn konnte so etwas wie *Anstrengung* in der Stimme des Droiden hören.

Cassian hielt noch immer die Griffe umschlungen, aber Jyn war nicht sicher, ob er dieses letzte Manöver durchführte, oder ob es K-2 war. »Das ist es«, rief sie. »Du bist gleich da …«

Die Greifer am Ende des Armes schlossen sich um die Kassette und zogen.

Die Lichter im Kontrollraum erloschen, und übrig blieb allein das Licht der Lämpchen draußen im Datenschacht, das einen unheilvollen roten Schein auf die Konsole, Cassian und Jyn warf. Die gekühlte Luft prickelte in ihrem Nacken und erzeugte eine Gänsehaut auf ihren Armen und dem Rücken. Das Komm spuckte weiterhin statisches Kreischen aus – bis es, einen Moment und eine Ewigkeit später, plötzlich verstummte.

Cassian beugte sich über die Konsole. »Ka!«, schrie er in die Stille.

Jyn blickte hoch zu dem mechanischen Arm, der über ihnen am Datenturm verharrt war, seine Greifer um die Kassette geschlossen. Sie versuchte, nicht daran zu denken, dass der Kontrollraum in dieser künstlichen Mitternachtsschwärze wie eine Höhle wirkte.

Als Cassian Andor K-2SO umprogrammiert hatte, hatte der Droide mehrere seiner ursprünglichen Eigenschaften eingebüßt. Er erinnerte sich noch schwach an eine Art *Überzeugung*, die mit dem Dienst für das Galaktische Imperium einhergegangen war. Da war auch so etwas wie Stolz und Zuversicht gewesen, wenn er die Pflichten ausgeführt hatte, für die er entworfen worden war – weil er wusste, dass jeder Servomotor und jeder Verarbeitungszyklus dazu diente, die Gesetze seiner imperialen Meister durchzusetzen. Cassian hatte ihm dieses herrliche Gefühl genommen, einen *Zweck* zu erfüllen, und es durch *Individualität* ersetzt. Begleitet wurde diese Individualität von Zweifeln und Zynismus: Er war sich nun der Chancen von Erfolg und Niederlage bewusst, und mehr noch, der Konsequenzen, die diese Resultate nach sich ziehen würden.

K-2SO (dessen ursprüngliche Bezeichnung deutlich länger und bedeutungsvoller gewesen war, einschließlich der Kürzel des Herstellers, Datum und Zeit seiner Inbetriebnahme und zahlreicher weiterer Informationen) war in gewisser Weise gestorben und dann, gleichzeitig kleiner und größer als zuvor, ins Leben zurückgebracht worden. Er trauerte seinem alten Selbst nicht nach, aber es gab Momente, die man mit Melancholie vergleichen konnte.

Als die ersten Sturmtruppler den Vorraum des Datentresors betreten hatten, hatte K-2SO den Gehorsamsinstinkt unterdrückt, der Teil seiner Basisprogrammierung war, und sich gezwungen zu lügen (womit er sich noch immer schwertat, obwohl er Cassian mehrfach dabei beobachtet hatte, wie er meisterhaft die Unwahrheit sagte). Als das nicht funktionierte, hatte er seine Vollstreckungsprotokolle aktiviert und die Verbindung zur Konsole unterbrochen. Aus Gründen der Effizienz schaltete er das Komm nicht aus, bevor er seine Gegner mit Körpergewalt und einem präzise gezielten Blasterstrahl eliminierte. Danach überlegte er siebenundzwanzig Millisekunden, ob er überhaupt an die Konsole zurückkehren sollte. K-2SO war kein Datenpilot; er war keine Astromecheinheit. Die sensorischen Eindrücke, seine so lang vernachlässigten Fähigkeiten wieder einzusetzen, waren in gewisser Weise berauschend.

Er hätte Cassian und Jyn sich selbst überlassen und nach weiteren Feinden suchen können, die er ausschalten konnte. Doch er entschied sich dagegen.

Während dieses ersten Kampfes hatte K-2SO auch einen Durchschuss an der Karboplastverschalung seines Oberkörpers erlitten. Der Blasterstrahl selbst hatte keine wichtigen Systeme beschädigt, aber die Hitze hatte einen Teil seiner internen Verkabelung geschmolzen, sodass er erst seine Funktionen umleiten musste, bevor er sich wieder der Konsole widmen konnte.

Als sein Meister nach einer Lagemeldung verlangte, versuchte er, ihn zu beruhigen. Rückblickend betrachtet, war diese Lüge eine Verschwendung von Rechenleistung; sie lenkte ihn von seinen Bemühungen ab, die Baupläne des Todessterns zu finden – und von einer zunehmend unberechenbaren Kampfsituation, denn weitere Sturmtruppen näherten sich dem Vorraum. K-2SO deaktivierte die Selbsterhaltungswarnung, hielt mit einer Hand die Verbindung zur Konsole aufrecht und bediente mit der anderen den Blaster. Der Einsatz einer Energiewaffe war für ihn eine ungewohnte und dafür umso faszinierendere Erfahrung.

Während der nächsten Sekunden musste er zahlreiche weitere Treffer einstecken. Die überlebenswichtigen Sektionen seines Chassis blieben zwar verschont, aber die Umleitung seiner Funktionen wurde zunehmend schwierig.

Dann sah er sich plötzlich mit zwei unmittelbar aufeinanderfolgenden, unausweichlichen Komplikationen konfrontiert:

Zuerst feuerte ein weiblicher Sturmtruppler (K-2SO identifizierte sie als TK-4012, aber er widerstand dem Drang, ihre Dienstakte aus der Datenbank der Zitadelle herunterzuladen) einen Blasterstrahl ab, der den Droiden nur vier Zentimeter über der Klappe seines Programmierzugangs traf.

Normalerweise wäre das kein allzu wichtiger Bereich, aber er hatte mehrere kritische Funktionen dorthin umgeleitet – eine Ironie, die ihm nicht verborgen blieb. Er schätzte, dass ihm noch mindestens zwölf Sekunden blieben, bis eine Kettenreaktion von Systemausfällen zu seiner permanenten Deaktivierung führte.

Ein paar Millisekunden später gab ein weiterer Sturmtruppler (ihn konnte K-2SO nicht identifizieren) eine schlecht gezielte Salve ab, und mehrere Partikelstrahlen fuhren in die Kontrollkonsole. Trotz der ungewöhnlich vielen Ausweichsysteme im Computer der Zitadelle wollte es K-2 nicht gelingen, den Kontakt mit der Datentresor wiederherzustellen.

Nun, zwölf Sekunden von der völligen Abschaltung entfernt, wog er seine Optionen ab, während Cassian seinen Namen durch das Komm rief.

Er sah neunundachtzig Optionen, seine Existenz zu verlängern (für einen Zeitraum zwischen null Komma acht Sekunden und dreiundvierzig Tagen), aber da alle zur Gefangennahme oder Exekution von Cassian Andor und Jyn Erso führten, verwarf er sie ohne eingehendere Analyse.

Stattdessen überprüfte er die Missionsparameter und prognostizierte, dass Cassian und Jyn nur zwei Möglichkeiten hatten, die benötigte Datenkassette zu erbeuten und Scarif lebend zu verlassen. Die Erfolgsaussichten waren in beiden Fällen verschwindend gering. Höchst unbefriedigend. K-2SO beschloss, den Vorgang noch einmal zu wiederholen – auch wenn es ihn mehrere wertvolle Millisekunden kostete –, diesmal jedoch ohne den Fokus auf das Überleben von Cassian und Jyn zu legen.

Er gestattete sich keine Gelegenheit, zu trauern oder zu reflektieren, erging sich nicht in vagen Prognosen und Schätzungen, sondern konzentrierte sich allein auf detaillierte Simulationen und Hypothesen.

Alle Berechnungen führten zu demselben, entscheidenden Punkt: Cassian und Jyn konnten die Datenkassette manuell in ihren Besitz bringen.

Knapp neun Sekunden vor seiner vollständigen Abschaltung aktivierte er seinen Vokoder und sprach in das Komm: »*Klettert!*«

Die Kassette zu holen reichte natürlich noch nicht, um den Erfolg ihrer Mission zu garantieren; dazu mussten die Todessternpläne erst an die Rebellion gesendet werden.

Was schwierig sein dürfte, solange Cassian und Jyn im Kontrollraum eingesperrt waren. K-2SO hatte keine Möglichkeit, sie dort herauszuholen.

Er führte mehrere interne Überprüfungen durch. Konnten die Informationen direkt an die Rebellion übermittelt werden? Die auf der Kassette gespeicherte Datenmenge war enorm; eine sichere Übertragung nach Yavin 4 wäre selbst unter optimalen Bedingungen ausgeschlossen – und die gegenwärtigen Umstände waren definitiv *nicht* optimal. Dennoch: Da waren Allianzschiffe im Orbit, und es gab ein Kommunikationssystem, auf das sie zugreifen konnten.

»*Klettert den Turm hoch!*«, sagte K-2SO. Die Blasterstrahlen, die um ihn herum einschlugen, nahm er kaum wahr. »*Ihr könnt die Pläne immer noch der Flotte übermitteln.*«

Solange der Energieschild vollständig geschlossen war, hatte nicht einmal der Kommunikationsturm der Zitadelle genug Leistung, um sämtliche Informationen einer Datenkassette zu übertragen. Doch Cassian hatte Bodhi Rook bereits beauftragt, das Portal zu öffnen.

Als hätte er dieses Szenario vorhergesehen.

»*Wenn sie den Schildzugang öffnen …*« K-2SOs Protokollsysteme erfüllten die Worte mit größtem Nachdruck. »*… könnt ihr vom Turm aus senden!*«

Ihm blieben noch ungefähr drei Sekunden, als er das letzte

Mal hörte, wie Cassian seinen Namen schrie. Anschließend richtete er seine Waffe auf die Konsole und feuerte. Die Kommunikation brach abrupt ab. Jetzt, wo nur noch geschmolzenes Metall und Plastoid von den Kontrollen übrig waren, würden die Sturmtruppen deutlich länger brauchen, um die Datentresor zu betreten.

Eine Sekunde bis zur vollständigen Abschaltung. K-2SO beschloss, sein künstliches Bewusstsein durch ein unmögliches Szenario zu stimulieren – ein Szenario, in dem Cassian Andor lebend von Scarif entkam.

Ein angenehmer letzter Gedanke.

ERGÄNZENDE DATEN: SONNENUNTERGANGS-GEBET

[Dokument #JP0103 (»Sonnenuntergangsgebet der Wächter der Whills«), aus den Randgebieten von NiJedha geborgen; Ursprung unbekannt.]

Dunkelheit ist Kälte, Licht ist Kälte.
Die alte Sonne schenkt keine Wärme.
Aber es gibt Wärme in Atem und Leben.
Das Leben ist erfüllt von der Macht.
Die Macht ist erfüllt von Leben.
Und die Macht währt ewig.

20. Kapitel

Krennic versuchte, sich auf Galen Ersos Kommunikationsverlauf zu konzentrieren. Er überflog endlose Listen von Memoranden und Berichten, während General Ramdas Männer Statusmeldungen und Befehle durch die Kommandozentrale riefen. Er konnte keinen Einfluss auf die Sturmtruppen am Strand nehmen oder auf Admiral Gorins Flotte im Orbit; alles, was ihm blieb, war, zwischen Versetzungsvorschlägen und Beschwerden über thermale Ablassventile die Wahrheit über Galens Verrat zu suchen.

Erso war der Architekt dieses Angriffs. Er hatte Kontakte zur Rebellion geknüpft, den treulosen Piloten losgeschickt, um seine Verbündeten auf Jedha zu kontaktieren, die anschließend auf Eadu aufgetaucht waren. Und er verfolgte Krennic selbst jetzt noch, während seine Leiche bereits in irgendeinem Massengrab verrottete …

Orson hielt inne. Jetzt erinnerte er sich: auf der Landeplattform, auf Eadu – ein Schopf dunklen Haares, ein ascheverschmiertes Gesicht. Eine Stimme in seinem Kopf sagte ihm, dass er niemals gewinnen würde, aber diesmal war es nicht Galen, sondern Lyra.

»… unbefugter Zugriff im Datenarchiv.«

Ruckartig wandte er sich von der Konsole ab und richtete

seine Aufmerksamkeit auf einen von Ramdas Leutnants. »*Was*?«

»Wurde soeben gemeldet, Sir.« Der Offizier drehte den Kopf, als würde er auf die Unterstützung seiner Kameraden hoffen – vergeblich. »Eine Sicherheitsmannschaft ist bereits dort, aber wir haben noch keine Informationen über die Eindringlinge. Wir warten auf weitere …«

Krennic blendete das Geplapper der Leutnants aus. Die Rebellen waren in der Zitadelle. Sie waren in dem *Datentresor*. Sie wollten die Baupläne des Todessterns stehlen, um diese imaginäre Schwachstelle zu finden, ganz gleich, wie viele Leben es kostete. Sie waren entschlossen, ihn im Namen von Galen Ersos Geist zu quälen.

Ramda war der Situation augenscheinlich nicht gewachsen. Sicher, der Schildzugang war geschlossen, und eine Flucht sollte unmöglich sein – aber während der letzten Minuten war bereits zu viel Unmögliches geschehen.

Er wirbelte herum, und während er bereits die Stufen zum Eingang hocheilte, rief er: »Schicken Sie meinen Wachtrupp nach draußen in den Kampf. Zwei Mann zu mir. Sofort!« Ein Offizier stand ihm im Weg, und er stieß ihn grob zur Seite, ohne sich auch nur zu vergewissern, wer es war. »Und der Rest: Bringt diesen Strand unter Kontrolle!«

Orson wartete nicht auf eine Bestätigung. Als er die Kommandozentrale verließ, fielen zwei Mann von der Todestruppe hinter ihm in Schritt, und er musste an einen Tag vor vielen Jahren denken, auf einem anderen Planeten, als er sich mit einer ganz ähnlichen Eskorte Galen Erso und seinen Lügen gestellt hatte. Jener Tag auf Lah'mu war letztlich ein Erfolg gewesen.

Und er wollte verdammt sein, falls dieser Tag nicht ebenso endete.

Tonc war tot. Bodhi hatte nicht gesehen, wie es passiert war; er war geduckt an den Frachtkisten entlanggekrochen, und als er den Kopf wieder gehoben und zum Landefeld hinübergeblickt hatte, war der Rebell reglos auf dem Boden gelegen. Er kämpfte den Wunsch nieder, an Toncs Seite zu eilen oder um Hilfe für ihn zu rufen; es gab nichts, was er tun konnte. Überall um ihn starben Leute. Und es rückten immer neue Sturmtruppen nach.

Ein Blasterschuss zischte so dicht über seinem Kopf hinweg, dass er die Hitze spüren und das Ozon der verbrannten Atmosphäre riechen konnte. Mit fahrigen Bewegungen zog er das Kabel auf dem Boden hinter sich straff, während er hilflos zum Shuttle hinüberstarrte.

»Bodhi?« Cassian zog das Kommlink hervor.

»Ich bin hier!«, stammelte Bodhi. »Ich bin hier. Aber ich komme nicht zum Shuttle. Ich kann mich nicht einstöpseln!« Er wollte nicht verzweifelt klingen, aber was hätte es jetzt noch für einen Sinn gehabt zu lügen? Es war nicht sein Fehler, aber die Situation war düster.

»Versuch's weiter.« Bodhi hatte Andor schon wütend erlebt, und er hatte ihn entschlossen erlebt, aber was er jetzt hörte, war etwas Neues – Cassians Stimme klang schmerzerfüllt. »Wir brauchen die Flotte. Du musst ihnen die Nachricht schicken!«

»Ist alles in Ordnung?« Ein Gedanke huschte durch seinen Kopf, zu schrecklich, als dass er länger darüber nachdenken wollte. »Ist Jyn in Ordnung?«

»Wir leben noch«, schnappte Cassian, danach hörte Bodhi einen langen Moment nur die ächzenden Atemzüge des Rebellen. Schließlich schien Andor sich wieder gefasst zu haben. »Es gibt eine Planänderung – wir schaffen es vielleicht nicht zurück zum Landefeld, aber wir können die Baupläne über den Kommturm senden.«

Bodhi wollte ihn unterbrechen, wollte ihn fragen, was »Wir schaffen es vielleicht nicht zurück« bedeutete. Doch Cassian gab ihm keine Gelegenheit. »Das sind jede Menge Daten«, fuhr er fort. »Nicht mal der Turm kann sie ohne Datenverlust durch den Schild senden. Das ist doch so, oder, Bodhi?«

Es kostete ihn große Willenskraft, aber er konzentrierte sich. Audiodaten waren eine Sache, aber den Inhalt einer Datenkassette durch den Schild zu schicken, wäre, als würde man ihn ans andere Ende der Galaxis übermitteln. Zu viele Daten, zu viele Störungen. »Ja«, sagte er. »Du hast recht.«

»Darum musst du die Flotte informieren«, erklärte Cassian. »Sie müssen in Position sein, um die Pläne zu empfangen, denn ich bezweifle, dass wir Zeit für einen zweiten Versuch haben. Und sie müssen diesen Zugang sprengen! Sobald der Schild offen ist, können wir senden!«

»Was ist mit …« *Mit dir? Mit Jyn*? Doch Andor klang, als würde er jeden Moment unter dem Druck zusammenbrechen, und Bodhi wollte nicht derjenige sein, der ihn an diesen Punkt trieb. »In Ordnung«, stöhnte er. »Ich finde einen Weg.«

Er schob das Komm zurück in die Tasche und wandte sich erneut dem Shuttle zu. Das Trommelfeuer aus Blasterstrahlen ließ nicht nach, im Gegenteil, es schien zuzunehmen, falls das überhaupt möglich war. Toncs Soldaten gerieten immer mehr in Bedrängnis. Vielleicht, überlegte Bodhi, könnte er Baze und Chirrut zurückrufen … aber nein. Er hatte sie bereits losgeschickt, um den Hauptschalter zu finden.

Wie viel Zeit blieb ihm wohl noch, bevor das Landefeld überrannt wurde?

Red es dir jetzt nicht wieder aus.

Tu es einfach.

Beinahe wäre er der Länge nach hingefallen, als er sich aus seiner geduckten Haltung erhob, aber er behielt das

Gleichgewicht, und er rannte los, so schnell er nur konnte. Das Kabel zischte und zuckte, als es sich von der Spule auf seinem Rücken abrollte. Er sah einen roten Lichtblitz nach dem anderen, während sie die Luft zwischen ihm und dem Shuttle versengten. Ein Schuss traf die Unterseite des Schiffes, als er nur noch ein paar Meter entfernt war, und Funken sprühten gegen seine Stirn und seine Schutzbrille; er ignorierte den Schmerz und stürmte weiter, die Rampe hoch und durch die Kabine zum Terminal. Seine schweißnassen Hände griffen nach der Spule, lösten das Kabel und schoben es in die Anschlussbuchse.

Das Terminal registrierte die Verbindung, und Bodhi stieß einen triumphierenden Schrei aus. Ein blinkendes Warnlämpchen zeigte an, dass der Computer keine Verbindung zum Kommunikationsturm herstellen konnte, aber davon ließ er sich nicht entmutigen. Baze und Chirrut und Melshis Team würden den Hauptschalter finden, und dann würde Bodhi die Flotte über ihre neue Strategie informieren.

Ja. Und sobald Cassian und Jyn die Spitze des Turms erreicht hätten, um die Daten zu übermitteln, würde er hochfliegen und sie an Bord holen, so wie auf Eadu. Und dann würden sie alle gemeinsam durch den offenen Schildzugang verschwinden.

Das war der Plan. Das war *sein* Plan. Er hoffte, dass Tonc damit einverstanden wäre.

Mehr noch hoffte er aber, dass seine Kameraden sich beeilten.

Wie viel Zeit blieb ihm wohl *jetzt* noch, bevor die Imperialen das Landefeld überrannten?

Cassians Hände zitterten, aber seine Augen waren entschlossen, als er das Kommlink sinken ließ. »Bodhi arbeitet an der Verbindung zur Flotte. Er wird es schaffen.«

Der Kontrollraum war noch immer dunkel, abgesehen vom roten Glühen aus dem Schacht. Die gekühlte Luft erwärmte sich spürbar, und sie füllte sich mit einem scharfen, metallischen Geruch; Jyn hörte das gedämpfte Zischen der Plasmabrenner auf der anderen Seite der versiegelten Schutztür.

Wir schaffen es vielleicht nicht zurück zum Landefeld. Das hatte Cassian zu Bodhi gesagt. Zu *ihr* sagte er es nicht.

Sie legte den Kopf in den Nacken und blickte den Schacht hoch. Das Datenband ihres Vaters war da oben, und irgendwo in dem roten Glühen musste es auch einen Ausweg geben.

»Zurück.« Mit einer Handbewegung scheuchte sie Andor von der Glasscheibe des Kontrollraums weg.

Anschließend zog sie ihre Pistole, nahm sie in beide Hände, um besser zielen zu können, und drückte ab. Gezackte Glasscherben, geschwärzt und halb geschmolzen, barsten und regneten in den Datenschacht hinab, wobei sie klirrten wie Windspiele. Während Jyn vortrat, um den Fensterrahmen in Augenschein zu nehmen, streifte sie ihren Helm, die klobige Brustplatte und die schwere Jacke ihrer Uniform ab. Die Zeit für Verkleidungen war längst vorbei, und sie wollte nicht durch überflüssiges Gewicht behindert werden, wenn sie da hochkletterte. Cassian folgte ihrem Beispiel und schlüpfte aus seiner Offiziersjacke.

Als sie nur noch ihre Weste, Hose und Stiefel trug, beugte sie sich durch den Fensterrahmen und suchte die Wand über sich nach Leitersprossen ab. Auf jeder Ebene des Schachts ragten Klappen zur Entnahme der Datenkassetten vor, und die übereinander getürmten Terminals in der Mitte wurden in regelmäßigen Abständen von Metallkränzen umschlossen. Es würde keine leichte Kletterpartie werden, aber es war machbar. Sie überlegte, ob sie auch ihre Stiefel ausziehen sollte, aber vermutlich wäre es besser, ein wenig mehr

Trittfestigkeit zu haben. Sie erinnerte sich an eine besonders lange Nacht, kurz nach ihrem Rückzug von Saws Truppe, die mit blutigen Fußsohlen, abgebrochenen Zehennägeln und einer wichtigen Lektion über das passende Schuhwerk geendet hatte.

»Los«, sagte sie, und beinahe hätte sie hinzugefügt, *bevor wir erdrückt werden.* Aber Cassian konnte die Wände der Höhle natürlich nicht sehen, die sich immer enger um sie schlossen.

Jyn stieg auf die Konsole, beugte die Knie und sprang über den Abgrund hinweg zum nächsten Datenturm. Ihre Hände schlossen sich um die Halterung einer Datenkassette, und sie suchte mit ihren Füßen nach Halt. Die Halterung vibrierte zwischen ihren Fingern, und sie befürchtete schon, dass sie sich lösen würde, aber es war nur die Vibration des Datenturms selbst, erzeugt durch die Kühlsysteme.

Sie kletterte einen Meter nach oben und testete, wie stark sie die Halterungen belasten konnte und wie weit sie sich vorbeugen musste, um sich von einer zur nächsten zu schwingen. Als Cassian unter ihr ebenfalls auf den Datenturm sprang, blickte sie kurz in die gähnende Schwärze hinab, gerade lange genug, um sicherzugehen, dass auch er Halt gefunden hatte.

Danach wandte sie sich wieder nach oben und begann loszuklettern, die Augen fest auf den mechanischen Arm gerichtet.

Über dem Surren der Umlaufkühlung hörte sie, wie Cassian hinter ihr ächzte. Sie wusste, sie hätte etwas zu ihm sagen sollen: *Es tut mir leid wegen Ka-Zwo* oder *Wir können es immer noch hier raus schaffen* oder *Lass es uns zu Ende bringen.* Doch sie war nie gut darin gewesen, Leute zu trösten oder zu ermutigen, und sie hatte während der vergangenen Tage schon so viele Worte verbraucht – vor dem Rat der Allianz, vor den Rebellensoldaten. Für ihn waren einfach keine mehr übrig. Also konzentrierte sie sich darauf, Reihe um Reihe an den Terminals nach oben zu klettern, fort von der Dunkelheit und dem Licht der Hoffnung entgegen.

Sie zählte fünfzehn Reihen bis zu dem Metallarm, dann waren es nur noch zehn. Hinter sich entdeckte sie eine Schutztür in der Schachtwand – vermutlich ein gesicherter Wartungszugang –, aber sie kam als Fluchtweg wohl nicht in Frage. Das Imperium hatte den Bereich um den Datentresor bestimmt abgeriegelt. Noch fünf Reihen. Ihre Schultern schmerzten inzwischen, und ihre Handgelenke fühlten sich steif an nach der mühseligen Aufgabe, sich an den Halterungen festzuklammern, ohne sie aus ihrer Verankerung zu reißen. Die Geräusche unter ihr waren leiser geworden, aber sie konnte nicht warten, bis Cassian zu ihr aufschloss.

Eine Reihe noch, dann war sie auf gleicher Höhe mit dem mechanischen Arm. Zwischen seinen Zangen leuchtete das grüne Lämpchen der Sternenstaub-Datei.

Die Kassette war nicht beschriftet, unterschied sich in keiner Form von all den tausend anderen ringsum – abgesehen davon, dass ihr Vater für diese Daten sein Leben gegeben hatte.

Sie stemmte einen Stiefel gegen den Kassettenstapel unter ihr, um sich abzusichern, dann löste sie eine Hand von der Halterung von Mark Omega oder Pax Aurora oder welche Abscheulichkeit die imperialen Wissenschaftler sich sonst ausgedacht haben mochten, und versuchte, Sternenstaub aus dem Griff der Maschine zu zerren. Die starren Zangen rührten sich nicht. Sie zog noch einmal, fester jetzt, und dann hielt sie das Band plötzlich in der Hand; der mechanische Arm zitterte in der leeren Luft.

»Ich hab's!«, rief sie, und ja, sie hatte es. Sie *hatte* es! Sie hob die Kassette an ihre Brust, dicht genug, um in der kalten, trockenen Luft den Geruch des Metalls zu schnuppern. Ganz gleich, wie oft sie versagt hatte, ganz gleich, wie viele Tode sie zu verantworten hatte (Saw, ihr Vater, das Mädchen auf Jedha, der Droide, der sich für sie geopfert hatte), sie hatte es geschafft. Sie war bereit, dem Universum ins Gesicht zu spucken, und dem Schicksal und der Macht und dem Imperium gleich mit.

Dann rutschte ihr Stiefel ab, und sie hing an einer Hand über dem Abgrund. »Vorsicht!«, schrie Cassian von unten, aber da hatten ihre Füße bereits wieder Halt gefunden, und sie konnte nicht anders, als breit zu grinsen. »Alles in Ordnung?«, rief er.

Anstelle einer Antwort hakte Jyn die Kassette an ihrem Gürtel ein und kletterte wieder los. Die Woge triumphaler, überschwänglicher Energie verging ebenso schnell, wie sie gekommen war, und zurück blieb nur der drängende Wunsch, aus dieser Dunkelheit zu entkommen. Ihre Arme zitterten inzwischen unter der Anstrengung der Kletterei; ihre Muskeln hatten den kräftezehrenden Aufstieg zur Landeplattform auf Eadu noch nicht vergessen. Aber als sie durch die Düsternis blinzelte, sah sie hoch über sich ein warmes, blinkendes Licht – eine Öffnung an der Spitze des Schachts, die auf- und wieder zuklappte, auf und wieder zu. Sie war kaum breit genug, um Schatten zu werfen.

Das schaffst du.

Dann hörte sie einen weiteren Ruf unter ihr. Zorn und Schrecken vermischten sich in Cassians Stimme, als er ihren Namen schrie.

Sie ließ eine Halterung los und drehte sich herum, doch nur um von einem blutroten Blitz geblendet zu werden. Er fuhr neben ihr in die Datenterminals und hinterließ dort, wo eben noch ihre Hand gewesen war, eine Masse aus geschmolzenem Polymer. Verschwommen sah sie drei Gestalten, die in dem nunmehr offenen Zugang standen. Drei Gestalten aus einem vertrauten Albtraum: der Mann in Weiß und seine schwarz gewandeten Sturmtruppler.

Auf Eadu hatten sie so unwirklich gewirkt, dass Jyn sie danach beinahe wieder vergessen hätte – als hätte ihr überanstrengter Geist nur ein Bild aus ihrer Vergangenheit um einen flüchtigen Eindruck der Realität gewickelt, um ihr einen grausamen Streich zu spielen. Doch nun waren sie wieder da, um sie in den Wahnsinn zu treiben.

Der Mann in Weiß blickte sie an. Jyn wollte schreien, aber sie schluckte den Laut hinunter, so wie damals, als ihre Mutter gestorben war. Sie wollte erstarren, sich in sich selbst zurückziehen.

Doch was dann?

Sie würde in die Tiefe stürzen, und Sternenstaub, die Datenkassette an ihrer Hüfte, würde gemeinsam mit ihrem Körper auf dem Boden der Höhle zerschellen.

Jyn riss den Blick von dem Mann in Weiß los und blickte wieder den Schacht hoch. Obwohl sie wusste, dass es nicht stimmte, war ein Teil von ihr noch immer in ihrer Traumlogik gefangen, und sie dachte: *Falls ich es zum Licht schaffe, kann ich für immer entkommen.*

Also kletter!

Ein weiterer blutroter Partikelstrahl zuckte an ihr vorbei, während sie sich von einer Kassette zur nächsten schwang, auf die andere Seite des Turms, wo sie von den Angreifern abgeschirmt wäre. Ein Blick nach unten zeigte ihr, dass Cassian das Gleiche versuchte; aber er war langsamer, weil er seine eigene Pistole gezückt hatte und wild auf die drei Imperialen feuerte. Ein Schuss traf wie durch ein Wunder sein Ziel, und ein schwarz uniformierter Soldat kippte nach vorne in die Tiefen des Schachts. Sein Schrei holte Jyn endgültig in die Realität zurück. Was immer sie waren, *wer* immer sie waren, sie waren sterbliche Personen, keine Traumwesen. Und wenn sie sterben konnten, dann konnte auch Jyn sterben.

Die Imperialen konzentrierten ihr Feuer nun auf Cassian. Er kletterte verzweifelt zur Rückseite des Turms, während rings um ihn Funken vom Metall hochstoben. Jyn wollte ihm zurufen, aber sein eigener Schrei übertönte ihre Stimme: »Weiter! Weiter!«

Mit bebenden Fingern tastete sie nach ihrer Waffe. Sie konnte sterben. Die Soldaten konnten sterben. Der Mann in Weiß konnte sterben.

Gleichzeitig wusste sie, dass sie weiterklettern musste.

Die Entscheidung wurde ihr abgenommen, als der zweite Soldat getroffen wurde und einen letzten Schuss abgab. Er stürzte – und Cassian stürzte ebenfalls. Jyn konnte nicht sagen, ob der Rebell angeschossen war oder ob er einfach den Halt verloren hatte, aber er fiel ohne einen Schrei, ohne ein Wort in die Schwärze hinab. Beinahe wären ihre Finger ebenfalls abgerutscht, wäre sie ihm in den gähnenden Abgrund gefolgt, aber ein heftiges Schwindelgefühl riss sie gerade noch rechtzeitig aus ihrem Schock und zwang sie, sich fester an den Datenturm zu pressen.

Cassian war tot, wie so viele andere auch. Ein weiteres Opfer des Mannes in Weiß.

Sie musste entkommen.

Kletter!

Scarif stand in Flammen. Die Sternjäger, die sich über den Inseln duellierten, ließen Kanonenfeuer und rauchendes Metall auf die Strände hinabregnen. Die gigantischen Überreste der imperialen Läufer bluteten Rauch und Flammen und hüllten den Dschungel in einen schwarzen Schleier. Die U-Flügler setzten Verstärkung ab, ersetzten die Gefallenen durch neue Soldaten; doch nur damit diese ebenfalls niedergemäht werden konnten, von neu eingetroffenen Sturmtruppen in schwarzer Rüstung – Männer und Frauen, die sich mit der nüchternen Präzision von Henkern bewegten und ihre Gegner einen nach dem anderen niederstreckten.

Baze Malbus watete stumm durch das Inferno, unberührt von Furcht oder Trauer oder Partikelstrahlen. Er folgte Melshi und Chirrut, vertraute darauf, dass sie sich um die Mission kümmern würden, während er ihr Leben verteidigte. Seine Kanone hatte inzwischen mehr Sturmtrupplerleben gefordert, als er zählen wollte.

Baze fühlte sich nicht verantwortlich für all die Verbündeten, die er nicht hatte retten können. Es war nicht, als hätte er Eide geschworen oder jemandem eine sichere Rückkehr versprochen. Er drehte sich nicht rechtzeitig herum, um eine dunkelhaarige Frau vor den Schüssen eines Imperialen zu retten, und er ließ sie sterbend im flachen Wasser zurück; er schaffte es nicht, einen Scharfschützen in seinem eigenen Alter in Sicherheit zu zerren, bevor ein vorbeifliegender TIE-Jäger ihn zerfetzte. Auch er selbst erlitt Verletzungen; er hatte an diesem Tag mehr Blut verloren, als er für möglich gehalten hätte, aber obwohl der Generator auf seinem Rücken gefährlich summte und seine Muskeln sich anfühlten wie getrocknetes Leder, war er bereit weiterzukämpfen. Falls nötig, würde er den gesamten Abend und die gesamte Nacht ausharren, bis Jyn Erso ihre Mission erfüllt hatte.

Und was, falls die Mission scheiterte? Er wusste nicht, was ihn nach dem Tod erwartete, aber nach all den Leben, die er heute genommen hatte, konnte ihn nichts Gutes erwarten. Dennoch: Er würde weiterkämpfen.

Melshis dezimierte Einheit rannte auf die Zitadelle zu, um den »Hauptschalter« zu finden, wie Bodhi es ihnen aufgetragen hatte. Melshi zufolge befand sich ihr Ziel in der Nähe eines Bunkerkomplexes an der Peripherie des Turms. Baze wusste nicht, warum der Schalter so wichtig war – es hatte wohl etwas mit der Rebellenflotte zu tun –, aber während er neben seinen Mitstreitern über den Strand hastete, fragte er sich grimmig, ob etwas so Triviales wohl wirklich über das Schicksal ganzer Planeten entscheiden könnte.

Vor ihnen stürzte ein U-Flügler aus dem Himmel. Eine Schockwelle jagte durch den Boden, als er nur einen Steinwurf entfernt aufprallte, Sand und Flammen stoben in die Höhe, und nachdem das Schiff eine tiefe Schneise in den Sand gepflügt hatte, kam es schließlich, begleitet vom Kreischen berstenden Metalls, zum Stillstand. Als die Rebellen näher kamen, zuckte plötzlich eine Salve von Blasterschüssen aus dem Rauch und den Flammen hervor; zwischen den brennenden Trümmerteilen hindurch konnte Baze weitere schwarz gekleidete Sturmtruppler sehen, die von der anderen Seite vorrückten. Er nahm sie mit seiner Kanone unter Beschuss, ohne aber viel zu bewirken – die Imperialen arbeiteten sich geduckt weiter vor und eliminierten ihre Ziele mit tödlicher Treffsicherheit, während Melshi die Rebellen hektisch in Richtung des Bunkerkomplexes winkte.

Sie sprinteten vom Wasser und den Wrackteilen fort, aber auf diesem letzten Abschnitt des Weges waren sie völlig ungeschützt. Chirrut wich wie in einem Tanz den heranzuckenden Blasterstrahlen aus, aber viele der anderen hatten nicht so viel Glück. Baze sprang über mehr als eine Leiche hinweg, drehte sich zwischendurch immer wieder um und rannte rückwärts weiter, während er die Sturmtruppen mit seiner Kanone beharkte. Schließlich tauchten sie in den Schatten der Zitadelle ein, und als er sich wieder nach vorne drehte, sah er Melshi, der gerade versuchte, einen Kameraden in Sicherheit zu schleifen. Der Lohn für seine Mühen war ein Schuss in die Seite. Doch er kämpfte sich hoch und humpelte neben Baze weiter – so dicht neben ihm, dass der

Wächter den Gestank seiner geschmolzenen Rüstung und seines versengten Fleisches riechen konnte. Einen Moment später warfen sie sich in die relative Sicherheit des Bunkers.

Nur vier Kämpfer hatten das Gebäude erreicht: Baze; Chirrut, der keuchend und auf seinen Stab gestützt in der Nähe des Eingangs kauerte; ein breitschultriger Scharfschütze – Baze hatte gehört, wie andere ihn Sefla nannten –, der durch die Tür nach draußen feuerte, während die Sturmtruppen auf dem Strand einen Halbkreis um den Bunker formten; und Melshi, der sich in der gegenüberliegenden Ecke an die Wand lehnen musste, um nicht zusammenzubrechen.

Vielleicht gab es noch weitere Überlebende auf dem Schlachtfeld. Vielleicht waren die vier aber auch die Letzten, die übrig waren.

Eine drängende Stimme plärrte aus Melshis Kommlink. »Melshi, melde dich, bitte! Ist irgendjemand da draußen? Rogue One! Rogue One! Irgendjemand!«

Chirrut hob seinen verzierten Lichtbogen und nahm die Sturmtruppen unter Beschuss, als Sefla sich vor ihren Salven in Deckung zurückziehen musste. Die Imperialen verlagerten ihr Feuer auf den Blinden, und nun feuerte Baze seine Kanone ab, während Sefla sich darauf vorbereitete, ihn abzulösen. Gemeinsam, so schätzte Baze, könnten sie den Feind vielleicht ein paar Minuten zurückhalten – aber nicht länger.

»Sie haben die Pläne.« Wieder spuckte das Komm Bodhis Stimme aus, die vor Triumph und Schrecken zitterte. »Ich habe mich eingestöpselt, aber ich weiß nicht, wie lange wir hier noch die Stellung halten können. Wir haben Tonc verloren …«

Die Imperialen zogen ihren Halbkreis um den Bunker enger, wobei sie hinter herumstehenden Kisten, Konsolen, Ladestationen und Signalrelais Deckung fanden. Baze grinste zufrieden: *Sie hat die Pläne*! Er gab einen Schuss ab, der einen

Sturmtruppler zu Boden beförderte, und zog dann hastig den Kopf ein, als die anderen mit einer Salve antworteten.

»Rogue One! Könnt ihr mich hören? Ich brauche jetzt eine offene Leitung…«

»Einen Augenblick!«, ächzte Melshi, bevor er das Komm auf den Boden fallen ließ und Baze zu sich herüberwinkte. Er stank nach Tod. Der Wächter eilte an seine Seite, während Chirrut und Sefla sich weiter um die Imperialen kümmerten.

»Fass dich kurz«, brummte Baze.

Der Sergeant nickte, seine Augen weit und glasig. »Der Hauptschalter«, sagte er. »Er ist da draußen, an dieser Konsole.« Mit einem zitternden Finger deutete er direkt in das Gewitter von Partikelstrahlen hinaus.

Baze konnte die Konsole sehen. Sie war zehn Meter entfernt – völlig unerreichbar.

Ehe irgendjemand reagieren konnte, hatte Sefla bereits den Bunker verlassen. Der Scharfschütze sprintete mit pumpenden Armen und Beinen auf den Hauptschalter zu, während ihm der Schweiß über den Rücken lief. Er bewegte sich mit furchtloser Sicherheit, aber nur eine Sekunde lang, dann riss ihn ein Dutzend Blasterstrahlen von den Beinen, ohne dass er irgendetwas erreicht hatte.

Baze blickte wieder zu Melshi hinüber. Der Rebell war neben seinem Kommlink auf dem Boden zusammengesunken.

Vielleicht wäre es besser gewesen, die Läufer hätten uns erwischt, dachte er. Hier zusammengekauert zu sterben, wo der Sieg bereits in Blickweite war, erschien ihm wie die ultimative Schmach.

Aber vermutlich war der Tod immer erniedrigend.

Er hob seine Kanone. Falls es andere Überlebende gab, würde vielleicht die nächste Welle den Hauptschalter erreichen, wenn er die Reihen der Sturmtruppen ausreichend dezimierte. Ein letztes Blutbad, ein letzter Schlag gegen das Imperium ... das war alles, was er Jyn Erso und den Opfern von Jedha noch bieten konnte.

Doch bevor sein Finger den Abzug fand, erhob sich Chirrut aus seiner Deckung und trat ins Sonnenlicht hinaus.

Chirrut Îmwe spürte die Wärme eines fremden Sterns auf seiner Haut, das Zerren der Meeresbrise an seiner Kleidung, den knirschenden Sand unter seinem Stab. Halb verborgen unter dem Geruch von Qualm und Tod nahm er den Duft von Dschungelblumen und den süßen Gestank von Käfern wahr. Über das elektrische Zischen der Blasterstrahlen hinweg hörte er hohes Gezwitscher – die Laute von Tieren, denen er nie zuvor begegnet war. Seine eigene Stimme mischte sich in die Kakophonie, als er einen lauten Gesang anstimmte.

»Ich bin eins mit der Macht, die Macht ist mit mir.«

Er wusste nicht, was aus ihm geworden war – ohne den Tempel war er nicht länger ein Wächter der Whills; ohne Freude und Leichtfertigkeit war er nicht länger ein Spaßmacher unter seinen ernsten Ordensbrüdern; ohne die Heilige Stadt war er nicht länger ein Beschützer seiner geliebten Heimat. Doch was immer er war, er war *kein* Krieger, nicht im Herzen. Die Ereignisse des heutigen Tages hatten an seiner Seele genagt. Während Baze, sein Bruder und Beschützer, seine Rolle mit wilder Entschlossenheit akzeptiert hatte, hatte Chirrut nur gekämpft und getötet, weil er keine andere Wahl hatte, als zu kämpfen und zu töten.

Doch jetzt war beides nicht mehr nötig, und er war froh darüber.

»Ich bin eins mit der Macht«, wiederholte er, »und die Macht ist mit mir.« Die Worte hallten in seinem Inneren wider. *Ich bin eins mit der Macht, die Macht ist mit mir.*

Baze rief vom Eingang des Bunkers seinen Namen, aber Chirrut blieb nicht stehen.

Er spürte die Hitze von Partikelstrahlen, die an ihm vorbeizischten, hörte Lederhandschuhe, die Abzüge drückten, und er drehte seinen Körper, wie um sich durch eine dichte Menge zu schieben. Die Spitze seines Stabes strich über den Boden, folgte den Spuren der im Sand vergrabenen Kabel zu der Konsole, während er auf verräterische Echos lauschte, wo der Lärm der Schlacht von Terminals oder Ausrüstung zurückgeworfen wurde.

All das tat er, ohne nachzudenken. Die Kunst des Zama-Shiwo, des inneren Auges der äußeren Hand, passte seine Atmung und seinen Herzschlag an den Rhythmus seines Gesangs an. Es war dieser Gesang, der seine Bewegungen lenkte, seine Schritte kontrollierte, während er langsam dahinstapfte. *Ich bin eins mit der Macht, die Macht ist mit mir.*

»*Chirrut*! Komm zurück!«

Baze hatte Angst – Chirrut nicht. In dem Augenblick, bevor er sich erhoben und den Bunker verlassen hatte, hatte er kurz Zweifel gespürt: Wie könnte er den Willen der Macht von seinem *eigenen* Willen, seinem *eigenen* Ego trennen? Warum sollte er handeln, wenn ein Handeln nicht nötig war? Doch jetzt waren diese Zweifel aus seinem Herzen verschwunden. Die Macht drückte sich auf schlichte, unkomplizierte Weise aus, und alles, was sie von ihm verlangte, war, dass er weiter einen Fuß vor den anderen setzte.

Ich bin eins mit der Macht, die Macht ist mit mir.

Sein Stab stieß gegen Metall – die Seite der Konsole. Der Gesang führte ihn zur Vorderseite, und seine Finger strichen über Knöpfe und Anzeigen, ehe sie einen breiten Handhebel in einer Vertiefung berührten. Das musste der Hauptschalter sein. Ein Partikelstrahl zischte wenige Zentimeter an Chirruts linkem Ohr vorbei, während er den Schalter nach vorne drückte, spürte, wie er einrastete.

Ich bin eins mit der Macht, die Macht ist mit mir.

Er lächelte sanft und dachte an Bodhi, den merkwürdigen Piloten, der unter seinem imperialen Fliegeroverall nach Jedha roch.

Sein Gesang geriet ins Stocken. Jetzt, wo der Schalter aktiviert war, lag sein Pfad nicht mehr klar vor ihm. Er lauschte dem Sturm des Blasterfeuers und hörte erneut Bazes Stimme. »Chirrut! Komm wieder her!« Also drehte er sich um und begann, seine Schritte zum Bunker zurückzuverfolgen. Der Rhythmus seines Atems kam durcheinander, und die tausend Geräusche und Gerüche und anderen Sinneseindrücke rings um ihn, die eben noch ein harmonisches Gesamtbild geformt hatten, zersplitterten; sie zerrten an ihm, jeder in eine andere Richtung, forderten seine ganze Aufmerksamkeit.

Dann war da plötzlich ein schreckliches Geräusch: ein lauter Donner, als würde die Welt aufbrechen. Er wurde nach vorne geschleudert, Schmerzen brandeten durch seine alten Knochen, und jede Wunde, die ihm je zugefügt worden war, schrie auf. Doch selbst als er im Sand landete und auf die Seite rollte, hörte er noch, wie Baze seinen Namen schrie.

Chirrut konnte den Stab nicht länger fühlen. Er konnte seine *Hand* nicht länger fühlen, da war nur noch ein schreckliches Pulsieren und ein taubes Gewicht am Ende seines Arms. Doch die Kunst des Zama-Shiwo lehrte ihre Anhänger auch, Schmerzen zu kontrollieren, und so ließ er sein Blut auf den Strand fließen, ohne dabei zu leiden. Die Gewalt, die seinem Körper angetan worden war, sorgte ihn weniger als die Gewalt, die er anderen angetan hatte.

Natürlich wusste er, dass er starb.

Bazes schwere, vertraute Schritte vibrierten durch den Sand, der Geruch seines Schweißes stieg Chirrut in die Nase, und dann war sein Bruder bei ihm. Er wollte sagen: *Baze, meine Augen! Ich… kann nichts sehen!*, aber sein Freund brauchte Trost dringender als Humor. Das war immer schon so gewesen.

»Chirrut«, murmelte Baze. »Bleib bei mir. Bleib bei mir. Ich bin hier…«

Kurz fragte er sich, wie Baze das Schlachtfeld überquert hatte, um zu ihm zu gelangen. Doch es war nur logisch, dass die Macht sie vor dem Ende noch einmal vereint hatte.

Bazes schwielige Finger rieben das Leben zurück in seine Hand. »Es ist gut«, wisperte Chirrut. »Alles ist gut. Suche nach der Macht, und du wirst mich immer finden.«

Er versuchte zu lächeln, aber er war nicht sicher, ob es ihm gelang.

Die Worte seines Gesangs hallten ein letztes Mal durch Chirrut Îmwes Herz, bevor er starb.

Ich bin eins mit der Macht. Die Macht ist mit mir.

Die Sturmtruppen näherten sich dem Frachtshuttle, das erkannte Bodhi daran, dass ihre Partikelstrahlen immer häufiger die Einstiegsrampe hochzuckten und in die Kabinendecke einschlugen, sodass Funken auf ihn herabregneten. Er wusste nicht, wie viele von Toncs Leuten noch lebten und verzweifelt versuchten, die Feinde zurückzuhalten; er wusste nur, dass die Imperialen jeden Augenblick das Kabel durchtrennen könnten, das sich von der Kommunikationskonsole bis zum Shuttle wand.

Sie hatten keine Zeit mehr, und alles, woran er denken konnte, war: *Es tut mir so leid. Dass ich Dinge versprochen habe, die ich nicht halten konnte. Dass mir kein besserer Plan einfallen wollte.*

Aber er hatte es versucht. Das musste doch etwas wert sein, oder?

Als die Anzeige auf der Konsole plötzlich umsprang und eine Verbindung zwischen dem Schiff und dem Kommunikationsturm von Scarif anzeigte, hätte er am liebsten vor Freude geweint.

Stattdessen beugte er sich über die Konsole, stellte die Frequenz ein und betete, dass ihn jemand hören konnte. »Also gut«, begann er, »Hier ist Rogue One! Ich rufe die Rebellenflotte!«

Die einzige Antwort bestand aus dem leisen Knistern von Statik.

Sie wussten nicht mal, dass er versuchte, sie zu erreichen. Während er hier hoffnungslos in sein Komm plapperte, kämpften sie da oben um ihr Leben. Kein Brückenoffizier würde mitten in der Schlacht bemerken, dass ein weiteres Lämpchen auf seiner Konsole aufblinkte.

»Rogue One, an alle Rebellenschiffe, die mich hören können!« Er kämpfte gegen das Zittern in seiner Stimme an. »Ist da oben irgendjemand? Hier spricht Rogue One!«

Ich hab getan, was ich tun konnte, sagte er sich. *Ich hab die Verbindung hergestellt. Dass niemand zuhört, ist nicht mein Fehler…*

Er dachte an Jyn, an Cassian, an Baze und Chirrut und Tonc, und er fragte sich, ob sie wohl in der Lage wären, ihm sein Scheitern zu verzeihen.

Zumindest wusste er, dass Galen ihm verziehen hatte. Jyns Vater hatte genau verstanden, wie wichtig Vergebung für jemand wie ihn war.

»Hier ist Rogue One!« Kleine Speicheltropfen sprenkelten die Konsole, und er wischte sie mit dem Ärmel fort. »Bitte kommen!«

»Hier ist Admiral Raddus von der *Profundity*!«, erwachte das Komm unvermittelt zum Leben. »Rogue One, wir hören Sie!«

Bodhi stieß ein Lachen aus, das ebenso als Schluchzen durchgegangen wäre. »Wir haben die Pläne!«, sagte er, obwohl er sich natürlich nicht sicher sein konnte. Vielleicht war es eine Lüge, na und? Er war zu verzweifelt, um sich deswegen Gedanken zu machen. »Sie haben die Todessternpläne gefunden. Sie müssen sie übermitteln, vom, äh, vom Kommunikationsturm!«

Im Hintergrund konnte er Stimmen hören – vermutlich diskutierten die Brückenoffiziere gerade, wie sie auf diese Neuigkeit reagieren sollten. Bodhi ignorierte sie und fuhr fort: »Sie müssen in Position gehen und sich bereit machen, die Daten zu empfangen. Und … und Sie müssen den Schildzugang öffnen. Nur so können sie übermittelt werden!«

Die Antwort ließ einen quälend langen Moment auf sich warten.

»Verstanden, Rogue One«, erwiderte die Stimme schließlich. »Wir kümmern uns darum.« Dann, an jemanden auf der Brücke gerichtet und nicht länger an Bodhi: »Rufen Sie eine Hammerhead-Korvette. Ich habe eine Idee.«

Das Signal brach ab, aber es interessierte ihn nicht länger; er hatte seinen Teil beigetragen, hatte gesagt, was er sagen musste.

Das Blasterfeuer draußen war verstummt, und die Stille wirkte geradezu friedlich. Mit unkontrolliert zitternden Händen richtete Bodhi sich hinter der Konsole auf und blickte von der Einstiegsrampe zur Cockpitleiter. Er dachte an seinen Plan zu starten, durch die Geschwader von TIEs hindurch zum Kommunikationsturm zu fliegen und Jyn und Cassian zu retten. Er dachte an die Anstrengung, die er in Andors Stimme gehört hatte, an seinen letzten Versuch, Melshi zu erreichen, und daran, wie niemand ihm geantwortet hatte.

Falls sie keine Chance hatten … Er hatte genug getan. Es war in Ordnung.

»Das ist für dich, Galen«, murmelte er und rannte zur Leiter.

Bodhi Rook hörte das Klappern von Metall hinter sich, einmal, zweimal, dann das leise Rattern, als etwas über das Deck rollte, und er drehte sich gerade noch rechtzeitig herum, um einen Blick auf den Detonator zu erhaschen. Er hörte nichts, als die Kabine sich in grellweißem Licht auflöste.

Wie es sich für einen Piloten gehörte, starb er mit seinem Schiff.

Baze bettete den Kopf von Chirrut Îmwe, dem letzten wahren Wächter der Whills, auf seinen Schoß und wiederholte dessen letzte Worte: »Ich bin eins mit der Macht, die Macht ist mit mir.«

Eine Wolke aus Feuer stieg in der Ferne auf – irgendetwas musste auf Landefeld Neun explodiert sein. Vermutlich war Bodhi Rook nun ebenfalls tot.

Hatte er zuvor seine Nachricht übermitteln können? Oder waren sein Opfer und Chirruts Opfer und all die anderen Opfer umsonst gewesen?

Einmal mehr hatte das Imperium Baze den Sinn in seinem Leben geraubt, und hätte er nicht einen Toten in seinen Armen gehalten, hätte er geschrien.

»Ich bin eins mit der Macht«, wiederholte er. »Die Macht ist mit mir.«

Glaubte er an diese Worte? Machte das denn einen Unterschied? Hatte er *je* an diese Worte geglaubt?

Die Sturmtruppen hatten sich kurzzeitig zurückgezogen, nachdem sie Chirrut ermordet hatten, fort von dem Rauch der Explosion; aber jetzt kamen sie wieder näher, und die Mündungen ihrer Gewehre richteten sich auf Baze. Ihre Bewegungen wirkten dabei unglaublich langsam – als wäre die

Zeit selbst zu Bazes Folterknecht geworden, damit er sämtliche Qualen eines ganzen Lebens in einer endlosen Sekunde durchleiden musste.

Er sprach die Worte noch einmal aus, und was er in ihnen fand, war nicht Trost, sondern ein Gefühl der Überzeugung – oder zumindest die Erinnerung an seine alte Überzeugung, als wäre der Gesang der Schlüssel zu dem lang vergessenen Glauben seiner Jugend. Die befreite Erinnerung war unglaublich mächtig, drohte ihn durch ihre schiere Wucht zu erdrücken. Mit einem Mal war er sich wieder der Bedeutung der Macht bewusst, in jedem Atemzug, jeder Bewegung, und er erkannte, was er in den vergangenen Jahren aufgegeben hatte. Er sah die tiefe Kluft zwischen dem Wächter, der er gewesen war, und dem Mann, in den er sich verwandelt hatte, und in seinem Herzen weinte er um sie beide. Behutsam ließ er Chirruts Leiche in den Sand rutschen, dann hob er seine Kanone und richtete sie auf einen Sturmtruppler, der sein Gewehr bereits zum Schuss erhoben hatte. Bazes Salve brannte sich durch die Brust des Soldaten und ließ ihn rücklings auf den Strand stürzen. Nun eröffnete der Rest der Einheit das Feuer, und Baze behielt den Finger auf dem Abzug, bis der Generator schrillte und die Waffe sich in seinen Händen aufbäumte. Erst dann begann er, zu kurzen, gezielten Feuerstößen überzugehen. Er machte ein paar Schritte auf die Männer und Frauen zu, die ihn seiner Vergangenheit, seiner Heimat, seines Freundes, seiner Hoffnung und seines Glaubens beraubt hatten, aber er wagte es nicht, sich weit von Chirrut zu entfernen.

Er würde seinen Bruder nicht alleinlassen. Und wo hätte er auch hingehen sollen?

Baze spürte einen Schmerz, den er schon einmal empfunden hatte – die heiße, halb betäubende Qual eines Blastertreffers, der die Nerven im Epizentrum der Wunde versengte und brutale Pein von ihren Rändern aussandte. Er fiel auf die Knie, aber er zwang sich, wieder aufzustehen. Sein Körper war mit Asche und Schweiß bedeckt, der Gestank von brennendem Haar erfüllte seine Nase, und er akzeptierte diesen Albtraum, feuerte weiter und weiter, bis er ein Dutzend oder einhundert oder eintausend Sturmtruppler ausgelöscht hatte.

Es war nicht genug. Es würde nie genug sein, um all die Jahre aufzuwiegen, die Chirrut verloren hatte.

Baze sah, wie ein sterbender Soldat nach einer Granate griff und sie in seine Richtung warf. Sie würde dicht vor ihm landen, aber er war nicht mehr in der Lage, in Deckung zu rennen; er konnte sich ja kaum noch auf den Beinen halten. Also drehte er sich schwerfällig um und blickte ein letztes Mal zu Chirrut hinüber.

Als sich der Tod im Schatten des imperialen Läufers nach ihm ausgestreckt hatte, hatte er ihm trotzig ins Angesicht geblickt. Jetzt fühlte er nur noch Trauer.

Aber da war keine Furcht.

Baze Malbus starb unter Schmerzen, aber sie hielten nicht lange an.

Rogue Eins war noch nicht besiegt. Jyn Erso hatte die Pläne des Todessterns, und in diesen Plänen lag die Chance verborgen, die Allianz zu retten. Die Chance, Mon Cala zu retten. Es gab keinen Preis, den Admiral Raddus nicht zahlen würde, um diese Chance am Leben zu erhalten.

Indem sie den Sternzerstörer außer Gefecht setzten, hatten sie die Oberhand gewonnen. Doch auch wenn die Schlacht sich nun zu Gunsten der Allianzflotte entwickelte, hatte die Bombardierung des Schildportals bislang keinerlei Schwachstellen aufgedeckt, weder in dem Energiefeld noch in der Orbitalstation selbst. Eine langwierige Belagerung könnte vielleicht zum Erfolg führen, aber Raddus war sicher, dass imperiale Unterstützung bereits auf dem Weg nach Scarif war, mit mehr Feuerkraft, als selbst die größten Schlachtschiffe der Rebellion bieten konnten.

Nachdem er eingehend über sein Dilemma nachgedacht hatte, war der Admiral schließlich zu einer Lösung gelangt. Keiner seiner Offiziere hatte sich dagegen ausgesprochen, als er das Vorhaben erläuterte, aber selbst Raddus musste zugeben, dass der Preis hoch war.

Er hatte die Hammerhead-Korvette *Lightmaker* und ihren Captain Kado Oquoné ausgewählt, um den Plan in die Tat umzusetzen. Das Schiff war schwer beschädigt worden, als es zwischen die beiden Sternzerstörer geraten war, und hatte sich zwischenzeitlich an den Rand des Schlachtfelds zurückziehen müssen, wo es den Fluchtweg der Flotte freihielt. Diese Schäden waren auch der Hauptgrund, warum Raddus sich für die *Lightmaker* entschieden hatte.

»Sind Sie bereit, Captain?« Er sprach von der Brücke der *Profundity* aus mit Oquoné, die Augen fest auf das taktische Display gerichtet.

»Alle Besatzungsmitglieder, die nicht unbedingt gebraucht werden, sind evakuiert«, meldete der Captain. »Neben mir befinden sich nur noch eine Rumpfmannschaft und eine Handvoll Droiden an Bord. Kurs ist einprogrammiert.« Seine Stimme zitterte nicht, was Raddus höchsten Respekt abnötigte. Als er den Plan erklärt hatte, war Oquoné zunächst wütend gewesen – aber nur einen Moment lang. Dann agierte er mit absoluter Entschlossenheit.

»Also beginnen Sie«, sagte Raddus. Die Triebwerke der *Lightmaker* glühten auf, als die Korvette losflog, erst von der Schlacht fort, dann in einem weiten Bogen zurück, wobei sie ihren Kurs mehrmals korrigierte. Raddus hatte nicht verlangt, dass der Captain und seine Kernmannschaft an Bord blieben, aber das war auch gar nicht nötig gewesen. Oquoné wusste ebenso gut wie er, dass man diese Art präziser Navigation besser organischen Lebewesen überließ und nicht Droiden.

Der Schwarm von Allianz-Sternjägern, der um den zweiten Sternzerstörer herumschwirrte, formte eine Abwehrlinie, um das riesige Schlachtschiff zurückzuhalten, während die größeren Rebellenschiffe ihre Angriffe abbrachen. Dadurch setzten sich sowohl die Jäger als auch die Kommandokreuzer der Allianz den Gegenangriffen der TIE-Jäger aus, aber auch diesen Preis hatte Raddus als akzeptabel erachtet.

Die *Lightmaker* beschleunigte, während sie wieder in das Chaos der Raumschlacht eintauchte und mit voller Energie auf den lahmgelegten Zerstörer zuhielt. An Bord des anderen Sternzerstörers schien man zu erkennen, was vor sich ging, aber da war es bereits zu spät. Zwischen den X-Flüglern der Staffeln Rot und Gold gefangen, konnte das Schiff nicht mehr rechtzeitig reagieren.

Raddus beobachtete grimmig, wie die *Lightmaker* einem Speer gleich auf die Masse des kampfunfähigen Schlachtschiffes zusauste. Metall barst und faltete sich auf, und einen Moment lang befürchtete der Mon Calamari, dass Oquoné zu schnell gewesen war – dass die Korvette an der Hülle des Sternzerstörers plattgedrückt würde. Dann wäre der nächste, der entscheidende Teil des Plans bereits gescheitert. Doch der Zerstörer absorbierte den Aufprall und begann fortzutrudeln, seine Außenhaut angeschlagen, aber intakt.

Vor dem Hintergrund der Sterne huschten die winzigen Lichtpunkte von Rettungskapseln davon, aber Raddus wagte nicht zu hoffen, dass sie von der *Lightmaker* stammten.

Der verkrüppelte Sternzerstörer driftete auf seinen eingekreisten, fluchtunfähigen Zwilling zu. Oquoné hatte seinen Kurs mit äußerster Präzision gewählt, und wenige Sekunden nachdem die Jagdmaschinen davonrasten, um sich in Sicherheit zu bringen, kollidierten die zwei Schlachtschiffe. Grelle Explosionen loderten auf, und die Sternzerstörer verschmolzen in einer tödlichen Umarmung. Die Nase des einen bohrte sich durch die Aufbauten des anderen, und sie sanken rasch schneller werdend dem Planeten entgegen, als die Gravitation von Scarif ihre Finger nach ihnen ausstreckte und sie auf den inneren Ring der orbitalen Portalstation zuzog.

Wo die Schiffe den Schild berührten, schillerte das Energiefeld in allen Farben des Regenbogens, bevor er sich vollständig überlastet auflöste wie Gischt auf der Krone einer Welle.

»Bringen Sie uns in einen geostationären Orbit über der Zitadelle!«, rief Raddus. »Alle Sternjäger sollen sich um die *Profundity* sammeln. Wir müssen in Position sein, wenn die Übertragung eintrifft!«

Die TIE-Jäger würden sich auf das Flaggschiff der Allianz konzentrieren, sobald das Imperium ihre Absicht durchschaute. Doch Raddus bezweifelte, dass sie so lange ausharren mussten; der Schild würde sich innerhalb weniger Minuten regeneriert haben. Rogue One blieb nur ein kleines Zeitfenster, um die Daten zu übermitteln, und wenn dieses Fenster sich einmal geschlossen hatte, würden sie keine zweite Chance bekommen.

Im Stillen schwor Raddus sich, seine Großenkel nach Oquoné und der Mannschaft der *Lightmaker* zu benennen. Anschließend presste er die Hände zusammen und wartete auf eine Nachricht von Jyn Erso.

21. Kapitel

Cassian war tot, und Jyn wusste nicht, wie viele andere ebenfalls gestorben waren. Der Mann in Weiß, der ihr die schrecklichsten Momente ihres Lebens beschert hatte, war in ihre Welt zurückgekehrt. Die Dunkelheit der Höhle hüllte sie ein, unterbrochen von den tausend starrenden Augen der roten Kontrollleuchten. Ihre Arme zitterten jedes Mal unkontrolliert, wenn sie sich ein Stück höher schob, als würden sie jeden Moment aus den Gelenken springen.

Aber über sich konnte sie Licht sehen.

Kletter!

Ihre Handschuhe waren von erkaltetem Schweiß durchtränkt, und nachdem sie ihre Stiefelspitzen wieder und wieder in die schmalen Lücken zwischen den Datenterminals geschoben hatte, waren ihre Zehen inzwischen völlig taub. Die Kassette an ihrem Gürtel fühlte sich schwer genug an, um sie bis unter die Oberfläche von Scarif hinabzuziehen.

Die auf- und zuklappende Öffnung über ihr war schon bald deutlicher zu erkennen: eine Reihe übereinanderliegender Gitter, die sich in gleichmäßigen Abständen öffneten und schlossen, um erwärmte Luft aus dem Turm zu saugen. Jedes Mal, wenn sie aufsprangen, hatte Jyn das Gefühl, als würde sie ein Stück in die Höhe gehoben.

Kletter!

Sie erreichte die Spitze des Datenturms, war der Öffnung nun nahe genug, um ihre Hand hindurchzustrecken. Am Ende des Schachts, hoch über den Gittern, konnte sie das Blau des Himmels ausmachen. Sie stellte sich vor, wie sie bei dem Versuch, dort hinaufzuklettern, zerquetscht und in Scheiben geschnitten wurde. Ganz zu schweigen von dem Grauen, mit dem sie die Aussicht auf eine weitere Kletterpartie erfüllte. Doch einen Moment später hatte sie sich wieder im Griff. Sie begann zu zählen – *eins, zwei, drei* –, um ein Gefühl für die Bewegungen der Gitter zu bekommen.

Liana Hallik und Tanith und Kestrel – alte Namen, alte Leben – hatten schon gefährlichere, tollkühnere Dinge vollbracht. Und Jyn Erso hatte vor, es ihnen gleichzutun.

Sie sprang hoch, zog sich zwischen das erste und das zweite Gitter und wartete. In dem schmalen Schacht zu verharren war eine Qual, und ihre Muskeln schrien unter der Belastung. Stete Ruhe oder stete Bewegung waren erträglich, nicht aber dieses ruckhafte Wechselspiel. Sie hielt lange genug inne, um die Sekunden zwischen Auf- und Zuklappen des nächsten Gitters zu zählen, dann kletterte sie weiter. *Eins, zwei, drei, los! Ruhig jetzt. Eins, zwei, drei und weiter …* Sie merkte kaum, wie die Luft von frostig kalt zu warm wechselte und die Feuchtigkeit in ihre ausgetrocknete Kehle zurückkehrte. *Eins, zwei, drei, weiter!* Und dann war sie plötzlich ganz oben und zog sich auf ein Metallgitter hoch, das sich im Sonnenlicht geradezu *heiß* anfühlte.

Jyn hatte es aus der Dunkelheit der Datentresor herausgeschafft. Hätte sie nur die Kraft, sich zu freuen.

Sie zwang sich aufzustehen und zog ihren Blaster, um sich nach Sturmtruppen umzusehen, nach schwarz uniformierten Killern, nach dem Mann in Weiß. Doch sie war allein auf der Spitze des Turms, auf einer breiten Plattform im Schatten der gewaltigen Antennenschale. Ihre Knie zitterten so stark, dass sie gegeneinanderstießen, während sie zu den weißen Wolken hochblickte, die am Horizont mit dem Meer verschmolzen.

Was den heiteren Anblick trübte, war das Heulen der Sternjäger und das feurig rote und hellgrüne Blitzen ihrer Kanonen, als sich Rebellen und Imperiale über den Himmel jagten. Von unten stieg ihr der Geruch von Asche entgegen.

Aber im Moment war sie allein.

Du hast nicht viel Zeit, sagte sie sich und trieb ihren Körper zur Bewegung an.

Gegenüber einem Turbolift war ihr eine Kontrolltafel am äußeren Geländer aufgefallen, und sie humpelte hinüber, während das Leben allmählich in ihre Beine zurückkehrte. Die Bedienelemente waren ihr völlig fremd; obwohl es wie ein Kommterminal aussah, verfügte es weder über Mikrofon noch über Lautsprecher. Da waren nur ein Dutzend Anzeigen und ein Schlitz für Datenkassetten. Sie wagte fast nicht, ihren Augen zu trauen, tastete den Schlitz mit ihren Fingern ab und schob dann hastig das Sternenstaub-Band hinein.

Ein kleiner Bildschirm leuchtete auf und bot ihr mehrere Optionen in technischem Fachjargon an. Gleichzeitig begann eine autoritäre elektronische Stimme in strengem Ton zu wiederholen: »Antennenausrichtung justieren.«

Jyn fluchte und schlug mit der Faust auf die Kontrolltafel. Sie wollte K-2SO einen Tritt verpassen, weil er sie hierhergeschickt hatte; nein, tausend Tritte, bis er in seine Einzelteile auseinanderbrach. Der Gedankte erfüllte sie sofort mit quälenden Schuldgefühlen. Sie unterdrückte sie, ebenso wie die Schmerzen in ihrem Rücken, und beugte sich vor, um den Schirm zu betrachten.

Wenn sie nur wüsste, wonach sie suchen sollte. Hatte

K-2 die Antenne so eingestellt, dass sie die Flotte erreichen konnte? Hatte Bodhi ihnen mitgeteilt, dass sie sich für die Daten bereithalten sollten? War der Schild geöffnet? Musste sie die Schale deswegen neu ausrichten? Auf keine dieser Fragen hatte sie eine Antwort, und die Kontrolltafel half ihr auch nicht weiter. Die blinkenden Bilder auf dem Schirm wiesen jedoch auf ein weiteres Eingabeterminal hin, am Ende eines Laufstegs, der seitlich aus der Plattform ragte.

Na schön. Dann wollen wir mal die Antenne justieren.

Sie wollte nicht die Frau sein, die die Allianz zum Untergang verurteilte, weil sie mit einer verfluchten *Kontrolltafel* überfordert war.

Ihren Blaster fest umklammert, näherte sie sich dem Laufsteg und der zylindrischen Kontrolleinheit an seinem Ende. Der Wind ließ sie schwanken, als sie auf die schmale Planke hinaustrat, und das Geländer war viel zu niedrig, um einen Sturz zu verhindern. Also hielt sie sich einfach in der Mitte und eilte zu dem Terminal hinüber, wo sie ein großes Einstellrad entdeckte. Unbeholfen drehte sie es zwischen ihren Fingern, erst in die eine Richtung, dann in die andere, bis die elektronische Stimme sich wieder meldete. »Antenne wird ausgerichtet.«

Sie hörte das Knirschen von Servomotoren, und als sie sich umdrehte, war die gewaltige Schale bereits in Bewegung: Sie neigte sich nach hinten, bis sie senkrecht nach oben zeigte. »Antenne ausgerichtet«, verkündete die Stimme. »Bereit zur Datenübertragung.«

Sie hastete über den Laufsteg zurück und ignorierte dabei zunächst das Jaulen eines TIE-Jägers, das der Wind an ihre Ohren trug. Doch dann kam die Maschine plötzlich über ihr in Sicht. Sie neigte sich, sodass das riesige Auge ihres Cockpits genau auf Jyn hinabstarrte, und raste auf die Plattform zu. Sie erstarrte, nicht sicher, ob sie rennen oder sich flach auf den Laufsteg werfen sollte, weil er sie dann vielleicht ignorieren würde.

Sie entschied sich zu rennen, und die Kanonen der Jagdmaschine glühten auf.

Smaragdgrünes Licht und Feuer füllten ihr Blickfeld, die Bodenplatten wogten wie eine Fahne im Wind und brachen dann ganz unter ihr weg. Das Geräusch berstenden Metalls malträtierte ihre Trommelfelle, während scharfe Splitter in ihre Beine und ihre Ärmel schnitten. Ihr Gesicht fühlte sich an, als würde es in Flammen stehen. Verzweifelt streckte sie die Arme aus, und ihre Finger fanden Halt – sie hatte keine Ahnung, wo; vielleicht waren es die Überreste des Geländers oder die Unterseite der verdreht herabbaumelnden Planke. Die Muskeln in ihren überanstrengten Schultern schienen zu zerreißen, und sie stieß einen atemlosen, lautlosen Schrei aus.

Die Überreste des Laufstegs schwangen im Wind hin und her, während Jyn sich mit aller Macht festhielt und gleichzeitig versuchte, sich nach oben zu ziehen. Allmählich nahm die Welt vor ihren Augen wieder Gestalt an, und durch einen Schleier aus Rauch hindurch machte sie den geschwärzten Rand der Plattform aus, nur knapp eine Armlänge über ihr.

Kletter!

Diesmal gab es keine Datenkassetten, auf deren Halterungen sie zurückgreifen konnte, keine Spalten zwischen Terminals, die ihren Stiefeln Halt geboten hätten. Da war nur das verbrannte, von der Sonne gebackene Metall, das sich auf ihrer Haut glühend heiß anfühlte. Sie zog sich nach oben, Millimeter um Millimeter, während der Wind versuchte, sie mit sich fortzureißen, und schließlich war sie nahe genug, um den Rand der Plattform zu berühren. Da fiel unvermittelt ein Schatten über sie. Jyn hob den Kopf und sah einen hellen Fleck am blauen Horizont, der auch nach mehrmaligem Blinzeln nicht verschwinden wollte.

Asche und Tränen ließen ihre Augen weiterhin brennen, aber ihr Blickfeld klärte sich, bis sie eine perfekte graue Kugel erkennen konnte, die über dem Planeten hing, ihre Umrisse so klar definiert, als wären sie in den Himmel gebrannt.

Auf Jedha hatte sie ihn nicht gesehen, nicht wirklich jedenfalls, aber sie erkannte ihn trotzdem. Und sie empfand nicht die geringste Überraschung.

Der Todesstern war nach Scarif gekommen.

Das Deck erschauderte sanft, als die Kampfstation in den Normalraum zurückfiel. Dutzende Objekte leuchteten auf den taktischen Displays der Kommandobrücke auf – imperiale und Rebellenschiffe in ihrem Kampf rings um den Planeten –, aber Wilhuff Tarkin brauchte nur ein paar Sekunden, um eine erste Einschätzung zu treffen.

Das Imperium war drauf und dran, die Schlacht zu verlieren. Doch das würde sich gleich ändern.

Die Offiziere machten Meldung über die ihnen zugewiesenen Sektionen des Todessterns. Der Flug durch den Hyperraum war reibungslos verlaufen, und die Kampfstation war bereit für den Einsatz. Die Kanoniere und Jägerpiloten waren in voller Alarmbereitschaft, und weitere imperiale Schiffe waren bereits auf dem Weg.

»Sir, sollen wir ihre Flotte ins Visier nehmen?«

Stolzer Enthusiasmus ließ die Stimme von General Romodi vibrieren. Tarkin blickte zu dem alten Veteranen hinüber und schüttelte den Kopf. Es könnte amüsant sein – vielleicht sogar informativ –, die Fähigkeiten des Todessterns gegen eine Rebellenarmada zu erproben, aber heute war nicht der richtige Zeitpunkt, um mit dem Feind zu spielen. Direktor Krennic, General Ramda und Admiral Gorin hatten allesamt versagt, und wegen ihrer Unfähigkeit, der Lage Herr zu werden, bestand eine reale Chance, dass die Rebellen die Baupläne aus der Zitadelle entwendet hatten.

Den letzten Berichten zufolge war jemand in die Datentresor der Anlage eingedrungen. Das war eine so erbärmliche Demonstration von Inkompetenz, dass Tarkin Krennic beinahe verschonen wollte, nur um zu erleben, wie er sich da herauszureden versuchte.

Wie gesagt, *beinahe*.

Aber nein. Es war besser, einen Schlussstrich zu ziehen – die Bedrohung durch die Rebellen zu eliminieren, egal, wie unbedeutend sie sein mochte, und gleichzeitig ein paar Schwachstellen im imperialen Militär auszumerzen.

»Lord Vader wird sich um die Flotte kümmern«, sagte Tarkin. »Wir dürfen nicht zulassen, dass die Pläne Scarif verlassen.«

Romodi begriff. »Jawohl, Sir«, erwiderte er und begann seinen Adjutanten Befehle zuzurufen.

Tarkin betrachtete den Planeten auf dem Hauptschirm – eine Welt, reich an seltenen Metallen, und sicherlich ein geeigneter Forschungsaußenposten abseits der neugierigen Augen des Senats. Doch Tarkin würde Scarif nicht vermissen. Im Lauf der Jahre hatten zu viele Offiziere diesen Ort für ihren inoffiziellen Ruhestand missbraucht; ein tropisches Paradies, wo sie die Füße hochlegen und ihre Pflichten vernachlässigen konnten, ohne Konsequenzen zu fürchten. Der Verlust der Zitadelle und des planetaren Schildes wäre bedauerlich – aber das war auch schon alles.

»Die Einrichtung auf Scarif anvisieren«, befahl Tarkin. »Einzelne Reaktorzündung. Feuern Sie, sowie Sie bereit sind.«

Orson Krennic drehte seine Pistole in der linken Hand herum und fuhr die Linien des geriffelten Griffs mit seinem Handschuh nach. Es war eine speziell angefertigte DT-29, die er über Jahre hinweg mit größter Sorgfalt gepflegt hatte, auch wenn er sie so gut wie nie benutzte. Die Waffe besaß eine brutale Durchschlagskraft – ein Mordinstrument, entworfen, um Gegner auf kurze Entfernung auszuschalten.

In dem Datentresor war sie alles andere als effektiv gewesen. Das Gleiche galt leider auch für seine Sturmtruppler, die es nicht geschafft hatten, die Frau zu erledigen. Ihr Komplize interessierte Orson nicht – aber die Frau …

Die Art, wie sie ihn *angestarrt* hatte.

Zwischen den Datentürmen hervor, mit Augen voller Schrecken und Hass. Es war dieselbe Frau, die er auf Eadu gesehen hatte, da war er ganz sicher. Vermutlich gehörte sie zu den Rebellen, die Galen Ersos Nachricht auf Jedha empfangen hatten und dann der Zerstörung der Heiligen Stadt entkommen waren. Sie hatte ihn erkannt, und er hatte das unheimliche Gefühl, ihr schon einmal begegnet zu sein – lange bevor sie in die Forschungseinrichtung eingedrungen war.

Er konnte nicht sagen, wann oder wo. Aber er wusste es.

Wer immer sie sein mochte, Galen hatte sie ausgewählt, um aus dem Grab Rache zu üben – sie war seine Waffe. Am liebsten hätte Krennic vor Zorn gebrüllt. Wie konnte es sein, dass ein Toter ihm immer neue Hindernisse in den Weg stellte? *Du warst im Leben ein Heuchler und Feigling, Galen, und nichts, was jetzt geschieht, kann das ändern*!

Natürlich würde mehr nötig sein als Worte, um den Geist des Wissenschaftlers zu exorzieren. Das war auch der Grund, warum er gerade mit dem Wartungslift zur Spitze des Kommunikationsturms hochfuhr: um Galens letztem Akt der Sabotage ein Ende zu bereiten.

Doch bevor er sein Ziel erreichte, kam der Lift ruckartig zum Stillstand, und die Lichter erloschen. Um ein Haar hätte Krennic seine Pistole fallen gelassen, als er sich mit der Hand an der Wand abstützte. Nachdem er das Gleichgewicht wiedergefunden hatte, hob er die Faust, um gegen die Tür zu schlagen, aber dann besann er sich eines Besseren. Er hatte schließlich keine Ahnung, wie heikel seine Lage war.

Den Finger auf die Kommtaste an der Kontrolltafel gedrückt, schnappte er: »General! Was geht da auf der Turmspitze vor sich?«

Mehrere *Stimmen* berieten sich mit gedämpften *Stimmen*, bevor einer von Ramdas Leutnants schließlich antwortete. »Geringe Schäden aufgrund der Luftschlacht, Direktor. Benötigen Sie Hilfe …?«

»Ich habe meinem Sicherheitsteam bereits Bescheid gegeben«, knurrte Krennic. Er bedauerte inzwischen, den Großteil seiner Leibwache auf das Schlachtfeld geschickt zu haben, aber daran ließ sich nun nichts mehr ändern; und er hatte beschlossen, nicht vor dem Datentresor auf sie zu warten. »Stellen Sie die Energieversorgung zu diesem Lift wieder her.«

Selbst falls seine Widersacherin die technischen Baupläne von TS-1 erbeutet hatte, würde es ihr nicht gelingen, sie zu einem Schiff im Orbit hochzuschicken. Es gab *nichts*, was sie tun könnte. Doch aus irgendeinem Grund fand Orson keinen Trost in diesem Gedanken.

»Sofort, Sir. Eines noch: Wir haben keine weiteren Statusmeldungen von Admiral Gorin erhalten und …« Krennic verzog das Gesicht, bereit, die Verbindung ohne ein weiteres Wort zu unterbrechen; doch bevor sein Finger den Knopf erreichte, meldete sich Ramdas Stimme: »Wir haben visuelle Bestätigung! Der Todesstern ist im Orbit – die Rebellenflotte ist erledigt!«

Hitze stieg in Krennics Wangen. Jemand hatte *seinen* Todesstern hierhergebracht? Doch falls er ihnen gegen die Rebellen half, hatte Ramda wohl recht – es gab nichts, was die Allianz gegen die Kampfstation ausrichten könnte.

Falls er *wirklich* hier war, um ihnen zu helfen … Eine Alternative huschte durch seinen Kopf, über die er lieber nicht nachdenken wollte. Er deaktivierte das Komm, während die Beleuchtung wieder ansprang und der Lift sich mit einem Summen in Bewegung setzte. Doch nur kurz, dann wurde er wieder langsamer und blieb stehen.

Orson schloss die Finger fester um seine Pistole und straffte die Schultern. Die Präsenz des Todessterns war nur ein weiterer Grund, Galens Sabotage schnellstmöglich zu stoppen.

Er trat auf die Turmplattform hinaus, um die Letzte der Überlebenden von Jedha zu töten und die Stimme von Lyra Erso zum Schweigen zu bringen, die er einfach nicht aus seinem Kopf bekam.

Du wirst nie gewinnen.

Noch immer an die Überreste des zerstörten Laufstegs geklammert, starrte Jyn zu dem Planetenkiller hinüber, der sich gegen den hellen Himmel abzeichnete.

Cassian war tot. K-2SO war fort. Bodhi und Chirrut und Baze harrten vielleicht noch aus, aber es war schwer, sich vorzustellen, dass irgendjemand in der Kampfzone überleben konnte, die sie unter dem Turm sah. Schon seit einer ganzen Weile hatte niemand versucht, sie über ihr Kommlink zu erreichen. Selbst falls sie nicht das letzte verbliebene Mitglied von Rogue One war, von den Männern und Frauen, mit denen sie Yavin 4 verlassen hatte, konnten nicht mehr viele übrig sein.

Aber sie hatten sich besser geschlagen, als Jyn gedacht hätte. Das Imperium brauchte eine ganze Kampfstation, um sie zu erledigen.

Mit gequälten, ächzenden Atemzügen zog sie sich das letzte Stück zur Plattform hoch. Dort angelangt, schlang sie die Beine fest um das Metall, um sich zu stützen, und streckte eine Hand vor, bis ihre halb tauben Finger etwas fanden, woran sie sich festhalten konnten. Nachdem sie die Bewegung mit der anderen Hand wiederholt hatte, zwang sie ihre geschundenen Muskeln, ihr Gewicht nach oben über die Kante zu hieven. Einen Moment später kniete sie, vor Anstrengung zitternd, auf festem Boden.

Der Todesstern war noch immer da, als sie schließlich wieder zum Himmel hochblickte.

Bring mich schon um, dachte sie, *denn es gibt nichts, was ich tun kann, um dich aufzuhalten.*

Vielleicht war die Mission nach Scarif von Beginn an zum Scheitern verurteilt gewesen; vielleicht hatte sie es sogar gewusst. Im Angesicht des Todessterns war es schwer, sich vorzustellen, dass es je Erfolgschancen gegeben hatte.

Jyns größte Furcht war gewesen, dass sie ihr Ziel aus den Augen verlieren könnte. Dass die Sorge um ihre Verbündeten sie ablenken würde, oder dass ihr Tod sie wieder in den Überlebensmodus zurückfallen ließ, der sie schon so lange kontrollierte; dass sie bereit wäre, allem, weswegen sie nach Scarif gekommen war, den Rücken zu kehren, nur um ihre eigene Haut zu retten. Doch dass sie hier lebend rauskam, war nun keine Option mehr, und es gab auch niemanden, der sie ablenken konnte. Sie erkannte, wie lachhaft naiv ihre Ängste gewesen waren. Gierig sog sie die Luft in ihren von Übelkeit und Schmerzen gemarterten Körper und wartete darauf, was als Nächstes passieren würde.

Als sie schließlich das Gefühl hatte, sich wieder bewegen zu können, hatte der Todesstern sie noch immer nicht in Asche verwandelt.

Sie erkannte, dass sich nichts verändert hatte. *Gar nichts.*

Das *Ding*, das sie nach Scarif geführt hatte – nicht ihr Vater, nicht ihre Kameraden, auch kein Impuls, der tief in ihrer

Höhle vergraben lag, sondern die Monstrosität, die mordete und mordete, bis jedes kleine Mädchen und jeder Pilger und jede Mutter in der Galaxis tot wäre –, starrte auf sie herab, so real wie der Himmel, den es verunstaltete.

Ihre Mission war noch immer dieselbe. Ihr blieb nur weniger Zeit, sie zu erfüllen.

Jyn richtete sich auf ein Bein auf und stemmte sich dann in eine stehende Position. Wo die Salven des TIE-Jägers eingeschlagen waren, züngelten Flammen über die Plattform, und Asche wallte in dichten Wolken zwischen ihr und der Kontrolltafel. Sie machte einen wackeligen Schritt und kam abrupt wieder zum Stehen, als eine helle Silhouette aus dem Rauch hervortrat.

Ein Mann in einem Umhang. Ein Mann in weißer Uniform!

Nicht jetzt. Nicht jetzt!

Ungeachtet seiner apokalyptischen Zerstörungskraft war der Todesstern eine Bedrohung, die sie *begreifen* konnte – eine Maschine, von ihrem Vater erbaut, um Planeten auszulöschen. Der Mann in Weiß hingegen war ein *Albtraum*, eine unmögliche Erscheinung, die sie ihr ganzes Leben schon verfolgte.

Sie griff nach ihrer Waffe, aber sie hatte den Blaster fallen gelassen, als sie vom Laufsteg gestürzt war. Vermutlich lag er jetzt zerborsten irgendwo am Fuß des Turms.

Der Mann in Weiß war allein, eine Pistole in seinen schwarz behandschuhten Fingern, mit der er ruhig auf Jyns Brust zielte. Augen von derselben Farbe wie die umherwehende Asche starrten sie an, erfüllt von einer seltsamen Mischung aus Zorn und Verblüffung. Sie öffnete den Mund, brachte aber keine Worte hervor. Ihr Körper zitterte, entweder vor Grauen oder vor Hass oder vor beidem.

»Wer *bist* du?«, fragte er.

Er hatte ihren Vater ruiniert, ihre Mutter ermordet, Cassian getötet. Er hatte ihr das Zuhause geraubt, sie in die Arme von Saw Gerrera getrieben. Er hatte sie zu dem gemacht, was sie war, hatte sie mit einem scharfen Messer aus einem Klumpen Fleisch geschnitzt. *Wie kannst du das fragen*?, wollte sie schreien.

Doch während seine Worte noch Jyns Haut prickeln ließen, sah sie in seine wilden Augen, hörte sie seinen rasselnden Atem, und sie wusste, dass es nicht nur der Rauch war, der ihm zusetzte.

»*Wer bist du*?«, wiederholte er. Seine Hand zuckte, der Blasterlauf wanderte zu einem Punkt an ihrem Kragen hoch.

Er hatte *Angst.*

Er war nicht das *Imperium.* Er war nicht jeder Moment der Unterdrückung und Entwürdigung und Qual, die sie durchlitten hatte. Nein, er war ein *Imperialer* – ein kleinlicher, hasserfüllter, verängstigter, unbedeutender Mann, der seine eigenen Gräueltaten vergessen hatte.

Und er erinnerte sich nicht an sie.

Sie beschloss, seinem Gedächtnis auf die Sprünge zu helfen.

»Du weißt, wer ich bin«, sagte sie, und obwohl ihr Körper sich schrecklich zerbrechlich anfühlte, war ihre Stimme fest wie Stahl. »Ich bin Jyn Erso. Tochter von Galen und Lyra Erso.«

Sie glaubte nicht, dass sie diese Worte je zuvor ausgesprochen hatte, und falls doch, dann ganz bestimmt nicht mit dem Stolz, der sie nun erfüllte.

Der Mann in Weiß riss die Augen auf. »Das Kind«, murmelte er schließlich.

»Das Kind«, bestätigte Jyn. Sie versuchte, die Schultern hochzuziehen, aber der Schmerz zwischen ihren Schulterblättern machte die Bewegung unmöglich.

Er hob die Pistole. Sie konnte ihn nicht anspringen, konnte

unmöglich nahe genug herankommen, um ihn zu entwaffnen; nicht in ihrem Zustand, nicht ohne eine Ablenkung. Bei dem Gedanken, dass *dieser Mann* derjenige sein sollte, der ihr Scheitern besiegelte, stiegen Panik und wilder Zorn in ihr hoch, aber sie schluckte diese Emotionen wieder hinunter. Falls es ihr gelang, ihre Furcht zu kontrollieren, konnte sie vielleicht auch *seine* kontrollieren.

»Du hast verloren«, erklärte sie.

Sie musste ihn nur hinhalten, dann würde sich früher oder später eine Gelegenheit ergeben. Und falls er sie doch erschoss – falls sie ihm nicht das Gesicht zerkratzen oder ihm einen Hieb in den Magen verpassen oder ihm seinen Blaster über den Schädel ziehen konnte; falls er ihrer Mission ein Ende bereitete und den Todesstern auf die Galaxis losließ –, dann würde sie zumindest dafür sorgen, dass er sie nie wieder vergaß.

»Oh, hab ich das?«, fragte der Mann in Weiß, geschmeidig und grausam. Er senkte seine Waffe nicht; aber er drückte auch nicht ab.

»Mein Vater hat sich gerächt«, fuhr Jyn fort. Anstatt hämisch zu klingen, kam ihre Stimme stolz und trotzig über ihre Lippen. »Der Todesstern hat eine Schwachstelle. Er hat eine Zündschnur gelegt, mitten in deine Maschine, und ich habe gerade der ganzen Galaxis verraten, wie man sie anzündet.«

Der Mann in Weiß starrte sie finster an, dann huschte sein Blick zu der Kommunikationsantenne hoch.

Das ist deine Chance! Los, los!

Aber ihre Beine wollten sich nicht bewegen. Falls sie jetzt versuchte, sich auf ihn zu stürzen, würde sie nur der Länge nach auf der Plattform landen.

»Der Schild ist aktiviert«, knurrte der Mann in Weiß. Er versuchte, seine Angst – seine Angst vor *ihr* – unter herablassendem Spott und Verachtung zu verbergen. »Dein Signal wird niemals den Rebellenstützpunkt erreichen.«

Vielleicht hatte er recht. Aber er konnte nicht *sicher* sein. »Euer Schild ist …«

Er unterbrach sie, um sich weiter mit seinen Worten in Sicherheit zu wiegen. »Eure Schiffe über uns werden vernichtet. Ich habe *nichts* verloren, nur Zeit. Du hingegen stirbst, zusammen mit der Rebellion.«

Er hob seinen Blaster, und Jyn bereitete sich auf einen verzweifelten Sprung vor; sie würde nicht einfach ruhig dastehen, während er sie erschoss. Falls er sie nur in die Seite traf, könnte sie ihn vielleicht noch aufhalten, den Rest des Weges zu der Kontrolltafel hinüberkriechen und mit ihrem letzten Atemzug die Daten senden …

Sie plante es, malte es sich aus. Doch dann kam der Schuss, und sie war nicht bereit.

Sie hörte das knisternde Echo, mit dem sich der Partikelstrahl durch die Luft brannte.

Der Mann in Weiß kippte auf die Knie und fiel vornüber, einen fassungslosen Ausdruck auf dem Gesicht. Ein schwarzes Loch hatte sich durch den Stoff seines elfenbeinfarbenen Umhangs gebrannt.

Und damit war der Albtraum plötzlich vorbei.

Hinter dem Imperialen trat eine blutüberströmte, humpelnde Gestalt in Sicht. Cassian Andor sah aus, als wäre er zwölf Stockwerke in die Tiefe gestürzt und dann wieder zurück nach oben geklettert, dennoch war es der schönste Anblick, den Jyn sich nur vorstellen konnte. Doch sie hatte keine Zeit, sich zu freuen, keine Zeit, auch nur seinen Namen zu rufen.

Stattdessen rannte sie los. Sie wusste selbst nicht, wie sie es schaffte, einen Fuß vor den anderen zu setzen, und sie war überzeugt, dass sie jeden Moment auf der Plattform zusammenbrechen würde. Doch sie war ebenso überzeugt, dass sie sich wieder hochkämpfen und weiterrennen würde. Der Gestank von verbrannter Kohle erfüllte ihre Nase und ihren Mund, als sie versuchte, ihre Lunge mit frischer Luft zu füllen, und sie hörte ein schwaches Grummeln, eine Explosion in einer weit entfernten Schlacht. Einen Augenblick später erreichten ihre Hände die Kontrolltafel, und sie blickte auf den Bildschirm hinab, zwang sich, zur Ruhe zu kommen, sich zu konzentrieren.

Mit pochendem Herzen zog sie den Übertragungshebel nach unten.

Der Bildschirm blinkte. Ihre Sicht war so verschwommen, dass sie die Anzeigen nicht lesen konnte, aber sie hörte die Stimme: »Übertragung läuft.«

Ihr gequälter Atem verwandelte sich in ein tränenloses Schluchzen, geboren aus Erleichterung und Freude. Sie musste sich an dem Schalter festhalten, um nicht umzukippen, als ein Schwindelgefühl, stärker als bei jeder Kletterpartie, über sie hinwegspülte. Hätte sie die nötige Kraft gehabt, hätte sie vermutlich gejubelt und zum Himmel emporgelacht, hoch zu der Flotte und dem Todesstern. Stattdessen drehte sie sich zu Cassian um, der noch immer im Rauch auf sie wartete.

Jyn lächelte wie ein Kind und stolperte wortlos zu ihm hinüber.

22. Kapitel

»Admiral! Wir empfangen eine Übertragung von Scarif!«

Die *Profundity* bäumte sich unter dem Ansturm der TIE-Jäger auf. Ihre Schilde brachen zusammen, luden sich wieder auf und barsten dann erneut, als sich Salve um smaragdgrüne Salve hineinbrannte. Drei Decks hatten bereits wegen gefährlichen Strahlungsaustritts evakuiert werden müssen, aber wo andere Schiffe längst untergegangen wären, hielt die *Profundity* weiter durch, obwohl sie, im geostationären Orbit über der Zitadelle von Scarif verharrend, längst zum Mittelpunkt eines Sturms aus geschmolzenem Metall und ausblutenden Sternjägern geworden war.

Der Todesstern hatte seine Waffen noch nicht gegen die Flotte der Rebellen eingesetzt, aber er hatte genug TIE-Staffeln ausgespuckt, um das Blatt in Minutenschnelle zu wenden; das Imperium hatte einmal mehr die Oberhand auf dem Schlachtfeld. Admiral Raddus neigte nicht zu Ehrfurcht oder Schrecken, aber die Größenordnung der Kampfstation überwältigte kurzzeitig selbst ihn.

Umso aufgeregter war er angesichts der jüngsten Meldung seines Kommoffiziers.

»Bestätigen Sie das!«, schnappte der Admiral, wobei er seine Emotionen verbarg, so gut es nur ging.

»Die Daten wurden überprüft«, sagte der Offizier. »Wir haben die Pläne!«

»Sie hat es geschafft«, murmelte Raddus. Das Deck kippte zur Seite, und er musste sein Gewicht verlagern, um nicht das Gleichgewicht zu verlieren. Doch er achtete kaum darauf. Sein Blick war fest auf das Display gerichtet, und er begann, Befehle für den Rückzug der Flotte zu geben.

»Die Kampfstation«, entfuhr es seinem Leutnant. »Wir orten einen gewaltigen Energieanstieg …«

Raddus brachte den Mann mit einer Geste zum Schweigen. Jyn Erso hatte die Zerstörungskraft des Todessterns auf Yavin 4 mehr als deutlich beschrieben. Ihn über Scarif aufzuhalten war eine Aufgabe für noblere Narren als ihn.

»Rogue One, möge die Macht mit euch sein«, sagte er, anschließend richtete er sich auf, schnappte einen Mundvoll befeuchteter Luft und rief: »Alle Schiffe, bereitmachen für den Sprung in den Hyperraum!«

Er versuchte, vor seinen Offizieren selbstbewusst und zuversichtlich zu wirken, aber dann sah er ein Flackern auf dem taktischen Display, als ein neues Schiff in das System eintauchte.

Ein dritter Sternzerstörer war auf dem Schlachtfeld eingetroffen.

Eingehüllt in Rauch, dicht wie Gewitterwolken, durchforstete Orson Krennic sein Gedächtnis nach der Zeit, bevor er Galen Erso kennengelernt hatte.

Er dachte an Eadu zurück, an das Schmatzen nasser Stiefel auf Metall; an die Wochen nach Lyras Tod, als er Mitleid mit dem Wissenschaftler gezeigt hatte; an seine Versuche, Galen zu beruhigen, was das Schicksal seiner Tochter anging, und ihn daran zu erinnern, wie wichtig seine Arbeit war.

Er dachte noch weiter zurück, an die Zeit auf Coruscant, als er den damals völlig unbekannten Galen Erso für das »Projekt Himmelsenergie« ausgewählt hatte; an die Spiele, die er hatte spielen müssen, weil Lyras kleinliche Interessen Galen von seiner Forschung ablenkten.

Und dann noch weiter zurück, an das Zukunftsprogramm, als er und Galen Freunde geworden waren; als er mit Erstaunen – nicht Neid, nur reinem, unverfälschtem Erstaunen – erkannt hatte, dass dieser geniale Mann das Potenzial hatte, die Galaxis zu verändern.

Was war davor gewesen?

Galen Erso war wie ein roter Faden, der sich durch sein Leben zog, und wenn er an diesem Faden zog, konnte er die gesamte Tragödie sehen, all die Kraft und Energie, die er an einen unverbesserlichen Narren verschwendet hatte. Aber *was war davor gewesen*? Er suchte Zuflucht in Erinnerungen an seine Kindheit, versuchte, sich in einen Orson hineinzuversetzen, dessen Hoffnungen noch nicht durch Schatten getrübt waren …

Stattdessen hörte er Donnergrollen, und seine Erinnerungen blieben hinter ihm zurück, als er den Kopf hob. Das Geräusch entpuppte sich als das Tosen eines Feuers auf der Plattform des Kommunikationsturms. Krennics Körper war von grässlichen Schmerzen erfüllt.

Seine Glieder fühlten sich tonnenschwer an, aber solange er das ignorierte, konnte er sie bewegen, und so zog er sich nach vorne – wozu, das vermochte er selbst nicht zu sagen. Um sein Leben zu retten? Um seine Aufgabe zu beenden?

Das Kind!

Er keuchte krächzend und versuchte, sich aufzurichten, aber der Versuch schlug fehl; er fiel zurück auf den Boden und beschloss, es vorerst beim Kriechen zu belassen. Seine Augen suchten nach dem Kind – nach Jyn Erso –, aber sie war nirgends zu sehen. Doch als er den Kopf hob und die Augen nach oben drehte, bis sein Kopf zu schmerzen begann, konnte er dafür den Halbschatten des Todessterns am Himmel ausmachen.

Wilhuff Tarkin hatte die Kontrolle über die Kampfstation übernommen. Niemand anderes wäre so arrogant. Nur Tarkin hätte die Unverfrorenheit, über Scarif zu erscheinen und die Sicherheit von Orsons größtem Erfolg zu gefährden.

Die Fokussierschale des Todessterns glühte in smaragdgrünem Licht. Krennics Zorn wuchs im gleichen Maße an wie die Energie der Station, und er suchte nach einem Ventil dafür, einem *Ziel.* Aber sein Körper gehorchte ihm nicht, seine Feinde waren weit entfernt, und er hatte niemanden, dem er Befehle geben könnte, niemanden, den er von seiner Vision für die Zukunft und das Imperium und seinen eigenen Aufstieg überzeugen könnte.

Mein Vater hat sich gerächt.

Orson wusste, dass er verdammt war. Es erfüllte ihn mit Wut, dass *Tarkin* den Feuerbefehl gab, aber zumindest würde er von seiner eigenen Schöpfung ausgelöscht. Der Todesstern würde weiterbestehen. Krennic leckte sich Blut und Speichel von den Lippen und stellte sich vor, wie eine Welt nach der anderen von der Macht der Kampfstation verschlungen wurde. Sie würde mehr verändern, als selbst der Imperator es könnte. Der Todesstern, sein Todesstern, würde das Angesicht von Sternsystemen und Zivilisationen formen, und auch tausend Generationen, nachdem Tarkin im Staub der Geschichte verschwunden war, würde man sich noch an *seine* Kampfstation erinnern.

Und jetzt, während Tarkin noch lebte? Der Moff würde wissen, dass er jeden Sieg, den er errang, Krennic verdankte. Er würde sich unbeholfen von einer Schlacht zur nächsten retten, ohne je wirklich zu begreifen, welche Macht er überhaupt kontrollierte – bis seine Arroganz ihn früher oder später selbst zerstörte.

Er hat eine Zündschnur gelegt, mitten in deine Maschine.

Das Glühen der Fokussierschale wurde heller.

Orson schloss die Augen und nutzte die letzten Momente seiner Existenz, um sich die Station vorzustellen, so, wie sie eigentlich gesehen werden sollte. Er stand wieder auf der Kommandobrücke des metallenen Mondes, lauschte dem gedämpften Brummen des Reaktors, während es zu einem Schrillen anschwoll; spürte die Vibration im Deck unter seinen Füßen, als der Kyber-Kern die Muskeln spielen ließ. Jyn Erso hatte die Baupläne des Todessterns gestohlen, aber Krennic brauchte keine Pläne; der Aufbau der Station hatte sich ihm ins Gehirn eingebrannt.

Du wirst nie gewinnen.

Er würde nicht auf Scarif sterben, sondern im Innern des Todessterns.

Er wanderte durch die Korridore, während sich die alles vernichtenden Energien im Inneren der gewaltigen Station zusammenballten, suchte, forschte, und dann sah er es – ein Detail, das er völlig vergessen hatte, eine unbedeutende Änderung, auf Galens Drängen eingefügt. Ein Abluftschacht, der vom Äquatorialgraben in die Eingeweide der Station hinabführte, tiefer und tiefer, mehrere Kilometer weit, vorbei an Leitungen und Luken und Strahlungsschutzplatten, immer tiefer …

… bis zum Hauptreaktor.

Der Todesstern feuerte seine Primärwaffe ab.

Orson Krennic, Direktor der imperialen Waffenforschung und geistiger Vater des Todessterns, starb allein auf Scarif, während er seine Wut auf Galen Erso, auf Jyn Erso, auf Wilhuff Tarkin und die gesamte Galaxis hinausbrüllte.

Das letzte Mal, als Cassian so übel zugerichtet gewesen war, hatte K-2SO ihn in ein sicheres Versteck tragen müssen und unterwegs jede einzelne Verletzung aufgezählt, einschließlich der Wahrscheinlichkeit einer Infektion und permanenter Nervenschäden. Auf diese Weise hatte der Droide ihm gezeigt, dass er sich Sorgen machte – oder zumindest, dass ihm das Schicksal seines Meisters nicht völlig egal war.

Diesmal war K-2SO leider nicht da. Dafür aber Jyn, die sich zu ihm umgewandt hatte, als wäre sie die letzte Überlebende eines Krieges, mit einem Lächeln, wie er es nie zuvor bei ihr gesehen hatte. Es war kein gezwungenes oder erwartungsvolles oder aufmunterndes Lächeln gewesen, auch kein trauriges oder zweifelndes – einfach nur ein Lächeln, so gewöhnlich, dass es Jyn von einer mythologischen Heldin in eine Frau aus Fleisch und Blut verwandelte, eine Frau, die er vielleicht kennen und verstehen könnte.

Bislang hatte er sie nicht verstanden oder sie wirklich gekannt. Natürlich nicht. Dafür war keine Zeit gewesen.

Halb stolpernd war sie an seine Seite getreten, hatte ihren Arm vorsichtig um ihn gelegt und ihn auf die Kabine des Wartungslifts zugeführt. Er hatte versucht, sich seine Schmerzen nicht anmerken zu lassen (nur zu stehen war schon eine Tortur; sich zu bewegen war absolut unerträglich), aber bereits nach ein paar Sekunden aufgegeben und sich schwer auf sie gestützt. Irgendwie hatte sie es dennoch geschafft, sein Gewicht zu tragen.

»Denkst du«, fragte er, »irgendjemand hat zugehört?«

Er war nicht mal in der Lage, den Arm zu heben und zum Himmel zu deuten, aber sie schien auch so zu verstehen.

»Ja«, sagte sie, leise und ehrlich – oder zumindest klang es ehrlich. »Irgendjemand ist da draußen.«

Dann führte sie ihn in den Turbolift, wo er sich gegen die Metallwand lehnen konnte. Den Arm hatte er weiter um Jyns

Schulter gelegt, und er spürte ihren schrecklich zerbrechlichen Körper neben sich.

Er wusste nicht, ob sie recht hatte, ob wirklich jemand *da draußen* war. Was, falls das Imperium längst den Sieg errungen hatte? Er drehte und wendete die Frage in seinem Kopf und stellte überrascht fest, dass er sich nicht wirklich Sorgen um die Antwort machte.

Vielleicht lag es an seinen Verletzungen. Schmerz und Erschöpfung schränkten die Wahrnehmung ein, machten es schwer, an irgendetwas zu denken, das nicht direkt vor einem lag. Als er beispielsweise an die Leute dachte, die ihm am Herzen lagen, die Leute, die den Kampf gegen das Imperium und den Todesstern ohne ihn weiterführen würden (all jene, die sich nicht freiwillig gemeldet hatten, nach Scarif zu kommen), war er nicht in der Lage, sich auch nur einen von ihnen bildlich vorzustellen. Wie konnte das sein?

Je mehr er darüber nachdachte, desto weniger glaubte er aber, dass seine innere Ruhe mit dem Nebel in seinem Gehirn zu tun hatte.

Was hatte er auf Yavin zu Jyn gesagt? *Wir haben im Namen der Rebellion schreckliche Taten begangen.* Die Gesichter der Lebenden blieben verschwommen, aber die Gesichter der Toten schälten sich aus den Schatten – auch das von Tivik, der all dies möglich gemacht und den höchsten Preis dafür gezahlt hatte. Liebend gern würde Cassian seine Ideale und ihrer aller Leben opfern, falls dieser Sieg diese Opfer wirklich wert war. Doch während er zur pulsierenden Beleuchtung des Turbolifts hochblickte, spürte er mit absoluter Klarheit, dass kein Sieg und keine Niederlage je ändern könnten, welche *schrecklichen Taten* er begangen hatte. An dieser Gewissheit ließ sich nicht rütteln.

Aber vielleicht konnte er zumindest Frieden finden.

Er hatte Jyn gegeben, was sie brauchte; er war mit ihr

zu dieser Mission aufgebrochen, hatte für sie etwas Gutes, etwas *Richtiges* getan. Vielleicht war das schon genug.

Sie glaubte, dass jemand da draußen war, und er wünschte, dass sie recht hatte – von ganzem Herzen wünschte er es.

Ihr Glaube trug ihn mit sich.

Natürlich sprach er nichts davon aus. Er wollte die Stille nicht unterbrechen, während sie sich aneinandergelehnt ausruhten und entspannten, dem Summen der Maschinen und dem fernen Lodern der Flammen lauschten. Schließlich schob er die Gedanken an alte Missionen und seine Hoffnungen für die Zukunft beiseite und beschloss, sich während seiner letzten Momente auf Scarif darauf zu konzentrieren, was er sehen und hören und riechen konnte.

Er wollte bereit sein, wenn der Tod ihn holte. Er wollte zufrieden sein.

Die Zitadelle war verlassen. Die Offiziere und Truppen mussten in Panik geraten sein, als sie erkannt hatten, warum der Todesstern wirklich hier war – oder zumindest war das Jyns Vermutung. Es würde jedenfalls erklären, warum sie und Cassian auf dem Weg nach draußen keiner Menschenseele begegneten und nur ferne Schreie und das Grollen von Shuttletriebwerken hörten. Falls der Schildzugang offen war, konnten einige Imperiale vielleicht hoffen, es rechtzeitig in den Orbit zu schaffen.

Sie aktivierte ihr Kommlink, nur um zu sehen, ob jemand antworten würde. Niemand meldete sich, genau, wie sie erwartet hatte.

Selbst falls noch Shuttles zurückgeblieben wären, würden sie es nicht rechtzeitig zu einem der Landefelder schaffen. Jeder Schritt kostete enorme Anstrengung, und Cassians Griff um ihre Schulter wurde rasch schwächer. Sie war inzwischen alles, was ihn noch aufrecht hielt. Doch er war warm, sein Atem kam gleichmäßig, und es fühlte sich gut an, *Leben* neben sich zu spüren. Es war nicht wie bei ihrem Vater – Galen hatte sich in seinen letzten Momenten angefühlt, als würde er mit dem Regen fortgespült werden.

Da sie kein anderes Ziel hatten, führte Jyn Andor zum Strand hinab.

Sie erinnerte sich, dass es auf Lah'mu ebenfalls Strände gegeben hatte, umgeben von gezackten Felsen, die – zumindest für ein Kind – wie mächtige Klippen wirkten. Sie hatte Sturm, ihre Sturmtrupplerpuppe, dort auf gefährliche Abenteuer geschickt, über die sie dann abends ihrer Mutter Bericht erstattete. Scarifs unbewegtes Wasser und weißer Sand wirkten wie ein farbloses Imitat von Lah'mus ungezähmter Natur.

Als die beiden zwischen den Palmen an der Leiche eines Rebellensoldaten vorbeigingen, drehte Jyn sich so, dass Cassian den Toten nicht sehen musste.

Dann hatten sie den eigentlichen Strand erreicht, und Cassians Füße rutschten auf dem weichen Sand weg. Er fiel auf die Knie, und Jyn kniete sich neben ihn. Sie beschloss, dass sie weit genug gegangen waren. Eine Brise wehte die Wolken aus Asche und Rauch beiseite, und sie konnte auch keine Schreie und Rufe mehr hören.

Eine Sekunde lang blickte sie zum Himmel hoch, und aller Logik zum Trotz hoffte sie, das Schimmern der Allianzflotte vor den Sternen zu sehen. Aber natürlich konnte sie gar nichts sehen – der Himmel war hell und blau, und das einzige künstliche Konstrukt weit und breit war die Kampfstation. Vermutlich waren die Rebellen bereits geflohen; vermutlich hatten sie bereits in dem Moment von Scarif abgedreht, als sie Jyns Übertragung erhalten hatten.

Sie sah zu Cassian hinüber.

»Ich bin froh, dass du mitgekommen bist«, sagte sie.

Als die Worte endlich zu ihm durchdrangen, lächelte er

sanft und nahm ihre Hand. Sie schloss ihre Finger darum, damit sie ihr nicht entglitt.

Der künstliche Mond am Himmel pulsierte in einem grünen Licht. Jyn versuchte, sich bei dem Anblick nicht zu verspannen. Sie hatte keine Angst vor dem, was geschehen würde, sie wollte nur keine Schmerzen leiden. Sie fühlte sich Cassian in diesem Augenblick näher als je zuvor; sie schienen in perfektem Einklang zu atmen, tief und gleichmäßig.

Der Todesstern spie einen Strahl, zu grell, als dass sie hätte hinsehen können, und ein Beben rollte über den Strand. Die seichten Wellen wogten höher, besprenkelten Jyns Wangen mit Tränen aus warmem Salzwasser. Ein unglaublich tiefes Grollen hallte aus zehn oder hundert oder tausend Kilometern Entfernung heran, dort, wo der Strahl die Oberfläche erreichte.

»Dein Vater wäre stolz auf dich«, sagte Cassian, so leise, dass sie es kaum hören konnte. Sie nickte. Ja, er wäre stolz, auch wenn das nicht der Grund war, der sie nach Scarif geführt hatte – oder zumindest nicht der *eigentliche* Grund.

Trotzdem tat es gut, diese Worte aus dem Mund einer anderen Person zu hören. Das Grollen übertönte inzwischen jedes andere Geräusch. Jyn drückte Cassians Hand fester, und er fand die Kraft, sie an sich zu drücken. Die Welt wurde heller, erst smaragdgrün, dann verwandelte sich alles in makelloses reinigendes Weiß. Die Höhle unter der Luke in ihrem Kopf wurde mit der Kraft einer Sonne erhellt, die Wände verwandelten sich zu Staub, und dann war da keine Höhle mehr, sondern nur noch ihr Geist und ihr Herz und alles, was sie je gewesen war: die Tochter von Galen und Lyra und Saw, die wütende Kämpferin, die gebrochene Gefangene, die furchtlose Streiterin, die Freundin. Einen Moment später wurde auch das hinfortgebrannt, und Jyn Erso – endlich von Frieden erfüllt – wurde eins mit der Macht.

Epilog

Der imperiale Sternzerstörer *Devastator* schnitt durch den Ozean fliehender Schiffe und schleppte eine Spur aus brennenden Gasen und flackernden Trümmern hinter sich her. Das Licht von Scarif spiegelte sich stumpf auf der Hülle des Schlachtschiffes, als es ins Gravitationsfeld des Planeten schwenkte und auf den angeschlagenen Mon-Calamari-Kreuzer zuhielt, der über der Zitadelle in Position gegangen war.

Darth Vader musterte das Chaos rings um die Devastator und ordnete es hinter der glänzenden Schwärze seiner Maske. Er erkannte die Manöver der Jägerstaffeln auf beiden Seiten, merkte sofort, wenn eine Maschine aus ihrer Formation ausbrach, und konnte instinktiv einschätzen, ob es dem jeweiligen Piloten zum Vor- oder zum Nachteil gereichen würde. Er sah gleichzeitig den Mikrokosmos und den Makrokosmos der Schlacht, schätzte mühelos ein, welche Schüsse über den letztendlichen Sieg und die letztendliche Niederlage entscheiden würden.

Doch sein eigentliches Interesse galt allein dem Kreuzer. Er machte eine schneidende Handbewegung, als der Feind in Reichweite kam.

Die folgende Kanonade von Turbolasern hallte als verzerrtes Rauschen in seinem Helm wider. Linien gebündelter Energie zuckten von der *Devastator* fort und erhellten die Dunkelheit wie Blitze. Sternjäger – Freund wie Feind –, die das Pech hatten, sich zwischen den beiden gewaltigen Schiffen zu befinden, wurden in einem Wimpernschlag ausgelöscht. Die Schilde des Kreuzers schimmerten hell und lösten sich dann schlagartig auf. Blumen aus Feuer erblühten entlang der Steuerbordseite, als die Außenhülle zerfetzt oder geschmolzen wurde und der ausströmende Sauerstoff sich entzündete.

»Das Flaggschiff der Rebellen ist kampfunfähig, mein Lord«, meldete der Captain der *Devastator* neben Vader. Der Sith-Lord würdigte ihn keines Blickes, während der Mann fortfuhr: »Aber es hat eine Übertragung von der Oberfläche empfangen.«

Vader betrachtete das brennende Schiff. Er spürte Tod, Leid, Furcht, ja – aber da war noch etwas anderes. Etwas, bei dem sich sein vernarbtes, gepeinigtes Fleisch zusammenzog.

»Bereitmachen zum Stürmen«, befahl er.

»Jawohl, mein Lord.«

Die Zerstörung der Zitadelle – die Verwüstung von Scarif durch den Superlaser des Todessterns, die Verdampfung eines ganzen Meeres und die Auslöschung eines Archipels – schickte selbst im Orbit noch einen Schauder durch Vaders Shuttle, als er und seine Sturmtruppen zum Flaggschiff der Allianz hinüberflogen. Die Furcht, die er zuvor schon gespürt hatte – die Furcht, die von dem Kreuzer ausging –, wurde stärker, mächtiger. Als sie das Schiff schließlich erreicht hatten, brannten die Imperialen sich durch die Hülle, und Vader marschierte in Richtung Brücke.

Doch bevor er sein Ziel erreichte, drehte er sich abrupt herum. Vielleicht war es Instinkt, vielleicht etwas anderes; er nahm sich nicht die Zeit, darüber nachzudenken. Stattdessen schickte er die Sturmtruppen auf ihrem ursprünglichen Weg weiter und trat allein in einen Seitengang.

Die Lichter des Korridors flackerten, Alarmsirenen schrillten. Eingeschlossen in der blutroten Kammer seines Helms, wo ihn weder das eine noch das andere störte, konzentrierte Vader sich auf die Wellen von Panik und Verzweiflung, die ihm entgegenschwappten, und folgte ihrer Spur. Als er auf die ersten Rebellen stieß und sie nach ihren Blastern griffen oder zu Schutztüren rannten, zückte der Sith-Lord seine eigene Waffe und streckte sie mühelos mit Hieben seiner rot glühenden Klinge nieder.

Die Stimme eines Sturmtrupplers ertönte aus seinem Kommlink. »Auf der Brücke wurde ein Datenband aufgezeichnet, kurz bevor wir an Bord kamen. Es ist nicht mehr hier, Sir.«

Vader antwortete nicht, aber er beschleunigte seine Schritte.

Auf seinem Weg durch den Kreuzer ließ er eine Spur aus Leichen hinter sich zurück, und schließlich hatte er sein Ziel gefunden, in einem Korridor voller Rebellen, die sich gegen eine verschlossene Sicherheitstür pressten. Während ihm ihre Partikelstrahlen entgegenzuckten, sah er, wie das Datenband von einem verzweifelten Soldaten zum nächsten weitergegeben wurde. Er fegte die Schüsse mit seiner Klinge beiseite, nutzte dann eine Macht, die Natur und Schwerkraft spottete, um dem nächststehenden Rebellen den Blaster aus der Hand zu reißen, und marschierte weiter. Jeder seiner Hiebe war gnadenlos und tödlich, als er zwischen die Männer watete.

Die Sicherheitstür öffnete sich einen Spalt weit, und zitternde Rebellenhände schoben das Datenband hindurch. Vader griff mit seinen Sinnen durch Leben und Materie hindurch und zog, allein mit der Kraft seines durch Zorn und

Hass und Schmerz gestählten Willens. Der Rebell wurde von der Tür zurückgerissen und landete vor seinen Füßen.

Doch er hielt das Band nicht mehr in den Fingern.

Vader packte den Mann an der Kehle, ohne ihn zu berühren, hob ihn hoch und starrte ihn durch die Linsen seiner Maske an. »Wohin?«, fragte er. »Wohin bringen sie es?«

Die Antwort war ein abgewürgtes Wispern. »Fort von hier. Fort von dir.«

Vader krümmte Daumen und Zeigefinger, bis das Genick des Mannes brach, dann schleuderte er seinen erschlaffenden Körper beiseite und aktivierte sein Kommlink. »*Findet ihr Fluchtschiff*«, befahl er seinen Sturmtruppen.

Die Möglichkeit eines Scheiterns brannte wie Feuer auf seiner Haut. Der Todesstern war das Werkzeug zur völligen Auslöschung der Rebellion; seine Übermacht durfte nicht gefährdet werden. Allein der Gedanke daran war untragbar.

Die Gewissheit, dass der endgültige Triumph des Imperators unausweichlich war, beruhigte Darth Vader, während er sich aufmachte, seiner Beute nachzujagen.

Die *Tantive IV* war nicht bereit für einen Kaltstart, und erst recht nicht für einen Kampf. Das Schiff ruhte seit seiner letzten Mission schwächelnd im Hangar der *Profundity*, und noch während des Hyperraumsprungs von Yavin nach Scarif waren fieberhaft Reparaturen durchgeführt worden. Selbst als der Kreuzer das System erreicht und sich in die Schlacht gegen die imperiale Armada gestürzt hatte, waren Captain Raymus Antilles und seine Ingenieure und Droiden fieberhaft damit beschäftigt, die Korvette raumfähig zu machen – das Leck im Hyperantriebsmotivator zu schließen, die Ablagerungen in den Ansaugöffnungen zu entfernen. Admiral Raddus hatte unmissverständlich klargemacht, dass jedes Schiff der Flotte eine Aufgabe zu erfüllen hatte.

Raymus liebte die *Tantive IV.* Er hatte sie schon einmal beinahe verloren, aber für die Rebellenallianz würde er sie jederzeit wieder aufs Spiel setzen.

Doch die Schlacht über Scarif endete, bevor sie sich ins Kampfgeschehen stürzen konnten. Gerade als der Reaktor der Korvette zum Leben erwachte, hatte die *Profundity* mit durchstoßenen, metallenen Lungen ihren Todesschrei ausgestoßen. Der gesamte Hangar bäumte sich auf, und um ein Haar wären die Halteklammern zerbrochen, die die *Tantive IV* an Ort und Stelle hielten. Doch anstatt Hals über Kopf von ihrem brennenden Wirtsschiff zu fliehen, befahl Raymus seiner Mannschaft, den Start vorzubereiten, während er selbst losrannte, um möglichst viele Mitglieder von Raddus' Mannschaft zu retten. Er hastete durch die flackernde Notfallbeleuchtung der Korridore, atmete die von Rauch und Gift erfüllte Luft und führte Freunde und Fremde gleichermaßen zu seiner Korvette.

Unter ihnen war einer von Raddus' technischen Offizieren – eine Frau mittleren Alters, die geradewegs in seine Arme taumelte. Ihr Gesicht war verbrannt, aber sie drückte ihm ein Datenband in die Hände und schob ihn dann von sich fort. »Wir haben, weswegen wir hergekommen sind«, sagte sie. »Sie müssen los. Befehl des Admirals.«

Erst wollte Raymus protestieren, aber dann ging er gemeinsam mit der Frau zur *Tantive IV* zurück. In Gedanken bei all den tapferen Rebellen, die an Bord der *Profundity* zurückblieben, eilte er zur Brücke seines Schiffs hoch.

Die Korvette war nicht bereit für einen Flug, aber sie flog. Sie löste sich vom brennenden Wrack des Kreuzers und raste von Scarif fort. Ein paar Sekunden glitt sie selbstsicher durchs All, dann erzitterte sie wieder; Donner und das Knistern von Funken hallten in ihrem Inneren wider. Selbst auf der Brücke konnte Raymus die verbrannten Schaltkreise riechen.

»Sternzerstörer kommt näher!«, rief der Offizier an der Taktikkonsole. Raymus kannte seinen Namen nicht – es musste einer von Raddus' Männern sein.

Er verbannte jegliche Furcht von seinen Zügen. »Bringen Sie uns in den Hyperraum«, befahl er. »Wir müssen die Luftschleuse absichern. Und bereiten Sie die Rettungskapseln vor.«

Die *Tantive IV* würde den Sprung aus dem System schaffen, aber sie war beschädigt, und die Imperialen würden ihnen folgen. Da war es besser, sich auf alles vorzubereiten.

Aus den Augenwinkeln sah er, wie eine Gestalt in weißer Robe am Eingang der Brücke auftauchte. Raymus drehte das Datenband in seinen Händen, dann ging er zu der Frau hinüber und sagte mit respektvoller Stimme: »Eure Hoheit. Die Übertragung, die wir empfangen haben …«

Die Frau blickte ihn an. Er hatte ihr Gesicht schon so oft gesehen, kannte jede Linie darin. Sie war *jung*, und sie wirkte umso jünger, je größer ihre Verantwortung wurde.

Raymus hielt ihr das Band hin, und sie nahm es mit zierlichen Fingern.

»Was haben Sie uns geschickt?«, fragte er.

Prinzessin Leia Organa sah zu ihm hoch, als hätte er gerade eine weitere Last auf ihre Schultern gelegt – eine weitere Verantwortung, die zu tausend anderen hinzukam –, aber gleichzeitig wirkte sie stolz, diese Bürde zu tragen.

»Hoffnung«, sagte sie.

Und Raymus glaubte ihr.

ERGÄNZENDE DATEN: IN MEMORIAM

[Dokument #MS8619 (»Unveröffentlichte Reflexionen über Jyn Erso«), aus den persönlichen Akten von Mon Mothma (Hextrophon-Sammlung).]

Ich bedaure, dass ich Jyn nur zweimal begegnet bin. Zu behaupten, dass ich sie kannte, wäre eine Beleidigung dieser jungen Frau gegenüber, deren Leidenschaft so viele inspiriert hat. Doch mich allein auf ihre Bedeutung für die Bewegung zu beschränken – einmal mehr nachzuerzählen, wie sie die Rebellion zusammengeführt, sie von einer unsicheren Koalition in eine vereinigte Front verwandelt hat –, wäre ebenso beleidigend und obendrein überflüssig.

Folglich haben meine Worte nicht allzu viel Gewicht. Ich kann von diesen beiden Begegnungen berichten, davon, was ich in ihr sah, oder treffender: was ich rückblickend glaube, in ihr gesehen zu haben – was weit von der Wahrheit entfernt sein mag. Letztlich wird dieser Text aber mehr über eine müde Senatorin aussagen als über Jyn Erso.

Jyn war in Ketten, als wir uns zum ersten Mal trafen, kurz vor Beginn der Operation Bruchstelle. Ich hatte ihre Akte gelesen und sie für diese Mission ausgewählt, aus Gründen, auf die ich gern stolz wäre. Ich erwartete ein gequältes Mädchen, das sich von der Allianz auf hundert verschiedene Arten betrogen fühlte; wegen Saw, wegen derer von uns, die Saw kannten, wegen unserer Unfähigkeit, ihren Vater oder ihre Mutter zu retten. Ich war sicher, dass ich sie zur Zusammenarbeit überreden könnte (oder sollte ich vielleicht besser *manipulieren* sagen?). Ich wollte ihr zeigen, dass sie sich selbst helfen würde, indem sie uns half.

Aber die Frau, der ich schließlich in der Basis auf Yavin begegnete, ließ sich nicht manipulieren. Es gibt nur wenige Personen, deren Wille so stark ist, dass sie andere Leute mobilisieren können. Ich kenne Leute, die dieses Talent als Politiker oder Generäle kultiviert haben, sei es nun zum Guten oder zum Bösen. Jyn wusste vermutlich nicht einmal, welche Wirkung sie auf andere hatte – was für eine intensive, zutiefst menschliche Präsenz sie darstellte. Wie erwartet war sie aufgewühlt und streitlustig; aber es war unmöglich, sie zu ignorieren oder zu vergessen.

Sie hatte in ihrem kurzen Leben schreckliche Not erlebt, und es hat sie hart und entschlossen gemacht. Aber ihr Feuer brannte hell und klar.

Diese erste Begegnung war kurz, und die zweite war noch kürzer. Wir wechselten ein paar persönliche Worte, bevor sie vor dem Oberkommando der Allianz sprach, und ich erkannte: Die Frau, die hier vor der Bedrohung durch den Todesstern warnte, war eine gänzlich andere als jene, die ich zuvor in Ketten gesehen hatte. Hatte sie Frieden gefunden? Ich bezweifle es. Aber da war eindeutig eine neue Überzeugung in ihr.

In einigen Kreisen beharrt man darauf, Jyn Erso wäre nach Scarif geflogen, um als Märtyrerin zu sterben: Sie hatte erkannt, dass sie alles verloren hatte, und beschritt diesen Weg, weil er unweigerlich mit ihrem Tod enden würde. Ich hingegen denke, dass Jyn genau wusste, wer sie war, und dass sie einen Weg suchte, ihre besten und schlechtesten Impulse, ihre dunkelsten und ihre strahlendsten Momente, in den Dienst einer Sache zu stellen, die ihrer würdig war.

In einem besseren Universum hätte sie Scarif lebend verlassen. Ich vermag nicht zu sagen, was aus ihr geworden wäre, aber ich bin sicher, sie wäre eine außergewöhnliche Person gewesen.

In jedem Fall bin ich dankbar, sie gekannt zu haben, ganz gleichgültig wie kurz.